为了人与书的相遇

无名的裘德

Jude the Obscure

[英] 托马斯·哈代 著
张谷若 译

广西师范大学出版社
·桂林·

The Wessex of The Novels.
Cliff without name
Targan Bay
Castle Boterel
Carwith Strand
Endelstow
St Launce's
PLYMOUTH
LANDS END
BRISTOL CHANNEL
Christminster
NORTH WESSEX
Alfredston
Marygreen
Gaymead
Castle Royal
Aldbrickham
Kennetbridge
BRISTOL
BATH
Heymere House
Falls Park
MENDIP HILLS
Fountall
Cliff Martin
Prospect Hotel
Stancy Castle
OUTER WESSEX
Downstaple
Toneborough
LOWER WESSEX
Exonbury
Batton Castle
MID WESSEX
The Great Plain
STONEHENGE
Melchester
Stoke Barehills
Quartershot
Weydon Priors
UPPER WESSEX
Wintoncester
Deansleigh
SOUTHAMPTON
Shaston
Marlott
VALE
Trantridge
Sherton Abbas
Ivell
BLACKMOOR
THE CHASE
Stourcastle
Chaseborough
SOUTH WESSEX
Shottsford Ash
Lornton Inn
Flintcomb Ash
The Hintocks
Evershead
Emminster
Abbots Cernel
Chalk Newton
Weatherbury
Kingsbere
EGDON HEATH
FROOM VALE
Havenpool
Sandbourne
NEW FOREST
Bramshurst
Casterbridge
Overcombe
Talbothays
Anglebury
Port Bredy
WEST BAY
Budmouth Regis
Wellbridge
Knollsea
The Beal
PORTLAND
The Race
ISLE OF WIGHT
PORTSMOUTH
ENGLISH CHANNEL

目 录

原序

这部小说，因为必须先在期刊上发表[1]，所以它以现在的样子问世的日期，就不得不大大延缓；它的历史，简单说来如下。从一八八七年起，就有了一些札记了，到了一八九〇年，根据这些札记，做出了全书的计划，其中有的情节，是这一年里一个女人的死亡所提供的。[2] 书里的背景，于一八九二年重新访问过。提纲式的叙述，是一八九二年全年和一八九三年春天做的，详细的叙述，像现在这样，则是由一八九三年八月开始，一直继续到一八九四年。那年快到年底的时候，全部手稿（除了几章）都交到出版者的手里了。那年十一月月底，以分期连载的形式在《哈泼氏杂志》[3] 上开始发表，以后按月续出。

但是，这部小说，也和《德伯家的苔丝》一样，在杂志上发表的时候，由于各种原因，需要稍加删节和改动。[4] 现在这一版，才是以它原来写成的样子，第一次全部问世。由于书名难以早日决定，发表的时候，用的是临时的名字[5]——实在说起来，这样的名字曾连续用过两个。后来才决定采用现在这一个，因为总的说来，那是最好的一个，但那却也是最初想到的一个。

这部小说，本来只是作者以一个普通人的身份，为成年的男男女女写的；它只企图把那种会紧随人类最强烈的恋爱之后而来的悔恨和愁烦、讪笑和灾难，直率坦白地加以处理；把一场用古代耶稣门徒拼却一切的精神对灵和肉作的生死斗争，毫不文饰地加以叙说；把一个壮志不遂的悲惨身世，剀切沉痛地加以诠释：既然作者只是以这样的身份，对这样的读者，作这样的企图，因此他感觉不到，他这本书在写法方面，有任何可以非议的地方。

《无名的裘德》，也和作者笔下以前的产物一样，只是尽力想把一系列表面现象或者个人感觉，连贯成形，穿插成书就是了；至于这些现象或者感觉，是前后一致，还是前后龃龉？能垂之久远，还是只昙花一现？这些问题，作者都认为无关宏旨。

托马斯·哈代
一八九五年至一九〇二年

1 英国维多利亚时代，长篇小说多采用在杂志上连期续载的方式发表，然后汇辑成书出版。这种方式使作家受到一些限制。因杂志多为家庭（特别是妇女）读物，不能有任何“不雅”情节（这就是本序第二段里说的各种原因之一），且每期须“卖关子”，以引起读者读下期之兴趣。但此为当时通行办法。所以英国诗人布伦顿在他给哈代作的传记里提到《无名的裘德》的时候说：“哈代不得不面临当时一个职业小说家所必作的事，把他这部小说设法以杂志连期续载的方式发表。”

2 哈代在他一八八八年四月二十八日的日记写道：“一个青年的故事——‘他上不起牛津大学’——他的奋斗和最后的失败。自杀。有些事应该指给世人看，而我就是指给他们看的人。”“一个女人的死亡”，可能是哈代的表妹特莱芬娜·斯巴克斯。哈代于一八九〇年有《忆芬娜》诗。纪廷司在他的《哈代后半生》里对此有较详细的分析。

3 《哈泼氏杂志》，美国一家杂志，创始于一八五〇年，为综合性杂志，初广载英人著作。一九〇〇年后则多载当代社会、政治问题著作。《无名的裘德》是从一八九四年十二月到一八九五年十一月，分期在《哈泼氏杂志》上发表的。

4 《无名的裘德》的改动，可从此书的手稿上见之。至于《德伯家的苔丝》之改动，例如《德伯家的苔丝》第二十三章里原说，男主角克莱把四个挤奶青年女工，抱过路上一片泥塘，但在杂志上发表的时候，却得改为用手车把她们推过泥塘，即删节改动之一端。

5 《无名的裘德》第一期在《哈泼氏杂志》上发表的时候名为《傻角》。后以与另一作家的小说有重名之嫌，第二期改为《胸次块垒涌》。全书出版时，才定名为《无名的裘德》。

跋

十六年前，这一部书，连同前面所给的那篇解说性序言，刚一发表，一些令人意想不到的事件就随之而来；我们现在可以用一息之间回顾一下，当时都发生了些什么情况。原来这部书出版不过一两天，书评家就对之大放厥词，他们所用的调门，连《德伯家的苔丝》当时所受到的，都无法和它相比，虽然众声齐唱之中，也有两三位唱反调的。这部小说在英国所受伐鼓彭彭的礼遇，马上就通过电缆传到了美国，于是大西洋那一岸上，乐声继起，越奏越响，尖锐高亢，使这场演奏声势增强。

据我自己看来，这番攻击之中可怜可叹的情况是：故事的大部分——那就是，说到两个主人公的理想遭到破灭的那一部分，并且是我自己特别感到兴趣、实在也几乎是我自己唯一感到兴趣的那一部分——实际上这两国充满敌忾之气的报章杂志都没看在眼里；它们几乎唯一阅读、注意的地方，大约只有二三十页，写的都是一些不足称道的琐碎情节，只是由于要使叙述能够完整，要把裘德一生中的矛盾表而出之，才不得不承认这些情节不可缺少。说起来也很令人纳罕，一个想象离奇、结构怪诞的故事[1]，本来前些时候在一份家庭读物上发表过，次年重印又继续从好几方面，惹起了同样的怒诟痛骂，一齐落到我的头上。

关于《无名的裘德》初印成书的不幸遭遇，说到这儿就算够了。紧接着报章杂志上那些判决定谳之后，这部书又一度遭到了不幸，原来一位主教把它付之一炬[2]——大概是因为他不能把我这个人付之一炬，[3]绝望之下才迫而出此吧。

于是有人发现，《无名的裘德》原来是一部合于道德的作品——对于一个棘手吃力的主题，经过苦心孤诣，规行矩步的处理——其实作者在序言里，自始至终，无时无刻，就没有不说它是那样的。这样一来，有好多人对我一反诟骂之腔，于是事情告一段落。这件事对于人类的行为，据我所能发现的，概无影响，它唯一的影响，只发生在我自己身上：因为这番经验，把我继续写小说的兴致完全治得断根绝迹了。[4]

这场墨诛笔伐的狂风暴雨，引起了许许多多的事项，其中之一是：一位美国文人，对于自己的智愚贤不肖并不粉刷文饰，所以告诉我，说他看到了那些激昂愤慨的批评，欲一知其究竟，就买了这部小说；他往下读了又读，一心纳闷，不知道有害之处到底从什么地方开始；后来终于一面大骂那些混账书评家诱他上当，叫他白花了一元五角钱，买了一本他很高兴，认为得说是“合于宗教，不违道德的论著”，一面把书从屋子这一头扔到屋子那一头。

我非常同情他，同时对他老老实实地保证，这些歪曲误人的表现，并非我和他们狼狈为奸设下的圈套，以图在订阅当时那些杂志的人们中间，推广我这本书的销路。

另外还有一件事：原来有一位女士[5]，先在一份流行全球的杂志上，用小标题的办法表示深恶痛绝，发表了一篇深有影响的文

6

在他一生中这段值得纪念的日子里，有一天礼拜六下午三点钟左右，他正从阿尔夫锐屯回玛丽格伦。那天的天气是夏天所有的那一种，晴朗、温暖、柔和。他背着他工作用的器具往前走去，在他的篮子里，小凿子和大凿子互相碰撞，隐隐地发出嘎啦嘎啦的声音。因为那天是一个礼拜的末尾，所以他歇工歇得早；他出那个小市镇的时候，所走的路不是平常走的那一条，却是得绕着弯儿走的另一条，因为在那条路那一面有一个面粉磨坊[1]，他要上那儿去给他老姑太太办一件事。

他那时正怀着满腔热烈的情绪。他好像觉得他已经有了办法，能在一年或者两年之内，就舒舒服服地在基督寺住着，站在他曾经那样睡思梦想的学术堡垒前面，敲它的大门了。要是他现在，就以某种身份到那儿去，本来也未尝不可；不过，他却宁愿等一下，等到他觉得比现在把握更大的时候，再进那个城市。他看到了自己已有的成就，就觉得满怀喜悦，全身暖意洋洋。他往前走着的时候，时时刻刻把脸转到左边或者右边，看那片村野隔着树

1 这是往水芹谷去。本书第一章第一节，说到水芹谷有一个开磨坊的。从阿尔夫锐屯往水芹谷去，道路平直易行，从玛丽格伦去，则崎岖不易行。

篱透了过来的景物。但是实际他却几乎并没看见什么东西，那只是他心里没有什么心思的时候做惯了的动作而现在机械地重复做出来就是了。他心里真正想的，却是他直到现在学业方面的进展。

“我已经有一般学生读普通古典文学书的能力了，特别是读拉丁文的能力。”这是不假的，因为裘德已经能用那种文字在想象中对自己谈话，来打破他一个人在路上的寂寞。

“荷马的诗，我念过第九卷里斐尼克司演说那一段[1]，第十四卷里赫克特和阿捷克斯交战那一段[2]，第十八卷里阿奇力兹没穿铠甲就出阵和天神给他打造铠甲那两段[3]，第二十三卷里殡葬时竞技那一段[4]，此外，我还读完两整卷。我还读了一些赫西俄德[5]、一点修西狄狄兹[6]，读了不少的希腊文《新约》……我倒愿意希腊文只有一种，没有任何方言才好。

“我也自修过数学，包括欧几里得[7]的头六卷，和第十一第

---

1 《伊利厄德》第九卷约第四三二行以下，老武士（道道皮安人的国王）斐尼克司听到阿奇力兹不肯和主帅言和，哭着劝阿奇力兹顾全大局。

2 《伊利厄德》第十四卷约第三二九行以下，写希腊勇将阿捷克斯和特洛亚王子赫克特交战，赫克特受伤。

3 《伊利厄德》第十八卷约二〇〇至二四〇行，言阿奇力兹的铠甲借给朋友坡错克勒司，为特洛亚人所得，阿奇力兹不着铠甲而出阵。同书四六八至六一七行，写天神为阿奇力兹造甲。

4 《伊利厄德》第二十三卷二五七至八九七行写希腊人在坡错克勒司殡葬时，按习惯举行竞技，有赛车、比拳、摔跤、赛跑、投标枪等。

5 赫西俄德（约生于公元前735），希腊诗人，著有《劳作与时日》等。

6 修西狄狄兹（约生于公元前471，死于四世纪初年），希腊历史学家，著有《雅典与斯巴达战史》。

7 欧几里得（约生于公元前300），希腊数学家，著有《几何原本》（从旧译）等。其前六卷论平面几何部分，直至十九世纪尚为权威。

章，以发泄她对这部书的厌恶嫌憎；发表了不久，又写信给我，说她渴望和我结识。

但是我现在还要回到我这部书那儿。在这个故事里，我既然用了婚姻法律，作为造成悲剧的大部分机栝，而且故事里家室方面的大势，又趋向于表示：人为的法律应该只确切不移地表达自然的法律，像狄得罗[6]说的那样（不过，这里附带说一下，这种说法，需要加以一些限制），因此，从一八九五年起，就有人控诉我，说在我们英国，婚姻这个主题，弄得像“久陈货架、尘封垢污”的样子（这是一位富有学识的作家前几天叙其特点所说的），得由我负很大的责任。这我不知道。我只知道，我那时的意见，如果我记得不错，和我现在的意见，完全一样，那就是，一档子婚姻，一旦对双方不定哪一方，变得残酷暴虐，那就应该马上把它解除（因为变成那样，从基本上说，并且从道德上说，那种婚姻就不成其为婚姻了）；同时婚姻这个主题，好像可作一种良好的基础，来构成悲剧故事，因为它的特殊情节，都含有极大的普遍意义，把这种情节加以阐述，那婚姻本身就足供述说一气的了；而且还可以希望，能于其中找到某些亚理斯多德说的净化作用[7]。

一直到二三十年以前，没有经济条件而就想在高文典册中求得知识，是困难重重的。这种困难情况，我也同样利用了。不过有人告诉我说，有些读者读到那些情节的描写，认为我那是攻击古老尊严的学术机构，同时还告诉我，后来拉斯钦学院[8]跟着成立了，应该叫它无名的裘德学院才对。

人类的本能，和那种本身朽烂、令人烦厌的模式，本来不能适应；生扭硬扯，使之适应，只能造成悲剧。把这种情节惨淡经营作成一种艺术品，永远要付出很大的代价。我们也别冤屈了卜露狄尔[9]和那位纵火焚书的主教，他们的意思好像只不过是："我们不列颠人厌恨抽象的概念，而我们要把我们祖国所有的这种特权，尽量行使。你给我们描绘的图形，也许并没有什么不真实的，或者没有什么不常见的，或者甚至没有什么不合艺术法则的；但是那样的人生观，我们这些靠习俗常规而欣欣向荣的人，却不能允许你来描写。"

不过这有什么关系呢？因为说到各种婚姻场景，虽然正"碰到点子上"，虽然有位可怜的女士[10]，在《布莱克伍德杂志》上尖声喊叫，说一个邪恶的反婚姻联盟正活动起来，但是订立著名的契约——我的意思是说，举行教会的圣事[11]——仍旧亨通兴盛；人人成婚，家家聘女，不管是在真正的婚姻中或者非真正的婚姻中，仍旧和向来一样，欢腾匆忙。甚至一些诚恳认真的通信者，还曾责问过作者，说他把问题在哪儿拾起，还在哪儿放下，并没能指出明路来，以导致非常必需的改革。

《无名的裘德》在德国作为连载小说发表以后，那个国里一位有经验的书评家告诉作者说，现在每年都有千千万万的女人，引起人们的注意，她们都是搞女权运动的；都是些身材瘦小、面孔灰白的"单身女"，都是取得知识，获得解放，而且神经极度紧张、心情异常敏感的人，都是现代社会正培养出来的，直到现在，大部分还都只是城市培养出来的：她们都承认，她们同性别的人中间，绝大多数，没有必要得把结婚当做职业来追求，没有必要，因为她们受有许可，能"在店内"接受男人的爱[12]，就自命高人一等：在这种女人之中，《无名的裘德》的女主人公淑·布莱德赫，是头一个在小说里得到描绘的。这位批评家只认为，这样一种新人物的画像，竟撂给一个男人去描绘，而没叫和她自己同性别的人去描绘，实在得算是憾事，和淑·布莱德赫同性别的人，永远也不会叫她末了彻底垮台。

这种斩钉截铁、满口应承的话，是否指日就能兑现，我说不上来。再说，自从这部小说出版以来，中间隔了这么些年，因此除了修改几处字句而外，我对它也提不出更多的一般性批评来，不管它所包括的任何东西，是好是坏。而且没有疑问，一部书里所有的东西，可以比作者有意识地写进去的更多得多；这可以对于书有好处，也可以对于书有坏处，得看情况而定。

一九一二年，四月

1 这是哈代另一长篇小说，叫做《一往情深》，于一八九二年在《插图伦敦新闻》杂志上，以连载的形式发表，于一八九七年全书出版。

2 维克斐勒得主教郝在《约克邮报》上宣布，他把他那本《无名的裘德》焚毁了，并唆使斯米士流通图书馆，把这部书从馆里剔了出去。

3 英国中古，直至文艺复兴初期英国嗜杀成性的女王玛利，对所谓“异端”，都处以活活焚死之刑。

4 哈代发表《无名的裘德》之后，未再写小说。他的传记里曾记载过，说：“我何必站出来，让人当枪靶子射击呢。”

5 这是珍奈特·吉勒得。她在《纽约世界》上发表了一篇文章，说：“《无名的裘德》几乎是我读过的书里最坏的一部。”又说：“我看完了这篇故事，把窗户打开了，以使新鲜空气透进。”

6 法国十八世纪思想家狄得罗在《百科全书》里写的《论自然的法律》那一条，就是这种说法。

7 亚理斯多德在他的《诗学》第六章第二段里说：“悲剧……通过怜悯与恐怖，使这类感情得到净化。”“净化”原文为 catharsis，或译为“宣泄”。看悲剧的人，看到悲剧里所表现的怜悯和恐怖，自己也生出同样的感情，因之自己同样感到净化或宣泄。

8 拉斯钦学院，通称劳工学院，在牛津，但不属于牛津大学。于一八九九年由两个美国人，弗露门与比厄德创办，专为工人求学之地。学制二年，各科几俱备。拉斯钦（1819—1900）为英国美术批评家，他后半生专注于经济及劳工问题，主张改革。此学院之命名，即纪念此人。

9 萨克雷的长篇小说《喷顿尼斯》里一个放言诟骂的书评家。

10 这位女士是奥利凡特夫人，她也是一个小说家。她于一八九六年一月在《布莱克伍德杂志》发表了一篇文章，叫做《反婚姻联盟》，痛骂《无名的裘德》，并斥哈代为自由恋爱的宣传者。

11 一个基督徒一生要举行几种圣事，新教一般举行五种，旧教（天主教）七种，如洗礼、坚信礼、婚礼、葬礼、领圣餐礼等。此处所说为婚礼。

12 见本书第五部第一章。

第一部

在玛丽格伦

不错，有许多男子，因为女人而丧失了神智，
因为她们而做了奴仆；又有许多男子，因为女人
而丧了命，栽了跟头，犯了罪恶……
啊，诸位啊，女人既然有这样的本领，
那怎么能说女人不厉害呢？

- 艾司德拉司[1] -

1 《艾司德拉司》是《新约外书》的一部，艾司德拉司本为先知的名字。这一段所引，见于《艾司德拉司》（上）第四章第二十六至三十二节。那里面说波斯国王的三个卫兵谈论什么最厉害，有人说酒最厉害，有人说国王最厉害，又有人说女人最厉害。早在十四世纪时，英国诗人高厄（1330？—1408）在《情人自白》第三卷第一四六行以下就说："国王所问为：醇酒、妇人、国王，此三者中何者最强？"

1

学校的老师就要离开这个村子了，每个人都好像有些难过的样子。水芹谷[1]一个开磨坊的，把他那辆带白篷的小车，连马一块儿借给了老师，好把他的东西运到他要去的那个城市；那儿离这个村子有二十英里左右，给那位要走的老师运行李，这样一辆车足以够用；因为学校里的家具，一部分是由校董们预备的，老师所有的笨重东西，除去那些装了一货箱子的书而外，再就是一架竖式小钢琴了；那本是他想学器乐那一年，有一次在拍卖行里买来的。不过，他想学器乐的劲头儿早已经松下去了，所以他老也没学会任何弹琴的技巧；而从那时以后，这件花钱弄来的玩意儿，却成了他搬家的时候永远摆脱不掉的累赘了。

教区长[2]往别的地方躲这一天去了，因为他那个人见不得任何变动。他拿定主意，不到晚上就不回来，因为只有那时候，新教师才能来到学校，安置妥当，一切才能又平静下来。

一个铁匠、一个地里的监工，还有老师自己，都露出不知所

1 水芹谷的底本是莱枯姆 · 巴塞特，为一小村庄，在玛丽格伦西北约三英里，阿尔夫锐屯西南约四英里。

2 教区长就是管辖一个教区上宗教事宜的牧师，也兼管风化、道德、教育各方面的事宜。

措的样子，站在起坐间里那架钢琴前面。老师曾说过，他即便能把那架钢琴弄到车上，那他到了基督寺[1]（基督寺就是他要去的那个城市）也不知道该怎么办，因为他刚一到那儿，住的地方只能是临时性的。

一个十一岁的孩子，先前曾满腹心事的样子，帮着收拾行李，现在也跟那几个大人站在一块儿了。他看他们都直摸下巴，就开了口，开口的时候，听到自己说话的声音，脸上还一红。他说：“我老姑太太有一个盛燃料的屋子。很宽绰。老师，你好不好先把那架钢琴放在那个屋子里，等到你在新地方安置好了，再来把它搬走？”

“这个主意倒不错。”铁匠说。

于是他们决定派人去见一见那孩子的老姑太太——一个住在本地的老姑娘——问问她，可以不可以把那架钢琴先在她那儿存一些时候，等费劳孙先生打发人来取。这样决定了以后，那个铁匠和那个地里的监工，就一同起身，去看一看，刚才提议的那个存钢琴的办法，实际上做得到做不到。那时屋里就剩了那孩子和老师站在那儿。

“裘德，我要走了，你心里不好过吧？”老师和蔼地问。

那孩子一听这个话，满眼都是泪；因为他并不是白天上课的正式学生，能够理所当然地按时和老师的生活接触；他只是一个限于这位老师任期以内的夜校学生。那些正式学生——如果非把

---

1 基督寺影射牛津。读本书第二部更可证明。但哈代自己说，基督寺并不完全等同于牛津。同时，在今天的牛津，书中所写的学术机关所在地已变为很小的核心了。

真实情况说出来不可的话——却都像经传上说的某些门徒一样[1]，那时只远远地站着，一点也没有自告奋勇前来帮忙的热心肠。

那孩子当时很难为情的样子，把手里拿着的一本书打开了（那是费劳孙先生送给他作临别纪念的礼物），承认心里不好过。

“我心里也不好过。”费劳孙先生说。

“你为什么要走，老师？”那孩子问。

“啊——这个话说起来可就长了。你现在是不懂得我的道理的，裘德。你再大一点，也许就懂得了。”

“我想我这阵儿就懂得，老师。”

“好吧——我跟你说了，你可不要到处嚷嚷去。大学和大学学位是怎么一回事你都知道吧？凡是想干教书这一行的，就都得有大学毕业的招牌。我的计划，也可以说，我的梦想，就是先取得大学毕业的资格，然后再在教会里弄一名圣职做一做[2]。我上基督寺本城去住着，或者上基督寺附近去住着，那我就好比是到了老家一样了。我的计划，如果不完全是捕风捉影的话，那我在基督寺，总要比在别的地方，更能得到近水楼台的好处。”

铁匠和他的同伴回来了。范立老姑娘盛燃料那个屋子很干爽，显而易见可以用得；范立老姑娘本人，也好像很愿意给那架钢琴一个栖身之地。因此他们就把那架钢琴先搁在学校里，等到晚上人手更多的时候，再来把它搬走。于是老师向四围最后看了一眼。

---

1 经传指《圣经》，门徒指耶稣门徒彼得等。《新约 · 马太福音》第26章第56节里说，耶稣被捕之后，门徒离开逃走了。同书第26章第58节里说，彼得远远地跟着耶稣。

2 做圣职即指做牧师或教区长等。

那个孩子裘德，帮着把一些零碎东西装到车上，九点钟的时候，费劳孙先生自己也上了车，在他那盛着书的货箱子和别的行李旁边，同他的朋友们告别。

“我会想着你的，裘德，”车往前走动的时候他微微笑着说，“记住了，做一个好孩子，对于畜类和鸟儿都要仁慈；好好地用功念书。你要是万一有上基督寺那一天，那你看在老朋友的面上，千万可要找我去。别忘啦。”

大车噶吱噶吱地从青草地[1]上走过去，到了教区长的住宅那儿，一拐弯儿就再看不见了。那孩子又回到青草地边上的汲水井那儿了，他原先帮着他的恩人兼老师装车的时候，就把自用水桶撂在那儿。现在他的嘴唇颤动起来了，他揭开井盖，要往井里顺公用水桶的时候，先停了一下，把前额和胳膊靠在辘轳架[2]上；他脸上是一片死板沉静的神气，表示他这个孩子，年龄虽然很小，却早已经尝到人生的辛酸艰苦了。他现在低头往下看的那一眼井，也跟那个村子一样地古老，由他现在站的这种地位上看来，它显出一幅又深又远的圆形透视画，终点是由颤动的水面做成的一个光亮的圆盘，离他有一百英尺那么远。靠近井口的地方是一圈绿色的青苔，再往上一些是一圈鹿舌羊齿类植物。

他用一个好作怪想的孩子所有的那种过分伤感的声调，自言

1 英国村庄里面或旁边，都有一片长青草的空地，属于公众，村庄或以为名。“玛丽格伦”一名中的“格伦”，即“青草地”之意。

2 原文只有“架”，而无“辘轳”字样。但此处所说即为汲水井（draw well），而英国普通汲水井是用辘轳使水桶上下的，故可认为是辘轳架无疑，同时那儿有公用水桶的设备，亦是一证。

自语地说，老师在像今天这样的早晨，曾在这眼井里打过多少次水了。但是从此以后，他永远也不会再在这儿打水了。我曾看见过他打水打累了的时候，低着头往井里看，先休息一会儿，再把桶提回家去，那时候他正跟我这阵儿一样，可是他那样聪明人，怎么能在这样一个死气沉沉的小地方，长远待下去呢！

一颗眼泪由他眼里一直落到了井的深处。那天早晨有些薄雾，那孩子喘的气，在那凝重不动的大气里氤氲，好像一片更浓的雾。忽然有人喊了一声，把他的思路打断。

“你这个懒骨头，快把水提回来，听见了没有？”

这声音是由一个老太婆嘴里发出来的，那时候她正从离得不远的一所房顶上绿苔斑驳的草房里面走了出来，要往庭园的门那儿去。

那孩子急忙对她一招手，表示她的话他已经听见了，跟着用了很大的力气，才把 桶水从井里提上来，因为他本来就身小力薄。他把那一大桶水先放在地上，然后把它倒在自己那两个小桶里，歇了一下，喘了喘气，才提着水穿过了水井所在的那片湿漉漉的草地，那片草地差不多正占在那个村庄——或者说三家村——的中心。

这个村庄不但年代古老，并且人家稀少。它坐落在和北维塞司[1]的丘陵相连的那片起伏高原中间一个山坳里。它虽然那样古老，但是，在本地的历史上，流传下来而绝对没变的古物，却也许

1 维塞司是哈代用来表示他书里背景的总名字，本意为“西萨克森”，为第十世纪前英国未统一时的王国之一。维塞司又分为六部分，其中之一为北维塞司，它的底本是伯克郡。这儿说的这片高原叫伊勒斯累丘陵。

只有那眼井的井筒子。因为近几年以来，许多房上开着窗户的草房都铲平了，许多长在绿草地上的大树也都伐倒了；除此而外，原来那个有驼背房脊、木头尖阁和古怪隅栋的教堂，现在也拆掉了；拆下来的材料，有一部分碾成了碎石块，堆在篱路旁边，预备铺路用，另一部分就在邻近一带，砌了猪圈的墙，做了园子里的石头座，当了篱路两旁的护路石，堆成花坛里的假山了。一个高大的新建筑——一个英国人看着不熟习的德国哥特式建筑[1]，已经在新的地址上，由一个一天之内从伦敦来而复去的历史遗迹毁灭者[2]建造起来了。原先那座供奉基督教圣贤的古庙，虽然曾矗立了那么久，但是它的地址究竟在什么地方，连从那片由太古以来就用作教堂坟地的青绿草坪上，都找不出痕迹来；因为那些坟墓现已湮没无踪，而原先树在坟墓前面的纪念物，又仅仅是一些只值九便士、只保用五年的生铁十字架。

1　哥特式建筑是欧洲中古通行的建筑。虽同出一源，而各国不同，所以有英国哥特式、法国哥特式和德国哥特式之分。

2　英国乡土志作家哈坡在《哈代乡土志》里说："这个教堂建于一八六六年，设计者为斯垂特（1824—1881）。他就是哈代讽之为'历史遗迹毁灭者'。实则维多利亚中期的建筑师中，无出其人之右者。此教堂虽有些外国气味，表现其早年研究德国建筑之影响，远离本地传统，而其为优美建筑则无疑。"

2

裘德·范立的身躯虽然那样瘦小，他却一点都没停顿，就把那两只装满了水的家常水桶，提回了草房。只见草房的门框上，有一块长方形的蓝色小木牌，上面彩画着“祝西拉·范立面包房”几个黄色的字样。这是一处幸而没拆掉的老房子之一，所以有镶着铅条小方框的玻璃窗，窗里摆着五个瓶子和一个带垂柳花样[1]的盘子，瓶子里盛着糖球，盘子上放着三块小圆糕。

裘德在房子的后部倒那两桶水的时候，能听见他老姑太太——就是招牌上那个祝西拉——和村子里另外几个人，有声有色地在那儿谈天。他们曾看见学校的老师动身，现在正在那儿谈这件事的详细情节，同时信口开河地推测老师的将来。

“这是谁？”裘德进了屋子的时候，一个比较生的街坊问。

“你倒是该问这句话，维廉太太。他是我的侄孙。他到这儿来的时候，你刚刚走。”这个答话的本地老住户是一个高个儿、瘦身材的女人。她即便谈到最琐碎的题目，都带着伤感的口气。她说话的时候，轮流着对那些听她说话的人每人说几个

---

1 这是仿中国式的陶瓷器，制于十八世纪。图案中有桥，桥边有垂柳。

字。“他大约是一年以前从南维塞司的梅勒寨[1]到这儿来的——他真倒霉，贝林达，”（说到这儿，她把脸转到左边）“他爸爸那时候正住在梅勒寨，得了要命的疟疾，两天的工夫就死了。这是你知道的，珈罗琳。”（说到这儿，又把脸转到右边）“要是全能的上帝，让你跟着你爸爸和你妈一块儿去了，那才是有福气的，你这个可怜的累赘东西！我只好把他弄到我这儿，先跟我住着，再慢慢给他想办法；我可得让他挣几个钱，能挣一个钱也好。这阵儿他正给农夫晁坦在地里轰鸟儿[2]。这免得他在家里淘气。你怎么跑到一边儿去了，裘德？”她接着问，因为那时那个孩子，觉得她们一齐射到他脸上的眼光，好像是打到脸上的巴掌，所以往一旁躲开了。

那个给人家洗衣服的本地女人就说，范立姑娘（再不就是范立太太，她们称呼她的时候，老是这样马马虎虎的）把这个孩子弄了来和她一块儿住着，也许得算是很好的办法，“因为你一个人太孤单了，那孩子可以跟你作个伴儿，给你打打水，晚上关关窗户，帮着你做做面包”。

范立姑娘却不以为然。“你为什么不叫学校的老师把你带到基督寺，也去做一个念书的人呢？”她带着开玩笑的样子皱着眉头，接着说，“我敢保他绝找不出比你更好的孩子来。这孩子简直

1 南维塞司的底本为多塞特郡。梅勒寨在中维塞司，但在玛丽格伦之南而稍偏西。祝西拉嘴里的南维塞司，严格说应为中维塞司。

2 欧披的《牛津儿歌辞典》里载了一首儿歌：“鸟儿鸟儿，飞去飞去，吃点留点，也就可矣。别来二次，别来二次，若来二次，若来二次，我可就要，开枪打你，你可就要，完蛋大吉。”同时说，前几世纪，村童和农家孩子，在播种时，往往雇给人家赶鸟儿。这是小孩最早能干的活儿，像在这一世纪卖报纸那样。

是书迷，一点不错是书迷。我们家里就兴这个。他表妹也跟他一样，就是爱念书——不过我这可只是从别人那儿听来的，因为我有好多年没见那孩子了。倒是不错，她就是在这儿生的，就在这个屋子里生的。我侄女和她丈夫结了婚以后，有一年的工夫，也许有一年多的工夫，自己老没有个家，后来他们自己有了家，可又正——罢，罢，我提这个话干什么呀？裘德，我的孩子，你长大了，可千万别结婚。咱们范立家可不该再做那样的事了。我侄女和她丈夫，就生了淑一个孩子。她一直到他们两个分开的时候，都跟我自己的孩子一样。哎，真想不到，那么一丁点儿的孩子，就遭到了那样惨的变故！”

裘德一看大家的注意又都集中到他身上，就离开了那个屋子，往面包房里去了。他在那儿把留给他作早点的糕吃了，现在他空闲的时间已经完了。他攀过树篱，离了后园，顺着一条小路往北走去，一直走到平衍的高原上一块宽广而僻静的洼地，那儿种着小麦。他就在那块地里，给农夫晁坦工作。现在他走到了那块地的正中间。

那一片褐色的地面，四周围都一直往上高起，和天空连接，但是现在，却在迷雾里慢慢地消失了，因为迷雾把它的边缘抹掉，同时使这一片大地上原来的寂静加强。在那片到处一律的景物上唯一突出的东西，就是去年的麦子在耕种地的中间堆成的麦垛、看见他走近前来就飞去了的乌鸦和他刚刚走过的那条横穿休作地的小路。在这条小路上往来的，现在都是什么人，他虽然不大知道，但是在过去的时候，其中却有好多，是他自己家里的人，不过他们早已经死了。

“这儿这片地多难看！”他嘟囔着说。

那块地里新近耙过而留下的纹条，像新灯芯绒上面的纹条一样，一直伸展着，让这片大地显出一种鄙俗地追求实利的神气，使它的远近明暗完全消失，把它过去的历史，除了最近那几个月的而外，一概湮灭；其实在那片地方上，每一块土块，每一块石头，都和旧日有许多联系：古代收获时期唱的歌儿，过去人们讲的话、做的艰苦劬劳的事迹，都有余音遗迹，在那儿流连不去。每一英寸的土地，都曾有过一度是勤劳、欢乐、玩笑、争吵、辛苦的场所。每一方码的地方上，都曾有过一群一群捡剩麦穗儿的人，在那儿的太阳地里蹲踞。给这块地方的邻村增加人口的爱情结合，就是在这块地方上，趁着收庄稼和运庄稼的时候，进行成功的；就在那道把这片麦地和远处的人造林隔开了的树篱下面，有些女孩子，轻易地就对情人以身相许，而在下一季收庄稼的时候，这些情人，却连回头看一看她们都不肯。也就在那块古老的麦地里，有许多男人，对女人许下了爱的结合；而他们在邻近的教堂里履行了约言之后，却在下一季播种的时候，听见了那些女人的声音，就都要发抖。但是所有这种种情况，都不是裘德所理会的，也不是他四周那些山老鸹所理会的。据裘德看来，这一块地，只是一片静僻的地方，他得在那上面工作；据那些山老鸹看来，这一块地，只是一个粮仓，它们可以在那上面找到食物。

那孩子就站在前面说过的那个麦垛下面，每隔几秒钟，就把他那个哗啦板儿轻快地一摇。那个哗啦板儿一响，那些山老鸹都停止了啄食，展开了翅膀（翅膀都亮得像连锁甲上的腿甲一样），悠悠闲闲地飞到空中远一点的地方，待一会儿，又飞回来，一面很小心地看着他，一面落到离他更远一些的地方上，又啄食起来。

他不停地摇他那个哗啦板儿，后来摇得膀子都疼起来了。于是那些鸟儿屡次想啄食而屡次受挫折的情况，到底引起了他的同情心了。它们也正跟他自己一样，本是生在一个不需要它们的世界上的啊！他为什么要把它们吓飞了哪？它们越来越像是态度温和的朋友、靠他吃饭的食客了；他可以说，世界之大，在他身上感到兴趣的，可只有这些鸟儿；因为他老姑太太就常说过，她在他身上是感不到兴趣的。他住了手，不摇哗啦板儿了，那些鸟儿跟着就又落了下来。

“可怜的小东西！”裘德高声说，“我请你们吃一顿饱饭吧，请你们吃一顿饱饭吧。你们就是都来了，也绝对够你们吃的。晁坦农夫请你们吃一顿，并不是请不起。来吧，你们吃吧，亲爱的小鸟儿，你们饱饱地吃一顿吧！”

于是它们（一片深褐色的大地上一些墨黑的小点儿）就不再飞走了，当真大吃起来了。裘德看到它们的胃口那样好，觉得很好玩儿。一种共生天地间的同感，像一道富有魔力的丝线一样，把他自己的生命和它们的生命贯穿起来了。它们的生命既是那样渺小，那样可怜，所以和他自己的非常相似。

那时候，他把哗啦板儿扔到一边儿去了，因为那是一件卑鄙、龌龊的工具，不但让那些鸟儿看着不舒服，让他这个鸟儿的朋友，看着也不舒服。突然之间，他觉得他的屁股上很疼地挨了一下打，跟着听见了哗啦板儿一响，他那突然吃惊的感官才明白过来，哗啦板儿就是使他发疼的工具。鸟儿和裘德，同时惊得跳起来，跟着裘德那两只眩晕的眼睛，就看见那个农夫本人——那个伟大的农夫晁坦自己——在他面前出现，那个农夫是红脸膛，正满面怒容往下瞅着裘德蜷缩哆嗦的身躯，农夫的手里正把哗啦板儿哗啦哗啦地摇动。

"'吃吧，亲爱的小鸟儿！'这是你说的，是不是，你这个小杂种？又吃啦，又；又亲爱的小鸟儿啦，又！我先给你的屁股挠挠痒，看你还敢不敢再顾头不顾尾地说'吃吧，亲爱的小鸟儿'啦！你还跑到老师那儿磨工夫，不一直地就上这儿来，是不是吧？这就是你一天赚我六便士，给我轰的好老鸹，看的好麦地，啊！"

晁坦一面用这样一些感情激烈的辞令，对裘德的耳朵致敬，一面用他的左手，把裘德的左手抓住了，把裘德瘦小的身躯使劲抡起来，同时用裘德自己那个哗啦板儿的平面，往裘德的屁股上打，每抡一圈，就打一下或者两下，到后来，地里各处，都能听见啪啪的声音。

"饶了我吧，饶了我吧，先生！"那个旋转的孩子喊着说。那时他在那种离心力的控制下，一点办法都没有，跟一条鱼挂在钩子上让人往岸上甩的情况正一样。同时在他眼里，那座小山、那个麦垛、那片人造林、那条小路还有那些老鸹，都以令人可怕的速度，在他四围直转圈。"我——我——的意思——先生——只是说——地里种的种子有的是——我看见他们种了——那些老鸹可以吃一点儿当一顿饭——它们吃了，你先生绝不会觉出来地里的种子少啦——费劳孙先生又告诉过我，说叫我对鸟儿仁慈——哦，哦，哦！"

这样说老实话，让那个农夫更火了，反倒好像不如干脆不承认他说过任何话好。农夫仍旧一刻不停地打那个旋转的孩子，那件打他的东西哗啦哗啦的声音，一刻不停地传到那片地的各处，一直传到远处工人的耳朵里——他们听到这种声音，还以为那是裘德自己在那儿勤奋地摇哗啦板儿哪——同时从刚好隐在雾里那座崭新的教堂高阁那儿发出回声。当初修那座高阁的时候，那个农夫为了证明他对于上帝和人类的爱，还捐了一大笔钱。

待了一会儿，晁坦对于这种惩罚工作感到腻了，就住了手，让那个全身哆嗦的孩子两脚落地，从口袋里掏出六便士来给了他，算是他那一天的工资，同时告诉他，叫他一直回家，以后永远也不许他再到那块地里去。

裘德一下跳到农夫够不着他的地方，哭着往小路上走去——他哭，并不是因为打得疼，固然那也够疼的了；他哭，也不是因为他看出来，世事天道有很多缺陷，因此，对于上帝的鸟儿有好处的事情，却对于上帝的园丁有坏处；他哭，却是因为他惶恐地感觉到，他来到这个教区上，还不到一年，就把脸完全丢尽了，并且也许会因此而成了他老姑太太一辈子的负担。

这儿有一条小路，一部分隐在一道高树篱后面，一部分穿过一块草场中间。他现在既然有了前面所说的忧惧，可就不愿意让村子里的人看见了，因此他往家里去的时候，就走了这条小路。只见小路上，到处都是成对的蚯蚓，露着半截身子，躺在潮湿的地面上！一年之中，在这个时季里，遇到这种天气，它们永远是这种样子。用平常的走法，一步总要踩死它们几条。

那个孩子，自己虽然刚才让农夫晁坦那样作践了一顿，但是让他去作践任何别的东西，他却都不忍得。他每一次把一窝小鸟儿捉回家来以后，总要难过得半夜睡不着觉，往往第二天又把小鸟和鸟窝送回原地。他看见伐树的或者砍树枝的，就有些受不住，因为他觉得，树也会发疼。他还是孩童的时候，看见剪晚枝的（那时树里的汁液都已升到树梢，一剪树枝，就有好些树汁流出来）他就心疼。他的品性上既然有这种弱点（如果我们可以说这是弱点的话），那就等于说，他这个人生下来就是要受尽痛苦的，一直受到他那无用的生命闭了幕，他才能脱离苦海。他当时在那些蚯蚓中间，用脚尖小心在意地拣着路走，连一条蚯蚓都没踩死。

他进了那所草房的时候，一个小姑娘，正从他老姑太太手里，买了一便士的面包。那个顾客走了以后，他老姑太太说："喂，上午刚过一半，你怎么就回来啦？"

"他不要我了。"

"怎么？"

"晁坦先生因为我让老鸹吃了他几粒麦子，不要我了。这就是我的工钱——我最后挣的一笔工钱。"

他很伤心的样子，把钱放在桌子上。

"啊。"他老姑太太憋住了气说。接着她就教训起他来，说他怎样这整个一春天，都要闲待着白吃她。"你瞧，你连赶鸟儿都不会，那你还会干什么？瞧你！还那么往心里去！那倒不必！因为要讲真格的，农夫晁坦比我也好不了多少。他只像约伯说的那样：'如今那些比我年轻的人都嘲笑我，其实他们的父亲当年，连跟给我看羊的狗在一起，我都认为不配。'[1]反正不管怎么说，他爸爸是给我爸爸做小工的；我当初就不该叫你去给他干活儿，我叫你去，那是我糊涂；我要不是因为怕你在家里淘气，我压根儿就不该让你去。"

这个老太婆，因为裘德到地里干活把她寒碜了，比因为他玩忽职守还要生气，所以她骂他的时候，把寒碜的观点，作为第一义，而只把道德的观点，作为第二义。

"可是，我这并不是说，你应该让那些鸟儿，去吃农夫晁坦种的粮食。关于这一点，你当然不对。裘德，裘德呀，你为什么不跟你那个老师到基督寺，或者不管到哪儿去？不过，哦，那是不会的，你这个可怜的糟孩子——咱们这一家人里，过去的时候，就是你们那一支老没出息，就是以后，也不会有出息！"

"老姑太太，那个美丽的城市——费劳孙先生去的那个城市，在什么地方？"那孩子静静地琢磨了一会儿问。

"天啊，你该知道基督寺在什么地方啊，离这儿差不多有二十英里吧。我这儿想，那个地方太好了，不大会跟你有什么交道的，可怜的孩子。"

"费劳孙先生要老在那儿待着吗？"

"我怎么会知道？"

"我去看看他，成不成？"

"哟，不成！你不是在这块地方上长大的，所以你才会问这种话；我们这儿的人，从来没有跟基督寺打过交道的；基督寺那儿

1 见《旧约·约伯记》第30章第1节。

的人，也从来没有跟我们这个地方打过交道的。”

裘德往屋子外面去了；他比以前更感觉到，他这个人，只是一个赘瘤，所以他就在猪圈附近一个乱堆上面，仰着脸躺下。那时候，雾已经比先前薄一些了，太阳所在的地方，可以隔着雾看得出来了。他把他的草帽一拉，把脸盖住，然后从草帽缏子的缝儿里，看着外面淡淡的白色亮光，茫无头绪、不着边际地琢磨。他现在看出来，原来一个人长大了，责任担负就跟着来了。事情并不完全像他过去想的那样音和律谐。天公的逻辑这样令人可怕，怎么能叫他信服呢？对于某一部分受造之物仁爱，就是对于另一部分受造之物残酷；他本来认为，一切事物，都应该和谐，但是现在却看到这种情况，因而觉得非常难过。他看出来，到你大了，觉得已经走到一生的中途，不像小时候，认为自己还站在生命轨道中的一个点上那样，那时你就不禁要打寒噤。在你四围，好像有一些东西，又扎眼，又晃眼，又刺耳：它们的强光和闹声，都往叫做是你的生命那个小小细胞上刺，往那上面扎，把它震撼，把它烧焦。[1]他要是能够有办法不长成大人就好了！他不愿意长成大人。

但是既然他本是一个小孩子，所以他一下就忘了他刚才的懊丧，从地上跳了起来。他在那天上午剩下的时光里，帮着他老姑太太做了些事，下午没有什么事可做，就上村子里，找到一个人，问他基督寺在哪儿。

---

1 《哈代前传》里说，他记得，他十五岁的时候，有一次，躺在太阳地里，心里想，最好不要长大成人，他愿意他能老是原样不变，和几个同样的朋友一起。人生对于成年人所蓄而待、使人失败、令人受苦的种种可能，使他心惊胆战，使他逃避到他当时所知道的安全里面去。

“基督寺？啊，哦，就在那边儿；不过我可从来没到那儿去过，从来没有。我从来没有什么得在那个地方办的事儿。”

那个人往东北指去，那正是裘德丢尽了脸那块地所在的那一面。这种巧合，自然一时有些使人不快，但是它里面那种令人可怕的情况，却更增加了他对那个城市的好奇心。那个农夫曾说过，永远不许他再到那块地里去；然而往基督寺去，却又正要经过那块地，而穿过那块地的路，又是属于公众的。因此，他就悄悄地出了那个小村子，走下了早晨看着他挨打的那个山坳；走的时候，永远认定了那条小路，连离开它一英寸的时候都没有；走到山坳最低的部分，又上了对面那段长而走起来很吃力的斜坡，一直走到小路在一小丛树旁边和大道连接起来的地方。到了那儿，庄稼地就到了尽头了，在他面前，只是一片荒凉、空旷的丘原了。

3

在这条没有树篱遮断的大路上面和大路两旁，连一个人影儿都看不见，同时那条白色的大路本身就往前伸展，越远越高，越远越细，最后仿佛和天空相连。正在这条路的最高处，有一条长满了青草的“古道”和它十字交叉，这就是伊克尼勒得路[1]——那条罗马古道通过这一带地方的——的旧址。这条古道东西伸延出去有好几英里远；从前的时候，赶牛羊往市集上去的人，都走这条路；这件事差不多到现在还有人记得。不过现在却没有人从那儿走了，所以路上都长满了草。

几个月以前，在一个昏黑的晚上，一个赶车的，从南面一个车站，把这个孩子送到这个屋舍人家簇拥在一起的小村子，叫他在那儿下了车，从那时候起，他从来没像今天这一次这样，离开这个村子往北瞎逛得这样远。并且直到那时候，他也一点没想到，紧靠他住的那块高高世界的边儿上，会有这样一片广大、低平的地方。现在在他面前展开的，是整个坐北朝南、从东到西、占了半个天边的原野，有四五十英里远。那上面的大气，比他在这儿

1 罗马人从一世纪中叶征服不列颠之后，把全国有关军事政治商业的地点，修成大道贯通。在西南部的干路就是伊克尼勒得路。

这片高原上所呼吸的那一种，显然更蓝、更湿润。

离大路不远，有一个久经风吹雨打的老仓房，由灰中带红的砖和瓦盖的。当地的人，都管它叫“棕房子”。他正要从那个仓房旁边走过去的时候，他看见，靠着仓房的房檐，放着一个梯子。这使他想起来：站得越高，看得就越远。因此，他站住了，端量那个仓房。在坡着的房顶上，有两个人正修理房上的瓦。他转到那条古道上，朝着那个仓房走去。

他带着欲有所了解的神气看着那两个工人，看了一会儿，他鼓起勇气来，攀上了梯子，一直攀到那两个工人的身旁才站住了。

“啊，小伙子，你上这儿来有何公干哪？”

“打搅你们，我想知道，基督寺那座城在什么地方。”

“基督寺就在那一面儿，就在那一簇树那一面儿，从这儿能看见那个地方——至少天气好的时候能看见，不过，啊，这阵儿可看不见。”

另一个瓦匠，因为对于任何使他那种劳作里的单调变换一下的事情都欢迎，所以也转身朝着指点出来的那个方向瞧去。“在现在这种天气里，不大常看见那个地方，”他说，“我看见它那一次，正是太阳下山、一片火红的时候，那时候那地方看着就好像——”

“好像天上的耶路撒冷[1]，是不是？”那个正经严肃的孩子给他

1　天上的耶路撒冷，也就是后面所说的新耶路撒冷，指《新约·启示录》里第21章第11节以下所写的：“我又看见一个新天地……又看见圣城新耶路撒冷由上帝那里从天而降。……城中有上帝的荣耀。城的光辉如同极贵的宝石，好像碧玉，明如水晶。……墙是碧玉造的，城是精金的，如同明净的玻璃。城墙的根基是用各样宝石修饰的。第一根基是碧玉，第二是蓝宝石，第三是绿玛瑙，第四是绿宝石，第五是红玛瑙，第六是红宝石。”

提示说。

“哦，不错，正是那样——不过我自己可永远也不会想起那个来……但是今天我可看不见基督寺。”

那孩子也使劲睁着眼看去，但是他也同样看不见那个远处的城市。他当时下了仓房；因为他是个小孩子，很容易撂下眼前的事又做别的，所以他就把基督寺从心里撂开了，而顺着古道去找那一带坡陀上有意思的天然产物去了。等到他要回玛丽格伦的时候，又从那个仓房前面经过。只见梯子仍旧放在那儿，但是工人却做完了一天的活儿离开那儿了。

天越来越晚，眼看就要黑了，同时仍旧还有些薄薄的雾，不过除了附近一带比较潮湿的地方和河道的旁边，总的说来，雾多少散了一些了。那时他又想起基督寺来；他既然是特意跑了二三英里，从他老姑太太家来到这儿的，那么人家对他说过的那个有吸引力的城市，他至少能看见一下才好。不过即使他在这儿等，那雾也绝不可能在夜色来临以前散开。但是他却不愿意离开那个地方，因为他只要往那个村子去的路上走上几百码，就看不见北方那一片旷野了。

他想往先前指点出来那个方向再看一眼，所以就上了梯子；他上到梯子顶高的那一磴儿，把身子靠在屋瓦上面，在那儿站住了。他想要再走这么远到这儿来，大概总得过许多许多天才会有机会。也许他祷告一番，就可以帮助他想看见基督寺的愿望实现。人家都说，如果你祈祷，有时也应验，固然有的时候也不应验。他曾看过一篇劝善的文章，那里面说：从前有过一个人，要修一座教堂，已经开了工，但是没有钱完成；他就跪下祈祷；果然祈祷以后的头一班邮递就给他送来了汇票。另一个人也做了同样的试验，但是却没收到汇票；不过他后来发现，他跪的时候穿的裤子是一个行为恶劣的犹太人做的。故事鼓励了裘德；他在梯子上转身跪在梯子的第三磴上，把身子靠在它上面那两磴上，跟着就祷告上帝，叫雾散开。

祷告完了，他就在梯子上坐下等候。过了十分钟或者十五分钟的工夫，那片越来越薄的雾，从北方的天边上完全散开（在别的地方上先前就已经散开了），在太阳落下以前一刻钟左右，西天一带的云彩，也四面分开，太阳所在的地方露出一部分来，太阳的光线显而易见地从两块灰沉沉的云彩中间，一道一道射了出来。那孩子于是立刻往先前指点出来的那个方向看去。

那片绵延的景物上，在一定的范围内，有那么一块地方，上面有星星点点的亮光，像红黄宝石一样，闪烁明灭。时光一分钟一分钟过去了，空气的透明度也跟着增加了，直到后来，那些星星一般的红黄宝石，分明能看出来，是一些风信旗、窗户、湿润的石板房顶和其他发亮的小点，在隐约出现的尖阁、圆屋顶、砂石建筑物，以及楼形台影上面，乍隐乍显。那毫无疑问就是基督寺了；若不是直接用眼睛看出来的，就是间接由奇特的大气反映出来的。

那个孩子睁大了眼睛看了又看，一直看到那些窗户和风信旗都不亮了的时候；它们都好像要灭的蜡那样，几乎一下就消失了。那个隐约模糊的城市，让一片雾笼罩起来了。他转脸往西方看去，只见太阳已经不见了。那片风物的前景，却黑得像阴曹地府一样，近在跟前的东西，在颜色和形状方面，都看着像奇米拉[1]。

他焦灼不安地从梯子上下来，跑着往回家的路上奔去，对于什么巨人啦，什么猎夫赫恩[2]啦，阿坡林[3]怎样埋伏着想捉克锐斯提恩啦，鬼船上的船主[4]怎样天灵盖上有窟窿老流血、身边有死人每夜起来造反一次啦，都一概想从他的脑子里尽力赶走。他知道，像他这样的年纪，应该不再信这一类怕人的故事了；但是他看见了教堂的高阁和草房窗户里射出来的亮光，却不由得高兴起来，虽然那所草房并不是他出生的地方，他老姑太太对他也不大在意。

他老姑太太那个"铺子"的窗户，是由二十四个嵌在铅条框子里的小方格作成的，格子上的玻璃，有些因为年深日久，还起了氧化作用，弄得摆在窗户里那些可怜一件只值一便士的货物，都几乎看不见了，这些货物是全部货物的一部分，而全部货物，一个身强力壮的人，只用两只手，就可以拿出来。就在这个窗户的里面和窗户的左右，裘德的身子表面上好像很平静的样子，待了相当久的时间，但是他所待的地方尽管那样渺小，他所梦想的光景却非常远大。

---

1 奇米拉，希腊神话里的怪物，头像狮子，身子像山羊，尾巴像蛇。

2 猎夫赫恩，英国民间传说的鬼，据说他本来是温莎王苑的苑守，他的鬼魂每天半夜在苑里围着一棵橡树走三个圈儿。莎士比亚的《温莎的风流娘儿们》第四幕第四场曾用过这个传说。

3 阿坡林，本为无底坑的使者，名字的意思是毁灭者，见《新约 · 启示录》第9章第11节。这儿是指班扬的《天路历程》里所说的而言。那本书的第一部里，说阿坡林以恶鬼的形象出现，鱼鳞、龙翼、熊足、狮喙，由腹内喷烟吐火，在辱身谷里拦住了克锐斯提恩（书中主角），用火镖扎他，但终为克锐斯提恩所败。

4 鬼船是欧洲航海者最迷信的事之一。有许多传说流行于欧洲各国。这儿这个船主见德国作家郝夫（1802—1827）的《鬼船故事》。

村子北面，是又凉又硬的白垩质高原，他透过这片高原做成的那道实体屏障，永远看到那座灿烂的城市——那座他想象中比作新耶路撒冷的城市——不过他所想象的，比起《启示录》的作者所想象的来，画家的成分多，而珠宝商的成分少[1]。这样，这座城市就取得了一种具有实体，永远存在的品性，一种把他的身心制伏住了的力量；因为那位在知识、志向方面都使他敬仰的人，就住在那个地方，不但住在那个地方，并且还住在那个地方上那些思想更深远、心智更焕发的人们中间。这一事实就是他对那个地方那样羡慕的主要原因。

在黯淡的雨季里，虽然他知道基督寺一定也下雨，但是他却几乎不能相信，那儿的雨会那样凄凉。他只要一有机会，能离开那个小村子一个钟头或者两个钟头的工夫（这是不常有的），他就悄悄地跑到山上的棕房子那儿，睁大了眼睛，死乞白赖地往北面瞧，有的时候看到一个尖阁或者圆楼顶，又有的时候就看出一缕轻烟：这在他看起来，就跟神香冒的烟，有同样的神秘性[2]。

于是有一天，他忽然想起来，如果天黑了以后，上他从前远远瞭望的那个地方去，或者再往前走一二英里，那他就可以看见那座城市的灯光了。要这样做，就得一个人走回家来，但是即便这种顾虑都不足以阻挠他，因为毫无疑问，他可以使自己壮起胆子来。

这种计划顺利地实行了。他到了那个瞭望的地点，时间并不晚，刚刚黄昏以后，不过由于西北天上一片乌黑，再加上从那方面

1 《启示录》相传为圣约翰作。

2 比较《启示录》第8章第4节："那香的烟和众圣徒的祈祷，从天使的手中，一同升到神面前。"

有风吹来，因此把时光弄得很暗淡。但是他还是没白费心力；不过他所看见的，并不是一行一行的灯光，像他以前期望的那样，他看不见一盏一盏的灯光；只有发亮的一片氤氲或者发光的一团烟雾，衬着黑色的天空，罩在那个地方上，使那片光和那座城，显得好像只隔一英里左右。

他使劲琢磨，在这一片微光里，学校的老师到底在哪一个点儿上呢——现在老师跟村子里的人一直没有来往了；在这儿，老师对于村人好像已经死了。但是他却好像看见了费劳孙在那片白光里安闲地散步，像尼布甲尼撒王窑里的人[1]一样。

他曾听人说过，微风的速度一个钟头是十英里，他现在想起这个事实来了。他冲着东北，张开了嘴，好像喝甜的液体似的，把风吸到肚子里。

“你呀，”他带着轻怜痛惜的口气对着风说，“在一两个钟头以前，还没离开基督寺哪，那时候你还悠悠地在它的街道上飘动，团团地把它的风信旗吹转，轻轻地在费劳孙先生脸上掠过，深深地让他把你呼吸，这会儿哪，你可来到了这儿，让我呼吸了——那时的你也就是现在的你啊！”

忽然风里朝着他传来了一种东西——好像是由那个城市传来了一种使命——还好像是由一个住在那儿的人发来的。一点不错那是钟的声音，那正是那个城市的声音，轻缈而悦耳地对他呼唤，说：“我们这儿快乐！”

在他这样神飞魂荡的时候，他完全忘记了自己身在何地了，

1　见《旧约 · 但以理书》第3章第24—26节。

他使劲集中注意力，才恢复了知觉。在他站立的那座山头下面几码远的地方，出现了几匹马，拉着一辆车走来，那本是由那个陡峻的山坡底下，蜿蜒地走了半个钟头的工夫，才走到那儿的。它们拉的是一车煤——想把那种燃料弄到这块高原上来，只有走那条路才成。跟在车旁的是一个车夫，一个助手和一个小孩，那小孩正用脚把一块大石头，弄到车轮子的后面，把车顶住了，好让那几匹喘息不定的畜生，好好休息一下。另外那两个人，就从车上的煤堆里，拿出一大瓶酒，开始轮流喝起来。

他们两个都是快上年纪的人，说起话来和声柔气的。裘德跟他们打招呼，问他们是不是从基督寺来的。

“拉这么些重东西，从基督寺来？”他们说。

“我的意思是指着那面那个地方说的。”他对基督寺简直都爱得情痴意醉了，因此，他像一个年轻的情人对他爱的女人那样，第二次要提那个地方的名字，都害起羞来。他把天上那片亮光指给他们看——要是让他们自己看，那他们两个那种老眼，是不大能辨得出来的。

“不错。东北面是有一块地方，比起别的地方来，多少亮一点点，不过让我自己看，我是看不出来的；没有疑问，那就是基督寺。”

原先裘德腋下夹着一小本故事书，预备趁着天还没黑的时候，在路上读，现在那本书，从他的腋下溜下来了，掉在路上。他把书拾起来，把它理直了，那时候，那个赶车的就在一旁瞅着他。

“啊，小伙子，”他说，“你要是想念他们那儿的人念的那些书，那你的脑袋瓜儿可得改改装——可得倒个个儿才成。”

“为什么？”那孩子问。

“哦，像我们这种人能懂得的东西，他们是从来连正眼都不瞧的，”那个赶车的想借谈话消磨时光，所以接着说，“他们那儿，只说外国话，还都是洪水以前、没有两家人说话一样的时候说的那些外国话[1]。他们念起那一类东西来，跟夜莺扑打翅膀一样地快。那儿讲的净是学问——除了学问没有别的。自然还有宗教，不过即便宗教也是学问，因为我多会儿也没能懂过那个。不错，那真是一个一本正经的地方。话虽如此，那儿到了晚上，街上也一样有不正经的女人乱窜。他们在那儿栽培牧师，就像在地里栽种萝卜一样，我想这你总知道吧？虽然要——多少年的工夫，巴伯？——啊，五年的工夫，才能把一个游手好闲、笨手笨脚的小伙子，栽培成一个老成干练、没有毛病的讲道师，但是只要办得到，他们还是要栽培——还是要把一个人训练得很文雅，把他们训练得老板着面孔，穿着黑色的褂子和背心，戴着讲道师的领子和帽子，和《圣经》里那些人的穿戴打扮一样，闹得有时连他自己的妈都不认得他啦……不是每个人都得有个事儿做才对吗？这就是他们那儿的事儿。”

“你怎么知道——”

“小伙子，别打岔。长辈说话的时候，永远不要打岔。把那匹马往旁边拉一拉，巴伯！有人来啦……你要明白，我这儿是谈大学的生活，他们过的都是高尚文雅的生活，这个绝不含糊，尽管我

1 《旧约 · 创世记》第6章及第7章说天下洪水，第11章说上帝使世人变乱口音。这儿是乡下人把这两件事混而为一，年代颠倒。

个人并不很看得起他们。我们现在是身子在这个高地方，他们是心在高地方——他们都是心地高尚的人，那是没有疑问的——他们里面有的只凭大声把心里的话说出来，就一年能挣好几百。还有一些年轻力壮的小伙子，就能挣银杯，他们挣的银杯，按钱数算起来，也值几百。至于音乐，基督寺到处都是好听的音乐。说到宗教，你还有个信，有个不信；但是说到音乐，那你听别人唱，就没法不随着他们唱，尽管你唱得不好。那儿还有一条街——一条大街——全世界都找不出跟它一样的来。我觉得，我对于基督寺还多少知道一点儿！”

那时候马已经歇过来了，又低着头让人给它们套上“套包”了。裘德对着远处那一团光晕，带着崇拜的神气，看了最后一眼，转身跟在他那位特别经多见广的朋友旁边走去；那位朋友往前走着的时候，又对他讲了一些那个城市的故事——讲了一些那儿的高阁、大厅和教堂。大车转到一条横道上了，于是裘德热烈地感谢了那个赶车的对自己讲了这些话，同时说，但愿他自己讲基督寺的时候，能讲得有他一半好。

“这不过是我偶然听别人这样说过就是了，”那个赶车的毫不自夸地说，“我也跟你一样，从来没到那地方去过。不过，我东听一句，西听一句，所以也知道一些。你爱听这个，我就跟你讲一讲，那并费不了我什么。像我这样四海为家，跟哪一行人都打过交道的，听见些话，知道些事，本是很自然的。我有一个朋友，从前年轻力壮的时候，在基督寺的锡杖旅馆[1]里给人擦

1　影射的是牛津的主教冠旅馆。

靴子；他上了年纪的时候，我跟他熟极了，像我跟自己的弟兄一样熟。”

裘德自己一个人往家里走去，走的时候，因为沉思深念，都不顾得害怕了。他一下就长了好几岁了。他心里一向憧憬的，是一种可以使他安身立命的东西，一种可以使他的精神有所寄托的东西——一个可以说是令人景仰的地方。如果他能到那个城市里去，那么，他能够发现，那个城市就是那样一种地方吗？那么，那个城市，能够使他不怕有农夫作践、不怕有别人嗤笑、不怕有任何阻挠，而使他可以在那儿守望、等候，并且像他听说的那些古人那样，按照志愿，完成巨大的任务吗？他现在在昏夜里往前走着的时候，那个城市在他心里出现的光景，就跟一刻钟以前他眼睛里看见的那片光晕一样。

“那是一座光明的城市。”他自言自语地说。

“知识之树[1]就长在那儿。”又走了几步之后，他加上了这一句。

“那座城市，是人类的导师出现的地方，也是他们荟萃的地方。”

“那是一座你可以叫做是用学问和宗教来守卫着的城堡。”

他说了这些比喻以后，老半天没再作声，一直到后来才又补充了这样一句：

“那正是于我适合的地方。”

1　知识之树，出自《旧约·创世记》第2章第17节。

4

那孩子——在他的思想里某些方面，是一个老人，在另一些方面，却又比他实际的年龄还幼稚——因为思想集中，走起路来未免慢些，所以就让一个步履轻捷的人追上了；那时虽然天色已经昏暗了，他却仍旧能辨出来，追上他的那个人戴着一顶非常高的帽子，穿着一件燕尾服，露着一串表链子；他跨着两条细长的腿，踏着一双没有声音的靴子，往前走着，那时候，表链子就疯了一样地跳舞，一闪一闪地把天上的亮光反射。裘德因为那时开始觉得孤寂，所以就拼命地跟着那个人走。

“我说，小伙子，我忙着哪！你想要跟我，可得把脚步加快了才成。你认得我不认得？”

“我想认得吧。你不是维尔伯大夫吗？”

“啊——我看就没有人不认得我！一个为大家谋幸福的人，当然要有这样的结果。”

维尔伯是一个穿乡走巷的卖假药的，在乡下人中间很红，可是在任何别的人中间，却都绝对地默默无闻；因为他实在是小心在意地对那些人把姓名隐埋起来，免得他们盘问，引起麻烦。让他治病的，只有乡下人，他在维塞司闻名的范围，也完全限于这般人。他比那班资本雄厚、宣传有术的卖假药的，地位更低下，对象更卑微。实在说起来，他只是一种过去的残余。他那两条腿走的路可真不少，东西南北，几乎走遍了整个的维塞司。有一天，裘德曾看见，他把一罐加了颜色的猪油，当做治腿病的药卖给了一个老太太，那个老太太答应一共出一基尼[1]钱，来买这种珍贵的药膏，分期付款，每两个礼拜付一先令。据那个大夫说，这种药，只有从西乃山[2]上生长的一种特别动物身上，才能取得，捕这种动物的时候，都有失掉性命、毁伤肢体的危险。裘德虽然对于这个上等人的药品发生过怀疑，但是他却认为，他毫无疑问，是一个经多见广的人物，在和他的职业并没有绝对关系的方面，可以供给可靠的材料。

"大夫，我想你到过基督寺吧？"

"到过——到过好多次，"那个又高又瘦的人回答说，"那是我营业的中心之一。"

"那是一个在学问和宗教方面都了不起的地方，是不是？"

"只要你见过那个地方，我的孩子，那你就得这样说。唉！连在大学里洗衣服那些老太太的孩子，都会说拉丁文——他们的拉丁文，当然不会地道，凭我这样一个内行，不能不承认这一点。他们说的只是狗拉丁、猫拉丁[3]。我还在大学里做学生的时候，我们就这样叫他们那种拉丁。"

"还有希腊文吧？"

1　基尼，英国从前货币名，后用做计算单位，等于二十一个先令。

2　西乃山屡见《旧约》，在靠红海北端的地方。

3　狗拉丁为英文成语，不纯粹或不正确的拉丁文之意。猫拉丁则为维尔伯所编的说法，用以配合狗拉丁。

"哦，那是那班受训练做主教的人学的，为的是他们能够念原文的《新约全书》[1]。"

"我也想学拉丁文和希腊文。"

"这是很高的志愿。你要学，得先每样弄一本文法书才成。"

"我打算将来有一天到基督寺去。"

"不论你多会儿到了那儿，你都要说那些包治肠胃病、喘病和气短病的著名丸药，都由维尔伯大夫独家制造经理，一盒只卖两先令三便士，经政府特许，有印花为证。"

"我要是答应了你，替你在这一带做这种宣传，那你能不能替我弄到拉丁文和希腊文的文法书？"

"我很愿意把我的文法书，把我做学生的时候用的文法书，卖给你。"

"哦，谢谢你，先生。"裘德说，说的时候，带出很感激的样子来，但是同时却也带出倒抽气的样子来，因为那个卖假药的走路那种惊人的速度让他不能不开步跑，所以他的腰都颠得像有东西扎似的疼起来。

"我看，小伙子，你不要老跟着我走啦。我现在先把我的办法说一说好了。我下一次就把文法书给你带来，还给你上第一课，但是你可得在村子里把维尔伯大夫的金药膏、长命水和妇科圣药，挨门逐户地推荐。"

"你打算在什么地方把文法书交给我？"

"从今天起，再过两个礼拜，我准一刻不差，七点二十五分

---

1 《新约》的原本是用叫做亥伦尼斯提克的希腊文写的。

钟，从这儿过。我活动的时间非常地规律，简直和行星一样。”

“那我就准在这儿等你好了。”裘德说。

“那时候你能给我招揽几家主顾吗？”

“能，大夫。”

裘德把脚步放慢，停了几分钟喘了喘气，跟着带着对基督寺已经开了第一炮的感觉，回到家里。

从现在起，到他和那个卖假药的再见面的时候止，中间有两个礼拜的工夫，在这两个礼拜里，他进进出出，老是脸上微微笑着，表示心里得意，好像心里想的事情变成了活生生的人物，正跟他见面，对他打招呼似的。年轻的人，刚一想到灿烂的前途，脸上往往有一种奇特的美丽光辉，四处放射，好像有一盏神灯，把他们那种天真坦白的心照得晶莹明澈，使他们生出一种自喜自悦的想法，说天堂就在他们身旁[1]；现在裘德的微笑里，就含有这种奇怪的美丽光辉。

他把他对那个卖万应丹的人所作的诺言忠实地履行了，因为那时候他对于那个人真心地信服，所以他就东西南北走了好些路，在附近一带的小村子里，做那个大夫的试用承揽人，替他招揽生意。到了约好的那天晚上了，只见他一动不动地站在高原上，站在他和维尔伯分手那个地方等他来。那个走四方的郎中，倒是差不多在预订的时刻出现了。但是裘德紧紧跟着他那丝毫都没放慢的脚步往前走去，他却好像并不认得他那个年轻的同伴，虽然过

1 暗用渥兹沃斯《咏在童年回忆中所得永生之启示》第六十六行：“我们童年期间，天堂就在我们身边。”

了两个礼拜的工夫，天已经长了好些，那时候的天色比上一次的亮得多，辨认起来很容易。这真是裘德万没想到的。裘德想，也许是因为他戴的帽子不是上一次那一顶，所以那个郎中才不认识他了吧！因此他还是一本正经地跟那个郎中打招呼。

“呃，哪儿来的你这个小伙子？”郎中神情恍惚地说。

“我在这儿等你哪。”裘德说。

“你等我？你是谁？哦，不错，是了！你给我揽到了主顾了吗，小伙子？”

“揽到了。”跟着裘德就把想要试一试那种世界闻名的丸散膏丹是否有效那些老乡的名字和住址，都告诉了那个郎中。那个郎中就把这些姓名和地址，牢牢地记在心里。

“拉丁文和希腊文文法书呢？”裘德说，说的时候，因为心中焦灼，声音都颤抖起来。

“文法书？文法书怎么了？”

“你不是说要把你得学位以前用过的那些文法书给我带来吗？”

“哦，不错，不错，我把这件事全忘了——完全忘了。你要知道，小伙子，靠我来救的人命太多了，都得我费精神，所以对于别的事情，我就是想要分点心，也办不到了。”

裘德强自抑制了相当久的时间没言语，为的是看一看事情是不是真这样。过了那一段时间，他才用苦恼的声音问：“那么，你没把你的文法书给我带来喽！”

“没有。你要是再给我招揽几个主顾，那我下一次就把文法书给你带来。”

裘德不再跟他一块儿走了。他是一个天真纯朴、没有社会经验的孩子，但是孩子们有的时候也会有一下看到事物真相的本领。现在就是这种本领，马上让他看了出来，那个卖假药的有多坏了。从这一方面是得不到知识的启示了。他想象中那顶桂冠的叶子凋零了；他转到一个栅栏门那儿，靠在栅栏门上痛哭起来。

在这一次失望之后，接着来的是一段无情无绪的时期。他也许可以从阿尔夫锐屯弄到文法书，但是那却得花钱，还得知道书的名字才成；他虽然在生活方面衣食温饱不成问题，但是他却是完全寄人篱下，所以自己连一个钱都没有。

正在这时候，费劳孙打发人来搬他的钢琴。这件事给了裘德一种启发。他为什么不写信给那个老师，求他费神在基督寺给他弄两本文法书来呢？他可以把信溜到装钢琴的货箱子里呀，那样那封信就一定会让他想念的那个人看见了。他为什么不求老师给他寄几本旧书来呢？那种书，一定还有经过大学的气氛濡染熏陶的魔力呢。

把他这种意图告诉他老姑太太，就等于不要这种意图实现。他一定得单独行动才成。

他又考虑了好几天以后，就当真行动起来。运钢琴那一天（碰巧那天是他的生日），他把那封写给他十分敬仰的那个人的信，偷偷地放在货箱子里面；他所以这样偷偷地放信，因为他怕老姑太太祝西拉知道他这种举动，因而发现他的动机，逼着他放弃他的计划。

钢琴运走了，裘德一天一天地等候，一星期一星期地等候；每天早晨，趁着他老姑太太还没起来的时候，他都要到那个乡村邮局里去问一下。后来到底有一个包裹寄到这个村子里来了，他从包裹的两头，看出来那里面是两本薄薄的书。他把那个包裹拿到一个僻静的地方，坐在一棵伐倒了横卧地上的榆树上，把它解开。

自从基督寺本身以及基督寺种种可能的情况，使裘德第一次生出狂欢或者说幻想以后，他就老琢磨，他就异想天开地琢磨，琢磨某一种文字的字句译成另一种文字的时候，可能是怎么一种过程。他琢磨了以后，所得的结论是：所要学的那种文字的文法书，基本上要包括一种密码性质的规律、成方或者线索，这种规律、成方或者线索一旦学会了，他就可以应用这些东西，随心所欲，把他自己的语言里所有的字，换成外国字。这种幼稚的想法，实在是想把人人尽知的格力姆氏定律[1]提到像数学那样精细的程度——把一些粗糙的规律，提到理想的完备地位。因此他认为，所要学的那种文字里的字，就藏在已经会了的那种文字里，只需要你有本事，在已经会了的文字里去发现它们就是了，这种本事就是前面说的那种文法书所要教的。

因此，他看到包裹上的戳记是基督寺的字样以后，就把捆包裹的绳子割断，把书打开了，往拉丁文法书上看（因为拉丁文法书碰巧放在上面），那时候他几乎不敢相信自己的眼睛了。

那是一本旧书——出版有三十年了，很脏，到处都乱七八糟地划着一个奇怪的名字，好像书的主人跟印字的部分有仇，所以用种种办法把它弄得不像样子，同时随随便便地写着一个年月，

1 格力姆（1785—1863），德国语言学家。他发现印欧语系里的古语言中某一些子音在条顿语中经过的变化，而找出规律来，叫做格力姆氏定律。

这个年月，比他自己的岁数，还早二十年。不过裘德惊讶的并不是这种情况。他惊讶的是：他看了这本书以后，才头一次知道，原来并没有他不明真相的时候想象的那种转变规律（在某种程度上，规律是有的，不过文法家不承认这一点就是了），而是学的人得经过许多年一时不懈的刻苦工夫，把所有的拉丁字和希腊字，一个一个地记在脑子里。

他把书扔开，顺着那棵榆树宽阔的树干，仰着脸躺下，有一刻钟的工夫，苦恼到万分。他像以前时常做的那样，把草帽盖在脸上，看着太阳光从草帽的缝儿里偷偷地射进来。这就是拉丁文和希腊文了！现在摆在眼前了！他原先想的有多天真啊！他原先认为手到擒来的赏心乐事，现在却变成和以色列人在埃及的苦工[1]一样的东西了。

他马上就想到，他们在基督寺和伟大的学校里那些人，脑子该有多聪明，才能把几万几万字，一个一个都学会了啊。他的脑壳里是没有这样脑筋的，他是学不会这种本领的；所以，他看着太阳光，继续从帽子缝儿里射到他脸上，那时候，他就想，他要是从来就没见过书本，那有多好啊！以后永远也别再看到书本，那有多好啊！他压根儿就没出生，那有多好啊！

本来可以有人从那条路上过，问他为什么这样苦恼，告诉告诉他，说他的想法比那些文法家还要先进，这样一来，就可以给他

1　以色列人在埃及繁殖强盛起来，埃及王害怕他们，就用巧计待他们，派督工的辖制他们，加重负担迫害他们……严严地使他们做工，使他们因做工觉得命苦……在一切工作上都严严待他们。叫他们做砖而不给他们草。见《旧约·出埃及记》第1章及第5章。

打一打气了。但是却没有人从那儿过，因为向来就是一个人需要别人打气的时候，别人偏不出现。所以裘德就在认识了自己的错误以后，不胜悲伤，继续愿意自己脱离这个世界。

5

在这件事发生了以后三四年里，可以看到一辆稀奇古怪的车，在玛丽格伦附近一带的篱路和支路上往来，这辆车，不但样子稀奇古怪，赶车的方式也稀奇古怪。

原来裘德收到文法书以后过了两三个月，就把那两种死文字对他弄的卑劣玄虚，完全置之脑后了。实在说起来，那种文字的性质固然使他很失望，但是过了一些时候，这种失望反倒使他觉得，基督寺那儿的深奥学问，更光辉灿烂。克服了文字（不论是活的，也不论是死的）天生的倔强桀骜（他现在知道文字有这种性质），而把它学会了，本是一种拔山超海的事业；这种情况使他对于学习文字所感到的兴趣，远过于他认为有浅近易行的方法那时候。既然那些盖满了灰尘的书籍就是所谓的高文典册，里面包括了一切知识和思想，而表达这些知识和思想的媒介，又好像一座大山一般，那么，他想要获得知识，了解思想，就得像耗子一样，用尽方法、倔强不息地把这座山一点一点啃掉。

他尽他的力量，帮着老姑太太工作，免得那位脾气烦躁的老太太嫌他白吃饭，这样一来，那个小小的面包房，可就生意兴隆起来了。有一次甩卖的时候，他们花了八镑钱，买了一匹老搭拉着脑袋的老马，又花了几镑钱，买了一辆老吱吱发响，还带着个浅棕色布篷的车。有了这样装备以后，裘德就每星期三次，给玛丽格伦四围的人家和独身汉，把面包送到门上。

说到究竟，前面提过的那种古怪情况，与其说是由于那辆车本身的样式，还不如说是由于他在路上赶车的方式。那辆车的内部，就是裘德用“自学方法”教育自己的主要场所。那匹马不久就认得了它都要在哪些路上走，都要在哪些人家门口停一下了；这样一来，马既然不用人照管了，那孩子就坐在车的前面，把马缰绳顺在胳膊上，把他要读的书打开，用一根连在篷上的皮带很巧妙地把它拴住了，把字典摊在膝盖上，这样安置好了，他可就钻到恺撒、维吉尔或者贺拉斯[1]（看情况而定）比较容易的篇章里去了；钻的时候，用的是他自己那种瞎撞乱碰的方法；他费的力量，简直都能让一个心肠软的教师看着伤心落泪；虽然这样，他却也能或多或少地了解他所读的东西里面的意义，连猜带蒙地看出原文的精神；不过他所了解的和猜出来的，跟书里要他学的，往往不是一回事。

他唯一能得到的书，只是那种道勒芬的版本[2]，因为那种版本的书，已经有别的版本代替了，所以很便宜。不过这种版本，虽然对于懒惰的学生不合用，对于他却够好的。那位穿乡游街的送

---

1 恺撒（公元前102—公元前44），罗马大将兼作家，著有《高卢战役回忆录》和《内战回忆录》。维吉尔（公元前70—公元前19），罗马诗人，著有史诗《伊尼伊德》等。贺拉斯（公元前65—公元前8），罗马诗人，著有《讽刺诗集》《诗的艺术》等。

2 道勒芬版是法王路易十四为他的王太子所编的拉丁古典文学著作，“道勒芬”一词出于“道芬”，即法国王太子之称号。该版出于一六七四年，所以到十九世纪末，早已经老了。

货员，虽然困难重重、单人独骑地干，但是他却小心在意，把书边上的批注盖起来，不先去看它，只有遇到要分析动词和其他词类的关系，才请教它，就像他请教碰巧从他旁边走过来的伙伴或者先生那样。裘德用的这种不很精细的学习方法，虽然不大容易能使他成为一个学者，但是却也使他慢慢地走上了他所要走的路子。

一方面，他这样忙忙碌碌地死啃这些古老的篇章（从前曾经翻阅这些篇章的人，现在也许躺在坟里了），发掘它们里面所表达的思想，那样远，而却又那样近，另一方面，那匹瘦骨崚嶒的老马，就做他的巡回工作；有的时候车会突然停住，跟着一个老太婆喊道："卖面包的，今儿要两个，这个陈的退啦。"把他从对戴道[1]的悲伤哀痛中惊醒过来。

他在篱路上这样赶着车往来的时候，时常有步行的人以及别的人看见他，但是他却看不见他们。后来慢慢地那一带的人，就都谈起来，说他这样一面工作，一面玩儿（他们认为他读书是玩儿），固然于他自己，也许很方便，但是对于在那几条路上走的人，却不见得很安全。有人口出怨言。于是邻近的地方上一个居民，就报告了当地的警察，说那个送面包的孩子，这样一面赶车一面念书，应该受到制止；他要求保安警察，在这个孩子违反章程的时候，当时把他逮住了，再把他送到阿尔夫锐屯的警察所，以在公路上危害别人的罪名罚他；他说，这是保安警察职分以内的事。

1 戴道，迦太基的女王。特洛亚的王子伊尼厄司在城破之后逃出，路过迦太基。戴道热烈地爱上了他，但他终弃之而去，戴道悲痛之下，自焚而死。见维吉尔的《伊尼伊德》第四卷。

跟着那个警察，就在路上埋伏起来，等候裘德来。果然有一天，他碰见了裘德，当时他就走上前去，把他拦住了，对他提出警告。

裘德每天半夜以后三点钟就得起来，先把烤炉烧热了，再把前半夜发的稀面调上干面，做成当天要送的面包，再把它们放在烤炉里；他起得这样早，所以他晚上刚把稀面和好了发上[1]，就得去睡觉；既是这样，如果他在路上念不成书，那他就简直没有机会念书了。因此，唯一补救的办法，就是仍旧在路上念书，不过却要尽力留神看着，如果看见他前面和四围有任何人在远处出现，就赶快把书藏起来，特别是远处出现的是警察的时候。说公道话，那位治安公务员，并没有因为裘德这样赶车而跟他打多少麻烦，因为他认为，在这样一个偏僻的地方上，受危险的，大半还是裘德自己，而不是别人，所以他隔着树篱，看到那辆车上的白篷，就往往转到别的方面去了。

在范立快要十六岁那一年上，有一天，他正在往家里去的路上，连诌带猜地念《娱神颂》[2]，那时候，他看出来，他正从棕房子旁边那片高原的边上经过。原来那时候天色正在变换，他感觉到这种变换，所以才抬起头来看了一看。他一看，只见太阳正往下落，同时，在太阳对面的一簇树后面，满轮的月亮，正往上升。他那时的心，正完全浸在那首诗里，所以多年以前使他在梯子上跪

---

1 这是做面包的方法之一，先调稀面加上酵母，过了相当时间，面发起来，然后再加干面，再使它发起来，然后做成面包，入炉烤。这儿是头天夜里调稀面加酵母，夜里面渐发起，后半夜发好，再加干面另发。

2 《娱神颂》，贺拉斯的一首短诗，在公元前十七年受罗马皇帝之命而作，纪念百年竞技节。

下祈祷的冲动，又一下支配了他；他把马停住，下了车，往四外看了一眼，一个人都没有；于是他就手里拿着翻开的书，在路旁的土坡上跪下去。他先转身朝着那光明的女神看了一下；女神好像带着温蔼而又批评的态度看着他的行动；跟着他又转向对面那个正要隐去的发光体，一面嘴里开始念：“Phoebe silvarumque potens Diana！”[1]马静静地站着，听他把那首赞美诗念完。那时裘德反复地念那首诗，他的感情完全是受了多神论的支配，那是在青天白日之下，他永远也不会想去满足的一种感情。

他到了家以后，就琢磨他做这样的事里面所含的稀奇迷信色彩，这种色彩也不知道是先天的，还是后天的；同时想到，像他这样一个打算做学者、再不就做基督教牧师的人，怎么会这样健忘，把常识和习惯都撂开了？这种情况都是因为，他念的书，完全是异教的著作。他越琢磨这件事，就越相信自己是矛盾的。他纳起闷儿来，不知道他是否能够为了实现他一生的壮志而念应该念的书。毫无疑问，这种异教文学和基督寺（以砖石表现出来的那个富有情趣的教会故事）那些中古学院它们二者之间，很少协调之处。

最后他断定，对于他这样一个青年基督教徒，以他现在所爱读的书而论，就表示他的感情是不正当的。他曾涉猎过荷马，但是却从来没对希腊文《新约全书》下过工夫，他也并不是没有那本

---

1 这是《娱神颂》的头一行（拉丁文）。意思是：“斐伯司和林中之女王狄亚娜啊！”斐伯司是罗马人的日神，狄亚娜是月神兼猎神，所以说她是林中之女王。这首诗第一行先呼日神与月神之名，跟着说，你们照耀天空，你们受人的崇拜，愿你们在这个神圣的季节降福人间。

书，他不是从一个卖旧书的那儿写信买来了吗？这样，他就放弃了现在跟他熟悉了的伊昂尼文，而开始学另一种希腊文[1]了。从此以后，有很长的时间，他读的东西，差不多只是格里士巴赫版本的“福音书”和各部书札[2]。同时他有一天上阿尔夫锐屯去，在一家卖旧书的铺子里，看见了几本教会学者的著作，那是附近的地方上一个破了产的牧师撂下来的。这样，他就又和神父们的著作发生了姻缘。

他这种路线的改变，还产生了另一种结果：他在礼拜天，把所有步行能走得到的教堂都访遍了，把它们那些十五世纪的铜牌上和墓碑上刻的拉丁文，都翻译出来。在这样的访问中，有一次，他遇见一个驼背的老太婆，人很聪明，凡是她能得到的东西，无所不读；这个老太婆对裘德另外又讲了许多关于那个光明灿烂、学者辈出的城市动人和迷人的地方。他仍旧和以前一样，很坚决地想要到那个城市去。

但是他到那个城市去，怎样生活呢？他现在是一点收入都没有的。他没有任何体面或者固定的职业，既可以使他生活，又可以使他从事也许要费多年的工夫才能有所成就的学术研究。

城市里的人最需要的是什么东西呢？吃的、穿的和住的。以

1 伊昂尼文是古希腊的方言之一，荷马的史诗主要就是用这种希腊文写的。《新约全书》的希腊文又是另一种，叫做亥伦尼斯提克（已见前）。除此而外，还有艾提克文，为三大悲剧家、喜剧家及柏拉图等人所用。

2 格里士巴赫（1745—1812），德国圣经学者，于一七七四至一七七七年编订希腊文《新约全书》。《福音书》指《新约全书》里的《马太福音》《马可福音》《路迦福音》及《约翰福音》，都是叙述耶稣的事迹的。“书札”则指《罗马人书》《哥林多前书》《哥林多后书》《加拉太书》等，讲基督教义、布道方针等。

供应头一种需要作职业，收入不会多；从事供应第二种，他又不喜欢；他倾向于从事供应第三种。城市里是要盖房子的；所以他就学建筑好了。于是他就想起他没见过面的姑父来了，那就是他表妹淑珊娜的父亲，他是一个用金属制造圣物的匠人；裘德觉得从事中古流传下来的工艺，不论用的是什么原料，他都喜欢，至于为什么喜欢，却很难说；他要是学他姑父那样，暂时在学者的灵魂所依附的躯壳方面，从事工作，是不会有大错的。

他弄了几块易切石（金属那时弄不到），暂时停止了他的学术研究，利用他每天那半个钟头的空闲时间，仿造他那个教区上教堂里的柱端和柱头，作为初步的准备工作。

阿尔夫锐屯[1]有一个只会做低贱活儿的石匠；他先很快地想法找了一个人，替他帮着他老姑太太做事，跟着他自己就投到那个石匠名下，给他工作，只拿一点点工资。在那个石匠那儿，他至少有机会学一学用易切石作原料而工作的初步知识。过了一些时候，他又投到那个地方上一个教堂建筑师那儿，在那个建筑师的指导之下，他学会了修整附近一带几个教堂的石匠活儿。

他一方面固然并没忘记，他现在这种劳作，只是一种手段，靠它维持一时的生活，好来准备他自己以为更合乎个人志趣的伟大事业；但是另一方面，他对于这种劳作本身也发生了兴趣。他现在一个礼拜里，有六天住在那个小市镇上了，只礼拜六晚上，才回到玛丽格伦。就在这种情况下，他的十九岁来到又过去了。

---

1 底本是王塔治，一个小市镇，在玛丽格伦北面偏东约五英里。

十二卷，代数我学到一次方程式。

“我念过一些神父[1]的书，也知道一点罗马史和英国史。

“所有这些，都不过是一种开端就是了。不过，我在这儿，是不能再有多大进益的，因为书很难弄到，所以我以后，得把精力完全集中到怎么就能到基督寺去这一点上。我一旦到了那儿，在那儿得到了帮助，那我的进步，就会很快了。那时候，再看我现在这点儿知识，就会觉得，这跟小孩子那样无知无识差不多了。我得攒钱，我也愿意攒钱；那些学院里，一定得有一个，给我把它的大门打开。它现在固然拿脚踢我，但是它总得有欢迎我那一天，即便我得等二十年，我也非做到这一点不可。

“在我死以前，我一定要做到神学博士！”

他继续这样梦想下去，并且认为，如果他过一种纯洁端正、自强不息、合于圣教的基督徒生活，他甚至于都可以做到主教。那时候，他一定会事事都是一个好榜样。如果那时候，他一年的收入是五千镑，那他就用不同的方式，捐出四千五百镑去，用剩下的钱过一种（对他说来）豪华的生活。他又一想，做主教有些荒谬，做到大教长也就够了。一个人做了大教长，也许可以跟做主教同样地行为纯正，同样地学问渊博，同样地利世致用。但是他想着想着，仍旧又回到主教上去了。

“同时，我只要在基督寺一安置下，那我能马上就把我在这

1　教会神父，指五六世纪以前教会神父用拉丁文阐述教义的作家。

儿弄不到的那些书都读了，像李维、塔西佗、西罗多德[1]、埃斯库罗斯、索福克勒斯、阿里斯托芬——”

“哈，哈，哈，哈！好哇，好不要脸！”树篱那一面发出来这样一种轻细声音，但是他并没注意。他只心里继续琢磨！

“——欧里庇得斯、柏拉图、亚里士多德、路克里歇[2]、艾皮克提特士[3]、孙尼卡[4]、安顿奈纳。跟着我就掌握别的东西；要把神父们的著作，彻底地掌握了，把毕德[5]和一般的教会史都弄熟了，然后再学一点希伯来文——我现在还只认得希伯来文的字母——”

“好哇，好不要脸！”

“——不过我能死用功。我有的是坚忍不拔的精神，谢谢上帝！一个人成不成，就看他有没有这种精神……不错，我一定要基督寺做我的母校，而我自己做她的爱子[6]。我一定要给她露脸增光。”

他这样把思想集中到未来的事业上，他的脚步可就慢了；现在他一动不动地站住了，两只眼一直看着地上，好像他的将来，就由幻灯映在那儿似的。忽然有一样东西，啪的一下打到他的耳朵上。他感觉到，那是一块柔软、冰凉的东西，刚才有人朝着他扔

---

1 李维（公元前59—公元17），罗马历史学家，著有《罗马史》。塔西佗（约55—117），罗马历史学家，著有《日耳曼民族》等书。西罗多德（公元前484—公元前424？），希腊历史学家，著有《史鉴》。

2 路克里歇（公元前99—公元前55），罗马诗人，著有《物性论》长诗。

3 艾皮克提特士（约生于公元一世纪），斯多伊克派哲学家。其弟子辑其言论为《谈话录》及《讲演集》。

4 孙尼卡（死于公元65年），罗马哲学家兼悲剧家，著有悲剧九种。

5 毕德（673—735），英国历史学家及学者，著有《英人教会史》。

6 《新约 · 马太福音》第3章第17节："这是我的爱子，我所喜悦的。"

来，现在落在他脚前。

他一看就知道那是一块什么东西了。那是一块肉，从阉猪身上最特殊的地方割下来的——乡下人都用它油靴子，因为它没有任何别的用处。在这一带地方，养猪的很多；本来北维塞司有些地方，就是以养猪多出名的。

原来树篱那一面，有一条小河，刚才他做梦想的时候，迷迷糊糊地听见的那种轻细的语音和笑声，就是从河边上发出来的，这种情况，他现在刚刚明白。他上了土坡，从树篱顶上往那面看去。只见在小河对着他那一面的旁边，有一所小小的村舍，连着园子和猪圈；村舍前面，小河旁边，有三个年轻的女人跪在那儿，她们身旁放着木桶和盘子，木桶和盘子里盛着一堆一堆的猪肠子，她们正在那流动不息的河水里，洗那些猪肠子。这三个女孩子里有一两个，抬起头来，往上看了一看，看见他正站在那儿瞧她们，表示她们的谈笑已经引起他的注意，她们就做出不怕人看的样子，把脸一绷，同时使劲洗涮起猪肠子来。

“我这儿多谢你们了。”裘德严厉地说。

“你可要听明白了，可不是我扔的。”那三个女孩子里有一个对她身旁的同伴说。她好像并没意识到，那位青年就在她们面前似的。

“也不是我。”另一个女孩子说。

“哦，安妮，怎么会是你哪！”第三个年轻的女人说。

“就是我要扔的话，那我也决不会扔那种东西！”

“呸，我管它才怪哪！”她们就这样，一面笑着，一面继续工作，老没抬头，只假装着互相推诿。

裘德一面用手抹脸，一面觉得应该挖苦挖苦她们，所以就接着她们的话茬儿说：

“你没扔——绝不是你！”他对她们三个里面在上水流的那一个说。

他挖苦的那个女人，是一个身量高大、眼珠漆黑的女孩子，生得不能说绝对整齐，但是在稍微远一点的地方看着，却够得上整齐二字，不过肉皮儿并不很细就是了，她的胸部圆圆鼓起，嘴唇丰满，牙齿整齐，脸蛋像一个交趾鸡下的蛋那样红润，确实是一个健壮茁实、味道十足的雌性动物，一点也不多，一点也不少。裘德想，刚才扔那件东西，使他的注意力，由他自己学习古典文学的梦想，转到他前面这几个感情按捺不住的人身上的，差不多可以肯定地说就是她。

“那你就不用管了。”她十分正经地说。

“不管是谁扔的，反正那都是把东西糟蹋了。”

“哦，那算不了什么。这口猪是我父亲的。”

“你是不是有话要跟我说？”

“哦，不错，只是不知道你怎么样。”

“得我过河那边吗？还是你在上水流那个板桥那儿等我？”

也许她先就看出来，现在有机可乘了；因为他说这几句话的时候，那个皮肤深色[1]的女孩子把眼光往他眼里一射，当时他们两个在一瞬之间，就灵犀相通了，潜在的吸引力，互相感应了，不需

1 高加索种人（即白种人），肤色有两种，一种深色，皮色深，发黑，眼珠黑；一种淡色，皮色淡，发黄或灰，眼珠灰或蓝。所谓深淡，只程度之异，实则皆为白色。

要说出来，意义就很明显；不过，这种感应，在裘德·范立那一方面，完全没有事先想好了的成分在内。她也明白，在那三个人里面，她单独受到他的注意，正像一个女人，在现在这种情况下受到注意那样，并不是因为，他算计好了，想再进一步跟她交朋友，而只是因为，当时的形势，好像是司令部发来了一道要他和女人结合的命令，自然要对它服从，而现在这个受命令的，却是一个不幸的人，长了这么大，从来没想到和女性打交道。

她一跳站起身来，嘴里说："你把那儿那块东西给我捡起来带过来好啦。"

裘德现在明白了，使她跟他打招呼的，绝不是任何于她父亲的买卖有关系的事儿。他把他那个盛着家伙的篮子放在地上，捡起那块东西，用手杖把树篱分开一条路，由那儿穿过树篱。他们两个，一个在小河这一边，一个在小河那一边，平行地往小板桥那儿走。那个女孩子快要走到板桥的时候，趁他没看见的工夫，把她那两个脸腮，往嘴里很巧妙地一面咋了一下，她用这样稀奇巧妙、独出心裁的方法一咋之后，她那两面原先平滑、圆满的脸腮上，好像在魔术的影响之下，一面出现了一个酒窝儿；只要她继续微笑，她就能使这两个酒窝儿老留在那儿。这种随意咋出酒窝的动作，并不是不经见的事。不过有许多人尝试，而只有少数人成功就是了。

他们两个，在板桥的正中间，会到一块儿了，裘德把原先她用做武器的东西扔给了她以后，跟着就好像期望她能给他解释解释：她为什么这样冒昧，想要教他站住了，却不用喊他的办法，而用这种新颖的战术。

不过，她却故意不看他而看别处，同时用手抓着桥栏杆，把身子前后摇晃；到后来，异性的吸引使她不能再忍了，才带着批评的神气，把眼光转到裘德身上。

“你不会认为我那是有意砍你吧？”

“哦，不会。”

“我们这是给我爸爸洗涮猪肠子，他是无论什么都不愿意扔掉的。他用那东西擦皮革。”她向草地上那东西点了点头。

“我不明白，她们两个为什么要扔那脏东西。”裘德说。他这是为礼貌起见，信了她的话，所以才这样说，其实他心里很怀疑她那句话的真实性。

“只是不要脸就是了，没有别的。千万可别告诉别人，说那是我扔的！你可得记住啦！”

“我怎么能那么说？我连你叫什么，还不知道。”

“啊，不错。你要我告诉你吗？”

“要！”

“我叫艾拉白拉·邓，我就在这儿住。”

“我过去要是常打这儿过，那我早就该认得你了。不过我大半都是走大道。”

“我爸爸是养猪的，这几个女孩子在这儿帮着我洗涮猪肠子，洗好了好做猪血灌肠什么的。”

他们两个站在那儿，眼睛看着对方的眼睛，身子靠着板桥的扶手，谈了几句又谈几句。女性对男性那种不出声的呼唤，在艾拉白拉的情态上清清楚楚地表现了出来，使裘德不但违反本意——并且差不多还不由自主——舍不得离开那个地方，同时使他意识到，这是他平生第一次感到的新经验。如果我们说，直到那时候，裘德从来就没把女人作为女人观察过，而只是模模糊糊地认为女性和他的生活和目的，都没有关系，这种说法，不能算是过甚其词。他从她的眼睛看到她的嘴唇，从她的嘴唇看到她的胸部，看到她那两只露着的圆胳膊，只见她的胳膊，当时让水泡得湿漉漉的，红一块白一块，像大理石一样地光润。

“你长得多好看！”他嘟嘟囔囔地说，其实那种像磁石一般的吸引力对他所引起的感觉，不用说出来就够明显的了。

“啊，可惜你礼拜天没瞧见我！”她带出有意撩拨他的意味来说。

“我恐怕我礼拜天瞧不见你吧？”他问。

“那你自己琢磨去好了。这阵儿还没有人追我哪，不过，过一两个礼拜，也许就有了。”她说这几句话的时候，没带笑容，酒窝也不见了。

裘德觉得自己好像很奇怪地有些飘飘然起来，想不那样，却身不由己。“我当那个角色可以吗？”

“那有什么不可以的？”

那时候，她已经有一会儿的工夫把脸转到一边，把前面说过的那种咋脸腮的稀奇、细微动作，重演了一番，所以她脸上原先消失了的酒窝儿，现在又有一个出现了；裘德呢，裘德只意识到她这个人所给他的笼统印象，看不见什么细致情况。“下一个礼拜天成吗？”他抖着胆子问，“那也就是明天！”

“成。”

“得我上这儿来吗？”

“当然。”

只见她显出得到一些胜利而喜气洋洋的样子，用几乎得算温柔的眼光把他一溜，然后转身顺着小河边上的草地，回到她的同伴那儿去了。

裘德·范立背起他那个盛着工具的篮子，重新孤独地上了路，一方面感到满腔的热烈情绪，另一方面却又在心里对这种情绪观望注视。他这是刚刚在新鲜的大气里吸了一口气，在过去的时候，显而易见，他走到哪儿，这种大气也跟到哪儿，至于跟了多久，他不知道，不过他却知道，这种大气——他实际呼吸的空气，却好像让一块玻璃给他隔断了。至于他几分钟以前，那样精密地想好了的读书、工作和学习计划，却不知道为什么，很奇怪地瓦解了，被挤到角落里去了。

“好吧，这不过是玩玩就是了。”他自己对自己说。他所以这样说，只是因为他也有些意识到，以普通的眼光来看就可以看出来，在这个吸引了他的女孩子身上，一方面缺少某些东西，另一方面又更明显地多余一些东西，所以他才不得不借口他那方面只是开开玩笑，作为去找她的理由——她缺少的和多余的这些东西，都和他爱好文学、憧憬基督寺的性格，完全立于相反的地位。那个女孩子既然选了那样一种武器，向他进攻，那她绝不是什么祀神的贞女[1]。关于这一点，他是凭他的理智看出来的；不过他看的动作，却只是一瞬的工夫，好像他站在要灭的灯下面，有一会儿的工

1 罗马宗教，在灶神庙里，用贞女司祭祀，守护圣火。贞女如有不贞，则受活埋的惩罚。

夫，看到了墙上的字迹，过了那一会儿，一切就都让黑暗笼罩起来了。裘德那种辨别是非的能力也一下就消逝了，他对于一切事物的情况，完全看不见了，他只觉得，现在出现了使他感到狂欢的新东西了，只觉得，他现在找到了发泄感情的新出路了，这种出路以前毫没想到，虽然它就在他身边。他在明天那个礼拜天，就要跟这个激发鼓舞他的异性会晤了。

同时，那个女孩子又和她的同伴在一起了，一声不响地重新在那条小河流的清水里洗涮猪肠子。

“上钩儿了吗，我的亲爱的?”那个叫做安妮的女孩子简截地问。

“我也说不上来。我只后悔，不该扔那样东西！”艾拉白拉懊恼的样子说。

“哟！不管你怎么想，反正他并不是什么高人。他从前是给祝西拉·范立在玛丽格伦赶着车送面包的，后来他上了阿尔夫锐屯，在那儿学徒。从那时候起，他可就摆起架子来啦，老念书。他们说，他想做一个念书的人。”

“哦，他是怎样的一个人，是怎么一回事，我才不在乎。你别当我在乎，我的乖乖！”

“哦，真的吗？你别装着玩，骗我们啦！你要是不想把他弄到手，那你去跟他说了那半天话，为的是什么？不过，你要他也罢，不要他也罢，反正他这个人，一点不错，跟小孩子一样地天真。你在桥上和他说话儿的时候，我就看出这一点来了。那时候他看你那种看法，真好像他长了这么大，就从来没见过女人似的。好吧，一个女人，不论是谁，要是真想规规矩矩地把他弄到手，那她只要有法子叫他喜欢她一点儿，这件事就算没有问题了。”

7

第二天，裘德·范立犹豫不定，待在他那个屋顶往一面坡着的卧室[1]里，拿眼瞧一会桌子上放的书，又瞧一会白灰天花板上在过去几个月里叫他那盏油灯的烟熏黑了的地方。

那是礼拜天下午，他和艾拉白拉·邓见过面，又过了二十四个钟头了。在过去那一个星期里，他一直不断地在心里打主意，说要把今天这一个下午留出来，专门做一件事——重新读他那本希腊文《新约》。那本希腊文《新约》是一本新书，比他那本旧的，印得更清楚，根据的是格里士巴赫的原版；还增加了许多学者的校改，书边上印着各种不同的异文。他对于这本书很珍惜，那是他猛着胆子直接写信给伦敦发行它那家书局买来的。这样买书，他以前还从来没做过。

他本来还琢磨过，觉得今天下午，要是能和从前一样，在他老姑太太家那个安静的屋里（他现在在那儿一星期只睡两个晚上了）专心致志地念他那本书，那他的快乐一定很大。但是没想到，昨天在他那种像不声不响、平顺流畅、河水一般的生命里，却出现了一件新事，发生了一个顿挫，使他生出一种异样的感觉，像一条

1 这是说，这个卧室是一个阁楼，所以屋顶往一面坡着。

刚把冬天的皮蜕了的蛇那样，对于它新换的皮所有的光泽和敏感，还不能了解。

说到究竟，他还是不要去跟她见面好。因此他坐下去，把书打开，把胳膊肘四平八稳地放在桌子上，把手四平八稳地放在太阳穴上，从头念起来：

H KAINH ΔIAΘHKH[1]

但是他不是答应过她，说要去找她吗？一点不错，答应过！她一定要在家里等他的，可怜的孩子，并且要因为他，把整个一下午的时光都白白糟蹋了。再说，且不必管答应了没答应，反正她身上有一种东西，叫人不由得要受它的吸引。他不应该对她失信。固然他读书的时间，只有礼拜天和平常日子的晚上，但是，一个下午的工夫，他还是省得出来的，因为别的年轻人，都能省出许多下午来。他要是错过了今天的机会，那他大概就永远也不会再跟她见面了。不错，以他现在订的计划来看，他再跟她见面是不可能的。

简单地说，当时好像真正有一只力大无比的手——一种跟以前推动他的那种精神和影响完全不同的东西，捉住了他，拽着他走。这种东西，好像对于他的理性和意志，一概不大在乎，对于他

1 这是希腊文的大写字母标出之字，意即《新约》。H 是冠词，主格、单数、阴性；KAINH 是“新”；ΔIAΘHKH 是“约”，这个名词和形容词的格、数、性，都和冠词一致。希腊文中，冠词和形容词也须同它所附属的名词一同变化。此处所引希腊文中，头一个 H，如是小写字母，就作 η，“ < ”表示发音吐气，相当于英语中之 h。

的所谓高尚愿望，也完全不理会；只像一个脾气凶暴的塾师，抓住了一个小学生的领子一样，拖着他前去，去的方向是一个女人的怀抱，而那个女人并不是他敬重的，并且除了他们两个住在一个地区而外，她的生命跟他的生命，也没有一样相同之处。

Η ΚΑΙΝΗ ΔΙΑΘΗΚΗ 撂在一边了，那个命中注定非这样不可的裘德一跃而起，穿过了那个屋子了。其实，他先就料到这种情况，所以早就把他最好的衣服穿在身上了。不过三分钟的工夫，他就离开了那所房子，走上了小路，穿过广大空旷的山坳里一片麦地了，这片麦地，一面是他住的那个村子，另一面就是高原外边山洼里艾拉白拉住的那所孤零零的房子。

他一面走，一面看了看表。他在两个钟头以内，就能够回来，就很容易地能够回来，所以吃了茶点以后，还有很大的工夫可以读书。

他从几棵半死不活的杉树和一所村舍的旁边走过，到了小路和大道连接的地方，顺着大路急忙往前走了一阵，又往左一拐，下了棕房子西面的陡峻山坡。就在那个白垩质山岗的山根下面，他走近了那道由山根下涌出来的小河流，他顺着那道小河流再往前去，就到了她的家了。只闻得房子后部，有猪圈的气味，同时听到猪喂喂叫的声音。他进了园子，用手杖的下端往门上敲。

有人隔着窗户看见他了，因为屋子里有一个男人的声音说：

“艾拉白拉，你的情人跟你搞对象来啦！快去吧，我的孩子！”

裘德听了这个话，觉得很不得劲儿。刚才那个人说的搞对象，太现实了，完全不是他心里所想的那样。他要和她一块儿散步，也许还要跟她接吻；但是搞对象？那却太令人感到头脑冷静地有所为而为的意味了，和他的观念完全不符合。当时门开开了，他进了屋子，只见艾拉白拉已经浑身上下打扮好了，穿戴着出门的服装走下楼来。

“请坐一下吧，这位我不知道怎么称呼的先生！”她父亲说，只见他这个人很精神，留着黑胡子；他说这句话的时候，用的口气，和刚才裘德在门外听见他的时候，一样的现实。

“我想马上就到外面去走走，你呢？”她低声对裘德说。

“我也想马上就到外面去，”他说，“咱们走到棕房子那儿就往回走，半个钟头就够了。”

艾拉白拉让她家里那种凌乱情况一衬托，显得越发漂亮了，所以他很高兴，自己幸而来了。他以前的种种疑虑，现在完全消逝了。

他们先攀上了那一道丘陵最高的地方，一路之上，他有时要握着她的手扶着她。到了山顶上，他们又往左一拐，顺着山脊走上了那条古道，又往前一直走到前面说过的那个棕房子旁边古道和大道交叉的地方。那也就是他以前那样热烈地想要看到基督寺的地方。现在那种热烈的愿望他完全忘了。他对艾拉白拉谈的虽然都是最平常的本地风光，但是却谈得非常起劲儿，即使他真正能跟他新近崇拜的那个大学里所有的院长、研究员谈所有的哲学，都不会那样起劲儿。并且他经过从前他朝着狄亚娜和斐伯司下跪的地点，也一点都不记得，神话里有他们这两个神了；也不记得，太阳除了是一盏有用的灯，可以把艾拉白拉的脸照亮了以外，还会是任何别的东西。一种无法形容的轻捷步履，催动着他往前走去；于是那个刚刚起始的学者、前途无限的神学博士、教授、主教等等，就心里觉得，有这样一个漂亮的乡村姑娘，穿着她过礼拜的连衣裙，扎着过礼拜的丝带，不怕委屈了自己，同意和他散步，真是荣幸之至，光辉之至。

他们走到棕房子那儿了——他本来打算到那儿就往回走。但是他们在那儿，往北面那一片广大的地方瞧的时候，却忽然看见，离他们下面约莫二英里远一个小市镇附近，冒出一片浓烟。

“那是着火啦，”艾拉白拉说，“咱们快跑到那儿去看看好了——快点儿！那儿离这儿并不远！”

裘德心里是一片缠绵的柔情，所以对艾拉白拉的意向，没有任何阻挠的意思——他不但没有阻挠的意思，反倒喜欢她这种意向，因为他有借口，可以和她在一起多待些时候了。他们开始下山的时候，差不多是跑着的；但是到了山根的平地，往前又走了一英里，他们却看出来，着火的地方，比原先在山上看着的时候，要远得多。

不过，他们既然已经走了这么远了，所以他们就仍旧往前走去；但是一直走到五点钟，他们才到了着火的地点——只见那儿离玛丽格伦差不多一共有六英里，离艾拉白拉的家有三英里。他们走到那儿的时候，火已经救下去了，他们看了一看那片凄惨的瓦砾堆，就动身往回走，他们的路线由阿尔夫锐屯经过。

艾拉白拉说她渴了，想喝点茶，跟着他们就进了一个低级的客店，说明了要喝茶。他们要的既然不是啤酒，所以要等老半天。店里的女侍认得裘德，就在店的后部对女掌柜的低声说，想不到凭他那么一个念书的人，“一向那么规矩”，会一下变得这样不顾好歹，和艾拉白拉搞到一块儿。艾拉白拉猜出来她说的是什么话，所以就用一本正经、满含温柔的眼光看着她的情人笑起来——那是一个什么都不大在乎的女人，知道了她正做了赢家的时候那种下作、胜利的笑法。

他们坐在那儿等，同时往屋里四下看，看墙上挂着的一张参孙和大利拉[1]的画儿，看桌子上啤酒杯留下的圆印儿，看放在地上垫着锯末的痰筒。当时屋里全部的光景，让裘德觉得情绪低落，心意沮丧，很少有别的地方使人感到这种情况，只有在礼拜天下午的酒店里，西下的夕阳斜着射进室内，酒已经不喝了，而赶路的人，不幸又找不到其他安身的地方，才使人有这样心情。

一会儿，暮色苍茫了，他们说，他们真不能再等下去了。"可是不等，又有什么办法？"裘德问，"你得走三英里地，才能到家呀！"

"咱们喝啤酒好啦。"艾拉白拉说。

"啤酒，啊，不错。我把啤酒忘了。不过，礼拜天下午，跑到客店里喝啤酒，总多少有些不好意思吧。"

"咱们原先并没打算喝啤酒啊。"

"不错，原先并没打算喝啤酒。"裘德直到那时候，倒很想离开那种气氛跟他不投的地方，不过他还是叫了啤酒。啤酒一会儿就拿来了。

艾拉白拉尝了尝，"嚄！"她说。

裘德也尝了尝，"怎么啦？"他问，"我现在不大懂得啤酒了；

1　参孙和大利拉都是《圣经》里的人物，他们的故事见《旧约·士师记》第13章第24节以下。

不错，不大懂得了。我倒很喜欢喝啤酒，不过喝了啤酒再念书，可就不大念得下去了。我觉得喝咖啡好些。不过现在这个啤酒，好像还不坏呀。”

“这酒是掺和的——我喝不下去！”于是她就把她喝这一口所尝出来的成分都说出来了，除了大麦芽和啤酒花以外，还有三四种别的成分；裘德听了觉得十分惊异。

“你懂的事儿真多！”他乐呵呵地说。

酒虽然不好，她还是把她那杯喝光了，跟着他们就上了路。那时天差不多黑了；他们一离开了镇上的灯光，就更往一块儿凑，后来都互相接触了。她心里想，他用胳膊搂着她的腰多好啊！他怎么没那么办哪？他确实没那么办；他只说：“你挽着我的胳膊吧。”这在他已经觉得够大胆的了。

她挽着他的胳膊，挽得很彻底，连胳膊带肩膀都挽着了。他感觉到她的身子暖烘烘地贴到他的身子上。他把手杖夹在那一个腋下，用他的右手，握住了她挽着他的胳膊那只右手。

“现在咱们可真是摽在一块儿了，亲爱的，是不是？”他说。

“不错。”她说；不过却对自己补充了一句：“未免不够劲儿！”

“我真变得放荡起来了！”他心里想。

他们就这样往前走去，一直走到高原的山根下，在那儿，他们能看见那条白色的大道在他们面前的夜色里斜着往上升起。从这个地点上要往艾拉白拉家里去，只有一条路，那就是先往这个山坡上去，然后再往右边她住的那个山谷下去。他们往上走了没有多远，就有两个人从草地上走来，但是却没看见他们，所以差一点儿没撞到他们怀里。

“这些情人儿——不管什么季节，也不管什么天气，都老在外面跑——只有情人儿和野狗才这样——”这两个人下了山坡看不见的时候，他们里面有一个这样说。

艾拉白拉微微地一龇牙。

“咱们是情人吗？”裘德问。

“这个你应该明白呀。”

“不过我要你告诉我。”

她把头往他的肩膀上一靠，作为回答。裘德就将计就计借着这个劲儿，用他的手搂住了她的腰，把她拽到他怀里，吻她。

他们现在不是手挽着手往前走了，而是像她原先就希求的那样互相搂抱着了。裘德心里想，说到究竟，既然天黑了，有什么关系呢？他们上山坡走到半途的时候，就好像两个有约在先似的，一齐站住了，裘德又吻了艾拉白拉一次。他们走到山顶上，他又吻了她一次。

“你喜欢那样的话，你就把胳膊老放在那儿好了。”她温柔地说。

他果然就把胳膊老搂在她腰上，一面心里想，她有多相信他啊。

他们就这样慢慢地朝着她的家走去。他是三点半钟离开他老姑太太的草房的，本来打算五点半钟就回来，读他的《新约》。等到他又抱了她一下，站在她父亲的门口，看着她进了家，那时候，却已经九点钟了。

她要求他到她家里待一下，哪怕只待一分钟呢；因为不那样的话，就要显得太怪了，并且要显得好像是天黑了她一个人在外面逛了。他答应了她的要求，跟着她进了屋门。屋门刚一开开，他就看见，除了她父母以外，还有几个邻居，也坐在屋里。他们都以祝贺的态度对待他们，郑重其事地把他看作艾拉白拉选定了的终身伴侣。

他们跟他不是一类人，所以他觉得很不得劲儿，不知道怎么好。他本来没想到会有这样一番光景，他只是想和艾拉白拉走一走，过一个愉快的下午就是了。他等着和她继母见了见面（她继母是一个简单、安静的女人，面貌和性格都没有什么特殊的地方），就对大家说了一声夜安，带着如释重负的心情，投到越过丘陵的路上去了。

不过那种心情却是暂时的；艾拉白拉一会儿又在他心里恢复了势力。他走着的时候，觉得自己和昨天的裘德，完全不是一个人了。他的书对于他又有什么意义呢？他从前那样严格，打算一天连一分钟的工夫都不荒废，又有什么意义呢？什么叫“荒废”？那得看你从什么观点出发了。他现在这样，绝不是荒废，他这是有生以来第一次真正生活！爱女人，比做大学毕业生，比做牧师，都好得多；不错，比做主教都好！

他到了家的时候，他老姑太太已经睡下了。他只觉得，屋里一切东西，好像都带出一种意识到他荒废正务的神气来。他摸索着上了楼，只觉得屋子里一片黑暗，就好像很伤心地查问他。他看到他那本书还在那儿摊着，跟他撂开它的时候完全一样，就觉得书名页上的大写字母，好像死人没闭上的眼睛一样，在灰淡的星光下，一直地瞅着他表示责问。

H KAINH ΔIAΘHKH

第二天早晨，裘德得很早就起身，往他一个星期里住六天的寓所去；他是带着一切都白费的感觉，把那本带回家来却没翻篇儿的书，扔在篮子里的工具和别的必需品上面的。

他把他这种感情热烈的行动保守得极秘密，几乎连对自己都不泄漏。艾拉白拉却正相反，她在她所有的朋友和熟人中间，逢人便说。

他在熹微的晨光中，顺着前几个钟头他在夜色里和情人一同走过的那条路，走到了山根下，到了那儿，他先慢慢地走了几步，后来索性站住了。因为他现在所在的，正是他头一次吻她的地点。太阳既是刚刚出来，那么从他们在那儿的时候起到现在止，这个时间之内，很可能还没有别人从那儿走过。裘德看着地上，叹了一口气。他又仔细往地上看去，恰好能在湿润的土地上，辨出他们两个互相搂抱着站在那儿的时候留下来的脚印。但是她现在却不在那儿了，“强烈的想象在原来的素底子上增加了彩绣”，把她过去身在此地的情境，明显地描绘出来，使他感到，心里有一种没有任何东西能够填补的空虚。紧靠那个地点，有一棵去了树梢的柳树，那棵柳树和世界上所有别的柳树，多不一样啊。他要像他答应过她那样再和她见面，总得再过六天才成；他当时最诚恳、最深切的愿望，就是怎么能把这六天完全消灭了才好，即使他只有这六天能活在世上，他都愿意那样。

又过了一个半钟头之后，艾拉白拉和礼拜六跟她在一块儿的那两个伙伴，也从那条路上走来。她虽然嘴里一刻不停地跟那两个女孩子谈她昨天晚上的经过，但是她对于他们接吻的地点和标志那个地点的柳树，却丝毫都没注意就走过去。

“后来他又跟你说什么了？”

“后来他就说——”跟着她就把他当时说的那些最甜蜜的话，差不多一个字一个字都学了一遍。如果裘德当时站在树篱后面，听到他头天晚上所说的话和所做的事，几乎没有一样没公开出来，那他一定要大吃一惊。

“这是他受了你的笼络以后，已经有些喜欢你了。要不是这样，我情愿认罚！”安妮揣情度理地说，“你做了这一步，太好了！”

过了不大的一会儿，艾拉白拉用一种很奇异地含着肉感的语调低声而猛烈地回答说：“他已经有些喜欢我了；不错；不过我不只要他喜欢我就完啦；我还要他摽住了我——我还要他娶我！我一定得把他弄到手。我没有他就活不成。他正是我追求的那种人，要是我不能做他的人，我就要发疯！我头一次看见他的时候我就有这样的感觉了！”

“他既是一个多情多义、正直诚实的小伙子，你应该把他弄到手，叫他做你的丈夫，不过你可得有好办法，能把他抓住了才成。”

艾拉白拉琢磨了一会儿，“你说的好办法是什么呀？”她问。

“哦，你不知道哇——不知道哇！”第三个女孩子沙拉说。

“我真不知道！我只知道老老实实地恋爱，同时要留神别让他搞得太过火！”

第三个女孩子看着第二个女孩子说：“她真不知道！”

“很清楚，她不知道！”安妮说。

“她还在城里待过哪，真是的！好吧，你固然有些事儿比我们明白，我们也同样地有些事儿比你明白啊！”

“不错，你们说一说，怎么能把一个人很有把握地弄到手好啦。你们只当我是一个什么都不懂的人，对我说一说好了！”

“这可得你真想要他做你的丈夫才成。”

“我真想要他做我的丈夫。”

“这是因为他是那样一个忠厚老实人，所以我才传给你这种方法。要是他是个大兵，是个水手，是个城里的买卖人，或者别的专对可怜的女人耍滑头的人，那你就是打死我，我也决不传给你。我决不能害我的朋友！”

“哦！当然得是他这样的人才成！”

艾拉白拉的伙伴彼此看了一眼，带着闹着玩儿的样子一转眼珠，开始傻笑起来。跟着她们两个之中就有一个走到艾拉白拉跟前，并且，虽然近处没有别的人，却低声授传了方法，另外那一个女孩子就带着很稀罕的样子看着艾拉白拉，看她听了那几句话，有什么反应。

“啊！”艾拉白拉慢慢地说，“我承认我没那么想过！……不过要是他并不老实，怎么办哪？一个女人，顶好还是别冒这种险！”

“偷鸡还得撒把米！再说，你先看准了他毫无疑问是个老实人，然后再那么办，不就完了吗？那样就没有问题了。我倒愿意我也有这样的机会！用这种办法的女孩子可就多着啦，要是她们不用这种办法，那你想她们会嫁出去吗？”

艾拉白拉一声不响地琢磨着往前走去。“我要试一试看！”她低声说，不过却不是对她们两个说的。

8

到了星期的末尾了，裘德又从他在阿尔夫锐屯的寓所往玛丽格伦他老姑太太家里走去。现在这段路程对他的吸引力可就太大了，但是那却跟他想看一看他那位脾气很坏的老姑太太完全没有关系。他走到山脚的时候，往右面的路拐下去，这样一来，他也许有机会，能在正式的约会以外，看到艾拉白拉一眼两眼。还没到她的住宅跟前，他那双时刻留神的眼睛，就老远看见了她的脑袋在庭院的树篱顶上露着，一东一西地活动。他进了栅栏门一看，原来是三口还没养肥的小猪，由猪圈顶上跳过了猪圈，跑到外面来了；现在艾拉白拉正一个人在那儿，想要把它们由她先已经开开了的猪圈门赶进猪圈。她一看见裘德，脸上原先那种从事工作的板滞态度，就一下变成了表示爱情的柔和神气了。她用惺忪可怜的眼光看着裘德。那三只畜生，就趁着艾拉白拉这一停顿的机会，从旁一闪，一直地跑开。

“这三口猪，是今儿早晨才关进去的！”她喊着说，同时因为很兴奋，就不顾她的情人在面前，仍旧跟着追去，“那是我爸爸在司派得林农庄买的，价钱很不小。昨儿刚赶回家来，但是这些傻东西这阵儿又想回老家啦。亲爱的，你把园门关上，帮着我把它们赶进圈里去吧。这阵儿家里就我妈，没有男人。咱们要不当心，这些猪可就要跑掉了。”

他帮起忙来，在园里种的土豆和卷心菜中间，闪转腾挪地追赶。他们两个常碰到一块儿，那时候，他就把她逮住一会儿的工夫，吻她一下。头一口猪很快就赶进圈里去了；第二口是费了一些事才赶进去的；第三口却因为腿长，比那两口都更倔强，更麻利。它钻进了园边树篱上的一个窟窿里，由那儿又钻到篱路上去了。

“我得快追去，要不，那口猪就非丢不可了！”她说，“跟我来！”

她撒开腿跑出了园子，尽力地追去，裘德就跟在她旁边。即使这样，他们还只能老远瞟着那个逃去的畜生。有的时候，遇到路过的孩子，他们就老远喊，求他把猪给他们拦一下，不过那口猪却总是拐弯抹角地躲开了，仍旧像以前一样地往前跑去。

“我拉着你的手吧，亲爱的，”裘德说，“你都跑得喘不上气来了。”她显然很愿意的样子，把她一只现在已经热起来的手给了裘德，两个又一路跑着追去。

“这都是因为原先是把它们赶回家来的，”她说，“你要是把猪赶回家来，那它就要认得路了。原先应该把它们用车载回家来才是。”

那时候，那口猪已经跑到一个没拴着的栅栏门那儿了，门外面就是一片空旷的丘原。现在那口猪，就在丘原上，尽力地撒开了腿跑去。那两个追猪的人，一到丘原的顶上就看出来，他们想把猪追上，就非一路一直追到那个农庄不可。从这个丘原的顶上可以看见那口猪像一个小黑点，一直顺着往那个农庄去的路线，毫不含糊地跑去。

“别追啦，追也没用！”艾拉白拉喊着说，“等到咱们追到那儿，猪也早到了那儿了。这会儿咱们知道了它不会在路上丢了，也不会让人捡走，就没有关系了。他们一定会认得，那口猪是他们卖给我们的，会把它送回来。哦，亲爱的，我热极啦！”

她仍旧握着裘德的手，闪到一边，在长得很矮的一棵棘树下面的草地上，一下坐了下去，同时把裘德也猛一下子带得跪倒地上。

“哦，对不起，差一点儿没把你拽趴下，是不是？哎，我真累着了！”

她就在这个小山顶上坡着的草地上，像箭一样地直，长身仰卧，两只眼看着上面广阔的青天，同时她那发热的手，仍旧握着裘德的手。裘德就用胳膊肘支着身子，趴在她身旁。

“咱们白跑了这么远的路。”她接着说，那时她的胸部一起一落急促地喘着，她的脸红着，两片圆圆的红嘴唇张着，皮肤上细小的汗珠渗着，“我说，亲爱的，你怎么不吱声？”

“我也累得喘不上气来了。这一路都是上坡。”

他们那时所待的地方，绝对僻静——在所有的僻静地方之中，没有比那块地方看起来更僻静的了，因为它四围是一片空旷。凡是离他们一英里地以内的人，他们都能看见。事实上，他们那时所待的地方，正是那一郡里最高的山顶之一，远处基督寺周围的景物，就能从他们躺的那个地方辨得出来。但是裘德那时，却并不想那个地方了。

“哦，你看这棵树上，有一个非常好看的东西，”艾拉白拉说，

“一个——毛毛虫，绿绿的，黄黄的，我从来没看见过这样的毛毛虫，可爱极啦！”

“哪儿？”裘德说，一面坐了起来。

“你在那儿看不见——你得上这边儿来才成。”她说。

他把身子更往下弯了一些，把头放在她的头旁边，“不成——还是看不见。”他说。

“你瞧，就在大枝分杈的地方——靠着那些老动弹的树叶那儿——就在那儿！”她轻轻把他的头往她指的那个方向按着。

“我还是看不见！”他又说，同时他的后脑袋靠在她脸上，“也许我站起来就能看见了。”跟着他果然站起来，顺着她的视线看去。

“你真笨！”她烦躁地说，同时把脸转到一边去了。

“我不想看了。看见看不见又有什么关系？”他说，一面往下看着她，“你站起来吧，艾白！”

“干吗要站起来？”

“好让我吻你呀，我这儿等着吻你，已经等了这半天了！”

她把脸转过来，使劲斜着眼瞪了他一会儿；于是把嘴轻轻一撇，一下跳了起来，突然大声说：“我不能再在这儿待着了！”跟着就很快地上了回家的路，往前走去。裘德急忙开步跟了上去。

“就吻一次好啦！”他求告她说。

“不成！”她说。

他吃了一惊说：“怎么了？”

她气忿忿地把嘴唇紧紧闭着，裘德就像一只养着玩的小绵羊一样跟在她身旁。他们这样走了一会儿，到后来，她才放慢了脚步，跟他并排走去，同时安安静静地谈着些不相干的话。但是他一要握她的手或者搂她的腰那时候，她就马上拦阻他，不许他那样。他们就这样下了山，走到了她父亲的住房跟前，于是艾拉白拉就对他点了点头，走进家里去了；点头的时候她的神气分明是说，自己不惜屈尊就教，却遇到了一个不识抬举的人。

“我恐怕，我刚才对她过于放肆了，把她得罪了吧。”裘德自己对自己说，同时叹了一口气，跟着回身朝着玛丽格伦走去。

礼拜天上午，艾拉白拉一家，正跟每个礼拜天一样，在那儿大事烹调，那就是说，在那儿准备礼拜天的特别正餐。这每礼拜只有一次。她父亲站在窗户直棂上挂着的一面小镜子前面刮脸，她母亲和她自己就在旁边剥大豆。一个街坊，在最近的教堂里做完了晨间礼拜要往家里去，打他们的房前过；她看见邓在窗户那儿刮脸，就跟他点了点头，走了进来。

她一进门，就开艾拉白拉的玩笑说：“我瞧见你跟他在一块儿啦——哧哧！我想已经有点儿意思了吧？”

艾拉白拉并没抬头，只脸上微微一动，表示心里领会。

“我听说，他只要一有机会，就马上要到基督寺去。”

“你这是新近听说的吗——最近吗？”艾拉白拉倒抽了一口气问，这口气里含着嫉妒、泼辣的意味。

“哦，不是！大家很久就都知道他有那样的计划了。他只是在这儿等机会。唉，我想他一定另外还有人儿。现在这个年头，年轻的人就没有老实的。他们都是吃着锅里，望着盆里。我年轻的时候，可不是这样。”

那个饶舌的女人走了以后，艾拉白拉突然对她母亲说：“今儿晚上吃了茶点以后，我要你和爸爸上艾德林家去串个门儿。哦，不那么办也成。今儿晚上芬司渥司[1]有晚礼拜——路不远，你们上那儿去走一趟好了。”

“哦？今儿晚上有什么事吗？”

“没有什么事。就是我不要家里有别人。他很腼腆；你们在家里，我就老没有法子能叫他进来。我要是不下点工夫，也许煮熟了的鸭子会飞了。净喜欢他管什么事。”

“你既是愿意这样，那么，回头要是天儿好，我们就出去一趟好啦。”

下午的时候，艾拉白拉会见了裘德，跟他一块儿散步。裘德现在有好几个礼拜，老也没动希腊文、拉丁文或者任何文的书了。他们逛着上了山坡，后来走到山脊上那条长满了青草的路径，又顺着路径走到和路径毗连的一道圆圈形不列颠人土埂[2]；裘德那时就想到这条路径当年盛时的光景，想到以往常常走这条路的牛羊贩子；那时候也许罗马人还不知道有这么一个地方呢。从他们下面那片平地上，浮起了教堂里众钟和鸣的声音。一会儿和鸣的声音变成了单一的声音，连着快快响了几下，最后停住了。[3]“现在咱们回去吧。”艾拉白拉说，她刚才很注意地听钟声。

---

1 底本可能是莱特窟姆·锐济司。

2 不列颠人是英国人还没到英国以前英国的土著，他们的堡垒多在山顶。这儿这道圆圈土埂，就是他们的堡垒遗迹之一，当地叫它是赛格勃锐营或莱特窟姆堡，在玛丽格伦北，棕房子西。

3 西洋教堂的钟有数口，声音高低不一，鸣钟互相配合，使声音悠扬。但在钟声要停之前，则只鸣一口钟，且连着快鸣几下。这叫做“召人钟声”，这是表示，钟声一停，礼拜即开始，上教堂的人须快来。

裘德就依着她的话动身往回走。只要他在她身旁，那就不论是什么地方，都没有什么关系。他们到了她家那时候，他犹犹豫豫地说："我不想进去。今儿晚上你干吗这样急急忙忙地要回来？天还没黑。"

"你先别忙。"她说。她把门上的拉手扭了一下，只见门锁着。

"啊——他们都做礼拜去了。"她接着说。她在刮泥板[1]后面找了一下，找到了钥匙，把门开开了。"你这回可以进来待一会儿了吧？"她随随便便问，"家里一个人都没有。"

"当然可以。"裘德毫不迟疑地回答说，因为当时的情况，出乎他的意料，完全和他以前想的相反。

他们进了屋子。他要喝茶吗？不喝，太晚了；他只坐在那儿跟她说说话儿就很好。于是她就把外衣脱了，把帽子摘了，两个人一块儿坐下，紧靠在一块儿坐下——这本是很自然的。

"你可别碰我，"她轻柔地说，"我身上有一块地方变成了鸡蛋壳儿了。不过也许我顶好还是把它放到一个稳当地方。"她动手解她那件长袍的领子。

"你说的是什么？"她的情人问。

"我说的是鸡蛋——班屯鸡[2]鸡蛋。我这儿正孵着一种很稀罕的小鸡。我不论到哪儿去，都把鸡蛋带在身上。不用三个礼拜就孵出小鸡来了。"

---

1 刮泥板，安于门旁，用于刮鞋上的泥。

2 班屯鸡，一种短腿鸡，以原产自爪哇的班屯地方得名。

“你把它带在身上什么地方？”

“就在这儿。”她把手放在胸前，从那儿把鸡蛋掏了出来；只见鸡蛋外面裹着毛绒，毛绒外面裹着一个猪尿泡护着，免得不小心碰破了。她把鸡蛋对他露了一露之后，就又把它放到原来的地方去了。“现在你可要小心，别到我跟前来。这个要是弄破了，我就得从头另来，那可糟糕。”

“你为什么干这种古怪事儿？”

“这不古怪，这是多年传下来的风俗。你想，女人喜欢叫活蹦乱跳的小东西出世，不是很自然的吗？”

“偏在这会儿有这种情况，这简直是跟我过不去。”他说，同时大笑起来。

“那你就认倒霉好了。瞧，这阵儿我身上你够得着的，只有这个。”

那时候她已经转到椅子后面了，正从椅子背上探着身子，小心翼翼地把脸伸给他。

“你这可真有点成心怄人！”

“刚才我把鸡蛋掏出来的时候，你为什么不捉住了我！你瞧！”她带着挑战的样子说，“我这会儿身上又没有鸡蛋啦！”她很快地把鸡蛋从怀里又掏了出来。但是还没等他到她跟前，她就又同样很快地把鸡蛋放到原来的地方上去了，同时这种巧妙的手法，使她兴奋得大笑起来。于是来了一场小小的争夺，结果是裘德伸手探到她怀里，胜利地把鸡蛋抓住了。她的脸都红起来了，裘德忽然若有所悟，不觉脸上也红起来。

他们气喘吁吁地互相看着；后来裘德站起来说：“现在碍不着

什么事了，那你让我吻一下好了，吻完了我就走！”

但是同时她也跳起来了，“那你得先捉住了我才成啊！”她喊着说。

跟着她就跑开了，他跟在后面追去。但是那时候屋子里面已经黑了，窗户又小，所以过了很大的工夫，他一直没看出来她在哪儿。后来她笑了一声，他才知道，她已经跑到楼上去了。所以他也就往那儿追去。

9

这一年又过了两个月了，在这个期间，这一对情人经常会晤。艾拉白拉好像老不遂心的样子：她老在那儿左思右想，盼东盼西，不知道怎样才好。

有一天，她碰见了那个走方郎中维尔伯。她也跟那一带的老乡一样，跟那个卖假药的很熟，所以见了他，就跟他谈起她的经过来。艾拉白拉本来心里很郁闷，可是这次跟那个郎中一谈之下，还没等到他们两个分手的时候，她就心怀开朗起来了。就在那天晚上，她跟裘德有约会，跟他见了面，只见他好像很愁闷。

"我要离开这儿了，"他对她说，"我认为我应该离开这儿。我觉得，这样于你于我，都有好处。我后悔咱们原先不该有那一场。我知道那都得怨我。不过想要补救，总没有来不及的。"[1]艾拉白拉哭起来。"你怎么知道还来得及？"她说，"这种话说说，倒一点也不费什么。我还没告诉你哪！"跟着她就含着两包眼泪一直看着他。

"告诉我什么？"他问，同时脸都白了，"不是……？"

"是——所以你替我想一想，你要是把我甩了，我该怎么办？"

1 英国谚语：补救总无过晚时。

“哎呀，艾拉白拉，我的亲爱的，我怎么能把你甩了？我绝不会办那样的事，难道你还不知道吗！”

“那么——”

“我现在差不多就等于连一个钱都挣不到，这是你知道的；其实我也许早就该想到这一点了，不用等到——不过，如果事情真是你说的那样，那咱们一定得结婚！你想我还能有任何别的想法吗？”

“我原先还以为——还以为，亲爱的，你也许因为有了这一层关系，越发想要离开我了，离开了，好把这副担子完全撂给我一个人挑着。”

“你原先想的倒不错！六个月以前，不要说六个月，三个月以前，我当然不会想到结婚这一节的。结婚就要把我的计划完全毁了——我是说我还没认识你的时候我订的计划，亲爱的。不过现在看起来，那种计划算得了什么？那不过是梦想——梦想念书、得学位、追求得不到的学问等等就是了。咱们结婚好了：咱们一准结婚好了！”

那天晚上，他自己一个人去到外面，在黑夜里走着，口问心、心问口地琢磨。在他的脑子里最深秘的地方，他清清楚楚地知道，十二分清楚地知道：艾拉白拉这个女人，并没有什么可取的地方。不过，在乡村地方，如果一个讲体面的青年，糊里糊涂地跟一个女人搞到某一种亲密的关系，像他不幸跟艾拉白拉搞到的那样，那他按照习惯，就得采取前面所说的那种办法：所以他就要毫不含糊地履行自己的诺言，有什么后果，他一人承担。他为安慰自己起见，就硬着头皮，一直认为艾拉白拉忠诚可靠。他有时还自己对自己简单直截地说，最关重要的，不是艾拉白拉本人，而是他对她的看法。

紧接着在下一个礼拜天，结婚通告[1]就提出而公布了。全教区的人，没有一个不说，年轻的范立是一个大傻瓜的。他念了会儿书，结果只落到这一步——只落得要把书卖了而买饭锅。那班猜出事情真相的人（艾拉白拉的父母也是这班人里面的）就说，像裘德那样诚实的青年，采取这样办法，本来也在他们的意料之中；不然的话，他那位天真清白的情人，就要白吃亏了。给他们行婚礼的那个牧师，也好像认为，这种办法，很令人满意。

所以，他们两个，就站在前面说过的那位主持婚礼的人面前，公开地宣誓，说他们保证要在他们的一生里，完全和他们在刚过去的那几个礼拜里一样，信赖、体贴、希冀。他们这种行动本身，本来就是令人惊奇的了；跟这个同样令人惊奇的，还有一件事，那就是，没有一个人觉得他们这种誓言出乎意料。

范立的老姑太太是开面包房的，所以她就给他们做了一个喜糕[2]，同时辛酸地说：她给他这个可怜的傻东西办了这件事，就算是她对他尽了最后的心了；要是多年以前，他就跟着他父亲和他母亲一块儿到地下去了，而别活着做她的累赘，那就太好了。艾拉白拉就把这个喜糕切下几片来，用白信纸包着，送给了那两位和

---

1 用结婚通告，是英国结婚的方式之一。须在教堂里在礼拜天做礼拜的时候由牧师宣布，某处某人与某处某人，将于某月某日举行婚礼，任何人如有理由反对，可以当众提出。一共要在三个礼拜天宣布三次。

2 喜糕是英国人结婚时的“早餐”（即在下午，也叫“早餐”）席上必有的点心，由新娘割头一块，赠给参加婚礼的人。没参加的朋友，可以寄赠。

她一同打磨猪肠子的伙伴，安妮和沙拉，每个包上都贴着这样一个签儿：“纪念你出的好主意。”

这一对新婚夫妇的前途，即便让最乐观的人看起来，都不能说怎么光明。他只是一个石匠的徒弟，刚刚十九岁，在满徒以前，只能拿到半份工资。他本来认为，他们结婚以后，得在寓所里住。但是他太太那样的人，住在那种地方，就什么都不能做，而现在设法增加一点收入，不管多么少，都是迫切需要的，所以他就把坐落在棕房子和玛丽格伦之间一所小房儿租下了，那儿靠着大道，四外没有邻居，房子旁边带着一个菜园，可以对他们稍微有些补助，还可以利用他太太过去的经验，在那儿养一口猪。不过这种生活并不合他的理想，并且由那儿到阿尔夫锐屯，每天一往一来，要走很多的路。但是艾拉白拉却认为，所有这些对付的办法，都不过是暂时的；在她那方面，最要紧的一件事，就是她弄到了一个丈夫了，而这个丈夫，一旦醒悟过来，感到了责任的重大，把他傻头傻脑念的那些书本扔开，把眼光转到实际的工作上，一心一意干自己的本行，那他就很有赚钱的精力，绝不愁给她买不起衣服和帽子。

这样，他们结婚那天晚上，他就把她安置在这所小房儿里，他老姑太太家里他那个屋子——那个他原先费了那么多的劳力学拉丁文和希腊文的屋子——就不要了。

她头一回卸妆的时候，他觉得自己浑身上下起了一阵冷飕飕的感觉。原来艾拉白拉头后面梳的那个大圆髻，是一大绺假头发编起来的，现在她把那绺假头发不紧不慢地从头上解下来，理直了，挂在他给她买的那面镜子上。

“怎么——这些头发不是你自己的呀？”他说，同时对她一下起了一种厌恶之感。

“谁说是了？这个年头，有身份的人，就没有不用假发的。”

“瞎说！在城里也许没有，在乡下可不见得吧。再说，你自己的头发，毫无疑问，本来就不少了；不但不少，实在还很多哪！”

“不错，据乡下人的眼光看起来，实在很多，但是在城市里，男人可总要觉得，头发越多越好。我在奥尔布里坎当女侍的时候——”

“在奥尔布里坎当女侍？”

“哦，我那并不是真当女侍——我只是从前在那儿一家酒店里做过倒酒的工作就是了——只做了不多的几天；没有别的。那时候他们都劝我也来这样一个圆髻，我因为好玩儿，就听了他们的话，买了这一绺头发。奥尔布里坎那地方，比起你那些个基督寺什么的，可就好得多了。在那儿人们都认为，头发越多越好。那儿有地位的女人，就没有不用假发的；这是那儿一个理发师的助手对我说的。”

裘德听了她这个话，心里很不得劲儿；他想，她这个话固然也许有几分不假，但是，他也确实知道，有许多天真朴素的女孩子，到过城市，并且还在城市里住过好些年，却仍旧能在生活和服装方面，保存朴素作风。另外一些，唉，就连她们的血液里都有倾向于人工修饰的本能；她们只要看见别人有作假的，她们也一下就变成作假的能手。不过，话又说回来，一个女人，用用假发，也许并算不了什么大罪恶，因此他就决心不再想这件事了。

一个新结婚的太太，普通总有法子，在结婚以后的头几个礼拜里面，使人看着有意思，即便在家务方面，前途有些暗淡，也没有关系。她这种新婚的地位本身，以及她对她的朋友表示出来自己感觉到这种地位的态度，都有一种刺激作用。这都能把事态的暗淡消除，使得地位最低下的新娘子都可以有一个时期脱离实际情况的影响。裘德·范立太太有一天赶集的日子，就在她的姿态上带着这种情况，在阿尔夫锐屯的街上走，走着走着，一下遇见了她的老朋友安妮。她结婚以后看见她这位老朋友，这还是头一次。

她们跟平素一样，见了面没说话就先笑一阵；世界对于她们好像很好玩儿，不必说出口来就很好玩儿。

"这阵儿看起来，那个主意不错吧？"那个女孩子对那位太太说，"我知道，跟他这样的人打交道，那样办绝不会有错儿。他这个人真老成，你有这样一个丈夫，很应该得意。"

"我是得意。"范立太太安安静静地说。

"你们多会儿抱——？"

"嘘！抱不成啦。"

"怎么啦！"

"我弄错啦。"

"哎呀，艾拉白拉呀，艾拉白拉呀！你可真成！弄错啦！绝不是。你这一手儿真高——真是福至心灵！我虽说得算很有阅历的，我可多会儿也想不出这种妙法儿来！我向来就只知道闹真的——我从来就没想到还好闹假的！"

"你可别这样冒冒失失地就说这是闹假的。并不是闹假的，只是我不知道真正的情况就是了。"

"哟——他要是明白过来，他不火儿才怪哪！看他礼拜六晚上揍你不揍你！不管是真是假，反正他总要说你这是耍他——你这是骗他！哎呀！”

“我承认这是耍他，可不承认这是骗他……呸，他才不会在乎！他要是知道了是我弄错了，他还要高兴哪。他也只好顺水推舟，得过且过——男人就没有不是这样的。他们不这样还有别的法子吗？结了婚还能不算吗？”

话虽如此，但是到了按照事理的常态，应该说明，她以前惹的那番惊慌，并没有真正的根据，那时候，她心里也有些嘀咕。有一天晚上，要睡觉的时候了，他们小两口都在靠着大道、四无邻舍那所小房儿的寝室里（裘德每天完了工，都从阿尔夫锐屯走着回到那所小房儿）。他那天一直工作了十二个钟头，很辛苦，所以先上床睡下了。她进屋子的时候，他正半睡半醒，几乎就没意识到她在那面小镜子前面换衣服。

但是她却有一种动作，使他完全醒了过来。她坐在那儿的时候，照在镜子里的脸正对着他，所以他能看见，她正在那儿，用人工的办法，在脸腮上做前面说过的那种笑窝，当做玩儿；这是一种很稀奇的本领，她最熟练，只要一咋，笑窝就出现。他那时头一次感觉到，他现在跟她在一块的时候，她脸上的笑窝出现的次数，远远不及他刚认识她那几个礼拜里多。

“艾拉白拉，别玩这种把戏啦！”他突然说，“这固然没有什么坏处，不过——我不喜欢你闹这一套。”

她转过身来，大笑起来，“哟，我还只当你睡着了哪！”她说，“你真是个乡下佬儿！这有什么关系哪？”

“你这是在哪儿学的？”

"我这是不学自会。我在酒店里的时候，不用费什么事，就能叫它老在那儿，这阵儿可不成了。我的脸那阵儿比这阵儿胖。"

"我看笑窝并没有什么美。我认为，一个女人不见得有了笑窝就更好看，尤其是一个结了婚的女人，一个像你这样发育成熟的女人！"

"大多数的男人可跟你的看法不一样。"

"大多数的男人怎么个看法，与我无干。你怎么知道他们的看法跟我不一样？"

"我在酒吧间里给他们拿酒的时候，听说过他们的看法。"

"啊——那一次礼拜天晚上，咱们一块儿去喝啤酒，你说他们的啤酒是掺和的；我一向不明白，你怎么那么内行，这回明白了。原来你有过那一段酒店的经验。我娶你的时候，我还只当你从来没离开过你父亲的家。"

"谁叫你笨，看不出真相来？你想我要是老守着我这个老家，没出过门儿，那我能这样开化大方吗？我因为那时候在家里没事可做，净白吃闲饭，所以出去做了三个月的事。"

"你过不了几天可要忙起来了，亲爱的，是不是？"

"你这个话什么意思？"

"什么意思？我这是说——你不要做小裤子、小袄什么的吗？"

"哦。"

"多会儿就到日子了？你不要像从前那样，只笼笼统统地跟我说一下就完了，你得给我个准日子。"

"准日子？"

"不错，准日子。"

“没有什么准日子。原来我弄错。”

“怎么？”

“弄错啦。”

他在床上一下身子坐直了，眼睛一直瞅着她，“怎么会弄错？”

“认假为真，不是常有的事吗？”

“不过——你要知道，我那时候毫无准备，连一个先令都没攒下，一样家具都没置下；那时候如果不是因为你告诉了我那个话，如果不是因为我得顾全你——不管有准备没有，都得顾全你，如果不是因为那样，那你想，我能那样匆匆忙忙地把事办了，把你安置在这样一个一半空着的小棚子里吗？天哪！”

“你不必动气，亲爱的。生米已经做成了熟饭，有什么法子。”

“我没有什么可说的！”

他这样简单地回答了这句话以后，就躺下了；他们两个再没言语。

裘德第二天早晨醒来的时候，他看世界，好像换了一副眼光。但是关于目前这一件事，他却不得不接受她的说法；在现在这种情况里，既是通常的看法占上风，那他除了接受，就没有别的办法；但是通常的看法，为什么该占上风呢？

他模模糊糊、恍恍惚惚感觉到：一个人如果由于一时之间，让突如其来的本能暂时制伏——这种本能，并不含有什么罪恶的成分在内，顶多也不过是一种弱点而已——但是一个人，一旦被它暂时制伏，而举行了一种社会仪式，于是他经过多年的思索和努力而订出来的完美计划，就不得不取消，他唯一能表现出来人类比下等动物优越的机会，就不得不放弃，他自己唯一能对他那个时代整个的前进作一份贡献的机会，也不得不放弃，那这种仪式，一定有问题。他很想考查一下，他到底做了什么恶事，她到底受了什么损害，就应该让他掉到这样一个陷阱里，把腿都摔折了，要瘸一辈子？同时还连累了她，使她也许得跟着也瘸一辈子？现在已经证明出来，使他结婚的直接原因并不存在了，这固然还得算运气，但是，他已经结了婚这件事实，却无法消灭。

10

裘德和他太太秋天在猪圈里养肥了的那口猪，到了应该宰的时候了。他们原先定好了，天一亮就动手，为的是裘德到阿尔夫锐屯去，不至于耽误到一天四分之一以上的工夫。

夜里好像异样的寂静，在离天亮还很早的时候，裘德就从窗户里往外看了一看；只见地上盖满了雪——在那个季节里，那得算是一场大雪。同时天空里，仍旧还飞着雪花。

"我恐怕杀猪的来不了了。"他对艾拉白拉说。

"呃，来得了。你起来把水烧开了好了，预备查娄煺猪毛用。不过，我还是觉得，燎猪毛比煺猪毛还更好。"

"我这就起来，"裘德说，"我还是赞成我们那一郡的办法。"

他下了楼，先把烧水的火生着了，然后动手往火里续豆秸。他做这些工作的时候，并没点蜡。豆秸的火焰，发出一种暖暖融融、使人高兴的亮光，把屋里照得很亮。不过他一想，这种火焰所以发出，只是因为要烧开水，给一个现在还活着的动物煺毛，给一个现在还时时能听见在园子角落里叫唤的动物煺毛；这样一想，他的高兴就减少了。到了六点半钟的时候（那就是他们跟杀猪的约定的时刻），水烧开了，裘德的太太也下了楼。

"查娄来了吗？"她问。

“没来。”

他们只好等着。这阵儿天更亮了，不过使它亮的，却只是雪天的黎明所有的那种凄冷的清光。她去到外面，顺着大道瞧了一瞧，回来说：“他还是没有影儿。我看一定是他昨儿晚上喝醉了。这点儿雪决拦不住他。”

“那只好等下次再宰了。只是水白烧了。山沟里的雪，也许更大。”

“不能等下次，猪没有吃的了。大麦面拌的食，昨儿早晨就都吃完了。”

“昨儿早晨？那它从那时候到这阵儿，这一天，都吃什么了？”

“什么也没吃。”

“怎么？那它一直饿着？”

“可不。要宰的猪，总是要饿一天或者两天的，为的是收拾猪肠子的时候，少麻烦点儿。你真怯，连这个都不懂！”

“无怪它一个劲儿地叫了。可怜的畜生！”

“好啦——我看咱们没有别的法子，只好你捅头一刀了。我教给你怎么个捅法儿。再不，我就自己来好了——我想，我可以办得了。当然，说真话，收拾这样一口大猪，顶好还是等查娄来动手。不过，他的家伙都在这儿了，已经用篮子装着，先送来了，所以家伙儿是现成的。”

“当然不要你动手，”裘德说，“要是非这会儿宰不可，那还是我来好了。”

他上了猪圈，把那儿的雪扫开了有两码多的地方，把杀猪的床子放在猪圈前面，把绳子和刀都放在手跟前。一只知更雀，落在离猪圈最近的一棵树上，看到这种准备工作，觉得太阴惨了，就饿着肚子飞开了。这时候，艾拉白拉也到猪圈这儿来了，裘德拿着绳子，进了猪圈，把那口猪套住了；这时候那个害了怕的畜生，已经叫起来了，起初是尖声叫，表示吃惊，跟着又连续高声叫，表示愤怒。艾拉白拉把猪圈的门开开了，他们两个把猪抬起来，把它四脚朝天，放在杀猪的床子上，裘德按住了它，艾拉白拉就往猪床子上绑，绑的时候，先用绳子把它的腿兜住了，免得它挣扎。

这时候，那个畜生叫唤的声音变了性质了。现在不是愤怒的叫声，而是绝望的叫声，是拖长了、慢下来、表示绝望的叫声了。

"我指着我的灵魂赌咒，我豁出去不要这口猪，也强似干现在这样的事！"裘德说，"还是我自己亲手喂大了的畜生哪。"

"快别当这样软心肠的傻瓜啦！就用这把刀好了，有长尖儿的这一把。我得嘱咐你，千万可别扎得太往里去了。"

"我要一下就把它扎死，好给它个痛快，一定得那么办。"

"千万可别那么办！"她喊着说，"肉里的血必得放干净了，肉才好；要血放干净了，就得叫它慢慢地死。肉要是带血发红，那咱们卖的时候，二十磅[1]就要赚不了一先令了。只扎到了血管子就够啦，就是这样。我是在养猪的人家长大的，所以我懂得。凡是内行的屠户，都要猪慢慢流血，它至少流八分钟或者十分钟的工夫再死才好。"

"我不管它的肉怎么样，我愿意它死得越快越好，顶好连半分钟都不用。"裘德坚决地说。他曾看见过屠夫宰猪，现在他就按照

1　英国人卖猪肉，习惯以二十磅作计价单位。

他们的办法，先把猪仰着的脖子上面那撮鬃毛刮掉了，然后把猪身上外层长油的那一部分，拉了一个口子，跟着用尽了全力把刀扎了进去。

"哎呀，你这个短命的，"她喊着说，"你真把人家招急了，人家才说这样的话！你扎得太猛了！我这儿还一个劲儿地老跟你说——"

"你不要说啦，艾拉白拉。你慈悲慈悲这个可怜的畜生吧！"

这件事做得固然非常外行，但是却做得非常仁慈。猪血流的时候，不是她所要的那样，滴滴答答地流；而是他所要的那样，洪涛一般地流。现在这个要死的畜生叫唤的声音，又变了一种腔调了，那也就是它最后的一种腔调：表示痛苦的尖声喊叫。它那双定了神儿的眼睛，一直盯在艾拉白拉身上，很明显地表示尖锐的责问，好像是说，它最后到底明白了，他们以前好像是它唯一的朋友，却原来这样阴险凶狠。

"别让它再叫啦！"艾拉白拉说，"它这样叫，一定会把别人招到这儿来。我不愿意别人知道，咱们自己动手宰猪。"她把裘德扔在地上那把刀拾起来，把它插进猪脖子上原先扎的口子里，把猪的气管子戳断了；这样一来，猪马上就不再出声了，只有要死的时候喘的那种气，由刀戳的窟窿那儿呼呼地冒出来。

"这样好一点儿了。"她说。

"这种事真叫人恶心！"他说。

"猪还能不宰吗？"

那个畜生，打了最后一个痉挛，并且，虽然有绳子捆着，却用尽了它最后的力气踢了一下，跟着流出有一勺子那么多的黑色血块来，原先滴滴答答地流的鲜血，几秒钟以前就已经停止了。

“成啦！这阵儿可真死啦，”她说，“这种东西还真狡猾，老把那样一股血，死乞白赖地留着，舍不得放出来。”

猪最后这一抖擞，完全没给人预防，所以把裘德晃了一下；他要稳住身子的时候，没留神把接猪血的盆踢翻了。

“你瞧！”她喊着说，这时候她真动了气了，“这我可没法儿做血肠啦。把东西白糟蹋啦，都是你！”

裘德急忙把盛猪血的盆扶正了，但是原先冒着热气的液体，却大概只剩了三分之一了，三分之二都撒在雪地上了，那种光景，让那班认为这件事不止是平常宰猪吃肉的人看来，觉得阴惨、龌龊、丑恶。那个动物的嘴唇和鼻尖先变青了，跟着变白了，它四肢上的肌肉也变松了。

“谢谢上帝！”裘德说，“这会儿可真死了。”

“上帝跟宰猪这种龌龊事，有什么关系，我倒很想知道知道！”她鄙夷地说，“难道穷人不要活吗？”

“不错，不错，”他说，“我决没有说你不对的意思。”

忽然他们听见，就在他们跟前，有人说话的声音。

“真能干啊！你们这小两口儿！就是我自己动手也不见得能更好，一点不错，不见得能更好！”这个声音有些哑，是由园子的栅栏门那儿传来的。他们听见了这个声音，抬起头来一看，只见查娄先生，正把粗壮的身子，靠在栅栏门上，带着批评的眼光，看着他们在那儿忙乱。

“你就会站在那儿说风凉话！还怪不错的哪！”艾拉白拉说，“因为你来晚啦，血没放干净，肉都弄糟了，二十磅赚一先令，办不到啦！”

查娄表示后悔难过，“你们应该等一会儿，”他说，一面摇头，“你们不应该自己动手——特别是你这阵儿，太太，还是个双身子！你这是太不知道爱惜自己了。”

“你就不用操那份儿心啦。”艾拉白拉说，一面大笑，裘德也笑了一笑，不过他那一笑里，却含着很强烈的苦味。

查娄因为没能亲自宰猪，有些抱歉，所以现在煺猪、洗刮猪，特别卖力气，作为一种补偿。裘德就觉得，凭他一个男子汉，却做这样的事，太没有人味儿了，不过又一想，他这种看法，不合普通的情理，同时这件事，不论自己做，也不论别人替他做，反正结局是一样。洁白的雪上面，却让那个和他同生天地之间的动物流的鲜血染红了，这种情况，让他那样一个爱讲公道的人看来，非常不合逻辑；更不用说让他那样一个基督徒看来了。但是他又看不出这件事有任何补救的办法。毫无疑问，他一点不错，像他太太说的那样，是一个软心肠的傻瓜。

他现在对那条往阿尔夫锐屯去的路，也厌恶起来了，因为它老带着嘲骂他的神气，拿眼瞪他。路旁的风物，老使他想起他跟他太太求爱那时候的光景，他最好不要看那些东西，因此他到他工作的地方，一来一往，都尽量地有机会就看书。然而，他有时却又觉得，他这样好念书，并不能使他与众不同，也不能使他思想超拔，因为，现在每一个工人，都有那种嗜好。有一天，他从小河流旁边，他跟他太太头一次认识的那个地点旁边经过，那时候，他又像以前那一次那样，听见有人说话。原来和艾拉白拉那天在一块儿的那个女孩子正跟她的朋友，在一个棚子里谈天儿，他自己正是她们谈的话题，也许因为她们看见了他老远走来，所以才谈起他来了吧。她们完全不知道，棚子的墙很薄，他从旁边走过去的时候，能听见她们说的话。

“不管怎么说吧，反正那是我教给她的！我跟她说：偷鸡还得撒把米。要不是我那样教给她，那她怎么能做了他的媳妇？”

“我总认为，她本来就懂得……”

原来是这个女人教给了艾拉白拉一种方法，才让他娶了她做“媳妇”的！——那也就是，做太太的啊！什么方法呢？这个消息，太叫人不痛快了。他觉得满怀苦痛，因此，他到了他那所小房儿前面，可就没进去，只把篮子放在园门里面，仍旧往前走去，打算去看一看他老姑太太，在她那儿吃晚饭。

这样一来，他回到家里的时候，可就相当晚了。不过艾拉白拉却正在家里忙着炼猪油，因为她白天出去玩了一整天，所以把工作拖到晚上。裘德怕自己白天听了那段新闻以后，会不知不觉地对艾拉白拉说出自己以后要后悔的话来，所以总不大开口；但是艾拉白拉却很爱说话，说这个，道那个；同时又说，她要用几个钱。她看见他的口袋里有书本露着，就又说，他应该想法多挣点儿钱才好。

“亲爱的，按照一般的情况来说，一个学徒挣的钱，根本就不够养活老婆的。”

“那样的话，你就不该娶老婆。”

“算了吧，艾拉白拉！你分明知道咱们都是怎么回事，你却说这样的话，真好意思啊！”

“我可以对天起誓，我当初告诉你那个话的时候，我是信以为真的。维尔伯大夫也是信以为真的。这阵儿，证明了并不是那样，还不便宜了你？”

“我说的不是那件事，”他急忙说，“我说的是那件事以前的事儿。我知道那不能怨你；那都是你那些女朋友，她们给你混出主意。她们要是没给你出过主意，或者你没听她们，那咱们两个这阵儿就不会这样拴在一块儿，想解也解不开，弄得两下都苦不堪言了。我这是实话实说，你听起来也许不受用，但这可是实话。”

“谁告诉你的，说我的朋友给我出过主意？出过什么主意？你非说出来不可。”

“算了吧，我看不必说出来吧。”

“你一定得说出来，你应该说出来。你不说出来，那就是你有意诬枉人了。”

“好吧，”他就把他听见的话，大概提了一提，“不过我不想老说这个了。咱们谁都不要再提这件事了。”

她的辩护不攻自破了。“这算得什么大不了的事哪？”她说，一面冷笑，“凡是女人都可以这样做。要是出了岔儿，那碍不着别人，她们自己吃亏。”

“我完全不同意你这种说法，白拉[1]。如果一个女人这样做了以后，男的不必因为这个而受一辈子的罪，女的自己也不至于因为男的不忠实而受一辈子的罪，那当然没有关系。但是这种由于一时冲动的愚蠢所引起的后果，并不是一时就完了的，也不是一年

1 艾拉白拉的简称或昵称。

就完了的，它的影响是非常长久的，是管一辈子的；所以，她这样做了，如果男的诚实，那她就等于把他弄到陷阱里去了，如果男的不诚实，那她就等于把自己弄到陷阱里去了，都不应该。”

“那么，你说我当初该怎么办才对？”

“你应该多给我点时间……你干吗非今儿晚上忙着炼油不可？先把油搭着吧！”

“那我明儿早晨把它炼出来好了。那桩东西搁久了就坏了。”

“好吧！就那么办吧。”

11

第二天是礼拜日。早晨十点钟的时候，她又炼起油来；这件工作重新一开始，就又让她想起头天晚上炼油的时候，他们两个所说的那些气愤话，同时恢复了那时候她所表现的那种不受驾驭的倔强态度。

"他们在玛丽格伦都这样说我，都说我把你弄到陷阱里去了，是不是？你可就太好了，真值得用陷阱一捉啊，我的天爷！"她越来越生气，于是她一眼看见了裘德心爱的几本古典文学书，放在桌子上（那些书本来不应该放在那儿），"你把书放在这儿，碍手碍脚的，不成！"她烦躁地说，跟着就动手把那些书一本一本地抓起来往地上扔。

"我的书又怎么招你惹你了！"他说，"你嫌它们碍事，把它们挪到一边儿去好了，那没有什么不可以的；但是，像你这阵儿这样，把书都弄脏了，那可太可恶了。"艾拉白拉因为炼油，满手都是热油，所以一拿书，书皮上就印上了很明显的手印儿。她继续不紧不慢把书一本一本往地上扔，到后来，裘德实在忍无可忍了，就抓住了她的胳膊，不让她再扔。但是他这样一来，却不知怎么把她的头发给弄散了，于是头发就披散在她的两肩上。

"你放开手！"她说。

“你得先答应我，不再动这些书才成。”

她犹豫了一下，“你放开手！”她又说了一次。

“先答应我！”

她停了一下说：“好吧，我答应。”

裘德放开了手，她就板起面孔，穿过屋子，出了房门，跑到大路上，在那儿来回瞎走起来，同时把头发故意弄得比以先还乱，把袍子上的纽子也解开了好几个。那时候正是礼拜天早晨，天气很好：干爽、清朗、露凝霜浓。阿尔夫锐屯教堂的钟声，正由北方随着微风送到耳边。路上的人来来往往，都穿着过节日的衣服；他们大半都是情人——一对一对地逛着，跟几个月以前裘德和艾拉白拉一同在这条路上散步的时候一样。这些走路的人见了她现在这副怪样子：头上没戴帽子，头发披散着，叫风吹得乱七八糟的，衣服的上身敞着，袖子因为炼油卷到胳膊肘以上，两只手满是油——他们瞧见她这种怪态，没有人不看她的。过路的人中间，还有一个，装做害怕的样子说：“老天爷救命，吓死我啦！”

“你们都来看一看，他欺负我欺负到哪步田地啦，”她喊着说，“大礼拜天，他不许我去做礼拜，可叫我干活儿，还把我的头发给我薅掉啦，把我的袍子给我撕破啦！”

裘德这回可真急了！他去到路上，想用蛮力把她拽回家去。但是再一想，现在他们既是闹到这步田地了，那他们两个之间，就什么都完了，她怎么样或者他怎么样，还有什么关系？因此刚才他那股子劲头儿，就一下松下去了；他只一动不动地站在路上看着她。他想，他们的生命完全毁了，让他们两个误结姻缘这个根本大错完全毁了，让他们以暂时的感情作基础而订了永久的契约这个根本大错完全毁了；原来终身伴侣的结合，只有两个人真正同气相应才有可能，而这种暂时的感情，和真正的同气相应，不一定有共同之处。

“你这是成心要虐待我，像你爸爸虐待你妈那样，像你姑妈虐待你姑父那样，是不是？”她说，“你们这一家东西，男的做起丈夫来，女的做起太太来，好不缺德！”

裘德只能把惊异的眼光盯在她身上。不过她说到这儿就不再说了，只继续瞎走，一直走到她累了的时候才不走了。他离开了那个地点，起先晃晃悠悠地瞎走了一会儿，后来朝着玛丽格伦走去。到了那儿，他上了他老姑太太家里，那时他老姑太太那个又老又弱的身子，更一天比一天坏了。

“老姑太太——我父亲真虐待过我母亲，我姑妈真虐待过我姑父吗？”他在火旁坐下以后，突如其来地问。

她把她那双昏花的老眼，从她那个老戴在头上的古老便帽帽檐底下抬起来。“谁对你说这个话的？”她说。

“有人对我提了；所以我要知道知道详细的情况。”

“我倒觉得，你要知道知道，本来也应该；不过我想，这一定是你媳妇跟你提这个话。果真那样，那她可太傻了！不应该再翻腾这种事了。再说，要真说起来，又并没有许多可说的。就是你爸爸和你妈老闹别扭，后来他们两个分离了。就是这样。他们最后吵架那一回，是刚从阿尔夫锐屯赶集回来，在棕房子旁边那个山上吵的。那时候你还是个小娃娃。他们那一回就各自东西了。以后你妈不久就去世了——简单地说，她投水自尽死了；你妈死了以后，你爸爸就把你带到南维塞司去了。他就没再回来过。”

裘德现在想起来了，他父亲当年一直到死为止，永远没谈起北维塞司和他母亲来。

“你姑也跟你爸爸一样。她丈夫把她得罪了，她就无论怎么都不愿意再跟他在一块儿过了，所以就自己带了她的小姑娘上了伦敦。咱们范立家的人都生来就跟结婚没有缘，结婚跟咱们范立家好像永远有别扭。咱们这一家人，好像生性里都带着一种怪脾气，不论什么事，得逼着他们做的，他们决不肯好好地做，不用逼着他们做的，他们才诚心乐意喜欢做。就是因为有这种情况，当初你才应该听我的话，别结婚。”

“爸和妈是在哪儿分离的？你刚才说，在棕房子那儿？”

“棕房子那儿再稍微过去一点儿——往芬司渥司去的那条路上分出一个岔儿来，竖着指路牌，那地方你知道吧？就是那儿。从前那儿有一个绞刑架。”

那天黄昏的时候，裘德离开了他老姑太太的家，先做出要回家的样子来。但是他刚一走到空旷的丘原上，他却在那上面往前走去，一直走到了一个圆形的大野塘那里。上冻的气温仍旧没变，不过冷得并不特别峭厉，天上比较大的星星出来得很慢，并且还闪烁不定。裘德先把一只脚放在池塘里结的那片冰的边儿上，跟着把第二只也放到那儿；冰让他一踩，咯吱咯吱地响起来；但是他还是在冰上往前走。他一直往池塘的正中间走去。他一面走，冰就一面巴巴地直响。他快走到正中间的时候，往四外看了一眼，同时使劲跳了一下。冰只连续不断地响，但是他却没掉下去。他又跳了一下，这回冰却连响都不响了。裘德又回到池塘边，上了干地。

他想，这真怪了。留他活在世上有什么用处？大概是他这个人，连自杀的资格都够不上吧。和平的死神，怕他这样的鬼卒，不愿意收容他。

他现在可以做的事情，除了自杀这种卑鄙的行动[1]以外，还有更卑鄙的没有呢？还有更下贱、更合乎他现在这样可耻的身份的没有呢？有。他做不了死鬼，却可以做醉鬼。不错，做醉鬼，正该这样。他先前把这个办法忘了。借酒浇愁是那班没有出息的人在绝望的时候，经常、固定的办法。他现在明白了，为什么有些人老待在酒店里鬼混了。他朝着北面下了丘原，走到了一个很少人知道的酒店。他进了店坐下了以后，只见墙上挂着一幅参孙和大利拉的画儿，这让他认出来，原来这就是他和艾拉白拉求爱期间，头一个礼拜天，他和她一块儿去的那个酒店，他要了酒来，很起劲地喝了有一个多钟头的工夫。

那天夜里很晚的时候，他才摇摇晃晃地往家里走去，那时候，他的愁消了，但是，他的头脑却还并没完全糊涂；他狂笑起来，同时开始琢磨，不知道艾拉白拉看到他这样前后判若两人的光景，要怎样看待他。他进了家的时候，只见满屋子黑洞洞的；他踉踉跄跄地摸了半天，好容易才找到了一支蜡，点起来一看，屋里虽然有整治过猪、炼过油和剩下油渣儿的痕迹，但是这些东西本身却都不见了。壁炉那儿的布风帘[2]上，用针绾着一个用过的信封，信封背面是他太太的笔迹，写的是：

1　欧美人观念，自杀在宗教上为一种罪恶，在法律上为一种罪行。当然，自杀已遂者无法给以处分。法律处分只能对自杀未遂者行之。

2　风帘，一般为金属薄片所做，放在壁炉前面上方，迫使气流只能从炉条那儿流入。

瞧亲戚去了。不回来了。

第二天他在家里待了一整天，把宰的那口猪打发人送到阿尔夫锐屯，把房子里里外外打扫干净了，把门锁上，把钥匙放在她找得到的地方，防备她回来，自己回了阿尔夫锐屯，做他的石匠活儿去了。

晚上他又辛辛苦苦地回到家里，但是家里并没有他太太回来过的踪迹。第二天，第三天，都是这样。于是他接到了她一封信。

她在信里坦白地承认，说她现在已经讨厌他了。他太顽固，太死板，太不长进了；他的生活方式她也不喜欢。他绝没有希望，使自己的生活或者她的生活能够改善。她又接着说，她父亲和她母亲，早就想要搬到澳洲去了，因为贩猪这种买卖，在现在这个年头，赚不了什么钱。他们现在到底决定那么办了。她想跟他们一块儿去，假使他不反对的话。像她那样的女人，在澳洲总比在这样呆板的老家，能有更好的机会。

裘德回信说，她要上澳洲，他一点也不反对。既是她自己诚心乐意这样办，那他认为，这是再好也没有的了，同时这也许还于他们两个都有好处。他把卖猪的钱，还有他现在有的那点儿钱（实在不多）都装在信封里，一块儿给她寄去了。

从那一天起，他只间接地而并没直接地听到她的消息，其实她父亲和她家里的人，并没马上就走，因为要等着出脱家具和别的零碎东西。裘德听说邓家要拍卖，就把他那点家具，装到一辆大车上，送到她娘家，好叫她趁着她父亲拍卖的时候，一块儿把它们全部出脱，或者一部分出脱，这要看她自己的心意而定。

他于是搬到阿尔夫锐屯住公寓去了。他在那儿，看见一家铺子的窗户里贴着一个小招贴，上面写着他岳父定期甩卖家具的字样。他倒是看了看甩卖的日子，但是那个日子来了又去了，裘德那天没往那个地方去过，他也没看出来，那天由阿尔夫锐屯往南去的路上，因为甩卖的缘故，车马行人增加了。过了几天以后，他到市镇大街上一家小经纪人开的铺子，看见铺子后部，乱七八糟地堆着煮汤锅、搭衣架、擀面杖、铜蜡台、挂镜子和别的东西，显然是刚从甩卖的地方买来的；在这一堆东西里面，他发现了一个镶着小镜框的相片，正是他自己的小照。

那是他特别在本镇一个铺子里拍好了，用鸟眼枫木框镶起来，赠给艾拉白拉做礼物的，并且还是结婚那天，按照规矩，赠给她的。在相片后面，仍旧可以看见“裘德持赠艾拉白拉”的字样和年月日。这一定是她拍卖的时候，和别的家具一块儿出脱了。

“哦。”经纪人说，他只看见裘德在那一堆东西里瞧瞧这个，看看那个，却没看出那个相片就是裘德本人的。“往玛丽格伦去的那条路上，一个乡下人家，把家具都拍卖了，这就是我从那儿买来的一堆破烂儿。你要是把相片取出来，那个框子还很有用。只花一先令，东西就是你的了。”

他太太把他送给她做礼物的相片都卖了：这就是一种自然流露、不言而喻的证据，表示他太太对于他，连一丝一毫的感情都没有了；他看到了这一点以后，就知道，他对他太太丝毫都不必留恋了。他付了一先令，把相片买下，回到寓所把相片连框子一齐烧了。

又过了两三天，他听说艾拉白拉和她的父母已经起身走了。

他曾托人带过一个信儿，说要跟她见一面，给她正式送送行。不过她却说，既是她一心只想走，不顾得别的，那他就顶好不必多此一举了。她这个话也许很对。他们走的第二天，晚上他做完了工，吃完了饭，就出了门，在星光下，顺着那条他极熟悉的路，朝着他一生之中第一次经验到男女之爱的地方——那片高原走去。那片高原现在好像又完全是唯他所有了。

他忘了自己现在是怎么一种样子了。在那条旧路上，他好像还是个小孩子，跟他站在山顶上第一次对基督寺和学问发生强烈热情而梦想将来的光景，几乎完全一样。"然而我可是一个大人了，"他说，"我已经成了家了。还不止成了家就完了，我还达到更成熟的阶段：我还跟我太太闹了意见，有了仇恨，打了架，分了家了。"

他于是想起来，他现在站的那个地点，和他老姑太太说他父亲跟她母亲分离的那个地点，正离得很近。

往前不远就是山顶，从那儿好像可以看见基督寺，或者说，可以看见他想象的基督寺。一个里程碑那时候也跟平时一样，正立在离他不远的地方上。他走到那个碑跟前；上面刻的从那儿到基督寺去的里数，那时他虽然看不见，却可以摸得到。他想起来了：从前有一次，他回家的时候走到那儿，曾骄傲地用他那把锋利的新凿子，在那个里程碑的背面，錾了几个字，来表示他的志愿。那时候，他做学徒刚一个星期，还没有性情不合的女人来把他引入歧路。他不知道那几个字现在是不是还看得清楚。他走到里程碑后面，把那儿长的荨麻拨开。在一根火柴的亮光下，他仍旧能辨出他那么些年以前那样热烈地在那上面錾的那几个字：

这几个字，在野草和荨麻的蔽覆之下，仍旧完全无恙，他看见了这些字以后，旧日的热烈感情，就在心里又燃烧起来。一点不错，他应该不管环境好坏，把他的计划一概勇往直前地推动——应该不管他看到的世事怎样丑恶，避免病态的悲观。即便现在，Bene agere et lœtari——“高高兴兴地做好事”（他听人说，一个叫斯宾诺莎[1]的哲学家，就讲的是这一种哲学），也照样可以做他自己的哲学。

他可以跟他的命运作斗争，把他原来的愿望实现。

他又往前走了几步，于是东北那面的天边，就在他前面远远出现。那儿真有一团微茫的亮光，一小片柔和的烟霭，但是除了心诚的人那种眼光，别的人就几乎难以辨出。这对于他也尽够了。他只要学徒的期限一满，就马上到基督寺去。

他回到寓所的时候，心里比以先快活得多了，同时还祷告了一番。

1 斯宾诺莎（1623—1677），荷兰的犹太人，唯物论哲学家，著有《伦理学》等。“高……事”一句，为拉丁文，其中 bene agere 出西塞罗。

第二部

在基督寺

除了他自己的心灵，
他没有其他指路的明星。

- 史文朋[1] -

居处密迩，只促结识之初步；
情苗生长，端赖时光之推移。

- 奥维德[2] -

1 史文朋（1837—1909），英国诗人。他在哈代写《无名的裘德》的时候还活着，他的诗以音节优美著称。这里所引，是他的《日出之歌》的《前奏曲》第十六段第八行。一九〇九年四月，史文朋殡葬时，哈代想到他这句诗及其他。

2 奥维德（公元前43—公元18），罗马诗人，著有《变形记》等长诗数种。此处所引，原文为拉丁文，出《变形记》第四卷第五十九至六十行。

1

裘德一生里另一次值得注意的行动，表现在有一天他在一片暮色苍茫的大地上，稳步往前顺利进行的旅程中。那时候，离他跟艾拉白拉求爱的时候，离他和艾拉白拉那番粗俗的夫妻生活中断了的时候，绿叶又三次成荫了。那时候，他正朝着基督寺走去，走到城市西南离城市还有一二英里的地方。

他到底捱到可以把玛丽格伦和阿尔夫锐屯摆脱开的时候了。他学徒已经满了期了，他现在背着工作的家伙，好像正开始一种新生活——这种生活，不算他跟艾拉白拉恋爱和结婚那一段中断的时期，他差不多盼望了有十年了。

现在要形容他，与其说他是一个脸上看着端正清秀的青年，不如说他是一个脸上表现出有力量、好思索、态度诚恳严肃的青年。他的皮肤是深色的，眼珠是黑的，和他的肤色协调；他留着修得很短的一撮小胡子，一般人，像那样年纪，都没有他的胡子长得那样旺；他有这样旺的胡子，再加上他那长得很厚的黑鬈发，所以要把他工作的时候落在胡子上和头发上的石头末儿梳掉了，洗干净了，很是一件麻烦事。说到他的工作能力，因为他的手艺是在乡间学的，所以他样样都通，他会錾纪念碑，会修整教堂的哥特式自由石活儿，会做一般雕刻。要是在伦敦，他也许就要专攻一门，只能做建筑线脚雕刻匠，或者“花叶雕刻匠”，或者“石像雕刻匠”了。

他那天下午坐着车，从阿尔夫锐屯往基督寺进发，到了这一面离城最近的一个村庄，就下了车，现在正步行，走那剩下的四英里路。他步行并不是因为非步行不可，而是因为乐意步行，他一向老想，要来基督寺，就要这样来。

最后使他到这儿来的动机，是稀罕奇特的一种，和他感情方面的关联更近，而和他求知方面的关系较远；这本是年轻的人常有的。原来他还住在阿尔夫锐屯的时候，有一天，他上玛丽格伦去看他老姑太太，看见一张少女的相片，放在壁炉搁板上两个铜蜡台中间；面孔很漂亮，戴着一顶宽边帽子，帽缘底下有一道一道四外展开的褶子，像圣像头上的圆光。他问他老姑太太，相片上那个人是谁。他老姑太太气哼哼地说，那是他表妹淑·布莱德赫，是他们家爱争吵打架那一门里的孩子。他又问她住在哪儿，她说她住在基督寺，不过却不知道在基督寺什么地方，也不知道她在那儿做什么。

他老姑太太不肯把相片给他，但是相片上那个人，却老在他的脑子里盘旋，最后到底成了一种力量，促进他实现他原先想要往基督寺去找他那个老朋友——玛丽格伦村那位小学教师——的意图。

他现在穿过了一个路径蜿蜒而坡度轻微的山坡，达到了山顶，在那儿站住了，头一次看见那座城市的近景。原来维塞司王国[1]的

---

1 指牛津郡和伯克郡（即北维塞司）交界处。牛津城在牛津郡最南端，邻伯克郡北界。泰晤士河在这方面把两郡分开。田野的一边指北边。

北境，界线蜿蜒曲折，泰姆士河就顺着这道界线，悠闲自在地涮着那个古老王国里那片田野的一边流过去；这座城市和维塞司都可以隔界互语，它的一只脚，还几乎在那道界线最往北去的那一点上，把脚尖插进了维塞司以内。只见这座城市里，一片灰色的石头建筑，带着灰中带棕色的房顶，现在静静地立在一片夕阳中，现出一幅由第二级和第三级颜色[1]做成的静穆图画，只有尖阁上和圆屋顶上的风信旗，在这幅画图上闪闪发出亮光。

他下了山坡，到了山根，又往前顺着平坦的路走去；那时候，路旁那两行削去树顶的柳树，在暮色苍茫中，越来越模糊了。他走了不久，就看见城市最外面的街灯迎面出现——多年以前，他心中梦想、眼里注视的时候，出现了一片上映天空的黄光红雾，在那片黄光红雾里，就有现在这些街灯的亮光。只见现在这些街灯，都带出犹疑的神气，冲着他把黄色的眼睛眨巴，同时又好像因为等了他这么些年，而他却老迟迟不来，觉得失望，现在露出不大欢迎他的样子来。

他是狄克·惠廷顿[2]一流人物，使他的心灵感动的，不是单纯的物质利益，而是比那个更精微的东西。他以一个勘探者那样小心的脚步顺着城市外围的街道走去。他在这座城市那一面的郊区里，看不到这座城市的真面目。既然他现在最需要的就是安身的

---

1 普通说法，红、黄、蓝为第一级颜色，由此而混合者（如黄与蓝为绿之类）为第二级，由第二级颜色与其他颜色混合者则为第三级。

2 关于狄克·惠廷顿（死于1423）有许多传说，其中之一，说他做洗碗仆人的时候，因为受厨子的压迫而逃走，路上听到伦敦一个教堂的钟声，好像对他说：惠廷顿快回头，伦敦市长准到手。这种钟声好像神的启示，他听了这个，才又回到伦敦，在一家铺子里学徒，后遇机会致富，三任伦敦市长。

地方，所以他就十分在意，看那些可以供给他这种需要而同时却花钱不多的寓所；他经过了打听之后，就在那个诨名别是巴[1]的郊区找到了一个屋子。不过他当时并不知道它有这样一个诨名。他就在那儿安置下，喝了点茶之后，又去到外面。

那天晚上，没有月亮，而却有风，所以到处都是窃窃私语的声音。他在一盏街灯下面，把他买的一张地图打开，看这座城市的街道方向。微风把地图吹得上下翻动，哗啦哗啦地直响；但是他还是能找到一些指示，往城市的中心去不至于走错方向。

拐了好几个弯儿，他碰到头一座古老的中古建筑。那是一个学院，这是由它的大门可以看出来的。他进了那个学院，绕了一圈，连没有灯光的黑暗角落都走遍了。跟这个学院紧靠着的是另一个学院；再往前一点，是第三个学院；于是他就好像开始让那座古老尊严的城市，包围在它所有那种迷人的气氛和动人的幽情里了。他遇到和这座城市一般气味不调和的东西，就让他的眼光从它们上面滑过去，好像没看见它们一样。

忽然有一个地方撞起钟来，他一下一下地数去，一直数到一百零一下。他一定是数错了，那一定是一百下[2]。

学院的大门都关了，他不能再进那些方庭里面去了，就顺着墙根和门楼蹓跶，同时用手摸墙上和门上的线脚和雕刻。过了一

---

1 别是巴，影射的是牛津城叫做“耶利哥”的地区。别是巴为《圣经》地名，屡见《旧约》。

2 牛津大学基督堂学院大门门楼上的大钟，名大汤姆，每夜九点零五分鸣钟一〇一下。鸣钟后五分钟，各学院关门。一〇一下表示该学院原来受奖学金那些学生的人数（后来人数为八十）。不过从前撞钟的是人，现则为电。

分钟又一分钟，街上的人越来越少了，但是他却仍旧在墙阴下和门影里，蜿蜒曲折地进进出出。因为在过去这十年里，他不是没有一天不琢磨、不憧憬这些景物的么？那么，只有一晚上的工夫不休息，有什么关系呢？有的时候，灯光一闪，会把雕着蓓蕾和苞叶的尖阁和有城垛口的高墙，顶着黑沉沉的天空，显示出来。在一些不见天日的小巷里（这种地方现在虽然没有人到，并且他们的存在都好像没有人知道），往往有门廊、凸窗和门楼，雕着中古时代那种富丽华美的花样，伸到巷里的路上；它们的石头那种久经剥蚀的情况，更增加了它们的古老气氛。在这种老朽不堪、见弃人世的建筑之下，会有近代思想托身寄寓，好像是不可能的。

裘德在这儿一个人都不认识，所以他就开始深刻地感到他一个人的孤独，好像他只是一个鬼魂，他所感觉的就好像一个人在路上走，而却没法使别人看见或者听见自己那样，他喘气的时候都带出满怀心事的样子来，同时，他既然本人差不多就是一个鬼魂，他就琢磨起那些隐伏在角落里的鬼魂来。

自从他太太和他那些家具一去不返之后，他就对这次的行动开始作准备了。过去有些名人，青春在那些高墙深院里面度过，老年又在那儿神魂流连。他在前面说过的那个时期里，把一切有关这些名人的东西，凡是在他那种地位上能学到的、能研究的，全学到、全研究了。这一班名人里面，有某一些，由于他念书的时候一些偶然的情况，在他的想象中占了更显著的地位。微风从墙角、拱壁和门柱上掠过，就好像是他想象中那班唯一住在这个地方上的人走过；常春藤的叶子互相扑打，就好像是这班人伤感的魂灵，在那儿喃喃低语；东西的阴影，就好像是他们飘渺的形体，慌慌张张地活动。在他那种踽踽独行的寂寞中，这都好像是他的伴侣。在那一片沉沉的夜色中，他好像和他们碰撞，而却触不到他们有血有肉的形体。

现在街上一个人都没有了，但是由于他见神见鬼，他就舍不得进屋里去。街上还有诗人在那儿往来呢，有的是前代的，有的是近代的；最早的是莎士比亚的朋友和赞颂者[1]，最晚的是新近才归入寂静的那一位[2]和他们这一伙里音节优美、仍在人间的那一位[3]。在街上往来的还有深思冥想的哲学家[4]，这班人并不全是镶在框子里的画像上那种满额皱纹、头发斑白的样子，也有的好像仍旧年轻、满面红光、身材瘦削、行动活泼；在街上往来的还有近代的神学家，都穿着法衣，其中裘德感觉得最真切的，是叫做文集派的创始者，也就是那三个人所共知的人物——一个热心家，一个诗人，一个公式家[5]；他们的教训，在他那样偏僻的地方上都发生过影响。另一班人物在他的想象中出现，把刚才这一些排挤，使他起了一阵厌恶之感；这里面一个是假发垂肩的人物，也就是那个政

1 指本·琼生（1572—1637），英国戏剧家。据说他在牛津大学基督堂学院待过。他是莎士比亚的朋友，在一六二三年出版的莎士比亚对开本戏剧集里题了一首诗，盛赞莎士比亚。

2 指马太·安诺德（1822—1888），英国诗人兼批评家。他死于一八八八年，与《无史的裘德》写作年代一八九三年相差五年。他是牛津大学倍利耶勒学院的毕业生。“归入寂静”，出《旧约·诗篇》第115首第17节：“沉入寂静。”

3 指史文朋。他也是牛津大学倍利耶勒学院的毕业生。

4 牛津大学出身的哲学家如霍布斯（1588—1679）、洛克（1623—1704），都为基督堂学院的毕业生。

5 文集派，即牛津运动派，以发表济世论文得名。热心家指纽门，诗人指奇布勒，均见后注。公式家指蒲绥（1800—1882），为安立甘堂仪式派中的头面人物，故云。他是基督堂学院出身。

治家、浪子、唯理性派兼怀疑派[1]；一个是脸刮得光光的历史学家，他对于基督教外表客气，骨子里却含着讥讽[2]；还有一些和他们同样怀疑一切的人们，他们也和那班诚心皈依圣教的人们，对于这些方庭同样地熟悉，在方庭里的游廊上同样地自由游荡。

他又看到各式各样的政治家[3]：有的行动稳健，绝少幻想；有的是学者，演说家，事务主义者；有的随着时光进展，心胸不断扩大；又有的就时光越进展，心胸越狭隘。

在他想象的光景里，接着又来了一批科学家和语言学家[4]，离奇古怪地混在一起；他们都由于长年做研究，脸上带出沉思冥想的样子，额上满是皱纹，目力弱得像蝙蝠一样；跟着又有一批政界人物——像总督、行政长官[5]之类，这一班人他不大感到兴趣；还有大法官和裁判长[6]之类，他们都是不爱说话、嘴唇很薄的人物，他不过知道他们的名字而已。他对于主教和大主教们[7]特别感到关切，因为他当年有过做这种人物的愿望。这一班人，在他的脑子里有一大堆——有的重感情，又有的未免重理性；其中有一位曾用

1 指包凌布鲁克（1678—1751），他是基督堂学院出身，牛津大学哲学博士，做过陆军大臣，善演说，为自由思想家、浪子、最大的阴谋家，认为基督教只是一种寓言。

2 指吉本（1737—1794），英国历史学家，他出身于牛津大学冒德林学院，著有《罗马衰亡史》。在那本书里对于基督教兴起的记载，暗含讽刺。

3 如十九世纪英首相罗伯特·皮尔、格莱德司屯等。皮尔见后注。

4 如科学家哈维、语言学家米雷。

5 如乔治亚州的开拓者欧格勒扫蒲。

6 如主任推事扣勒理治。

7 出身于牛津大学的各界人物中以主教和大主教为最多。从倍利耶勒出身的，就有好几个坎特伯雷大主教。

拉丁文写过书，替英国国教辩护[1]；又有一位就是圣人一流的《晚间颂》作者[2]；跟他们一起的，还有那位伟大的游行讲道者、赞颂诗写作者兼热心家，他也跟裘德一样，在夫妻关系上很不如意[3]。

裘德发现，自己好像跟这般人接谈似的，以一个通俗闹剧演员对脚灯那一面的观众讲话的口气，高声说起话来。后来他忽然觉得这很荒谬，才一下打住了话头。那时候，屋子里灯光下的学生或者思索者也许听见了这个漫游的人这些不大联贯的字句，他们听见了也许会抬了抬头，心中纳闷，不知道这是什么人说话，话里都是什么意思。裘德现在看了出来，在有血有肉的活人中间，除了零零落落地几个回家很晚的市民以外，他自己就是这座古老城市的唯一所有者了，同时他感到有点着凉的意思。

一个人声从暗处传到他的耳朵里，一个活人的声音，并且还是本地的口音：

"小伙子，你在那个碑座上可坐了不小的工夫。你琢磨什么呢？"

这是由一个警察嘴里发出来的，原来那个警察一直躲在暗处瞅着裘德。

1 用拉丁文写书替国教做辩护的似指朱厄勒（1522—1571）。他是牛津墨屯学院的毕业生，做过索尔兹伯里主教，用拉丁文写了《英国国教辩护书》（1562年出版），一六〇七年以后，英国明令把该书在各教堂都放一本。

2 《晚间颂》的作者是肯恩（1637—1711），他是牛津大学新学院的研究员，做过巴司和韦尔斯的主教，写过关于宗教的散文和杂文，也写过几首很流行的赞颂诗。《晚间颂》为其中之一。

3 即维司利（1703—1791），他在牛津的基督堂学院受的教育，是美以美教会的创始者。他做过八万次布道演讲，旅行了上千上万里，写过二十三卷赞颂诗。他太太因跟他不和而离异。

裘德带到这儿来的书里，有一两本，讲到这个大学出身的儿女们，他现在回到寓所，先把这一两本书拿起来，把里面讲到前面那些人的生平和他们对世界的使命那些部分翻出来，细读了一下，然后才上了床。他要蒙胧入睡的时候，刚才念过的那些各种不同、深入人心的话，好像又都从他们嘴里嘟嘟囔囔地说了出来，有的可以听得清楚，有的他还不了解。这些鬼魂之中有一个（他后来又曾慨叹过，说“在基督寺，大义至理，一去不返了”，不过这句话裘德却不记得）当时喊着这个城市的名字说：

“美丽的城市！那样尊严，那样可爱，那样静穆，在我们这一个世纪里，求知的生活这样猖獗，她却丝毫没受到它的摧残！……她那种难以形容的魔力永远在那儿号召我们，叫我们走向大家真正应走的道路，走向理想的目标，走向完美的境地。”[1]另一个声音是那个对于“粮食法”先赞成后反对的政治家的[2]，他的鬼魂刚才在那个有大钟的方庭[3]里就对裘德出现过。裘德想，他的鬼魂也许就一直在那儿组织他那篇动人演说里有历史意义的字句：

“议长，我也许错了，但是我一向认为，一个国家，在受到饥

1　这是安诺德的话，见于他的《批评论文集》第一辑第二版的序言，前面那一句话也是那里的。

2　即皮尔，他是牛津大学基督堂学院出身，做过三次英国首相。在他二次首相任期内，他取消了“粮食法”。“粮食法”是英国保护地主利益的法令，他本来支持它，后因荒年及群众反对，不得已提出取消“粮食法”于议会。后面那一段演说词是他在一八四六年在下院一篇演说里的。

3　方庭指基督堂学院的大方庭而言，也叫汤姆庭，为该学院方庭之一，在牛津大学各学院中，这个方庭最大，最宏丽。它的大门门楼上的大钟大汤姆，重七吨半。

荒威胁的时候，应该采取在同样的情况下任何人都要采取的救济办法；那就是说，应该让人民，对于食粮，随便取得，不管粮食是从哪儿来的；对于这样一个国家，采取这种办法，是我的职责。我深切地感觉到，我这样行使我的权力，绝不是出于腐朽或者自私的动机，绝不是为了满足个人的野心，绝不是为了取得个人的利益；我的职位，你们明天就可以剥夺，但是我这种感觉，你们却永远也不能给我剥夺。”

跟着出现的是那个放冷箭的作家[1]，对基督教写过不朽的一章书：“异教哲学家们，对于万能的上帝所表现的种种神明，种种奇迹，都任其自然，熟视无睹，我们对于他们这种态度，怎么替他们辩护呢？……希腊和罗马的哲人们，见了这种令人惊奇的景象就往一边躲开，他们好像丝毫都没意识到这个世界，在精神方面或者物质方面，已经换了主宰、变了局势了。”

跟着出现的是一个诗人——那个最后的乐观主义者——的影子：

> 世界就是为我们每一个人而造成！
>
> ……
>
> 众人中的每一个，都在总的计划中，
>
> 有一份力量，使人类世代得到补充。[2]

1　指吉本。不朽的一章就是《罗马衰亡史》第十五章，这儿所引是那一章最后一段。所谓“放冷箭”即前注所说的“暗含讽刺”。

2　诗人指布朗宁（1812—1889）。这三行诗是他的《炉边》倒数第四段和第五段里的。他于一八六八年得了牛津大学的名誉硕士学位。

于是，他刚才看见的那三个热心家里面的一位，《我生之辩护》的作者，现在出现：

“我的理由是……自然神学的真实性，之所以绝对令人信服，是许多各不相忤的或然性事物，殊途同归的结果；或然性虽然不能达到合于逻辑的确实性，却可以生出合于精神的信服性。”[1]这三个热心家里的第二个，并不是雄辩家，只更安静地嘟囔着说：

> 我们既都按照上帝所欲，孤独地死去，
> 那我们孤独地活着，何以要晕厥、恐惧？[2]

他又听见一个扁脸的鬼魂——那个蔼然可亲的旁观者——发了言：

“我看着大人物们的坟墓，一切嫉妒的念头就都烟消雾散；我念着美人们的墓铭，一切难制的情欲就都雪融冰澌；我见到碑碣上父母哀痛子女的字句，我就由于同情而难过；我见到父母本人的坟墓，我又想到，我和他们既然不久就要一路同行，我为他们感

1 指纽门（1801—1890）。他是前面说过的文集派的领袖之一，牛津大学三一学院出身，写过一本书，叫《我生之辩护》。这一段话是那本书第一章第四段里的，但略有删节。

2 指的是奇布勒（1792—1866），也是文集派领袖之一。他是牛津大学基督体学院出身。这两行诗是他的诗集《基督春秋》里咏三一节后第二十四个礼拜日的。

叹悲伤，殊属无谓。”[1]最后发言的，是一个声音温和的主教，他的诗句，是裘德从孩童的时候就听惯了的，所以现在他的声音，裘德听来特别感到亲切。裘德就是听着他念诵他那温软、亲切的诗句而睡着的：

> 教给我怎样活法，那我在黄泉之下，
> 就能和躺在床上一样，丝毫不惊怕。
> 教给我怎样死去……[2]

他一觉睡到天亮。鬼影憧憧的世界好像一去无踪，摆在眼前的却是今天的现实。他从床上一下坐了起来，只当他睡过了头，跟着他说：

“哎呀！我把我那个好看的表妹完全忘了，而她却一直就在这儿！……还有我当年的老师。”他说到他的老师，语气里好像没有他说到他的表妹那样热烈。

---

1 指的是艾狄生（1672—1719），他是牛津大学王后学院和冒德林学院的学生和后者的研究员。和司提勒一同编《旁观者》报刊。他的文章雍容尔雅，所以这儿说他是蔼然可亲的旁观者。这里所引就是《旁观者》第二十六期里的。“旁观者”形体上的缺陷是脸扁而不够长。其言始见于《旁观者》第十七期，后屡见，特别在谈“丑人俱乐部”各部分。实司提勒自嘲。奈勒及扫恩希勒为其所画之画像，扁脸极为人熟悉。此处引文为艾狄生，而扁脸则为司提勒，二者似混而为一。

2 指的是肯恩主教，这两行半诗就是他的《晚间颂》第三节里的。该诗每节四行，这一节的后一行半补足为：“……那我在神怒之日，就能光辉荣耀地从坟里重回人世。”（神怒之日即大审判的世界末日）

2

现实的问题，包括那个俗不可耐的吃饭问题在内，是必须考虑的，这种必需，把他的虚幻想象，暂时驱散，逼着裘德在近在眼前的需要下，把高尚的理想硬压下去。他得起来去找工作，去找用手做的工作。有许多从事这种职业的人，认为只有这种用手做的工作，才能算是真正工作。

他抱着这种目的又上了大街，那时候，只见那些学院已经很奸诈地改变了它们原先那种同情的面目；有一些显得很峻厉严竦；另一些就看着好像是世家的墓穴由地下移到了地上。所有的灰墙石壁上面都出现了一副野蛮神气。那些大人物的鬼魂却一个也不见了。

他看四周那无数的建筑，与其说用的是艺术家的眼光，去批评那些建筑都怎样设计的，不如说用的是匠人的眼光，去琢磨过去那班和他同行的人，都怎样用气力使那些设计实现。他仔细看那些建筑的线脚，用手摸它们的花纹，摸的时候，对于它们原先是什么样子，做起来是难还是易，费的工夫是多还是少，费的力气是大还是小，工具是合手还是不合手，他全明白。

在夜里看起来，完美无疵、合于理想的东西，到了白天，就变成了或多或少带有缺陷的现实之物了。他看出来，这些古老的建筑，曾受过侮辱和虐待。其中有几处，让他看了非常难过，就像他看见有感觉的活东西受到残害那样。它们曾和时光、风霜、人类，作过生死的斗争，所以遍身鳞伤，肢体残缺，失掉了原来的外形。

这些历史古物的斑驳残伤，使他想起来，他并没抓紧时间，按照原先的打算，开始实际的工作。他到这儿是来工作的，到这儿是来工作挣饭吃的，而现在一上午差不多白过了。这儿这些建筑，既然都这样残败零落，那么他这一行人，在这儿一定有许多整旧增新的工作可做，所以从这一点上看，倒使他很高兴。他在阿尔夫锐屯的时候，就有人给他介绍了这儿一家石厂，他现在打听着了那家石厂在哪儿以后，就往前找去，一会儿就听见了他很熟悉的那种錾石头和磨石头的声音。

这个石厂，是一个起死回生的小小中心。那儿净是一些和墙上完全一样的石工活儿，不过墙上那些，都外层磨损，久经风雨，这儿这些，却棱角犀利，曲线光圆。同样的图样，这儿是用近代的散文表现的，而在学院那些苔藓斑驳的墙上则是用古代的诗表现的。即便那些现在成了古董的石活儿，当年还新的时候，或许也只是散文。它们只在那儿一无所为地等候，就熬成了诗了。这种情况，对于最小的建筑都是很容易的，而对于大多数的人却办不到。

他先问工长在不在，然后在新做的花窗格、直窗棂、横窗框、柱身、尖阁和城垛口中间看了一遍：这些东西，都留在工作台上，有的刚完了一半，有的完全完了，等着搬走。这些活儿都又光又直，又细致，又精确；而古老的墙上那些，却都把原先的图样歪曲了：参差错落，杂乱不整，这儿多一块，那儿少一块，毫无精确性可言。

真理的启示，有一会儿的工夫，在裘德心里一闪：这个小小的石厂里，就有值得费心费力来做的工作，就是把它拿来和最高贵的学院里所作的深奥学术研究相比，都没有愧色；但是这种启示，却把他从前旧有的想法压下去了。这个厂子，看着他刚出徒那个师傅的推荐，一定会给他工作，这种工作，不管是什么，他都愿意接受，不过他却只能以临时的性质接受。近代的人那种见异思迁的毛病，表现在他身上就是这样。

并且，他看出来，这儿的活儿，顶多也不过是复制、修补、模仿。他认为，这也许是由于暂时性或者地方性的原因。其实他没看出来，那是因为中世纪的精神，已经和煤块里面羊齿植物的叶子一样，早就没有生命了；在他四围那个世界里，另有新的发展正在演变中，在这种发展里，哥特式的建筑以及和哥特式建筑有关的事物是没有地位的。现代的逻辑和想象，对于他那样敬仰的事物，有解不开的仇恨，那时候他还不知道。

既然这个厂子那时候还没有他做的活儿，他就离开了那个厂子，心里又想起他表妹来。她一定就在这个城里离他不远的地方，这种事实，使他对她一阵一阵地感到兴趣，也许可以说是发生感情。他想，她那张好看的相片，要是现在在他手里，那有多好！后来，他到底给他老姑太太写了一封信，叫她把那张相片给他寄来。她倒是把相片寄来了，不过却要求他，不要去看那个女孩子，也不要去看那个女孩子家里的人，因为那样一来，就一定要搅得全家不安了。裘德虽然一向天性驯顺，而且都驯顺得到了可笑的程度，但是这一次，他却没答应他老姑太太什么话。他只把那张相片放在壁炉搁板上，亲了它一下——至于为什么要那样，他不知道——心里觉得舒服了一些。她好像从壁炉搁板上看着他，给他倒茶，给他摆茶点。这使他鼓起兴致来。这是那个人物喧闹的城市里唯一在感情方面和他有关联的东西。

还有他那位老师，也许现在是一位令人敬重的牧师了。不过这阵儿就去找那样一位有身份的人，还不是时候，因为他自己还是那样粗鲁，那样土气，他自己的生活还是那样朝不继夕。所以他仍旧还是一个人孤单地住着。虽然他周围有人来、有人往，但是他实际却一个都看不见。他还没实际参加这个城市的积极生活，所以这个城市对于他，绝大部分，还虽有若无。但是窗格子上的圣贤和先知、陈列馆里的画像、建筑物上的全身像和半身像、屋檐上的兽头、壁龛上的人头——这些东西，却都呼吸着他所呼吸的空气。一个人刚到一个生地方，而那个生地方又古老久远，陈迹旧物，到处都是，那样的时候，他的思古幽情，就会强烈地油然而发；现在裘德就是这样。但是长久住在当地的人们，对于这样强烈的幽情，却毫无所觉，甚至于并不相信。

好些天以来，他时常不定什么时候，从这些学院前面走过，每次遇到这样，他都要在它们那些方庭和长廊里流连一番；他自己的脚步，发出一种和木槌脆快敲打一样的回声，仿佛捉弄他似的，故意使他时时吃惊。"痛护"基督寺的感情，像一般人说的那样，越来越深入地沁到他的内心。到后来，他对于那些建筑物，在物质方面、艺术方面和历史方面所了解的，比住在那些建筑物里面的任何人都多。

现在，他亲身到了他热烈想念的地方，他才看出来，他离他热烈想念的目的，实在太远了。那班和他生在同时而运气更好的青年，在心灵的活动方面，本来和他没有什么两样，但是一墙之隔，却就把他和他们分成两个世界；那班青年，从早到晚，除了阅读、静观、学习、涵泳，[1]就没有别的事。把他和他们隔开了的，只有一道墙，但那道墙却是怎样的一道墙啊！

每一天，每一点钟，在他出去寻找工作的时候，他都眼里看见他们来往，肩膀和他们互相磨擦，耳朵听见他们的声音，心里注意他们的活动。由于他到这个地方以前，曾那样一时不懈，对于这个地方研究过、思索过，所以他听到他们里面更有思想的那一部分人所说的话，往往觉得特别跟他自己的思想有共鸣的地方。然而他和他们，却又远得好像各自站在地球的对面那样，这种情况本是当然的。因为他不过是一个工人，穿的是白布褂子，衣服的褶子里都堆满了石头末儿，所以他们从他身旁走过的时候，甚至都看不见有他这样一个人，都听不见他还会发声；他们看自己的熟人那时候，都隔着他看去，好像隔着一块玻璃看去一样。不管他们在他眼里怎么样，反正他在他们眼里，是绝对不存在的。然而他却幻想过，他到了这儿就会跟他们的生活接近。

但是远景却总摆在面前；如果他的运气好，能找到合适的工作，那他对于这种不可避免的情况，很可以忍受。所以，他就感谢上帝，给了他健康和气力，而鼓起勇气来。按现在说来，他还是在一切的大门之外的，包括学院在内；但是，也许有一天，他会

1 原文暗用基督降临节第二星期日礼拜短祷中的字句。见《公祷书》。

到大门以内。那些光明之宫、贤哲之殿，他也许有一天，会由它们的窗户里，往下看外面的世界啊。

后来到底由石厂那儿送来了一个信儿，说有活儿等他去做。这是对他的初步鼓励。他马上就应下了这个活儿。

他本来又年轻，又强壮，所以才能像他现在这样拼命地干：工作了一整天之后，还念大半夜的书；要不是那样，他早就累病了。他先花了四先令六便士，买了一盏带灯伞的油灯，这样，灯光是不成问题的了。跟着他买到纸、笔和一些必需而却在别处得不到的书。跟着他又把屋子里所有的家具，全都挪动了一下——女房东见了大为惊异——在屋子中间拉了一道绳子，在绳子上挂了一个帐子，把一个屋子分成两半；在窗上挂了一个厚幔子，不让任何人知道他大半夜不睡觉。于是他把书摊开，对着书坐下。

由于他过去的鲁莽而受到结婚、赁房子、买家具（这都跟着他太太一块儿去了）种种沉重负担，所以自从那番鲁莽行动开始以后，他就一直没能再攒一个钱，而现在又还没到拿工资的时候，因此在这个时期以内，他非过最俭省的生活不可。他买了一两本书以后，就连火都生不起了；晚上又潮又冷的空气，从草场[1]那儿吹来，那时候，他就身上披着大衣，头上戴着帽子，手上戴着毛手套，坐在灯下。

从他的窗户那儿，能看见大教堂[2]的尖阁和那个下面悬着铿锵

1　牛津西北，有一大片凄凉的草场，叫做坡特草场，即此处所指。

2　大教堂，在基督堂学院，是那个学院的圣堂，又是牛津主教区的大教堂。

之声闻于全市那口大钟的双弧形屋顶[1]。桥旁那个学院[2]的高方阁、高钟楼窗和高尖阁，可以在楼梯那儿看见。每逢他觉得他的前途暗淡的时候，他就用这些东西来刺激自己。

跟一般头脑热的人一样，他不管事情的细处。他由偶然的认识中得到一般的了解之后，就不再费工夫进一步去钻研。他对自己说，以眼前而论，他必须做的就是攒钱，积累学问，作好了准备，然后再等机会（不管机会怎么来的），使他这样的人成为大学的儿女。“因为智慧护庇人，好像银钱护庇人一样。唯独智慧能保全智慧人的生命。”[3]他的愿望吸引了他的全副精神，使他没有余力来衡量他那种愿望是不是切合实际。

在这时候，他接到他那可怜的老姑太太一封信，那是她坐立不安，为他担心而写来的；信上说的，就是以前使她难过害怕的那件事：她认为，裘德会意志不坚定，不听她的话，去看他表妹淑·布莱德赫和她家里的人。他老姑太太知道，淑的父母已经到伦敦去了，但是这个女孩子自己却留在基督寺。并且还有更让人反对的情况，淑原来是一个所谓圣物制造所里的工艺家或者设计师。那种地方是不折不扣地培养偶像崇拜的温床，由于这种情况，可以断言，她即便不是一个教皇派，也一定好参加骗人可笑的宗教仪式（祝西拉·范立老姑娘是跟着时代走的教徒，属于福

1 这是基督堂学院大方庭的门楼，也就是钟楼。双弧形为，基督堂学院门楼之顶即此形。

2 指冒德林学院，在跨于查沃勒河上之桥的旁面。

3 引用《旧约·传道书》第7章第12节。

音派[1]）。

既然裘德所追求的只是知识，而不是神学，所以他听到了淑可能有的见解以后，不管在哪方面，都没发生什么影响。但是他却由这封信得到找她的线索，这一点，毫无疑问，使他感到兴趣。他头一回得到几分钟的空闲，就带着一种完全奇特的愉快心情，从几家像他老姑太太信里说的那种铺子前面走过去，看见其中的一个里面，有一个年轻的女孩子，坐在一个书桌后面，和相片上那个人非常像。他以买点小玩意儿为名，冒昧地进了铺子，买完了东西以后，在那儿流连了一刻。这个铺子里的成员，好像一律是女性。铺子里面，摆着英国国教用的书，还有文具以及好玩的小玩意，像《圣经》摘句、安在架子上的石膏天使像、带哥特式框子的圣贤画片、几乎和耶稣受难架一样的乌木十字架、几乎和弥撒手册一样的祈祷书[2]。他看着书桌后面那个女孩子的时候，觉得很不好意思；她太漂亮了，他不敢相信，那样一个女孩子能属于他。那时碰巧她跟柜台后面两个年纪较大的女人之一说了一句话。他从她说话的语音里发现，她的声音和他自己的有相同的地方；当然比他的更柔和，更甜美，但是却和他的是一个类型。她在那儿做的是什么工作呢？他偷偷地往她那儿看了一眼。只见她面前放着一块锌片，切成了一个手卷的样子，有三四英尺长，锌片的一面

---

1 教皇派，指天主教徒。一般的英国人都信新教，痛恨教皇和天主教徒。福音派是英国国教里的低教派。

2 耶稣受难架和弥撒手册都是天主教教会用的东西；十字架和祈祷书则是英国国教教会用的。这里的意思是说，英国国教教会用的东西，和天主教教会用的并无多少差别。

涂着无光的油漆。那时候，她正在这块锌片上，用教堂写经文的字体，描这几个字：

阿里露亚[1]

“她这儿做的，真是甜美、神圣的宗教工作！”他心里想。

她所以在这种铺子里做这种工作，原因很明显：既然她父亲是做金工圣物的，那她做这种工作的技巧，毫无疑问是家传之术了。她现在描的那些字，显而易见，是要挂在教堂的圣坛所上面做礼拜用的。

他出了那个铺子。当时马上就跟她在那儿搭话，本来很容易，但是这样马上把他老姑太太的要求撂在脖子后头，未免太对不起她。她固然待他并不好，但是，他却是她抚养大的：她现在是管不了他的了，这种情况里所含的可怜成分，反倒是一种力量，使裘德对于她的愿望愿意服从，比跟他辩论还有效力。

因此裘德当时没做什么表示。他这阵儿还不想和淑正式会面。他走出来以后，又想到还有别的原因，使他这阵儿还不能和她正式会面。他穿着这身粗布工作褂和落满了尘土的裤子，和她一比，她可就太雅致了，所以他觉得，他现在还不能和她面对面地分庭抗礼，也和他觉得他还不能和他的老师费劳孙见面，正是一样的心理。并且，很可能她也继承了她家那种仇视异性的家风而要看

---

1 阿里露亚，原为希伯来文，“赞美耶和华”之意。

不起他（当然那种看不起，也只能是一个基督教徒所有的那种）[1]，特别是他的历史里有过那一段令人不快的经历，造成了他和一个她毫无疑问不会看得起的女人无法解开的束缚；他要是把他这番经历对她说了，她更要看不起他了。

因此他只老远看着她，从琢磨她就在跟前这件事里得到快感。她一点不错就在跟前，他对这个事实的感觉就是一种刺激。不过她却仍然或多或少地是他心里想象的人物，他开始在她身上做稀罕、离奇的梦想。

又过了两三个礼拜了，有一天裘德和另外几个人，在古代街的锡杖学院[2]外面，从一辆棚车上，把一根做好了的易切石柱子搬过人行道，预备安到他们正修理着的露台上面。工头站在前面，嘴里说："你们举的时候要喊！咳——喝！"跟着他们就使劲举。

他正在那儿举的时候，忽然一下，他表妹紧靠他的胳膊肘那儿站住了，她那时候，有一只脚还没放稳，正等那件把她的去路挡住了的东西搬开。她的眼睛一直看着他：那两只水汪汪的眼睛里那种妙处，文字不能传达，眼光里犀利和温柔兼而有之，或者他认为兼而有之，而犀利与温柔之外，更加上神秘；那时候，她刚和她的一个同伴说了一句话，所以眼睛里和嘴唇上，现出生动的表情，她看他的时候，就不知不觉地把她眼睛里这种表情带了出来。她丝毫也没注意到他在那儿，也好像她丝毫没注意到，他搬石柱的时候，太阳光里飞起尘土来。

1　这是说，基督教以仁爱、宽恕教人，所以他表妹虽然会看不起他，但也不会过甚。

2　古代街影射的是牛津的奥锐厄勒街，或墨屯街，锡杖学院影射的是奥锐厄勒学院，或墨屯学院。

但是他对于她近在跟前的感应却太灵敏了，他都哆嗦起来，因此害羞的本能，使他把脸转到一边，免得她认出他来；其实她不可能认出他来，因为她向来连一次都没见过他，甚至于连他的名字也许还一次都没听见过。他能看出来，虽然她生在乡下，但是因为她孩童时期的后几年是在伦敦过的，成人时期是在基督寺过的，所以完全看不出她有什么乡下土气。

她走了以后，他一面继续工作，一面心里琢磨她。刚才她突然在他面前出现，使他眼乱心慌，没顾得观察她全部的形态和体格。他现在只记得，她的身量并不高大；她的身材轻盈瘦削，是属于普通叫做苗条那一派的。他当时所看到的，就尽于此。她在仪态方面并没有女神石像那种庄严美丽；而在举动方面却表现出一片易喜易怒的敏感气质。她的神情活泼、面目生动，但是据一个画家看来，她却不一定就算生得齐整或者美丽。不过即便她不算齐整，不算美丽，她那种样子也尽够使他惊奇的了。她一点也没有他那种乡下的土气。他那一家的上辈，既然都是脾气倔强，命运乖戾，几乎为上帝所唾弃，那他们的子女中间，怎么却会有人修到这样一种精致美妙的地步呢？他心里想，那一定是伦敦的作用。

他原先在生活中感到的孤寂，无从破除，对基督寺所渲染的诗意，无从实现，所以心里面郁积着满腹的愁怀忧绪，这种愁怀忧绪，现在不知不觉，一齐往这个半真半幻的人身上倾注起来。同时，他看出来，尽管他尽力想和他这种感情背道而驰，而他要和她认亲的愿望，却决难长久抑制。

他硬说自己只是以亲戚家属的关系看待她，因为有种种丝毫无可驳斥的理由使他不应该——并且也不能够——以任何别的关系看待她。

这些理由之中第一种是：他是已经结过婚的人了，用别的关系看待她就不对了。第二种是：他们是表兄妹。表兄妹之间发生恋爱，即使一切都没有问题，也还不是好事。第三种理由是：即便他没有结过婚这种束缚，而在他那样的家庭里，每一个人的婚姻，向来就没有不变成悲剧的，他要是和自己的血亲结了婚，那么婚姻的变故，就要从双方发生，令人伤感的悲剧，就要深刻化而变成了令人恐怖的惨剧了。

因此，他想来想去，还是只能以亲戚互相关切的态度来看待淑，只能以实事求是的眼光来看待她，只能把她看做是一个他值得骄傲的人，一个他可以接谈、打招呼的人，一个过些日子认为他有资格被请吃茶点的人。他在她身上所用的情意，一定得毫不通融，限制在一个对她关怀的亲戚所应有的范围以内。这样一来，她对于他就只能是一个慈祥可亲的神灵，一种帮助他上进的力量，一个安利甘堂[1]的教侣，一个温存体贴的腻友。

1 安利甘堂，英国国教教会。

3

但是虽然有种种影响阻止裘德冒进，他却仍旧出于本能，要和她接近，固然态度有些缩手缩脚；所以在接下来的那个礼拜天，他就特意上红衣主教学院[1]里那个兼做圣堂的大教堂去做晨祷，为的是好更仔细地看看她，因为他已经发现了，她常上那儿去做礼拜。

她那天上午并没去，所以他下午又去等她（下午比上午天气好一些）。他知道，如果她来做礼拜的话，她总是顺着通到圣堂那个青绿大方庭的东边进堂，因此钟声正响的时候，他就站在一个角落等候。在礼拜开始以前的几分钟，她出现了，杂在人群中间，顺着学院的墙走来，他看见这样，就在对面那一边远远跟着她，进了圣堂，心里很高兴，自己没露出什么形迹来。只要他能看见她，而却不必让她看见、认识，这在眼下，就够使他觉得满足的了。

他在过厅里待了一会儿，礼拜开始了一些时候，才找了个座位坐下。那天下午，天上乌云低黯，地上一片沉静，景象有些凄惨，在这种时候，礼拜就不只是富于感情的有闲阶级享受的奢侈品，也是实事求是的普通人所要的必需品了。圣堂里的光线很暗

1　红衣主教学院影射基督堂学院。

淡，而天窗上射进来的亮光又晃眼，因此对面那些做礼拜的人，只能模模糊糊地看见，但是他却看出来，淑就在那些人里面。他发现了她确实坐在什么地方以后不久，唱诗班就把《诗篇》第一百十九章唱到第二节——In quo corriget——的地方，风琴也跟着唱诗班变成了动人的格来高调[1]：

> 青年人用什么洁净他的行为？

这正是裘德这会儿聚精会神地琢磨的问题。他过去，发泄了自己对女性的兽欲，又把事情弄到那样不幸的结果，跟着又想自杀，最后又什么都豁出去了，喝得酩酊大醉：他这个人太坏了，太没有出息了！脚蹬的风琴所发出来的雄壮音浪，在唱诗班中间汹涌回荡；像他那样一个从童年就受神教熏陶的人，如果他相信，说那章诗篇，就是关心他的天公，为他初次进那座庄严的神殿而特意选定的，那本来毫不足怪。然而那章诗篇，却又只是每月二十四号晚祷普通必唱的一章。

传到他的耳朵里那种和谐的音浪，也正在他现在开始爱慕的那个女孩子四周萦回荡漾。他想到这一点，觉得很快活。她大概是常到这个圣堂里来的；像她那样一个人，由于职业和习惯的关

---

1 礼拜每天有晨祷、晚祷二次，每次把《新约》《旧约》和《诗篇》按日分配固定。均详载《公祷书》。《诗篇》第119章，为英国教教堂每月二十四日晚祷时所唱，分两段，In quo corriget 为第二段的头三个字，亦即标题，为拉丁文，In quo 是“以或用什么”，corriget 是“革新”，即后文“洁净行为”之意。《诗篇》从前均用拉丁文唱诵。现在英人诗篇都用拉丁文作标题，是其遗迹。《公祷书》里的《诗篇》和《旧约》里的字句不尽相同，前者便于歌颂，格来高调是教堂音乐的一种。

系而身心完全浸在敬爱教会的情感里，一定和他有很多相同的地方。一个易受感动、生活孤单的青年，一旦意识到自己的精神有了寄托，而这种寄托，对于他在社会的进展和心灵的进益各方面，都有帮助，那他这种意识对于他就要像黑门的甘露一样了[1]；所以那天他做着礼拜的时候，就一直觉得，身子好像在一种使他腾空驾云的欢乐气氛之中。

但是有人却可以理直气壮地对他说，那种气氛，固然不错，是从加利利传来的，但是同时，也毫无疑问，是从赛浦勒斯传来的。[2]不过他自己不愿意这样想就是了。

裘德等她离开了她的座位，走过了隔断唱诗楼和本堂的屏风，自己才从座位上站起来。她并没往他那方向看，等到他走到门口的时候，她已经把宽阔的甬路，走了一半了。他那时候穿的是礼拜天的服装，所以很想跟上前去，做自我介绍。但是他还是不到一切都十分停当的地步；并且在他现在这种感情激动的情况下，他跟她认亲，是否合适呢？

因为在做礼拜的时候，虽然他认为她对他那样像磁石吸铁的力量，是基于对教会的共同感情，并且他也自己劝过自己，说实际也是那样，但是他对于这种力量的真正性质，却并不是完全看不见。他跟淑根本就完全不认识，所以所谓的亲戚关系，只是自己骗自己就是了。因此他就自言自语地说：“不成，绝不成；我一个

1 引用《旧约·诗篇》第133章第3节。黑门，山名，山在巴勒斯坦东北境，其露甘而多。

2 加利利是耶稣传教的地方，赛浦勒斯是供奉希腊爱神爱芙罗黛蒂的地方。这句话的意思是说，那种气氛，含有灵的成分，但也同样含有肉的成分。

有了老婆的人，决不该和她认识！”然而她却又一点不错，是他的亲戚，并且他有太太这一层（固然太太本人远在天涯海角）在某一种意义上，反倒是一种帮助。因为，他既然有太太，那淑就绝不能认为他对她还会做夫妻之想了，这样，她和他往来的时候，就可以不避嫌疑，无所顾虑了。但是她这种因为知道了他有太太而对他不避嫌疑、无所顾虑的情况，却绝不是他愿意的，他看到这一点，心里很难过。

在这一次上大教堂做礼拜以前不久，那位眼睛水汪汪、脚步轻飘飘、年轻、漂亮的女人——淑·布莱德赫——曾有一天下午放了半天假，所以她就离开了那个她不但是做活并且是寄寓的圣物作坊，手里拿着一本书，蹓跶着往乡下走去。那是万里无云的一天，本是维塞司和别的地方上阴冷多雨的日子中间偶然出现的，就好像天气之神由于一阵高兴，在两个雨天里插进去一天晴天似的。她往前走了有一二英里路以后，再往前去就是一片比她撂在后面的城市更高的地方了。她走过的那条路两边都是青绿的草场，她走到了一个篱阶[1]前面的时候，想把她正念着的书念完了，所以就站住了，同时回头看着那些古代和近世的高阁、圆屋顶和尖阁，在远处出现。

在篱阶那一面的人行小路旁边，她看见一个黄脸皮黑头发的外国人，坐在草地上，身旁放着一个大方盘子，盘子上紧挤在一块儿放着一些石膏像，有些外面还涂着铜色，他正在那儿把

1　树篱中间一种设置，可以使人不用走树篱上的门而越过树篱，同时使牛马不能越过。

这些像重新另摆一下，预备再往前赶路。那些像大部分都是古代雕刻的缩形，里面包括了一些神像，和她往常所见的完全不同，其中有一个是维纳斯的标准模型，另有一个是狄亚娜；在男性方面，有阿波罗、白卡司和玛司[1]。虽然这些像离她有好些码远，但是那时候，从西南方来的太阳光，却明晃晃地射在它们上面，使它们衬着青草地明白显出，所以她都能清清楚楚地看出它们反映着阳光的轮廓来，同时因为这些东西，恰好放在她和教堂高阁之间一条线上，所以她把二者一比，心里就生出一连串和她原来的旧观念不同并且相反的新观念来。那个人站起身来，看见了她，很客气地把帽子一摘，嘴里说："这是些雕——雕像！"他的口音和他的外貌正相符合。一转眼的工夫，他就很熟练地把那一木盘子著名的人和神，先举到膝盖上，然后再举到头顶上，用头顶着，给她送了过来。他把盘子放在篱阶上以后，先劝她买小一点的东西，像国王和王后的半身像之类，跟着又劝她买一个唱诗人的像，然后又劝她买一个带翅膀的丘比特。她只摇头。

"这两个要多少钱？"她问，一面用手把维纳斯和阿波罗一指，那是盘子里两个最大的。

他说要十先令。

"我花不起那么多的钱。"淑说。她还了个价，比他要的低得多，以为那个人不会卖的，却没想到，那个卖石膏像的竟把那两个

1　维纳斯是古希腊罗马的爱神，狄亚娜是月神（见前）。阿波罗即前斐伯司，是日神（见前），白卡司是酒神，玛司是战神。这些神的形象都瑰丽雄伟。

像从穿着它们的铁丝上取下来，隔着篱阶递给了她。她像得了宝贝一样，把那两个像抱在怀里。

那个人收了钱，刚走开，她就开始乱起来，不知道该把这两件东西怎么办才好。没想到它们一到她手里，会显得这样大，同时又这样赤身露体，一丝不挂。因为她这个人是神经质，所以她想到自己做了这样大胆的事，身上哆嗦起来。她用手去摆弄那两个神像的时候，石膏的粉面就都沾在她的手套和夹克上。她抱着这两个身子赤裸的神像往前走，走了不远，忽然想起一个办法来。她从树篱上采了一些大个的牛蒡叶子、洋芹和其他长得茂盛的东西，用它们把这两件很累赘的玩意儿尽可能地包起来，这样一来，让别人看，她怀里抱着的，就好像只是一大堆青绿的东西，由一个热烈爱好自然的人采集而来。

"哼，不论什么东西，都比那种没完没了的教堂'玩意儿'好！"她说。不过她仍旧还是有些心神不定，好像后悔不该买这两件东西似的。

她过一会儿就偷偷地往包儿里看一看，老害怕会把维纳斯的胳膊弄折了；她就这样，抱着这两件异教的神像，从一条和大街平行的僻静街道，进了这个全国基督教气氛最重的城市，拐了一个弯儿，进了她工作的那家铺子的旁门。她把她买的这两件东西一直拿到楼上她自己的屋子里，跟着就马上想要把它们锁在她自己的一个箱子里；但是她又发现这两件东西太大了，于是她只好先把它们用大张的牛皮纸包起来，然后把它们放在地上一个角落那儿。

铺子的女老板方德芬小姐，是一个快上年纪的女人，她戴着眼镜，穿戴打扮得差不多跟一个女方丈一样，对于礼拜仪式非常内行（本来她做了那种业务应该这样），经常上那个注重仪式的圣西拉教堂[1]去做礼拜。这个教堂，就坐落在前面提过的那个叫别是巴的郊区，裘德现在也开始上那儿去做礼拜。她父亲是当牧师的，境遇很窘，他死的时候（他是前几年死的）她为了避免受穷，就大胆把这家做圣物的小铺子接到手，把它发展到现在这样名誉不错的地位。她唯一的装饰，就是她戴在脖子上的十字架和念珠，她能把《基督春秋》都背过来。

她现在在淑的屋子外面，招呼淑去吃茶点。她一听那女孩子并没马上就回答她，就进了淑的屋子；只见淑正在那儿匆匆忙忙地用绳子捆那两个包裹。

“刚买的东西吗，布莱德赫小姐？”她一面眼里看着那两个包裹，一面嘴里问。

“不错，刚买的——刚买的两件当陈设的东西。”淑说。

“啊，我还只当这屋里原来的陈设已经不少了哪，”方德芬小姐说，同时往四外看去，看那些镶着哥特式框子的圣贤像，那些写着教堂经文的卷轴，等等等等；这些东西都太老了，卖不出去了，所以才拿来装饰这一个不见天日的屋子。“什么东西？怎么那么大！”她把牛皮纸撕了有小饼干那样大的一个窟窿，想要看一看里面是什么。“啊，是塑像啊？一共两个？你在哪儿买的？”

1　圣西拉教堂影射牛津的圣巴拿巴教堂，在牛津西北角上，为布露姆菲尔德（1829—1899）设计，哈代早年曾跟他做过建筑设计。特别注意仪式，是因为这个教堂是属于高教派的。英国国教分两派，高教派及低教派。前者注意仪式，几与天主教等（微有不同处），后者则否。

“哦——我这是从一个串街的小贩子手里买的，他净卖塑像——”

“是两个圣人像吧？”

“不错。”

“哪两个？”

“圣彼得和圣——圣玛琍·抹大拉。”

“好吧！下去吃茶点吧，吃完了茶点以后，要是天还不黑，就把那个风琴上用的经文描完了好啦。”

淑买这两件东西的时候，只是由于一阵的高兴；但是她把东西买到手之后，想要尽兴赏鉴一下的时候，却让方德芬小姐阻挠了；这种小小的阻挠可就激起了淑的热情，使她急于要解开包裹，看一看这两件东西。所以在睡觉的时候，她知道一定不会有人来打搅她，就很坦然地把包裹解开，把那一对神像都放在抽屉柜上面，在神像的每一边都放了一支蜡，然后退到床前，在床上躺下，开始读她已经从箱子里取出来的一本书（这都是方德芬小姐一点也不知道的）。那是一卷吉本写的史书，她念的正是书里说到叛教者尤利安那一章[1]。她有的时候抬头看一看那两个小塑像，只觉得它们和屋里另外那些东西和画片摆在一块儿，有些奇怪，有些格格不入；后来她从床上跳下来，从箱子里找出另一本书来，这好像是屋里当时的光景使她想起来的——一本诗——翻到很熟悉的那一首——

1 尤利安是罗马皇帝（361—363年在位），年幼时被迫做了基督徒，即位后自宣为异教徒，尽力使旧日的神复受供奉。见吉本的《罗马衰亡史》第二十三章。

苍白的加利利人啊，你得胜了：

在你的嘘噏之下，世界凄冷了！[1]

她把这首诗读到末尾。跟着她就熄了蜡，脱了衣服，最后入了睡乡。

像她那样年纪的人，通常本来都睡得很沉，但是今天夜里，她却时常醒，而她每次醒来睁开眼睛看的时候，窗户那儿都有亮光透进来，足以使她看出那两个白石膏像立在抽屉柜上，和它们四外那些经文、殉教者以及镶着哥特式框子钉在十字架上的耶稣像（现在只能看见拉丁式十字架[2]的架子，架子上的人形在夜色里看不见）完全成对比。

有一次，她这样醒来的时候，教堂的钟正打了一下或者两下，那一次的钟声，另一个住在同城、离得不远、正坐着读书的人，也听见了。因为那是礼拜六晚上，第二天用不着像平常起得那样早，所以裘德就没对闹钟，只按照习惯，比平常日子晚睡两三个钟头，这是他一个星期里别的日子做不到的。那时候，他正很用心地在那儿读他那本格里士巴赫版《圣经》。淑在床上翻来覆去的时候，如果有警察和夜晚归家的人，从裘德的窗户下面过而站住了听一会儿，那他们就可以听到，他在屋子里面，很起劲地咕念着一些字句——这些字句，对于裘德，有无法形容的魔力，但是普通人听

1 这是史文朋的诗《蒲劳色派恩（即冥国之后）颂》第三十五至三十六行。加利利人即耶稣。第一行是根据尤利安临死时的一句话，Vicisti, O Galilee（加利利人啊，你得胜了）！

2 西洋十字架有多种。拉丁十字架最常见，式如＋。

来，却只是一些字音，没有任何意义。这些字音仿佛是以下这种样子：——

“阿勒·亥民·黑司·太渥司·号·扒特尔·艾克司·胡·搭·潘塔·凯·亥梅司·艾以司·奥塘。”

念到后来，只听得屋里有一本书合上的样子，同时有人毕恭毕敬地高声咕念着：

“凯·黑司·枯立奥司·耶苏司·基督·狄·胡·塔·潘塔·凯·黑梅司·狄·奥涂！”[1]

---

1 原文这两段是《新约·哥林多前书》第8章第6节的希腊文而用拉丁字母标出者。中译文是：“然而我们只有一位神，就是父，万物都本于他，我们也归于他。”“并有一位主，就是耶稣基督，万物都是借着他有的，我们也是借着他有的。”现在的译文，是根据现行希腊文的读法（此外还有依英文习惯读法、欧洲大陆读法等）译其音。

4

裘德在他那一行里，是一个全才，样样都来得；乡间市镇上的匠人往往这样。在伦敦，一个刻叶状棱纹的匠人，就不肯刻给叶状棱纹作陪衬的线脚，好像做一个整件东西的第二部分，就有失身份似的。裘德就不这样；如果没有什么哥特式的线脚活儿可做，或者工作台子上窗棂活儿不多，他就去錾纪念碑，或者墓碑，并且还认为，工作这样改换一下，很有乐趣。

他第二次又看到她的时候，他就正在一个教堂里面，站在梯子上做这种活儿。那时候，教堂里正要做晨间简式礼拜，牧师进堂的时候，裘德就从梯子上下来，和那半打会众坐在一块儿，等到礼拜做完了，再进行他那种嘣当嘣当地响的工作。礼拜做到一半的时候，他才看出来，那几个女人里面，有一个是淑，原来她是跟那位快上了年纪的方德芬小姐一块儿来的。

裘德坐在那儿，看着她那样好看的肩形背影，看着她那样从容大方，同时却又令人觉得很稀奇地毫不在意站起来，坐下去，看着她那样按照仪式屈膝下跪，他就心里想，如果将来他的日子过得好起来，有这样一个安立甘教徒做内助，那是多大的福气啊。做礼拜的人，刚一起身要离教堂的时候，他就马上又做他的活儿去了，他所以这样，并不是因为要急于工作，却是因为，在这种神圣的地方上，那位现在正开始在那样无法形容的情况下对他发生影响的女人，他不敢再正面去看。

他现在看出来，他对淑·布莱德赫发生的兴趣，一点不错是于两性有关的；在这种情况之下，他不能和她做亲密的交往；因为那三种强大的理由，仍旧和从前一样，绝对不容驳倒。但是另一种情况也很明显，那就是，男人绝不能单靠工作生活；特别是像裘德这样的男人，无论怎么样，总得爱情有所寄托才成。有一些人，也许会早就不顾一切，跑到她那儿，因时乘势，抓住她不好意思拒绝他的机会，和她交上朋友，来取一时的快乐，而把一切后果，完全付之于天。但是裘德却并没这样做——一开头的时候，并没这样做。

但是过了一天又一天，特别是过了一个孤寂的晚间又一个孤寂的晚间，他就发现，他不但思念她的时候并没减少，而反倒正在增加；他不但坚持要走得正的意志没增强，而反倒感觉到，在他这样不拘小节、不拘礼法、不遵常轨的行为里，有一种惊涛骇浪的至乐：所有这种种，当然都不能不使他想到自己的道德要堕落。

他既是整天都在她的影响之下，既是老在她常去的地方上来来去去，所以他心里就没有一时一刻不想她的，同时还不得不对自己承认，在这场斗争里，他想要走得正的企图，大概要失败。

不过，直到现在，她在他心里，也几乎还只是一个意念中的人物，那么，如果他认识了她，知道了她的实际品性，那他这种出乎常轨、不合礼法的单相思，也许就可以治好了。

但是却有一种声音在那儿悄声说，他虽然很想和她认识，他却很不愿意治好他的单相思。

从他自己那种正经规矩的观点来看，毫无疑问，这种形势越来越违反道德。像他那样一个人，按照国家的法律，这一辈子一直到死，是只许爱艾拉白拉一个人，而不许爱任何别的人的，但是现在他爱起淑来，尤其是他还想要做他计划的那种事业，所以他这样卷土重来，实在得说非常不好。这种道理他感觉很亲切，所以有一天，他又在附近一个乡村教堂里一个人工作的时候（他时常在乡村教堂里工作），他觉得应该祷告一番，求上帝帮助他克服他的弱点。不过他在这种事情里，虽然心里想做一个好榜样，而要他真那样办可就不行了。因为他发现，一个人，嘴里祷告，要上帝把他从诱惑中救出来，而心里却甘心情愿受一百个诱惑，那他的祷告，就决不可能实现。既是这样，所以他就将计就计，索性不祷告了。“说到究竟，”他说，“这一次我的问题，并不完全是爱欲的袭击，像头一次那样。我还是头脑很清醒，能看出来她的智力出类拔萃，我所以想她，一部分就是因为我想要在心灵方面得到共鸣，想要在孤寂的生活里得到安慰。”这样一来，他就继续崇拜她，供奉她，而不敢承认，说他这是强词夺理，文过饰非；因为，本来么，不管淑在道德、才能、宗教各方面受过什么熏陶，反正毫无疑问，他爱她，绝不是为了她那些方面的长处。

就在这个期间，有一天下午，一个年轻的女孩子，多少带着点犹疑的神气，进了石厂的院子，提着裙子，免得沾上白色的石头末儿，穿过院子，往公事房里走去。

“这个妞儿真不赖！”工人里面，有一个大家都管他叫周大叔的说。

“她是谁家的孩子？”另一个问。

“我不知道——我常在这儿那儿碰见过她。哦！我想起来了，十年以前，有一个手头很巧的家伙，叫布莱德赫，圣路加教堂里所有的五金透珑活儿，都是他做的，后来他上伦敦去了，这就是他的闺女。他这阵儿干什么，我不知道——我想不会很得意吧——要是得意的话，他闺女就不会回这儿来了。”

同时，那个年轻的女人，就敲了敲公事房的门，问有位裘德·范立先生，是不是在这个厂子里工作。事有不巧，那天下午，裘德不知道到外边什么地方去了；她听见了这个话，脸上带出失望的样子来，马上就走了。裘德回来了的时候，他们告诉他，说有人找他来着，同时告诉他这个人什么样儿。裘德听了就喊着说：“哦——那是我表妹淑哇！”

他顺着大街去追她，但是她早就走得没有影儿了。他一点也不再理会他应该不应该见她了，他决定当天晚上就去看她。他回到寓所的时候，看见她给他写了一个字条——她第一次给他写的一个字条，这种东西，本身简单、平常，但是事后回想起来，就可以看出来，这种东西当时都曾惹起过什么样的热烈感情。这种女人给男人——或者男人给女人——第一次出于无心所写的信，往往就是烈焰猛火的引线，但是在写信的时候，却并不知道，会有这种后果，所以烈火烧起来以后，再在赤红或者惨淡的火光下看这种信，就觉出来它们格外动人，格外庄严，并且有的时候，格外可怕了。

淑那个字条是最天真、最自然的那一种。她称呼他亲爱的表哥裘德；说她只是完全无意中才刚刚听说他来到基督寺的，同时埋怨他，问他为什么不早给她个信儿。她说，她要是早就知道了，那他们两个可以一块儿玩玩儿，因为她几乎什么事都得靠自己，几乎连一个脾气相投的朋友都没有。但是现在，她恐怕不久就要到别处去了，所以他们两个在一块儿的机会，也许永远没有了。

他看到她要到别处去这句话，出了一身冷汗。他从来没想到还会有这样的事；由于这种情况，他就迫不及待地给了她一封回信。他信上说，就在当天晚上，离他写信一个钟头的工夫，他在大街上那个标志殉教烈士就义地点的十字[1]旁边，跟她见面。

他打发一个小孩把信送走了以后，忽然想起来，他不应该匆忙之中，约她在大街上和他见面，他应该说他要到她住的地方去看她才是。其实他约她这样和他见面，完全本着乡间的习惯而来，他并没想到任何别的情况上面去；但是他现在一想，当初他和艾拉白拉不幸就是这样见面的，这种办法，对于淑这样一个可爱的女孩子，也许有些不合身份。但是现在已经来不及补救了；所以他就在约定的时间以前几分钟，在刚刚点起来的街灯灯光下，往约定的地点走去。

宽阔的大街上静悄悄的，几乎连一个人都没有，虽然那时候时间并不晚。他看见对面有一个人，仔细一看，正是淑。他们一齐朝着十字走去。但是还没等走到那儿的时候，她就对他喊：

"别在那儿。我这是头一回跟你见面，最好不要在那儿，再往前面一点儿好啦。"

1 这个十字是用石条砌在牛津宽街路面中间的，纪念立德雷和莱提末二主教因反对天主教、拥护新教于一五五五年被活活烧死的地点。其路面虽经铺修，十字至今仍在。

她的声音，虽然坚定、清楚，却含有颤抖的意味。他们平行着往前走去；裘德怕不知道她的心意，所以老远盯着她，看见了她有意往一块儿凑，才跟着也往一块儿凑。他们两个碰到一块儿的地方是白天雇脚大车的停车场，不过现在那儿，却一辆车都没有了。

“很对不起，没到你那儿去看你，却叫你到街上来见我，”裘德带出一种情人初会、不好意思的样子来开口说，“不过我那时想，如果咱们要一块儿走一走的话，直接就出来，比较简截。”

“哦——这我并不在乎，”她带出一种朋友见面、随随便便的样子来说，“我实在没有地方可以招待客人。我刚才不愿意在那儿和你见面，只是因为我觉得，那个地点太令人可怕了——不过我想我说可怕恐怕不对——我的意思只是要说，那儿怪阴森的，不大吉祥……不过我和你还人生面不熟，初次这样见面，很好玩儿，是不是？”她带出好奇的样子来，上上下下地打量他，不过裘德却没像她看他那样看她。

“好像你跟我熟一些，不像我跟你这样生似的。”她接着说。

“不错——我曾碰见过你几次。”

“你早就认得我了，可老没跟我说话，是不是？现在我可又不久就要走了！”

“不错。这真不巧。我简直就连一个朋友都没有。不错，倒也有一个老朋友，多年以前的老朋友了，他就在这一块儿，我可不知道他确实在什么地方。不过我这阵儿还不十分愿意去找他。我不知道你认识这个人不认识？他是费劳孙先生。我想他是这一郡里不定哪儿的牧师吧。”

“这个费劳孙先生我不认识，我只认识一个住在伦姆顿[1]的费劳孙先生；那是一个乡下地方，离这儿不远。他在那儿的小学里当教员。”

“啊！我不知道这和我说的那个费劳孙先生是不是一个人。不过我想，决不可能是一个人！他怎么能够仍旧还是一个小学教员？你知道他的名字吗？他是叫理查吗？”

“不错——正是；我曾给他寄过书，不过从来没见过他。”

“这样说来，他没能如愿以偿了！”

裘德脸上嗒然若失；连这位伟大的费劳孙都做不到的事，他怎么能做到呢？这个消息，如果不是在淑的面前听到的，那他总得有老半天的工夫懊丧绝望，但是即便现在这一阵儿有淑在跟前，他也照样想到，待会儿淑走了以后，费劳孙伟大的大学计划竟失败了，要使他多么难过。

“咱们不是说要散散步吗？那咱们顺便去拜访费劳孙先生一趟好不好？”裘德忽然说，“现在天还早。”

她同意这个提议，于是他们就一路走去，先上了一个小山，然后又穿过一片林木美丽的乡下。过了不大的工夫，教堂带城垛口的高阁和体方顶尖的高塔，就顶着天空耸起，跟着小学的校舍也在前面出现！他们在街上碰到一个人，就跟他打听，不知道费劳孙先生这阵儿会不会在家。那个人说，他总在家。他们走到小学门前，在门上一敲，他就在门口出现，手里拿着蜡，脸上带着问询的神

---

1 伦姆顿影射克姆纳，从前为牛津西约二英里的一个村庄。现已为牛津郊区，为居住点。

气。只见他，自从和裘德分别了以后，脸上清瘦了，苍老了。

过了这么些年，好容易又和费劳孙先生见了面，却会是这样平淡无奇的光景，所以裘德和他分手以来，在想象中给他罩上的那一团辉煌的光晕，一下消灭了。同时，再看费劳孙，显然是受尽了折磨，十二分失意的样子，这又使裘德对他同情起来。裘德提起自己的姓名，说他特地上这儿来，看一看那位在他童年待他很好的老朋友。

"我一点儿也不记得你了，"老师满怀心事地说，"你刚才说你是我的学生？哦，这当然没有错儿，不过我教了这一辈子书，我的学生不止几千，并且，每一个人，都自然有很大的改变，所以除了最近教的那几班，别的我就很少有认得的。"

"我是你在玛丽格伦那时候的学生。"裘德说，同时心里后悔不该来这一趟。

"不错。我在那儿待过一个很短的时期。这位也是我的老学生吗？"

"哦，不是——她是我的表妹……我有一次写信跟你要过文法书，你把书寄给我了，你还记得吧？"

"啊——不错！那件事我现在模模糊糊想起一点儿来了。"

"你给我寄书，对我太好了。同时我也是受了你的影响，才在那一方面用起功来的。你离开玛丽格伦那天早晨，把东西都装到车上以后，对我告别，那时候，你曾对我说过，说你打算先念大学，毕业以后再进教会——你说，想做教员或者牧师，大学学位是非有不可的招牌，你还记得吧？"

"我只记得，我自己心里头确实曾有过这一类的想法；不过，我可好像没对什么人露过。我那种计划，好些年以前就放弃了。”

“你那种计划，我可一直记在心里。我从别的地方跑到基督寺来，今天又上这儿来看你，都是由于你对我说的那一番话。”

“请到屋里坐坐吧，”费劳孙说，“你表妹也请一块儿到屋里坐坐吧。”他们一齐进了学校的小客厅，只见那儿有一盏油灯，罩着纸灯伞，正把光线射在三四本书上面。为的彼此看得更清楚一些，费劳孙把灯伞拿开了，于是灯光就落到淑那副神经质的小脸蛋上，那双生动活泼的黑眼珠上，和那一头黑头发上；落到她表哥那副诚恳的面目上，落到费劳孙那副更成熟的面目和身躯上，显出他这个人，年纪四十五岁，带着好用心思的样子，有瘦削的身材、薄薄的双唇、曲线相当精致的嘴和稍微有点驼的背脊，穿着一件青色长大衣，因为穿得太久了，两个肩头、背脊中间和两个胳膊肘，都磨得有些发亮了。

旧日的友谊不知不觉地恢复了。费劳孙说他的经验，表兄妹就说他们的经验。费劳孙说，他有的时候，还是想进教会，不过要达到这种目的，可不能用他前些年想的那种办法，只可以用参加鉴定考试的办法。同时，他说，他现在的地位，还算舒服，不过他需要一个小先生。

他们没在费劳孙那儿吃晚饭，因为淑回铺子，时间不能太晚。所以他们就顺着原路回了基督寺。虽然他们表兄妹谈的都是很普通的话，他却没想到，他从他表妹身上，第一次把女人的特点，了解了那么多。她那样敏感、灵活，使她显得好像她所做的任何事情，都是由于感情而来。一种使她兴奋的思想，会催她一直往前走去，快得几乎连他都跟不上；对于某些东西，她的感觉都敏锐得会让人误解成她过分卖弄。她那一方面，对他所表现的，只是最坦白的亲善友谊；而他那一方面被她所引起的，却是比他没和她正式认识以前还要强烈的爱：他看到这一点，心里就感到极度的抑郁。他们一路往回走的时候，使他感到沉闷的，不是天空的夜色，而是盘踞在他心头、不久就要来到的她那番别离。

“你为什么要离开基督寺呢？”他很惆怅的样子说，“像这样一个城市，有纽门、蒲绥、洼德[1]和奇布尔这般大人物在它的历史里占着巍然的地位，你怎么舍得离开它呢？”

“这班人，不错，在这个城市的历史里占重要的地位。不过，他们在世界的历史里是不是占重要的地位呢？……拿这个作你在这儿待还是不在这儿待的理由，太可笑了！我自己就从来不会想到那上面去！”她笑起来。

“呃——我是非走不可的，”她接着说，“方德芬小姐，她就是我工作那个铺子的一个东家，让我得罪了，她也把我得罪了。所以顶好我还是不要再在这儿待下去。”

“你们是怎么回事？”

“她把我买的石膏像给摔了。”

“哦？是成心的吗？”

“是成心的。她在我的屋子里看见了那些东西以后，不管那是不是我的，就把它们往地上一摔，还用脚碾它们，因为那些东西，不合她的口味；她把一个像的胳膊和脑袋都用脚碾得粉碎——

1 洼德（1812—1882），牛津林肯学院的学生，倍利耶勒学院的研究员。他采取纽门的看法，拥护他的主张。

那太可怕了！”

“那一定是她认为那些像天主教的意味太重了，是不是？毫无疑问，她认为那都是教皇性的像，她一定还说，那和求告圣人加福保佑一样[1]，是不是？”

“不是……不是。不是那样。她对这种事完全不是那样的看法。”

“啊！那样的话，可完全出乎我们的意料了！”

“不错，她不喜欢我那些护国圣人的像，完全另有原因。所以我当时就忍不住了，拿话顶撞她；结果，我就决定不在那儿待下去，就决定再找一种比较可以有个人自由的工作。”

“你为什么不再教教书？我听说，你从前教过书啊。”

“我从来没想到再教书；因为我做艺术设计师这个事儿一直做得很有起色。”

“我替你去问一问费劳孙先生，叫他让你上他那个学校去试一试好了。一定这样办好了。试了以后，你要是喜欢教书，那你就上几年师范学校，毕了业，考取了第一级教员的资格，那你的收入，比起任何设计家或者教堂艺术家来，都要加倍，你个人的自由，比起他们来也要加倍。”

“好吧——那你就替我问一问吧。我现在要进去了。再见吧，亲爱的裘德！咱们到底见了面了，我太高兴了。咱们不必因为咱们的父母都爱吵架，咱们也跟着吵架吧，是不是？”

1 求告圣人加福保佑，尊崇圣像，无染神灵受孕，赎罪有效等，都是天主教会的信经条款，同为新教徒所反对。

裘德当时不愿意让她看出来，他对于她的意见同意到什么程度；只朝着他的寓所所在的那条偏僻街道走去。

怎么能叫淑·布莱德赫不离他远去，现在成了他唯一要设法实现的心愿了，至于实现这种心愿会有什么后果，他在所不计。第二天晚上，他又到伦姆顿去了，因为他不相信，只写一封信会有多大力量。那位学校的老师对于他这个提议，毫无准备。

“我这儿需要的，是他们叫做第二年的调换——就是教过一年书而想调换地方的那种教师，”他说，“你表妹当然可以；以她本人而论，当然可以；可惜的是，她以前没教过书。哦，教过，你不是说她教过吗？她真想拿教书作正式的职业吗？”

裘德说，据他所了解的，她真想那样，同时花言巧语地说，她这个人怎样聪明，作费劳孙的助手怎么完全合适（其实合适不合适，裘德是一点儿也不知道的）；这一套话很有说服力，把费劳孙说得当时就答应了请她做助手，不过同时，他又以朋友的资格对裘德说，他表妹可得是真想干这一行，同时还得把现在这种办法看作只是一种试验，作为第一阶段，把上师范学校作为第二阶段，不然的话，那她的工夫就要白糟蹋了，因为这种工作的工资，差不多就等于徒有其名。

拜访的第二天，费劳孙就接到了裘德一封信，信上说，他跟他表妹又讨论了一下，他表妹对于教书越来越感到有兴趣，同意到他的学校里去。这位老师兼隐士连一分一秒都没想到，裘德这样热心促成这件事，除了出于一家骨肉互相帮助的自然本能而外，还会出于任何别的感情。

5

学校的老师坐在和校舍相连的朴素住宅里（校舍和住宅都是新式的建筑），看着路对面他的教员淑住的那所老房子。他们很快就把一切都安排好了。本来有一位小先生，说要调到费劳孙的学校里来，但是却没来得成，所以他就用了淑来做替工。一切像他们这样的安排，都只能是临时的性质，必须等到部里的督学下一年度来视察过，批准了，才能确定下来。布莱德赫小姐虽然最近不教书了，但是，她以前却在伦敦教了有两年左右，对于教书并不完全外行。所以费劳孙觉得，想要叫她教下去，并没有什么困难；因为她虽然到这儿来不过三四个礼拜的工夫，他却已经不愿意她离开了。他已经看出来，她的聪明，一点不错是裘德说的那样；一个当师傅的，遇到一个能替他省一半力气的徒弟，那他还有不想留着那个徒弟的吗？

那时候是早晨八点半钟刚过一点儿，他正在那儿等候，要等到看见她从路那边跨到学校，然后自己随后也去到学校。八点四十分钟的时候，她果然随随便便地戴着一顶轻便的帽子，从路那边跨过来了。他以看稀罕物件的神气看着她，觉得那天早晨，好像有一种新的神采，和她教书的技巧并没有关系，从她身上射出，在她身外包围。他随后也到了学校；整天的工夫亲眼看着淑在教室对着他的那一头，教她那一班学生。她毫无疑问是一个极优秀的教师。

晚上给她进行补习，是他的职责之一。按照法令，有这样一条规定：补习人与被补习人，如性别不同，在补习时，须有年龄较长的体面女人在场。费劳孙的年纪，既然都够得上做那个女孩子的父亲的，所以他就想，在他们现在这种情况里，那条规定，未免可笑。不过他还是很忠实地遵守这条规定；所以他给淑补习的时候，淑住的那所房子的房东郝司太太（她是一个寡妇），就坐在旁边做针线活儿。这条规定，他们就是想不遵守，也难办到，因为在那所房子里，就没有第二个起坐间。

她算着数的时候——因为他们补习的是算术——往往会不知不觉地抬起头来，带着探询的微笑看他一下，好像是她认为，他既是老师，那么，她脑子里想的，不管是对的还是错的，他一定都能看出来。费劳孙那时候心里想的却完全不是算术，而却是她那个人自己，而且想的时候，用的是一种新异的态度，以他那样一个导师的身份看来，这种态度，未免有些奇怪。也许她也知道，他正在那儿这样琢磨她吧。

他们的补习，这样进行了好几个星期，补习里那种单调情况本身，就使他感到快乐。于是有一天，出了一件事：他们要带领学生上基督寺去看巡回展览。展览的是耶路撒冷的模型，因为优待教育界，学生去看，一个人只要一便士。这些小学生，排成双行，在路上走去，她跟在她教的那一班旁边，手里拿着一把朴素的布阳伞，大拇指直伸着放在伞把上；费劳孙就跟在后面，穿着他那件肥大的长大衣，很文雅地拿着手杖，心里老有心事的样子。原来自从淑来了以后，他就总是这种样子。那天下午，太阳辉煌，尘土飞扬，他们进了展览室的时候，室内除了他们自己，很少别的人。

那座古城的模型，就放在屋子的正中间；展览的主办人，一团虔诚和慈善，拿着指示棒，绕着模型，把那些小学生在《圣经》上念过而知道名字的地方，给他们指出来，告诉他们，哪儿是摩利亚山，哪儿是约沙法谷，哪儿是锡安城，哪儿是城墙和城门；又在一个城门外面，把一个像一座大坟的土丘指给他们；土丘上面还有一个小小的十字架。他说，那就是骷髅地。[1]“我想，”淑对老师说，那时她和他正站在稍后一点的地方，“这个模型，虽然费过一番惨淡经营，可绝大部分出于想象。有什么法子能知道，耶路撒冷在基督活着的时候，就是这个样子？我敢保做这个模型的人，就没有法子知道。”

“这是根据实地访问现在这个城的结果，再加上最近情理的揣测而画的地图，做出来的。”

“咱们既然并不是犹太的后人，那我觉得，咱们对于耶路撒冷，已经到了觉得腻烦的时候了，”她说，“说到究竟，不论那个地方，也不论那个地方的人，都不能算是最优秀的，都比不上雅典、罗马、亚历山大城和别的古城。”

“不过，我这亲爱的女孩子，你要想一想，它对咱们，发生了多大的影响啊！”

她不言语了，因为她很容易受别人的抑制。跟着她就看见，站在模型四围那一群孩子后面，有一个青年，穿着白法兰绒夹克，

1　前面那几个名字都是《圣经》里的。骷髅地则是传说耶稣被钉死的地方。

在那儿聚精会神地看那个约沙法谷；他把身子伏得很低，低得几乎都让橄榄山把他完全挡住了。“你瞧你表哥裘德，”老师接着说，“他并没认为，咱们对于耶路撒冷已经该觉得腻烦了！”

“啊——我刚才没看见他！”她用她那种又轻又快的声音说，“裘德，你瞧你这个郑重其事、聚精会神的劲儿！”

裘德从他的冥想中一下醒过来，才看见了她。“哦，是淑啊！”他说，说的时候，又高兴，又不好意思，所以脸都红起来了，“这当然都是你的学生了！我看见过广告，说下午是学校参观的时间。我那时就想到你会来的；不过我到了这儿，可一下就着了迷了，所以连我自己在什么地方都忘了。这种东西真能叫人发生思古的幽情，是不是？你叫我在这儿看几个钟头都成；不过不幸，我只有几分钟的工夫了；因为我手底下正做着活儿。”

“你表妹真了不得地聪明，她把这个模型都批评得体无完肤啦，”费劳孙连逗趣带讥诮地说，“她很怀疑这个模型的正确性。”

“不是那么说，费劳孙先生，我不是那样的意思——完全不是那样的意思！我就是讨厌那种所谓的聪明女人——现在这个年头儿，聪明女人太多了！”淑敏感地说，“我的意思只是说——我也说不上来我的意思究竟是什么——我只知道，我的意思你不了解就是了！”

“我了解的，”裘德热烈地说（其实他也并不了解），“并且我还认为你的想法很对。”

“这才是好表哥——我知道你是不会反对我的！”她冲动地抓住了他的手，跟着对老师带着责问的神气看了一眼，就转到裘德那儿去了；她说话的声音，还有些颤抖。老师那样温和的讥诮，会使她这样，连她自己都觉得很荒谬，觉得不必要。她一点也没想到，她这一瞬之间感情的流露，在那两个男性心里，激起了多么强烈的爱，对他们两个的将来，引起了什么样的纠葛。

这个模型的教育意味太重了，那些孩子不久就看腻了，所以又待了一会儿，他们就又带着那些孩子回伦姆顿，裘德也做他的活儿去了。他看着那一群小学生，穿着干干净净的连衣裙和围襟，排成纵队，顺着大街，跟着费劳孙和淑，往乡下走去；那时候，他深深地感到，他自己完全是在他们的生活范围以外的，这种感觉，使他生出一种烦闷、不足之感，盘踞在他的心头。费劳孙曾请他礼拜五晚上到乡下去看他们，因为那天晚上没有补习，裘德当时急忙答应了，说他一定不能让这个机会错过。

同时，学生和老师一齐往学校走去。第二天，费劳孙往淑那一班的黑板上看的时候，只见黑板上很精巧地用粉笔画了一幅耶路撒冷透视图，图里每一个建筑物，都各自在它应在的地位上出现；这使费劳孙很惊异。

“我还以为，你对于这个模型，不感兴趣，几乎连看都没看哪！”

“不错，我几乎连看都没看，”她说，“不过它的情况我记下来了这一些。”

“这比我自己记下来的还多。”

政府的督学，那时候正在这一带作“突然出现”的视察，好真正考查一下学校的情况。所以看模型以后过了两天，正在上午上课的中间，教室的门轻轻扭开了，我们这位督学老爷——那班小先生最害怕的凶神——走进了教室。对于费劳孙，这种突然，并不很突然，因为，他像故事[1]里那位女士一样，这种把戏他已经习惯了。但是淑教的那一班，却在屋子那一头，同时她又正背着屋门在那儿讲授，所以督学走过去，站在她身后面，看她教了有半分钟的工夫以后，她才觉出来身后面有人。她转过身来一看，就明白了她时常害怕的那一刻来到了。她当时一急，惊吓的声音不觉脱口而出。费劳孙由于对她特别关切，所以在她正要晕倒的时候，早就不知不觉地跑到她身旁，把她扶住了。她一会儿就恢复了常态，笑了一笑。但是督学走了以后，又不好过了，脸变得非常地苍白，所以费劳孙把她弄到自己的屋里，给她喝了点白兰地；这样她才慢慢恢复过来。她醒过来的时候，发现他正握着她的手。

"你应该先告诉我，"她口张气喘、急躁烦恼地说，"说督学就要来作'突然出现'的视察！哦，我怎么办好！现在他一定要报告校董，说我不够资格了；我这份儿寒碜要一辈子去不掉了！"

"他绝不能那么办，我这亲爱的女孩子，你放心好了。我有过的教员里面，你是最好的了。"

他看她的时候，温柔到极点，所以她不觉受了感动，后悔刚才不该责问他。她好了一点的时候，回自己的寓所去了。

同时，裘德正在那儿急不能待地等候礼拜五到来。本来在礼拜三和礼拜四这两天，他想去看她的心愿，就已经非常地强烈了，所以在天黑了以后，他竟顺着往那个村子去的路走了老远，不过没真走到那儿就是了。他从半路又回到屋里想要用功，那时候，他发现，他的心思一点也不能集中到书本上去了。到了礼拜五那

---

1 这个故事待考。

天，他先琢磨她喜欢什么样子，就那样打扮起来，刚打扮好了，就匆匆地吃茶点，刚吃完茶点，就匆匆地出发；本来那天晚上下着雨，但是那个他也并不管。树上浓密的枝叶，使沉闷的天色更加沉闷，树上的水珠，凄凉地往他身上滴打，让他觉得好像预示恶兆似的——其实这种感觉是不合情理的；因为虽然他知道他爱她，但是他也知道，他和她的关系，绝不能比现在这样更进一步。

他拐了弯儿，进了村子，那时候，他头一样看到眼里的，是两个人打着一把伞，由教区长住宅的栅栏门里走出来。他在两个人后面，离他们很远，所以他们没看见他，但是他却一下就看出来，他们是淑和费劳孙。费劳孙正给淑打着伞，他们分明是刚拜访了教区长——也许是商议于学校有关的事情吧。但是他们两个，正往那条湿雨淋淋不见一人的篱路上往前走去，那时刻，裘德却看见费劳孙把胳膊往淑腰上一搂，淑轻轻把胳膊挪开了。但是费劳孙却再次把胳膊放到她腰上，这一次她却没再往下挪，只带着疑惧的神气，很快地往四外看了一看，不过她却并没往后看，所以没看见裘德。裘德看到这种光景，像中了瘟气一般，身子站不住，就靠着树篱蹲下去了。他就这样藏在那儿，一直等到他们走到淑的寓所，那时淑进了寓所，费劳孙也上了离得不远的学校里。

“哦——他们的年龄差得太大了——差得太大了！”他感到自己的爱受到障碍，毫无希望，所以满心愤懑，大声喊道。

他没法子干涉。难道他不是艾拉白拉的人吗？他不能再往前去了，他回头朝着基督寺走来。他走的每一步，都好像对他说，他绝对不应该阻挠费劳孙，叫他不要和淑亲近。费劳孙也许比淑大二十岁，但是年龄差这样大而婚姻却美满的也并非少见。在他的愁闷之中使他最难堪的打击，使他觉得好像是揶揄挖苦的一点，就是他想到，费劳孙和他表妹的亲密关系，完全是他一手拉拢成功的。

6

裘德那位上了年纪、一肚子苦水的老姑太太，在玛丽格伦得了病，躺在床上，裘德在接下来的那个礼拜天，到那儿去看她。这是他自己跟自己斗争的胜利结果；因为他本来想上伦姆顿去见他表妹一面，豁出去见了面自己难过，豁出去把刻骨铭心的话收起，把使他痛苦的光景掩盖。

他老姑太太现在不能下床了，所以裘德在她那儿那短短的一天里，大部分的时间都花在怎样能使她舒服一些的安排上。她那个小小的面包房，已经倒给一家街坊了。她有了出倒铺子这笔钱，再加上她平素的储蓄，就日用必需一样不缺，而且还有富余，同时，还有一个同村的寡妇，和她住在一块儿，替她料理衣食。一直到他快要走的时候，他才有一点工夫，能和他老姑太太安安静静地谈了一谈，他谈着的时候，不知不觉地就谈到他表妹身上。

"淑是在这儿出生的吗？"

"不错——就在这个屋子里。那时候她爸爸和她妈正住在这儿。你为什么要问这个？"

"哦——我想知道知道。"

"啊，你这一定是新近见她了，是不是吧？"那个严厉的老太婆说。"我都跟你说什么来着？"

“哦——不就是不让我跟她见面吗？”

“你找她一块儿聊天儿了，是不是？”

“不错。”

“那你以后可别再那样了。她很小的时候，她爸爸就教导她，叫她恨她妈那一边的人；再说，像她那样一个这阵儿在城里住惯了的女孩子，绝不会看得起像你这样一个錾石头的工人。我一直就不喜欢她。那样没有规矩的小丫头——她太没有规矩了。一来就犯脾气，就使性子。我因为她看不起长辈，就不知道揍过她多少次。有一次，她把鞋和袜子都脱了，把裙子挽到膝盖上，跑到水塘里去了；我臊得要不得，要吆喝都吆喝不出来了；可是，你猜怎么着，她没等我吆喝，反倒对我说，姑太太，你躲开！这不是规矩人看的，别污了你的眼！”

“那时候她还小哪。”

“都十二啦，还小哪！”

“哦——当然不小啦。不过这阵儿她又长了几岁了，可就变得又心细，又灵透，又心肠软了，并且还敏感得像——”

“裘德！”他老姑太太喊着说，同时在床上一蹦，“你不要对她这样痴心了！”

“我并没有对她痴心。当然没有。”

“你跟那个叫艾拉白拉的女人结婚，对你这样一个努力上进的人说来，本来就已经算是糟得不能再糟的了。不过她已经到地球那一面去了，也许不会再来麻烦你了。但是，你要是不管那一层束缚，对淑痴心，那你就还要更糟。你表妹要是对你客气，那你对她当然也用不着不客气。不过你对她要是出了客气的范围，超过了亲戚关切的意思，那就是你疯了。她要是染上了城市的习气，学会了轻浮，那她就非把你毁了不可。”

“你不要说她的坏话成不成，姑太太？”

他老姑太太那位同伴兼护士，恰好这时候进了屋里，才给裘德解了围。那个女人一定在外面听他们两个说话了，因为她一进屋里，就讲起从前，说她怎么还记得淑·布莱德赫那孩子。她说，淑的父亲还没把淑带到伦敦去以前，淑怎样在草地对面的小学里上学；那阵儿，她怎样还是一个古里古怪的小孩子；有一次教区长举行朗诵和背诵比赛会，她怎样穿着小白连衣裙、小皮鞋，系着粉腰带，走上讲台，怎样比谁都小，怎样背《往上，往上》[1]，背“华宴闹长宵”[2]，背《乌鸦》[3]；她背的时候，怎样皱着小眉头，悲伤地四外看着，对着空气喊，好像真有一个鸟儿站在那儿似的。

> 森然可畏的高年乌鸦啊，
> 在冥王长夜漫漫的国度里，
> 什么是你庄严伟大的名字！

“她系着她那小腰带，穿着小连衣裙，站在那儿，把那个吃死

---

1 《往上，往上》是美国诗人朗费罗（1807—1882）的一首诗。

2 “华宴闹长宵”是英国诗人拜伦（1788—1824）的《恰尔德·哈罗德》里第三章第二十一节的头一行。

3 《乌鸦》是美国诗人爱伦·坡（1809—1849）的一首诗。此处所引第一行，为原诗第八段第四行的前半，其后半为“从昏暝的冥土来到此地——”。所引第二、三行，则为原诗第八段第五行。英美人迷信说法，认为乌鸦能预报死信，故有“森然可畏”，“从冥土来”等语。以上各诗，均为英美小学生都熟悉的。

东西的脏老鸹表现得都活了，”那个病在床上的老太婆，颇不得已地帮着说，“你简直觉得那个鸟儿就在你眼前。裘德，你还是小孩子的时候，也会这一套，也好像老看见天空里有什么东西似的。”

那位街坊又谈了淑别的方面一些才艺：

“她当然不是个野小子，这是你知道的；但是她可又净做普通只有男孩子才做的事儿。我有一回，看见她在那面那个野塘的冰上跟好些人一块儿剌啦剌啦地溜冰，她的头发让风吹得披散着；他们排成一单行，一共有二十几个，头顶着天空，看着好像画在玻璃上一样；他们一直溜到顶远的那一头，一直地溜。都是男孩子，就她一个女孩子；后来他们都对她喊‘好哇’，她就对他们说：‘孩子们，规规矩矩地，不要放肆。’跟着就给了他们一个冷不防跑回家来了。他们想法子哄她出去。但是她不论怎么也不肯出去。”

她们这样回想起淑过去的种种情况，只使得裘德更难过起来，因为他没有资格跟她谈恋爱。所以他那天是带着沉重的心离开了他老姑太太的家的。他本来很想去到那个小学那儿，看一看她在里面那样出过风头的屋子；不过他还是把这种愿望压下去了，而往前走去。

因为那时候是礼拜天傍晚，所以村子里有几个他在那儿住的时候认识他的人，都正穿着顶整齐的衣服，站在一块儿。裘德走来的时候，这一群人里面有一个跟他打招呼，他听见了一愣。

“你到底一点不错到了那儿了，是不是？”

裘德显出不明白他这句话是什么意思的神气来。

“哟，上那个学府所在的地方——那个你还是小孩子的时候，老对我们讲的光明之城啊！那地方果然就是你所想的那样吧？”

"不错，也还有远远超过我所想的！"裘德喊着说。

"我有一次，在那儿待了一个钟头。我可几乎什么都没看见。净是要塌的老房子，里面有一半是教堂，有一半是布施庵堂；即便教堂和庵堂，也都死气沉沉的。"

"你错了，约翰。才不那样。那儿是生气勃勃的，不过你只在街上看了一看，当然什么也看不见。那儿是思想活动和宗教活动唯一无二的中心——是咱们这一国里知识食粮和精神食粮的仓库。那儿表面好像一声也不响，一点也不活动，其实那正是动极而静的表现，就好像一个转得正快的陀螺，看来却好像一点不动似的——我这是借用作家[1]的比喻。"

"哦，你的话也许对，也许不对。反正我那回在那儿那一两个钟头，可什么都没看见；所以我就到一家店里去，叫了一升啤酒，买了一便士的面包和半便士的干酪，在那儿耗到往回走的时候。我想这阵儿你已经进了学院了吧？"

"啊，没有！"裘德说，"我这阵儿离进学院还是跟从前一样地遥遥无期。"

"那是怎么回事？"

裘德拍了拍他的口袋。

"果然不出我们所料，那种地方不是给你这样的人预备的——那只是给那些有大钱的人预备的。"

"你这个话说得不对，是为我这样的人预备的！"裘德虽然心

---

1 似指戴芬南特（1606—1668）。在他的戏剧《情敌》第三幕里，他说过"我要像陀螺那样睡眠"这句话。康格里弗在他的《老独身汉》第一幕第五场里，也有"他像陀螺那样睡眠"。

里很难过，嘴里却不能不这样说。

但是，那个人的话，却足以使他从他最近寄托身心的意中城市退了出来；足以使他看到，在这个城市里，怎样有一个远离实际的人，或多或少地就是他自己，正把全副精神，缠绕萦回在灿烂辉煌的艺术和科学之上，正一心认为，他的工作和勤劳，准能使他在学者的乐园里，占一席之地。那个人的话，现在使他以清醒冷静的头脑，来观察他的前途。他新近就感觉到，他的希腊文——特别是读起戏剧来，就不能使他十分满意。有的时候，他做了一天工之后，累极了，晚上可就没有作彻底研究所需要的那种深刻精细的注意力了。他觉得，他需要一个导师——需要一个朋友，在他身旁，给他指点；他有了这样的导师，那他在那些艰涩难读、深奥难测的书本里费一个月的苦工夫还弄不明白的东西，就可以一会儿就明白了。

毫无疑问，看问题一定不能像他近来那样，一定要更实际一些。说到究竟，像他这样，一点也不看一看合乎实际不合乎实际，只把所有的业余时间，渺渺茫茫地用在所谓刻苦发奋的"自修"上，到底有什么好处呢？

"我应该早就想到这一点了，"他在他回来的路上走着的时候说，"执行计划而不清楚要往哪儿去，也不知道目标是什么，那干脆还不如不执行计划——像我这样在学院的墙外面徘徊，好像盼望墙里面会有人伸出手来，把我拽进去，能有结果吗？我一定得打听打听具体的详细情况才成。"

于是他在接下来的那个星期里，开始行动起来。有一天下午，冷眼一看，好像机会来了；因为他正在一个像公园的篱围里面坐着的时候，碰巧一个快上年纪的长者，从离他不远的一条公用便道上走来，别人告诉他，说那就是某学院的院长。那位长者走得离裘德更近的时候，裘德带着欲有所求的样子往他脸上瞧去。只见他满脸慈祥，蔼然可亲，但是同时却又有些缄默沉静，不爱说话的样子。裘德又想了一想，觉得他还是不能走上前去，跟他说话；但是这位长者却让裘德想起来，他要是用写信的方式，对几位最有道德、最通情理的老院长，把自己的困难说出来，请他们给他出个主意，一定是很聪明的办法。

于是他在接下来的那一两个星期里，就老往城里那种他有机会看到最有声望那些院长、寮长、监督以及各学院其他首长的地方去；从他所看见的这几位里面，他最后选择了五位，都是由他们的面目上看，就可以知道他们是眼光远、肯奖掖后进的。他给这五位每位写了一封信，简单地把他的困难说明，请他们针对他这种进退两难的地位，给他提点意见。

他把这些信寄出去以后，却又挑剔起自己这种办法来。他后悔不该寄这些信。"现在这个年头，最流行的是写信到处乱撞，钻营请托，俗不可耐，我这阵儿岂不跟这种情况完全一样了吗？"他想，"我怎么会想到这样给一点都不认识的人写信呢？他们也许把我看作骗子，看作游手好闲的流氓，看作没有品行的坏人。他们也许明明知道我不是那样的人而却要那样看待我……也许我真是那样的人吧！"

虽然如此，他却仍旧死不放松地希望有人回他信，好给他解除最后的疑难。他等了一天又一天；嘴里说盼回信是完全荒谬的，心里却仍旧盼下去。他正等回信的时候，忽然又听到了关于费劳孙的消息，使他心里更乱起来。费劳孙要放弃他在基督寺教的那个学校，到更往南去一些的中维塞司，教另一个大一点的学校。这是什么意思呢？这对于他表妹会有什么影响呢？这也许是费劳孙看到原先养活一口人，将来却要养活两口人，所以才走这一步，为的是好增加收入吧。这是最近情理的看法，但是他却不愿意这样看。费劳孙和他爱得不要命的那个少女之间，既然有温柔的关系存在，那么请费劳孙对于他自己的计划提供意见，自然是使他厌恶的办法了。

同时，裘德写信请教的那些学界名人，还是没有肯赐回音的。所以这位青年，只有跟从前一样，什么都靠自己，不过比从前更添了一层忧郁，因为希望更小了。他间接打听了别人以后，不久就清清楚楚地看出来，唯一能使他前途开朗的办法，就是先取得参加公开竞争奖学金和助学金的资格，这本是他早就忐忑不安地想到了的。要取得这种资格，先得有大量的指导和天生的才能才成。一个人，用自修的方式学习，不管多博、多精，想要和老受训练有素的导师指导、按照规定的程序学习的那班人竞争，就是费十年之久的工夫，都几乎是不可能的。

对于他这样的人另外一种唯一可行的办法，就是花钱买资格（这是一种打比方的说法），因为这种办法的困难，只是物质方面的。他把有关这种办法的情况都打听好了以后，计算了一下，看这种办法在物质上的困难，到底达到什么程度。他计算完了，不由大惊，因为，按照他现在储蓄的速度，总得过十五年，还得这十五年里什么都顺利，他才能对院长呈缴证明文件，参加入学试验。所以这种办法也是毫无希望。

他现在看出来，这个使他那么着魔，那么着迷的地方，有多稀奇难测，有多故弄狡猾了！在他还梦想一切的童年时期，那个地方以一团光明的烟霭在天边上迷人地出现，那时候，他认为，到这儿来，在这儿住，往来于它那些教堂和学院之间，吸收它那种地方精神，本来好像无可怀疑、合于理想、可以做到。“只要我到了那儿，”他带着克鲁索对那只大救生船所有的那股子傻劲儿[1]说，“所有一切别的事情，都只是时间和气力的问题。”他要是压根儿就没上这个骗人的地方来过，压根儿眼里就没看见过它的光景，耳朵里就没听见过它的喧闹，要是他直接就上一个人事匆忙的商业城市，一心只求凭自己的机警发财赚钱，因而也就以合于实际的眼光观察自己的计划，要是那样的话，那就无论哪一方面，都于他好得不止百倍了。好了，现在他清清楚楚地认识了：他整个的计划，一经理性的考查，就像一个五光十色的肥皂泡一样，一下就爆了。他把自己过去那些年里的光景回忆起来，不觉和海涅[2]生出同感：

> 在这个青年那双受了灵感而放异彩的眼睛上空，
> 我看见身斑衣、口嘲弄的侏儒戴的愚人帽高高耸。

1　克鲁索即鲁滨孙，英国小说家笛福（1660？—1731）的小说里的主角。他造了一条船，造完之后才发现，船太大，无法拖入海中。

2　海涅（1797—1856），德国诗人。这儿所引，为海涅《天神日旰时》（言天神在与恶势力斗争中之毁灭）第三十七至三十八行，所据为鲍令的英译文。“侏儒”戴“愚人帽”，是欧洲中古的风俗。

很侥幸，他没有机会叫淑也跟着他受他这回坍台的连累，使她也跟着失望。他这样一旦看清楚了自己的拘限而感到的一切痛苦，现在得尽量地别让她知道。因为，说到究竟，关于他这样一个赤手空拳、毫无预见的穷小子所作的这一番艰苦惨痛的斗争，她只知道很小的一部分。

他永远记得他从迷梦中醒过来的那个下午，是什么面貌。他当时既是心神都无处安放，就去到那个古怪奇特的城市中间，进了那儿那个建筑得很奇特的礼堂[1]，上了它那个八角形的天窗亭，进到它里面。那个天窗亭，周围都有窗户，从那儿可以看到整个城市和城市里全部的建筑。裘德的眼睛，把他面前所有的光景，一个接着一个看过去，看的时候，满怀心事，满腹牢骚，但是同时，却又毅然决然，不退缩，不畏惧。那些高楼大厦的本身、它们有关联的种种事物、它们所赋予的种种特权，都不是为他预备的。他的眼光，从他还没得工夫进去过那个大图书馆[2]的房顶上，转到那些各式各样的尖阁、厅厦、山墙、街道、圣堂、花园和方庭上面，这些东西合起来，组成一片无与伦比的景致。他看出来，和自己的命运有关的，并不是这些东西，而是那些跟自己一样，住在市区边界上的劳苦大众。他们住的那种破烂地方，游览基督寺和颂仰基督寺的人，都不承认是这个城市的一部分；但是如果没有

1　指谢勒顿礼堂，一六六四至一六六九年由谢勒顿主教筹款，伦恩设计所建，可容三千人，作纪念日集会用，有时也演奏音乐。位于全城正中，所以能看到各处。它广阔而微微倾斜的圆屋顶正中间，有高天窗亭，为后来所增，所谓奇特的建筑，或指此而言。

2　即有名的鲍得林图书馆，在谢勒顿礼堂之南。

这种地方上那些居民，那么，用功的学生，就没法读书，有高尚思想的学者，也没法生活。

他的眼光撇开了城市，转到城外的乡下，往一丛树那儿看去，因为有一个女人，正掩在那一丛树后面；起初因为她在他面前出现，曾作过他精神方面的支持，现在却又因为她为别人所有，又使他痛苦得要发疯了。如果没有这一种打击，那他本来还可以忍受他现在这种恶劣的命运。有淑做伴侣，那他就能含笑把他的野心放弃。没有她做伴侣，那他多年以来的刻苦克制，一旦成为画饼，他的愤恨牢骚，当然要使他难以忍受。费劳孙毫无疑问，在追求知识的过程中，也经验过现在落到他身上这种失望。但是那位小学教师，现在却有福气，得到了甜美的淑作他的安慰，而他自己却没有任何安慰。

他下了天窗亭，上了大街，无情无绪地走去，一直走到一家酒店门前。他进了酒店，在那儿一连很快地喝了好几杯啤酒。他出了酒店的时候，天已经黑了。他在街灯闪摇不定的亮光下，走回寓所去吃晚饭。他坐在饭桌旁边没过多大的工夫，女房东就给他送来了一封信，那是刚刚寄到的。她把信放下的时候，神气里带出来这封信可能含有重大意义的感觉。裘德看这封信的时候，只见信封上盖着一个学院的钢印，而那个学院的院长，就是他曾写信请教的一位。“到底来了一封回信！”他喊着说。

信上只寥寥几行，倒是院长亲笔写的，不过信上的话，却不完全是裘德事先所盼的那样。那上面说：

裘德阁下：大札领悉，至感兴趣。据阁下所称，既身为工人，则谨守本分，安于旧业，较见异思迁，别作他图者，于世路之成功上进，自有更多之机会。冒昧进言，尚乞采纳。

太图费奈[1]启

石作裘·范立先生收

这种至情至理的看法，让裘德觉得烦恼起来。他早就知道这种情况了。他知道这种看法完全正确。但是用了十年的苦工夫，却落到这样一个结果，他觉得好像脸上狠狠地挨了一巴掌一样。这样一来，他当时可就念不下书去了。他不顾一切的样子，从桌旁站起来，下了楼，往街上走去。他站在酒吧间前面，咕咚咕咚地喝了两三杯酒，跟着不知不觉地蹓跶着走去，一直走到那个正在城市中心、叫"四通路口"[2]的地方，在那儿，像在梦中似的，怔怔地看着一群一群的人来来往往，看到后来，才由梦中醒来，跟在那儿站岗的警察谈起来。

那个警察打了一个呵欠，把拐肘往外伸了一伸，把脚后跟抬了一抬，让身子高出一英寸半来，微微一笑，幽默地看着裘德，嘴里说："小伙子，你这是喝足了，脸上那样红润。"

"没喝足，我这不过刚开头哪。"他带着愤世嫉俗的态度说。

不管他脸上有多红润，他心里却非常干枯。警察又跟他说了几句话，他却只听见一部分，因为他那时正开始琢磨，这个十字路口，从前一定站过形形色色、和他一样挣扎奋斗的人，但是却从来

1　假造之名，是据希腊文 tetuphenai 一词而来，意为"已经败之"。

2　"四通路口"影射牛津的卡厄伐克司。该字本为"四面"之意。

没有人想到他们。那个地点的历史，比任何学院的历史都更古老。那儿一点不错，有幢幢的鬼影，层层叠叠，摩肩接踵，在那儿扮演喜剧、悲剧和笑剧，他们所表演的都是最热闹、最深刻的场面。在那个十字路口，曾有人站着谈论过拿破仑怎样胜利，美洲怎样沦陷，查理第一怎样处决，殉教烈士怎样焚死；在那儿，曾有人站着谈论过十字军怎样东征，诺尔曼人怎样入侵，也许还有人谈论过恺撒怎样登陆。那地方曾亲眼见过无数的男男女女，相爱、相仇，匹配、分离；曾看见过他们，你等我、我候你；你为我不欲生，我为你只想死；曾看见过他们，此胜彼负，彼伸此屈；曾看见过他们，由于嫉妒而诅咒对方，由于宿怨冰释而为对方祝福。

他开始看出来，市民生活里所表现的人生，所有过的历史，要是和大学的生活相比较，那它的搏动更无限地快，它的花样更无限地多，它的方面更无限地广。以基督寺的本地风光而论，那一班在他以前奋斗挣扎的人，虽然也不大懂得什么是基督，也不大了解什么是寺，却可以代表真正的基督寺，而那班后浪催前浪的学生和教师，虽然对于基督和寺都懂得一些，却决不能代表真正的基督寺。这就是天下的事物荒唐滑稽的地方。

他看了看他的表，就按照他刚才的想法行动起来。他往前走到一个公共娱乐厅，卖站票的音乐会正在那儿进行。他进去一看，只见屋里挤满了男女店伙、兵士和学徒，还有十一岁就抽烟的孩子，以及还不算太下贱、出来打野食的轻薄女人。他尝到基督寺的真正生活了。音乐队正在那儿奏乐，人们走来走去，你碰我撞，台上唱滑稽歌儿的，一会儿一换人。轻薄的女人向他进攻，好像想从他身上取得一点快乐；但是淑的幽灵，却好像在他身旁往来，不让他和那种女人调情、喝酒。十点钟的时候，他才离开了那个娱乐厅，往寓所走去，走的时候，故意找了一条弯路，为的是好从刚给他回信那个院长的学院门前走过。

学院的大门紧紧关闭。他在一阵冲动之下，从口袋里拿出一块粉笔来（这是他这样的工人老带在身上的）在墙上写道：

> 我也有聪明，与你们一样，并非不及你们；你们所说的，谁不知道呢？
>
> ——《约伯记》第十二章第三节

7

他这样对于学院中人加以诮笑之后，心里感到松快；第二天早晨，他对于自己的浮夸狂妄大笑起来。不过这种笑却并不健康。他把院长那封信又看了一遍；那番话那样合情合理，起初使他烦躁不耐，现在却使他心灰意冷、垂头丧气了。他看出来自己真太傻了。

他现在求知的对象和恋爱的对象，既然都让人剥夺了，他就不能再进行工作了。过去的时候，每一次他好容易认为命中没有做学者的福分，不再介意，心里安静了，他跟淑的关系就来搅扰他，使他不得安静。他从来遇见的人，只有淑和他同声相应，然而这个人，却又由于他已经结过婚，不能归他所有；这种情况残酷无情地盘踞在他的心头，一直到后来，他没法再忍受了，就又毫不考虑，冲到基督寺的真正生活里，寻找安慰。他这次找到这种生活的地方，是一个房顶低矮的僻静酒店[1]，坐落在一个院子里，这块地方上某些闻人，都跟它很熟。裘德在前途比较光明的时候，仅仅会对于它那种稀奇特殊之处，感到兴趣。现在他在那个店里，差不多坐了一整天，心里深深地相信，自己骨子里是一个坏人，决

1　这是羔旗店。

不能有任何作为。

到了晚上了，酒店里常来的顾客，一个跟着一个光临了。裘德仍旧坐在一个角落上他原先坐的地方没动，其实他的钱早已经花完了，并且他一整天，除了一块饼干，再就没吃什么别的东西。他用那种一人独饮、慢慢久酌所生出来的镇定和冷静，看着他那些越来越多的酒伴，并且还和其中的几个闹得熟起来。这几位里面有补锅匠太勒[1]，他是一个老朽不堪的教堂铁器商，好像年轻的时候曾虔诚过一阵儿，现在却或多或少地变得辱骂起教会来了；有一个拍卖行的经纪人，是个酒糟鼻子；还有两个石匠，和他自己同行，都是做哥特式石工活儿的，一个叫资姆大叔，一个叫周大叔。在座的人还有几个店伙，一个牧师礼服和法衣成衣匠的助手，两个女人，一个外号叫快活亭[2]，一个叫雀儿斑；她们的好坏随着和她们在一块儿的人而变化不定；还有几个赛马迷，对于跑马场上的输赢很内行；又有一个串乡游巷的演员，还有两个天不怕地不怕的青年，原来是两个没穿学士袍[3]的大学生，他们和另一个人关于一条小狗有点交道，说好了在这儿见面，所以现在溜进酒店来，进来了就和前面说的那几个跑马场上的绅士一块儿喝起酒、抽起烟来。他们过一会儿就把表掏出来看一看。

他们谈的话越来越有一般性，他们批评基督寺里形形色色的

---

1 原文 Tinker Tailor，显由儿歌"Tinker, tailor, soldier, sailor"而来。这种儿歌，英语谓之 counting-out rhyme，即一无意义之韵语歌，用以在儿童游戏中数所要挑选之一儿童。

2 快活亭，语出英国十六世纪诗人斯宾塞的《仙后》第二卷第一章第五十一节第二十七行及以下各处。

3 牛津、剑桥大学学生和教师，按身份、学位穿戴特制的袍、帽。

人物。他们对于学院的学监、管治安的法官以及其他当权的人物所有的短处，表示出于真诚的惋惜，同时大家以宽容豁达的心胸、毫不顾及个人利益的态度，交换了意见，说这班人应该怎样对己，怎样接物，才可以得到他们应得的尊敬。

裘德当时既是喝了酒的人，就带着自高自大、老着脸皮、旁若无人的态度，也说一不二地插上嘴去高谈起来。他自己的目标，既然多年以来就老是学问、研究，所以不论别人说什么，到了他嘴里就都变成了学问、研究一类的话题。好像疯人不能自制似的，他净说自己的学问怎样渊博，说的时候那种死乞白赖的样子，在他清醒的时候，一定要觉得可怜可笑。

“那些大学里的寮长、学长、校长、研究员，或者该死的文学硕士，我看都一个钱也不值。我只知道，要是他们给我机会，我就能在他们本行里，把他们都压下去，同时还能拿出一些他们没有的本事来。”

那两个大学生，从一个角落那里说：“听啊！听啊！”他们正在那儿谈关于小狗的体己话。

“我听说，你很喜欢念书，”补锅匠太勒说，“所以你这些话，我没有不信的。不过有一点可跟你不一样。我总认为，在书本外面能学到的东西，比在书本里面的还多。所以我也就照着这样做。要不然，我还能成我现在这样吗？”

“你打算进教会，是不是？”周大叔说，“你要是真是那样一个心意高、志向大、好念书的人，那你为什么不把你的学问露一手给我们瞧瞧？你会背拉丁文信经吗，小伙子？这是有一次他们对我们那块地方上一个家伙，这样问的。”

“我想会吧。”裘德昂然地说。

“他会才怪！瞧他那个不要脸的劲儿！”那两个女人里面有一个尖声喊着说。

“你给我闭上嘴，你这个快活亭！”那两个大学生里有一个说，“大家都不要说话！”他把他那个玻璃杯里的酒喝完了，把玻璃杯磕着柜台，高声说，“角落上那位先生要背拉丁文信经了，好让大家长长见识。”

“我才不！”裘德说。

“干吗不？试一试好了！”法衣成衣匠说。

“敢情你不会呀？”周大叔说。

“没有错儿，他会。”补锅匠太勒说。

“我不会，你们就打死我！”裘德说，“好吧，现在，只要有人请我一杯冰镇的淡威士忌，那我马上就背。”

“这很公道。”那个大学生说，同时拿出钱来要了一杯威士忌。

女侍把酒兑好了，兑的时候那种神气，好像是一个人不得已，要和低于自己的动物住在一块儿似的。跟着那一杯酒就传给了裘德。裘德把杯里的酒都喝了以后，就站起来，毫不犹豫，开始文绉绉地背道：

“Credo in unum Deum, Patrem omnipotentem, Factorem coeli et terrae, visibiliumomnium et invisibilium.”[1]

“好！这个拉丁文念得好！”那两个大学生里面有一个喊着

---

1 这是拉丁文尼西亚信经的第一句，意思是：“我信上帝，全能的父，天地的创造者，一切物——看得见的和看不见的——的创造者。”

说，其实他连一个字都不懂。

所有酒吧间里的人都静悄悄地听，女侍也一动不动，站在那儿，同时裘德响亮的声音，都传到内客厅里去了。老板正在那儿打盹儿，也都听见了，出来看是怎么回事。这时候裘德已经一字一板地继续背了好几句了，现在接着背道：

“Crucifixus etiam pro nobis：sub Pontio Pilato passus，et sepultus est. Et resurrexit tertia die，secundum Scripturas.”[1]

“这是尼西亚信经啊——”第二个大学生嗤笑他说，“我们要听使徒信经！”[2]

“你原先并没提这一节！除了你，连傻子都知道，尼西亚信经，才是唯一有历史意义的信条！”

“让他背下去好啦！让他背下去好啦！”拍卖行的经纪人说。

但是裘德的头脑，却不久就好像混乱起来了，他背不下去了。他把手放到前额上，脸上带出痛苦的表情。

“再给他一杯酒好了；再有一杯酒，他就能振作起精神来，把信条背完了。”补锅匠太勒说。

有一个人，拿出三便士来；另一杯酒又递过来；裘德连看都没看，伸手把酒接过去，喝完了之后，一会儿，嗓音又恢复了，于是接着背下去，一直背到末了，背的样子，好像一个牧师带领会众一样：

---

1 这是拉丁文尼西亚信经第二段里面的，意思是：“在本丢·彼拉多手下为我们受难，被钉于十字架。受死，埋葬，第三天复活升天，如《圣经》所言。”

2 信经是基督教的信仰，用简括的字句表达的东西。尼西亚信经是三二五年在尼西亚会议时所规定的。使徒信经则相信为耶稣十二门徒所传下来的。

"Et unam Catholicam et Apostolicam Ecclesiam. Confiteor unum Baptisma in remissionem peccatorum. Et expecto Resurrectionem mortuorum. Et vitam venturi saeculi. Amen！"[1]

"背得好！"有几个人说，他们特别欣赏最后那两个字，因为听了半天，那两个字是他们头一次懂得的，也是他们唯一懂得的。

跟着裘德有些撒酒疯的样子，拿眼四外盯着那一群人。

"你们这一群傻瓜！"他喊着说，"我背得到底对不对，你们谁知道？我也许只是把《捕鼠人的闺女》[2]胡诌瞎扯地乱背一气哪！凭你们这些喝得昏头昏脑的醉鬼，能听得出来吗？瞧我落到哪步田地了——跟这一班人在一块儿混！"

老板的卖酒执照上，本来就已经记上了窝藏行迹诡异的人那种字样了，所以他很害怕会吵起来，因此急忙从柜台后面跑出来；但是那时候裘德却脑子里清醒了一下，已经带着恶心的样子转身离开那个酒店了。离开的时候，把门砰的一声关上。

他急忙出了小巷，转到又宽又直的大街，顺着大街走去，一直走到大街变成大道的地方，把刚才他那些伙伴的喧嚷，远远地撂在后面。他仍旧往前走去，那时支配他的，是一种像小孩一样的心情，一心想要找世界上好像他唯一可以投奔的那个人——这

---

1 这是尼西亚信经最后一句，意思是："我信正教，我信使徒行传，我信受洗即可免罪，我信身体死而可以复活，我信永生。阿门。"

2 《捕鼠人的闺女》，一首民俗歌，歌词见齐勒屯《维多利亚民俗歌集》。一八四六年左右极流行。头两行为"不久以前住在西寺一个捕鼠人的闺女"。以歌调一听就会，故曾采做各种跳舞乐调。捕鼠是英国十八世纪以前的普通职业之一，操此业者都串街游巷，大声吆喝。

是一种没经考虑的愿望，很不恰当，但是他当时却看不出这一点来。他走了一个钟头的工夫，到了十点钟和十一点钟之间，他进了伦姆顿，又往前走到一所小房儿跟前；只见楼下一个屋子里还亮着；他想那大概是淑的屋子，后来证明，果然不错，是她的屋子。

裘德走到紧紧靠墙的地方，用手指头敲窗上的玻璃，一面嘴里急躁地说："淑，淑！"

她一定是听出来这是他的声音，因为那个屋子里的亮光不见了，一两秒钟以后，房门上钥匙一转，锁开了，门也开了，淑手里拿着蜡出现。

"是裘德吧？不错，是他，我这亲爱、亲爱的表哥。出了什么事了？"

"哦，淑啊！我这是——实在忍不住了，才跑到这儿来了！"他说着，一下就在台阶儿上坐了下去，"我太坏了，淑——我的心都几乎碎了。我过去那样的生活，叫我没法再受了！所以我刚才喝酒了，还辱骂上帝；我那简直就和辱骂上帝一样，因为应该毕恭毕敬地念诵的信经，可叫我无聊逞能，在下三烂的地方亵渎了！哦，淑，你随便把我处置了吧——你把我置之死地吧。你要怎么办就怎么办好了，我决不在乎！只要你别跟别人一样，只要你别恨我，别看不起我就成！"

"你这是病了，你这叫人怜，招人疼的！我看不起你？我绝不会看不起你！我当然不会看不起你！你进屋里休息休息好了。你进来好了，我照料你。现在我扶你进去吧；不要胡思乱想，"淑一只手拿着蜡，另一只手扶着他，把他扶到屋子里，然后把他安置在那个陈设简陋的屋子里唯一的安乐椅上，把他的脚放在另一把普通椅子上，把他的靴子给他脱了。裘德这会儿慢慢一点一点儿地清醒过来了，只能嘴里说："亲爱、亲爱的淑！"说的时候，由于伤心和懊悔，嗓音都岔了。

她问他要不要吃什么东西，他只摇头。于是她嘱咐他，叫他好好地睡觉，她明天早晨一早儿就下楼给他预备早饭，嘱咐完了，就对他说了一声夜安，上楼去了。

他差不多马上就睡着了，睡得很沉，一直到天亮才醒。起初，他都想不起来，他这是在什么地方，但是慢慢地他的地位清楚了，让他现在这种清醒的眼光一看，觉得可怕至极。他那个人最坏的一方面，真正最坏的一方面，她都看见了。他现在还有什么脸见她呢？她昨天晚上说过，她一会儿就要下楼来做早饭，那样的话，他就要在这种万分可耻的情况下，和她面对面了。他想到这儿，就待不下去了。他轻轻把靴子穿上，把帽子从她给他挂的那个钉子上取下来，偷偷地溜了。

他当时只想跑到一个不见人的地方，在那儿躲藏一时，也许还在那儿祷告一番。当时他唯一想得起来的地方就是玛丽格伦。他先到基督寺他的寓所里去了一趟，只见厂主通知解雇的字条正在那儿等着他。他把衣物捆好了，就对一向是他附骨之疽的那个城市掉头不顾，往前走去，所走的路，是往南维塞司去的。虽然他在基督寺一家银行里存的那点小小的储蓄幸而没动，他口袋里却一个钱都没有了。所以他现在要往玛丽格伦去，只好步行。既是从基督寺到玛丽格伦差不多有二十英里，那他一路之上，有的是工夫把他已经开始的清醒程序继续完成。

他走到阿尔夫锐屯的时候，已经是晚上了。他在那儿把背心当了之后，又出了市镇一二英里，就在一个草垛底下，睡了一夜。天刚亮的时候，他就起来了，把草籽和草秸从身上抖掉，又往前走去；他面前老远就看见一条白漫漫的长路，从山坡上一直通到丘陵地。他走到山顶，从多年以前他刻心愿的那个里程碑旁边走过。

他走到那个古老的三家村了，那时候，人们都正吃早饭。他走得很累，身上又沾满了泥土，不过，他的头脑，还和平常一样地清醒。他当时一面在水井旁边坐下，一面心里琢磨，不料他那样一心要做一个像基督的人，却落到这样的结果。他看见离他不远的地方，有一个小水槽，就在那里面洗了洗脸，跟着往他老姑太太家里走去。他进了屋里的时候，只见跟他老姑太太一块儿住着的那个女人，正照料她在床上吃早饭。

"怎么——闲起来啦？"他那位长辈的亲戚问，同时用她那深深地陷在眼眶里、倦怠地压在眼皮下的眼睛看着他。因为她那样一个一辈子都为衣食而挣扎的人，一看他那种衣皱发乱的样子，自然要想到失业上面去。

"不错，"裘德无精打采地说，"我想我得休息一下。"

他稍微吃了点早饭之后，精神振作了一点，随着就上了楼，进了他那个老屋子，像一个匠人那样，只把上衣脱了，在床上躺下。他只睡了不大的一会儿。他醒来的时候，觉得仿佛身在地狱一样。还不只仿佛是身在地狱，而实际是真正身在地狱，那是自己感觉到一切都失败了——壮志和恋爱都失败了——以后那种万分苦恼的地狱。他想到他还没离开这块地方的时候他掉进去的那个无底洞。那时候，他以为他掉到最深的地方了；其实那时候他还没掉得现在这样深。那一次，只是他的希望堡垒外围被攻破就是了；这一次被攻破的却是他的第二道防线。

如果他是一个女人，那他在他现在这种神经紧张的情况下，一定要尖声喊叫起来。但是既然他是一个男子，不能采取妇女发泄气愤的办法，所以就在苦恼之中，使劲咬起牙来，这样一来，拉奥孔雕像[1]上的线条，就在他的嘴边出现，深沟似的皱纹也在他的额上看到。

一阵凄风，从树中吹过，在烟囱里发出一种声音，像风琴用脚一踩，键盘所发出来的一样。离得不远的废教堂坟地旁边，毁了的教堂留下来的墙壁上满满地爬着的常春藤，把叶子轻巧地互相扑打。在新地址上新修的那座德国哥特式教堂上面的风信旗，也早已经吱吱地响起来。然而分明可以听出来，发出深沉的喃喃之声的，却并不永远是门外面刮的风，也有时能听到人的声音。他不久就猜出这个声音的来源；原来副牧师正在隔壁屋里，同他老姑太太做祈祷呢。他想起来了，他老姑太太曾跟他提过这个副牧师。一会儿这个声音听不见了，跟着好像有脚步声，走过楼梯的上口。裘德从床上坐起身来，嘴里喊："喂！"

那个脚步声朝着他的屋门走来，那时候门并没关，跟着一个人往里一看。那个人是一个年轻的副牧师。

"我想你是赫锐直先生吧，"裘德说，"我老姑太太对我提过你，提了不止一次了。你瞧，我这是刚回到这儿来的，成了个堕

1　希腊雕像，父与二子为二大蛇所缠，极挣扎痛苦之状。

落的人了；其实从前也有过一个时期，我还心高志大，真想往最好的地方做。现在，我又喝酒，又这个那个的了，我简直地要疯了。”

裘德慢慢地把他新近的计划和行动都对那个副牧师说了，说的时候，由于一种自然而然的偏见，把他追求知识和野心上进的梦想说得很少，把他研究神学的梦想说得很多，其实他在神学方面的梦想，一直到现在，不过仅仅是他野心上进一般计划里的一部分就是了。

“现在我明白了我是一个糊涂人了，明白了我这个人果然愚顽了，”[1]裘德结尾的时候，又补充了这句话，“我上大学的计划成了画饼，我一点也不懊悔，现在即便那种计划一定能成功，我也决不再往那方面想了。我对于世路上的腾达，现在完全不再在意了。不过，我仍旧还是觉得，我很应该做些有益的事；所以我对于我不能进教会，没有机会在教会里做圣职，还是万分地懊悔。”

这个副牧师本是刚到这块地方上来的，他对于裘德这种情况，深深地感到兴趣。他听了裘德的话以后，最后说：“如果你真觉得你非在教会里做一番事业不可（我从你说的话里，知道你真正想那样，因为你的话都是有思想、有教育的人说的），我说，如果你真觉得非那样不可，那你可以采用考试鉴定的办法。不过你可得先下决心不再喝酒才成。”

“只要有希望来支持我，不喝酒并不要费什么事就可以办到。”

1　引《旧约 · 撒母耳记上》第25章第25节。

第三部

在梅勒寨[1]

1　梅勒寨影射索尔兹伯里，为威尔特郡的首城，该郡即哈代所假设的中维塞司。

因为，新郎啊，没有任何别的女孩子能和她比！

- 萨福（赫 · 提 · 洼顿）[1] -

1 萨福，约公元前六百年希腊女诗人。这句诗是她的残句第一六三号。洼顿，英国古典学者兼翻译家，一八八七年译有《萨福残诗集》，此处所引即出此译。

1

为别人谋求幸福而进教会，为个人争取地位而求知识，这两种生活本来可以分开——这是他从前没想到的。一个人，不必先在基督寺的学院里考两门优等，也不必先有出乎寻常的知识，就能够对他的同胞讲教义，于他的同胞有好处。他从前的梦想，说最后一定要做到主教，那完全不是出于立志为善或者宣扬圣教的热诚，而只是出于在世路上飞黄腾达的野心，不过披着一层宗教的外衣就是了。他现在想，他原先整个的计划，虽然一开始的时候，也许还含有一些高尚的动机，但是到后来，却恐怕完全变成了往上爬的野心了，而这种野心，完全是文明社会里人为的产物。现在这个时候，就有成千成万的青年在那儿做同样自利自私的活动。一个蠢然无知的庄稼汉，在他一生空虚的年月里，傻吃、傻喝、傻睡、和太太傻过[1]，也许还不像他那样可厌呢。

但是，如果以一个并非学者的身份进教会，终身像一个卑微的副牧师那样，把时间和精力，都消耗在偏僻的乡村或者城市的贫民窟里，永远也不想比这个更高的地位——这种做法，倒可以算得伟大，高尚；这也许可以算得真正为宗教服务；这也许是一种

1 暗用《旧约 · 传道书》第9章第9节。

洗净罪恶的办法，值得他这样一个忏悔的人采取。

这种新看法，和他的旧意图比起来，显然更有前途，更可以有作为；所以他衣貌不整、百无聊赖，坐在那儿，反觉得高兴起来。同时这种看法，在接下来的那几天里，可以说把他求知的生活——延续了十二年绝大部分的求知生活——最后斩断了；不过他却经过了一个相当长的停顿时期，没采取任何行动，来推进他的新愿望，只在当地做些零星活儿，像在邻近一带的村庄里树墓碑、錾碑文之类；甘心情愿，让那五六个不惜自贬身价、肯跟他点头招呼的农夫和老乡，把他看作是一个世路上失败了的家伙，是一种人家退回来的废品。

他这种新的意图里所必须有的人间趣味（因为即便最讲性灵的人，最能自我牺牲的人，也都不能缺少人间趣味）是淑寄来的一封信引起来的，这封信上是新的邮局戳记。她写信的时候，显然是为他很焦虑的，对于自己的情况讲得很少，只说她参加了皇后奖学金竞赛，考试及格，现在要到梅勒寨念师范学校，念完了师范学校，就有资格再做她选定了的这种职业了（那是一部分由于他的影响而选定的）。梅勒寨有一个神学院，那个城市很安静，能使人忘忧消烦，所表现的情调，差不多完全和教会有关；在那儿，有关世俗的学问和智力方面的聪明，没有地位；在那儿，也许他所有的仁爱忠恕，比他所没有的聪明才力，更受人敬重。

既是在他研究神学名著（这是他在基督寺忽视了的，因为那时候，他净埋头苦读古典文学）的时期，他必须继续他的石匠工作，那么，他上那个更远一些的城市去找职业，同时在那儿进行他的学习计划，好像是最好的办法。但是，他对于这个新地方所感到的人间趣味，却完全是淑一手制造出来的，而现在的淑，和从前的淑相比，更不应该是制造这种趣味的人；这种道德的矛盾，他并非看不出来。不过他把这种矛盾，完全归到人类共有的弱点上面，只希望他爱她的时候，能不超过朋友和亲戚的范围。

他认为，他可以把他的将来划分一下，以三十岁作他开始布道的年份，这个年份对于他很有吸引力，因为他的师表，就是三十岁在加利利开始布道的[1]。这样的话，他就可以有很多的工夫做从容的研究，同时又可以由工作积累资金，预备到神学院，按规定必需的年限，完成学习。

圣诞节来了又去了，淑也进了梅勒寨的师范学校[2]。一年里面，在那个时候找工作，是最困难的，所以他写信给淑，说他打算把他上梅勒寨的日期，往后推一个月左右，等到白天天长了的时候。她马上回信，说她同意他这种办法。她同意得太快了，他倒后悔不该那样提来着。他那天晚上，那样酩酊大醉，跑到她那儿，第二天早晨又那样不声不响地溜走了，关于这种情况，她固然从来没向他问过罪，但是她不大理会他，却是很分明的。她向来也没对他说过，她跟费劳孙是什么关系。

但是忽然有一天，淑却给他寄来了一封感情强烈的信。她在信上说，她感到非常孤独，非常苦恼；她恨她现在待的这个地方，那比那个教堂圣物作坊还坏；比任何地方都坏。她感到举目无亲；他能不能马上就来呢？不过即使他来了，她也只能在限定的时间

1　指耶稣。耶稣在加利利布道，见《马太福音》第2章22节等处。

2　现已非师范学校。

以内和他见面，因为那个学校里的规矩相当地严。她上那儿去，本来是费劳孙给她出的主意；她现在后悔，当初不该听他的话。

显而易见，费劳孙求婚的进展并不十分顺利；裘德想到这一点，无缘无故高兴起来。他收拾起行装，来到梅勒寨，心里的轻松，是他好几个月以来没有过的。

他既是要把旧篇都揭过去，他就去找不卖酒的旅馆[1]住；他在通着车站那条街上找到这样的一家；他吃了点东西以后，就去到外面，在一片惨淡沉闷的冬日阳光里，跨过了大桥[2]，拐了一个弯儿，朝着大教堂的廊下[3]走去。那天有雾。他走到全英国里最秀丽的那座大教堂[4]跟前，站住了脚，抬头看去。那个巍峨高大的建筑，只能看到房脊那儿；房脊上面那个一直往上耸起的尖阁，越高越细，到后来，它的尖端，完全在四周氤氲的雾气里消失。

街灯现在开始亮起来了；他转到西边教堂的正面[5]，各处走了一遍。他看见到处放着大块的石头。他认为这是一种吉兆，因为这就说明，这个大教堂正在相当大的规模之下进行修葺或者整旧

---

1 英国人饮酒之风特盛，故在十九世纪中叶有戒酒之运动及组织，遂有专为戒酒者设立之旅馆、饭馆等。

2 索尔兹伯里（即梅勒寨之底本）的车站，在市外西北，从车站到市内，要走过费歇屯街，大桥是费歇顿屯桥，跨艾芬河上。过桥往南拐，再往前就是大教堂。

3 廊下（close），意译。本意为大教堂四外圈出的空地，教会高级人员的住宅，往往建于其上。索尔兹伯里大教堂的“廊下”特广阔，绿草如茵，教堂居其中，更显出教堂全体之形貌。

4 大教堂，影射索尔兹伯里大教堂，建于一二二〇至一二六〇年，以和谐、匀称著，其中间尖阁，在英国为最高。

5 英国习惯，教堂多为东西向，西面为大门及前脸，内部东头则为神坛。

的工作[1]。他现在既是由于虔诚太过而迷信起来，就心里琢磨，这一点是宰制之神，预先给他安排的，为的是在他等候做更高尚的事业那时候，可以有许多他本行的工作可做。

那个眼睛亮、眼神活、脑门宽、脑门上的头发又黑又厚的女孩子——那个眼光一瞥就能使人鼓舞的女孩子，那个眼光有时温和之中含着果敢，有些像他见过的铜版西班牙画上那样的女孩子——现在就近在跟前了，他想到这一点，一股温暖的感觉就散布到他的全身。她一点不错就在这儿，就在这个大教堂的廊下——就在正对教堂正面那些房子之中的一所里。

他顺着石子铺的宽甬路，朝着那座大楼[2]走去。那座大楼，是十五世纪的古物，从前是一座宫殿，现在用做师范学校，带有横棂和直棂的窗户，前面是一个院落，有一道墙，把它和外面的街道隔开。他开开了大栅栏门，走到楼门那儿，说明了要找他表妹，跟着就轻轻悄悄地叫人让进一个接待室里。不到几分钟的工夫，她就出来了。

虽然她在这儿还没待多少日子，但是她却不是他上次见她的时候那样了。她的态度里所有的那种轻快活泼都不见了；她活动的时候那种娇又软的解舞腰肢，现在只剩下了多少板而直的线条了。原先对习俗那种种明逃暗避和细挑精剔的情况，也都消失了。然而她却又不完全是写信把他招引来的那个女人。那么，那封信，显然只是她在一时的冲动之下写的了，只是她写完了再一想，又

---

1 索尔兹伯里大教堂从一八七〇年起经司考特（1811—1878）设计修整，雇用许多工人，历时十年。

2 即所谓“王室屋宇”，在大教堂之西。七十年代后期，师范学校已关闭。

有些后悔不该写的了。她为什么要再想呢？可能就是因为他新近出的那一次丑。所以裘德当时不胜惶愧。

“你不会因为我上一次那样跑到你那儿——后来又那样可耻地溜了，就认为我是一个道德堕落的可怜虫吧？”

“哦，我曾尽力避免那种想法！我从你的话里知道了你为什么弄到那种样子。我这可怜的裘德，我希望我永远不会对你的人格有怀疑的时候。你现在来了，我很高兴！”

她穿了一件带花边小领的黑紫色长袍。那件长袍做得很朴素，非常优雅地紧贴在她那瘦削的身上。她的头发以前都是按照当时流行的样式梳的，现在却很紧的挽成了一个髻。她整个的神气，都显出来她是在严厉的纪律之下，受到了修理剪伐；不过由她心灵的深处，还是透出了一道潜伏的光明，纪律还没能够压制。

她走到他面前的时候，样子举动都很漂亮，但是裘德却感觉到她不大会盼望他以表兄妹以外的关系吻她（他像火烧地一般想要吻她）。她既是知道了他这个人有多坏了，那他现在即便有资格做她的情人，他也看出来，她现在没有任何把他看做情人的迹象，将来也不会有。这种情况，促使他下了决心，一定把他的婚姻纠葛，对她说出来；这种决心本来就在那儿增长，但是他以前却迟延了又迟延，不敢对她说，怕的是，对她说了，就会失去了和她见面的幸福。

她出了学校，跟他在街上蹓跶。他们一面走，一面谈，谈的都是应时即景的闲话。裘德说，他很想买一样小小的礼物送她，跟着她就带出多少有些不好意思的样子来坦白地说，她很饿。她们学校里的饭老叫人吃不饱，所以现在请她吃一顿正餐、茶点和晚餐合而为一的饭，就是世界上她最喜欢的礼物了。于是裘德就把她带到了一家客店，尽量把那儿所有的东西都要了，其实那个客店，根本就没有什么东西。但是那个地方，却给了他们一种舒畅愉快、促膝密谈的机会，因为屋里没有别的人；所以他们谈得很随便。

她对他讲那个学校那时候的情况；讲她们那种刻苦简陋的生活；讲她那些同学怎样都是由这个主教区上各处凑来的，鱼龙混杂；讲她怎样一早得在煤气灯的灯光下工作：讲的时候，露出一肚子青年人头一次受到拘束的怨愤来。对于这些话，他都静静地听着；但是这些话，却都不是他特别想要知道的——他想要知道的，是她和费劳孙的关系，而那却正是她没讲的。他们坐在那儿吃着饭的时候，裘德由于一阵的冲动，就把他自己的手放在她的手上；她抬起头来看了一看，微微地笑了一笑，很随便的样子，把他的手握在她自己那只柔软的小手里，把他的手指头一个一个地分开了，冷静地观察，好像那只是她正要买的一只手套似的。

“你看你的手多粗，裘德。”她说。

“不错。要是你整天老不离锤子、凿子，那你的手也要变粗的。”

“你要知道，我并不是不喜欢这样的手。我认为，一个人的手，变得和他的工作相称的样子是很高尚的……啊，说到究竟，我上了这个师范学校，我还是很高兴。你想我经过了两年的训练以后，可以得到多大的自由；我希望我能考得不错，同时，费劳孙先生可以用他的人情力量，给我弄一个规模大的小学教一教。”

她到底谈到这个题目了。“我认为——我恐怕，”裘德说，

“他——对你特别关心，也许他想娶你吧。”

“算了吧，别傻了！”

“我想，他跟你谈过这一类的话吧。”

“即便他谈过，那又有什么关系？像他那把年纪！”

“算了吧，别闹这一套了。他的年纪并不能算很大。我看见他——”

“他怎么了？决不能是吻我吧？那我敢说一定没有。”

“他没吻你。他只用手搂你的腰。”

“啊，我想起来了。不过那时候我并不知道他要那样啊。”

“你这是闪转腾挪，给自己开脱了，淑。你这样能算对得起我吗？”

她那双向来敏感的嘴唇颤动起来了，她那双眼睛也眨巴起来了。她那是正在那儿琢磨，对于他这样的责问，用什么话回答。

“我知道，我要是把话都对你说了，你就非生气不可，所以我才不愿意对你说。”

“那样的话，亲爱的，你就不必对我说了，”他安慰她说，“我并没有权利问你这种话，同时我也不想知道。”

“但是我可要告诉告诉你。”她在一阵任性的情况下说。任性本是她那脾气里的一部分。“是这么回事：我答应了他——答应了他，说两年之后，念完了师范学校，得到证书，我就嫁他；他的计划是想要在一个大城市里，教一个规模大一些的双轨学校——他教男生，我教女生——好两个人多挣点钱。结过婚的教员，往往采取这种办法。”

“哦，淑！……不过这样做当然很对——还能有更好的办法吗？”

他看了她一眼，她也看了他一眼，所以他们两个的眼光碰到了一起；他的眼睛里露出来的责问神气，表示他口是心非。跟着他把他的手由她的手里完全抽回，同时把脸从她那面转到窗户那面，表示怪了她。她一动没动，老老实实地看着他。

“我早就知道你要生气！”她说，说的神气里，丝毫不含感情，“好了——我想这是我的不是了！我压根儿就不该叫你来看我！咱们最好不要再见面了，只过些日子通通信好了，信上还只能谈公事！”

这正是他唯一不能忍受的（她大概也知道），所以这几句话马上就使他转过头来了。“哦，那可不成。咱们一定得见面，”他急忙说，“你订了婚，对于我丝毫没有关系。我想跟你见面，我就完全有权利那样做，并且我也一定要那样做！”

“那么咱们不要再谈这个了。今儿晚上咱们好容易见着了，可净谈这个，太煞风景了。两年以后才做的事，管它做什么？”

她对于他总或多或少地是一个谜，所以他也就把这个话放下了。他们吃完了饭以后，他问：“咱们到大教堂里去坐坐，好不好？”

“到大教堂里去坐坐？可以。不过我想，上车站去坐坐还更好，”她说，说的口气里，仍旧还带着残余的恼意，“车站是现在城市生活的中心。大教堂兴盛的日子已经过去了。”

“你的思想真现代化呀！”

“你要是像我这样，好几年以来一直在中古的气氛里讨生活，那你的思想也要现代化的！四五百年以前，大教堂是很好的地方；

不过现在它可早已经过了景了……再说，我的思想也并不现代化，我比中古还古，你要是真了解我，就可以看出这一点来。”

裘德露出难过的样子来。

“好吧——我不再说这种话！”她喊着说，“你这是不知道，由你的观点来看，我这个人有多坏；所以你才这样重视我，这样关心我是订了婚，还是没订婚。现在没有什么工夫了，咱们再在教堂的廊下转一转，我就非进学校不可了。不然的话，我就得一整夜都关在大门外面。”

他把她送到学校的大门口，和她分别了。裘德深深地相信，就是因为他在那个郁闷无聊的晚上，不幸去看了她那一趟，才一下促成了她订婚的行动；这当然使他难过到极点。这样看来，她并不是用语言——而是用这种实际行动——来表示对他责问的了。虽然如此，他第二天还是照旧开始寻找工作，不过这儿的工作，却不像基督寺那儿那样容易找，因为在一个安静的城市里，一般说来，石匠活儿并不多，而同时做这种活儿的人，又绝大多数都是长期工。但是他还是慢慢地挤到那一行里去了：一开始的时候，在山上面的坟地里錾石碑，最后才找到他最喜欢的工作——修整大教堂。这种活儿规模很大，因为教堂里面全部的旧装修都拆下来了，要另换新的。

要把这些活儿做完，总得好几年的工夫。他对于他自己运用锤子和錾子的本领很有信心，所以他觉得，他想要在这儿待到什么时候，就实际可以待到什么时候。

他在教堂附近租的寓所，连副牧师住着都不寒碜，租金在他全部的工资里占很大的比例，任何匠人普通都决舍不得花那么些钱租房子。他那个卧室兼起坐间里面，摆着几张镶着框子的牧师官舍和教长官舍照片，女房东当年就在这些官舍里做过女仆，受到信任；楼下小客厅里的壁炉搁板上就摆着一架钟，钟上面写得明白，是她的伙伴们在这位老成可靠的女人结婚那时候送给她的。屋子里除了原有的东西之外，裘德又把他亲手做的那些教堂雕刻活儿和纪念碑的相片拿出摆起来，使陈设更多。他住的那个屋子本来是闲着的，现在有了他这样一个房客，房东自然认为很满意。

他在这个城市的书铺里，找到大量的神学书；他有了这些书，就开始重新用起功来。这一次用功的精神和方向，和第一次不同。他念了初期神学学者的著作和裴雷[1]、巴特勒[2]这一班人的通行著作之外，还念了一些近代作家——像纽门、蒲绥和许多别的，作为消遣。他租了一架小风琴，放在他的屋子里，在上面练习单节和双节圣诗歌咏。

1 裴雷（1743—1805），英国神学家，著有《基督教之证据》等。

2 巴特勒（1692—1752），英国主教，著有《宗教之类例》等。

2

“咱们明天可得好好地玩一下。你说咱们上哪儿去？”

“我从三点钟到九点钟有工夫。咱们去的地方，总得能在这个时间以内来回才好。不要去看什么古迹，裘德——我不喜欢古迹。”

“呃，上洼都堡[1]去好了。从那儿，如果咱们高兴的话，还可以逛芳特山[2]——那有一下午的工夫就都办了。”

“洼都堡是哥特式的古代建筑——我讨厌哥特式的建筑！”

“那不是哥特式的。完全相反。那是古典式的——是哥林多式的吧，我想；里面还有好些画儿。”

“啊——这样的话，当然没有问题。我一听哥林多这个名字就喜欢。咱们就上那儿去好了。”

这番话是他们头一次见了面以后又过了几个礼拜说的；他们说了这番话，第二天早晨就准备出发。在裘德心里，这一次的游逛，就好像是一颗晶莹的钻石，里面每一样细微的地方都是一个

---

1 洼都堡是真名实地，在索尔兹伯里西南约十二英里，为阿伦得勒勋爵的邸宅，藏有优美的古画和古物，从前每天上午十一时至下午四时对外开放，现在则从一九四四年后，绘画既一一出售，宅亦易主。

2 在洼都堡附近，有芳特山寺。

棱角，对裘德闪烁发光。他绝对不肯去琢磨，他现在过的生活里有什么矛盾。他只感觉到，他那位淑，在行动方面是一种可爱的谜就完了；他不想再说别的。

他到学校门口满怀兴致地去接她；她打扮得像修女一样地朴素（这种朴素是被迫的，不是自愿的）出现；一路同她走到车站；脚夫道“劳驾”；火车尖声叫：所有这些情况，都按部就班，一样一样地发生了——所有这些情况，也都是做成美丽结晶的基础。没有人拿眼瞪淑，因为她穿戴得那样素净；这种情况，让裘德觉得很舒服，因为他想到，那种服装所掩盖了的真正美丽只有他知道。让梅勒寨全城的人都直眉瞪眼地看她，那只是在服装店里花十镑钱的事儿；但是这种事儿，于淑的真正生活，于淑的真正心灵，又有什么关系呢？车上的服务员以为他们是一对情人，所以把他们单独安置在一个车厢里。

“他这片好心可白费了！”她说。

裘德没回答。他以为这句话说得很残酷，大可以不必说，同时也不见得对。

他们到了堡外的园囿，进到堡里面，在名画陈列室里看了一气。裘德走到戴尔·沙托、奎道·锐尼、司巴纽莱托、沙叟夫拉托、卡罗·道尔齐以及别的人画的宗教画前面，总要站住细看，因为他喜欢这一类画。他看的时候，淑总是很耐心地在旁边等候。他看圣母、神圣家庭、圣灵图，那时候，他脸上就变得恭敬虔诚，出神向往，她就偷偷地带着批评的神气看着他的脸。她在这方面完全猜出他的心意来以后，就往前走到莱利[1]或雷诺兹[2]的画前面等他。显而易见，她表哥很使她感到兴趣，那种兴趣，好像一个人，自己逃出了迷宫，却看着另一个人，在那儿不知所措地设法找路一样。

他们从那儿出来了以后，还剩下很大的工夫。裘德就提议，说他们吃了东西以后，就马上起身走过一片高原，往他们所在的那个地方北面，去到约莫有七英里远的一个车站，在那儿坐通到梅勒寨另一条铁路的火车。淑那方面，不管什么新鲜事儿，只要能增加她对那天得到自由的感觉的，都愿意做，所以马上就同意这种提议，因此他们就动身走去，把近在跟前的车站，撂在身后。

那块地方实在显敞：面积广、地势高。他们一面蹦蹦跳跳地走着，一面随随便便地谈着，裘德还在一丛灌木里，给淑斫了一根拐杖，和淑一样高，一头上有一个大弯钩[3]，淑拿着的时候，很像一个牧女。他们走到这段路程一半的时候，横着穿过一条直东直西的大道——那是从伦敦通到地角[4]的旧路。他们在那儿站了一下，顺着那条路上下看了一会儿，说起那儿现在那种荒凉冷落，但是从前，却有过一个时期，很热闹地有车马往来。同时风扑到地上，把麦秸和草梗，由地上卷了起来。

他们穿过那条大道，又往前走去。但是又走了半英里，淑却

---

1 莱利（1618—1680），荷兰肖像画家。

2 雷诺兹（1723—1792），英国画家。

3 牧人的牧杖，一端有弯钩以便老远钩回离群的羊。牧人、牧女，是西洋从希腊时起，田园诗里传统的恋爱人物。

4 地名，在英格兰西南角的尽头。

好像累了，因此裘德就为她难过起来。他们前后算起来已经走了很远了，如果他们走不到那另一个车站，那可就要很别扭了。他们走了许久，四围老是一片广大的丘陵和萝卜地，上面一个人家都看不见。但是他们不大的一会儿，就遇到了一个羊圈，跟着又看见一个牧羊的人，在那儿树草障子。他对他们说，附近一带唯一的住户，就是他跟他母亲，同时指着前面一个山洼，只见山洼里，升起一缕轻渺的青烟。他说，他们母子就住在那儿，他劝裘德兄妹到那儿去休息休息。

他们就这样办了，进了那所房子里面，把他们让进去的，是一个老太婆，老得连一个牙都没有了。他们对那个老太婆尽力客气；一个生人，完全靠房主人的好意，才能有休息的地方和蔽风挡日的机会，都要像他们那样客气的。

“这所小房儿真不赖。”裘德说。

“赖不赖我可不知道。我只知道，这个房子非修理不可。不过草从哪儿去找，我还不知道。因为草贵得不得了，赶明儿也许用瓷盘子当瓦盖房，比用草还要便宜。”

他们坐在那儿休息，那个牧羊人也进来了。“你们不要管我，”他说，同时把手一摆，表示不要管他，“你们在这儿坐着好了，爱坐到多会儿就坐到多会儿。不过，你们是不是打算今儿晚上坐火车回梅勒寨？要是那样，那可不好办，因为你们不熟悉这块地方上的地理。我倒愿意送送你们，不过，就是我送你们，也许还是赶不上火车。”

他们一下跳了起来。

“你们可以在这儿过夜——妈，成不成？我们欢迎你们住在这儿。当然睡着不舒服，不过还有比这个还糟的哪。”他转到裘德那一面，低声偷偷地问他：“你们是结过婚的一对儿吗？”

“唏——不是！”裘德说。

“哦——我并没有说男女胡搞的意思——决没有。你们既然不是结过婚的，那叫她跟着我妈到里屋去好了。咱们两个等她们进了里屋，就在这外屋里睡一宿吧。我明儿一早就叫你们起来，赶头一班车，决误不了。这阵儿这一班可赶不上了。”

他们想了一想，就决定接受这种提议，又重新坐好，跟牧羊人和他母亲，一块吃了一顿煮咸肉加青菜，算是晚饭。

“我倒很喜欢这种生活，除了万有引力律和生物发生律[1]以外，不受任何别的法、别的律拘束。”

“你这只是自以为喜欢这块地方，其实你绝不会喜欢，你也完全是文明的产物。”裘德说，因为他想起她订婚的事来，所以说的话里又有些醋意。

“绝不是那样，裘德。我喜欢念书什么的，那是不错的。但是我宁愿我能再过婴孩时期那种生活，能再有我婴孩时期那种自由。”

“你对于婴孩时期还记得那么清楚？我可觉得，你一点也没有违反习俗的地方。”

“哦，真的吗？那是因为你不知道我的真脾气。”

“什么是你的真脾气？”

---

1 在乡间一片旷野上，只有大地和生物，大地绕日而转并自转，生物自然地生死枯荣。只有这两件事受规律的限制。“生物发生律”只是说生物自然发生、生长，这儿是和万有引力律配合，并非真有这样一条定律。

"以实玛利的精神[1]。"

"你完全是一个城市的姑娘。"

她很严厉地表示不同意，转身走开了。

牧羊人照着他的话，第二天早晨，把他们叫醒了。那天天气清澈明朗；从那儿到车站有四英里地，他们一路走来很快活。他们到了梅勒寨了，走到了教堂廊下了；又要把淑拘监起来那座古老建筑的山墙，在淑面前出现了；那时候，淑有点害起怕来。"我恐怕我这回要受罚！"她嘟囔着说。

他们按那个大门的门铃，按完了等候。

"哦，我给你买了点东西，差一点忘了，"她很快地说，同时掏她的兜儿，"这是我新照的一个小相片。你喜欢不喜欢。"

"不喜欢才怪哪！"他很高兴地把相片接在手里，那时候，看门的也走来了。他开门的时候，脸上仿佛露出一种不祥的先兆。她进了栅栏门，回头看着裘德摆手儿。

1 以实玛利是《圣经》里的一个人物，他是亚伯拉罕的儿子，生下的时候，耶和华说："他的手要攻打人，人的手也要攻打他。"所以以实玛利的精神就是反抗社会、反抗习俗的精神。

3

梅勒寨那个教育机关，名义上叫做师范学校，而实际上却是一种女修道院，那时候，在里面住的那七十个年轻的女人，在年龄方面，大体说来，由十九岁到二十一岁，不过有好几个还大些。她们是鱼龙混杂的一群，里面包括匠人、辅牧师、外科医生、商店老板、农人、牛奶厂老板、军人、水手和乡下人的女儿。她们在前面说过的那天晚上，坐在教室里，一会儿大家都互相传说起来，说淑·布莱德赫在关校门的时候没回来。

“她跟她的男朋友一块儿出去了。”一个二年级的学生说，她有交男朋友的经验。“垂司利小姐在车站上看见她和她的男朋友在一块儿。她回来了，可要吃不了兜着走。”

“她说那是她表哥。”一个年纪很轻的新生说。

“这种说法，在这个学校里，已经用得太多了，没有什么用处，替我们也遮不了风，也挡不了雨。”二年级的级长干巴巴地说。

原来十二个月以前，那些学生中间，曾不幸出了一件诱奸案，被诱的那个学生就是用表兄弟作借口，去和她的情人聚会的。那件事曾闹了个满城风雨；所以从那时候以后，学校当局就对表兄弟毫不客气起来。

到了九点钟，学校点名。垂司利小姐清楚嘹亮地把淑的名字叫了三遍，始终一声回答都没有。

九点一刻的时候，那七十个女学生站起来唱《晚间颂》，跟着跪下祈祷。祈祷完了，她们去吃晚饭，那时候，每一个人心里都想，淑·布莱德赫哪儿去了？有几个曾隔着窗户看见裘德的，就觉得和那样一个温柔的青年接吻，豁出去受罚也值得。她们里面，几乎没有一个人相信表兄妹这种话的。

半个钟头以后，她们都在她们的寝室里躺下了。她们那种温柔的女人面孔朝上仰着，让那盏闪烁的煤气灯照在上面，灯火有时亮得达到整个的长斋舍。那时候，每一个人脸上都烙着“弱者”的字样，作为是她们生成女体的惩罚；这种情况，只要是毫不通融的自然律，像它现在这样存在一天，那就不管她们有多大心愿，有多大本领，肯怎样努力，都不能使她们变成强者。她们所呈现的景象，叫人看来，觉得美丽，觉得同情，觉得可怜；她们自己对于这种美丽和可怜的光景，却不觉得，也不能发现；总得多年以后，经过了生活的狂风暴雨、艰难辛苦，受尽了坎坷和孤苦、养生和送死的忧患，然后再回头一想，才能觉到，原来这许多年的时光，漫不经心就溜过去了。

一个女教师进了寝室来熄灯，熄灯以前，她先往淑的床上看了一眼，只见那张床上仍旧没有人；她同时又往放在床下首的小梳妆桌上看了一眼，那张小梳妆桌上面，也跟一切别的梳妆桌上面一样，摆着各式各样女孩子喜欢的小玩意儿，其中镶着镜框的相片占显著的地位。淑桌子上的东西并不太多，其中有两个男人的相片，镶着金丝和软绒框儿，一块儿放在她的小镜子旁边。

“这两个人是谁——她从前对你们说过没有？”女教师说，

“严格地说，只有亲属的相片，才许放在这种桌子上，这是你们知道的。”

“那个——中年人的，”睡在邻床上的学生说，“是小学教师费劳孙先生，淑就给他当助手。”

“那一个哪——那个戴着方帽、穿着长袍的大学生——是谁？”

“那是她的朋友——从前的朋友。她没说过他叫什么。”

“来找她跟她一块出去的，是不是就是这两个里面的？”

“不是。”

“你敢保，不是那个大学生吗？”

“敢保不是。跟她一块儿出去的是一个有黑胡子的青年。”

灯马上熄了。她们入睡以前，都心里揣测淑的事儿，都纳闷儿，不知道她还没上这儿来以前，在伦敦和基督寺都玩了些什么把戏。其中有几个更好动的，还都从床上爬出来，跑到带直棂的窗户前面，往外看对过儿大教堂的西向正面和正面后身耸立着的尖阁。

她们第二天早晨醒来的时候，往淑的床上看了一眼，只见那儿还是空着的。她们先略为梳妆了一下，在灯光下做晨课，做完了，然后再正式梳妆，预备吃早饭。那时候，只听大门上的门铃嘹亮地响起来。舍监一听铃响，马上离开了，跟着马上又回来了，对大家说，校长有话，无论谁，不得到许可，都不准跟淑说话。

淑当时脸上发红、身上疲乏，进了宿舍，想急忙去整妆，那时候，她是在静悄悄的气氛下进了自己的寝室的，没有人跟她打招呼，也没有人问她怎么回事。她们都下了楼到饭厅里去的时候，只见她并没和她们一块儿去。跟着她们听说，她受了一番很严厉的申斥，要在单人室里待一个礼拜，不许出来，只许在那儿吃饭、读书。

那七十个学生听了这个话，都嘁嘁喳喳地议论起来。她们认为这种惩罚太严厉了。她们写好了一个全体转圈儿签名的请求书，送给了校长，要求对于淑的惩罚收回成命，这个请求书就没有人理。快到晚上的时候，她们上地理课，教师要她们默写，但是她们却都两手抱着前胸，坐着不动。

“你们这是要怠工，是不是？”女教师后来说，“我可以照直告诉你们，和布莱德赫一块在外面待了一夜的那个青年，并不是她表哥，因为她根本就没有这样一个亲戚。我们已经写信到基督寺问过了。”

“我们还是愿意信她的话。”班长说。

“这个青年，在基督寺的时候，曾因为在酒店里酗酒，辱骂上帝，叫人家下了工。他到这儿来住，完全是为的好和淑接近。”

虽然如此，她们仍旧倔强冷静，坐着不动。于是女教师离了教室，去请示上级，问她们怎么办。

待了不大的一会儿，快到黄昏的时候，那些学生坐在那儿，听见隔壁教室里一年级的学生嚷嚷起来，跟着有一个学生跑进她们的教室，说淑·布莱德赫从监禁她那个屋子的后窗跑到外面，在黑地里穿过了草坪，不知道往哪儿去了。至于她用什么法子逃出了庭园，没人知道；因为庭园的下首有一道河围着，同时园子的旁门又都锁着。

她们跑到那个空屋子里，只见窗户上安在正中间那两根直棂之间的一页玻璃框子还开着。她们又打着灯笼，把草坪搜了一遍，把每一丛灌木和矮树都仔细看过了；但是她并没藏在那些地方。于是她们又问前门的看门的。看门的想了一想之后说，他记得他听见后面的河里有泼剌的声音，不过他没理会，还以为那是野鸭子飞来弄的呢。

“她一定是从河里蹚到外面去了。”一个女教师说。

“再不就是投水自尽了。”那个看门的说。

女管理员一听这个话，害起怕来，她害怕，倒不是因为淑可能已经死了，而是因为，所有的报纸，可能都要用半栏的地方，把这件事详细地登出来。去年那个笑话，闹了个满城风雨，现在这件事再一宣扬出去，可就要有好几月的工夫，谁提起那个学校来谁摇头了。

她们又点起几个灯笼来，把那条河也都搜了一遍，搜到后来，才看见河的对面，在河身和田地相连的地方，烂泥里有小小的靴子印儿。这毫无问题，是那个容易兴奋的女孩子，从那条差不多都够到她的肩头的深水里，蹚过去的了——因为这是这一郡里主要的河流[1]，所有的地理书，都郑重地提到它。既是淑并没投水自尽，那她就不会在那方面给学校丢脸，所以女管理员，就马上以高傲尊倨的态度，责备起淑的行为来，说像淑这样的学生，现在离开了学校，反倒令人高兴。

就在那天晚上，裘德坐在教堂廊下大门旁他的寓所里。到了黄昏以后这个时间，他往往跑到那个静悄悄的教堂廊下里面，对

1　郡里主要河流指艾芬河。

着淑住的那所房子站着，看那些女孩子们映在窗帘子上的脑袋往来活动，同时心里想，顶好自己也能什么都不做，只整天坐着念书学习。其实住在那所房子里的人里面，有许多还无识无知地看不起她们所念的和所学的呢。但是今天晚上，他吃完了茶点、理完了头发之后，却没出门，而埋头念蒲绥编的神学丛书[1]第二十九卷；那部丛书，是他由一个旧书店买来的，价钱很便宜；那样一部无价之宝却那样便宜，他认为真得算是奇迹。他觉得，好像外面窗户上嘎啦嘎啦地响，响了一阵又响起来。一定是有人在那儿扔进小石头子儿来了。他起身走到窗前，把窗格子轻轻地推了上去。

“裘德！”（底下一个声音说）

“淑！”

“不错，是我！我这儿到你楼上来，没有人看见吧？”

“哦，没有！”

“那么你不要下来，只先把窗关上好了。”

裘德在那儿等候，因为他知道，她很容易就能进来；本来前门那儿，像大多数老市镇里的房门那样，只要一扭门扭儿门就开开了，而扭门扭儿又是谁都会的。他的心怦怦地跳着想：她这是有了难事，跑上他这儿来了，就好像他那一次有了难事，跑到了她那儿去一样。他们两个真正是一对儿！他把他那个屋子的门闩儿拉开了，听见了黑暗的楼梯上有人偷偷地走上来的沙沙之声；一会儿的工夫她就在他那个屋子里的灯光下出现了。他走上前去，

1　蒲绥编刊的神学丛书，始于一八三六年，集拉丁神父的著作而成。

去握她的手，只见她全身都湿淋淋地，好像海里的仙子；她的衣服都紧贴在身上，像处女庙的腰线上刻的那些人物的长袍[1]。

“冷死我啦！”她的牙对打着说，“我可以到你的炉旁烤一烤吗，裘德？”

她穿过屋子，走到他那个屋子里生着一点点火的小小火炉旁边；但是既是她走着的时候，身上都直滴答水，那她要把自己烤干了这种想法是很荒谬的。“你这是怎么回事，可爱的人儿？”他吃了一惊问道。他用的那些温柔字眼，是不知不觉地顺口流露出来的。

“从这一郡里最大的河里蹚过来——这就是我干的事。她们因为我跟你一块儿出去那一趟，把我关起来啦。我认为那太冤枉了，没法儿受，所以就从窗户逃到屋子外面；又蹚过了河，才跑到了这儿。”她刚一说这件事的时候，用的还是她平常多少带有独立性格的口气，可是还没等到她说完，她那薄薄的红嘴唇就颤动起来了，她就几乎忍不住要哭了。

“亲爱的淑！”他说，“我看你得把衣服全脱了烤一烤才成！我想想看——你得跟女房东借几件衣服。我替你跟她借去。”

“别！别！千万可别让她知道了！咱们这儿离学校那么近，她们非跟到这儿来逮我不可！”

“那样的话，你只好穿我的衣服了。你不在乎吧？”

---

1 处女庙是古代雅典山堡的建筑之一，祀处女雅典娜，故名。为艺术最优美，最重要的建筑。腰线上全部为深浮雕，刻人物九十余，为大雕刻家菲迪亚斯作品，人物的衣服紧贴身上，如中国之曹衣出水。其中多数为英国艾勒金所掠夺，现藏伦敦英国博物馆，称为艾勒金大理石刻。

“哦，不在乎。”

“我给你我礼拜天穿的那一套好了。那一套就在手边放着！”事实上，在裘德这个单间屋子里，什么东西都在手边放着，因为没有地方能叫他把东西不放在手边。他开开了一个抽屉，把他那身顶讲究的青衣服取出来，把它抖了一下，说：“现在，你得用多大的工夫就能换好？”

“十分钟。”

裘德离开了那个屋子，去到街上，在那儿来回蹓跶。等到他听见有一架钟，打了七点半，才又回到屋里。只见在他唯一的一把安乐椅上，坐着一个人，穿戴得跟他自己礼拜天一样，身材瘦削、柔弱，神气毫无办法，那种动人怜惜的样子，让他一见，一颗心好像要从腔子里蹦出来一样。她那一身湿衣服，挂在炉火前面两把椅子上。他在她身旁坐下的时候，她脸上一红，不过只红了一刹那。

“裘德，你瞧，我现在穿着你的衣服，我自己的衣服却挂在那儿，很离奇吧，是不是？但是实在说起来，又有什么离奇可言？那不过是几件衣服，几块棉布和纱布就是了，根本没有性别的关系……哦，我怎么这样不舒服！可别病！你把衣服给我烤干了吧，劳你的驾，裘德。我一会儿就找寓所去。天还不太晚。”

“别！你不舒服，就别去找寓所了。你在这儿待着别动好了。亲爱、亲爱的淑，你想要什么东西？我给你弄去。”

“我也不知道想要什么！我只是忍不住老要打哆嗦。我只想我怎么身上能暖和就好了。”裘德把他的大衣给她盖在身上，跟着跑到最近的酒店里，从那儿拿回一个小瓶子来，“这是六便士顶好的白兰地，”他说，“你喝了吧，亲爱的，都喝了。”

“拿瓶子直接喝不成吧？成吗？”裘德从梳妆桌上拿过一个杯子来，把酒倒在杯子里，掺了一点水，递给了她。她倒抽了一口气，不过还是把酒一口咽下去了，跟着把身子在安乐椅上往后一靠。

于是她开始详细讲他们分别了以后发生的事情；但是她刚说到一半，她的声音就不接气了，她的脑袋有点晃起来了；她干脆不出声儿了。原来她已经睡着了。裘德焦灼得要死，怕她受寒，留下一辈子的病根；现在听见她喘的气很匀整，才放了心。他轻轻走到她跟前，仔细看去，只见她原先发青的脸上现在温暖了，显出玫瑰色来了，同时摸了一摸，也觉得她搭拉着的那只手不像先前那样冰冷了。于是他背着壁炉站在那儿瞧着她，觉得她就是一位天神。

4

裘德正在那儿琢磨的时候，忽然有人上楼，发出咯吱咯吱的声音来，把他的思路打断了。

他从椅子上把淑晾在那儿的衣服一下拿开，把它塞到床底下，对着书坐下。有人在门上敲了几下，跟着门马上就开开了。原来是女房东。

“哦，范立先生，我不知道你在不在屋里。我来问问，你这阵儿是不是要吃晚饭。哦，你这儿还有位年轻的朋友——”

“不错，太太。不过我想我今天不下楼去了。请你用盘子把晚饭给我端上来吧。成不成？还请你带一杯茶来。”

裘德的规矩，本来老是到楼下厨房里，和房东一家人一块儿用饭，为的是省麻烦。不过这一次，女房东可把晚饭给他拿到楼上来了。他在门口把饭接了进去。

她下了楼以后，他把茶壶放到壁炉侧壁的上面，把淑的衣服又重新拿了出来，不过那些衣服离干还很远。他发现，原来厚毛布长袍能吸收大量的水。他又把衣服挂起来，让火继续着下去，同时心里想着心事，眼睛看着衣服上的蒸汽升到烟囱里。

忽然听见她叫：“裘德！”

“唉，我在这儿。你这阵儿觉得怎么样？”

“好多了。一点也不冷了。哦，我睡着了，是不是？什么时候了？一定还不晚吧？”

“十点多钟了。”

“真的吗？我可怎么办好呢？”她说，同时一下跳了起来。

“就在这儿待着好了。”

“不错，我也正打算那么办。不过，别人不知道又该说什么闲话了！再说，你怎么办？”

“我要一整夜坐在火旁边看书。明天是礼拜，我不必出门，哪儿也不必去。你就在这儿待着好了，在这儿待着，也许还不至于落一场大病。你不要害怕。我一点问题都没有。你瞧，我这儿还给你弄了点吃的东西——弄了点晚饭。”

她坐直了的时候，伤感地喘着气说：“我仍旧觉得身子有些软。我本来以为我好了；再说，我不应该在这儿待着，是不是？”但是她吃了晚饭以后，就多少有了点劲儿了；她喝了茶，又在椅子上往后靠去，那时候，她就精神旺盛，高兴起来了。

那茶一定是绿茶，再不就是沏了很久，因为她喝了茶以后，好像出乎寻常地有精神，一点也不困，但是裘德因为一点茶也没喝，可困起来了；后来她谈起话来，才吸住了他的注意力。

“你曾说过我是文明的产物那一类的话，是不是？”她打破沉寂说，“真没想到，你会说出那种话来。”

“为什么？”

“呃，因为那种说法太不对了，叫人听着生气。我是否定文明的。”

“你这是讲哲学了。‘否定’的说法很深奥。”

“是吗？你觉得我是个学问深奥的人吗？”她带着逗趣的意思问。

“不是那样。你并不是学问深奥，不过你谈话的时候，不像一个女孩子——不像一个孤陋寡闻的女孩子。”

“不错。我的见闻是比她们多。我虽然懂拉丁文和希腊文的文法，我可不懂拉丁文和希腊文。但是我念过大部分希腊文和拉丁文著作的译本，我还念过许多别的。我念过伦浦利埃厄[1]、克特勒司、玛启勒、朱芬纳勒[2]、卢旬[3]、波门特和夫莱齐厄[4]、薄伽丘、司噶隆、德·布朗豆姆[5]、司特恩、狄福、斯摩莱特、菲尔丁[6]、莎士比亚、《圣经》以及其他这一类的书。我发现，在所有这些书里都有不健全的部分，而对这一部分发生兴趣的人，最后都要注意到它的神秘性。”

“你念的书比我多，”他叹了一口气说，“这里面有几种比较生僻，你当初怎么会想起来念？”

“呃，”她带着满腹心事的样子说，“那都是由于偶然。人家都认为我这个人古怪，而我的生命又完全在这种古怪之下形成的。我认为，男人只从性别上讲，并没有什么可怕的地方，所以我不怕男人，也不怕读男人写的书。我曾差不多和男人一样，跟他们在一起混过——特别是跟他们之中的一两位。我的意思是说，一般

---

1 伦浦利埃厄，英国古典作家，著有《古典文学辞典》。

2 克特勒司、玛启勒、朱芬纳勒，都是罗马诗人。

3 卢旬，希腊作家。

4 波门特和夫莱齐厄，都是英国戏剧家。

5 司噶隆和德·布朗豆姆，都是法国作家。

6 司特恩、斯摩莱特、菲尔丁，都是英国十八世纪小说家。

人都认为，妇女应该时刻提防男人，怕的是男人对女人不怀好意，时刻想破坏她们的贞操。我不这样看。我认为，男人如果不先受女人的招惹，就不会白天、晚上，在家里、在外面，老罗唣女人。除非他是一个只懂‘食色性也’的野蛮人。女人脸上不带出‘你来吧’的神气来，那他就不敢往前来；女人要是永远不在话里或者脸上露出叫他往前来的意思，那他就永远不会往前来。不过，刚才我正要说的是，我十八岁那一年，我就跟基督寺一个大学生很亲密地交了朋友；他教给了我好些东西，借给了我好些书；这些书，要不是他借给我，那就永远也不会落到我手里。”

“你们的友谊现在完了吗？”

“哦，不错，完了。他，可怜，取得了学位，离开了基督寺以后两三年就死了。”

“你那时常跟他见面吧，我想？”

“不错，我们那时候常在一块儿——有时做徒步旅行，有时读书旅行，再不就做一些跟这个一类的事——差不多跟两个男人一样。他要求我跟他住在一块儿，我写信答复他，表示同意。但是我上伦敦去就他的时候，我发现他所说的住在一块儿跟我说的并不是一回事。如果把话说明白了，他想做我的情人，但是我可并不要做他的情妇。我跟他说，如果他不同意我的办法，我就走开。他听了我这个话，就接受了我的办法。我们共用一个起坐间，有十五个月的工夫；在这期间，他给伦敦一家大报写社论；后来他病了，得到外国去养病，我们才不再住在一块儿了。他说，他的心都碎了，因为我和他住得那样近，本来应该早就依着他说的那样了，而我可坚持了那么久，老不依着他。他从来就不信女人能那样。他说，我要这种把戏也许有后悔的一天。后来他又回到英国来，只是为了死在祖国。他这一死，才显出我的残酷来。有一阵儿，我很后悔难过了一气。不过我这阵儿还是希望，他死，因为他有肺病，并不完全因为我。我到沙埠去给他送葬，我是唯一给他送葬的人。他给我留下了一点钱；我想，那是由于我使他心碎了的缘故吧。男人就喜欢这样——这比女人好多了！”

“哎哟！——你这都做的是什么事啊！”

“啊——你生了我的气了，是不是！”她说，说的时候，原先清脆的声音里，忽然掺进去了女低音伤感的情调。“我要是先就知道你会这样，那我就绝不会对你说的。”

“没有的话，我并没生气。对我都说一说好了。”

“呃，我把他这个可怜的人给我的钱，都投到一家招摇骗人的公司里，完全弄光了。我那时候一个人在伦敦住了一些时候，以后才又回了基督寺；因为我父亲那时候也在伦敦，刚在长地[1]附近开了一个五金工艺店，他不许我回到他那儿，所以我只好回基督寺；在那个教堂圣物工艺铺子里——就是你看见我的那个铺子——找到了工作……我不是说过，你不知道我这个人有多坏么？”

裘德把眼光转过来，瞅着那把安乐椅和坐在椅子上那个人，好像要把在他屋里寄身的那个人更仔细端详端详似的。他声声颤抖着说：“不管你都过过什么生活，反正我都相信你这个人又天真、又不拘习俗！”

1　伦敦的一条街，在林肯法学会广场之西，科芬园之北。

“现在我既然已经——

从那个有目无珠的傀儡身上，
把想象中给它穿的衣服剥光，[1]

那你就可以看出来我这个人并不怎么天真了。”她说，说的时候，虽然表面上故意做出鄙夷的样子来，他却可以从她的话音里听出来，她眼睛里满含着泪。“不过我可从来没听任何情人的要求，委身于他；如果你所说的天真，是指的这个，那倒不错。我开头是什么样子，现在还是什么样子。”

“我很相信你这个话。不过有些女人可不会开始是什么样子，后来还是什么样子。”

“也许不会。比我好的女人不会。因为这样，所以别人都说，我一定是个天性冷酷的人——没有男女之感。不过我不信这种话。有些情欲最热烈的诗人，在日常生活里却最能克己自制。”

“你对费劳孙先生谈过你这位大学的朋友吗？”

“谈过——好久以前谈过。这件事，我对任何人都不隐瞒。”

“他说什么了吗？”

“他没加任何批评——他只说，不管我从前做过什么，反正他都一样地把我看做是他的生命、他的一切，这一类的话。”

裘德觉得很郁闷。她的脾气既是这样古里古怪，这样很稀奇地感觉不到性的要求，那她好像跟他自己越来越离得远了。

---

1 引布朗宁的诗《太晚了》第一〇〇至一〇一行。

“你一定很恼我了，亲爱的裘德，是不是？”她忽然说，说的时候，声音那样温柔，几乎令人难以相信，那就是刚才那样毫不在乎说自己过去的身世那个人发出来的。“不过，世界上所有的人，我都肯得罪，就是不肯得罪你。”

“我也不知道我恼了没有。我只知道我对你非常关切！”

“我对你也跟对别的熟人同样关切。”

“并不格外更关切啊！唉，我不该说这句话。请你不要管了。”

跟着又来了一阵很长的静默。他只觉得她待他很残酷，至于怎么残酷，却又说不出来。她即便在毫无办法的情况下，都好像比他更坚强。

“我虽然念书很用过功，但是我对于一般的事物，可完全不懂得，”他想要把谈话的题目换一换，所以这样说，“我把工夫完全花在研究神学上了。现在要是你不在这儿，你猜我要干什么？要是你不在这儿，我就要做晚间祈祷了。我想你不要——”

“哦，不要，不要，”她回答说，“你要是不介意，我还是不来那一套好。我要是来那一套，那我就要显得——太虚伪了。”

“我本来也想到，你不会跟我一块儿来的，所以我也就没跟你提。你不要忘了，我希望将来有一天能做一个有利于大众的牧师。”

“我记得你跟我提过，说你要弄一名圣职当当？”

“不错。”

“这样说来，你这种念头还没打消——我本来还以为你这阵儿也许已经把这种念头打消了。”

“当然没打消。你既然受了基督寺那样熏陶，我原先还痴心傻想，以为你对于这件事，也跟我一样的看法。费劳孙先生——”

“除了一定限度内的智力，基督寺才没有叫我看得起的地方，”淑·布莱德赫诚恳地说，“我跟你说过的那个朋友把我对基督寺的敬仰从我的脑子里一扫而光了。我所认识的人里面，他是最反宗教的，而同时可又是最有道德的。智力在基督寺，就是旧袋里的新酒[1]。中世纪精神在基督寺一定得一去不回，一定得铲除干净；不然的话，基督寺自己就得一去不回。固然不错，有的时候，古老的宗教所有的那种旧风遗俗，经过基督寺那儿一部分的思想家那样诚心诚意、那样令人感动、那样简单朴素，保存了下来，不能不使人生出思古的幽情，但是在我心里感到最愁闷、最正常的时候，我可老觉得，

> 哦，圣人悚然可怕的光轮，只是受到绞刑的诸神，留下的僵尸枯骨，剩魄残魂！[2]

这句话，打到我的心坎里。”

“淑，你净对我说这种话，那你可不是我的益友了！”

“那样的话，我就不说了，裘德！”她由嗓子眼里发出的那种感伤声调又出现了；她把脸转到一边。

---

1 旧袋不能装新酒，（因新酒发酵成熟而膨胀，新袋有弹性，可随之膨胀，均不裂。旧袋则否。）见《新约·马太福音》第9章第17节，亦见他处。《圣经》中所说之袋，英译为bottle，实际上是整个山羊皮所做之袋，bottle兼有“袋”与“瓶”二意。中译旧做瓶，误。

2 引史文朋的《蒲劳色派恩颂》第二十四行。

“虽然我自己因为上不了基督寺大学，对于那个地方不能不觉得愤恨，但是那个地方本身，却不能不让我觉得，有许多方面放出光彩来。”他温柔地说，说的时候，忍住了使她激动、招她流泪的冲动。

“那个城市里的人一概愚昧无知，只有市民、匠人、酒鬼和叫化子是例外，”她说，说的时候，仍旧因为他跟她意见不同，觉得不舒服，“这一班人，当然看到真正的生活；但是在学院里面那些人，可很少看到真正的生活。你自己本身就是这种情况的一种证明。起初的时候，创办这些学院，就是为了像你这样的人，就是为了那班有求知的热情而可没有钱、没有机会、没有朋友的人。但是你却又让那些百万富翁们的儿子挤到大门以外了。”

“呃，呃，我不用基督寺教给我什么，也一样地能成。我所要的比它所能给的还要高尚。”

“我所要的，就是更广泛、更真实的东西，”她坚持说，“现在，基督寺那儿，学术往一方面使劲儿，宗教就往另一方面使劲儿，因此学术和宗教，谁也拽不过谁，就成了个对峙的形势，好像两只打架的公羊把犄角顶在一块儿。”

“费劳孙先生要怎样——”

“那个地方到处是崇拜物像和见神见鬼的人！”

他注意到，每逢一提起那个小学教师来，她就把谈锋转到那个令人讨厌的大学上面，说一些关于它的空泛话。裘德非常地想要知道——极端地想要知道——病态地想要知道，她受费劳孙监护，做他的未婚妻，是什么情况，但是她在这一方面，却又不想给他任何启发。

“我也正是那种人，”他说，“我对于生活抱着畏惧之心，老是见神见鬼的。”

“但是你可又可敬，又可亲！”她嘟囔着说。

他的心怦怦地乱跳，嘴里一时说不出什么来。

“你现在正处在文集派[1]的阶段，是不是？”她继续说，说的时候，外表装着随便的样子，来掩饰心里真正的感情：这是她惯用的方法。“我想想看——我是什么时候处在那个阶段的？——一八——”

“你这个话含着挖苦的意味，我听着并不愉快，淑。现在，你能不能照着我的主意做我要你做的事？我刚才已经说过，我每天这时候，要念一章经，跟着做祈祷。现在我给你出个主意，你照着办，好不好？你找一本喜欢的书看好了，看的时候背着我坐着，同时我就做我自己每天要做的事：这个办法好不好？你一定不跟我一块儿来做祈祷吗？”

“你做祈祷的时候，我想看一看。”

“别。你别怄我啦，淑！”

“好吧——那我就照着你的话办好了。我不怄你，裘德。”她回答说，说的口气，好像一个小孩子说要永远不再淘气那样。跟着她背过脸去。一小本《圣经》，不是他用的那本，正放在她跟前；他去做晚祷的时候，她就把这本《圣经》拿起来，一页一页地翻。

---

1 文集派，即济世文集派，亦即牛津运动派，已见前注。这个运动以提高教会的地位和职责为主。

“裘德，”他做了祈祷，又回到她身旁的时候，她神采飞扬地说，“我按照我在基督寺给自己做的那样，给你另做一部《新约》，好不好？”

“哦，好哇。怎么个做法？”

“找一本用过的《新约》，把它全拆散了，然后把每一部书札和每一部‘福音书’都各自装成一本小册子，然后按照这些部书当初写作的年代，重新排列，把《帖撒罗尼迦前书》和《后书》放在最先，把各部书札放在中间，把《福音书》放在最后。这样排列好了，再把它重新装订起来。我那位大学的朋友——不必管他叫什么啦，可怜的孩子——说，这种办法好极了。我自己知道，把书这样安排了以后，再念起来，就比以前加倍地有意思，并且加倍地容易懂。”

裘德只“哼”了一声，心里想，这简直是亵渎神明。

“你瞧，这真把文学糟蹋到万分了，”她看着《雅歌》那几页说，“我指的是每章前面的提要[1]，都把那些热烈情诗的真意歪曲了。你用不着吃惊；没有人会说那些提要是上帝的神笔[2]。说实在的，有些神学家根本就看不起那种提要。你想一想，原先那些长老或者主教，一共二十四名，也许还多几个，也许还少几个，不管多少个，反正你想一想，他们那些人，满脸严肃的神气，坐在那

1 《雅歌》为《旧约》之一部，本言男女热烈之爱；但却有一派人，硬把它讲成是基督徒对耶稣或教会之爱。《圣经》中每章的提纲，就这样解释。如第1章章首有教会对耶稣之爱；教会自白残缺之处，求耶稣归之于其牧群等等。后文提及的二十四人，应指翻译纂定修正本《圣经》者而言。《钦定圣经》之编译者为四十七人。

2 神学家的说法，认为《圣经》是在上帝的灵感之下写成的。

儿，写这些废话，有多可笑。”

裘德露出难过的样子来，“你这是和伏尔泰[1]一样了。”他嘟囔着说。

“真的吗？那么我不再说什么了，只再说一句好了：谁也没有权力把《圣经》歪曲了。那个伟大、热烈的诗歌里所表现的，分明是人对人的欢乐之爱、自然之爱，他们却用宗教的抽象话把它涂饰起来。这种骗局真恨死人了！”她的话越说越起劲，对于他的责问越来越不耐烦；同时她的眼圈也湿润了，“我很想我能有个朋友支持我；但是从来没有人站在我这一边！”

“不过，我亲爱的淑，我最亲爱的淑，我并没反对你！”他说，一面拉着她的手，同时万没想到，在单纯的辩论中，她都会掺上个人的感情。

“你没反对我？没反对才怪！”她喊着说，一面把脸转到一边，免得他看见她眼里装满的泪。“你是和师范学校里那些人站在一边儿的——至少你好像是几乎和她们站在一边儿的。把‘你这个女子中最美丽的，你的良人往何处去了’[2]这句话，解释成‘这是教会自白它的信心’，可笑到无以复加。我坚决认为，这种解释非常可笑。”

“算了吧，不必再去管它了。不论什么事，经你一说，就都变成了于个人有关的东西了。不过这阵儿，要是把那句话按照非宗教的意义来解释，我倒完全愿意。因为咱们既是说到这儿了，那

1 伏尔泰（1694—1778），法国作家及哲学家，为怀疑派，否定各教会。

2 这是《旧约·雅歌》第6章第1节。

你要知道，你在我眼里，就是女子中最美丽的。”

“不过这个话你这阵儿说，可不是时候！”她回答说，只听她的声音，严厉之中含着最柔和的成分。跟着他们两个互相把眼光一对，同时像酒店里的老朋友那样互相把手一握。裘德很感觉到，为了这样一句空疏无根的话而吵起来，是很荒谬的。淑就感觉到，为了像《圣经》那样老的一本书里的一句话而落泪是愚蠢的。

“你所信的，我不想给你搅扰了——我决不想给你搅扰了！”她接着说，打算拿这个话来安慰他，因为他这阵儿好像比她还心烦意乱，“不过我的确曾有过一种希望、一个心愿，要鼓励一个人，叫他追求高尚的目标。我看见你以后，知道你愿意做我的同志，就心里想——我这是不打自招——那时候我就心里想，你也许就是那个人。不过你对于传统，不加考查就信以为实。所以我不知道说什么好。”

“呃，亲爱的，我想一个人对于某些事情，总得不必加以考查而就信以为实。人的生命太短了，想要把一切事物，都像欧几里得的命题[1]那样，先一步一步地证明然后才相信，是办不到的。我对于基督教，就是没加考查，就视为当然的。”

“呃，你也许说不定，会对于比基督教还坏的事物，也不加考查，就视为当然。”

“一点不错，很可能。也许我得算已经真那样做过。”他这是想起艾拉白拉来了，所以才这样说。

1　此处指几何学上的命题。

“我不往下追问你那是怎么回事了，因为咱们要彼此尽力要好，谁也决不再招谁，谁也决不再惹谁，是不是？”她满脸信赖的样子抬起头来看他，同时她的声音，仿佛尽力想法要在他的心窝里蜷伏下去似的。

“我要永远对你关切！”裘德说。

“我也要永远对你关切；因为你这个人，那样诚实直爽，待那个有毛病、招人烦的小淑，老那样宽宏大量。”

他往一旁看去，因为她这种似爱非爱、不爱也爱的温柔，太叫人心痒难挠了。当年写社论那个可怜的家伙，是不是就是由于她这种态度才把心碎了的呢？他自己是不是就是第二个牺牲者呢？……然而淑却又确实招人疼爱！……如果他能把她是女性这一节撇开，像她那样容易能把他是男性这一节撇开，那她就真正是他志同道合的朋友了；因为他们对于只供空谈的事物方面意见不相同，正使他们在人类日常生活方面，关系更密切。他从来所遇见的女人里面，没有比她再跟他亲近的了；他不相信，他能因为时光逝去，或者信仰不同，或者天各一方，而和她疏远了。

但是他又想起她那种怀疑一切的态度而难过起来。他们坐下去，坐到后来，她又睡着了，同时他也在他那把椅子上打起盹儿来。不论多会儿，只要他醒过来，他就把她的衣服翻一下，把炉里的火弄得旺一些。约莫六点钟的时候，他完全醒过来了；他点起一支蜡来一看，她的衣服都烤干了，她那把椅子既是坐着比他那把舒服得多，她就仍旧盖着他的大衣睡在那儿，一直没醒；她在睡梦中看着，就像刚出炉的小圆糕一样热气腾腾，像干尼弥德[1]一样年少翩翩。他先把她的衣服给她放在她的身旁，然后在她的肩头用手碰了一下，跟着就下了楼，到院子里的星光下洗脸去了。

1 古代希腊的美少年，为天神宙斯所爱，摄之升天，使他做了天神的侍酒人。

5

他从院子里回来以后，她已经跟平常一样穿戴好了。

“我这阵儿能够不让人看见，就从这儿出去吗？”她问，“这时候街上还没有什么人。”

“可是你还没吃早饭。”

“哦，我不想吃！我这阵儿一想，我觉得不应该从学校里私自跑出来。在清冷的晨光里，事物的面貌，跟在夜里，完全不同，是不是？费劳孙先生要说我什么，我不知道；我到这个学校里来，都是他的主意。在所有的人里面，我只对他还有些尊重，还有些怕。他要是能不怪我，可就太好了。不过我知道，他非大骂我一顿不可！”

“我替你去跟他解释解释——”裘德开口说。

“哦，别，你千万可别去，我才不管他哪！他愿意怎么想就怎么想好了——我还是要爱怎么样就怎么样！”

“但是你刚才可说——”

“不错，我说了；但是尽管我说了，我还是照样不管他那一套，我爱怎么样就怎么样。我已经打好主意了。在师范学校里，我一个同学有一个姐姐，从前曾邀过我，要我上她家里去。她在沙氏屯附近教小学，离这儿有十八英里。我现在打算先到她那儿，住到这件事平静下去的时候，再回学校。”

她正要走，他把她留住了，要她等着他给她煮一杯咖啡喝了再走。原来他有一副轻便的咖啡器具，放在屋子里，每天早晨公寓的人还都没起来，他就用这副家具自己煮咖啡，喝了再上工。现在他就用这副器具给她煮了一杯。

“现在就着咖啡，先少吃点东西好了，”他说，“吃完了，咱们就走。你到了目的地，再好好地吃早饭吧。”

他们两个一块儿蹑手蹑脚地出了这所房子，因为裘德要送她到车站。他们顺着大街走去的时候，有一个人，从一个楼上的窗户里，轻轻一探脑袋，跟着马上就又把脑袋缩回去了。淑好像仍旧因为自己行动鲁莽，觉得难过，后悔不该违犯校规。分手的时候，还对裘德说，如果学校许她回去，她马上就通知他。他们一块儿在月台上站着，觉得怪不好受的。同时看他的神气，分明心里有话要说。

“我想告诉你一件事——哦，两件事，”火车开进来了以后他急忙说，“一件暖，一件冷。”

“裘德，”她说，“这里面有一件我早就知道了。你可千万别！”

“别什么？”

“别爱我。我只许你喜欢我——没有别的！”

裘德脸上表现出种种苦辣酸甜，所以她从车厢的窗户里跟他告别的时候，她脸上也由于同情他，而显出错乱的样子来。跟着车开了，她对他摆着小手，一会儿就看不见了。

淑离开梅勒寨那个礼拜天，据裘德看来，梅勒寨本城非常地暗淡，大教堂的廊下也特别地可恨，所以他连一次都没上大教堂去做礼拜。第二天早晨，她的信寄来了，那是她一到她的朋友家里就写的：她一向做事就那样快当。她在信上，先说她平安到了目的地，住的地方很舒服，接着说——

> 我写这封信的真正目的，亲爱的裘德，只是要谈一谈咱们分手的时候我对你说的那几句话。你待我太好了，太周到了，所以你刚一离开了我，我就觉得我这个人太残酷，太无心肝，竟对你说出那样的话来；这种感觉，从那时以后，就一直地老责备我。裘德，你要爱我，你就爱吧；我决不再反对；我也永远不会再说"你千万别爱我"这样的话了！
>
> 现在我关于这件事就说到这儿好了！我想你一定会饶恕你这位全无心肝的朋友这样残酷吧？你不会说你不饶恕她，叫她苦恼吧？
>
> ——永久的，淑

他怎样答复她的，我们不必多说；他要是没有艾拉白拉那个累赘，那他会采取什么行动，我们也不必多说；本来如果没有那种累赘，淑就不必在她的女朋友家里久住了。他觉得，他如果为取得淑而和费劳孙竞争，那他大概没有问题，准可以胜利。

不过裘德却不免在淑一时冲动所写的那封短信里真正要传达的意义之外，又增加了一些意义。

过了几天以后，他发现自己在那儿希望她再写信给他。但是他却没再接到她的信。他在极度的挂虑之下，又写了一封短信，说他要在礼拜天去看她，因为从梅勒寨到她那儿，还不到十八英里。

他把这封短信寄走了以后，第二天早晨他就盼回信；但是并没有回信。第三天来到了；邮递员走到他的房前，并没驻脚。那天是礼拜六，他当时既是为她悬心焦虑，像得了热病一样，他就写了几行字，说他第二天一准来看她，因为他觉得，一定是她那儿出了事儿，所以她才毫无音信。

他最初想，她一定是因为在水里泡了半天，受寒得病，这种想法本是很自然的；不过他又一想，如果她病了，别人可以替她写信来啊。他在那个礼拜天清朗的早晨，到了沙氏屯附近那个乡村小学，那时候，才不瞎揣测了。他是十一点钟和十二点钟之间到那儿的，那时候那个教区上像沙漠一样寂无一人，因为那儿的居民绝大部分都上了教堂了，有的时候还能听见他们在教堂里同声谐唱的声音。

给他开门的是一个小女孩。"布莱德赫小姐在楼上，"她说，"请你上楼去看她吧。"

"她病了吗？"裘德急忙问。

"有一点病——不厉害。"

他进了门，往楼上走去。走到楼梯上口，他听见了一个声音，顺着这个声音，就知道淑在那儿了；因为那是淑的声音——是淑叫他的名字发出来的声音。他进了一个门，发现她躺在一个十二英尺见方的屋子里一张小床上。

"哦，淑！"他喊着说，同时在她身旁坐下，把她的手握在自己手里，"这是怎么回事？你连信都不能写了吗？"

"不是，不是那样！"她说，"我固然得了重伤风，但是还不到连信都不能写的程度。我没写信，只因为我不愿意写。”

“为什么不愿意写？可把我吓得真够受的！”

“哦——我倒也想到你要担心！不过我可决定不再给你写信了。他们不许我再回学校去——因此这封信就不好写了。我倒并非怕告诉你，他们不许我回去这件事，我是怕告诉你，这件事落到这种结果的原因。”

“啊？”

“她们不但不许我回去，并且还给了我一个临别赠言——”

“什么赠言？”

她并没直接回答。“我起过誓，说我无论多会都不能告诉你她们说的话，裘德——那太下作、太不堪了！”

“是说咱们两个怎长怎短吗？”

“不错。”

“那我一定得明白明白！”

“好吧——有人毫无根据，对她们把咱两个人胡乱一报告，她们听了这个报告就说，要保持我的名誉，咱们就得马上结婚，还是越快越好……你瞧，我这儿已经都跟你说了，我真后悔，不该说！”

“哦！可怜的淑！”

“我并不像她们说的那样看待你。不错。我也刚刚想到了一下，要像她们想的那样看待你，但是我可真没那么办。我倒是看出来，咱们这种表兄妹的关系，只是一种借口罢了，因为咱们刚一见面的时候，咱们彼此都不认识。但是我跟你结婚——亲爱的裘德——可就是另一回事了。你要知道，如果我打算跟你结婚，那我自然就不会这样一次又一次地去找你了。并且我从来也没认为，你想跟我结婚，一直到那天晚上，我才觉出来，你有一点点爱我的意思。也许我压根儿就不应该跟你来往得那样亲密，这都得怨我。不论什么事，都得怨我！”

这番话说得有点不自然，不真实。他们两个互相看着，彼此都觉得不好过。

“起初的时候，我的眼睛完全蒙住了，”她继续说，“我一点儿也没看出你的心意来。哦，你对我太不应该了，不应该拿情人待我，而可又一点儿都不表示，只让我自己来发现！你对我的态度，弄得别人都知道了；所以她们当然要认为咱们净做不正当的事了。你是永远也不能再叫我信得起的了！”

“你说的不错，淑，”他简单地说，“这都是我错了，我这个错儿比你想的，可就严重了。我完全知道，一直到咱们最后这一两次见面的时候，你压根儿就一点儿也没想到，你在我心里，都引起了什么感情。我承认，咱们原先见面的时候，彼此毫不认识，并没感觉到亲戚的关系，所谓亲戚的关系，只是我利用它作借口就是了。不过我这种不应该有的感情——非常不应该有的感情——发生的时候，既然不是我所能够控制的，那么，我这个掩盖是不是多少应该受你一些体谅？”

她带着疑惑的神气把眼光转到他那一面，跟着又把眼光转到了别的地方，好像害怕她会饶恕他似的。

按照一切自然的法律和两性的法律，对于裘德前面那句话唯一合于当时那种心情和光景的答复，就是接吻；在这种接吻的影响之下，淑对于裘德所有的那种含忍不露的关切，由冷淡而变成热烈，本来大有可能。有的人，也许会完全不管防嫌避疑那一套，硬把淑抱在怀里，对于淑怎样说她的感情不冷淡也不热烈，对于艾拉白拉住的那个教区上教堂法衣室的箱子里怎样藏着他和艾拉白拉的亲笔签名，都一概置之脑后；但是裘德却没那样做。事实上，他到这儿来，本来有一部分，是想要把那件于他自己是致命伤的事说一说的。他这个话就在他的嘴边上，但是在这种使人难受的情况下，他却说不出口来。他还是宁愿把他们两个之间他们共同承认的障碍谈一谈。

“自然——我知道，你——对我没有任何特别的关切，”他哑着嗓子说，“那本来是你不应该的；你这一点并不错。你是——费劳孙先生的人了。我想他已经来看过你了吧？”

“不错。”她简捷地说，同时脸上的颜色稍微一变，“不过我并没请他来。他来过，你听了当然高兴了！不过他即便永远不再来，我也不在乎。”

淑如果当真不愿意裘德对她有强烈的感情，那他对他的情敌那样老老实实地听其自然，她为什么却觉得不舒服呢？这是她的情人难以了解的。他又接着说别的事情。

“过些日子，这件事就平静下去了，亲爱的淑，”他说，“师范学校的当局并不等于整个的世界。毫无疑问，你可以上别的师范学校啊。”

“这我得问费劳孙先生。”她坚决地说。

淑那位和蔼的女主人现在由教堂回来了，他们不能再说体己话了。裘德是下午走的，走的时候，毫无办法，难过至极。但是他却见了她的面，跟她一块儿坐了一会儿。在他这一生里，能有这样的接触，他也就得认为满足了。他既是想做教会的僧侣，那他克己自制的工夫是不可少的，是应该有的。

但是第二天早晨他醒来的时候，他又有些恼她；他认为，她这个人，即便不好说是喜怒无常，却也得算不讲道理。跟着他接到了她一封短信（她寄这封信，正证明他在她身上刚发现的一种补救过失的优点），这封短信一定是他刚离开她的时候就写的：

> 我昨天那样烦躁、任性，请你原谅。你一定要认为我这个人太可怕了；我完全知道我可怕，还因为我那样可怕，感到十二分地苦恼。你并没生我的气，那是你有度量！裘德，虽然我有这么些毛病，我还是请你仍旧把我看作是你的朋友和伙伴。我以后一定要努力避免昨天那种样子。
>
> 我礼拜六要到梅勒寨来一趟，把我的东西等等从师范学校取走。我有半点钟的工夫，可以同你走走，你愿意吧？——你这满腹悔恨的——淑

裘德马上就原谅了她，叫她来的时候，到大教堂的工地上去找他。

6

同时，一个中年教师正在那儿对于写前面那封信的人，做着极端美好的梦想。那个教师就是理查·费劳孙。他新近离开了基督寺附近男女合校的伦姆屯小学，来到他的老家沙氏屯镇，在那儿教一个规模更大一些的男校。沙氏屯坐落在一座小山上，由这儿到那儿，划一条直线，有六十英里。

只要把这个地方的本身和这个地方的环境看上一眼，就差不多可以明白，这位小学教师，已经放弃了他多年以来睡思梦想的美好计划，而又另有了和教会、文学全都没有什么关联的新计划了。他本来是一个不懂业务的人，现在却为了世务而一心一意在那儿挣钱、攒钱了——这个世务就是养活一个太太。他这位太太，如果愿意的话，可以和他自己教的那个男校做邻居，教一个女校。为了达到这个目的，他曾给她出过主意，叫她上师范学校学习几年，因为她不愿意仓促之间马上就嫁他。

裘德从玛丽格伦搬到梅勒寨，在那儿和淑闹了一些把戏，差不多就在同时，那位小学教师，也正在沙氏屯的新校舍里安置下了。他的家具都安好了，书都放到书架上去了，钉子也都钉好了；跟着，他就在冬日昏沉的长夜里，在起坐间坐下，想要把从前做过的一些学问，重新拾起；这些学问里面有一门，就是研究罗马属下的不列颠[1]所保留下来的文物。这种学问，对于一个国家小学[2]教师说来，本来没有报酬可言；但是在他放弃了上大学的计划以后，他却对于这门学问发生了兴趣，因为它是一种比较还没经人发掘的矿山。像他这样的人，住在荒凉偏僻而却富于这种古物的地方上，做这种研究，是最方便的；同时，他们还往往可以对于那个时期的文明，做出和一般的看法完全相反的结论。

费劳孙现在表面上的业余工作，就是把这种研究重新拾起——他不去看那些很欢迎他的街坊邻居，而却往埂路、堤防、冢墓充塞的地方上一人独游，或者在家里对着他收集来的那几件古罍、旧瓦和拼瓷闭门独坐，这种研究是表面的原因。但是那却绝对不是真正的原因，也不是全部的原因。因此，在那一个月里，有一天晚上，夜色很深的时候——实在说起来，差不多都快半夜的时候——那个往西俯视一片广阔平谷的山镇里有一个开在突出犄角上的窗户，里面射出一片灯光来，虽然很清楚——跟语言一样清楚——表示出来，说有一个人，正在那个屋子里用功，其实他却并不是真正用功。

那个屋子的内部——那儿的书、那儿的家具、教师肥大的褂子、他趴在案头的姿势，甚至于连壁炉里火光的闪烁——全都表示专心一意追求钻研的庄严工作——这在他那样一个除了自己创造的条件而外、毫无其他优越条件的人，真得算是出人意料。但

---

1 现在的英格兰，古代为不列颠，曾由公元四三年到四一〇年，为罗马所统治，地上、地下，留下了许多古迹。

2 国家学校为一八一一年成立之“促进贫民国教教义国家教育会”所办。维多利亚初期英国小学主要为这个会所兴建。

是那儿所表现的情况，直到最近，固然不错，还名实相符，但是现在，却名实不符了。因为他那时看的，并不是古代的历史，而只是过去的笔记。那是前几个月，由他嘴里念着，由一个女人写下来的，用清劲有力的笔迹，一个字一个字写下来的，现在使他聚精会神的，原来就是这个书记的笔迹。

跟着他又从一个抽屉里，拿出一捆小心在意系在一块儿的信来，以现在这个年头里书信频繁的情况来看，那一捆信很少——太少了。每一封都是原先寄来的那样装在原来的信封里，信上的笔迹，和刚才那些笔记一样，也是一个女人的。他把这些信一封一封地打开，一面琢磨，一面看。

这些小小的信件，初次看来，好像一点也没有可以琢磨的地方；信上都是直截了当、有什么就说什么的话，签的名是淑·布。那都只是一些暂时分离的时候通常要写的信，写信的人，决没存别的念头，只想信看完了，马上就毁了完事。信里大半都谈的是师范学校里学的功课和一些别的经验。毫无疑问，信写完了，写信的人也就把信忘了。这些信里面，有一封日期很近。在那封信里，那个年轻的女人说，她接到他那封想得很周到的信了，同时说，他令人佩服，宽宏大量，居然依了她的愿望，不常去看她（因为在学校接见来宾，非常别扭，同时，因为她非常不愿意别人知道，她已经订了婚；但是如果他常来看她，那别人就一定非知道不可）。那位教师就把这几句话琢磨。一个男人爱一个女人，而那个女人，却因为那个男人不常去看她，表示感激，从这种情况里，那个男人究竟有没有什么可以宽慰的地方呢？这就是他一心琢磨的，这就是他不能了解的。

他又打开另一个抽屉，在那里面找到一个信封，从信封里抽出一张相片来。那是他认识淑以前很久、淑还是小孩子的时候照的。只见这张相片上照的是：她站在花架下面，手里拿着一个篮子。另有一张，是她长成年轻的女人那时候照的；她的黑眼珠和黑头发，使她这个像看着非常清楚，非常有吸引力；同时还刚刚显示出来，在她那种比较轻松的心情后面，已经隐伏着沉静的思虑了。那跟她给裘德的那一张是一样的，本是任何人她都可以给的。费劳孙把这张相片往他的嘴唇那儿送，送到半路，又想起她那几句令人难解的话来，又不送了；但是最后，还是把那个毫无生气的硬纸壳吻了又吻，吻的时候，那样热烈，和一个十八岁的青年一样，那样虔诚，比一个十八岁的青年还要超过。

那位教师脸上，本来就颜色惨白，神气古板，而他留的胡子那种样式，使他脸上更显得古板。但是他脸上却生来就有一种上等人的气质，让人觉得，愿意对一切人，都无愧于心，无惭于行，就是他的天性。他说起话来，有些慢腾腾的，不过他的语调却很诚恳，让人觉不出来，言语迟钝是一种毛病。他那慢慢要变苍白了的头发是卷曲着的，由头顶的正中间往四外分布。他额上有四条皱纹；他只有晚上看书的时候才戴眼镜。他以前之所以没跟女性作婚姻的结合，与其说是由于他不喜欢女人，还不如说是由于他要从事学问，不得不这样克制自己。这差不多是可以肯定的。

今天晚上，这种默默的动作，是那些小学生不在他跟前的时候，他时常做的，屡次做的；因为那些小学生看他的时候，眼光非常锐敏，能够钻到肉里；这位现在因为淑而这样悬悬不安的教师，心里既然怀着鬼胎，所以就觉得，他们的眼光，几乎叫人难以忍受。他在灰色的晨光里，不敢和他们那种锥子一般的眼光相遇，怕的是他们会看出他藏在心里的梦想。

他令人钦佩，顺从了淑对他表示的愿望，没常到师范学校去看她；但是到后来，他实在不能再耐了，就在一个礼拜六下午，起身往她那儿进发，想出其不意，去看她一趟。他到了那儿，站在学校门前，满心以为几分钟以后就可以看见她了；却没想到，她已经不在学校了——已经差不多等于让学校开除了。这个消息，他一点也没防备，告诉他的人一点也没掩藏；所以他转身走去的时候，几乎连眼前的路都看不见了。

事实是，事情虽然已经发生了两个礼拜了，她却压根儿连一行字都没写给那位对她求爱的人。他想了一会儿就断定了，她没写信告诉他，并不足以证明任何情况；因为，她把事做错了，固然可能是她保持缄默的原因，但是害羞，不好意思说，也同样可能是她保持缄默的原因。

学校里的人曾把她现在住的地方告诉了他。他既然目下不必为她的食住问题挂心了，就想到了师范学校的委员会，火扎扎对那些委员愤慨起来。他一时不知道怎么办好，就进了对面的大教堂；那时那个大教堂，正因为进行修理，拆得一塌糊涂。他在一块易切石上面坐下，石头的粉末把他的裤子都弄脏了，他也不顾。他正无精打采地瞅着那些工人们工作，忽然看到那个大家共认的罪人——淑的情人裘德——就在他们中间。

裘德自从参观了耶路撒冷的模型以后，再就没和他旧日崇拜的这个人物说过话。自从这位青年，无意中亲眼看见费劳孙在篱路上对淑初步示爱，他对于这位长者，就很奇怪地厌恶起来，不愿意想到他，不愿意见他的面，不愿意跟他打任何交道；后来他知道了费劳孙至少得到了她的订婚诺言，他就更坦白地承认，说他不愿意和这个比他年长的人再见面，不愿意再听到他的消息，不愿意再知道他的任何行动，甚至于不愿意再想到他在品格方面的任何优点。就在这个教师来看淑这一天，裘德也正在那儿等淑来找他（因为她答应过他要来）；因此，他看见了那位教师在大教堂的本部出现，并且还朝着他走来，要跟他说话，那他的忸怩不安是可以想象的。不过费劳孙自己也很忸怩不安，所以就没看出来他忸怩不安。

裘德和他凑到一块儿，两个人一同离开工人工作的地方，走到费劳孙刚才坐的那儿。裘德给他铺了一块帆布当垫子，同时告诉他，说坐在光石头上危险。

“哦，倒也是，倒也是。”费劳孙心神恍惚的样子，一面重新坐下；他的眼睛钉在地上，好像想不起来自己在哪儿似的。“我耽搁不了你很大的工夫。就是因为我听说，你新近见了我那位年轻的朋友淑，所以我才想起来，要跟你谈谈。我只是要跟你打听打听她的情况。”

“我知道你要打听什么！”裘德急忙说，“你要打听她怎么从学校里逃出来，又怎么跑到我那儿，是不是？”

“不错。”

“呃——”裘德有一刹那的工夫，起了一种念头，要不顾是非，不择手段，凶狠毒辣把他的情敌一下交代了。本来，一个人，虽然在待人接物各方面，都令人钦佩，而为了争一个女人，却可以变得奸诈万分；裘德如果当时也变得这样奸诈，那他就可以对费劳孙说：她的丑闻，完全属实，她跟他的关系，已经没法挽救；这样一说，他就可以把费劳孙打发开，把他永远打败，叫他自己受罪去了。但是，他的行动，在那一刹那，却没适应他那种动物性的本能。他当时只对费劳孙说："你这个人太好了，肯来跟我老老实实地谈一谈这件事。你知道她们师范学校里的人，都怎么说吗？她们说，我应该和她结婚。"

"什么？"

"我也睡思梦想，恨不得能那么办！"

费劳孙全身都哆嗦起来，他那副本来就灰白的脸上，显出死人一样的瘦削崚嶒。"我真没想到会闹到那步田地！天啊！"

"没到那步田地，并没到那步田地！"裘德吃了一惊说，"原来你还没明白真相啊？我这只是说，我要是能够和她，或者和别的人，结了婚，安了家，不要再东搬西搬地住公寓，那可就太好了！"

他真正的意思只是要说他爱她。

"不过——这件叫人难过的事，既然抖漏出来啦——那么真相到底是怎么回事哪？"费劳孙问，问的时候，态度很坚决，好像觉得，现在受一阵剧烈、痛快的痛苦，强似长期受疑虑不决的痛苦。"有的时候，想要暴露谣言、消灭诬蔑，就没法不提出狭隘、小气的问题来，现在这件事就是这样。"

裘德马上就把事情的经过说了一遍；把全部的经过里每一件事，一样一样都说了：说他们怎样在牧羊的人家住了一夜，她怎样身上湿淋淋地跑到了他的寓所，她怎样因为在水里蹚过而不舒服，他们两个怎样大半夜没睡觉而从事讨论，他又怎样第二天早晨把她送到了车站。

“好吧，”费劳孙听完了他的话以后说，“我听了你这番话，我认为我对于这件事，没有可以再生疑心的地方；她们当初疑心她，把她开除了；我现在可相信你的话，认为她们那种疑心，完全没有根据。有根据吗？”

“你的话对，”裘德郑重地说，“那种疑心完全没有根据。至于我的话，我可以求上帝作见证！”

那个小学教师站起来了。他们两个全都感觉到，他们谈了这番话，不可能再随随便便地像朋友那样接着谈他们近来的经验了，所以裘德带着他在四处转了一圈，把教堂那时候正进行的革新工程指给他看了一下，费劳孙就跟那位青年告了别，走开了。

这番会谈是上午靠近十一点钟左右发生的；但是淑却没露面。到了一点钟，裘德去吃午饭，才看见他爱的那个人在他前面出现，正往通到北门[1]那条大街走去，走的神气好像绝不是来找他的样子。他急忙追上了她，问她，他不是要求过她，要她到大教堂去会她，她不是也答应了他了吗？

“我刚才到学校里去取我的东西了。”她说，这句话，虽然本身并不是他问她那句话的答复，她却期望他把它看做是那句话的答复。他一听她这样闪烁其词，可就想把他很久就要说而却没说的话对她说出来了。

“你今天没看见费劳孙先生吧？”他猛着胆子问。

“没看见。不过我不许你来盘问我关于他的事情；并且你要

---

1 这个是索尔兹伯里大教堂“廊下”的北门，因“廊下”北面及东西等原都有墙。

是再问我什么话，我也一概不回答！”

“这真怪了，你——”他说到这儿停住了，只用眼盯着她。

“我怎么了？”

“你这个人在我跟前，从来没像你在信上那样令人觉得可爱。”

“你真觉得是这样吗？”她说，同时露出马上想要明白一下的样子来，微微一笑，“呃，这可怪了。其实我对你，裘德，都老是一个样儿。你离开了我以后，我觉得我太冷心冷面了——”

她是知道裘德对她的感情的，然而她可说这样话。裘德觉得，这正是他们应该悬崖勒马的时候了。他心里想，就是在现在这种时候，他才应该老老实实地把该说的话都说出来。

但是他却并没把那番话说出来，所以她就接着说下去：“就是因为这样，所以我才写信告诉你，说如果你要爱我，你就爱好了，我不反对，不过于反对。”

这句话里含的意义，或者说仿佛含的意义，本来可以使裘德觉得狂欢极乐，但是他心里已经打好了的主意，却把这种狂欢极乐给他打消了；所以他当时只死板板地站在那儿，站了半天才说：“我从来还没对你说过——”

“说过了，早说过了。”她嘟囔着说。

“我的意思是要说，我从来还没对你说过我的历史——还没对你说过我的全部历史。”

“你不用说我就猜着了。我差不多都知道了。”

裘德抬起头来看去。难道他和艾拉白拉那天早上做的那件事——那个只过了几个月，就完全失了效的婚姻，彻底失效，近于一方或双方已经死亡了那样，难道淑能够知道吗？看她的样子，她并不知道。

“我这个话不好在大街上说，”他带着抑郁的口气说，“同时你又顶好不要到我的寓所里去。所以咱们上这儿来好了。”

他们那时候正站在一座建筑旁边——那是市场[1]；当时只有那个地方可以用一下；所以他们就进了这座建筑里面。那时候，做买卖的时间已经过了，摊子上和空场上都没有人了。他本来想到一个更适当的地点上去；但是，像普通发生的那样，本来应该有一个富有情趣的田野或者极为庄严的教堂作背景而叙说的故事，现在却只能在坏了的卷心菜叶到处狼藉的地方，在肮脏龌龊的烂菜和卖不掉的破东西中间，来回地走着叙说。他当时就这样，把他那个简短的故事，从头到尾，说了一遍。总起来看，故事最重要的一点只是：他几年以前曾娶过一个太太，而那个太太现在还活着。她听了这个话，还没等到脸上变颜色，就嘴里很快地吐出了这句话来：

“你为什么不早告诉我？”

“我说不出口来。告诉你这种话，好像太残酷了。”

“于你自己，不错，残酷。但是于我残酷的，可正于我更有好处！”

“不是这样吧，亲爱的！”裘德热烈地喊着说。他想去握她的手，但是她却把手抽回去了。他们两个从前那种互相信赖的情况，好像一下完结了，只剩下了男女两性一点都不留情的相互斗争了。她不再是他同心同德的同志、相亲相爱的朋友、自然坦白的情人

1 这是吉士市场西头一个建筑。后改作市立新图书馆。

了；她看他的时候，眼神儿里显出生分的样子来，嘴里也不做声。

“我这一辈子里，这段结婚的过节，我一想起来，觉得可耻极了，”他接着说，“你让我这阵儿把话说明白了，很难。你要是对于这件事不像现在这样的看法，我就可以把话说明白了。”

“可是我怎么能不像现在这样的看法？”她突然说，“我这儿正亲口告诉你，正写信告诉你，说——说你可以爱我——那一类的话——我那只是为了可怜你才那样说——而你却一直地——哦，天下的事永远就是这样万恶、这样该死！”她说，一面身上乱颤，脚下直跺。

“你错看了我了，淑！我压根儿就不知道你对我有心——一直到最近才知道；所以我当时觉得这个没有关系；难道你对我真有心吗，淑？你明白我这个话的意思吧？——我一点儿也不喜欢你说什么‘可怜我’那种话！”

那个问题是淑在当时的情况下不愿意答复的。

“我想她——你太太——尽管人性不好，长得却很漂亮，是不是？”

“你既是问到这儿，那我就得说，她得算够漂亮的。”

“毫无疑问，比我还漂亮了！”

“你们俩没有一点儿相同的地方。再说，我这些年都没见她了……不过她一定还要回来的——像她那种人，总是要回来的！”

“你可会跟她这样各不相扰，真怪啦！”淑说，说的时候，虽然装做挖苦，但是她那颤抖的嘴唇和哽咽的喉头却证明了她的挖苦是做出来的。“你，还是那样一个笃信上帝的人。你那个众神殿里的神——我这是说，你叫做是圣人的那些传说中的人物——在你做了这样的事以后，要怎样替你求情[1]才成哪？我要是做了这样的事，就跟你不一样了，就没有什么令人惊异的地方了，因为我至少没把婚姻看作是一种圣礼。你的理论，不像你的实践那样进步。”

“淑，你挖苦起人来，真像刀子似的。你真和伏尔泰一样！不过，你爱把我怎么办就怎么办好了，我是没有可以替自己辩护的。”

看到他那样苦恼可怜，她的心就软了；她一面把同情的眼泪甩掉，一面又带出伤心的女人所有的那种令人可爱的怒容来说：“啊——你应该把这件事，先对我说明白了，然后才有权利对我表示，说你想要我允许你爱我啊。在车站上那一次以前，我对你还没有什么感情，只有——”淑也终究有一次，和他一样地苦恼起来了，因为她本来想要不动感情，但是却连一半都没做到。

“别哭，亲爱的！”他求告她说。

“我这儿哭，并不是——因为我爱你，而是因为你对我不信赖！”

市场的房子完全把他们遮住了，外面广场上的人一点也看不见他们，所以当时裘德就忍不住不把他的胳膊往她的腰部伸去。她看到他在这一刹那间表示出来这样的心愿，就重新鼓起勇气。“别，别！”她说，一面毫不通融，往后退去，同时擦着眼泪，“这

1　基督教特别是天主教的说法，一个人有了罪恶，可以赎罪，赎罪须通过大主教或者圣贤之类的人，向天主求情才成。“众神殿”是古希腊雅典的庙，供希腊各神，是异教的；传说中的圣贤则为基督教中的人物。淑是不信基督教的，以为基督教的圣贤和异教的神也没有什么两样。所以这样说法。

当然不可以！你要这样，只有用真正的表哥身份才没有问题，但是那种表哥身份，又完全不可能。”

他们往前走了十几步。那时候她看着完全平静了。这种情况，让裘德觉得要发疯。她的表现，不论是任何别的样子，都比现在这种表现好，都可以比她现在这种表现，使他少难过一些；其实她这个人，对人对事，如果经过考虑，就基本上是宽宏慷慨的，但是未经考虑以前，也有妇女褊狭的脾气，往往受冲动的支配，不过如果她不是这样，那她也就不成其为女人了。

“你没有办法的事，我怎么能怪你？”她微笑着说，“我怎么能那么糊涂？我因为你以前没跟我说，是有些怪你。不过，说到究竟，这也并没有什么关系。你要明白，即便你没有这件事，咱们也应该各自东西。”

“不对，咱们不应该各自东西！这件事是唯一的障碍！”

“你忘了，即便没有障碍，那也得我爱你，也得我愿意做你的太太才成啊。”淑说，说的时候，带着一种温和的严肃态度，来掩饰她的真意。“再说，咱们又是表兄妹，表兄妹结婚，就不会有好结果。并且——我又是跟别人订过婚的人了。要是说咱们两个，还像从前那样，以朋友的身份，在一块儿待待，那也不成；因为这样，咱们身旁那些人，就又要说闲话了。他们这些人，对于男女的关系，看得太褊狭了；她们把我开除了，就证明她们褊狭。她们的哲学，只承认——根据兽欲而来的男女关系。原来强烈的情爱，范围很广大，在这里面，兽欲只占次要的地位。但是这种范围广大的情爱——属于谁的范围来着？哦，属于维纳斯·乌拉尼亚[1]——他们可完全硬不理会。”

她现在能引经据典地谈话，就是表示她已经又能够心神自主了。在他们分手以前，她已经差不多恢复了她那种生动活泼的眼神，她那种东钟西应的口气，她那种轻松愉快的动作，以及她对于同性别同年龄的人那种再思再想、宽宏大度、不妄批评的态度了。

他现在谈起话来，能够比较坦然一些了。“我有好几种理由不能冒冒失失地就把话对你说出来。这里面有一种我已经对你说过了；第二种理由是，我老觉得，我不应该结婚——因为我属于一个奇怪而特殊的家庭——属于一个结婚就犯别扭的家庭。”

“啊——这话是谁对你说的？”

“我老姑太太。她说，咱们范立家的人，就没一个婚姻美满的。”

“这太怪了。我父亲以往的时候，也常对我说这一类的话！”

他们两个站在那儿，心里让同样的想法所盘踞，这种想法——他们两个的结合，如果是可能的话，就要意味着一种可怕的阴错阳差，就要意味着盛在一个盘子里的两样苦菜——这种想法，即便把它当做一种假设，都够丑恶的。

“哦，这种话不会有任何意义！”她说，说的时候故作轻松，而实在却是沉不住气，“这只是咱们家的人，这些年以来，选择配偶的时候，运气不好就是了——没有别的！”

1 在希腊文学和艺术中，爱神维纳斯或爱芙罗黛蒉据某一个时期某些哲学家或伦理学家的说法，有两重性格，高尚的和卑鄙的。前者叫做维纳斯·乌拉尼亚，后者叫维纳斯·潘兑玛司。前者发展为主人间婚姻之爱，后者发展为主人间娼妓之爱。

于是他们就自己劝自己，说所有从前发生过的事情，都没有什么关系，他们仍旧可以是表兄妹，仍旧可以做朋友，仍旧可以亲热地互相通信，仍旧可以见了面快乐如意地在一块儿待着，固然也许见面的机会要比以前少了。他们分手的时候，彼此很亲热；然而裘德最后看她那一眼，却含着探询的意味，因为即便到那个时候，他还没完全了解她的真正心意。

7

一两天以后，淑那方面来了一个消息，就像摧毁万物的恶风一样，扑到裘德身上。

他还没看她的信，一眼先触到她签的名字。只见这一次签的名字是全部的，没有一个简字；自从她头一次给他留字条那一天起，她向来没这样做过；由于这种情况，他就想到，这封信里一定有重大的消息。只见信上写道：

> 我这亲爱的裘德——我现在有一件事要告诉你，你听了以后，也许并不至于觉得是突如其来；不过你确乎可以认为是加快了速度（像铁路公司说它们的火车那样）。费劳孙先生和我不久就要结婚了，在三个或者四个礼拜以内就要结婚了。我们原先的打算，本来要等我在师范学校毕业，得到证书，能够帮助他教书（如果需要的话），然后再结婚；这你已经知道了。但是他却优悠大度地说，现在我既然不上师范学校了，就不必再等了，再等就没有什么意义了。他这是为顾全我。因为我要是没闹到让学校开除了，我就不会有现在这种别扭的情况了。这完全是我自己的错。
>
> 你得给我道喜。你记住了，这是我告诉你的，不许你不

听。——你这亲爱的表妹，

淑珊纳·芙洛伦·玛丽·布莱德赫

裘德看到这个消息，身子都站不住了；早饭也吃不下了；一个劲儿地喝茶，因为他的嘴老发干。待了一会儿，他就上了工地，自己苦笑起来：这是一个人遇到这种情况的时候普通的常情。好像一切的情况，没有不跟他开玩笑似的。然而，那个可怜的女孩子又有什么别的办法呢？他只好这样自己问自己。但是他却又觉得，心里的滋味，比痛哭还难受。

"哦，淑珊纳·芙洛伦·玛丽！"他一面工作一面说，"你并不明白结婚是怎么回事！"

上一次由于他喝醉了跑去看她，所以她受了刺激，才订了婚约。是不是这一次又和那一次一样，因为他把他的婚事对她说了，又刺激了她，才促成了她这一步的行动呢？固然不错，使她作这种决定的，还有其他充分的理由——还有实际方面和社会方面的理由；但是淑这个人却并不是顾实际、工心计的啊；所以他就不能不想：这大概是费劳孙跟她讲过，说要证明学校当局对她的疑心完全没有根据，最好就是按照平常履行婚约那样，马上和他结婚。费劳孙跟她这样说了，同时她又突然听到了他的秘密，心里一不受用，自然就听了费劳孙的话了。事实上，淑是处在一种非常别扭、走投无路的地位上的。可怜的淑！

他下了决心，毫不畏缩，忍受一切痛苦；尽力往好处做，以全力支持她。但是要他一两天以内就照着她的要求，写信给她道喜，却办不到。同时，他那个娇小、亲爱的人等得不耐，就又给了他一封短信：

裘德，你能不能给我主婚？除了你以外，就找不到更合适的人，因为在这个地方上，找结过婚的亲属，只有你一个。即便我父亲跟我没闹过别扭，愿意给我主婚，也都不如你方便；何况他又跟我闹过别扭。我希望你不要觉得麻烦才好。我曾翻开公祷书，把婚姻礼文看了一遍。我觉得女方还得有主婚人。好像太叫人觉得寒碜了。按照公祷书上所载的礼文，我是新郎自动并且自主选择的，而新郎却不是我选择的，得另外有一个人替我做主，把我给他，好像我是一头草驴，或者一只母羊，或者任何别的畜类似的。哦，教会的圣徒啊，你对于女人的看法太高了！不过我这是忘记了，我已经没有权利再跟你逗笑了——永远是你的

淑珊纳·芙洛伦·玛丽·布莱德赫

裘德一咬牙，做出英勇的样子来，答复她说：

我这亲爱的淑——我当然要给你道喜！并且我当然愿意给你主婚。我现在只要对你建议，既是你自己没有住的地方，你结婚的时候不要住在你朋友家里，就住在我这儿好了。我觉得这样更合适；因为，像你说的那样，我是这块地方上你唯一的亲人。

我不明白，为什么你签名的时候，采用那样新颖、那样令人可怕的郑重办法？我想你对我一定还多少有些关心吧？

永远是你这亲爱的

裘德

签字那样正式，已经使他觉得别扭了；但是他觉得更别扭而却没提起的，是“结过婚的亲属”那几个字。结过婚而还想做她的情人！这使他显得有多傻！如果这是淑以讽刺的态度写的，那他很难原谅她；但是如果这只是她在难过的心情下写的呢？——那自然又当别论了。

他请淑在结婚的时候住在他那儿这个提议，至少费劳孙赞成，因为那位小学教师给了他一封短信，表示衷心的感激，认为这样办方便。她也写信表示了谢意。于是裘德马上就搬到了一个宽敞的地方，一方面固然为的是地方宽敞，另一方面也为的是躲开那个旧女房东的侦查，因为使淑有那番不愉快的经验的，那个好生疑心的女房东也是原因之一。

跟着淑又写信来，告诉他他们结婚的日子。裘德经过一番考虑之后，决定请她下星期六到他那儿来住。这样她就可以在举行婚礼以前有十天的工夫住在这个城市里，住这十天就可以算做住十五天。[1]她就在前面说过的那一天，坐了十点钟的火车，到了那个城市。裘德并没到车站去接她，因为她曾特别要求过，不要他去。她说（但不知这是不是她的真心话）她不愿意他耽误半天的工夫，损失半天的工资。不过那时候，裘德已经很了解淑的心理

1 英国法律，用许可证结婚的人，须于婚前在教堂所在的教区上住两个星期，才算合法。

了；他记得，他们两个在感情最紧张的时候共有的敏感。就是由于这种敏感，她才提出了这种要求。他午间回家吃饭的时候，淑已经在她那个房间里安置下了。

她跟他住在一所房子里，但是却在两层楼上。他们见面的时候很少，因为，他们只偶尔一块儿吃吃晚饭。那时候，淑的样子，多少有些像一个受了惊吓的小孩子那样。她心里怎么样他不知道。他们谈话的时候，都很机械，虽然她的面色并不苍白，也没带有病容。费劳孙来过许多次，不过多半都是在裘德不在家的时候。结婚那天，裘德告了一天假。那天早晨，淑和他一块用的早饭；在这一段稀奇的时光里，那是头一次，也是末一次；他们是在他屋里——在那个小客厅里——用的早饭。这个小客厅，是裘德在淑住在那儿的时候临时租的。她像一般妇女那样，看出他对于家务完全不在行，就自己忙忙碌碌地替他布置起来。

"你怎么了，裘德？"她忽然说。

那时裘德正把胳膊肘放在桌子上，用手支着下巴，眼睛看着桌布，好像一个未来的光景，就画在桌布上似的。

"哦——不怎么！"

"你今儿可要当'爸爸'了。他们就管主婚人这样叫法。"

裘德本来很可以说："像费劳孙那样年纪的人，才有权利那样称呼！"不过他并没用那种肤浅无聊的话怄她。

她一直不停地说话，好像看见他那样聚精会神地琢磨，心里害怕似的。还没等到吃完早饭，他们就都后悔起来，认为不该这样自信，他们在新的事态中，能够处之泰然，不该一块儿吃早饭。他自己已经做过这样一回错事了，现在他对于他所爱的那个女人，不但没有哀求她、警告她，叫她不要再做同样的错事，而反倒帮助她，叫她再做同样的错事：压在裘德心头的，就是这种念头。“你真拿定主意了吗？”这句话就在他的嘴边上。

吃完了早饭，他们一块儿上街去办一件事，因为他们都觉得，他们两个可以不拘形式在一块儿的时候，只有这一次了。由于运命好捉弄人，同时又由于淑喜欢在紧要的关节，偏和天公逗着玩儿，所以他们在泥泞的街上走着的时候，她用自己的胳膊，挽着裘德的胳膊——（这是她一生之中从来没有过的）；他们拐过一个犄角的时候，看见他们正走到了一座屋顶低而坡的灰色垂直式教堂跟前——那是圣汤姆斯教堂[1]。

“就是这个教堂。”裘德说。

“我要行礼的教堂，就是这儿吗？”

“不错。”

“真的吗？”她带出好奇的神气来喊着说，“我真想进去看一看，我待会儿就要跪着办那件事的地方是什么样儿。”

他又对自己说了一遍：“她还没认识结婚是怎么一回事！”

他被动地顺从了她的意思，由西门进了教堂。那个昏暗的建筑里面唯一的人，就是一个打杂的女人，在那儿打扫屋子。淑仍旧挽着裘德的胳膊，几乎好像她爱他似的。那天早晨，固然不错，淑把裘德弄得苦恼多于舒服，但是他想起来她将来要后悔难过的时候，却不由得还是为她心痛，因为

1　这用的是真名。垂直式是英国建筑形式之一。

打击落到男人身上，使他感到沉重，
为什么落到女人身上，会变得轻松？
这其中的道理实在使人迷惑难明。[1]

他们一言不发，由教堂正中，蹓跶到圣坛前面的栏杆那儿，他们静悄悄靠在栏杆上，跟着又回身从正中走回来，她的手仍旧挽着他的胳膊，完全像一对刚结完了婚的人那样。这种太容易使裘德自叹自怜的行动，完全由她那方面一意造成，几乎使裘德不能自持。

“我做事就是喜欢这样。”她说，说的时候，用的是感情细腻的人所有的那种细腻语气，让人觉得，毫无疑问，她说的是实话。

“我也知道你喜欢这样！”裘德说。

“这种做法很有意思，因为大概从来没有人这样做过。再过两个钟头，我就要和我丈夫，像这样在教堂里走出来了，是不是？”

“毫无疑问！”

“你结婚那时候也是这样么？”

“哎哟，淑——你这真太不顾人的死活，毫不留情了！不过，亲爱的，我这句话可只是冲口而出的。”

“啊——你恼了！”她带出后悔的样子来说，同时把眼里多余的水分挤掉了，“我还答应过你，说永远不招你恼！我想我根本就不应该叫你把我带到这儿来。哦！我根本就不应该！我现在看出来了。我老有一种好奇心，想要得到新的刺激，而这种好奇心老

1　引自布朗宁的《最坏的情况》四十六至四十八行。

把我陷在这样的窘境里面。你不要恼我好了……你并不恼我，是不是，裘德？”

她这种请求里面的悔恨成分非常明显，所以裘德紧紧攥着她的手，作为回答，那时候，他的眼比淑的还湿。

“现在咱们快快离开这儿好了；我再也不做这样的事了！”她继续很谦卑地说；跟着他们出了教堂。那时候，淑的意思要到车站去迎费劳孙。但是他们到了大街上以后，头一个碰到的人，就是那位小学教师自己，因为他坐的那趟火车，比淑原先想的早到了一些。她挽着裘德的胳膊，本来没有什么可以反对的，但是她却把手撤回去了；同时裘德认为，费劳孙露出失惊的样子来。

“刚才我们两个，做了一件非常好玩儿的事！”她说，一面坦白地微微笑着，“我们两个人到教堂里去来着，去排演了一回。是不是，裘德？”

“排演什么？”费劳孙觉得很奇怪，想要一知究竟，问道。

裘德以为这样坦白是不必要的，心里直替她后悔。但是她既然已经把事情做到了这一步了，就不能不都说一说了，所以她当时就把刚才的经过和盘托出，说他们怎样到圣坛前面去了。

裘德一看费劳孙露出十分莫名其妙的样子来，就尽力装做高兴，嘴里说：“我要去给她再买点小小的礼物。你们两个跟我一块儿到铺子里去好不好？”

“不吧，”淑说，“我要跟他一块儿到寓所里去。”她对她的情人说了一句：他可不要去很大的工夫，就跟着那位小学教师走了。

裘德一会儿就回了他的屋子，和他们到了一块儿了。待了不大的工夫，他们就准备要行礼了。费劳孙的头发梳了又梳，刷了又刷，都梳得到了叫人觉得难受的程度；他的衬衫领子，也显得比过去这二十年里的哪一天都更硬。虽然有这些小毛病，他的样子却是庄重的、有思想的；整个看来，要是有人预言在先，说他这个丈夫，一定又温存、又体贴，那他这个话绝不会错。他爱慕淑，那是很明显的；她呢，差不多能叫人看出来，自己觉得不配受他爱慕。

虽然路近极了，他却从红狮店里雇了一辆车。他们从寓所里出来的时候，门口有六七个女人和小孩，在那儿等着看他们。没有人认得淑和那个小学教师，不过大家却正开始承认裘德是市民之一；他们只以为，那一对结婚的人是裘德从远处来的亲戚，没有人想到，淑新近还是师范学校的学生。

他们坐在车里的时候，裘德从口袋里把他又额外买的结婚礼物拿了出来，原来那是两三码白纱；他把那块白纱罩在她的帽子和身上，算是面纱。

“这种东西罩在帽子上，显得太扎眼了，”她说，“我把帽子摘下来好啦。”

“哦，别——就让它那样好了！”费劳孙说。她也就听了他的话。

他们讲了教堂，在各自的地位上站好；裘德觉得，刚才那番预演，毫无疑问，使他们的仪式，减去了不少的刺激性。但是，仪式举行到一半的时候，他心里却又后悔，不该答应来做主婚人。淑怎么就能那样不假思索，要求他做这样一件不但于他残酷，并且于她也许也残酷的事呢？关于这种事，女人和男人不一样。也许女人并不像普通说的那样，比男人更敏感，而却实在比男人更缺乏感情，更不懂风情，是不是？不然的话，那就是她们比男人更英勇了，是不是？再不然，那就是淑这个人，脾气非常乖僻，爱好非常特别，所以竟能故意给自己和他找痛苦，为的是要使自己长期受罪，从这种罪里享到一番特殊的滋味；为的是要叫裘德长期受罪，而她却怜惜他，从这种怜惜里尝到另一番特别的滋味，是不是？他能看出来，她脸上是死乞白赖地故作镇定而却并没做到的样子；并且在仪式进行到裘德行使主婚人的职权那一部分的时候——进行到那种痛苦经验最难使人忍受的时候，她几乎都不能自制；但是这种不能自制，从外表上看来，与其说由于她想到自己，不如说由于她知道她表哥难过；本来她很可以不必把他弄到这儿来受这份儿罪。可能她要继续不断一次又一次使他受罪，而她自己继续不断一次又一次替受罪的人难过，尽量发挥她那种惊涛骇浪一般的冲突矛盾。

费劳孙好像一概没注意到，因为他当时身外围了一层雾气，使他看不出别人的感情来。他们签完了名，离开了教堂以后，那种使人心里七上八下的情况过去了，裘德才松了一口气。

在他的寓所里吃的那一顿饭是很简单的；他们两点钟的时候起身要走。她走过便道，要上车的时候，回过头来看了一眼，只见她的眼睛里是害怕的神气。淑会不会只是为了要表示，她没有裘德，也照样可以活着，只是为了要报他保守秘密的仇，所以才把事做得这样出乎寻常地糊涂，才投到自己并不了解的深渊里去了呢？淑这样冒失就跟男人打交道，也许是因为她幼稚，完全不懂得，男人生来就有的那种专会把女人的身心生命都消磨尽了的天性吧。

她的脚踏上脚蹬板儿的时候，她转过身来，说她撂了点东西。裘德和女房东都自告奋勇，要替她去找。

“不用，”她一面说一面往回跑，“是手绢。你们不知道撂在哪儿。”

裘德跟在她后面，也往回走。她找到了手绢，拿着回来了。她用她那双含着泪的眼睛看着他的眼睛，她的嘴唇忽然分开了，好像要说什么似的。但是她却往前走去；她想要说的，一个字也没露。

8

裘德直纳闷儿，不知道她是真把手绢撂了呢，还是满心苦恼地想说她对他的爱，而在最后一分钟却终于没能说出来？

他们走了以后，他在那个寂静的寓所里就待不下去了。他害怕他也许会借酒浇愁，所以就上了楼，脱下青衣服，换上白衣服，脱下薄靴子，换上厚靴子，去做下午他经常做的活儿去了。

但是他在大教堂里做着活儿的时候，却好像老听见身后有人叫他，好像老觉得她一定会回来。他老认为她不可能就跟着费劳孙去了。这种感觉越来越强烈，越来越骚乱。刚一打收工的钟点，他就扔下家伙，跑回了寓所。“有人来找我吗？”他问。

没人来找他。

既是那个起坐间，他有权利用到晚上十二点钟，所以他那天一整晚上，就老坐在那儿：连钟打了十一下，公寓里所有的人都睡下了的时候，他还是摆脱不了他那种想法，觉得她还是会回来，还是会回到他隔壁那个房间里——那个她前些日子在那儿睡了那么些天的屋子里——去安歇。过去的时候，她的行动，既然永远是令人难测的，那她现在为什么就不许再做一次令人难测的事，就不许再回来呢？如果能和她住在一个公寓里，做她的朋友，即便关系最疏远的朋友，他也可以满意，也可以放弃了要求她做情人和妻子的心愿。他的晚饭仍旧摆在他面前；他去到前门，轻轻把门开开，跟着又回到屋里坐下，像旧历中夏日前夕的情人那样[1]，等他所爱那个人的形影出现。但是她的形影却并没出现。

他这样傻等痴想之后，过了夜半，才上了楼，上楼之后，还从窗里往外看；同时心里想象，她怎样坐着晚车往伦敦进发（她和费劳孙就到那儿度他们的假日），他们怎样坐着马车，在潮湿的夜里，颠簸着往他们的旅馆里去，他们所看到的天色，怎样正跟他那时所看到的一样；因为那时天上是一道一道的浮云，月亮遮在浮云后面，只能显出地位，不能看见模样，同时一两颗比较大的星星，微茫地出现，不像星星，只像星云。在淑的历史里，这是一个新的开端。他的想象远及未来，他仿佛看见，淑的身边围着孩子，孩子都或多或少地有些像她的模样。然而他想把孩子看做完全是她个人生命的一种继续，而从中取得安慰，却办不到，这本是像他这样的梦想者所同然的，因为按照天公顽强的用心，只有一个父亲，或者只有一个母亲，就不能生养子女。生命之中，每一个我们所想要的新生分子，因为原是两个半体混合而成，都降低了品质。“如果我所爱的人和我疏远了或者死去了，我能看一看她的孩子——她个人独自生出来的孩子——那我也许可以得到安慰，”裘德说。他从这里面，又心神不安地看到了自然对于人的细致感情，如何不重视，对于人的远大志向，如何不关心（他近来这种感觉越来越多）。

---

1 英国民间迷信风俗，在中夏日前夕（中夏日为六月二十四日），女孩子们虔心等候，可以看见未婚夫的形影。旧历是指尤利安历而言，和新历——即格莱高历相对，是西洋历法的新旧两种。

他对淑的爱，究竟有多大的力量，在第二天和第二天以后那几天里，更明白地显了出来。梅勒寨的灯光，不是他再能忍受的了；梅勒寨的阳光，只是一片颜色沉滞的油漆了；梅勒寨的青天，只是一张锌板了。跟着他收到了一封信，说他老姑太太正在玛丽格伦病得很厉害。和这封信差不多同时来的是基督寺他的旧雇主给他的另一封信，信上说，如果裘德愿意回基督寺，他可以给他属于高级工的长期工作。这两封信使他觉得轻松了一些。他先起身往他老姑太太那儿去，同时决定由那儿再到基督寺，去看一看，他的旧雇主给他的这种工作，究竟怎么样。

裘德看见了他老姑太太以后，只见她的病况，比寡妇艾德林给他的信里所说的还要严重。她这个病，可能绵延到几个礼拜，绵延到几个月，不过这种可能，不大会实现。他给了淑一封信，告诉她他老姑太太的情况，同时提到，不知道她是不是想趁着这位老人家还活着的时候，见她一面。如果她能来，他就第二天——礼拜一——晚上在阿尔夫锐屯的车站上和她碰头；因为他要往基督寺去一趟，回来的时候坐下行车，如果她能坐上行车来，那这两班车就在那个车站上岔车。因此，他第二天早晨就往基督寺去了，打算在他和淑约好了的时候，回到阿尔夫锐屯。

这个学术之城，现在带出一种和他疏远了的样子来了，他对于那个地方的种种憧憬，也都消失了。然而太阳把有竖窗棂的墙壁映得明暗分明，把高下参差的城垛口投到方庭里的嫩草地上，那时候，裘德却又觉得，他从来没看见这个地方这样美过。他来到他头一次看见淑的那条大街了。他的眼光曾让她那少女的形体所吸引，那时她正对着圣堂手卷，拿着猪毛毛笔在那儿工作；现在她坐的那把椅子，仍旧一点不差，放在原先的地方上，但是现在椅子上却没有人了。那种情况就好像是，她已经死了，再找不到能够继续她做的那种艺术工作的人似的。现在她就是这个城市的灵魂了，从前一度使他感情激动的那些学术方面和宗教方面的伟人哲士，现在在那儿没有立足之地了。

然而，他现在却又回到这儿来了，他到别是巴，往靠近注重仪式的圣西拉教堂他旧日的寓所去看了一看；这本是他先就想这样做的。他到那儿的时候，给他开门的旧女房东，看见他回来了，好像很高兴，给他拿了便饭来，告诉他，说他的旧雇主曾到过那儿，打听他的通信处。

裘德跟着又去到他从前工作过的石厂，但是那儿那些旧日的工作棚和工作台，都让他看着很讨厌了；他觉得他不能再回到这个旧梦成幻的地方上来工作了。他一心只盼望往阿尔夫锐屯去的火车快开；他在阿尔夫锐屯大概能遇到淑。

但是现在离开车还有半个钟头。在这个时间里，种种惨淡的光景，都使他感到沮丧，于是他从前不只有过一次使他的计划完全成为画饼的想法——认为他这个人，自己励精图强没有用处，别人鼓励爱护也没有用处这种想法——又上了他的心头；在这半个钟头里面，他在四通路口，遇见了补锅匠太勒——那个破了产的铁器圣物商。补锅匠太勒提议，说他们得上酒吧间一块儿喝几杯。他们顺着大街走去，一直走到基督寺那儿生命活跃搏动的中心之一，走到他以前应战背诵拉丁文信经的客店。那地方现在变成了一个很红的酒店了，门脸宽敞，很能吸引顾客，进到里面，还是原先那个酒吧间，但是自从裘德走了以后，却完全按照现代的式样，改得焕然一新了。

补锅匠太勒把他那杯酒喝完，就起身走了，走的时候还说，那个地方太时髦了，他在那儿，总觉得不能随随便便的，除非他的钱比他现在更多，能喝得酩酊大醉。裘德那一杯酒，却喝了一会儿才喝完；他心神恍惚、一声不响，站在那个差不多一个客人都没有的屋子里。那个酒吧间完全重新修理过，重新布置过；原先上油漆的装修，现在都换上了乌木的装修了；在站着喝酒的地方后面，放着沙发凳子；屋子里都按照通行的样子，隔成雅座，中间都用镶在乌木框子上的毛玻璃界断：这样一来，雅座里的醉鬼，就不至于让隔壁的醉鬼认出来，因而不好意思，脸上发红。柜台里面有两个女侍，靠在白色拉手的啤酒管子和一溜银色的小龙头上。下面有一个锡皮做的槽子，接滴答下来的啤酒。

裘德觉得有些累，同时除了等往阿尔夫锐屯的火车，又没有别的事可做，所以他就在一个沙发上坐下。女侍后面是一溜斜边镜子，前面是一溜玻璃架子，架子上放着珍贵的液体，都装在黄宝石色、蓝宝石色、红宝石色和紫宝石色的瓶子里，这些珍贵的液体，裘德都叫不上名字来。那时候来了几个主顾，进了隔壁的雅座，同时收钱机开始动作起来，每一次放进一个钱去，就有铮铮的声音发出来；这种情况，使屋里那一阵的情景生动起来。

裘德从正面看不见招呼这个雅座的女侍，但是她的背影，映在身后的镜子里的，却有时也映到他的眼里。起初他只无精打采地在一旁看着这种情况，后来那个女侍有一会儿的工夫转身面对镜子整理头发。那时候他才一惊，没想到镜子里的面目是艾拉白拉的。

如果她再往前去，走到他坐的雅座那儿，那她自然会看见他的。不过她并没往前去，因为招呼他坐的那个雅座的是那一面另一个女侍。那时候艾白穿着黑色长袍，带着白色的纱袖子和白色的高领子；她的身材，比原先更发育了，让她左胸戴的一束水仙花衬托得更明显。她招呼的那个雅座里，有一把电镀的水壶，放在一个酒精灯上面，酒精灯蓝色的火焰，还往上冒汽。所有这些情况，他都只能从她身后那个镜子里看到。那个镜子，把雅座里她招呼的那几个人的面目，也反映出来——这几个人里面，有一个青年，面目清秀，行动放荡，可能是个大学生，那时候正在那儿对她讲一种有幽默性的经历。

“哦，卡克曼先生，你瞧！像我这样一个天真纯洁的人，你怎么好意思给我讲这种故事？”她轻松地喊着说，“卡克曼先生，你用什么东西，把你的八字须弄得这样美地弯曲着？”那个青年既是满脸刮得光光的，所以这句话惹得大家一笑。

“来！”他说，“我要一杯橘子酒；还要一根火柴。”

她把橘子酒从那些很好看的瓶子中之一给他倒在杯里，跟着划了一根火柴，给他就嘴把烟点着了。

“你新近听到你丈夫的消息没有，亲爱的？”他问。

“什么也没听到。”

“他在哪儿？”

“我把他撂在澳洲啦；我想他现在还在那儿吧。”

裘德的眼睛睁得更圆了。

“你怎么不跟他在一块儿了？”

“你不要查问，自然也就听不到谎话[1]。”

“好吧。你给我找零儿找了这半天了，快给我好啦。我要在这个美丽如画的城市里，往大街上来一个逍遥游，游得无影无踪。”

她把找的零儿隔着柜台递给了他，他接钱的时候，把她的手抓住了不放。她把手一夺，扑哧一笑，跟着他对她说了一声“再见”走开了。

裘德瞪着眼睛，像一个发愣的哲学家似的，在一旁看着。艾拉白拉现在的生活和他的离得那样远，简直是不可思议的。他没法儿想得出来，他们名义上那样近的关系，会是真事。实在说起来，那时的情况既是这样，那他在当时那种心情下，艾拉白拉是不是他的太太，他一点也没在意。

她招呼的那一个雅座里的客人都走了。他稍微想了一想，就进了那个雅座，往柜台前走去。头几秒钟，艾拉白拉还没认出来是他，过了几秒钟，他们两个的眼光一对，她才一愣；于是她就眼神里露出滑稽可笑、厚颜无耻之态，开口说：

“哎呀！我还只当是好几年以前你就埋到土里去了！”

“哦！”

“你一直就一点音信都没有，要不的话，那你想我会上这儿来吗？不过那不要管了！我今天请你喝什么好呢？苏打威士忌好不好？既是咱们当年有过那么一场，只要这个店里有的，你要什么，我都可以请。”

“谢谢你吧，艾拉白拉，”裘德哭丧着脸说，“我已经喝了不少

1　英国成语，曾见于英国小说家兼戏剧家高尔斯密的剧本《屈身求爱》第一幕第三场。

了，不想再喝了。”实在的情况是：她出乎意料在他面前这一出现，把他原先那一阵想喝烈酒的念头，一下都打消了，好像他一眨眼的工夫，又回到他只会吃奶的婴孩时期了。

“这太可惜了，因为不要花钱。”

“你在这儿待了有多久？”

“差不多有六个礼拜。我是三个月以前从悉尼回来的。这个事儿是我一直很喜欢干的，这是你知道的。”

“你怎么会上这儿来了？”

“呃，我刚才不是说过了吗，我只当你早就伸了腿了。我在伦敦，看见广告上有这样一个位置。即便我在乎的话，这儿也不大会有人认识我，因为我长大了以后，从来没到这儿来过。”

“你为什么不在澳洲待了？”

“哦，我有我的缘故……那么，你还没当上学监哪？”

“没有。”

“连个牧师都没当上？”

“没有。”

“连个野牧师也没当上？”

“我还是跟从前一样。”

“不错，看你的样子就看出来了。”她一面带着批评的神气看着他，一面把手随随便便放在啤酒管子的拉手上。只见她的手，比他们在一块儿的时候，显得小了，白了；她拉酒管子的那只手上，还戴着一个镂花戒指，镶着一块蓝宝石，好像是真的——不错，是真的，并且常上这个酒吧间来的小伙子们，也都把它拿着当真的那样爱慕。

“那么你对人家说，你是有夫之妇了。”

“不错。我倒是愿意说我是一个寡妇；不过那样的话，我恐怕很别扭。”

“这话不错。这儿有些人认识我。”

“我的意思并不是说你——因为，我刚才不是说过了吗，我没想到你还会在阳间。我说的是别的。”

“别的什么？”

“我不想细谈啦，”她闪烁其词地说，“我这儿过得很好，我没想到要你和我在一块儿。”

他们说到这儿，进来一个家伙，下巴颏几乎不存在，小胡子像女人的眉毛一样；他要了一杯奇怪的混合酒；艾拉白拉只好去招呼他。“咱们在这儿没法谈话，”一会儿她回来了说，“你能不能等到九点钟？你等好了，学乖点儿。我要是请假，可以比平常早下两个钟头的班儿；我这阵儿并不在店里住。”

他想了一想，跟着郁郁地说：“我待会儿再回来。我想咱们得安排安排。”

“哦，又安排啦！我不要什么安排！”

“可是有一两样事我得明白明白；你刚才不是说过了吗，这儿没法儿谈话。好吧，我待会儿再来找你好了。”

他把还有剩酒的酒杯放下，出了酒店，在大街上来回地走。他对淑的凄苦爱恋，纯洁得像一湾清水，现在艾拉白拉突然出现，就是那湾清水里忽然起了风波。艾拉白拉的话固然是绝对信不得的，但是他却觉得：她说的她不想麻烦他，当真以为他死了这种话，也许有几分真实。不过话又说回来，现在只有一种办法，那就是得直截了当；因为法律总归是法律，眼前这个女人，虽然和他像东方和西方那样毫无联系，而在教会看来，却和他是一体。

他既然要在这儿和艾拉白拉见面，那他就不能像他原先答应的那样，在阿尔夫锐屯和淑见面了。他每逢想到这一点，心就像让刀子扎了一下似的。但是这种事态，却不是人力所能避免的。这也许是天公的意思，为了他那种不应发生的爱情，故意弄出一个艾拉白拉来阻挠他、惩罚他。他晃晃荡荡地在街上蹓跶，等待见面的时刻，蹓跶的中间，老躲着方庭和厅堂，因为他看见这些东西就难受。等到他往店里的酒吧间去的时候，红衣主教学院的大钟正敲一百零一下；这种巧合，在他看来，简直是天公无缘无故地对他讥笑。酒店现在是灯光辉煌，店里的光景，整个说来，比先前更活泼、更欢畅。女侍们的脸上更容光焕发，每个人的腮上都现出鲜艳的红色；她们的态度也比以先更生动——比以先更放纵、更兴奋、更富于感官性；她们表达感情和欲望的时候，也不像先前那样委婉；她们笑的时候，也带出卖弄风情、撒娇撒痴的样子，一点也没有含蓄。

在这以前，酒吧间里挤满了形形色色的顾客；他从外面就听见了他们嘈杂的声音；可是现在却碰巧顾客比较少一些。他跟艾拉白拉点了点头，告诉她，说她待会儿走的时候，他在门外等她。

“可是你得先跟我喝点什么，”她挺和气、挺亲密地说，“喝一杯早班睡前酒好了；这是我的老规矩。喝完了你再上外面等一会儿。因为顶好别让人看见咱们两个在一块儿。”她拿过两个香料酒酒杯，倒出两杯白兰地来。虽然从她脸上的颜色，显而易见可以看出来，她的肚子里，已经装了不少的酒了——有的是喝进去的，有的是在酒气熏人的空气里待了好几个钟点吸进去的——她却一口就把她那一杯喝干了。他也把他那一杯喝了，然后往外走去。

没过几分钟，她也出来了，穿了一件厚外衣，戴了一顶带黑色羽毛的帽子。“我住的离这儿很近。”她说，一面挽着他的胳膊。“我自己有钥匙，多会儿回去都成。你打算作什么安排？”

“哦——没有什么特别的安排。”他答，那时候他又疲乏、又难过；同时心里想，阿尔夫锐屯去不成了；回去的那班火车坐不成了；淑一看他没去接她，大概要失望了；他和她往玛丽格伦去，本来可以一同在月光下攀上僻静、漫长的山坡，那种快乐现在得不到了。“我本来实在应该回去。我恐怕我老姑太太已经停床了。”

“我明儿早晨跟你一块儿去好了。我想我可以请一天的假。”

艾拉白拉跟他家里的人，跟他自己，本来都像一只母老虎一样，毫无感情可言；现在却要去看他那要死的老姑太太，要见他那亲爱的淑，这种情况，叫人想来，再没有那么令人不快的了。然而当时他却说：“你真想要去，当然可以。”

“好吧，那不忙，待会儿再说好了。这阵儿咱们还没商议好哪，就让别人看见咱们在一块儿，那很别扭——因为这儿，本来就有人认识你，也慢慢地有人认识我了；不过他们可还没有想到我和你会有关系的。咱们这阵儿既是朝着车站走，那咱们坐九点四十分钟的火车，往奥尔布里坎去好不好？不到半个钟头，就可以到那儿。咱们在那儿只待一夜，绝没有人会认出咱们来。咱们可以很随便，爱怎么着就怎么着。至于咱们的关系，是不是要公开，等以后再说。”

“就依着你好了。”

“那么你等一等，我取点随手用的东西。这就是我的寓所。有的时候，遇到下班太晚了，我就在我做事的那个酒店里过夜，所以我回来不回来，没有人理会。”

她一会儿就回来了，跟着他们两个就上了车站，坐了半个钟点的火车，到了奥尔布里坎，在那儿靠车站不远的地方，找了一个三等客栈，进栈的时候，刚好赶上了末班晚饭。

9

第二天早晨，在九点钟和九点半钟之间，他们又坐着车回了基督寺。在那个三等车车厢的房间里，只有他们两个乘客。艾拉白拉，也跟裘德一样，因为赶火车，只匆匆地梳洗了一下，所以看着有些容貌不整；她脸上也远不像头天晚上在酒吧间里那样生动。他们出了车站以后，她一看，离她上班还有半个钟点的剩余时间。他们一声不响，往通向阿尔夫锐屯那面，走出市界一点儿。裘德往远处的大道看去。

“唉……我这个没出息的家伙！”他后来嘟囔着说。

“你说什么？”

“我多年以前，装了一脑子的计划，上基督寺这儿来，走的就是这条路！”

“啊，不管是这条路，还是那条路，反正我的钟点可到了，因为十一点钟，我就得到酒吧间。我已经跟你说过了，我不请假跟你一块儿去看你老姑太太了。所以咱们最好就在这儿分手吧。既是咱们还没商议出结果来，那我就不跟你一块儿往大街上去啦。”

“好吧，就这样吧。不过，今儿早晨咱们起床的时候，你不是说，你有点事，想要在我走以前，告诉告诉我吗？”

“不错，说过——我有两件事要告诉你——里面有一件，还是我特别要告诉你的。不过那时候，你没说你能不能保守秘密。你要是能保守秘密，我就告诉你。我不愿意做一个不老实的人，所以我愿意你知道知道……这也并不是别的，就是昨儿晚上我刚刚要跟你说的那个话——关于在悉尼开旅馆那个人的话。”艾拉白拉当时说话的口气，按照她平常的情况而论，有些匆忙。“你能保守秘密吧。”

“能——能——我答应你保守秘密！”裘德急不能待的样子说，“当然我不想泄露你的秘密。”

“我散步的时候，只要碰到他，他就跟我说他怎样喜欢我长得好看，他老逼着我跟他结婚。我那时候老也不想再回英国；同时我一个人在澳洲那么远的地方，自从我离开了我爸爸的家以后，自己没有家，所以我最后就答应了他，和他把事儿办了。”

“怎么——你跟他结了婚了？”

“不错。”

“正式——按着法律——在教堂里和他结了婚啦？”

“不错。和他结了婚，还跟他一块儿过，一直过到我回来以前不久的时候。我知道，这件事做得很糟，不过生米成了饭了！你听着，我这儿可对你说了。可不许你给我到处嚷嚷。他说他要回英国来，可怜的老家伙。不过，就是他回来了，他也不大会找得到我的。”

裘德脸上灰白，身子愣在那儿了。

“你怎么昨天晚上没告诉我！”他说。

“呃，不错，我没告诉你……那么，你不想跟我和好了？”

“我没有什么话可说！”裘德态度严厉地说，“关于你——你刚才承认的这桩罪行，我没有什么话可说！”

“罪行！呸。在那儿，人们不像在这儿，把这件事看得那么郑重……好吧，如果你是这样的看法，那我就再回到他那儿去好啦！他很喜欢我，我们过得很够体面的；在殖民地上，也和任何结过婚的夫妇一样地有头有脸。我有什么法子能知道你在什么地方？”

“我不再埋怨你了。我要是想说，那我可以说得很多，不过，不论说什么，我恐怕都要不对头。你想要叫我怎么着？”

“不怎么着。还有一件事，我也想告诉告诉你；不过我觉得咱们这一次见面，只到这个分寸就够了。你对我说的你自己那些情况，我得仔细想一想，想好了，有什么话，再告诉你。”

他们就这样分了手。裘德看着她在往酒店去的路上消失了以后，就进了近在跟前的车站。他一看，还得三刻钟的工夫，才有往阿尔夫锐屯去的火车，就机械地在大街上蹓跶，一直蹓跶到四通路口；他在那儿站住了脚，像他以前常常做的那样，看着那条正街[1]，在他面前伸展。街旁一个学院跟着一个学院，像在画中一样，那种情况，除了大陆上热那亚的宫殿街[2]那种通衢，就没别的地方能跟它比。楼阁的轮廓，在清晨的空气中，都像建筑图稿一样清晰。但是裘德却没看见这些东西，也没批评这些东西；他那时候所意识到的，只是艾拉白拉怎样半夜里在他身旁，他怎样没出息跟她重温旧梦，她怎样天亮了的时候，躺在那儿酣睡。因为他只

1 正街的底本是牛津的大街（High Street，也简称 The High），从四通路口起，一直往东。路南为市政大楼、银行、大学学院等，路北为圣马丁教堂、圣玛利教堂、众魂学院、王后学院等。

2 指意大利热那亚的加里波的街而言，街旁皆宫殿式建筑，所以说它是宫殿街。

无法形容地意识到这种种情况，所以就看不见外界的东西了。同时这种意识使他那死板呆滞的脸上，出现了一种受了诅咒的神气。如果他只认为她这个人可厌、可恨，那他的不快，也许会减少一点，但是他却一面鄙视她，一面又可怜她。

裘德转过身来，又往车站走去。快到车站的时候，忽然听见有人叫他的名字。他当时一惊；惊的倒不是意想不到，他的名字会有人喊，却是因为喊他的名字的，会是那个声音。他真没想到，像一个幻影一样，站在他面前的，正是淑本人——她的样子焦虑、惊恐、像在梦中；她的小嘴有些颤抖；她那双使劲睁着的眼睛，分明露出带着责问的探询神气。

“哦，裘德——我太高兴了——这样碰到你！”她说，说的时候，字句很快，声音发颤，跟呜咽差不多。跟着她脸上一红；因为她看出来，他在那儿琢磨，她结婚以后，他们见面这还是头一次。

他们谁都不看谁，免得泄露出内心的感情来，只一言不发，互相握着手，一块儿往前走了一会儿。她于是带出非常关切的样子来，偷偷地看了他一眼。“我昨儿晚上，照着你的话，到了阿尔夫锐屯，可是那儿没人接我。我一个人上了玛丽格伦。他们告诉我，说老姑太太好一点儿了。我看了她一夜，因为你老没来，我怕起来，怕你会出什么事儿。我想，也许是你又回到那个古城以后，想起我现在结了婚了，不像以前那样还在那儿，心里乱起来；同时又没有人在跟前跟你说话：你就像你上一次，因为上不了大学而失望那样，又借酒浇愁去了，忘了你答应我永远不再喝酒的话了。我那时候想，一定是因为这样的情况，你才没去接我！”

“所以你就像一个仁爱的天使一样来找我，来救我，是不是？”

“我本来想要坐早车来找你，怕的是，怕的是——”

“亲爱的，我答应你的话，我一时一刻都没忘！我敢保，我绝不会再像那一次那样胡来。我做的事也许并不比喝酒好，但是我可并没喝酒——我连想到那种事，都恶心得慌。”

“你在这儿耽误了，并不是因为又喝了酒；这个话我听了很高兴。但是，”她说，说的时候，口气里带出一丁点儿生气的意味来，“你昨天晚上可没照你答应的话那样，回来接我呀！”

“我没那样办——实在对不起你。我九点钟有个约会——那时候太晚了，我即便搭上车，也没法儿能跟你坐的那一班车碰头，也没法儿能回玛丽格伦！”

他现在看着他所爱的这个人站在他面前，看着他的温柔想象中觉得是他一生中最甜美可爱、最纯洁无私的同志这个人，大部分在生动活泼的想象中讨生活，非常空灵玲珑，连她的灵魂，都可以看出来，正通过她的肢体而颤抖——他这样看着的时候，就觉得羞愧难当起来，羞愧他自己怎么能那样粗俗，竟和艾拉白拉在一块儿待了一夜？把他的生命里刚发生的事情，硬戳在淑的心灵里，简直就是粗鲁野蛮、不顾道德的行为；因为淑在他眼里，那样轻灵飘渺，有时竟使人觉得：叫她给一个普通的男人做太太，实在有些唐突。然而她却又真是费劳孙的太太。她怎样会成了他的太太呢？她怎样做了这样的太太呢？这是他看着她的时候不能了解的。

“你跟我一块儿回去吧？”他说，“这会儿刚好有一班车。我不知道这阵儿老姑太太怎么样了……我说，淑，你果真是完全为我跑了这么些路！你得多么早就动身啊，可怜的孩子！”

“不错，是这样。就我一个人夜里看着老姑太太，所以就越来越为你担心起来；天一亮，我可就没去睡觉，而上了火车了。你以后不会再这样无缘无故，惹我担惊受怕，怕你再胡闹了吧？”

他倒不能十分肯定，说她怕他胡闹是无缘无故。一直到他们上火车的时候，他才把她的手放开了。他们坐的那个车厢，好像就是他刚才跟另一个人从里面下来的那一个——他们在车里并排坐下，淑坐在窗户和他之间。他看着她的侧影，线条那样细致；他看着她的紧身上衣，腰部那样细，那样紧，那样曲折；和艾拉白拉那样粗的腰完全不同。虽然她知道他在那儿看她，但是她却并没把脸转到他那一面，只老把眼往前看着，好像害怕，如果她的眼光和他的一对，麻烦的争论就会跟着发生似的。

“淑，你现在跟我一样，也结了婚了；但是，咱们却一直匆匆忙忙的，连一字都没提到这件事。”

“没有必要。”她急忙说。

“哦，呃，也许没有必要……不过我愿意 ”

“裘德——请你不要谈关于我的话好啦——我不愿意你谈关于我的话！”她求告他说，“谈起来我难过，有些难过。我这个话——可得请你别挑剔！……你昨儿晚上，住在什么地方？”

她问这句话，完全是出于无心，只为的是好换一换谈话的题目。他也知道这种情况，所以只说：“在一个客店里。”其实他得把他无意中遇到另一个人的话说出来，心里才能松快。不过艾拉白拉，既然最后说过，她在澳洲又结了婚，他可就不知道怎么办好了；因为他恐怕他说了什么话，对于他那个没有知识的太太会有碍处。

他们谈话一直都是很拘束的；他们就这样到了阿尔夫锐屯。

淑现在不是从前的淑，而是贴上了费劳孙这个标签的淑了；由于这种情况，所以他每次要跟她以独立个人的资格诉说衷肠的时候，都噤口不能出言。然而她却又好像并没改变——至于为什么没改变他却说不出来。现在他们的旅程只剩下往乡下去那五英里路了，这段路步行和坐车，一样地费劲，因为它大部分都是上坡。在那条路上，裘德虽然从前曾跟另一个人走过，但是却从来没跟淑走过。现在的情况就好像是，他身上带了一片发亮的光明，暂时把那些阴暗的旧事都驱逐了。

淑倒是跟他谈话；不过裘德却注意到，她谈的话，仍旧躲开自己。直到后来，他才问起她丈夫来，问他的身体好不好。

"哦，好，"她说，"他得整天不离学校，不然的话，他就跟我一块儿来了。他待我又周到、又体贴；他为陪伴我，连他的老规矩都不管了，都愿意放一天假，因为他本来坚决反对无故临时放假；不过我没让他那样办。我觉得一个人来好。我知道，老姑太太祝西拉很古怪；他这阵儿又跟她还一点都不认识，所以他们两个见了面，彼此都要觉得别扭。现在既是老姑太太都认不得人了，我觉得他没来倒对了。"

裘德听她夸费劳孙这些话的时候，只闷闷地往前走。

"费劳孙先生什么事都体贴你，本是应当的。"他说。

"当然。"

"你当然是一个快活的太太喽。"

"当然。"

"我应该说，还是一个新娘子哪。我给你主婚，把你配给了他，还没过几个礼拜哪！并且——"

“不错，不错，我知道！”她脸上有一种神气，表示她刚才说的那番肯定的话不是真话，因为那几个字说得那样循规蹈矩，那样死板生硬，好像那是一段从“妇道金鉴”里摘出来的话。淑的语音里每一种颤动，都是什么性质，裘德都了解；她的内心里每一种活动，都是什么迹象，他都能看出来。他深深地相信，她并不快活，虽然她结婚还不到一个月。但是，如果说，她离开了自己的家，跑到这儿来，给一个她从前几乎不认识的亲戚送终，这里面一定有文章——如果这样推测，却推测不出什么道理来；因为她那个人本是很自然地就会做出这类事来的。

“呃，我现在还是跟从前一样，永远祝你快活如意，费劳孙太太。”

她看了他一眼，表示责备。

“是了，你不是费劳孙太太，”裘德嘟囔着说，“你只是亲爱、自由的淑·布莱德赫；不过你还不知道哪！你做太太还没有几天，还没磨练得完全成了管家婆，还没劳累得到了没有个性的地步。”

淑做出让人得罪了的样子来，后来才说：“我看你做丈夫，也还没磨练得成了养家汉，还没劳累得到了没有个性的地步。”

“没有？没有才怪哪！”他说，一面很难过的样子直摇头。

他们走到棕房子和玛丽格伦之间一片杉树下面那所孤寂的小房儿了，走到裘德和艾拉白拉在里面过过日子、吵过架那所房子了；他把脸转到那儿看去（现在那儿住着一个肮脏的人家），不由得跟淑说：“我和我太太在一块儿的时候，就住在那所房子里。那就是我们的新家。”

她看了一看那所房子。“当年那所房子对于你，就跟沙氏屯那所校舍现在对于我一样。”

“不错；不过我住在那所房子里的时候，可不像你住在你那所房子里那样快活。”

她把嘴紧紧闭着，一声不响，作为反唇相讥的回答。他们这样往前走了一会儿，她向他瞥了一眼，看一看他对她这样的态度有什么反应。“当然我也许把你的快活说得过火了——这种情况永远没有人弄得很清楚。”他态度温蔼地接着说。

“你要是想说这种话来扎我的心，固然未尝不可，但是你可不要认为，真是你说的那样，连一时一刻都不要！他对我能怎么好就怎么好，他完全不干涉我的行动——岁数大一些的丈夫，一般都这样……你要是认为我因为他的岁数太大了，不快活，那你就错了。”

“我并没说他有任何不好的地方——并没对你说他有任何不好的地方啊，亲爱的！”

“你不要说让我难过的话，成不成？”

“当然成。”

他没再言语，不过他却分明知道，淑不定为了什么原因，总觉得她选了费劳孙做丈夫，是做了一桩她不应该做的事。

他们投到那片中间洼下去的田地里面了，田地的那一面，就是那个三家村——这块田地，就是多年以前，裘德让那个农夫打屁股的地方。他们走过上坡路，来到了村子，走近了房前，只见艾德林太太站在门口。她看见他们，脸上一片不以为然的样子对他们说：“她自己跑到楼下来啦，信不信由你们！她自己硬从床上跑到地下来，怎么拦也拦不住。这一折腾会有什么结果，谁知道！”

他们进了屋子，只见果然不错，那位老太婆坐在壁炉旁边，身上围着毡子。她回头看他们的时候，只见她的脸，和塞巴司提阿诺画的那个拉查露的脸一样[1]。他们看见这样，一定脸上带出了惊吓的样子来，因为她用微弱的嗓音对他们说：

“啊——吓了你们一大跳，是不是！我决不再在楼上躺着了，不管你们谁说什么，我决不再那么干了！听一个生人——一个一点不明白情况的人，听她吩咐你做这个、做那个，凡是活人都没有受得了的……啊——你也要跟他一样，后悔不该结婚，”她把脸转到淑那一面，继续说，“咱们这一家人，没有一个不是结了婚又后悔的，别的人家差不多也都是这样。你这个傻孩子，你应该跟我学！再说，世界上这么些人，你可又偏嫁给那个教书的费劳孙！你看上了他哪一样儿，才嫁给他的？”

“大多数的女人，都是看上了什么，才结婚的吗，老姑太太？”

“啊！你这是说，你爱那个家伙了！”

“我并没想说什么意思明确的话。”

“你爱他不爱？”

“你不要问啦，老姑太太。”

“那个人我记得很清楚，他对人很客气，样子很体面；不过天哪——我这可并不是招你难过——不定哪儿，反正总有那么一种人，叫心情细腻的女人受不了。我早就应该说，他就是这种人。

1 塞巴司提阿诺（1485—1547），意大利画家。他画的《拉查露的复活》，现藏伦敦国立名画馆。拉查露是《圣经》里的人物，死后四日，耶稣又使他复活。见《新约·约翰福音》第8章。

我这阵儿不必说了，因为你知道得比我还清楚——不过这个话是我当初早就应该说的。”

她跳起来，走出去了。裘德跟在后面，在棚子里找到了她。只见她在那儿哭。

“别哭，亲爱的！”裘德很难过地说，“她的心眼儿不错，不过这阵儿，很唠叨、很古怪。这你还不知道吗？”

“哦，不是因为她老人家！”淑说，一面想把眼泪擦干，“她这样鲁莽，我一点也没怪她。”

“那么因为什么？”

“因为她说的都是——都是真话！”

“天哪——怎么——难道你不喜欢他吗？”裘德问。

“我并不是那个意思！”她急忙说，“我并不是说我不该——也许不该——结婚！”

他不知道，她最初是不是要那样说。他们又回到了屋子里，不谈刚才的话了。她老姑太太倒很有些喜欢淑，对她说，年轻的人刚结了婚，却跑这么远来看一个像她这样病着的老厌物，真不多见。下午的时候，淑准备回去，裘德替她在一个街坊那儿雇了一辆车，送她到阿尔夫锐屯。

“我送你到车站，好不好？”他说。

她不要他去。街坊赶着车来了，裘德把她扶到车上，扶的时候也许过于殷勤了，因为她带着不要他那样的神气看他。

“我回了梅勒寨，不定哪一天去看你一趟，我想可以吧？”他有些烦躁地说。

她弯着身子对他轻柔地说：“先别，亲爱的——你还不到去看我的时候。我觉得你这阵儿心情不大好。”

“好吧，”裘德说，“再见吧！”

“再见！”她摆着手去了。

“她的话不错！我最好不要去！”他嘟囔着说。

那天晚上，以及跟着来的那几天，他用尽了一切可能的办法，克制自己想跟她见面的愿望。他都差一点没饿死，因为他想用禁食的办法，来消灭他对她的热情。他读讲戒律的文章；从教会史里，把讲第二世纪里苦行修士那些话找出来看。他还没从玛丽格伦回到梅勒寨，就接到了艾拉白拉一封信。他看见了这封信，就不但因为对淑恋恋而自责，又因为他在短时间里，重新和艾拉白拉弄到一块，而自责得更厉害。

只见这封信上的邮局戳记，不是基督寺，而是伦敦。艾拉白拉在信上告诉他，说他们那天早晨，在基督寺分手以后没过几天，她就出乎意料，接到她那个澳洲（就是在悉尼开旅馆的）丈夫一封很亲热的信。他因为找她，特意跑到英国来；他已经得到了在兰白斯[1]开酒店的全份许可[2]，希望她能到他那儿去，和他一块照管这个买卖；这个买卖将来一定会兴隆的，因为酒店所在的地点很好，人口密，而那一带的人又都爱喝酒。现在一个月已经做到二百镑的买卖了，将来很容易就能加倍。

他信上说他仍旧很爱她，要她把她的地址告诉他。她和他分

1 兰白斯，伦敦市一个区，在泰姆士河南岸。

2 英国法律，对于酒业，订有许多规章。凡卖酒者都须先取得政府许可。许可大约有两种，一种是只许卖酒而不许卖座，另一种是许卖酒也许卖座。后者叫做全份许可。

别的时候，既然只是因为闹了一点小小的意见，而她在基督寺的工作又是临时性的，所以她就听了他的劝告，跟着他去了，刚刚去的。她总不由要觉得，她跟他比跟裘德关系更近，因为她一来和他正式结过婚，二来她跟他同居的时间比跟裘德长得多。她这样跟裘德宣告分离，一点也没有恶意；她只相信，他不会对她这样一个软弱无能的女人，有什么过不去的地方，不会去告她，不会设法毁坏她；因为她现在有机会过得好些，过得体面些了。

10

裘德又回了梅勒寨。那儿有一样好处：离现在淑长久居住的地方只有十二英里半地；不过这种好处有些问题就是了。起初的时候，他觉得那地方离沙氏屯既是那样近，那他很明显地不应该往那儿去，而应该留在基督寺；但是基督寺那个地方太叫他伤心，太叫他没法忍受了；而梅勒寨离沙氏屯很近这种情况，却可以给他一种和敌人短兵相接而把敌人打败的光荣；这和教会初期一些僧侣和处女[1]成心采取的办法一样，因为他们觉得逃避诱惑是可耻的，所以僧侣和处女反倒同居一室而不及于乱。裘德却没仔细想一想历史学家那句简截的话，在这种情况里，“违反自然，有时会受到反噬”。[2]他现在像疯了一般，拚却一切，重新用功，准备做牧师；因为他认识到，他新近并没一心一意追求这种目的，并没忠诚不渝进行这种事业。他对淑那样热爱，已经够使他心神不安的了，而他跟艾拉白拉在一块儿那十二个钟头，以他

---

1 吉本在《罗马衰亡史》第十五章里说，初期基督徒中，有些男女教徒，或不知何为肉欲，或能战胜肉欲。他们以逃避肉欲之诱惑为可耻，故北非热带地域之处女，乃与敌（即肉欲）作肉搏之战，故意与僧侣等同榻而以不及于乱为荣。

2 历史学家即吉本。吉本紧接前注所引的话说：“但是违反自然，有时会受到反噬。因此这种新的苦行，给教会带来了新的物议。”

这个人而论，更是一件坏事——固然她在悉尼还有一个丈夫那番话，是她后来才说的。他自己深深相信，他已经完全克服了借酒浇愁的倾向了——说实在的，他向来喝酒，就不是因为喜欢，而只是因为逃避忍受不了的苦恼。但是他却很沮丧地看出来，他这个人，就全体而论，情欲太多了，做牧师也做不好；他最大的希望也不过是：在灵和肉不断在他的内心斗争的时候，肉不要永远胜利而已。

他研究神学著作以外，又把他原先会的那点教堂音乐和低音伴唱技巧发展起来，作为消遣。到后来，他能相当精确，看着乐谱，作分部伴唱。离梅勒寨二三英里的地方，有一座乡村教堂，刚刚修整过；原先裘德曾在那个教堂里做过安柱头、树柱身的工作。由于这种情况，他和那个教堂的风琴师认识起来，结果他加入了那儿的唱诗班，唱低音。

他每礼拜天到这个教区去两次，不是礼拜天，也有去的时候。有一天晚上，靠近复活节，唱诗班聚在一块儿练习。他们选了一首新赞美诗，准备在下一个礼拜里用。这首赞美诗，裘德听说，是维塞司一个乐谱家作的谱子。这个谱子特别富于感情。他们把这首诗唱了又唱以后，它的和声就和裘德打成了一片，使他非常感动。

他们练习完了以后，他走到风琴师跟前，跟他打听作谱子的人是谁。只见谱子是用手写的，谱子的开端标着作谱者的名字，和圣诗的题目——“十字架下”——列在一起。

“不错，”风琴师说，“他是一个本地人。他是一个职业音乐家，住在肯尼特桥[1]，在这个地方和基督寺中间。副牧师认识他。他的教育、修养，全都是基督寺的传授，所以这首圣诗才有这样品质。我想他就在那儿一个大教堂里奏技，他有一个穿白圣衣的唱诗班。他有的时候也上梅勒寨来。有一次梅勒寨大教堂的风琴师出了缺，他还谋那个位置来着。这次过复活节，到处都唱他谱的这首圣诗。”

裘德回来的时候，在路上一面哼着这首圣诗，一面心里琢磨，作谱子的是怎样一个人呢？他为什么作这个谱子呢？他那个人，一定非常富于同情！他自己既然因为淑的关系，因为艾拉白拉的关系，这样感到惶惑，受了熬煎，他既然由于自己的地位上有那些纠葛而良心感到不安，那他能够和那个人见一面就好了！“在世界上所有的人里面，只有他能了解我的困难，”容易冲动的裘德说。如果要在世界上找一个人，把自己心里的话都对他说一说，这个乐谱家就正是这样的人；因为他一定也有过痛苦，受过熬煎，憧憬过美好的事物。

简单地说，虽然在时间和金钱方面，范立都不大做得起这一次旅行，他却在天真的心情下，决定下一个礼拜天往肯尼特桥去一趟。到了那天，他按照时刻，大清早就动了身，因为只有迂回曲折、拐弯抹角地坐火车，才能到那个市镇。靠近正午的时候，他到了那儿；他跨过了桥，进了那个古怪、古老的市镇以后，就跟人打听那个乐谱家的住址。

他们说，他住在一所红砖房子里，就在前面不远。同时，那

1　肯尼特桥底本为纽伯里，在莱丁西十七英里、玛丽格伦南约八英里。

个乐谱家自己，刚才还不到五分钟，就曾在大街上走过去。

“他往哪儿去了？”裘德急忙问。

“从教堂出来，一直往家里去了。”

裘德急忙跟上去，一会儿就很高兴地看见前面不远有一个人，穿着黑色的上衣，戴着黑色的宽边呢帽。他加快脚步往前追。

“我这是饥寒的心灵追寻饱暖的心灵，”他说，“我一定得跟那个人谈一谈！”

但是那位音乐家进了自己的家以后，他才刚赶到房前。于是他心里起了一个疑问，不知道这个时候拜访他是不是合适。不过他已经上这儿来了，他就不管怎么样，马上在那儿决定去访他一番。他回家的路那么远，不能等到下午。这样一个了解心灵的人，一定不会理会繁文缛礼；并且对于自己这样的人，为宗教而打开了精神之门，却让尘世的俗念、不法的感情，狡猾地乘虚而入，这个音乐家大概也一定可以出很好的主意。

因此裘德就去按门铃，跟着让人请了进去。

那位音乐家一会儿就出来了。既是裘德穿戴得很体面，模样又整齐，态度又坦率，所以那个音乐家殷勤地招待他。但是裘德却意识到，要把他的来意说明，却总有些不得劲儿。

“我新近一直在梅勒寨附近一个小教堂的诗班里唱诗，”他说，“我们这个礼拜曾练过‘十字架下’，我听说，那是你作的谱子。”

“不错，那是我大约一年以前作的。”

“我——很喜欢那个谱子。我觉得那个谱子非常地美！”

“啊呃，别人也这样说过。不错，我得想法子，把那个谱子印出来才好，那样就一定可以赚几个钱。我还有别的谱子，可以和那个谱子一块儿印出来。我这些谱子里，从来没有一个赚过五镑钱的。这些出版商人，买像我这样不出名的乐谱家作的谱子，出的价钱，总是几乎都不够我雇人誊抄清稿的。你刚才说的那个谱子，这一带和梅勒寨的几个朋友借用过，所以才有些人唱。不过音乐这碗饭很不吃香——我这儿正要不干这个玩意儿了。现在这个年头，你想发财，就得做买卖。我这儿正琢磨着要做卖酒那一行。这是我预备好了的货品目——还没正式往外发——不过你可以先拿一份去。”

他递给裘德一份广告货品目，有好几页，订成一本小册子的样子，边上印着红线花饰，里面列着各种红酒、香槟酒、葡萄酒、雪利酒和别的酒，都是铺子开张的时候他打算卖的。裘德真没想到，一个心灵高尚的人，会是这种样子。他觉得他不能把他心里的话说出来了。

他们又谈了一会儿，不过谈得很不自然；因为那个音乐家发现了裘德只是一个穷人的时候，他对他的态度变了，和原先他让裘德的外表和衣貌所迷惑而错看了裘德的地位和身份那时候不一样了。裘德结结巴巴地说他怎样愿意对这样一个崇高的作品表示敬意，跟着就态度很不自然地和他告别了。

他在礼拜天那种开得很慢的火车上一路走着的时候，以及在那春寒很重而却没生火的候车室里坐着的时候，都不断因为自己头脑简单瞎跑这一趟，心里懊悔。但是他刚一进了他在梅勒寨的寓所，就看见有人寄给他的一封信，那本是那一天早晨他走了以后不到几分钟就送到的。那是淑写的一封表示悔恨的短信。信上以甜美可爱的温顺口气，说她自己觉得她这个人太可怕了，居然能对他说不要他来看她；她这样遵循习俗，连自己都觉得可耻。他就在那个礼拜天，坐十一点四十五分钟的车来好了，到她那儿，一点半钟的时候，跟他们一块儿吃午饭。

裘德一看，接到信的时候已经太晚了，来不及照着信上的话办了，那时候他差一点儿没把自己的头发薅下来。不过他近来很有克己自制的工夫了；他这次异想天开，往肯尼特桥去这一趟，在他看来，就是天公又一次故意支使他去，好让他不受诱惑。但是同时，他却又不甘心老老实实地信这一套（他注意到这是他新近不止有过一次的）。他认为，上帝不会支使人去做那样傻事，所以他先前那种想法，应该当做笑话看。他非常想见她；他失掉了机会，很忿怒；他马上写了一封回信，告诉她那一天的经过；同时说，他等不到下一个礼拜天，想在这一个星期里就去看她，叫她指定一个日子。

裘德这封信里的话，既是说得过分地热烈，所以淑没立刻就回复他，这本是她的常态。到了主受难日[1]前面那个礼拜四，才写了一封信，说他要是愿意的话，那天下午可以去看她。要是她请他来，这就是最早的一天，因为她现在是她丈夫那个学校里的助理教员。因此裘德在大教堂的工事处请了一天假，往沙氏屯去走一趟；这并不费什么，只少拿一天的工资就是了。

1　这是复活节前的礼拜五。

第四部

在沙氏屯

人而不究善恶贤愚，不务仁爱忠恕，
而只重婚姻之法制与其他各律例，
则不论其人自命为新教徒，抑为教皇派，
抑为任何派，其为法利赛则一。

- 弥尔顿[1] -

1 见弥尔顿《离婚的道理和纪律》那篇文章的序言。法利赛是犹太的法家，舞文弄法，注重繁文缛礼。屡见《新约》。

1

沙氏屯[1]就是古代不列颠的巴拉督[2]；它（像德雷顿[3]歌咏的那样）

“由初建时，就有异闻奇迹到处传布。”

这个地方在过去，在现在，都是一个梦中城市。关于它那个城堡、它那三个造币厂、那个称为南维塞司主要光荣的半圆式伟丽寺院、那十二座教堂、那些祠社、歌祷堂、医院、那些有山墙的沙石邸宅——现在都让时光毫不留情地一扫而光了——游客渺茫地一想起来，都不由自主地要伤感叹惋，沉思深念，即便他四围那种令人清爽的空气、一望不断的景物，都不能把他这种心情排遣。埋葬在这个地方上的，有一个国王、一个王后[4]、许多寺院方丈和

---

1 沙氏屯影射沙夫氏堡，离玛丽格伦约五十多英里。

2 捷夫锐·茫末司的《不列颠列王纪》第二卷第九章里说，不列颠王胡第卜拉司……建巴拉督城堡，即今之沙夫氏堡。沙夫氏堡是真名，沙氏屯是后来的名字，也是哈代用来影射沙夫氏堡的名字。

3 德雷顿（1563—1631），英国诗人。这一行引自他的长诗《多福之域》第二曲《多塞特郡曲》。

4 国王，即后文的爱德华，王后则为艾德门德的后。

尼庵主持，许多圣者和主教、武士和侍从。人们为了使“殉教”国王爱德华[1]的骨殖万古常存，把它从别的地方小心谨慎地迁到了这儿，从那时以后，沙氏屯的声誉就随着高起来，成了欧洲各处的谒圣者朝拜的目标；它的名声也远远地传布到英国以外。但是，像历史学家告诉我们的那样，寺院的废毁[2]，给伟大的中世纪所创造出来的那种美好景物，撞了丧钟。所以沙氏屯那个大寺院一经摧残，那整个的地方也跟着解体，变成了一片瓦砾；那位“殉教”国王的骨殖，也和护藏它那座神圣巍峨的建筑，遭到同样的运命，现在可以指示它原来所在的东西，连一砖一石都没留下。

但是这个市镇，却仍旧和从前一样：自来就如画，自来就奇特。不过，说也奇怪，它的种种情况，在从前据说没有人赏识自然风景的时候，倒有许多作家注意，而在现在这个时代，却没有人理会。因此这个地方，虽然在英国全国里得算最特别、最稀奇的一处，却实际没有人去游历。

它的地位，真是独一无二，坐落在一个几乎垂直的山崖上。它的北面、南面和西面，都是由有深厚冲积土壤的布莱谷[3]里一直往上耸起的；由城堡草地[4]上远望，能看到南维塞司、中维塞司和

1 “殉教”国王爱德华（963？—978），英国国王，为其继母所杀。他本埋于外罗姆，九八〇年迁葬沙夫氏堡。

2 寺院废毁，指十六世纪英王亨利第八脱离教皇，废英国寺院为民居。此句中的历史学家一词，原文为多数，故为泛指。

3 在沙夫氏堡西，哈代称之为“小牛奶厂”，为《德伯家的苔丝》里的重要背景。

4 沙夫氏堡陡峻的街道之一，在快到悬崖之处，房舍戛然中止，在崖顶留出一片青草地，其地叫做城堡山。

下维塞司三个郡[1]的一片青绿草原。一个旅行的人，意想不到，会一下看到这样的光景，也就像他意想不到，会一下呼吸到它那使人健旺爽快的空气一样。这个地方通火车既不可能，所以要到那儿去，最好就是步行，再就是坐轻便马车；不过坐轻便马车，也几乎只有通过它东北面那一条像土峡的地方才能到达那儿；那一窄条地方，把这个市镇联到那一面的一片白垩质台地。

那个大家都忘了的沙氏屯或者巴拉督，过去和现在的情况就是这样。由于它那种地势，水是它那儿最缺乏的东西；从前的时候，都是用大桶和小桶，从山底下的井里汲满了，再由马或驴或人，很费劲儿走过曲折蜿蜒的山道，背到或者驮到悬崖的绝顶；还有小贩沿街吆喝着卖，一桶半便士：这种情况，一直到现在，还有人记得。

除了水的困难，这地方另外还有两种奇特之处：一种是，它的主要教堂坟地[2]在教堂后面一直往上坡着，好像房顶一样；另一种是，这个市镇曾有过一个时期，寺院和人家都特别腐化；由于这三种情况，于是就流行起一句话来，说沙氏屯是个了不起的地方，因为它可以给男人三种安慰，都是任何别的地方上找不到的，在那儿，上天，则教堂尖阁远，而教堂坟地近；止渴，则白泠泠的水少，而黄酽酽的酒多；寻芳，则幽香静艳稀，而浮花浪蕊繁。又有人说，中世纪以后，那儿的住户都穷得养不起牧师了，所以没有法子，只好把教堂拆掉，把集体礼拜上帝这件事完全取消：

---

1 南维塞司之底本为多塞特郡，中维塞司为威尔特郡，下维塞司为德文郡。

2 主要教堂坟地指圣约翰教堂坟地，教堂早已不存，但坟地现却变为一个小小的公园。

这种势不得已的办法，是礼拜天下午他们坐在酒店里的长椅子上一面喝酒一面感叹惋惜的。显而易见，那时候沙氏屯人很有幽默感。

沙氏屯还有一种好像由于它的地势而生出来的奇特之处——这可是近代才有的。原来那班游行各地赶篷车的、开展览棚的、开赛枪棚的以及别的穿乡游巷、在市集上做生意的，都在这儿歇脚，都把这儿当做他们的大本营。我们有时看见一些奇怪的野鸟，集在高入云霄的崖头上，那是它们在做更远的飞行或者在顺着来路重回原地以前，带着沉思的样子先停留一下。现在就像那种鸟儿那样，一行一行黄黄绿绿的大篷车，车上涂着异乡人的名字，都在这个崖头上的市镇里，呆了一般、一声不响停下来，好像一看这个地方的光景跟从前毫不一样，不觉愣住了，不能再往前进似的。他们通常都在这儿过一冬，到春天才又顺着旧路回去。

就是朝着这样一个地高风多、古里古怪的地方，裘德有一天下午四点钟左右，由最近的火车站平生第一次走上了那儿的山坡；他很费劲地攀上了山顶，走过了这个高在半空的市镇里头几家房舍，往那个小学奔去。那时候还太早，小学生还都没放学；只听他们好像成群的蚊子似的，低低地发出嗡嗡的声音。他顺着庵堂路往后退了几步，在那儿端量那个地方——那个命运把世界之上他最爱的那个人安排在那儿住的地方。只见学校占的面积很大，校舍都是石头盖的；学校前面有两棵硕大无朋的槲树，树干光滑，颜色是深灰中带着微黄；这种树只能在白垩质的土壤上生长。他能从那些有横竖窗棂的窗户那儿看见屋子里面靠着窗台那些小学生的脑袋，脑袋上的头发，有的乌黑，有的深黄，有的淡黄。他为消磨时光起见，就往下面一块平台上走去，那本是从前寺庵花园的一部分；他的心不由自主怦怦乱跳起来。

他不愿意散学以前就进学校，所以就在那儿来回徘徊，一直徘徊到后来，他听见儿童的声音，在露天之下喧嚷，看见小女孩们，里面穿着红红绿绿的连衣裙，外面带着护襟，在路上连蹦带跳地走来。那条路，三个世纪以前，本是尼庵主持、女修道院长、副院长和五十个女尼缓步沉思地蹓跶的地方[1]。他取路回到学校的时候，发现他等得太久了，淑已经跟在最后一个学生后面，往镇上去了。费劳孙先生呢，一下午都没在家，因为他上沙峙津[2]开教员会去了。

裘德进了没有人的教室，坐下等候，因为打扫屋子的女仆告诉他，说费劳孙太太过不了几分钟就回来。一架钢琴放在不远的地方——正是费劳孙在玛丽格伦买的那架——那时候虽然已经午后昏暗，裘德几乎看不清楚乐谱了，他却也缩手缩脚地弹起来，同时没有法子不把上一个礼拜那样使他感动的圣诗弹出。

一个人在他身后活动；他以为还是那个打扫屋子的女仆，所以就没理会。跟着那个人走近前来，轻轻地把她的手放在他弹低音的那只手上。那好像他认识的一只小手；他当时转过脸来。

“弹下去好了，”淑说，“我很喜欢这个谱子。这我在梅勒寨的时候学过。他们师范学校里老弹这个谱子。”

“有你在跟前，我弹不下去了！你来好了。”

---

1 庵堂始建于艾勒夫锐德王，他的次女为第一任主持，一五三九年庵废。庵堂路据说就是寺庵园子的一部分，故云。

2 底本是布兰浮德，在沙夫氏堡正南。

“好吧，你叫我来我就来，我不在乎。”

她在钢琴前面坐下。她弹的虽然本身并没有什么出色的地方，但是他却觉得，和他弹的比起来，就是天上人间了。她也跟他一样，旧调重弹之下，显而易见受了感动；这是连她自己都没想得到的。她弹完了以后，他伸手去跟她握手，她也伸出手来半路相就。完全跟她结婚以前一样，他把她的手握住了。

“真怪，”她说，说的声音完全改了样儿，“我会喜欢起那个谱子来；因为——”

“因为什么？”

“因为我不是那样的人——绝不是那样的人。”

“不是容易受感动的人？”

“我的意思并不完全那样。”

“哦，但你却是那样的人，因为你跟我感情上完全一样。”

“理智上可不一样。”

她又弹下去，跟着忽然转过身来；两个人谁事先都没想，只凭一时的冲动，又互相握起手来。

她勉强低声一笑，一面很快地把他的手撒开了，“多可笑！”她说，“我简直不知道咱们为什么要这样。”

“我想只是因为我刚才说的那样，咱们两个感情上完全一样吧。”

“思想上可不一样！也许只在感情上有点儿一样吧。”

“感情可支配思想……原来作那个谱子的，是一个顶俗不可耐的人。这样的情况真叫人想要破口大骂！”

“怎么？你跟他认识？”

“我去看他了。”

“哦，你这个傻孩子——本来我应该做的，你却做了！你为什么去看他？”

“因为咱们两个不一样吧！”他冷落地说。

“现在咱们喝点茶吧，”淑说，“咱们就在这儿待一下，不要到家里去，好不好？把茶壶茶碗什么的搬到这儿来一点儿也不麻烦。你知道，我们并不住在学校里，我们住在路那面一所叫做格娄弗旧舍的老房子[1]里。那所房子又古老、又阴惨惨的；我在那儿就闷得要死。这一类房子，看着倒很好玩儿，住起来却很糟。在那儿住过的人，一辈一辈地太多了；他们的生命好像都压在我的上面，所以我觉得好像我都让它们压到地里面去了。在像校舍这种新房子里住，你只有你自己的生命需要支持。你请坐好了，我去告诉艾达把茶具搬到这儿来。”

他在火炉子发出来的亮光里坐着等候；因为她出去以前，先把炉子的门打开了。她回来的时候，女仆端着茶跟在后面，于是他们就在同样的亮光里落座；不过这阵儿铜水壶下面放在架子上的酒精灯，发出了蓝色的光线，使亮光稍微加强了一些。

“这是你送我的结婚礼物之一。”她指着水壶说。

“不错。”裘德说。

他只觉得，他作礼物的这把水壶所发出来的声音，是或多或少地有些讽刺他的样子，在那儿歌唱。他要躲开这个题目，所以

1　在沙夫氏堡毕姆坡街，街在镇北部崖上。此房一度为一姓格娄弗者所居，故名。

问："你知道不知道，《新约》里没经正规列入经典的著作[1]，有什么可以读得的版本？你们在学校里不念那种东西吧，我想？"

"哦，不念——要一念，那还不得把这方圆几十英里以内的人都唬坏了——这种书有一种版本。我现在跟这种东西不熟悉了，不过我从前那个朋友活着的时候，我对它很感兴趣。我说的这个版本是考坡的《福音外书》。"[2]"这大概合于我的需要。"他嘴里这样说，心里却难过了一下，想到她说的"从前那个朋友"身上去了。这个朋友自然是她前些年认识的那个大学生了。他纳闷儿，不知道她对费劳孙是否也谈到他。

"《尼可狄摩司福音书》[3]很好玩儿。"她继续说，她这样说，只为的是不要让他心里老有嫉妒的念头；因为他这种念头，她能清清楚楚地看出来，她永远能清清楚楚地看出来。一点不错，他们嘴里谈不相干的话那时候，像现在这样，他们心里也永远在那儿谈另一番不必说出来而两心相通的话；因为他们两个真是同气合德、东钟西应。"这部《福音外书》跟那些真福音书很像。还都分成章节，念起来，好像是一本真福音书在梦中读来似的；因为在梦中的东西本是像真的，可又不像真的啊。不过，裘德，你对于那些问题，仍旧还感到兴趣吗？你是不是在那儿研究护教论[4]？"

"不错，仍旧感到兴趣。我正比以前更用心在这儿研究神学

1 除了现在通行的《新约》各书而外，还有一些东西，不算正规，这里面有《汤姆士福音书》《伪马太福音书》《尼可狄摩司福音书》等。

2 考坡于一八七四年出版《福音外书》的英译本。

3 《新约外书》之一。言耶稣受审，彼拉多及其妻想开脱耶稣，耶稣钉死后复活等。

4 神学的一门，以理论言基督教的神圣起源等。

著作。”

她带着好奇的眼光看他。

“你为什么这样看我？”裘德说。

“哦！你为什么想知道我为什么这样看你？”

“我敢保，在这一方面，凡是我所不知道的你就能讲给我听，你一定从你那位故去的好朋友那儿，在各种学问上，都学会了好多好多的东西。”

“咱们这阵儿不要再谈那个了！”她劝诱他说，“下一个礼拜，你还在你学会了那个美丽圣诗的教堂里做石工活儿吗？”

“不错，也许还在那儿。”

“那好极了。我上那儿去看你好不好？往那儿去这么走，是不是？不管哪天下午，坐半个钟点的火车就到了，是不是？”

“别，你不要去！”

“怎么了——那么咱们不能再像从前那样，互相要好了？”

“不能了。”

“这可是我没想到的。我还只当是你要永远跟我要好！”

“不啦，我不那样了。”

“那么我怎么得罪你了？我原先还一心认定了，咱们两个——”她的声音颤抖起来了，让她不能再说下去了。

“淑，我有时候觉得，你是个打情卖俏的女人。”他突然说。

当时有一刹那的停顿，于是她忽然一下跳了起来；在酒精灯的光亮下，只见她的脸通红。这使他吃了一惊。

“我不能再跟你谈话了，裘德！”她说，只听她像旧日一样，她的嗓音里那种凄楚的女低音又恢复了，“弹了那种病态的主受难日乐谱，生出不应当有的感情以后，在现在天已经太黑了的时候，咱们不应该再这样在一块儿待着……咱们不要再这样坐在这儿谈话了。不错——你走好啦，因为你错认了我了。我实在正是你那样残酷地说我那句话的反面——哦，裘德，你说那样的话，实在太残酷了！然而我可又不能把真相都告诉你。我要是对你说，我都怎样受冲动的支配，我怎样觉得有迷人的力量就得使出来，否则有没有这种力量就毫无关系——我要是把这些话都对你说了，你一定要吃惊。有些女人，接受别人的爱，总没有满足的时候；这样一来，她们往往爱起别人来，也没有满足的时候。结果，她们可就要发现，她们对于那个受了主教之命而接受这种爱的同室之人[1]，想要继续不断地爱，可就不可能了。不过你这个人太直率了，所以不能了解我！……现在你一定得走了。我丈夫不在家，我很难过。”

“真的吗？”

“我很明白，我说这句话，完全是习俗使然！说老实话，我并没觉得难过。不过说起来很痛心，难过也罢，不难过也罢，都没有关系。”

既是他们两个先前握手早已过分，所以这会儿他出去的时候，她只把他的手指头轻轻地一触。但是他几乎还没走出门去，她就脸上带着对于自己不满意的样子，一下跳上了一条凳子，打开了他正在下面走过的一扇窗户。“裘德，你什么时候去赶火车？”

1　指丈夫。结婚须领许可证，证上印有主教图，代表主教之许可，所以说，丈夫接受妻子的爱，受命于主教。

她问。

他吃了一惊，抬头看去，“往车站上去的驿车，还有三刻钟才到这儿。”

“那你要怎么消磨这三刻钟？”

“哦，瞎逛荡呗，我想。再不，我也许上那个老教堂里，在那儿坐着等一下。”

“我把你这样打发走，实在太狠心了！你已经把教堂琢磨得透而又透了，用不着再黑地里还往教堂里跑了。你就在那儿待着吧。”

“哪儿？”

“你站的那儿呀。我这样跟你谈话，比你在屋里更好……你都能舍上半天的工作来看我，真太好了，太温存了！……你就是一个好梦想的约瑟[1]，亲爱的裘德。同时又是一个悲剧性的唐·吉诃德。有的时候，你又是一个圣司提反——像那个人家拿石头砍他，他可看见天开了的圣司提反[2]。哦，我这可怜的朋友和同志，你这个罪且得受哪！”

现在既然他们中间有高高的窗台把他们隔开，他够不着她，所以她可以很不在乎地把心里的话都坦白地说出来；如果他近在

1 约瑟，《圣经》人物，为雅各少子，因过于受父宠爱，众兄不喜欢他。他做了一个梦，梦见在田里捆稼禾，他的捆起来站着，他哥哥们的围着他的下拜。后来他又梦见太阳、月亮与十一星向他下拜。见《旧约·创世记》第37章3—10节。

2 圣司提反，《圣经》人物。《新约·使徒行传》第6章第8节以下及第7章都叙说他的故事。第7章第54节里说，司提反当众伸诉之后，众人听了极其恼怒，向司提反咬牙切齿。但司提反被圣灵充满，定睛望天，看见上帝的荣耀光辉就说，我看见天开了。……众人大声喊叫……用石头打他。……司提反遂长眠。

眼前，她就不敢那样做了。“我一直在这儿想，”她继续说，说的时候，声调里仍旧感情洋溢，“文明硬把我们按在一种社会的模子里，这种模子跟我们实际的样子没有关系；这就好像星座在肉眼里看来的形状，跟星星实际的形状并没有关系。别人都叫我理查·费劳孙太太，我也跟叫那个名字的人一同过着一种安静的结婚生活。但是我可并不是理查·费劳孙太太，我只是一个孤零零的人，让离经叛道的情欲和讲不出道理来的怨愤，搅得一时也不得安静……现在你不要再等了，再等就要赶不上驿车了。你下次再来看我好了。你下一次来的时候，可要到家里去了。”

“好吧！”裘德说，“你让我什么时候来？”

“由明天起，过一个礼拜再来吧。现在再见吧，再见！”她把手伸出去，带着怜惜的样子，把他的额轻轻摸了一下——只摸了一下。裘德说了一声再见，就投到昏暗的夜色里去了。

他顺着毕姆坡街[1]走去的时候，觉得好像他听见驿车轮子轱辘轱辘地走过去了；果然不错，他到了市场里公爵徽客店的时候，驿车已经没有踪影了。他现在步行往车站上去，是赶不上这班火车的了。他没有办法，只好坐下，等下一班车——等那天夜里往梅勒寨去的末一班车。

他先瞎逛荡了一会儿，弄了点东西吃了；那时候他还有半个钟点的工夫，因此他的脚步就不知不觉地把他带到了三一教堂那座古老尊严的坟地，穿过那条有菩提树夹在两旁的甬路，朝着学校走去。学校现在是一片漆黑了。她曾说过，她住在路那一面

1 这用的是真名。

的格娄弗旧舍。他照着她说的那种古老情况，一会儿就找到这所房子。

一道闪烁明灭的烛光，从一个开在房子前面的窗户里射了出来；因为百叶窗还没放下来，所以他能清清楚楚地看见屋子的内部；本来屋里的地比外面的路还矮两步；那所房子有好几百年了，外面的路都垫高了。淑显而易见刚刚进家，帽子还没摘，站在这个前部小客厅或者起坐间里；只见这个小客厅，整个的墙从上到下都镶着橡木壁板，天花板上纵横地露着粗笨的梁，离她的脑袋只有不远的距离。壁炉搁板也同样地笨重，刻着詹姆士时代式样的方形柱子和卷书。一个年轻的太太，住在这样一所房子里，真正可以感觉到几百年的时光重重地压在她的头上。

她打开了一个花梨木小匣，正在那儿看一张相片。她把这张相片仔细看了一会儿以后，就使劲把它往胸膛上一挤，又把它放回原处。

那时候她才想到，百叶窗还没拉下来，所以她就拿起蜡来，要去做这件事。天太黑了，她看不见站在外面的裘德，但是裘德却能清清楚楚地看见她，能看见她的脸；只见她那长长睫毛掩覆的眼睛里，毫无疑问满满地含着眼泪。

她把百叶窗拉好了，裘德也转身上了他那踽踽独行的归路。“她看的那张相片是谁的？”他说。他从前曾把他的相片给过她，但是他知道，她还有别人的。不过这张相片，却是他的，一定是他的。是不是呢？

他知道，他是非照着她的话去看她不可的。如果他所研究的那些诚心诚意的人——那些圣人——那些淑半含轻慢地称为裘德之

“亚”神的人——如果他们觉得自己的意志有问题，那他们一定要极力躲开这样的会晤的。但是他却不能那样办。在他和她下次会晤以前的整个期间，他可以禁食，可以祈祷。但是对于他，人的力量，却永远超过了神的力量。

2

但是，如果安排一切的不是上帝，那就是女人[1]。他回来了的第三天，淑给了他一封短信：

> 下一个礼拜你不要上这儿来了。为你自己起见，你不要来了。在那首病态的赞美诗和苍茫的暮色所给的影响之下，咱们那一次太随便了。千万要尽力不再想。
>
> 淑珊纳·芙劳伦·玛丽

这一番失望的痛苦是很剧烈的。他知道，在她最后采取这种态度的时候，她的心情是什么样子，她脸上是什么样子。但是不管她的心情是什么样子，反正他不能说她的看法不对。他的回信说：

> 我同意你的看法。你说得很对。我想这是现在我应当尽力做到的一种克己工夫。
>
> 裘德

1 英国谚语，谋划一切的是人，但是安排一切的却是上帝。等于中文说："谋事在人，成事在天。"此处因上下文关系，不能用"成事在天"字样。

他在复活节前夕把这封短简发走了，他们的决定好像不能再更改了。但是除了他们自己的力量和法律以外，还有别的力量和法律在那儿使着劲儿。原先他曾托付过那个寡妇艾德林，说他老姑太太如果病重，马上打电报给他。他就在复活节后的礼拜一早晨，接到寡妇艾德林这样一封电报：

老姑太太病危，即来。

他马上放下了工具，应召前去。三个半钟头以后，他就走过玛丽格伦附近那片丘陵，跟着就投到那片洼地里去了；往玛丽格伦村去的捷径，就从那片地里穿过。他往上坡路走来的时候，看见一个农田工人，原先在路那面一个栅栏门旁边看着他走来，现在露出很不得劲的样子来，好像要开口跟他说话似的。"我看那个人脸上的样子，就知道我老姑太太已经过去了，"裘德对自己说，"我那可怜的老姑太太！"

果然不错，正像他想的那样，这个人正是艾德林太太打发来的，来报告他这个消息。

"她断气儿的时候，躺在那儿，看着跟一个安着玻璃眼睛的玩具娃娃一样；你就是在那儿，她也不会认得你的；所以你在那儿不在那儿都没有关系。"他说。

裘德又往前走到他老姑太太的家；下午的时候，所有的事儿都办完了；盛敛死人的也都喝完啤酒，起身走了：那时候，他自己一个人在那个静悄悄的房子里坐着。固然两三天以前他和淑曾经互相约定，不再见面；但是现在把这个消息告诉淑，却绝对必要。

他用最简单的话写道：

> 祝西拉老姑太太已经不在了，几乎是突如其来地就过去了。本礼拜五下午殡葬。

从那时候起到葬期止，他都在玛丽格伦待着。他礼拜五早晨到坟地去了一趟，看一看坟预备好了没有；同时心里纳闷儿，不知道淑会不会来。她并没回信：这好像表示，她来的成分比她不来的成分要多。他算计好了她唯一可能坐的那一班车什么时候到，就在靠近中午的时候把门锁上，穿过那片洼地，走到了棕房子旁边那块高地的边上，在那儿站住，看着北面那一片广大的景物，看着阿尔夫锐屯所在的那块更近的地方。这个地方往外二英里，有一股白烟，从那幅图画的左边往那幅图画的右边驶去。

即便现在，也还得等很大的工夫，才能知道她到底来了没有。他并不怕等；等到后来，到底有一辆雇脚的马车，走到山根停住了；同时一个人从车里下来。车回头走去，那个人就往山上走来。他认识这个人：她今天看着身子特别纤细，使人觉得，好像热烈地使劲一拥抱她，就会把她挤死似的。这种拥抱，他是没份儿的了。她在山坡上走到三分之二那儿，她的头忽然往前一探，带出急切的样子来；他就知道，那阵儿她认出来他在那儿了。她脸上一会儿就显出一种沉静庄重的微笑，她一直这样笑着，笑到他往山下走了几步遇到了她的时候。

“我觉得，”她沉不住气的样子急忙地说，“让你一个人去送殡太凄惨了，所以我到了最后一刻——到底还是来了。”

“你真是亲爱、忠诚的淑！”裘德嘟囔着说。

但是，因为淑有那样稀奇的双重性格，真情时隐时现，所以她当时可就没站住了做更进一步的寒暄，虽然那时离举行葬礼还有一些时间。像现在这一刻里这种使人悲伤感触的情况，即便能再遇到，也总得过好多年。裘德很想和淑在那儿站一下，琢磨琢磨，谈论谈论。但是淑呢，也许完全没看到这一点，也许看到的比裘德还清楚，却硬不往那方面想。

那番凄楚而简单的仪式一会儿就结束了；他们往教堂里去的时候差不多都是跑着的，因为杠房应了另一家更重要的丧事，一个钟头以后就得办，那家离这儿有三英里。祝西拉埋在新坟地里，跟她的祖先离得很远。淑和裘德，原先是并肩往坟地里去的，现在他们两个又一块儿在那所他们很熟的房子里坐下喝茶。他们的生命至少在这次给这个死者送终的时候，终于结合起来。

“你说，她自始至终老反对结婚，是不是？”淑嘟囔着说。

“不错。特别反对咱们家的人结婚。”

她的眼光和他的一对，跟着在他身上停留了一会儿。

“咱们这一家人都有些身世不幸，是不是，裘德？”

“她说，咱们家的人做丈夫、做太太，都做不好。这个话固然不一定完全对。但是咱们做丈夫、做太太都做得不快活，可一点不错。反正不论怎么说，我就正是一个榜样！”

淑不言语。“一个做丈夫的，或者一个做太太的，如果告诉第三个人，说他们的婚姻不快活，算不算不对，裘德？”她声音颤抖着，想问又不敢问的样子说，“如果婚姻仪式真是一种神圣的事情，说这种话，可能是不对的；但是如果这种仪式只是一种肮脏龌龊的契约，只是为了管理家务、纳捐纳税的实际方便，只是为了子女继承土地财产，得让别人知道他们的父亲是谁——如果是这样，那我认为，一个人受了这种制度的损害，遭了这种制度的摧残，很可以把这种损害摧残说出来，甚至于还可以在房顶上大声喊出来。是不是？”

“这个话我已经说过了，至少已经对你说过了。”

她马上又接着问：“结过婚的人，一方面并没有什么显然的毛病，而对方却不喜欢他，你说这种情况多不多？”

“我想多吧。比方说，男女一方，如果有跟另外的人好的，就会弄成这样。”

“要是不算你说的这种样子，是不是那种情况也很多？一个女人，如果不愿意跟她丈夫一块儿住——只是因为——”她的嗓音说到这儿抑扬起来，他猜出她这里面的文章来了——“这个女人对她丈夫，因为有个人的反感——因为在身体方面对他有反感——因为这个女人过分易犯恶心——反正不管怎么说吧——这个女人不喜欢她丈夫，虽然同时她可以敬重他、感激他——你说，在这种情况之下，这个女人能不能算得生性很坏？我这只不过是打比方说。你说，这个女人是不是应该想法克服她那种过分拘执的严正？”

裘德脸上露出难过的样子来，看了她一眼；跟着把脸转到一旁，说：“这件事，也跟许多别的事一样，它给我的经验和我对于它的理论完全冲突。以一个奉公守法的人来讲，我得说应该；（我希望我是一个奉公守法的人，其实我感到我不是。）但是就我的经验来讲，就没有偏见的自然来讲，我得说不应该……淑，我相信你不快活！”

“不快活？快活！”她兴奋地说，“一个女人自由选择了丈夫，刚结了婚八个礼拜，怎么能不快活？”

“‘自由选择的’！”

“你重复这句话是什么意思？……不过，哦，我得坐六点钟的火车回去。你要在这儿待些时候吧，我想？”

“要待几天，把老姑太太身后的事情都清理一下。这所房子要归别人了。我送你上车站，好不好？”

淑笑了一笑，表示反对：“我想不用吧。你只陪着我走一段路好了。”

“你先别忙——你今儿走不成啦！没有往沙氏屯去的火车啦。你得在这儿待到明天早晨才能走。你要是不愿意在这儿过夜，艾德林太太家里有的是地方。”

“好吧，”她疑虑不定的样子说，“我并没对他说我一准回去。”

裘德往那个寡妇家去通知她，过了几分钟就回来了，又在屋里坐下。

“咱们受现在这种环境的支配，太可怕了，淑——太可怕了！”他突然说，同时把眼睛死盯在地上。

“太可怕了？怎么讲？”

“在这种使人忧郁的情况里，我这方面怎么样，我不能全对你说出来；你那一方面——你根本就不应该跟他结婚。你还没跟他结婚的时候，我就看出这一点来了；不过当时我想，我不应该拦阻你。现在证明我那种想法错了。我应该拦阻的！”

“不过你那样想，都有什么根据，亲爱的？”

“因为，可怜的小东西，我隔着你的肉皮就能看到你的心！”

她的手那时正放在桌子上，他把他的手放在她的手上面。她把手缩回去了。

“咱们两个既然都谈了这种话了，你现在这样，真太荒谬了！如果要讲这个，那我比你还不苟且，比你还拘谨。你对于这样一种天真的动作会表示反对，那就是说你矛盾到可笑的程度了。”

“我这也许太拘谨了，”她带着后悔的样子说，“我只觉得，这是咱们两个玩的一种把戏——也许这种把戏咱们玩的次数太多了。好吧，你这阵要握到什么时候就握到什么时候好啦。我这样对你，难道你还能说不好吗？”

“好，很好。”

“可是我得告诉他。”

“告诉谁？”

“告诉理查呀。”

“哦，要是你认为有必要，当然要告诉他。不过既是这里头并没有什么，告诉了他，也许会招他烦、招他不自在。那岂不是多此一举吗？”

“呃，你敢保这里面只有表兄妹的关系吗？”

“绝对敢保。爱这种感情我一丁点也没有了。”

“这可是新闻。怎么会弄成这样了？”

“我见艾拉白拉了。”

她在这一个打击之下，往后一退缩；跟着带出好奇的样子来问：“什么时候见的？”

“我在基督寺的时候。”

“那么她又回到英国来了。你可没告诉我！我想你现在要跟她住在一块儿了？”

“当然喽——正像你跟你丈夫住在一块儿一样啊。”

她往窗台上种在花盆里的绣球和仙人掌看去（那些花儿，因为没人管，都蔫了），由那些花儿又往外面看去，到后来她的眼都有些湿湿的了。“怎么了？”裘德问，问的时候，口气变柔和了。

“如果——如果你从前对我说的那些话是真的——我的意思是说，如果当时是真的，这阵儿当然不真了——我说，如果你的话是真的，那你怎么能这样高兴地回到她那儿去？你的心怎么能这么快就回到了艾拉白拉那儿去了？”

“我想，这是因为有一个特别的天意，促使它往那方面去的吧。”

“啊——这不是真话！”她稍微有些怨愤地说，“你这是故意怄我——没有别的——因为你认为我不快活！”

“我也不知道是不是那样。我也不想知道。”

“如果我不快活，那是因为我有毛病，因为我是个坏人；并不是因为我有理由不喜欢他——他对我没有一样事不体贴的；他又因为碰到什么就念什么，知识很丰富，所以很有意思……裘德，你觉得，一个人是应该娶一个跟他的年龄相当的女人呢，还是应该娶一个比他年轻的女人，比他小十八岁的女人——像我跟他这样？”

“这得看他们两个彼此的感情。”

他没给她满意的机会，所以她只好自己说下去，说的时候，她的声音里表示的是完全屈服、几乎要哭的样子。

“我想——我想，我也应该像你对我那样，说老实话。也许你早就想到了我都要说什么话了，是不是？我只是要说，虽然费劳孙先生做我的朋友——我很喜欢——但是他跟我住在一块儿，做我的丈夫，我却不喜欢，那对于我可是一种痛苦——你瞧，我这可说了真话了——我实在忍不住了——尽管我尽力装做快活——现在我想你该永远看不起我了！”她那时候正把两只手放在桌布上，所以她就把脸放到手上，不出声地哭起来，哭得一抖一抖的，把那个放得不稳的三足几都弄得摇晃起来。

“我这结婚还不过一个多月！”她继续说。她仍旧伏在桌子上，所以她的话都是冲着她的手说的，“人家都说，一个女人，在刚结婚的时候如果有什么厌恶的东西，过了五六年以后，就习惯成自然，觉得没有什么不舒服的了。不过这种说法，岂不跟说把胳膊或者腿锯掉了并没有什么痛苦一样吗？因为经过相当的时期，用木头腿或者木头手也可以习惯了，也会觉得没有什么不舒服的！”

裘德几乎说不出话来了，不过他还是说了，他说：“我原先就想到这件事做错了，淑！哦，我原先就想到了！”

“然而可又并不是你想的那样！可又不是错不错的问题，而只是因为我这个人坏——我想你得这样说——只是因为我这方面的一种嫌恶——只是因为一种我说不出口来的原因，一种一般人都要认为不成理由的原因！……他在道德方面，固然是一个好人；但是使我感到痛苦的，就是他什么时候想要那么着，我多会儿就得应付他；使我觉得可怕的，就是我有履行契约的义务，得在这件事里硬有某种感情，而这件事本身，可基本上得自发自愿才成……

我倒愿意他打我，愿意他有外遇，愿意他做什么公开的事，让我能够把我对他有这种感觉的理由明明白白地说出来！但是他可什么不对的事也没做；他只是发现了我这种情况以后对我稍微冷淡了一些就是了。就是因为这样，所以他才没来送殡……哦，我苦恼极了——我不知道怎么办好！……你别到我跟前来，因为那是不应该的。”

但是他已经跳起身来，把他的脸放到她的脸上了——或者不如说，放到她的耳朵上了，因为她的脸是够不到的。

“裘德，我不是说过，不要你这样吗？”

“不错，你说过，我知道——我这只不过是想要——安慰安慰你呀！这都是因为咱们还没见面以前我就结了婚了，所以才弄成这样，是不是？不然的话，你早就是我的太太了，淑，是不是？”

她没回答，只很快地站起身来，嘴里说要到教堂坟地她老姑太太的坟上去清醒一下，就出了屋子了。裘德并没跟着她。二十分钟以后，他看见她穿过了村子的草地，往艾德林太太家里走去。又待了一会儿，她打发了一个小姑娘来取她的提包；同时告诉他，说那天晚上她太累了，不能见他了。

裘德坐在他老姑太太那所房子一个冷清寂静的屋子里，看着寡妇艾德林那所小房儿在夜色里消失了。他分明知道，淑也跟他同样孤寂、同样沮丧地待在那所房子里。他又想到他诚虔信奉的“一切都是趋于至善[1]”那句格言是不是可靠。

---

1 这句常引用的格言，在英语中，似首先见于乔叟的《小地主的故事》第一五八行。法国伏尔泰在他的《冈地得》第一章里，把这句话放在庞格拉斯嘴里，用以嘲笑乐观派哲学家莱布尼茨。

他很早就上床睡下了，但是淑那样近在跟前的感觉使他时时醒来。靠近两点钟，他正要睡得比较熟的时候，一种他从前经常住在玛丽格伦的时候很熟的尖锐声音把他从梦中惊醒。原来那是一个让夹子夹住了的小兔子在那儿叫了一声。它并没跟着再叫第二声，因为那种小动物的习惯就是这样；它一旦被夹，大概也不过只叫一两声就完了；它只在那儿忍受痛苦，等到天亮了打兔子的来了，照它的脑袋把它打死完事。

他本是幼童时代连蚯蚓都舍不得踩死的，所以现在他就开始想象那个小兔子把腿夹折了的痛苦情况。如果打得不好——那就是说，如果只夹着了后腿——那个动物就会在夜里剩下的那六点钟里面往前死拖硬拽，拖到夹子的齿儿把它腿上的肉完全给它夹掉了完事；那时候，要是夹子的劲儿小，它能逃出去，那它受的伤就要变成坏疽，因而它就要在地里死去。如果打得好——那就是说，如果夹着了前腿——那它的骨头就要夹碎了，它的腿在它逃不掉而却硬要逃的时候，就差不多要折成两截了。

差不多过了半个钟点，小兔子又叫了一声。裘德要是不把那个小兔子的痛苦替它解除了，就不能再睡得稳。所以他急忙穿好了衣服，下了楼，在月光下，穿过青草地，朝着兔子叫的地点走去。他走到寡妇艾德林的庭园外面那道树篱那儿站住了。现在能听见那个疼得打痉挛的小兔子把夹子拖得微微发出嘎嗒嘎嗒的声音来。他顺着这种声音找去，找到那个小兔子，用手掌把它的后脖子一斫，它就把腿一伸死了。

他正要转身回去的时候，只见一个女人，从邻近那所小房儿开在楼下的一个窗户格子里往外看。“裘德！”一个人声羞怯地喊，那是淑的声音，“是你吗，裘德？”

“是，亲爱的！”

“我一直就没睡着。后来我听见兔子叫，我就想到它受的罪；想来想去，我觉得我非下来把它弄死不可！我很高兴，你走在我前头了……应该禁止他们，不要安这种铁夹子，是不是？”

裘德走到窗户跟前，只见窗户很低，所以她的上身，一直到腰部，全都可以看见。她把窗格子的闩儿拉开，把手放在他的手上。月光照出她的脸来。只见她脸上带着欲有所了解的追问神气看着他。

“是小兔子叫，把你叫醒了的吧？”

“不是，我压根儿就没睡着。”

“怎么睡不着哪？”

“难道你还不知道吗？像你那样在宗教方面有主义的人，一定要认为，一个结了婚的女人，像我这样，把她的心腹话对另一个男人说了，就一定是犯了重罪[1]了。我后悔不该对你说！”

“可别后悔，亲爱的，”他说，“那也许是我以前的见解，不过现在我的主义和我这个人开始分家了。”

“我先前就知道了——先前就知道了！就是因为这样，所以我那时候才起誓决不搅扰你的信仰。不过我见了你，太高兴了——我原先可又打算不再见你，因为现在咱们两个中间最后的联系——祝西拉老姑太太——已经没了。”

裘德把她的手抓住，亲了一下，“还有更坚强的联系！”他说，

1　基督教的说法，重罪有七种，像骄傲、淫、贪等。

"我对于我的主义、我的宗教，再也不管了！让它们去好了！你得让我帮助你，即使是我爱你，即使是你……"

"不要说了！——你的话我都知道了。不过我可不能那样承认。听见了没有？你愿意怎么想就怎么想好了，可不要硬逼着我回答你的问题！"

"我自己不论怎么样，都没有关系，只要你快活就成！"

"我是不能快活的了！很少有人能跟我同情。大家都一定要说，这是我吹毛求疵，或者这一类的话；说这完全是我的不是……在文明社会里，恋爱本身就经常是一种悲剧，但是我这种情况，可不是那样自然发生的悲剧，而是一种由人制造的悲剧，一种对于那般按照情理应该分离、才可以得到解脱的人制造出来的悲剧。我要是有别的人可以告诉我这些话，而我现在却告诉了你，那也许可以说我不对。可是我并没有别的人，而我又非把这个话对人说一说不可。裘德，我跟他结婚以前，从来就没把结婚是怎么一回事好好地想一想，固然我也知道一点。这都是因为我自己傻，那没有什么说的。我的年龄已经够大的了，我自己还以为我很有经验哪。所以我在师范学校闹了那一场以后，就很仓促地把事办了，自己还觉得满有把握；现在想起来，真傻得可怜！我认为，一个人，对于自己这样糊里糊涂地做出来的事，应该完全有权利取消。我敢说，陷到我这种烂泥里的女人还有的是！不过她们屈服了，而我可要反抗就是了。后来的人，看到咱们这些倒霉的人所生活的这个时代里，有这种种野蛮风俗和迷信，真不知道要说什么！"

"你太牢骚了，亲爱的淑。我真想——真想——"

“你这阵儿回去好了！”

她在一阵冲动之下，把身子伏在窗台上，把脸放在他的头发上，一面哭着，在裘德的头顶上轻轻地——轻得让人几乎觉不出来的样子——亲了一下，跟着很快地把身子缩回去了，因此他没有法子去抱她，因为那本来是他一定要做的。她把窗格子关上，他也回了他那所小房儿。

3

淑那番令人伤心的自白，整夜在裘德心里去而复来，真让他觉得难过。

第二天早晨她走的时候，那一带的街坊们，看见她自己和她的同伴，步行着在通到阿尔夫锐屯的荒凉大路上下了山坡而消失了。他又一个人从同一条路上回来了的时候，已经又过了一个钟头了，那时候他脸上是一片狂欢大乐的样子，掺杂着不顾一切的神气。路上一定有事发生了。

他们曾站在那条僻静的人道上，准备告别；那时候，他们那种紧张而热烈的情绪，曾使他们不知所答地互相询问：他们的亲密，究竟可以达到什么程度。到后来，他们对于这个问题，几乎争吵起来；那时候，她满眼含着泪说，凭他那样一个就要做牧师的人，像现在这样要求和她接吻，是不应该的；即便作为一种告别礼，都几乎难以说是应该的。跟着她又表示让步，说接吻本身，本来没有什么关系，那全得看接吻背后的精神是什么。如果接这个吻，是表兄和朋友的精神，她倒看不出有什么可以反对的地方来；如果是情人的精神，那她可就不能允许他了。“你敢起誓，说不会是那种精神吗？”她说。

不能，他不能起那个誓。于是他们两个都生起气来，彼此转身各人走起各人的路来——走了二三十码的时候，他们同时回头一看。这一回头看，他们以前或多或少地绷着的劲头，可就一下完结了。他们一齐相对飞跑，半途相遇，一点也没想一想，就搂在一块儿，互相接起吻来了。他们最后分手的时候，她脸上通红，他就心里直跳。

这一吻就是裘德的事业里的一个转折点。他又回到了那所小房儿、独自琢磨起来的时候，他看出一种情况来，那就是，他和那个超然出尘的人接吻那一刻，虽然在他这个充满了罪过的生命里是最纯洁的一刻，但是如果他容许他这种不合法的柔情继续滋长下去，那就跟他想做教会的兵士和仆人[1]那种观念，完全不能相容；因为在那种教会里，两性之爱，往顶好里说，是一种意志不坚强的表现，往顶坏里说，就是一种应该下地狱的罪过。淑在感情热烈的时候所说的话，实在是冷酷无情的真理。要是他不顾别的，只顾用尽一切力量，为他的爱做卫护，只顾勇往直前、凶猛热烈地把对她的柔情坚持下去，那他就完全没有资格做世俗共认的道德家；那他就无论在天性方面，也无论在社会地位方面，都很明显地不配阐述世俗所接受的教条。

说也奇怪，他头一种抱负——想要阐明学术——由于女人的影响而遭到挫折；他第二种抱负——想要宣扬圣道——也由于女人的影响而遭到挫折。“这还是得埋怨女人呢？还是得说，由于种种人为的制度，把正常的两性冲动，变成了魔鬼一般的家庭陷阱和网

1 基督教徒行洗礼，仪式举行到牧师给婴儿画十字时，牧师说，我为此婴儿画十字，以表示此后他……要在基督的旗帜下，与罪恶、尘世、魔鬼作战，一直做基督的忠实兵士和仆人，到死方止。

罗，因此那班想要前进的人，才不能挪步呢？”他说。

他过去的愿望，永远是想要给他那些挣扎奋斗的同胞做一个先知，不管多么卑微，都没有关系，从来没为个人的利益打算过。但是他实际的情况却是什么样子呢？他实际的情况是：自己有太太，而那个太太，却不跟他在一块儿，却跟另一个丈夫在一块儿；他自己却又跟另一个女人，搞不正当的恋爱；那个女人也许由于他的缘故，就对她自己的地位不满。像他这样的人，据世俗正常的眼光看来，简直连体面两个字都够不上，哪里还配做什么先知先觉呢？

他用不着再往下琢磨了；他只看一看最明显的事实就够了：那就是说，他自命为守法、虔诚的宗教教师，完全是骗人。

那天黄昏的时候，他上了园子，在那儿掘了一个浅浅的坑，把他所有的神学书和伦理学书，都扔在坑里。他知道，这些书中绝大多数，在这个人们真正信教的国度里，只能卖到烂纸的价钱，所以他宁愿用自己的办法，把它们毁掉；这种办法，固然要牺牲一点钱，却能给人一种痛快的感觉。他先把一些装成活页的小册子，用火点着了，然后把大本的书，使劲撕成多少瓣儿，再用一只三股齿的叉子挑着，把它们散开，扔在火上面。这些东西烘烘地着起来，把房子的后部、猪圈和他自己的脸，都照亮了，一直亮到它们差不多都着完了的时候。

虽然现在这个村子里没有什么人认识他了，但是过路的人，却有的隔着园篱和他搭话。

“你这是清理你老姑太太的破烂儿吧，我想？唉，在一个地方，住到八十年，自然角落上、旮旯里，到处都堆的是破的烂的了。”

差不多都快半夜以后一点钟了，捷锐姆·太雷、巴特勒、道德锐直、斐雷、蒲绥、纽门[1]这些人的著作，才一页一页地，一本一本地，都化成了灰烬。但是那天夜里很静，他用叉子把那些残纸剩片翻弄着的时候，他感觉到，自己现在，已经不是伪君子、假道学了；这种感觉，使他心里得到宁静。他当然可以跟从前一样，继续他的信仰，不过，他嘴里却不再讲什么仁义道德，也不再摆出什么信仰的架子来了；他既然自命为有这种信仰，那人家自然以为他要首先受到这种信仰的教化了。现在他对淑热烈爱恋，只是一个平常的罪人而已，并不再是挂羊头卖狗肉的骗子[2]。

同时，那天早半天，淑和裘德分了手以后，是满眼含着泪往车站上去的，因为自己跑回去让他吻了。裘德不应该硬装着不是情人，硬逼着她听从了一时的冲动而做出违反习俗的事，甚至于做出犯了错误的事。她对于这件事，倾向于后面这种看法；因为淑的逻辑是非常地混杂。她好像认为：一件事，没做以前看起来也许是该做的，做了以后却又变成不该做的了：换句话说，也就是有些事情，在理论上是对的，在实践上是错的。

"我太把握不定了，我想！"她一面昂然往前走去，一面迸出这句话来，有时把眼泪甩掉。"他的吻跟火一样地热，像一个恋人的吻一样——哦，那简直就是一个恋人的吻！我不再给他写信了，至少得在一个很长的时期里，不再给他写信了。这样他才能知道，我也有身份，也会拿架子！同时，我希望，我这样一来，他会非常

---

1 这些人，有的已经在前面见过。他们都是英国十七、十八、十九世纪的主教或神学家。

2 意译。原文 whited sepulchre（粉刷的坟墓），见《新约·马太福音》第23章27节。

地难过：我要叫他从明天起，就盼我的信，但是盼了一天又一天，始终得不到我的信。我要他受这种疑虑不安的痛苦。我要他那样——他那样，我才趁愿！”当时，她一方面，为裘德就要在她手里受痛苦而眼泪直落，另一方面，又为可怜自己而眼泪直涌：两种眼泪，互相混合。

于是那个纤小柔弱的太太，那个她丈夫在体质方面让她嫌恶的太太，那个轻盈飘渺、心地细腻、感觉锐敏的女孩子，那个在脾气和本能方面，对费劳孙那种夫妻关系的要求——也许对任何男人这种要求——都完全不合适的女孩子，当时快一阵慢一阵地往前走去，上气不接下气地喘息，前途没有希望而却硬往前看，硬熬煎，所以眼里都显出疲乏的样子来。

费劳孙在火车到达的车站上接她；他看她心烦意乱的样子，还只当是她因为她老姑太太的故去和殡葬，心里难过。他对她说，他那一天都做了些什么事；又告诉她，说他多年没见的老朋友吉令恩，在邻村当教员，那天来看他来着。她坐在公共驿车顶层她丈夫身旁；驿车上山坡要往镇上去的时候，她的眼睛盯着白色的路和路旁的榛树丛，带着自己惩罚自己的神色，忽然开口说：

“理查——我让范立先生握我的手了。我不知道你是不是认为我这件事做错了？”

他显然正在那儿琢磨跟这个完全不相干的心事，听了她这句话，才醒了过来，忽忽悠悠地说，“哦，是吗？他为什么要握你的手？”

“我也不知道。他要握，我也就让他握了。”

“我想他握了以后很高兴吧？我觉得这没有什么新奇的。”

他们又都静默起来。如果这个案子是在全知的裁判官面前陈述的，那他一定要在他的簿子上记下这样一件稀奇的事实：就是，淑用行为不检代替了有失妇德，对于接吻那件事一个字没提。

那天晚上吃过茶点以后，费劳孙先生在那儿计算学生出席缺席的人数等等。她仍旧是异乎寻常地静默、紧张、不得安静；到后来，她对费劳孙说她累了，就很早地上床去了。费劳孙做完了计算出席缺席的人数那种腻烦工作以后，就很疲乏了。他上了楼的时候，已经差一刻就十二点了。他进了他们的卧室。那个卧室，白天的时候，俯视布莱谷，可以看到三十英里那么远，甚至还能看到外维塞司。但是现在他站到那个屋子的窗前，却只能看见全副远景上的一片夜色。他当时把脸紧贴在窗户上，对这样一片神秘的夜色死劲看去。他正在那儿琢磨，琢磨到后来，他才说："我想，我得让委员会换一家文具店。这一回送来的那些练习簿没有一本对的。"他说的时候并没回头。

没人回答他的话。他以为淑蒙眬地睡着了，所以接着说：

"教室里那个通风器得另安一下。风一个劲儿地往我头上吹，把我的耳朵都吹得发疼。"

既是当时的寂静比平常日子更显著，所以他就回头看去。只见沉重、昏暗的橡木墙板，在那所破烂古老、叫做"格娄弗舍"的住宅里，从楼上到楼下，把全部的墙都盖满了；笨重的壁炉搁板就一直顶到天花板：这种装修，跟他给她买的那种发亮的新铜床和新桦木家具，正作成奇怪的对比：这两种式样，好像在发颤的地板上，隔着三个世纪，互相点头。

"秀！"他说（他老这样叫她的名字）。

她现在并没在床上，但是刚才却分明在那儿，因为她那一面的毯子和单子，都撩起来了。他心里想，这大概是她把厨房里的什么事儿忘了，所以现在下去一下，到那儿料理料理吧。他一面这样想，一面把褂子脱了，很安静地待了几分钟，但是她还没回来。于是他就拿着蜡出了屋子，站在楼梯那儿，又叫道："秀！"

"唉！"只听她回答的声音，从远处厨房里传来。

"你在那儿干什么？这样三更半夜、无缘无故地瞎忙乱，白受累？"

"我不困！我这儿看书呢！这儿的火比楼上的旺。"

他上床睡下。夜里面不知道什么时候他醒了一次。即便那时候，她还是没上床。他点起一支蜡来，急忙走到楼梯上口，又高声叫她。

她又像从前那样，答应一个"唉"字；不过这一次，声音却又小、又闷。起初的时候，他想不出来那是从哪儿发出来的。楼梯底下，有一个挂衣间，没有窗户。她的回答好像是从那儿来的。那个挂衣间的门是关着的，不过门上却没有锁，也没其它闩门的设备。费劳孙当时吃惊之下，就往那儿走去；一面心里纳闷儿，不知道她是不是一下精神失常了。

"你在那儿干什么？"他问。

"天太晚了，我不愿意打搅你，所以我上这儿来了。"

"可是那儿并没有床铺啊。有床铺吗？也没有通空气的地方！你要是在那儿待一夜，非憋死不可！"

"哦，不会吧，我想不至于吧。你不要管了。"

"不过——"费劳孙抓住了门把手，去拉那个门。她原先曾用一根细绳儿，把门从里面拴了起来，他这一拉，细绳就折了。那个房间里既然没有床铺，所以她把几床地毯铺在地下，在小小的房间里那点狭窄的地方上，给自己做了一个窝儿。

他往那个房间里面看的时候，她一下从她那个窝儿里跳起来，全身哆嗦。

“你不该把那个门拉开！”她很激动地喊着说，“你这样不对！哦，请你走开吧！请你走开吧！”

她身上穿的是白色的睡衣，身后就是那个堆烂东西的昏暗小窝，在这种对比之下，她看着非常可怜、非常使人感动，所以费劳孙心里非常烦恼。她仍旧求他不要打搅她。

他说：“我一向待你没有不好的地方，什么事都由着你，你可会对我有这样感觉，真太不近人情了！”

“不错，”她哭着说，“这我知道！我想这是我不好，这是我坏！我很对不起你。然而应该受埋怨的，可又并不完全是我！”

“那么是谁？是我吗？”

“我说不上来！是宇宙吧；我想是一般的事物吧；因为每一样事物，都那样可怕，那样残酷！”

“呃，说这种话没有用处。这样深更半夜，闹得一个家不成样子，有多不好！咱们要是不留神，伊莱莎可就要听见了！（他说的是女仆。）你想一想，要是镇上的牧师，看见咱们现在这种样子，那岂不是大笑话。淑，这样离奇古怪的情况，我可决不喜欢！你太任性、太不能自制了……不过，我不再招你不痛快了。我只要求你听我一句话：不要把门关得太严了；不然的话，你就活不到明天了。”

他第二天早晨起来以后，马上就往那个小房间里瞧去，但是淑却已经到楼下去了。她躺的那个地方有一个窝儿，上面有蜘蛛网。“一个女人，因为厌恶一个人，都不顾得害怕蜘蛛了，那她这厌恶该有多厉害！”他满腹牢骚地说。

他到了楼下，只见她坐在饭桌旁边。于是他们两个几乎谁都没说话，就吃起早饭来。市民们在边道上——或者不如说街心里，因为这儿边道很少见——来来往往（街心比他们那个客厅的地还高两三英尺），从他们窗前走过的时候，都对那一对快活夫妻点头打招呼。

“理查，”她突然说，“我不跟你一块儿住，你反对不反对？”

“不跟我一块儿住？那不是你结婚以前的情况吗？结了婚还那样，那结婚是为了什么？”

“我要是把我对于结婚的看法对你说了，我恐怕你更要生我的气了。”

“你对我说了，我明白明白，还是有好处。”

“我结婚，因为我那时想，我没有别的办法。你别忘了，我是答应了你跟你结婚以后，过了很久，才跟你结婚的。原来我答应了你以后，过了些日子，又后悔起来，后悔不该答应你；同时我正想要找一个体面的办法，和你解除婚约。但是因为想不出办法来，我就变得未免不顾一切，对于习俗毫不在乎起来。跟着怎么发生了那些谣言，怎么让你费了那些心力才把我弄进去了的那个师范学校把我开除了，你全知道。我那时吓坏了。我只觉得，在那种情况下，婚约是不能解除的。在所有的人里面，我本来最不应该听那种谣言的，因为我觉得那正是我从来没在乎过的东西。但是我可是一个懦弱的人——许多女人都是这样——所以我理论上不顾世俗那种想法就维持不住了。如果不是由于这种情况，那我当时可以让你难过一阵儿，一下完事；那样就强似跟你结了婚，让他以后难过一辈子了……而你当时又那样宽宏大量，连一分钟一秒钟都没相信过那些谣言是真的。”

“我应该跟你说老实话，我对于那番谣言曾琢磨过，也曾跟你表哥查问过。”

“啊！”她说，同时露出难过的样子来，因为她以先没想到会这样。

“我并没疑惑过你。”

“但是你查问过。”

“我完全相信他的话。”

她的眼睛里满是眼泪。“他可决不会查问！”她说，“不过你还是没答复我的问题。你肯不肯让我离开你？我这种要求，有多不合常情，我完全知道。”

“这种要求是不合常情。”

“可是我还是非这样要求不可！家庭的法律应该照着人的脾气规定，而人的脾气应该分成多少类。如果有些人，脾气特别，那么在同样的法律之下，别人觉得舒服，他们就要觉得痛苦！……你让不让我离开你？”

“但是咱们结婚——”

“一个人分明并没犯任何罪，而法律、法令却使他感到苦恼，那这种法律、法令，还去管它做什么哪？”她愤慨地说。

“但是你不喜欢我，就是犯了罪。”

“我喜欢你是不错的！但是我认为可不能——比喜欢更进一步……我现在对你有这样的感觉，而可非得跟你同居不可，那这种同居就等于通奸，也不管在什么情况之下，不管有多合于法律。你瞧，我可把话都说了！……你让不让我走，理查？”

“你死乞白赖地非这样不可，真叫我难过，淑珊纳！”

“咱们为什么就不可以同意让彼此都得到自由？契约是咱们订的，咱们也一定能取消它呀——当然不是说，在法律上取消它——我只是说，在道德上取消它；特别是咱们并没有新的关系，像子女之类，需要顾到。你答应了我那样办，咱们仍旧可以做朋友，而见面的时候，可就谁也不必感到痛苦了。哦，理查，你做我的朋友，可怜可怜我吧！咱们两个，过不几年，就都要死了；那时候，你现在使我一时得到解脱这件事，谁还理会？你当然要说我这是乖僻古怪，或者说过于敏感，或者说荒诞不经的了。不过，既是我生来就是这样，而这样可又对别人并没有害处，那我又何必因为这个受罪？”

“不过你这样，对别人有害处——对我有害处啊！再说，你又宣过誓，说要爱我。”

“不错——你这个话很对！我现在要求这样，是我不对。我永远就是那个不对的！一个人，宣誓老爱另一个人，也跟宣誓老信一种信经一样的有罪，也跟宣誓老喜欢吃一样东西、老喝一样东西，一样的糊涂！”

“你说你要离开我。你这是说，你离开我，自己一个人过吗？”

“呃，你要是非要我一个人过不可，我也可以一个人过。不过我原先的意思是说要跟裘德去一块儿过。”

"做他的太太吗？"

"那得看我的高兴。"

费劳孙打了一个痉挛。

淑接着说："一个人，不论男女，'要是让整个世界或者他自己那一部分世界，替他选择他的生活计划，那他除了有猿猴那样模仿的能力而外，就不必再有别的能力了'。这是穆勒[1]的话。你为什么不照着这句话办？我就永远想照着这句话办。"

"我不管什么穆勒不穆勒！"他呻吟着说，"我只想过安静的生活！要是我说，我已经猜出来咱们结婚以前我一点都没想得到的事——那就是说，我已经猜出来你从前爱裘德，现在还爱裘德——我要是这样说，你该同意吧？"

"你既是已经有了这种想法，那你尽管这样往下想好了。不过如果我当初就这样，那你想，我还用得着这阵儿请求你的允许才能去和他同居吗？"

这句话，本是她到了最后一分钟失去了勇气，才特地拿出来作为辩论的根据的，但是他却并不以为这种辩论有根据权威而做出来的辩论[2]那样有说服力，像她认为的那样，不过当时学校的钟响了，所以费劳孙免得答复这句话。据费劳孙看来，她现在已经开始变得非常令人难解了，所以他毫不犹疑地认为，她提出这种一个妻子最不应提出的要求，也和她一些别的小小怪癖一样。

他们那天早晨，仍旧跟平常一样，到了学校。淑进了教室以

1 穆勒（1806—1873），英国哲学家。这一句话是他的《论自由》第三章第四段的头一句。

2 "根据权威而做出来的辩论"，原文为拉丁文，培根曾用过。

后，他每次往她那一面看的时候，都能隔着玻璃隔断，看见她的后头。他教着功课，听着学生对答的时候，因为心里很乱，而同时又想把思想集中，所以他的前额和眉毛就老抽动。到后来，他把抄稿纸撕下一块来，在上面写道：

> 你的要求搅得我都工作不下去了。我都不知道我这儿做了些什么。你的要求是出于诚心的吗？

他把这块纸折成了一个很小的方形，交给一个小学生，叫他送给淑。那个小学生蹒跚地走去，进了对面的教室。费劳孙看见他太太转身接过了那个字条，看见她把她那好看的头弯着看那个字条，把嘴唇微微绷着，免得在那么些孩子的眼光之下露出不适当的表情来。他看不见她的手，不过却看见她改换了姿势。一会儿那孩子回来了，手里却没拿回条。但是几分钟以后，淑教的那班里一个学生出现了，手里拿着一块跟他那块一样的字条。字条上只用铅笔写了这样几个字：

> 我很对不起你，我的要求是出于诚心的。

费劳孙现出比以先更错乱的神气来。他那两眉相遇的地方又抽动起来。还没过十分钟，他又把先前那个小学生叫起来，又叫他送了一个字条：

> 只要你合情合理，我绝不想阻挠你。我一心一意只想使

你舒服、快活。但是我对于你和你的情人去同居这种荒谬的见解，却不能同意。那样一来，人人都要看不起你了；也都要看不起我了！

过了一会儿，同样的行动在教室里发生，来了一个回条：

我知道你一心只想为我好。但是我并不想让人看得起。使人类百花齐放，往不同的方面发展（这是引用洪堡[1]的话），在我看来，比让人看得起还重要。毫无问题，在你看来，这是我的趣味低——毫无希望地低！如果你不答应我跟他同居，你能答应我另一种要求吗？——能允许我在你家里跟你分居吗？

他对于这个要求没给她答复。

她又写了一个字条：

我明白你怎么个想法。不过你不能可怜可怜我吗？我请你，我求你，对我慈悲慈悲吧！如果不是因为有不能忍受的情况来逼迫我，我不会这样要求你的。如果当初夏娃没有违背上帝而被逐出乐园，那么就可以像原始基督徒所信的那样，

1 洪堡（1769—1859），德国科学家兼作家，主要著作为《宇宙论》，出版于一八四五至一八五八年，描述宇宙，先天后地，而终之以动植物等。此处所引，则见于他的《论政府之范围及职分》，那里面说："人之目的，在使他的力量发展到最高级、最协调的程度。要达到这种目的，得有两种必需的条件：自由与环境之多样化。这两种必需的条件结合起来，才生出个人的力量和各式各样的不同。"

有纯洁无害的生育方式，使乐园里人类繁殖：这是我所衷心希望的。不过我不说笑话了！虽然我对你不好，我还是要请求你对我好。我要离开这儿，到外国去，到任何地方去，永远不打搅你好了。

差不多一个钟头过去了，他才回了一个字条：

我决不想使你痛苦。你对于这一点知道得太清楚了！给我一点时间好了。我可能同意你最后这种要求。

她又写了这一行字：

我衷心感激你。你待我这样好，我真不配。

那天一整天，费劳孙老隔着玻璃隔断，带着愣愣傻傻的样子看着她；他只觉得，他跟没认识她以前，同样地孤单寂寥。

不过他的话却并没说了不算。他允许她在这所房子里和他分居。在这种新的安排之下，刚一开始那几天，他们吃饭碰到一块儿的时候，她好像比较安定了一些。但是他们这种地位却是使人厌烦的，这对于她的脾气发生了影响，把她的神经里每一根纤维，都弄得像竖琴的弦一样地紧。她老说一些模棱、含混的话，免得他说确切、恰当的话。

4

费劳孙常常夜里很晚的时候还不睡觉，给他那种久已荒疏了的副业——罗马古物研究，整理材料。今天他又那样。自从他重整旧业以来，这是他第一次觉得旧日的兴趣又恢复了。天什么时候，他在什么地方，他全忘了。等到他从聚精会神的工作中醒过来，上楼去安歇的时候，已经快两点钟了。

原先他们刚做格娄弗旧舍的房客那时候，他本来和他太太一同住在一个屋子里，自从他和他太太分居以后，那个屋子归他太太一个人住，他住在房子那一头上的屋子里。但是现在，他既然专心一意想他的研究，什么都不顾了，他可就忘了往自己的屋里去，而机械地往他们原先同住的屋里去了。他进了那个屋子，不知不觉地动手脱起衣服来。

只听床铺上有人喊了一声，跟着很快地活动了一下。还没等到小学教师明白过来他在什么地方，他就看见淑半睡半醒地一下坐起来，把大眼睛瞪得像野兽一样，在离开他的那一面跳到地上去了。那一面正是窗户所在的地方，窗户有一部分让床帷挡得看不见，所以跟着他只听见她把窗格子推开了的声音。他起先还以为那是她要吸点新鲜空气；但是还没等到他往别的情况上想，她就上了窗台，跳到窗外去了。她在夜色里消失了。他听见她落到外面地上的声音。

费劳孙当时吃惊之下，急忙往楼下跑去；跑的时候因为慌张，都砰地一下撞在楼梯的柱子上。他把那个笨重的门打开了，上了那两三磴台阶，走到外面的平地上：只见他面前的石头子儿路上是一团白色的东西。费劳孙把这团东西抱了起来，把它抱到了穿堂，放在一把椅子上；他原先在楼梯最低那一磴的风地里放了一枝蜡，现在他就在这枝蜡的闪耀亮光中看着她。

她显然并没受伤。但是她虽然在那儿看他，却好像并没看见他；同时她那两只眼睛，虽然平常并不见得特别大，现在却好像是那样。她用手按她的腰，搓她的胳膊，好像觉得疼似的；跟着站起来，把脸转到一边，显然是因为他那样看她觉得痛苦。

“谢谢上帝，没摔死！当然这并不是说你不想摔死——也没受什么大伤吧，我希望？”

事实上，她摔这一下，并不严重，也许因为那些老房子的地基低，而外面的地面高的缘故吧。她除了胳膊肘上蹭破了一块，腰上磕了一下而外，好像没受什么别的伤。

“我这阵儿一想，我刚才正睡着，”她开口说，说的时候，灰白的脸仍旧掉在一边儿，躲开了他，“忽然吓醒了——好像做了个噩梦似的——我当时觉得我看见了你——”她好像想起实际的情况来了，所以不言语了。

她的大衣正挂在门的背后，满心苦恼的费劳孙把大衣给她披在身上。“用不用我扶你上楼？”他问，问的口气沉闷抑郁。因为所有这一切，使他对于自己，对于一切，都觉得恶心起来。

“不用，理查。我没受什么伤。我自己就走得了。”

“你应该把门锁好了，”他好像是在学校讲书那样机械地说，“那样的话，就不会有人出于偶然闯进去了。”

“我倒是想那么办——不过门锁不上。所有的门，没有一个没有毛病的。”

她这样承认，并没使事态改善。她慢慢地走着上了楼，摇摆的烛光照着她。费劳孙并没往她跟前去，也没跟着就上楼。等到他听见她进了自己的屋子，他才把前门闩好，回身坐在楼梯的下磴，一只手扶着楼梯的柱子，另一只手扶着自己的脸。他就这样，待了很大的工夫。凡是看见他当时那种样子的，都要可怜他。待了半天，他才抬起头来，叹了一口气（叹气的意思好像是说，不管他有太太还是没有太太，反正他得继续他的事业），拿起蜡来，上了楼，往楼梯口那一面那个寂静的屋子里去了。

一直顶到第二天晚上，关于他们两个这件事，再没出什么别的岔儿。那天晚上刚放了学，费劳孙就往沙氏屯镇外去了；走的时候说，他那天不吃茶点了；不过却没告诉淑，说他要往哪儿去。他从靠西北那一面一条峻陡的路下了市镇，一直往下走，走到土壤由白而变黄，由干燥而变粘湿的地方。他现在到了低平的冲积地了，

> 那儿有顿克利夫山给旅人作标志，
> 那儿睡莲满川的司陶河沉沉流去。

他有好几次，在越来越浓的暮色里回头看去。只见沙氏屯界天耸立——

在苍茫朦胧的巴拉督山头，

当灰暗的白昼逝去的时候[1]，

可以模模糊糊地看见。镇上的窗户里刚点起来的灯，发出稳定的亮光，好像正在那儿看着他；那些窗户里面有一个，就是他自己的。在那个窗户上面，他刚刚能辨出三一教堂的尖阁。山下的空气，受了有黏土土壤的平谷里那种潮湿滋润，跟山上的空气不一样，是柔和而使人松软的；因此他走了一二英里以后，就不得不用手绢擦脸。

他把顿克利夫山撂在左边，在夜色里毫不迟疑地往前走去，好像一个人，不管是白天，也不管是晚上，在他幼年游玩的地方上往前走那样。他一共走了有四英里半地，就走到司陶河的一个支流，跨过了那道支流，就到了莱顿屯[2]。那是一个小市镇，居民有三四千人——到了那个市镇，他又往前走到一个小学，敲教师住宅的门。

一个小先生把门开开了，费劳孙问他吉令恩先生在家不在家，他回答说在家，就马上往自己的屋子里去了，把费劳孙撂在那儿，让他自己瞎摸去。他看见他的朋友正把他上夜班教过的书收了起来。一盏油灯的亮光，射到费劳孙脸上——只见那副脸，和他那朋

1　原注：维廉·巴恩兹。巴恩兹（1801—1886）是英国诗人，和哈代同郡，曾用多塞特郡方言，写过三卷诗。此处所引的第一段，和第二段，均见他的诗《美丽的沙夫氏堡》。“睡莲满川的司陶河”屡见其诗中。顿克利夫山在沙氏屯西二英里，司陶河是流过沙氏屯西南面布莱谷的一道河，二者均为真名。

2　底本是吉林厄姆。司陶河的支流为莱顿河，也叫劳顿河。

友的比起来，是灰白而叫人可怜的样子；他那朋友则现出一种冷静而讲求实际的神气。他们童年在小学里同过学，后来又在温屯寨的师范学校里同过学：不过那是多年以前的事了。

“你来啦，狄克，好极啦；不过你脸上的气色可不大好。是不是出了什么事了？”

费劳孙并没作答，只往前走了几步。吉令恩把橱门关上，站在来客的旁边。

“你结了婚以后，就再没上这儿来过，是不是？我有一次去看你来着，你知道吧？不过那一次你没在家。我说实话，天黑了往你那儿去，爬那样的山，真够劲儿；所以我这儿正等到天长了的时候，才去看你哪。我很高兴，你没等我去，这阵儿就先来了。”

他们虽然都受过很好的训练，工作的力量很强，他们私下里谈话的时候，却有的时候彼此用一用他们童年时代的方言。

“乔治，我现在为了一件事，正要采取一种办法。我采取这种步骤的动机一定会有人怀疑。我今天上你这儿来，为的是先跟你解释一下，我采取这个步骤的理由。这样，别人怀疑的时候，至少你可以了解。不过任何别的情况，都比我现在这种情况好。上帝千万可别让你有我这样的经验！”

“请坐。你这是不是说你和你太太之间有什么不合适的地方？”

“不错，正是……让我难过的情况是：我爱我太太，而我太太对我，不但不爱，而反倒——呃，我也不必说下去了。她的感情我是知道的！她反倒不如恨我好哪！”

“嘘！”

“这件事里叫人难过的地方是，她也跟我一样，并没有错。她本来是我手下的小先生，这是你知道的。我当时利用她年轻，没有经验，引导她，跟她搞恋爱，让她和我订了一个长期的婚约。其实那时候，她自己是什么意思，她还闹不清楚。以后她又遇到另一个人，不过她还是盲目地履行了婚约。”

“她爱上另一个人了？”

“不错；好像他们两个之间，有一种很稀奇的甜蜜情意；不过她对那个人的感情，确实是什么样儿，对于我还是一个谜；我想，对于那个人，也是一个谜；甚至于对于她自己，也许也是一个谜哪。我所认识的人里面，没有比她再古怪的了。不过，有两件事，可让我觉得很突出。一件是他们之间那种异乎寻常的同情或者说是同气同声。他们是表兄妹，他们的同情，也许有一部分就是由于这种关系而来。他们好像本来是一个人而可分成了两半的样子。第二件就是，她虽然很喜欢我做她的朋友，她却很厌恶我做她的丈夫。这种情况，我没法再忍受了。她也曾听从良心，和那种心情作过斗争，但是没有用处。我受不了这个，受不了！我没法和她辩论——她念的书比我多十倍。她的智力像钻石一样放出光彩；我的呢，却像烧着的牛皮纸一样地冒烟……我怎么也比不过她。”

“她也许过些日子就好了？”

“永远也不会！那是——不过我不想往细处讲——她为什么不能过些日子就好了，有好些原因。最后，她安安静静、坚决不移地，问我是不是可以允许她离开我，去和他一块儿过。昨天晚上，事情发展到最高峰了。我无意中走到了她的屋子里，她就从窗户里跳出去了——没想到她怕我竟怕到这步田地！她嘴里说，她觉得她做着梦，不过那个话只是说来安慰我就是了。你想，一个女人，不顾生死跳楼，那还看不出来她是什么意思吗？情况既是这样，所以我就得到一个结论：对一个同胞，再叫她受这样的罪是不对的。不管于我自己有多大牺牲，反正我不肯那么残忍，叫她再受罪！”

“怎么？——你要允许她，叫她走，叫她往她的情人那儿去？”

“她爱跟谁去，那是她的事情。我打算让她走；要是她想往她的情人那儿去，那她就往他那儿去好了。我知道，我这样做，也许不对——我知道，我对于她这种心愿让步，在逻辑上，在宗教上，是没法辩护的。这跟我一向受过的教育、熟悉的主义，也没法调和。但是可有一样事，我知道得很清楚，那就是说：我心里头仿佛有什么在那儿对我说，如果我拒绝了她，我就不对了。一个做丈夫的，听到了他太太做了所谓荒谬绝伦的要求以后，应该拒绝她，把她锁在屋子里，也许还要把她的情人害死：大家公认，只有这样，才是唯一正当、合理、体面的办法。我也跟别的男人一样，承认这是我的看法。不过那究竟是正当、合理、体面的办法，还是实在是卑鄙可耻、自私自利的办法？我并不想假装懂得，说那究竟是哪一种。我只想按照本能办事，不管什么原则不原则。如果一个人，掉到烂泥塘里，大声求救，我只要办得到，我一定要帮助他。”

“不过——你要明白，还有街坊邻居和社会的关系——如果每一个人都这样做起来，那社会会成什么样子？”

“哦，我不想再做哲学家了，我只看我面前的事。”

“呃，我不赞成你这种听从本能的办法，狄克！”吉令恩郑重地说。“我说实话，我觉得，像你这样沉静稳重、脚踏实地的人，一时一刻都不应该有这种狂妄的想法。你现在这样，我完全不懂。我去看你那一次，你曾对我说她很特别，令人难以了解；我现在觉得特别的、令人难以了解的，就是你自己！”

“是否有过女人——你知道本质上很好的女人——对你哀求过，请你饶了她，放了她——是否有过女人，跪在你面前，求你对她发慈悲？”

“我谢天谢地，从来没有过！”

“那么我觉得你没有表示意见的资格。可有女人在我面前这样做过。如果一个人还有任何丈夫气概、侠义心肝，这种情况可以使他的看法完全跟别人不同。我从前本来有许多年没跟女人打过交道，所以就一丁点也没想到，把一个女人带到教堂里，给她戴上一个戒指，就有可能，把一个人搅在这样一种白日黑夜、没完没结的惨剧里，像我跟她现在这样！”

“呃，允许她离开你，自己去过，我还可以同意。但是她离开你的时候，还跟着一个情人——那可就是另一回事了。”

“绝不是这样。假设说，她离开我的时候，如果我非让她答应我，决不和她的情人同居，她就宁愿忍受现在这种痛苦，那怎么办哪？所以这都得看她自己。这跟那种和丈夫同居而可欺骗丈夫的，完全不一样……不过，她并没清清楚楚地说她要以太太的资格去和他同居，虽然我觉得她是想要那样做。据我所了解的，他们两个之间的感情，并不是卑鄙的、兽性的那一种。这就是这件事里最坏的情况，因为这样，我觉得，他们的感情要长久不变。有几句话，我本来不打算跟你说，我结婚的头几个礼拜里，新婚燕尔，心情还没安定下来，有一天晚上，我看见他们两个一块儿在学校里；我就藏在一边儿，偷着听他们。我现在想起来，觉得这很可耻，不过当时，我还认为，我那只是行使我的合法权利哪。我由他们的态度上看，我觉得，他们的爱里，含有一种异乎寻常的亲密或者同情，几乎把一切粗俗的情况，都铲除干净了。他们最大的愿望，只是要在一块儿——两个互相领略彼此的感情、彼此的幻想和彼此的梦想。”

“这是柏拉图式的爱！”

“呃，不是。雪莱式[1]的倒更近于事实。他们让我想起拉昂与西丝纳[2]来，也有些想起保罗与斐尔几尼亚[3]来。我越琢磨，越同情他们。”

“不过，如果大家都真照着你想要做的那样做，那家庭就都要解体了。家庭就不能是构成社会的单位了。”

“这话不错——我想这完全是我不对！——”费劳孙闷闷地说。“你记得吧，我一向就不善于推理……然而我可又觉得，不必有男人；女人和小孩，自己就能构成单位。”

“哎呀天啊，这是母系社会喽！……她也这样说过吗？”

“哦，没有。她一点也不会想到，我的见解比起她自己的来，已经大大地先进了——这都是在最近这十二个钟头里面起的变化。”

---

1 柏拉图式的爱是精神之爱，不含肉的成分。雪莱式的是心灵相感相通，像他在他的长诗《心心相印》里说的那样。

2 《拉昂与西丝纳》是雪莱另一首长诗，原名《伊斯兰的叛逆》，里面写到拉昂与西丝纳一对青年男女心灵相通之爱。

3 《保罗与斐尔几尼亚》（Paue and Virginea，即 Paul et Virginie），系法国波纳但·德·圣毕埃尔（1737—1814）所作的长诗，写青年男女天真纯洁之爱情及死。当时非常受欢迎。

“这一传出去，就要把这一带大家公认的意见，搅得人仰马翻了。天哪——沙氏屯的人都要怎么说？”

“我也知道他们不会不说闲话的。不过真要怎么说，我可就不知道了，我可就不知道了！……我不是早已经说过了吗，我对于事情，只能有感觉，不能作推论。”

“现在，”吉令恩说，“不要急躁，先喝点儿什么再说好了。”

他下了楼，拿出一瓶苹果酒来。他们两个每人喝了一大杯。“我恐怕你这是脑筋错乱了，不是你平素的样子了，”他接着说，“你回去，先下决心对于她那些古怪脾气忍着点儿。但是可别让她走。我听见大家都说，她是一个很可爱的小东西。”

“啊，这话不假！所以才更叫人难过！好吧，我不再待着了。我回去要走老远的路。”

吉令恩陪着他的朋友走了有一英里地。他们分手的时候，他说，他希望，这一次的商讨，内容虽然很奇特，却可以使他们旧日的友谊复活。“千万别让她走！”他最后在夜色昏暗中对费劳孙说；他的朋友只答应了两声“是”！

但是在满天浮云下的夜色里，只剩了费劳孙一个人那时候，在除了司陶河支流的淙淙外，再听不见别的声音那时候，他说：“那么，吉令恩哪，你除了这个话，也没有什么更有力量的理由！”

“应该揍她一顿，问问她还胡思乱想不了——这是我的想法！”吉令恩一个人往回走的时候嘟嘟囔囔地说。

第二天早晨来到了。吃早饭的时候，费劳孙对淑说：

“你可以离开我——愿意跟谁去就跟谁去好了。我绝对地同意，——无条件地同意。”

费劳孙一旦得到这个结论之后，他就越来越觉得，这毫无疑问，是真正合理的结论。他觉得，他这是对一个在他掌握之中的女人，作他应作的结论；这种感觉，使他心平气和。他放她走，自然感到悲伤，但是这种心平气和的感觉，却把他的悲伤差不多压下去了。

又过了几天以后，他们最后一同用饭的晚上来到——那是一个满天浮云还刮着风的晚上——这个高踞山上的市镇，就很少不是那样的时候。她飘然走到小客厅里用茶点那时候的神气；她那个纤细柔软的身躯；她那副脸，由于紧张而从圆形变得狭长，由于白日黑夜不得安宁而苍白，表示种种悲剧性的可能，同时跟她那种年纪里的轻捷松快完全对立的情况；她那种想吃点这个，吃点那个，却一样也吃不下去的态度——这一切一切，都深深地印在他的脑子里，永远不磨灭。她那种沉不住气的样子，本来是因为她害怕她这种行动会于他有害才发生的，但是让一个生人看来，却会认为，她这是因为费劳孙在最后这一分钟里还不让她独自清闲一刻而感到不快呢。

"你顶好就着茶吃一片火腿，再不就吃一个鸡蛋，或者别的东西。就吃一口黄油面包，在路上是顶不了事的。"

她把他让她吃的那片火腿接了过去。他们一面坐在那儿，一面谈着家常琐事，像这个橱子或者那个柜子的钥匙放在哪儿，哪笔账已经还了，哪一笔还没还之类。

"我是天生的光棍儿，这是你知道的，秀。"他说，说的时候，尽力装得英勇，免得她感觉到不得劲儿。"所以离开太太，在我并没有什么真不方便的地方，不像其他有过太太的人那样。同时，我心里老想写我这本大书，写维塞司的罗马古迹史。这就很够把我的业余时间都占去的了。”

“你要是像以前那样，不管多会儿，给我点稿子抄抄，那我很高兴！”她温和柔顺地说，“我很愿意帮你的忙，以一个朋——朋——朋友的资格帮你的忙。”

费劳孙琢磨了一会儿说：“不要这样。我觉得，如果咱们分离，那就得是真分离。因为这种理由，所以我不愿意问你任何问题，特别不愿意你报告我你的行动，连你的住址你都不要告诉我……现在，你要用多少钱？你身上一定得带点儿钱才成，这是你知道的。”

“哦，理查呀，我既然和你分离了，当然不能还要你的钱；同时我也不需要钱。我自己有钱，很够花一阵儿的，裘德也要给我——”

“你顶好不要对我提他一个字。我想我这个话你不会见怪吧。你现在自由了，绝对自由了；你要走哪条路，完全是你自己的事。”

“很好。不过我可得告诉你一声，我的箱子里只盛了我一两身替换的衣服，还有一两件小东西，都完全是我自己的。我愿意你先把我的箱子检查一遍，然后我再关箱子。除了这个箱子以外，我只有一个小包儿，我打算装在裘德的提包里。”

“当然我不会检查你的行李！我愿意你把家具拿走四分之三。我自己不愿意为家具打麻烦。只有原先是我母亲和我父亲的那几件，我舍不得扔。剩下的那些，你愿意搬到哪儿去，就搬到哪儿去好了。”

“我永远也不能做那样的事。”

“你坐六点三十分钟的火车走，是不是？现在五点三刻了。”

“我走啦——你不觉得很难过吧，理查？”

“哦，不觉得——也许不觉得。”

“我很喜欢你这样的态度。很奇怪，只要我一不把你当我的丈夫看待，而只把你当我旧日的老师看待，我就喜欢起你来。我决不那样装假，说我爱你；因为你分明知道，除了以朋友的资格而外，我不爱你；但是你可又真够一个朋友。”

淑想到这种情况，有一刻的工夫，眼里有些湿湿的。跟着车站上的公共驿车来了。费劳孙看着她的东西都放到车顶儿上，把她扶上了车。他和她告别的时候，不得不做出吻她的样子来，其实她连这样的吻都有些害怕。从他们那种高兴的外表上看来，赶车的人还只当她这只是出一趟门儿。

费劳孙进了家以后，上了楼，把冲着驿车走去那一面的窗户开开。一会儿的工夫，车轮子的声音就听不见了。那时候他下了楼；只见他的脸紧紧挤到一块儿，好像害头疼似的。他戴上帽子，出了门，顺着驿车走过的路，走了差不多有一英里地。于是忽然又转过身来，回到家里。

他刚一进门，就听见他的朋友吉令恩的声音，从前部的房间里招呼他。

“我叫了半天门，也没人答应。我一看门没关，我就进来了，先舒服一会儿。我本来说要来看你，你还记得吧？”

“记得。你来看我，我真得感谢你，吉令恩，特别是今儿晚上你来看我。”

"太太怎么样了？"

"她很好。她走了——刚刚走。她一个钟头以前喝茶用的杯子还在那儿哪；那个盘子就是她——"费劳孙的嗓子里有东西哽住了，他说不下去了。他转身把茶具推到了一边儿。

"可是，你喝了茶没有？"他跟着说，说的时候，声音恢复了正常。

"没——呃，喝了，你不用管了。"吉令恩心里有心事的样子回答，"你刚才说，她走了？"

"不错……我也许会叫她要了命；但是我可不想用法律的名义对她残酷。我知道，她跟她的情人一块儿去了。他们要怎么办，我不知道。反正不管她要怎么办，我都完全同意。"

费劳孙说这句话的时候，口气稳定、坚决，所以他的朋友没法批评他。他只问："你要是想一个人待一会儿，那我就走了。"

"别，别。你来了，对我真是大慈大悲。我有些东西，得清理清理。你帮一帮我，好不好？"

吉令恩答应了；他们一齐来到楼上的屋子里。那位小学教师把几个抽屉拉开，动手把淑撂在这儿的东西都拿了出来，把它们放到一个大箱子里。"我让她把东西都拿走，她不肯，"他接着说，"不过我一下拿定了主意，随她爱怎么样就怎么样，那我的主意就不能改变。"

"别的人大概都只能做到同意和她分居就完了。"

"所有的情况，我都想过了，我不想辩论。关于婚姻问题，我一向是顶古板的，现在也是顶古板的——事实上，我从来没用批评的态度，考查过结婚的道德性。但是事实俱在，我反对也没有用处。”

他们都不言语了，只继续收拾东西。都收拾完了以后，费劳孙把箱子盖上，用锁把它锁好。

“这些东西，”他说，“都给她；让她打扮给别人看好啦；我是永远看不见的了！”

5

在这个时候以前二十四点钟，淑给裘德写了下面这一封短信：

一切都正像我告诉你的那样；我明天晚上离开他。理查和我都觉得，天黑了以后我再离开，可以不惹人注意。我有点儿害怕，所以我要你一准在七点钟以前几分钟就到月台上去接我。我知道，你自然要去接我的，亲爱的裘德；不过我非常地胆怯，所以我还是要先请你准时到站。在这件事整个的过程中，他对我都很好！

静待见面！

淑

她坐在那辆驿车上（她是那天晚上车里唯一的乘客），一步离那个山镇远一步；她看着那条越去越远的路那时候，脸上显出很忧闷的样子来，但是那上面却没有犹豫的神气。

她要坐的那班上行车，看见信号才能停止。在淑看来，像火车那样一个力大无穷的机器，却要为她——一个从合法的家庭里逃出来的女人——停住，好像很奇怪。

那二十分钟的旅程到了终点了；淑动手把东西归拢到一块儿，

准备下车了。火车在梅勒寨的月台旁边停住了的时候，一个人把车门打开了。那正是裘德。他马上进了车厢。他手里拿着一个黑提箱，身上穿着一套青衣服——这是他礼拜天和工作完了以后晚上穿的。他一点不错是一个很漂亮的青年；他对她热烈的爱正在眼睛里燃烧。

“哦，裘德！”她用两只手一齐把他的手攥住了；她那种紧张的情况使她发出一阵轻轻干哭的啜泣声，“我——我太高兴了！我在这儿下车吗？”

“不。我在这儿上车，亲爱的人儿！我把东西都带来啦！除了这个提箱以外，还有一个大箱子，已经打了行李担了。”

“我不是要在这儿下车吗？咱们不是要在这儿住吗？”

“咱们不能在这儿住，难道你看不出来吗？这儿的人认识咱们——至少我在这儿，大家都认识。我已经买了上奥尔布里坎的票了；这是你上那儿去的票，因为你的票就到这儿为止。”

“我原先还以为咱们要在这儿待下去。”她又重了一句。

“那绝对不成。”

“啊！——也许不成。”

“我本来要写信告诉你我选定了什么地方，但是已经来不及了。奥尔布里坎大得多，那儿的人口有六七万——同时那儿又没有一个人知道咱们两个的事儿。”

“那么你把你这儿大教堂里的工作放弃了？”

“不错。你这件事未免有些突如其来——因为你那封信我事先完全没想到。严格地说，他们本来可以要求我干完了这一礼拜的活儿再走。但是我跟他们说我有急事，所以他们就不强留我了。

只要你说一句话，我不管哪一天，都可以把活儿撂了，亲爱的淑。我为你，撂了的东西比这个可就多得多了！”

“我恐怕我这儿给你带了许多祸害来了：把你宣传圣道的前途给你毁了；把你工作的前途给你毁了；把一切都给你毁了！”

“圣教对于我不再存在了。让它去吧！

> 那种战斗的圣徒，一行一行地罗列，
> 全都向上，求天降福，心热如火之烈，[1]

即便真有这样的人，我也不想做了。我的福，不在天上，而在这儿。”

“哦，我这个人好像太坏了——把男人们走的路都这样搅乱了。”她说，只听她的声音里，也含有了裘德开始有的感情了。不过他们走了十二英里以后，她又恢复了平静。

“他居然肯让我离开他，对我真太好了，”她接着说，“这是他写给你的一封信。我在梳妆台上看到的。”

“不错。他这个人真不错，”裘德说，一面往那封信上看了一眼，“我原先因为他跟你结了婚，还恨他来着。现在想起来，真觉得羞愧。”

“按照妇女通有的乖僻，他那样宽宏大量、那样出人意料让我走开，我应该一下爱起他来才对，”她微笑着说，“不过我这个人可太冷酷了，太忘恩负义了。总而言之，不管你怎么说，反正连

1　引自布朗宁的诗《全身雕像与半身雕像》倒数第十段末行及第九段首行。

他这样宽宏大量，都没能感动我，都没能叫我爱他，叫我后悔，都没能叫我想要以他太太的资格跟他同居。其实我还真喜欢他这样豁达的胸襟，所以比以前还更尊敬他。”

“他要是待你不好，你得扭着他的心意，私自逃走，那咱们两个的事，就不会这样顺利了。”

“我决不会那样做。”

裘德带着琢磨的神气，在她脸上看了一会儿。于是他突然吻了她一下；跟着又要去吻她。“得了——这阵儿只一下就够了，裘德！”

“这未免有些残酷，”他说，但是还是照样听了她的话，“我碰见了一桩很巧的事，”裘德静默了一会儿接着说，“艾拉白拉给我来了一封信，要求我跟她离婚。她说，我和她离婚就等于帮她的忙。她本来跟那个人实际已经结了婚了；不过她要规规矩矩，按着法律，再办一次手续。所以她求我帮助她。”

“你怎么办的？”

“我答应她了。起初我还以为，我要是跟她一办离婚的手续，那她第二次结婚这件事就非翻腾出来不可，这样她要惹麻烦了。而我决不想在任何方面叫她吃亏。因为，说到究竟，她不见得比我坏！不过她第二次结婚，这儿并没人知道；所以离婚手续并不像我想的那样麻烦。她要是想重新安家立业，那我毫无理由去妨碍她。”

“离了婚你就没有牵连了？”

“不错，就没有牵连了。”

“咱们的票是到哪儿的？”她问，问的时候带出心不在焉的样子来，那是她今天晚上突出的态度。

“我不是告诉你了吗，到奥尔布里坎。”

“可是咱们到了那儿的时候，天就很晚了，是不是？”

“不错。我也想到这一点了，所以我打了一个电报，在禁酒旅馆里订了一个房间。”

“就订了一个房间？”

“不错——就订了一个。”

她瞧着他说：“哦，裘德啊！”淑把前额靠在车厢的角落那儿。“我本来也想到你会这样办的；同时还感到，你一定要认为我骗了你了。我并不要那样办。”

在跟着来的那一阵儿静默里，裘德眼睛里带出受了愚弄的神气看着对面的座位。“呃！”他说，“呃！”

他半天没言语；她一看他非常不好过的样子，就把脸靠在他脸上，嘟囔着说：“别难过，亲爱的！”

“哦，这并没有什么碍处，”他说，“不过——你这种想法我很了解……你这是忽然变了主意吗？”

“你没有权利问我这种问题，你问了我也不回答。”她微笑着说。

“我这亲爱的人儿，你的幸福，对于我，比什么都重要——尽管咱们有时几乎就吵起来了——但是你的意志对于我可就是律令。我希望，我并不是一个自私自利的家伙。你看怎么好，咱们就怎么办！”她琢磨的时候，脸上显出不知所措的样子，“不过，你——所以这样，也许是由于你并不爱我，并不是由于你拘泥起习俗来！我在你的教导之下，虽然很讨厌习俗，但是在这件事情里，我还是宁愿你是由于拘泥习俗，而不是由于另外那一种可怕的原因！”

即便在那一刹那显而易见应该坦白的时间里，淑也不能坦白地把她的秘密——她的心情——表示出来。“你只把这个算做是我的怯懦好了，”她闪烁其词地急忙说，“只算作这是女人在紧要的关节天生的怯懦好了。我本来也可以跟你一样，觉得我完全有权利从现在起，照着你想的那样，跟你同居。我可以承认，在一个事事合理的社会里，孩子的父亲是谁，完全是女人一方面的事情，也就跟她的衬衣、衬裙完全是她那一方面的事情一样，别的人谁也没有权利胡猜乱讲。我本来也可以这样想。但是我现在可宁愿多少拘板一点，这也许有一部分是因为，他对我那样宽宏大量地使我脱去牵连。如果咱们是由软梯上跳下来的，而他拿着手枪在后面追咱们，那也许就完全不一样了；那我也许就会采取不同的行动了。不过，裘德，请你不要逼我，不要批评我！你只认为这是我没有胆量，不能给我的话做主好了。我知道我是一个苦恼的可怜虫。我并不像你那样性情热烈！”

他只简单地重复说：“我所想的，只是我自然要想的。不过如果咱们不是情人，那咱们就不存在了。我敢保，费劳孙就是这样的想法。你看，这就是他信上对我说的话。”他把她带来的那封信打开，念道：

> 我只要求你一件事，那就是，你得好好地、温柔地待她。我知道你爱她。但是爱也有的时候会残酷。你们两个是天造地设的一对儿；这种情况，凡是年长一些没有偏见的

人，都看得出来。在我跟她共同生活那个短短的期间，你就永远是一个“影影绰绰的第三者”[1]。我再说一遍：你要好好地待她。

“他很好，是不是？”她眼里含着没掉下来的眼泪说。她又考虑了一下之后，跟着说：“他让我走，自己克制得太过了，差不多太过了。对我的旅程，他都是为我的平安和舒服着想的，替我作打算，问我要钱不要。我那时几乎就要爱起他来了。然而我可又没爱他。我对他只要有一丁点做太太的爱情，那即便现在，我都会回到他那儿去的。”

“但是你却并不爱他，是不是？”

“不错，一点儿也不错！我不爱他。”

“我也有些担心，怕你也并不爱我！”他烦躁的样子说，“也许任何人你都不爱！淑，有的时候，你一惹得我烦起来，我就觉得，你这个人不能有真正的爱。”

“你说这种话，可又不能算对我好，又不能算对我忠心！”她说，说完了，走到离开他当时是最远的地方，脸上很严厉的样子，往外面的夜色里瞧去。她跟着又转过脸来，带着让人冒犯了的口气说：“我喜欢你这种感情；也许和别的女人不一样。但是和你在一块儿，本身就是一种快乐——这是一种极度优雅、精妙的快乐；如果更进一步，使这种快乐更加浓烈，那它也许就会消逝了，我决不肯冒那样的险。我完全认识到，以平常男女的关系来说，到你

1 引自布朗宁的《炉边》第四十六段第四行。

这儿来，本身就是一种冒险的行为。不过，以你我的关系来说，我决定相信你，认为你能把满足我的心愿，放在满足你的欲望之上。不要再谈这个问题了，亲爱的裘德！”

“如果谈下去，你老说你自己不对，那就当然不要再谈下去了……不过你真非常地爱我吗，淑？你说你真那样好了！你只要说你对我的爱，有我对你的爱四分之一或者十分之一那么多，我就满足了！”

“我已经让你吻过了，那还不算表示得明明白白的了吗？”

“那不过只一次呀！”

“呃——你先不要贪心不足。”

他把身子往后一靠，待了很久的工夫没再看她。他想起她从前对他说过她的历史里那段故事来了——他想起她同样对待过那个可怜的基督寺大学毕业生来了。他觉得他自己很有可能，是第二个受那样残酷命运支配的人。

“这样的私奔真奇怪了！”他嘟囔着说，“也许你一直都把我当做工具，来对付费劳孙。看你这阵儿坐在那儿那个庄重劲儿，真叫人觉得好像你是那样！”

“你可不要生气——我不许你生气！”她哄着他说，同时转过身来，走到离他更近一些的地方，“你刚才没吻我吗？难道你不知道吗？你吻我，我并没不喜欢，并没怎么不喜欢，裘德。我只是不愿意你再来第二次就是了——这一阵儿，看咱们两个现在这样的情况，我不愿意你再来第二次——难道你看不出来吗？”

不管她怎么辩护，反正他永远没有能和她对抗的时候（这种情况她完全知道）。所以当时他们两个就手握着手，并排坐在那儿，一直坐到后来，她忽然想起一桩事来，如有所悟的样子说：

“你打了那样一个电报之后，我不能上那个禁酒旅馆去住了！”

“为什么？”

“难道你还看不出来吗？”

“好吧，那就不要去了。一定会有别的旅馆还没关门。自从你因为那番糊涂谣言嫁了费劳孙以后，我有的时候觉得，你虽然外表上假装着见解跟别人不同，你实在却跟任何别的女人一样，是社会制度的奴隶。”

“在见解一方面，我并不那样。不过我像我以先说的那样，没有勇气照着我的见解实行就是了。我跟他结婚，也不完全是因为那番谣言。有的时候，一个女人，太喜欢别人爱她了，可就不管自己对不对了；所以虽然她对一个男人的残酷，使她想起来觉得非常难过，但是她照样鼓励那个男人爱她，而她自己却一点也不爱那个男人。于是，她看到那个男人受了罪，她就后悔难受起来；那时候她就尽力设法补救错误。”

“你的意思只是要说：你原先只是跟他——那个可怜的老东西——逗着玩儿；后来又后悔不该跟他那样，想要补救，就嫁了他了；是不是？却不知道你嫁了他，就等于给自己上刑罚，要自己的命。”

“呃——你要是要把这件事说得残酷一点儿——是有些像你说的那样——那种情况，再加上那番谣言——再加上你本来应该早就告诉我而却一直隐瞒着的那件事——这三样合到一块儿，可就叫我走了那一步了！”

他一看她听了他的批评，心里难过，眼里含泪，就宽慰地说：

“得了，得了，亲爱的，不要管了！你要是想把我钉在十字架上，我都甘心情愿！不管你做了什么，反正你就是我的一切。”

“我又坏，又不顾是非——我知道你对我是这样的看法！”她说，一面想把眼泪挤掉。

“我只想，我也只知道，你是我亲爱的淑！不管到天涯海角，也不管到海枯石烂，不管现在怎么样，也不管将来怎么样，都不能使我和你分离！[1]”

她虽然在某些方面，非常地老练、世故，但是在另一些方面，却又天真、简单，所以这几句话，使她听了很满意。他们达到旅程终点的时候，他们两个就好得不能再好了。约莫十点钟，他们到了北维塞司的郡城奥尔布里坎[2]了。她说由于他打了那样一个电报，不肯到禁酒旅馆里去，裘德就打听有没有别的旅馆；一个自告奋勇替他找旅馆的小伙子，就把他们的行李给他们推到更往前一些的一家旅馆——一个叫乔治的旅馆；这原来就是他跟艾拉白拉分离多年、后来重逢的那一次住过的那个旅馆。

但是，因为他们进旅馆的时候，走的门跟上次不是一个；同时他又心里有事：所以起初他并没认出那个地方来。他们一个人订了一个房间；订好了以后，他们下楼一块儿用晚饭。裘德暂时离开了一会儿，女侍就跟淑说：

“太太，跟你一块儿来的这位亲戚，再不就是朋友，反正不管

1 比较《新约 · 罗马书》第8章第38—39节：“因为我深信无论是死，是生，是天使，是掌权的，是有能的，是现在的事，是将来的事，是高处的，是低处的，是别的受造之物，都不能叫我们与神的爱隔绝。”

2 底本为莱丁，见后章注。乔治旅馆仍为该城主要旅馆。

他是你的什么吧，我记得他以前到这儿来过一次——那一次时间也很晚，跟今儿一样。跟他一块儿来的是他太太——至少绝不是你——他跟她来那一次，也跟现在他跟你这一次一样。”

“哦，是吗？”淑说，同时心里非常地难过，“不过我恐怕你记错了吧？那是多会儿的事？”

“大概有一两个月吧。那回是一个挺好看、挺富态的女人。”

裘德回来坐下吃饭的时候，淑好像又烦躁、又苦恼。

“裘德，”他们那天晚上在梯子口那儿分手的时候，她伤感地对他说，“今儿咱们不像往常在一块儿的时候那样惬意，那样好玩儿！咱们上这儿来，我一点也不喜欢——这个地方叫我没法忍受！我今儿也不像往常那样喜欢你！”

“你怎么这样没有准脾气，亲爱的？你怎么变成这样了？”

“因为你太残酷了，把我带到这儿来！”

“这怎么讲哪？”

“你新近跟艾拉白拉到这儿来过。你瞧，我可把实话跟你说啦！”

“哎呀，这——”裘德说，一面往四围看去，“不错，是这儿！我这可真出于无心，淑。不过，呃，像现在咱们这种情况，这也算不得残酷，因为咱们这只是两个亲戚，住在一家旅馆里啊。”

“你们在这儿那一回，是什么时候的事？快告诉我！快告诉我！”

“就是我跟你在基督寺见了面一块儿回玛丽格伦去的头一天。我不是跟你说过，我见她了吗？”

“不错，你说过你跟她见面了，不过你没把话都告诉我。你只说，你们见面的时候，谁都不管谁，在上帝看来，已经一点夫妻的关系都没有了——你并没提，你们又和好了的话。”

“我们并没和好，”他郁闷地说，“我现在不能跟你解释，淑。”

“你这是骗我，而我可把我最后的希望，寄托在你身上！这件事我永远也忘不了，永远也忘不了！”

“但是你自己可又要咱们只做朋友，不做情人啊！你前后太自相矛盾了，这阵儿又——”

“朋友也可以妒忌！”

“这我可不懂了。你对我无论什么，都不肯让步；我对你，可无论什么，都得让步。反正不管怎么说，你那时跟你丈夫也很好。”

“没有的事，我没跟他好过，裘德。哦，你怎么能有这种想法！你这是骗了我了，固然并不是成心骗我。”她当时太伤心了，因此裘德只得把她送到她的房间里，把门关上，免得别人听见他们。“是这个房间吗？不错，是——我看你脸上的神气，就知道一定就是这个房间了！我决不能在这儿待！哦，你太不忠实了，又跟她在一块儿！我还为你跳过楼！”

“不错，淑，不管怎么样，她到底是我法律上的太太！即便不是——”

她把双膝一跪，把脸伏在床上，哭了起来。

“我从来没看见过这样不讲理——这样不拉屎白占窝的人，”裘德说，“你不让我靠近你，可又不让我靠近任何别的人！”

“哦，你这是不了解我的感情啊！你怎么就不了解！你为什么这样粗俗！我都跳过楼！”

“跳过楼？”

“我不能往细里讲！”

不错，他对于她的感情，并不完全了解。但是他却多少了解一些啊；所以他就又跟从前一样地爱起她来了。

“我那个时候，那个时候以后一直到现在，还一心认为，世界之上，除了我以外，你谁都不想，谁都不要！”淑接着说。

“这话不错。我那时候正是你说的这样，现在也是你说的这样！”裘德说。他也跟她一样地难过。

“不过你一定老惦记着她，不然的话，你就——”

“不是那样，我为什么那样？——你这也是不了解我——女人从来就没有了解我的！你这样什么都不为，就发这样的脾气，你这是何苦？”

她从被上抬起头来，带着挑战的口气说：“要不是因为这一点，也许我就会照着你提议的那样，跟着你到禁酒旅馆里去了；因为我刚开始觉得我是你的人！”

“哦，这没关系！”裘德冷冷地说。

“既然她多年多年以前，就自动地离开你了，那我自然要认为，她并不真是你的太太，我认为，像她跟你，和我跟他这样，一旦分离了，婚姻关系就都完结了。”

“我要是再说下去，那我就得说她不好听的话了，我可又不愿意那样，”他说，“不过可有一件事，我非跟你说一说不可；有了这件事，一切就都算解决了。原来她又跟另一个人结了婚了，正式结了婚了。这是我跟她在这儿见了面以后，才听说的。”

“跟另一个人结了婚了？这是一桩犯罪的行为吧——据一般人看，这是犯罪的行为。不过他们并不真这样信。”

“你这是又头脑冷静了。不错，这正像你不相信而却不得不承认的那样，是一种犯罪的行为。不过我决不想告发她；并且显而易见，一定是她良心上觉得不安，所以才催促我，叫我跟她办离婚的手续，她好跟那个人，按照法律，再举行一次婚礼。所以，你可以看出来，我决没有再看见她的机会。”

“那么你见她的时候，你真不知道她这种情况吗？”淑一面站起身来，一面比较温和地说。

“真不知道。把所有的情况都看一下，我觉得你没有生气的理由，可爱的人儿！”

“我也没生气。但是我可不上禁酒旅馆去！”

他笑了一笑。“那没有关系！”他说，“只要我在你跟前，我就感到快活。这就超过了我这个俗物——我这个浊物——所应当得到的了——你这个魂灵，你这个没有肉体的精灵，你这个亲爱、甜蜜、使人心痒难挠的幻影，我抱你的时候，我老害怕我的胳膊会像透过空气那样，透过你的身子！你说我粗俗，一点不错，粗俗，所以我只好请你原谅了！你别忘了，咱们当初实在谁都不认识谁，但是咱们却以表兄妹相称，这种表兄妹的关系，就是一种陷坑。我觉得，咱们的父母互相仇恨的情况，对于你，比平常的新相知所有的新鲜劲儿，都更有刺激性。”

“那么，咱们把雪莱的《心心相印》那首诗里的几行念一念，就只当那说的是我，好不好！”她求告他说，同时把身子斜着往他那面靠去，“你知道那几行诗吗？”

“我几乎什么诗都不知道。”他伤感地说。

“是吗？那里面有几行是这样：

> 我的精灵，在神游时，高翔遐举，
> 往往逢见，有一妙丽，迥绝人世。
> ……
> 天上神使，轻柔闲逸，人间罕俪，
> 暂凭明艳照眼的女体，托形寄迹。[1]

哦，那几句话赞赏得太过了，所以我不再往下念了！不过你说那就是我好了，说那就是我好了！”

“那正是你，亲爱的；完全像你！”

“我现在不怪你了！你就在这儿吻我一下好啦——可不许太久了。”她把手指尖轻轻地往脸腮上一放。他就照着她的话办了，“你真爱我，是不是？尽管我不那个——你明白吧？”

“明白，甜蜜的！”他叹了一口气说；跟着对她说了一声夜安，和她分开了。

1 前两行为《心心相印》的一九〇至一九一行，后两行为同诗的二十一至二十二行。

6

费劳孙回到故乡沙氏屯做小学教员以后，沙氏屯的居民对他发生了兴趣，想起了他的当年；因为这儿的居民，虽然对于他的杂学，不像在别的地方那样知道推崇，但是对他这个人，却一直地真心敬重。他到沙氏屯不久，娶了那样一位漂亮太太——他们都说，她那样漂亮，如果他不小心，可能叫他难于应付——他们都很高兴，有她那样一个街坊。

淑从那个家里走开以后，过了一些时候，并没有人注意到她老不露面而说什么闲话。她离职以后，她撂下的那个小先生的缺，几天以内就有另一个年轻的女人来补上了。对于这件事，也没有人说什么话，因为淑当小先生，本来只是临时性的。但是一个月已经过去了，淑仍旧没有踪影，同时费劳孙又曾无意中对熟人透露过，说他不知道他太太在什么地方。这样一来，大家才觉得稀罕，都纳起闷儿来；后来不细问青红皂白，竟下了结论，说淑另有外遇，背夫私逃了。那位教师对于工作，越来越松懈懒惰，越来越无精打采，也使这种看法，显得近情近理。

虽然费劳孙除了对他的朋友吉令恩以外，对别人一概尽力保守缄默，但是一旦大家对淑的行为发生了误会，那么像他那种实心眼、直性子的人，就不能再缄默下去了。有一天，礼拜早晨，学校委员会的主任委员，来到学校，跟他办了点公事，办完了以后，把他叫到小学生听不见他们的地方。

“很对不起，我要问你一句话，问一句于你的家务有关的话；因为，大家都在那儿议论。他们都说，你太太不在家，并不是看亲戚朋友去了，而是跟情人一块儿私逃了。这话真不真？这话要是真，那我很替你难过。”

“你不必替我难过，”费劳孙说，“这里面并没有什么见不得人的情况。”

“那么她是看朋友去了？”

“不是。”

“那么是怎么回事？”

“她这回走，按照平常的情况讲，本来该替做丈夫的难过。但是她这次走，却得到了我的同意。”

主任委员露出不懂这句话的样子来。

“我说的完全是实话，”费劳孙露出烦躁的样子来说，“她要求我允许她跟着她的情人去，我就答应了。我为什么不该答应呢？她既然是成年人，对不对她自己该知道，不能由我替她说。我不是看管她的狱吏。我的话只能说到这儿。我不愿意别人盘问我。”

那些小学生都看到他们两个人脸上露出来的严肃样子，所以他们回家的时候，都对他们的父母说，费劳孙太太出了新鲜事儿了。于是费劳孙的女仆（一个刚毕业的学生）对别人说，费劳孙先生，曾帮着他太太收拾行李来着，还说要给她钱，还给她的情人写了一封表示友好的信，嘱咐他，叫他好好地待她。主任委员把这件事琢磨了一阵，跟别的校董讨论了一下，结果他们要求费劳孙私下里跟他们谈谈。他们见了面的时候，谈了很久。谈完了，教师回去了，脸上像平常一样，苍白、憔悴。吉令恩正坐在他家里等他。

“唉，果然不出你的所料，”费劳孙很疲乏的样子，一下坐在一把椅子上，嘴里说，“我给了我那个受罪的太太自由，他们认为那是一件坏事——或者像他们说的那样，那是纵容太太通奸——要求我辞职。可是我不辞！”

“要是我，我就辞。”

“我可不。这跟他们没有关系。这对我执行我教学的职务也没有影响。我等他们开除我好了。”

“你要是惹麻烦，那这件事就要上报了，那样一来，你可就永远不用想再当教师了。你要明白，他们得把你看做一个身为师表的人；所以你的行为，对于儿童，对于全镇的人，在道德方面，都有很大的影响。据一般人看来，像你这种情况，是没法辩护的。这个话我不能不说。”

但是费劳孙却不听他的朋友对他这番忠告。

“我不在乎，”他说，“他们不开除我，我就不走。我辞职，那就等于我承认我做错了。但是，我可一天一天，越来越相信，我做的这件事，据上帝看来，据所有天真、直爽的人看来，都得说对。”

吉令恩先就看到，他这位未免倔强的朋友，这样坚持自己的立场，非遭到失败不可。不过，他当时没再说别的话。果然，过了相当的时候——实在说起来，只过了一刻钟，正式解聘的信就送到了：那是校董在费劳孙刚走以后就写好了的。费劳孙答复校董，说这样解聘他不接受。他召集了一个群众会。开会的时候，他又衰弱又带着病容，所以朋友都劝他不要去，但是他还是去了。他站起来，说他反对校董所作的决定，那时候，他像对他的朋友说的时候一样，很坚决地把他的理由列举出来；同时说，这只是一件有关家务的事，校董们没有权利干涉。校董们不承认这种理由。他们坚决地认为，一个教师个人的古怪乖僻，也在他们应该管的范围之内；因为那对于他所教的学生，有道德方面的影响。费劳孙回答说，他不明白，为什么一件本身是很慈悲的举动，会于道德有损害。

镇上所有的体面居民和小康人家，都异口同声，一齐反对费劳孙。但是却约莫有十二三位下层社会的人，挺身而起，替他辩护。这是他没想得到的。

前面已经说过，沙氏屯本是一些稀罕、有趣的生意人，串乡游巷的时候停留的地方；他们都是夏天和秋天，在维塞司到处赶市集的。虽然费劳孙从来没跟这班人里的任何人说过话，但是他们那天，却很侠义，替他的境地拼命辩护。这些人里面有两个卖破烂儿的，有一个打气枪的，两个女的装气枪的，两个卖艺的，一个开汽机转椅的，两个串街游巷卖扫帚的（她们说自己是寡妇），一个摆姜饼摊儿的，一个坐摇船的，还有一个“试力气”的。

除了这一队心胸豁达地支持费劳孙的人以外，还有几个有独立见解的人（他们的家务，也有过很多的变化），都走过来，跟费劳孙热烈地握手；握完了手以后，他们在会上非常强烈地把他们的意见表示出来；因此两下动起手来。结果一块黑板打劈了，窗户上三块玻璃打碎了，一瓶墨水折在一个市参议的衬衣前胸上；有些人把眼睛打青了，又有些人把鼻子打出血来了。让大家都吃惊的是：教区长的鼻子也打出血来了。这是因为，有一个思想解放的打扫烟囱的，特别热心向着费劳孙，所以才弄成这样。费劳孙一看，血从教区长脸上流下来了，就对这样不顺利、不体面的光景，感叹得差不多都呻吟起来。他很后悔，原先人家让他辞职的时候，他没那样办；他回家就病倒了，第二天都不能起床了。

这一场令人可笑而同时又令人难过的事件，就是他重病的开端；一个中年人，终于看到自己在学术和家庭两方面，都要走上失败和暗淡的道路，而引起别人的怜悯：他现在孤孤单单地躺在床上，完全是这种情况。吉令恩晚上来看他，有一次提到了淑的名字。

"她对我一点也不关心！"费劳孙说，"她怎么能关心？"

"她并不知道你病了。"

"她不知道，于她于我都顶好。"

"她跟她的情人住在什么地方？"

"我想住在梅勒寨吧；至少他不久以前住在那儿。"

吉令恩回了家以后，坐下琢磨起来；琢磨了半天，结果写了一封无名信给淑，寄得到寄不到，完全凭机会；因为他在信封上写的是寄那个主教区首城[1]，由裘德收转。那封信寄到了主教区首城以后，又转到了北维塞司的玛丽格伦，由玛丽格伦又转到了奥尔布里坎：这都是由服侍他老姑太太那个寡妇转的，因为只有她

1　就是梅勒寨。

知道他的住址。

三天以后，傍晚的时候，太阳在西下的灿烂中，正照在布莱谷的低地上，把沙氏屯镇上的窗户都映得在谷里的老乡们眼里看着，像火舌一般：那时候，那个病人觉得，仿佛有人进了这所房子似的，几分钟以后，果然有人敲卧室的门。费劳孙并没答言。寝室的门慢腾腾地推开了，进来的是——淑。

她穿着一身轻飘飘的春装；她来的时候，飘渺倏忽，好像一个幽灵——她进屋里，跟一个蛾子飞进来一样。他把眼光转到她身上，脸上红起来；但是却好像把他要开口说话的冲动制住了。

"我本来不应该到这儿来，"她说，一面脸上带着惊吓的样子弯着身子看着他，"不过我听说你病了，病得很厉害；同时又因为——因为我知道，你承认男女之间，除了肉体之爱，还可以有别的感情，所以我才来了。"

"我并没病得很厉害，我这亲爱的朋友，不过有些不舒服就是了。"

"我并不知道是这样；我认为只有你真病得很厉害，我上这儿来才不算错。"

"不错……不错。我还是不大愿意你来。你来得未免早了些。我就是这个意思。不过，你既然来了，那咱们就尽量往好里做好了。我想你没听说学校的事儿吧？"

"没听说——学校怎样啦？"

"哦，没有别的：就是我得离开这儿，到另一个地方去。我跟校董们意见不合，我们得分手——就是这样。"

她不论现在，也不论将来，连一时一刻都没想到，他因为允许她离开他，会给自己惹了多大的麻烦。这件事她压根儿连一次也没想到；她也没听见沙氏屯任何的消息。他们谈了一些琐细零碎、随去随来的事情，到了小女仆送茶点进来的时候，他告诉那个惊异的小女仆，叫她给淑拿一杯茶来。那个年轻的女孩子，对于他们两个的历史关切的程度，比他们想的可大得多。她走到楼下以后，惊异不止地把眼一睁，把手一抬。他们一口一口地喝着茶的时候，淑走到窗前，带着有心事的样子说："夕阳太美了，理查。"

"夕阳从这儿看，差不多总是很美，因为下面有笼罩在平谷上的那片雾。但是这类东西，我可没有机会享受，因为夕阳照不到我躺的这个角落这儿。"

"你是不是特别想要看一看今天的夕阳？太好看了，好像天开了一样。"

"啊，是吗？不过我没法子看见。"

"我帮着你，就看见了。"

"不成——这个床不能挪动。"

"不要挪动床。我另有办法——你瞧。"

她走到放镜子的地方，把镜子拿在手里，把它挪到窗户前面它恰好能把阳光反映出来的地点，然后把它来回移动，一直到光线反射到费劳孙的脸上为止。

"你瞧——你这阵儿能看见这个通红的大太阳了吧，"她说，"我敢保，你看了这个，一定高兴——我也真盼望你能高兴！"她说的时候，带出一种天真坦白、后悔难过的慈祥态度，好像觉得，为了他，无论做什么，都不算过分。

费劳孙凄惨地笑了一笑。"你真是一个怪人，"他嘟囔着说，同时，太阳一直照到他的眼睛里，"咱们有了那一种经过，真叫人想不到你会来看我！"

"过去的事不要再提了！"她急忙说，"我上这儿来，裘德并不知道。所以，我这阵儿，就得赶往车站上去的驿车。我原先动身的时候，他并没在家，因此我差不多马上就得回去。理查，我很高兴，看见你病得不像我原先想的那样厉害。你不恨我吧，是不是？你真是我的好朋友！"

"我听见你这种说法，我很高兴，"费劳孙哑着嗓子说，"我不恨你！"

他们这样断断续续地谈着的时候，那个本来就发暗的屋子里很快地就暮色苍茫了；点起蜡来了；她要走了；那时候，她把她的手放在他的手里——或者不如说让她的手轻轻在他手上一掠；因为她含有意义地把她的手故意放轻。她差不多把门关上了的时候，他叫了一声"淑"！因为他看见她转身离开他的时候，脸上有泪，嘴唇也颤动起来。

叫她回来并不是好办法——他采取这种办法的时候，他就知道这不是好办法。但是他忍不住不这样办一下。她听见他叫她，就又回来了。

"淑，"他嘟囔着说，"你是不是愿意和好，不要再走？我可以把以前的事一笔勾销，完全不计较！"

"哦，办不到，办不到！"她匆忙地说，"那个你现在办不到了！"

"你的意思是说，他是你的丈夫了——当然这只是说，实际上他是你的丈夫了，是不是？”

“你可以认为是这样。他正跟他太太艾拉白拉办离婚手续！”

“他太太！他也有太太？这可真是新闻了。”

“他们的婚姻很不如意。”

“像你的婚姻这样。”

“像我的这样。他办离婚的手续，绝大部分是为了顾全她，只有一小部分是为了顾全自己。她写信给裘德，说裘德要是跟她离了婚，那于她就是一件功德；因为那样她就可以再结婚，过体面的生活了。裘德就答应她了。”

“她是个太太……这对她是一件功德。啊，不错：使她完全解脱，是一件功德……不过这样说法可并不很受听。我也能宽恕呀，淑。”

“不能，不能！我现在这样坏——我做了这样的事，你没法再叫我回来！”

淑现在脸上出现了害起怕来的样子，无论多会儿，只要他由朋友变为丈夫，她脸上就要出现那种样子，她就要采取一切防守的办法，对抗他这种同床共枕的感情。“我现在非走不可了。我下次再来看你好了——我可以再来看你，是不是？”

“即便现在，我都没要你走，我要你待下。”

“谢谢你，理查！不过我非走不可。既然你并没像我起初想的那样病得很厉害，我就不能在这儿待下。”

“她是他的了——由头到脚，没有一点地方不是他的了！”费劳孙说；不过说得那么轻，她又正在那儿关门，所以她并没听见。她害怕费劳孙在感情方面会有不利于她的改变；再加上她大概不好意思对费劳孙露出来，说她这番爱情的转移，由一个男子的眼光看来，很不彻底，做得很马虎：所以她没对他说，她跟裘德的关系，直到现在，并不分明。因此费劳孙就躺在床上，好像在地狱里一样，辗转反侧，苦恼万分；一心只琢磨：那个打扮得这样漂亮的女人，对他也有爱，也有憎，因此更叫他如癫似狂；这个女人，虽然姓他的姓，却急不能待地要回到她的情人那儿去。

吉令恩对于费劳孙的事情非常注意，对于费劳孙自己非常关切；所以他一个礼拜里面，总有两三次要爬上山坡，往沙氏屯去看他的朋友；虽然到那儿来回有九英里，还只能在辛苦了一天之后，利用吃茶点和吃晚饭之间这段时间。在淑来过以后，他又去看费劳孙的时候，只见他的朋友已经下了楼了，同时他原先心神不定的情况已经没有了，现在比较安静，比较稳定了。

“你上次走了以后，她到这儿来过。”

“谁来过？费劳孙太太吗？”

“不错。”

“啊！你们和好了？”

“没有……她只是到这儿来，用她那雪白的小手把我的枕头给我拍平了，给我当了半个钟头照顾周到的护士，就又走了。”

“哎呀，我的天！这家伙好不要脸！”

“你说什么？”

“哦，没说什么。”

“你是什么意思？”

“我的意思是说，她这个小家伙，多么会怄人，多么没有准脾气！她要不是你的太太——”

“她不是我的太太了，除了在名义和法律上，她是另一个人的太太了。我跟她那一次谈过了以后，我想起一种情况来，所以我一直在这儿琢磨——我想，我既然要对她好，那我就得把法律的束缚，完全给她解除了；现在，她回来的时候，我对她表示过，已往的事，我一概不计较。我只要求她不要再走；但是她拒绝了我这种要求。这样一来，我觉得我正应该给她解除法律的束缚；固然在你看来，也许觉得奇怪。我相信，她拒绝我的要求，正给了我做这件事的机会；虽然我当时还没看到这一点；因为她既然不是我的人了，那我把她硬绑在身上，有什么用处？我知道——我觉得毫无疑问——我采取了这一步办法，她一定要认为这是我对她天大的恩德。因为，虽然我做一个跟她同类的人，她对我同情，替我可怜，甚至于还为我流泪，但是我做她的丈夫，她可受不了——她厌恶我——一点也不错，她厌恶我：巧言文饰，毫无用处。所以我现在有始有终，把已经开始的行动完成了，是唯一可以表示我这个人体面、尊荣、有丈夫气概、有慈悲心肠的办法……在世事人情一方面讲，她能自由、独立，也于她更好；因为我采取了我认为是于我们最好的办法，我的前途毫无希望，完全毁了，不过她并不知道这种情况；面临着我的没有别的，只有可怕的贫困：因为没有人再要我当教师了。我现在这个职业没了，那我这一辈子，只为奔走衣食，就够我忙的了。这种情况，由我一个人来受更好一些。我还可以对你说：我为什么想起来要给她完全自由？因为她告诉过我，说裘德也在那儿做同样的事。”

“哦——他也有太太啊？这一对情人真古怪！”

“呃——我不想听你关于这一方面的意见。我刚才正要跟你说的是：我给她自由，于她决不会有害处，而反倒能给她开辟出她从来连做梦也没想得到的快乐道路来；因为我这一给她自由，他们就能够结婚了。那本是他们一开头就应该办的。”

吉令恩并没急于回答。“我对你的动机，还是要表示异议，”他说，说的时候，口气很温和；因为他对于他不能赞同的意见也能尊重，“不过我认为你下这样的决心很对——如果你真能那么办的话。不过我可怀疑，你是否真能那么办。”

第五部

在奥尔布里坎和别的地方

汝之体中，气与火二元素，
虽性本轻清而有上升之势，
然亦不能违宇宙之法则，故仍留于汝之体内，
以汝之体即由此二者与其他元素混合而成也。

- 摩 · 安托奈那（郎）[1] -

1 安托奈那（121—180），罗马皇帝兼哲学家。著有《沉思集》，阐明斯多噶派哲学。这里所引见该书第十一章第二十段。欧洲古代及中古哲学家，认为宇宙物质为四元素，地、水、火、风。人体亦由此四元素构成。郎是乔治 · 郎（1800—1879），英国古典学者，曾译《沉思集》（原为希腊文）。这里所引，就是他的译文。

1

跟着上一章里的事情后面来的那一系列无聊的月份和琐事，现在略过不谈，而一直再接着说跟着来的那一年二月里的一个礼拜天；这样的话，吉令恩的疑惑是怎样消逝的，就可以很快地看出来了。

淑和裘德正在奥尔布里坎[1]住着，他们的关系，跟年前她离开了沙氏屯去就他的时候，他们两个所建立起来的，完全一样。法院里离婚程序的进行达到他们的意识里的，只像远处的声音，只是偶尔寄来的文件，而这些文件他们几乎连懂都不懂。

他们每天在一块儿吃早饭。他们住的那所房子是裘德一年用十五镑钱租来的；额外付三镑十先令的捐税；门口挂的是裘德的名牌；屋里安的是他老姑太太那些古老、笨重的家具：他从玛丽格伦把它们搬到这儿来的时候，花的运费，差不多也够买那些东西的了。淑给他管家，料理一切。

他那个礼拜天早晨，又跟平常一样，进了屋里，要用早饭。只见淑手里拿着一封信，那是她刚收到的。

1 奥尔布里坎影射莱丁，伯克郡的郡城，已见前章。他们住的“泉街”，本非真名，但其同样房舍，却尚可看到。

"呃，信上说的是什么？"他吻了她以后，问。

"信上说，六个月以前，关于费劳孙对费劳孙与范立一案所宣布的初步判决，现在刚刚确定了[1]。"

"啊。"裘德说，一面坐下。

裘德和艾拉白拉的离婚案，在一两个月以前，也是同样的结局。这两个案子，都是无关轻重的，所以报纸上，除了跟其他那些没人提出异议的裁判，列在一个表里，公布了一下而外，并没登载别的。

"那么，淑，现在你可以爱怎么样就怎么样了？"他带着好奇的神气看着他所爱的人说。

"这阵儿咱们两个——你跟我——真和咱们一向就没结过婚那样，完全自由了吗？"

"真那样。不过我觉得，可得除去一种情况：那就是，牧师也许不肯亲自给你行第二次婚礼，而把这件事交给另外一个人去办[2]。"

"不过我可不敢说一定——你认为咱们真是这样吗？我知道，一般的情况是这样。但是我总觉得于心不安；因为我认为，咱们这种自由，是用欺骗的手段取得的！"

"这话怎么讲哪？"

"呃，如果他们知道咱们的真实情况，那他们就不会做这样的判决了。这只是因为，咱们没说什么话，没替自己辩护，才使他

---

1 英国法律，离婚案件，初步裁定，六个月以内无人提出异议，才能确定。

2 牧师往往反对给在他自己手里办过离婚手续的人再举行婚礼；所以英国一八五七年的法律规定，可由另一牧师举行。

们做了不合事实的推测，是不是？因此我想，我这种自由，尽管于我方便，但是它是不是合法呢？”

“呃，谁教你听任欺骗的情况存在，不加纠正呢？你这只好怨你自己了。”他恶作剧的样子说。

“裘德，别这样说吧。对于那件事，你这阵儿不应该还着恼。我这个人既然是这样的，那你就一定得这样待我。”

“好吧！可爱的人儿，那我就那样待你好了。你的看法也许对。至于你说的是真是假的话，咱们没有什么义务去管，那是他们的责任。反正咱们在一块儿住，是一点儿也不假的。”

“这一点儿也不假。不过不是他们说的那种在一块儿住就是了。”

“有一件事却千真万确：那就是，一件离婚案子，如果判离了，那不管这种判离了的决定是怎么来的，反正就是判离了。像咱们这样默默无闻的穷人，就是有这样的好处——他们给咱们办这种案子的时候，总是快刀斩乱麻。他们办我跟艾拉白拉的案子，用的也是同样的方法。我还担心来着，怕他们会发现她那次违法的婚姻，会惩治她。但是没有人对她注意——没有人考虑过，没有人疑心过。如果咱们是受封的贵族，那这个麻烦可就大了；就只调查，就不定得费多少天，多少礼拜了。”

淑慢慢地也感到了脱去牵连、得到自由的快乐，跟她的情人一样。所以她提议，他们两个往野外散一散步，虽然这一散步，他们得吃冷饭。裘德同意她这个提议，跟着淑就上楼打扮去了。她为了纪念她新得到的自由，特意穿了一件颜色鲜艳的长袍；他看见她这样，就扎了一条鲜亮的领带。

“这会儿咱们可以手挽着手，高视阔步地走了，”他说，“跟其他订婚的男女一样了。咱们有合法的权利这样做了。”

他们蹓跶着走出了市镇，顺着一条两面都是洼地的小路走去；现在这些洼地都冻了，那些专长种子的广大田地，也都一片黄色，什么东西都没长出来；但是他们那一对情人，当时却全副精神，都让他们自己的情境吸住了，他们四围的光景，在他们的意识里，几乎不占什么地位。

“我说，最亲爱的，有了这种结局，那咱们过了相当的时期以后，就能够结婚了。”

“不错，我也想咱们能够结婚。”淑说，说的时候，并没显出热烈的样子来。

“那么咱们是不是真要结婚？”

“我嘴里说不出不结婚的话来，亲爱的裘德；但是我对于这件事的感觉，现在还是跟以前完全一样。我一直害怕，怕的是这种铁一般的契约，会把你对我的柔情，和我对你的柔情，都毁灭了，像咱们那两对不幸的父母那样。”

“不过，咱们要是不结婚，那算怎么回事？我真爱你，这难道还用我说吗，淑？”

“当然不用说。不过我倒很愿意咱们老像现在这样做情人过下去，只在白天见面。这样更甜蜜——至少在女的那一方面，这样更甜蜜——在她对于男方确有把握的时候，这样更甜蜜。从此以后，咱们对于形式外表，不必像从前那样特别注意了。”

“咱们两个结婚的经验，都叫人灰心，这一点我承认，”他稍微带出一点抑郁的神气来说，“这也许是因为咱们两个，生来不能安分，不切实际；再不也许是因为咱们的运气不好：不过咱们两个——”

“两个不能安分的人，结合到一块儿，那就要比从前加倍地糟了……我觉得，裘德，你一旦按照盖有政府印信的文件同意来爱我，我按照政府的许可，‘在店内’[1]受你的爱，那我就要怕你了——哎呀，那太可怕、太腌臜、太叫人恶心了。像你现在，虽然你要怎么样就可以怎么样，但是我对于你的信赖，可比对于任何人都强烈。”

“不错——不错——你决不能说我会变心！”他说。不过他自己的口气里，也含有疑虑不定的意思。

“固然咱们两个，跟别人不一样：咱们不幸，有许多乖僻；但是即便拿一个普通的人来说，要是你告诉他，说他非要爱某一个人不可，非要做那个人的情人不可，那他绝不会爱那个人的；因为这是不合人的天性的。如果你告诉他，叫他不要爱那个人，那他爱那个人的机会，也许反倒会更多些。假使我们因为结婚仪式举行了以后，男女就成了为彼此所有的人了，要调剂这种情形，使双方立誓订约，从结婚那天起，谁都不许再爱谁，同时在公共场合要尽力避免见面；假使这样，那么，将来相亲相爱的夫妻，一定要比现在多得多。你想想看，这样一来，他们男女双方，是不是都要破坏誓言，想尽方法偷偷地见面？是不是见了面以后，都要死也不肯对人承认？是不是要爬楼窗？是不是要藏在柜子里？这样

1　这是指政府对卖酒的铺子而言，英国卖酒须有许可，有的可在店内喝，有的须在店外喝。现在“爱”也须有许可，和酒一样。这只是讽刺性的笑谈。

一来，他们的爱就很少有冷淡的机会了！”

“你这个话不错。不过即便这种看法——或者和这个一类的看法——是不错的，而世界上看出这种道理来的，却并不止你一个人，我这亲爱的小淑。也有许多人，完全知道，他们结婚，大概是要用一辈子的苦恼，换一个月的快乐的。但是他们还是照样不断地结婚，因为他们不能抵抗自然的力量。你父亲和你母亲，我父亲和我母亲，假使他们观察事物的习惯，跟咱们观察事物的习惯相似，毫无疑问，也会看到这一点。然而他们当时也照样结了婚，那也是因为他们受了普通情感的支配啊。但是你啊，淑，可完全是一个虚幻空灵、没有肉体的人——如果我可以这样说——你可几乎丝毫没有兽类的情欲：所以你做这种事，能够听从理性；而我们这种又粗又浊的可怜虫却不能。”

“唉，”她叹了一口气说，“你已经承认了，这件事结果也许会给咱们带来苦恼。我这个人，并不像你想的那样特殊。喜欢结婚的女人，并不像你想的那样多。她们所以结婚，只是由于她们认为，结婚可以给她们一种体面；只是由于结婚有的时候能给她们一些社会方面的方便——而这种体面和方便，我都很愿意放弃。”

裘德又提起他的旧怨来了——那就是，他们两个虽然那样亲密，他却永远一次也没从她嘴里听到她老老实实、坦坦白白地说她爱他的话，或者说能够爱他的话。“我有的时候，真正害怕你不能爱我，”他说，说的时候，带出一种几乎近于恼怒的疑惑神气，“而你又那样缄默。我知道，有些女人，看了别的女人做出来的榜样，不肯把实话完全对她们的情人说出来。但是爱的最高形式，是建立在双方完全诚恳的基础之上的。一个男人，回想起旧日对他有过柔情的女人来，总觉得他跟那个行动完全诚实的女人最密切、最亲近：这种情况，女人是不懂得的，因为她们不是男人。女人空虚飘渺、闪转腾挪的手段，虽然能有一阵儿，把好一些男人迷惑了，但是可不能长久把他们吸引住。女人要是耍闪转腾挪的把戏耍得太过火了，总要有一天，自作自受，因为从前爱慕她的人，或早或晚，总有完全看不起她那一天。就在这种看不起她的情况下，他一滴泪都不掉，眼睁睁地看着她葬送在坟墓里。”

淑那时正看着远处。只见她脸上露出亏心的神气来，同时突然用一种悲伤的声音回答说：“裘德，我觉得，你今天不像往常那样叫人喜欢！”

“是吗？为什么？”

“哦——呃——因为你讨厌——老讲大道理。也许我这个人，太不好了，太没有出息了，所以老得有人严厉地教训我才成！”

“不对，你并没有什么不好。你只是一个叫人疼爱的人。不过我想要你对我说实话的时候，你可总像一条鳗鱼那样油滑。”

“哦，一点不错，我又不好、又固执、又这个那个的；你即便假装着说我不是那样，也没有用处。好人决用不着像我这样，老得有人骂着才成……不过，我既然除了你，没有别的亲近人，也没有人来替我辩护，那你不许我按照我自己的意思，规定跟你同居的方式，不许我按照我自己的意思，决定是跟你结婚还是不跟你结婚，岂不是太叫人为难了吗？”

“淑，我唯一的同志、唯一的情人，我决不会逼着你跟我结婚，也决不会逼着你做另外那件事——我当然决不会那样。你这样一来就发脾气，太不必要了。现在咱们不要再谈这件事了。咱们还是跟从前那样，在咱们两个剩下的这段散步的时间里，只谈谈草场上的风光、沟渠里的流水和来年农人的远景好了。”

经过这一番以后，过了好几天，他们没再提结婚的话；其实他们既然住得只隔一个楼梯，这件事就没有一时一刻不盘踞在他们的心头的。淑现在真正帮起裘德来了；他近来錾碑、刻字，自己单干；他做活儿的地点，就在他那所小房儿后面的小院儿里。她处理家务有了空闲的工夫，就在那儿把整个的字先替他描在碑上，等他把字錾好以后，她再把字涂黑了。这种活儿，跟他从前做的那种大教堂里的石匠活儿比起来，更低一些。他唯一的主顾，是住在他的寓所附近一带的贫苦人，他们想要给家里故去的人作简单的纪念物，知道找“錾碑石匠范立·裘德”（他前门上的牌子就这样写的），不用花多少钱。但是他却好像比以前更不必仰人鼻息了；并且淑既然不愿意成为他的负担，只有在这种活儿里，她可以帮一点忙。

2

这一个月的月底，有一天傍晚的时候，裘德刚在不远的一个公用厅堂[1]里，听了古代史的讲演，回到家里。他不在家的时候，淑一直没出门。他进了家，她就给他开晚饭。她并没说话：这种情况是跟平常相反的。裘德先拿起一种画报来看，看了一会儿，一抬头，才看出来她脸上显出心烦意乱的样子。

“你又不高兴了吧，淑？”他说。

她停了一下才说：“有人给你留下了几句话。”

“是不是有人来过？”

“不错，有一个女人来过。”淑说这句话的时候，声音都有些哆嗦，同时摆着摆着饭，突然一下坐了下去，两手放在膝上，两眼看着炉火。“我也不知道这件事我做的对不对，”她接着说，“那个女人来的时候，我告诉她说，你不在家。她说她要等你。我就说，我恐怕你不能见她。”

“你为什么这样说，亲爱的？我想她是要錾石碑的吧？她是不是穿着孝？”

1 英国农村公共生活，除了旅店以外，从十九世纪末起，还有所谓公用厅堂，那是农村里大家玩乐和受教育的地方，在那里面可以跳舞，甩卖贱货等，也是学校课室之外，作讲演、开辩论会的场所。

“不是。她没穿孝。她也不是要錾石碑的。我当时觉得，你不能见她。”淑带着批评而又哀求的神气看着他。

“说了半天，她到底是谁呀？她没说她是谁吗？”

“没说。她不肯告诉我她的姓名。不过我知道她是谁——我想我知道！她是艾拉白拉！”

“哎呀天哪！艾拉白拉上这儿来干什么？你怎么想到会是她？”

“哦，我也不能说得很清楚。可是我知道是她！我觉得毫无疑问是她——从她看我那种眼神里，我就知道一定是她。她是一个挺肉感、挺粗俗的女人。”

“呃——我觉得，除了她说话那一方面，用粗俗这种字眼来形容她，并不见得十分恰当。也许她现在当了酒店的老板娘，粗俗起来了。我跟她认识的时候，她的模样还很整齐。”

“整齐！呃不错！现在她的模样也很整齐！”

“我觉得，好像你的声音都有点颤抖起来了。好啦，咱们不必管她的模样儿怎么样了，因为她跟我丝毫的关系都没有了。她得算跟另一个人结了婚了。不过她到底有什么事，上这儿来搅咱们？”

“你敢保她已经结了婚了吗？你曾听到过关于她结了婚的确实消息吗？”

“没有——没听到确实消息。不过她就是为了要跟另一个人结婚，所以才要求和我正式脱离。据我所了解，她，还有那个男人，都想规规矩矩地过日子。”

“哦，裘德——一点不错是——是艾拉白拉！”淑喊着说，一面用手捂着眼，“我太苦恼了！不管她来有什么事，反正都好像不是什么吉兆！你不能见她吧？你能见她吗？”

“我也觉得我不能见她。现在跟她接谈太痛苦了——对于她，也跟对于我，一样地痛苦。不过，话又说回来，她不是已经走了吗？还管她做什么？她说她要回来吗？”

“没说。不过她走的时候，可是很不愿意的样子。”

淑这个人，本来只要有一点事，就会心烦意乱；所以当时就一口饭也吃不下了。裘德吃完饭，就准备睡觉。他刚把火扒出来，把门闩上，走到楼梯口，外面就有人敲门。淑那时刚进房间，听见有人敲门，马上就又从房间里出来了。

“她又来了！”淑带着惊吓的口气低声说。

“你怎么知道是她？”

“她白天就这样敲门来着。”

他们静静地听，门上又敲起来。这所住宅里，并没有仆人，要开门，他们总得有一个人亲自去才成。“我开开窗户看看好了，”裘德说，“不管是谁，反正在这般时候，不让他进来，没有什么说不过去的。”

跟着他进了他的卧室，把窗格子推了上去。既是工人睡的都很早，所以黑魆魆的街上，从那一头到这一头，完全是空荡荡的；只有一个孤零零的人影——一个女人的人影，在几码外的街灯旁边来回地走。

“那儿是谁？”他问。

“那儿是范立先生吗？”只听那个女人在下面说；她的声音毫无疑问，是艾拉白拉的。

裘德回答说是。

“是她吧？”淑在门口那儿问，同时把嘴张着。

“是她，亲爱的，”裘德说，“你有什么事，艾拉白拉？”

“对不起，裘德，来打搅你，”艾拉白拉低声下气地说，“我白天来过——我今儿晚上特别要见你一面，不知道成不成。我有点为难的事，又没有别人帮我的忙！”

“你有为难的事？”

“不错。”

跟着是一会儿的静默。裘德听见这种恳求，好像起了一种顾人不顾己的同情，“你结了婚没有？”他说。

艾拉白拉犹豫了一下。“没有，裘德。没结婚，”她回答说，“闹到究竟，他又不干啦。我这阵儿又遇到了一件大大为难的事。我希望不久就能找到当女侍的地方；不过那可不是一下就能办到的事。我这阵儿真为难，因为从澳洲那方面，我一点儿也没提防，来了一种我得负责的事。要不是这样，我绝不会来麻烦你的——绝不会。我一点儿也不撒谎。我要把这件事跟你谈一谈。”

淑把两只眼睛瞪着，满心痛苦，极度紧张，一个字一个字全听见了；不过却一个字都没说。

“你是不是需要钱，艾拉白拉？”他问，问的口气显然比较柔和了。

“我的钱刚刚够我住店的店钱，可是不够我回家的路费。”

“你的家在哪儿？”

“仍旧在伦敦。”她本来要把她住在伦敦的地点告诉他，但是却又一犹豫；跟着说：“我恐怕有人听见，所以我不愿意把我自己的细情，高声大叫地喊出来。我今儿晚上就住在王子店[1]里，你要是能下来，跟我往王子店去的路上走一会儿，我就可以把话都跟你说明白了。请你看着从前的关系，下来一趟吧。”

“可怜的东西！——我想我得听一听她到底是怎么回事。这点小意思我不能不对她表示表示，”裘德带着不知所措的口气说，“既是她明天就走了，那不会有什么关系的。”

“不过你可以明天再去见她呀，裘德！这会儿你可别去，裘德！”门口那儿一个哀怨的声音这样说，“呃，她这只是骗你，叫你上当，我知道她这是骗你，跟她上一次那样！你可别——别去，亲爱的！她这个人是一团色欲——这是我从她的样子上看得出来、从她的声音里听得出来的！”

“不过我得去一下，”裘德说，“淑，你不要拦我。我这阵儿对她还有多少爱情可言，上天看得明白。不过我可不想对她残酷。”他转到楼梯那儿。

“不过她并不是你的太太！”淑错乱疯狂的样子说，“我——”

“你直到现在，也不是我的太太，亲爱的！”裘德说。

“哦，你真要上她那儿去吗？你不要去！在家里待着好了！请你——请你在家里待着好了，裘德。她现在既然跟我一样，并不是你的太太，那你就不要上她那儿去了。”

“呃，要是说到这一点的话，那她是我太太的成分比你还要多些，”他说，同时带着坚决的样子，把帽子拿起来，“我本来要求过你，要你做我的太太；我曾像约伯那样有耐性地等了又等；但是

1 这个店已无存。

我看，我这种克制自己的工夫，并没得到任何好处。我一定得帮她点儿忙，听一听她这样急于告诉我的，到底是什么事；凡是个男子汉，就不能不这样做！”

他的态度里有一种情况，让她感觉到，拦阻他是没有用处的。所以她没再说别的话，只像一个殉教者那样，老老实实地回到了自己的房间，听他下了楼，拉开了门闩，开开了门，又把门带上了。没有人在跟前的时候，就顾不得尊严，这本是妇女的通情。她当时就这样不顾尊严地跑着下了楼，一面跑，一面呜呜地都哭出声儿来了。她静静地听。从这儿到艾拉白拉说她住的那个客栈有多远，她知道得很准确。用平常走路的快慢，到那儿要七分钟，回来也要七分钟。如果他过了十四分钟还不回来，那就是他在那儿耽搁下了。她看了看钟：那时候是十点三十五分。他也许会跟艾拉白拉到客栈里面去；因为他们到那儿，客栈还不到落灯的时候。她也许会引诱他跟她一块喝酒；那样一来，有什么不幸会发生，只有天知道了。

她心中不安而却静静地等了又等。好像那十四分钟的时间差不多完了，才听见门又开开了，裘德进来了。

淑不觉发了一声狂喜的呼喊。“哦，我知道，你这个人准靠得住！——你太好了！”她开头说。

“在这条街上，哪儿也找不着她，我又只穿着便鞋出去的。她一定是认为我狠心，完全不理她了，所以自己走了，可怜的东西。我这是回来换靴子，因为下起雨来了。”

“哦，这个女人从前待你既是那样糟，你这阵儿何必为她操心哪？”淑嫉妒之下，满怀失望地说。

“不过，淑，她是个女人；我从前有一阵曾跟她好过；一个人在这种情况下，不能全无心肝啊。”

“她已经不是你的太太了！”淑喊着说，那时候她已经强烈地激动起来了，“你一定不要出去找她！你不应该出去找她。你不能上她那儿去。因为她是一个与你毫无关系的人了。你怎么会忘记了这种情况，我这亲爱、亲爱的人儿？”

“她好像仍旧跟从前一样——只是我一个爱犯错、很马虎、没有算计的同胞，”他说，一面继续往脚上蹬靴子，“伦敦司法界里那些宝贝儿玩的那种把戏，并没改变了我跟她的真正关系。如果连她在澳洲跟着另一个丈夫的时候都得说是我的太太，那现在更得说是我的太太了。”

“但是她实际上并不是你的太太呀！这就是我坚持的一点！这也就是你荒谬的地方——好吧——你去一下就回来吧，只去几分钟好了——成不成，亲爱的？她那个人太下贱了，太粗俗了。你跟她谈的时间太长了，就要糟了，裘德。她一向就又下贱、又粗俗！”

“也许我也粗俗，所以才更糟！人类所有的毛病，在我身上，都有发生的可能。我真这样相信——就是由于这种情况，所以我才觉得，我做牧师的想法非常荒谬。我喝酒的毛病，总算是改了的了。不过我永远也不敢说，这种强制压伏下去的罪恶，会在什么新的方式之下，在我身上出现！我真心爱你，淑；虽然我等了你这样久，毫无所得，我还是真心爱你！我这个人一切最优美、最高尚的那一部分，全都是爱你的；你那样毫无粗俗的情况，在一两年以前，曾使我提高，曾使我做了我自己从来做梦也想不到我做得出来的事，曾使我做了任何人都做不出来的事。克制自己怎么应该，强逼女方怎么不好——这一套话说一说当然是很好的。但是，我很愿意那些有道德的人——那些从前曾因为艾拉白拉和别的事说过我不好的人——现在能到我这种好几个礼拜以来，一直都是闻香不到口的地位上来试一试——那样的话，我觉得，他们就会相信，像我这样一个人，跟你住在一所房子里，又没有任何人插在咱们中间，而我可老这样唯你之命是从，实在得算是有克己的工夫的了。”

“不错，你对我很好；我知道你对我很好，我这亲爱的保护者。”

“好啦——艾拉白拉现在有事来求我。我至少得出去问问她有什么事啊，淑！”

“我不能再说什么了！——哦，你要是非出去不可，那你就出去好了！”她说，一面哭起来，哭得好像心都碎了似的，“我除了你，裘德，没有别人，而你这阵儿可要不理我了。我没想到你会这样——我受不了这个——我受不了这个！她如果是你的太太，那就不一样了！”

“不过，你如果是我的太太，也会不一样的。”

“那么，好吧——如果我非做你的太太不可，那我就做你的太太好了。既是你愿意我那样，我同意好了！我情愿做你的太太。不过这可不是我本来的意思！同时，我本来也不想再结婚！……不过，好吧，我同意了！我同意了！我本来应该早就明白，像现在这样过下去，你早晚要战胜的。”

她跑过去，用两只手勾住了他的脖子。“你能因为我不让你接近我，就说我是一个天性冷淡、没有性别的女人吗？我敢保你不会这样想的！等着瞧好了！我是属于你的，对不对？我让步了！”

“那么我明天就作咱们俩结婚的准备好了！如果明天不成，那你愿意多会儿就多会儿。反正越早越好。”

“好吧，裘德。”

“那么我让她去她的了，”他说，一面温柔地抱着淑，“我倒是真觉得，我去见她对不起你，也许对不起她。她跟你不一样，亲爱的。她向来就跟你不一样。这样说，只是为的不要冤屈你就是了。别哭啦。一下，一下，又一下！”他亲了她那脸的一面，又亲了她那脸的另一面，又亲她那脸的正中间，跟着把前门又闩上了。

第二天早晨，下着雨。

“现在，亲爱的，”裘德吃着早饭的时候快乐地说，“既是今儿是礼拜六，我打算马上就去接洽结婚通告的事情，为的是明天就可以作第一次的宣布。不然的话，就又得耽搁一个礼拜了。用结婚通告好吧？那样咱们可以省一镑或者两镑钱。”

她心不在焉的样子同意用结婚通告；但是那时她心里想的却是别的事情。她脸上的红晕消逝了，跟着露出郁闷的样子来。

“我感觉到我昨天晚上自私自利到了不仁不义的程度了！”她嘟囔着说，“像我对待艾拉白拉那种情况，简直地是毫无恻隐之心，或者比毫无恻隐之心还要坏。我当时对于她的困难，对于她要跟你讲的话，都完全不在乎！也许她要跟你讲的话，真正是她应该对你讲的。这样的话，那我就更坏了，我想！在爱情里，一旦有了争风吃醋的成分，一个人就会变得非常毒辣凶狠。即便别人不是这样，至少我自己是这样……我真不知道她怎么样了。我希望她平平安安地回了客栈才好，可怜的东西！”

“哦，你放心吧，她是不会有问题的。”裘德安安静静地说。

“我希望她没让客栈关在门外头，没淋着雨在街上瞎走才好。我披上雨衣，去看看她回了客栈没有，好不好？我今儿早晨，就一直老想她这件事。”

“呃——有去看的必要吗？艾拉白拉随机应变的办法可多着呢。那你是一点也想不到的。不过，亲爱的，你要是想去看一看，那你就去好了。”

淑在后悔难过的时候，能老老实实地实行任何奇怪而不必要的忏悔。像她现在这样要去看一个出乎寻常的人，而这种人跟她的关系正是使别人要躲着他们的，这就是她一向的本性，因此她当时的要求，裘德并没觉得惊讶。

“你回来的时候，”他添了一句说，“我就要去接洽结婚通告了。你跟我一块儿去吧。”

她同意跟他一块儿去；跟着就穿上斗篷，打起伞来，起身走去；未走以前，先让裘德尽情尽致地吻了她，同时她也以她从前向来没有过的样子还了他的吻。毫无疑问，光景不同了。“这个小鸟到底让人捉住了！”她说，同时微笑里露出愁烦来。

“不是捉住了——只是归了巢。”他安慰她说。

她顺着泥泞的街道走去，一直走到艾拉白拉说的那个客栈。这一段路本来并不很远。客店里的人告诉她，说艾拉白拉还住在店里。她不知道怎样叫人上去通报，才可以叫旧日在裘德的爱情里占着她现在的地位这个人能知道她是谁，她就把裘德住的地方说了出来，说一个住在泉街的朋友来拜访。店伙把她带到楼上，把她让到一个房间里。她一看，那原来就是艾拉白拉的卧室，同时艾拉白拉还没起床呢。她刚要转身退出，只听艾拉白拉在床上喊："请进来，把门带上。"淑就那样办了。

艾拉白拉是脸朝着窗户那面躺着的。她并没马上就回过头来，淑虽然心中后悔，却有一刻的工夫，生出一种坏念头来，恨不得原先占了她的地位那个人，现在能让裘德看一下她在阳光中照出来的样子。在灯光下，看艾拉白拉的侧影，她也许还算长得整齐；但是今天早晨，她却显得鬓松发乱、容貌不整。淑在镜子里看见自己的鲜妍美丽，脸上便神采焕发；但是跟着一想，这是她一种非常可耻的性感，就又恨起自己来。

"我只是来看一看，你昨儿晚上是不是平平安安地回来了。没有别的，"她温和地说，"你走了以后，我恐怕你也许会有什么闪失。"

"哦——我这真太蠢了！我还只当是来看我的是你的——朋友——是你的丈夫了——范立太太；我想我该这样称呼你吧？"艾拉白拉说，一面把脑袋用力往枕头上一顿，表示失望，同时刚刚费了回事做出来的两个酒窝儿，也不再保持了。

"才不哪。"淑说。

"哦，我想你很可以用那个称呼。即便他在法律上说，不是你的丈夫，你也可以用那个称呼。体面总是要讲的，不管什么时候。"

"我不明白你这是什么意思，"淑全身都不得劲儿的样子说，"如果你要把这一层弄明白了的话，那我可以告诉你，他是我的人！"

“昨儿可还不是。”

淑脸上一红，嘴里说：“你怎么知道？”

“我从你在门口跟我说话的样子就看出来了。好了，亲爱的，你这可真来了个快。我想这是我昨儿晚上去这一趟，给你促成了的吧——哈哈！不过我决没有把他从你手里抢走的意思。”

淑看了看外面的雨，看了看脏了的梳妆台台布，看了看艾拉白拉的假头发（假头发正像她跟裘德同居的时候那样，挂在镜子上）：她心里后悔不该来这一趟。在她这一琢磨的工夫里，外面有人敲门，跟着女侍送进来一封电报，说是打给卡特莱太太的。

艾拉白拉躺在床上把电报拆开看了以后，她脸上原先心慌意乱的样子消逝了。

“你惦记着我，我很感激你，”女侍走后，她温和地说，“不过那是用不着的。我那一位，闹到究竟，还是觉得离不开我；所以现在同意实行他好久就答应了我的话，要在这儿跟我再结一次婚。你瞧！这是他回我的电报。”她把电报递过去让淑看，不过淑并没去接。“他现在要我回去。他说，他在兰白斯拐角那儿开的那个小酒店，没有我在那儿，就要关门了。不过经过法律手续捏合到一块儿以后，他可就不能再像以前那样，灌了黄汤，就拿我醒酒了……至于你呀，我要是你，我就要连劝带哄，叫裘德马上把我带到牧师跟前，把事一下办了完事。我这是好心好意，才说这样的话，亲爱的。”

“他正等着哪，哪一天都成。”淑冷淡而骄傲地说。

“那么，看着老天爷的面子，叫他快快把事办了吧。办了事，男人就会过得更规矩一些，也就更肯好好地挣钱了。同时，你要明白，你们要是打起架来，他把你赶出门去，你可以要求法律保护你。要是不办事，那你就没有这种权力，除非他用刀子在你身上扎了窟窿，或者用通条把你的脑袋给你打破了。再说，要是他把你甩了，自己跑开了——我说这个话，是好心好意，因为咱们都是女人，你决想不到，男人都能做出什么样的事来——要是他把你甩了，自己跑开了，你可以留下家具，别人还不能拿贼看你。我那一口子，这阵儿既是愿意那么办，那我就跟他再结一次婚好了，因为我们头一次举行的婚礼里有点小问题。我昨天晚上给他打了一个电报——这就是回电——我在我那封电报里说，我差不多又跟裘德和好了。那一句话可把他吓着了，我想！也许没有你从中作梗，我早就真跟他又和好了，”她说，一面笑起来，“那样一来，咱们两个的历史，从今天起，可就要大不一样了！一个有困难的女人，对裘德一哀求，那你就找不出比他更心肠软的傻瓜来的！他一向对于小鸟儿什么的，就正是这种样子。不过，话又说回来了，像现在这样，那跟我真和他又和好了，又有什么两样哪？所以我并不见你的怪。并且，我不是说过吗，我还给你出主意哪：你千万要把这件事按照法律办一下，越快越好。你要是不这样办一下，那你以后才有的是麻烦！”

“我已经对你说过了，他正要求我跟他结婚——把我们这种自然的婚姻，变成法律的婚姻，”淑说，说的时候带出更尊严的样子来，“我脱去了干系以后，他没马上就办，那是因为我不肯。”

“哟——是啦——你跟我一样，也是个认死扣儿的[1]啊？”艾拉白拉说，一面带着幽默的批评神气看着她的来客，“你也跟我一样，是从头一个丈夫那儿跑开了的呀，是不是？”

“再见吧——我得回去了。”淑匆忙地说。

“我也得起来，动身回去了！”那一位说，同时从床上一跳而起，跳得那样猛烈，连她身上柔软的部分都颤动起来。淑吃了一惊，急忙往旁边一闪，“哎呀，我不过是个女人，并不是六英尺高的大兵……你先别忙，亲爱的，”她接着说，一面用手把住了淑的胳膊，“我倒是真想跟裘德商量一件正经事来着，像我对他说的那样。我上这儿来这一趟，主要的就是为的那件事。我走的时候，你想他会不会到车站上去跟我谈谈？你认为他不会？那么我给他写信好了。我本来不愿意写信谈这件事，不过没有关系——我还是写信好了。”

1 意译。原文 oneyer，为方言，解释者以之为：individualist，且以《德伯家的苔丝》第四十七章里“苔丝……认死门儿透啦；想要打动她的心，比想要活动掉在泥坑里的大车还难”，及《还乡》第三卷第六章里，“我这个人……老一个心眼儿”，作同一解释。

3

淑到了家，裘德正在门口，等她一块儿去办他们结婚的第一步手续。她攥住了他的胳膊，他们两个就默默无言地一块儿走去，像真正的同志常有的那样。他看出来她心里有事，但却没问她什么话。

“哦，裘德——我跟她说话了，”过了一会儿她到底说，“我后悔不该跟她说话。不过话又说回来，她倒提醒了我一些事。这倒是于我顶有好处的。”

“我希望她对你没有什么不客气才好。”

“那倒没有问题，她很客气。我没法子不喜欢她——没法子不多少有些喜欢她！她这个人，我看并不是那种促狭小器鬼。我很高兴，她的困难一下全解决了，”她跟着说明，艾拉白拉的丈夫又叫她回去，她的地位可以有机会改变了，“我刚才说她提醒了我一些事，我是指着咱们两个的老问题说的。艾拉白拉跟我说的那番话，越发使我觉得，所谓合法的婚姻这种制度，简直鄙俗得叫人没有办法——那只是一种捉男人的陷阱——我想到这一点就没法忍受。我后悔不该今天上午同意你，宣布结婚通告。”

“哦，你不用管我。我不论什么时候都成。我还只当是你现在想要把这件事快快地办完了。”

“我说实话，我现在也跟从前一样，对于这件事一点也不着急。要是跟别的人，我也许会有些着急；不过，咱们家里的人所有的道德品质虽然为数很少，但是，亲爱的，我想我可以说忠实可靠是其中之一。所以现在既然我真成了你的人了，你也真成了我的人了，我决不用害怕你会不要我。说实在的，我现在比以前，心里更坦然了；因为我对于理查良心上不觉得有亏了。他这阵儿也得到了解脱，可以行动不受拘束了。以前我总觉得，咱们是欺骗他。”

“淑，你一旦像你现在这样，那你就好像不仅是信奉基督教的国家里一个公民，而且是伟大的古代文明时期里一个女人了，而是我从前浪费时光研究古代文学那时候读过的那种文明时期里的女人了。每逢遇到你是这样的时候，我几乎觉得你会说：你刚刚在圣路[1]上碰见了一个朋友，跟他谈了半天关于奥克太维亚[2]或利斐亚[3]最近的消息；或者刚刚听到艾斯佩歇[4]的雄辩；或者看着蒲拉克西提利[5]最近雕刻的维纳斯，同时听到芙莱妮[6]抱怨，说她当模特儿当累了。”

他们现在走到教区助理员的住宅了。她的情人往门口去的时候，她退后一步站住了。他刚把手举起来要去敲门的时候，她说：

1　圣路，古代罗马的一条街，在罗马内城靠西部的地方，近外城的中心而稍偏西。

2　奥克太维亚，罗马皇帝奥古斯都的姊妹。

3　利斐亚，奥古斯都的皇后。

4　艾斯佩歇，希腊名娼，后为希腊执政派里克里司的情妇，以才色著，她家里是当时文人学者聚会的地方，像十八世纪的“沙龙”。善谈。

5　蒲拉克西提利，希腊最伟大的雕刻家之一。他最美的作品是维纳斯像。

6　芙莱妮，希腊名娼，以美著。蒲拉克西提利是她的情人之一。他的爱神像就是用她做模特儿的。

"裘德！"

他回头看去。

"等一会儿，成不成？"

他回到她身旁。

"咱们先想一想好不好？"她怯生生地说，"我有一天晚上做了一个可怕的梦……艾拉白拉又曾——"

"艾拉白拉又曾跟你说什么来着？"他问。

"哦，她说，一个人结了婚，如果丈夫打她，那打起官司来，她就更有把握了——两个人要是吵起架来……裘德，你想一想，你得根据法律才能有我的时候，咱们能像现在这样快乐吗？咱们家的男男女女，做起事来，总得自己情愿，才侠义、大方；但是一逼他们，他们就老要反抗。你对于从法律上的义务不知不觉生出来的态度，不觉得害怕吗？完全无所为而为，是热情的要素；但是一经法律的干涉，那这种热情，是不是就要消灭了？"

"我说实在的，亲爱的，你把前途说得这样阴惨，让我也害起怕来了！好吧！咱们回去，再好好地想一想好了。"

她脸上露出喜欢的样子来。"不错，咱们就这么办吧！"她说。于是他们就从教区助理员的门口转身往家里走去，走着的时候，淑挽着他的胳膊，嘴里嘟囔着：

谁能使蜜蜂绝迹不浪游花间？
谁能使斑鸠的颈不光色万变？

谁都不能。满身披枷带锁的爱情[1]……

他们把这件事想过了，也可以说，他们并没想。毫无疑问，他们并没采取行动：他们好像在一种梦中的乐园里过活。过了两三个礼拜了，事情仍旧跟从前一样，丝毫没有进展。奥尔布里坎的会众并没听见宣布结婚通告。

他们正这样迟延了又迟延的时候，有一天吃早饭以前，艾拉白拉给他们寄来了一封信和一份报纸。裘德一看信上的笔迹，就上了楼，往淑屋里去告诉她这件事。她刚一换好衣服，就急忙来到楼下。淑把报纸打开，裘德就把信拆开。她往报上看了一眼，就把第一版往裘德手里递，同时还用手指头指着报上的一段；不过他正聚精会神地在那儿看信，所以有一会儿的工夫没顾得回头。

“你瞧！”她说。

他转脸瞧去。那份报只是伦敦南城流行的一种；上面有一个用笔标出来的广告，只声明滑铁卢路圣约翰教堂举行的婚礼，当事人是“卡特莱和邓”：那就是艾拉白拉和酒店老板。

“很好，这就让人更没什么话可说了，”淑满意的样子说，“不过，他们这样办了，咱们也跟着照样办，未免有些龌龊；我很高兴——不过，话又说回来啦，她这个人，不管有什么毛病，反正现在总算有了归宿了，可怜的东西。咱们这阵儿想到她，心里可以坦然了；这比一想到她，就心里不安，好得多了。我想，我也应该

1 引自苏格兰诗人坎贝尔（1777—1844）的《歌》里第六段，原诗每段四行。此处最后一行补足应为：“也难在牢不可解的羁绊中偷生。”“牢不可解的羁绊中”的爱，此处指结婚的夫妻之爱而言。

写封信给理查，问问他近来怎么样，是不是？”

但是裘德仍旧顾不得分心。他仅仅把报纸看了一眼，跟着就带着心慌意乱的口气说：“你听一听这封信上都说的是什么吧。我怎么答复她好？我怎么办好？”

兰白斯区三觥店

亲爱的裘德（我不愿意透出跟你疏远的意思来，管你叫范立先生）：我今天给你寄去了一份报。从那份有用的文件上你可以看到：上礼拜二我又和卡特莱结了婚了。所以这件事到底得算轻快麻利、彻头彻尾地办妥当了。不过我写信给你，却特别为的是要告诉你一件私事，那是我到奥尔布里坎去那一次就想跟你谈的。那件事我不大好跟你那位女朋友谈。我本来想亲口告诉你，不想写信；因为亲口说能说得更清楚一些。原来，裘德，有一件事，我从来没对你说过，那就是咱们结婚的结果，我生了一个男孩子。那是我离开你以后过了八个半月，我在悉尼和我爹妈住着那时候的事。这件事很容易能找到证明。因为我离开你以前，没想到会有这件事，又因为我远在外国，同时咱们两个闹的意见又很深；所以当时我觉得写信告诉你添了这一口人不合适。我那时正要想法找一个好位置，所以这孩子就由我爹妈养活。他一直就跟着他们。因为这样，所以我在基督寺跟你见面的时候，我没告诉你；打官司的时候也没提起。他现在当然什么事都懂了。我爹妈最近写信来，说他们在那儿的景况并不好。我既然已经在这儿有家有业、过得挺舒服的了，所以他们认为，这孩子的抚养不应该还让他们担负。因为这孩子的爹妈现在都活着嘛。我倒想把他弄到我这儿来，叫他跟着我。不过像他这点年纪，在酒店里还不能做什么事；要做事，总得过好些年才成。他在这儿，卡特莱当然要认为碍手碍脚。因为刚好有朋友从澳洲上这儿来，所以我爹娘已经把这孩子托给那位朋友，打发他上了船了。他要是来了，我得请你把他收留下；因为我这儿不知道怎样安置他。在法律上讲他是你的儿子，我敢对天起誓，证明他是你的儿子。如果有人说他不是，那你就替我骂那个人，叫他下第十八层地狱。在我和你结婚以前和离开你以后，我这个人怎么样且不必管，反正在咱们结婚期间，我没做任何对不起你的事。我仍旧是你的，

艾拉白拉·卡特莱

淑脸上显出一片惊慌之色，“你打算怎么办，亲爱的？”她有气无力地问。

裘德没回答。淑很焦灼地看着他，喘的气都粗起来。

“这真是当头一棒，”他低声说，“也许是真的！我没法证明到底真不真。不过如果他的岁数一点不差是他应该有的那样，那就当然……我不明白，为什么她在基督寺跟我见面那一回没告诉我！我带她上这儿来那天晚上，她也没告诉我！……啊——我想起来啦，她当时说过，说她心里有件事，如果我们两个有再一块过起日子来的那一天，她想要对我说一说。”

“这个可怜的孩子，好像谁也不要他了！”她回答说，同时满眼都是泪。

裘德这时候镇定下来了，“是我的儿子也罢，不是我的儿子也罢，反正他对于人生的看法，总免不了不特别！”他说，“我一定得说，如果我的境遇好一些，我连一时一刻都不会考虑到他到底是谁的儿子。我一定把他收留下，把他抚养大了。至于他的父母到底是谁那种卑鄙的争论，说到究竟，算得了什么？你要是仔细一想，那么，一个孩子，在血统上是不是你的，有什么关系？所有咱们这个时代里的小孩子，统统都是这个时代里咱们这些成年人的子女，都应该受咱们的照管。父亲对于自己的子女过分爱护，而对于别人的子女就十分厌恶：这种情况，也跟阶级感情、爱国心、自救灵魂主义，以及别的道德一样，实际都只是卑鄙的排外利己思想。”

淑一下跳了起来，用五体投地的感佩心情，热烈地吻他。“不错，最亲爱的，这话一点不错！咱们一定把他接到这儿来！如果他不是你的儿子，那反倒更好。我真希望他不是你的儿子才好——不过我这样想，也许不对！如果他不是你的儿子，那我很愿意咱们能认他做义子！”

“好吧，对这孩子，你觉得你怎么想顶合你的意，你就怎么想好啦，你这个叫人纳罕的小小同志！”他说，“反正我可觉得，不管怎么样，我决不能把这个不幸的小东西儿撂给别人，自己不管他。你想想看，在兰白斯那个酒店里，有一个不愿意要他的妈——一个以前他几乎就没见过面的妈——还有一个完全不认识他的后爸爸；你想一想，在这种情况之下，他要过什么样的生活？他要受什么样的影响？‘愿我生的那日和说怀了男胎的那夜都灭没！’[1]这就是这个孩子——也许就是我的孩子——不久就要说的话！”

“哦，不会这样！”

“打离婚官司的时候我既是原告，那我想这孩子应该归我照管保护。”

“不管怎么样，反正咱们得把他收留下。这一点我认为是没有问题的。我要尽力做他的好母亲。咱们反正养活得起他。我多卖点力气，多工作点好了。我不知道他多会儿到。”

“不出几个星期吧，我想。”

“我愿意——咱们什么时候能有勇气结婚哪，裘德？”

“我想你什么时候有勇气，我也就什么时候有勇气。这完全看你的了，亲爱的。只要你说个办字，那这件事就算妥当了。”

“要在这孩子来以前吧？”

“自然。”

“那样，他来了，也许就会觉得这个家更像个家了。”她嘟囔着说。

于是裘德就用纯粹公事公办的口气写了一封信，信上说：这孩子一到英国，就把他送到他那儿。对于艾拉白拉报告的消息这样突如其来，他并没说什么话；关于这孩子的生身父亲是谁，他也没表示任何意见；至于他如果早就知道了这件事，那他对待她是否要和现在一样呢，他也同样一个字没提。

第二天晚上，有一列下行车，按照行车的时间，十点钟进了

1　引自《旧约 · 约伯记》第3章第3节。

奥尔布里坎站。在那一列车一个昏暗的三等车厢里，坐着一个身材瘦小、面色苍白的小孩儿。他有一双大眼睛，眼神里带着惊慌的样子。他的脖子上围着一条白色的毛领巾，领巾上挂着一把钥匙，是用一根普通的细绳绕在脖子上的。钥匙在灯光里偶尔闪烁有光，引起人的注意。他的半价车票插在他的帽箍上。他的眼睛差不多老盯在他对面那个椅子的背儿上，从来没转到窗户那儿；即便火车到达车站，车掌喊站名的时候，都没转动。在另一个座位上，坐着两三个旅客，其中之一是个女工人。她腿上放着一个篮子，篮子里放着一只小雄猫。那个女工过一会儿，就把篮子盖儿打开一下，跟着小猫就把头伸了出来，做种种淘气的把戏。那些乘客，看见了这些把戏，没有一个不笑的，只有脖子上挂着钥匙、帽箍上插着车票那个孤独的小孩儿是例外。他用他那两只深深下陷的眼睛看着小猫，好像在那儿对自己说："一切的笑，都是由于误解而来。天地间的事物，正确地看来，就没有一样可以使人发笑的。"

有的时候，车停住了，车掌就往车厢里看一下，对那孩子说："你放心吧，小朋友，你的箱子稳稳当当地放在行李车里。"那时候那孩子就死板板地说一声"啊"，想要笑，却又笑不出来。

他就是"老年"的本体而硬装扮成"童年"的模样，但是装扮得并不好，所以时时由衣缝里露出了本相。有的时候，好像洪荒以来人类所有的愁苦，都压在年龄像朝日初升这个孩子的心头，使他心里浪卷云涌，同时他脸上的样子，就好像是他正回顾一片汪洋浩淼的时光，而对于他所看到的东西，听天由命地接受。

别的旅客都一个跟着一个闭上眼睛了；连那只小猫，在它那狭小的地方上玩倦了，也都蜷伏在篮子里了。但是那个孩子却完全跟以先一样。跟着他反倒仿佛加倍地警醒起来似的，像一个身受奴役而卑贱、形遭戕贼而短小的天神一样，毫无感情地坐在那儿，看着他的旅伴；他看见的，好像不是他们当前的形体，而是他们整个的生命。

这就是艾拉白拉的孩子。艾拉白拉那个人一向是马马虎虎的，所以关于这孩子的情况，她就老迟迟延延地没写信告诉裘德；一直到这孩子下船的头一天，她没法再拖延了，才写了那封信。其实她好几个礼拜以来，就知道他快要来了；并且她上奥尔布里坎去那一趟，正像她说的那样，主要就是为了告诉裘德这孩子的存在，和他就要来英国的消息。她接到前夫那封回信的下午，这孩子就已经到了伦敦的码头了；带着他来的那一家人给他雇了一辆马车，告诉车夫把他送到兰白斯他母亲那儿，就跟他告别，自己上了路。

他到了三觥店的时候，他母亲上上下下地打量他，打量的神气就等于说：“你跟我预先料想的正一样。”她给他吃了一顿饱饭，给了他一点钱，并且那时虽然已经很晚了，把他送到跟着就要开的那一班火车上，叫他去找裘德。因为那时她丈夫卡特莱正不在家，她愿意顶好别让他看见这孩子。

火车到了奥尔布里坎了，车掌就把这孩子安插在冷清清的月台上他的箱子旁边。收票员把他的票收去了以后，觉得这种情况不大对头，所以想了一想，就问这孩子，天这般时候，他一个人要往哪儿去。

“往泉街去。”那小东西死板板地答道。

“哦，那儿离这儿可不近；那差不多都出了市镇了；你到了那儿，那儿的人都该睡了。”

“我不上那儿去怎么办？”

“你带着个箱子，得雇辆车。”

“不用。我只能走着去。”

“哦，好吧；你最好先把箱子撂在这儿，以后再打发人来取。你去的这个地方，有一半的路可以坐公共汽车，不过剩下的那一半，你可得走着去。”

“我不害怕。”

“怎么没有人来接你？”

“我想那是因为他们不知道我要来吧。”

“他们是你的什么人？”

“妈不让我说。”

“那样的话，我不能帮你别的忙，只能替你照顾一下箱子。你现在撒开腿快去吧。”

这孩子没再说别的话，只出了车站，上了大街；他往四外看了看，没有人跟着他，也没有人看着他。他走了不远，就向人家打听，往泉街去该怎么走。人家告诉他，叫他照直走，走到差不多快到市镇的边儿上就到了。

这孩子于是就不紧不慢、板板正正地稳步前进：他那种走法里，含有一种缺乏个性的品质——跟波浪、微风或者浮云的活动一样。他真是一字不差地照着给他指路那个人的话，照直走去，对于任何东西都不注意。很可以看出来，这个孩子对于人生的看法，跟别的孩子不一样。一般的孩子，都是先注意细节，然后推广到一般；先观察近在眼前的东西，然后才慢慢了解到有普遍性的事物；这个孩子，却好像一开始，就注意人生一般的事物，好像从来没注意特殊的事物。据他看来，镇上的房子、道旁的柳树和镇外黑乌乌的田野，并不是砖瓦盖造的室屋、削去顶端的树木、长着绿草的牧场，而是抽象的居处、生长的东西和广漠的昏暗世界。

他找到了裘德住的那个胡同，往裘德的门上敲。淑听到了敲门的声音，下楼去开门。那时裘德刚睡下，淑也正要上隔壁自己的房间里去。

"我爸爸就在这儿住吗？"那孩子问。

"你爸爸是谁？"

"范立先生，那就是他的姓。"

淑跑到楼上裘德住的那个屋子，告诉他这件事。他听了，跟着就急急忙忙地下了楼；不过因为她很焦急，所以觉得他下来得很慢。

"怎么——是这孩子吗？——来得这样快？"裘德下来的时候她问。

她把这孩子的面目仔细端量了一番，忽然一下跑到隔壁的小起坐间里去了。裘德把那孩子举到跟自己脸对脸的高下，又郁闷又温柔地看着他，对他说：要是他们知道他来得这样快，他们一定会去接他的。说完了，把他暂时安置在一把椅子上，自己往小起坐间里去找淑；因为他知道，她那种过度灵敏的感觉，又受了刺激了。只见她在暗地里，伏在一把椅子的背儿上。他用双手把她搂住，把自己的脸贴到她的脸上，低声问："你怎么了？"

“艾拉白拉说的一点不假——一点不假，我看见他就看见你了。”

“呃，不管怎么样，反正这是我的生命里一件理所当然的结果！”

“但是他的另一半可是——她！那是我受不了的！不过我受不了也得受——我想法习惯了就好了；不错，我应该想法做到那样！”

“小淑又吃醋了！我以前说你没有性感那些话，我现在全部收回了！好啦，不要管啦！任何事物，时光都可以纠正。……淑，亲爱的！我想起来啦！咱们得教导他，培养他，让他长大了上大学。我自己本身做不到的，也许在他身上可以做到啊。你不知道，现在情况改善了，贫苦人上大学，不像从前那样难了。”

“哦，你这个好做梦想的人！”她说，同时握着他的手，跟他一块儿回到那孩子身边。那孩子看她的时候，也跟她刚才看那孩子的时候一样。“闹了半天，你可真是我的妈了吧？”他问。

“怎么？你看我像你爸爸的太太吗？”

“呃，不错；不过你好像很爱他，他也好像很爱你，只有这一点不像。我叫你妈好吧？”

跟着那孩子露出一种有所慕恋的样子，开始哭起来。这样一来，她忍不住也哭起来；因为她那个人，本来就是一张竖琴，别人的感情，即便像极轻微的风那样一荡漾，都能使她这张琴的弦立刻颤动，像受到剧烈的激动一样。

“你愿意叫我妈，你就叫好了，我这可怜的孩子！”她说，一面俯身把自己的脸贴到他脸上，来掩饰泪痕。

“你的脖子上挂的是什么东西？”裘德故作镇定的样子问。

“这是我箱子上的钥匙，箱子还搁在车站上。”

他们为他忙了一阵，给他弄了一顿晚饭，又给他临时铺起床来。他上了床，一会儿就睡着了。他躺在那儿的时候，他们两个都跑过去看他。

“他要睡的时候，还叫了你两三声，”裘德嘟囔着说，“真想不到，他会自动地想要叫你妈！”

“不错——这里面很有意思，”淑说，“天上所有的星星能够供给咱们琢磨的东西，都没有他那颗如饥如渴的小小心灵供给的多……我认为，亲爱的，咱们一定得鼓起勇气来，把婚礼举行了。是不是吧？为什么不顺水行舟，可偏要逆流而行？那有什么好处？同时我觉得我和人类交织在一起了。哦，裘德，我真想好好地待这孩子，想要好好地做他的母亲；咱们要是能够把咱们的婚姻合法化了，那我做起他的母亲来，就更容易了。”

4

他们另一次——也就是第二次——对于举行婚礼的企图，虽然是紧跟着那个古怪孩子来到他们家的第二天就开始的，却比上一次经过了更多的考虑。

他们发现：这个孩子，喜欢不言不语地静坐；他那副古怪、苍老、不同世人的面目，带着生硬死板的样子；他那双眼睛，也老盯在无影无形、不具实体的事物上。

“他的脸和迈尔帕米尼[1]的悲剧面具一样，”淑说，“你叫什么名字，亲爱的？你还没告诉我们。”

“小时光老人。他们老这样叫我。这是个外号。他们给我这样一个外号，因为他们说，我长得太像个老头儿了。”

“你说起话来也像个老头儿，”淑温柔地说，“裘德，生得特别老的小孩儿，往往是从年轻的国度里来的，你说怪不怪？你受洗的时候他们给你起的是什么名字？”

“我从来没受过洗。”

“怎么会没受过洗？”

1 为希腊悲剧女神。希腊神话，司文学艺术之女神有九。在雕像上，各有各的特有姿势和属性象征物；如抒情诗女神手执七弦琴。悲剧女神则手执悲剧面具。悲剧面具均属悲惨恐怖一类。

“那是因为，他们不知道我活得长活不长；要是活不长，那么，没受洗的孩子死了，就可以不用按着基督徒的办法埋葬[1]，那就免得花钱请牧师了。”

“哦——那么你的名字不叫裘德了？”他父亲未免有些失望的样子说。

这孩子把头一摇：“从来没听说过这个名字。”

“当然不会听说，”淑急忙说，“因为她不是一直非常地恨你吗？”

“那咱们就给他行洗礼，给他起个名字好了，”裘德说，同时又对淑偷偷地说，“就在咱们结婚那天给他行洗礼好了。”虽然如此，这孩子到这儿来，却使他觉得心烦意乱。

他们那种地位，使得他们见人就害臊；同时他们有一种想法：觉得在监督登记局里结婚，比在教堂里更安静严密一些，所以他们决定这一次躲开教堂。到本地登记局去申请结婚，是淑和裘德两个一块儿去的。因为他们现在成了分不开的伙伴了，他们两个不在一块儿，任何重要一点的事就都不能办。

裘德·范立填写申请书的时候，淑就站在他后面，看着他一个字一个字地写。她从来没见过申请书：她和裘德的姓名，都得登在那上面；同时这个文件，可以使他们两个之间那种轻忽飘渺的灵犀——他们彼此的爱——得到永久的保证。但是她看着裘德把那种斩钉截铁、丝毫不苟的文件填写的时候，她脸上好像显出

1 基督教的说法，没受洗的孩子与生俱来的罪恶没经清洗，死后不能上天堂，要下地狱，所以不能按平常基督教的仪式埋葬。这种情形也说明艾拉白拉等对小时光老人如何不关心。

痛苦不安的样子来。“当事人的姓名”——(他们现在只是当事人了，不是情人了：她心里想。)——“条件”(这一项简直令人可怕)——“身份或职业”——“年龄”——“住所”——“居住时期”——“要举行婚礼的教堂或场所”——“当事人的住所隶属的县区”。

“这样一来，连一丁点情趣都没有了，是不是？”她回家的时候在路上说。“这件事，这样一来，比在法衣室里的合同上签字还要龌龊肮脏。在教堂里，总多少还有点诗意。不过，最亲爱的，咱们这一次总要尽力想法把这件事办了。”

“要把事办了。‘谁聘定了妻，尚未迎娶，他可以回家去，恐怕他阵亡，别人去娶。’[1]这就是犹太的立法者所说的话。”

“你的‘圣经’真熟，裘德！你太应该做牧师了。我只能引用教外作家的字句！”

在许可证还没发下来的期间，淑到外面办理家务琐事的时候，有时从登记局门外过。有一次，她偷偷往里面看了一眼，看见了贴在墙上的通告，公布他们两个准备举行的仪式。她看到这样，觉得难以忍受。她既然有了以前那番结婚的经验，再把她现在的婚姻放在同那一次一样的范畴里，那她们爱情里的诗情歌意，就好像完全排挤干净了。她总是用手领着小时光老人，心里老想：别人一定认为，这孩子本是她生的，现在她和裘德要举行婚礼，只是为了补救过去的错误。

---

1 见《旧约·申命记》第20章第7节。犹太人的立法者指摩西而言。《旧约》头五部书，一般认为摩西作的。其中大多记犹太人的诫条律令，如十诫之类、《利未记》和《申命记》记载法令更多。

同时裘德决定把他们的现在和他的过去联结起来，即便这种联结很细微也还要做；所以他就去请那个老寡妇艾德林太太来参加婚礼。她就是他老姑太太的朋友，他老姑太太最后病中就是她看护的。跟他在玛丽格伦的童年有关系的人中间，只有她现在还活在世上。他原先以为她不一定能来；但是她却来了；来的时候，还带来了一些奇怪的礼物：其中有苹果，有果子酱，有铜蜡夹子，有一个古老的锡盘子，一个汤婆子，还有一大袋子鹅毛，预备絮褥子用。他们把她安插在裘德的寓所里一个没人住着的屋子里。天黑了，她很早就往那个屋子里去了；他们在楼下隔着天花板，能听见她按照礼拜书上的指示，很真诚地高声念主祷文。

但是，她实在睡不着，同时发现淑和裘德仍旧没睡——因为那时不过十点钟——她就穿起衣服，又到楼下来了。于是他们就一块坐在火旁，一直坐到深夜——时光老人也在那儿；不过，因为他老不开口，所以他们几乎忘了他也在那儿了。

“呃，我反对结婚不像你老姑太太那样厉害，”那个寡妇说，“我只希望你们这一回事事顺利、事事如意。活着的人里面，知道你们家里的事儿的，都没有我知道的多，而凡是知道你们家里那些事儿的人，都不能不这样希望。因为你们家里的人，在这一方面，老没有好结果。唉！”

淑的呼吸错乱起来。

“他们这些人，心眼好极了。连叫他们打死一个苍蝇，他们都不肯，”参加婚礼的客人接着说，“但是他们可老碰到不顺心的事儿。要是他们碰到事情七扭八歪，他们都心慌意乱起来。毫无疑问，就是因为这种情况，他们中间才出了那个大家都谈论的人，做了那样的事。但不知他到底是不是你们家里的人。”

“他做了什么事了？”裘德说。

“呃，就是那个故事呀——你们不知道啊？就是那个叫人绞死了的人哪——就在棕房子旁边的山头上，离玛丽格伦和阿尔夫锐屯中间那个里程碑不远，在另一条路分岔的地方那儿。不过，我的老天爷，那是我爷爷那时候出的事儿了；再说，那个人也不见得一定就是你们家里的人。”

“绞刑架原先树在哪儿，我倒也知道，”裘德嘟囔着说，“不过我可从来没听说过这个故事。是不是这个人——我和淑的祖先——把他的太太害了？”

“要把话说得确实一些，并不是那样。原来是他太太跟他不和，从他家里跑到她的朋友那儿去了，把孩子也带走了。她在她的朋友那儿的时候，孩子死了。他想把这孩子的尸体弄回去，好和他家里的人埋在一块儿，不过他太太不肯。他因此就在夜里赶着车，私自撞进了那一家，想把孩子连棺材一块儿偷偷地拉走。没想到叫人家逮住了。因为他这个人非常倔强，怎么也不肯说，他闯进那个人家，到底是为了什么。这样一来，他们就拿他当盗匪办了，因此他才在红房子那儿叫人绞死了，悬尸示众。他死了以后，他太太疯了。不过这个人不见得一定就是你们家里的人。”

一种低微的声音，从壁炉旁的暗处慢腾腾地发出，好像从地里发出来一样。“要是我是你，妈，我就不和爸爸结婚！”这是时光老人说的，他们听见他这句话，惊了一下，因为他们忘记了他在那儿了。

“哦，这不过是个故事就是了。”淑强作高兴的样子说。

他们在举行婚礼的头天晚上，从那个老寡妇嘴里，听了这段令人兴奋的传说以后，站起身来，对他们的客人说了一声夜安，睡觉去了。

第二天早晨，淑因为越来越沉不住气，就在起身以前，悄悄地把裘德叫到起坐间里。“裘德，我要你吻我，以情人的身份、心心相印吻我，”她说，同时全身战颤，伏在他怀里，睫毛上还沾着眼泪，“以后就永远不能像现在这种样子了，是不是？我真愿意咱们不办这件事才好。不过既然咱们已经开了头，那我想就不能半途而废吧？昨天晚上那个故事太可怕了！我听了那些话，对于今天要办的事，完全心灰意懒了。那个故事让我觉得，好像咱们这一家跟艾垂兀司家[1]一样，老有悲剧性的命运笼罩。”

“也可以说和耶罗波安[2]一家一样。”那位曾有一个时期研究过神学的人说。

“不错。咱们两个现在要去结婚，真太鲁莽了！咱们两个从前作过的试验，给了咱们那样的教训，咱们不拿来当作前车之鉴，而可要我对你宣誓，像我对我头一个丈夫那样，你对我宣誓，像你对你头一个太太那样，这岂不是太鲁莽了吗？”

---

1 艾垂兀司在希腊传说中是阿哥司的国王。他兄弟诱奸了他的王后，他为报复，把他兄弟的两个儿子杀死而烹之，请他兄弟来吃。他兄弟在惊痛之下逃走，同时对这一家诅咒。因此这一家就灾祸重重。艾垂兀司被他的侄子所杀。阿伽门农是他的儿子，叫太太害了，后来阿伽门农的儿子替他报仇，又把母亲杀了等等。这是希腊悲剧的主题之一。

2 耶罗波安是以色列的国王，因造金犊诸恶事，违耶和华旨，通过预言家，预言他家必遭灾祸。后其子果死，全家为巴沙所杀。见《列王纪上》第14章第10节以下。

“你这样一不安，弄得我也不痛快起来了，”他说，“我本来还希望过，以为你要觉得快乐哪。不过不快乐就是不快乐。假装也没有用处。你既然把这件事看做是令人凄惶的，弄得连我也觉得凄惶起来了！”

“我只觉得，这和那天早晨一样，叫人不愉快——没有别的，”她嘟囔着说，“现在咱们去吧。”

他们胳膊挽着胳膊，朝着前面说过的那个登记局走去；除了寡妇艾德林，没有别的证人伴随他们。那一天天气凄冷、沉闷。由“皇宫巍峨的泰晤河”[1]那面，吹来了一片阴湿的浓雾，掠过了市镇。在登记局的台阶上，有先前已经进去了的人留下的泥脚印；在门厅里，就放着湿淋淋的雨伞。登记局里面有好几个人：他们两个一看，原来是一个大兵和一个年轻的女人，正在那儿举行婚礼。在这个婚礼进行的时间，淑、裘德和那个寡妇站在人背后，同时淑就看着墙上的结婚布告。对于他们两个那种脾气的人，那个屋子显得非常凄凉、惨淡，虽然对于常往那儿去的人，毫无疑问，并没有什么特别的地方。羊皮面都发了霉的法律书，占满了一面墙，别的地方，就放着邮局用的人名录和别的参考书，四周围的架子上，插满了一宗一宗的文件，都用红带子捆着。墙里安着铁保险柜。没铺地毯的光地板上，也跟台阶上一样，满是人们的脚印。

那个大兵满脸的凶气，满肚子的不愿意；那个新娘子就满脸愁容，提心吊胆。显而易见，她很快就要做母亲了，同时她脸上

1 引自弥尔顿《大学假期中的讲述》英文诗部分最后一行。泰晤河即泰晤士河，流经莱丁（即奥尔布里坎）北面及温莎、汉姆顿考特及伦敦。温莎等地皆为皇宫所在。

鼻青眼肿。他们两个那点小小的仪式，一会儿就做完了，跟着他们这一对儿，就和他们的亲友，三三两两地往外走。看热闹的人里面，有一个走到裘德和淑跟前，就好像跟他们认识似的，对他们随随便便地说："你们看见刚刚进门的这一对儿了吧？啊，啊！那个男的今儿早晨才刚从监狱里出来。女的在监狱的门口把他接了出来，又把他一直带到这儿。什么担子都是女的一个人担着。"

她转过头去，看见一个面目丑陋、剃着光头的男子，挽着一个四方大脸、长着麻子的女人：那女人正喝得醉醺醺的，同时又想到自己的欲望，马上就要得到满足了，心里高兴，所以满脸通红。他们对正要出门的那一对新婚夫妇，嬉皮笑脸地打招呼，跟着往前抢到裘德和淑前面。这时候，裘德和淑的自信心越来越减少了，所以淑就抽身后退，转向她的情人那儿；她的嘴那时候的样子，和一个孩子正要哭的嘴一样。"裘德——我不愿意在这儿办事！我后悔不该到这儿来。我在这儿就不由得要害怕哆嗦。这就是咱们两个的爱所达到的最高峰吗？太令人难以想象了！如果咱们非办这件事不可，那我想，还是在教堂里好，至少在教堂里不像在这儿这样俗气！"

"你这个小东西！"裘德说，"你瞧你脸上那个又错乱、又苍白的劲儿！"

"我想，到了这会儿，这件事一定得在这儿办吧？"

"不见得——不见得非在这儿办不可。"

他问了工作员一下，又回来了，"不一定非那样不可——即便这会儿，咱们要是不愿意，也不必在这儿结婚。在任何别的地方也不必，"他说，"咱们可以在教堂里结婚。要是用这个许可证不成，他可以另给咱们一个，那样就成了，我想。反正不管怎么样，咱们先到外面待一下，等到你的心沉一沉，我的心也沉一沉，然后咱们再把这个问题研究研究好了。”

他们离开屋子的时候是偷偷摸摸内心有愧的样子，好像他们犯了什么罪似的；关门的时候，也是轻轻悄悄的。同时告诉那个寡妇（她留在门厅）叫她先回去，在家等他们；如果他们需要证人的时候，他们随便找个过路的人好了[1]。他们到了街上以后，转到了一个很少有人去的胡同里，在那儿来回地走，像他们很早以前在梅勒寨的市场里那样。

“现在，亲爱的，咱们怎么办？我感觉到，咱们又把事弄糟了。不过，不管什么办法，只要你说好，我也决不反对。”

“不过裘德，最亲爱的，我这儿又给你招麻烦了！你本来要在登记局里把事办了，是不是？”

“呃，我说实话吧，我到了局子里面以后，就觉得办不办真无所谓了。那个地方太丑恶了：它叫你心灰意冷，也同样叫我心灰意冷。跟着我又想到今儿早晨你说的话，说咱们到底应该不应该结婚的话。”

他们又毫无目的地往前走去，走到后来她站住了，用她那细小的声音说：“再说，像咱们这样犹疑不决，好像太没有出息了；但是这还比再一次冒昧从事好得多……那地方的景象我看着太可怕了！你想想那个满脸肥肉的女人脸上那种表情：她委身于那个囚犯，并不是几点钟的事儿，像她愿意的那样，而是一辈子的事

1 英国习惯，许可这样做。

儿，像她必须的那样。你再想想那另一个可怜的东西，——由于自己一时没有主意而做下了所谓见不得人的事，为了掩盖这样的耻辱，就自贬身价，不顾真正的耻辱，给一个看不起她的暴君做奴隶；其实，永远躲开那个人才是她唯一得救的机会……这就是咱们那个教区的教堂[1]，是不是？要是咱们按照平常的手续，咱们就该在这儿办事，是不是？里面好像正做礼拜似的。"

裘德走到教堂门口，往里探头一看。"噢——这儿也有人结婚，"他说，"好像今天每一个人都搞咱们这一套似的。"

淑说："这大概是因为四旬斋刚过吧，那时候，老是有成群结队的人结婚。[2]咱们进去听一听，看在教堂里结婚是什么滋味。"

他们进了教堂，在后面一排椅子上坐下，看着仪式在祭坛前面进行。两造的当事人好像都属于家道富足的中等阶级，他们的婚礼总起来说，也和一般的婚礼同样地好看、有趣。但是，他们虽然离得相当远，却也能看见新娘子手里拿的花儿直颤抖，同时能听见她机械地嘟囔着一些字句：她的脑子对于这些字句的意义，好像不是通过她的自觉而得到的。淑和裘德一同听着，同时也看着自己在过去也做过的这种自投罗网的仪式。"这件事对于这个人——可怜的东西——跟对我完全不一样，因为我有过以前的经验，我要是做，那是第二次，"她低声说，"他们可是头一次，把

1 莱丁属圣捷勒教区，这个教堂就是圣捷勒教堂。

2 四旬斋，是复活节前夕以前的四十天，在这个期间，人们斋戒、禁欲、忏悔，纪念耶稣在旷野受魔鬼的试探。在这个期间自然不能结婚，（英国有一句谚语，说，"四旬斋期间结姻缘，后悔的日子在后边。"）所以这个期间一过，人们为补偿起见，都急忙结婚。这儿这种说法，只是笑谈。

这番手续看做是理所当然。但是像咱们两个，或者至少像我自己，由经验中领会了这件事的严重性以后——特别是对我这样一个也许有的时候过于心细的人所有的那种严重性以后，可睁着眼睛把这件事再办一次，实在是不道德。我到了这儿，看见了这儿这个婚礼，我就怕在教堂里结婚了，也像刚才在登记局的时候怕在登记局结婚一样……裘德，咱们这一对儿，都是意志不坚定，主意拿不定的人，别人有信心的事我可怀疑——我居然能不顾以前的经验，对于买卖契约的齷齪肮脏再一次以身试探！”

于是他们勉强一笑，接着低声谈起他们面前活生生的教训。裘德就说，他也认为他们两个都太敏感了——他们根本就不应该下世为人——更不用说，去做那种对他们说来是最荒谬不经的共同行动——结婚了。

他的情人打了一个冷战，同时诚恳地问他，是不是他真心认为，他们不应该不顾一切，二次签订终身契约?“如果你认为咱们已经感觉到咱们对于结婚这件事不能胜任，而同时可又在知道了这种情况之后提议要昧着良心去宣誓，那岂不是太可怕了吗？”她说。

“你既然问到这儿，那我得说，我觉得我的确也这样想，”裘德说，“我的亲爱的，你别忘了，这件事只有你愿意的时候，我才能办。”她犹豫的时候，他接着自己承认说，虽然他想他们应该能够做这件事，他却觉得，他也跟她一样，害怕自己没有本领做这件事而不敢做——也许因为他们两个都特别，因为他们跟别的人不一样。“咱们两个都是神经过敏的人；咱们的真正毛病就在这里，淑！”他说。

“我倒觉得跟咱们一样的人，绝不止就咱们想的那几个！”

“呃，这我可不知道。毫无疑问，契约的用意是不错的，而且对于许多好人也是合适的；但是对于咱们，这种办法可是欲益反损；因为咱们老是古怪的人，一遇到家庭关系含有强制的成分在内的时候，就没有热心肠了，也鼓不起兴头来了！”

淑仍旧认为，他们并不古怪特别，并不与众不同，所有的人都跟他们一样。“人人都慢慢地跟咱们有同样的感觉了，咱们不过比他们稍微先进一点儿就是了，没有别的。再过五十年，再过一百年，那现在这一对儿的后人，在行动和感觉方面，要比咱们现在还觉得别扭。他们要比咱们现在还清楚地看到扰攘的人群都是些，

跟我们一样的有形之体，肮脏龌龊地生长繁殖，[1]

他们那时候就要不敢再生儿养女了。”

“这一句诗写得多令人可怕！……不过，我在悲观沮丧的时候，对于跟我同类的人，也有过同样的感觉。”

他们就这样低声谈下去。谈到后来，淑才带着稍微乐观一些的态度说：

“好吧——这是大家的问题，和咱们俩并没有什么相干，咱们又何必为这个这样自寻苦恼哪？不管咱们两个的理由都是什么，反正咱们的结论可是一个：对于咱们这两个人，宣布永远不能改

1　引自雪莱《伊斯兰的叛逆》第三章第二十三节第九行，亦即全诗第一三一四行。

的誓言是有危险性的。既是这样，那么，裘德，咱们不要把咱们的梦想毁灭了。咱们回去好了，对不对？我的朋友，你待我太好了；你对我的乖僻没有不依随的。”

“你的乖僻跟我的绝大部分都一样。”

他在一根柱子后面轻轻地吻了她一下。那时候，别的人都正看着结婚的行列往法衣室里去，没注意到他们俩。跟着他们出了教堂，在教堂门外，等着看原先去了一会儿的那两三辆马车又回来了，看着新婚的夫妇也来到外面的光天化日之下。淑叹了一口气。

“新娘子手里拿的花儿，真令人悲伤地觉得和古代要作牺牲的小牛身上装饰的花圈一样！”

“不过，淑，在这件事里面，男人也并不比女人好。有些女人看不到这一点，因此她们不去反抗环境，而倒去反抗男人；其实男人只是另一个牺牲者就是了。这就好像在人群里女人骂那个挤她的男人一样；可不知道，那个男人也同样地毫无办法；他只是把别人加给他的压力传给那个女人就是了。”

“不错，有些女人是这样；其实她们应该跟男人联合起来，去对付共同的敌人，对付环境的强制。”这时候，那一对新婚夫妇已经坐在车上走了。裘德和淑也跟别的闲人一块儿往前走去，“咱们别——咱们不要办这件事了，”她接着说，“至少现在不要办了。”

他们到了家了，他们胳膊挽着胳膊从窗前走过的时候，看见那个老寡妇从窗户里看他们。“我说，”他们进了屋里的时候那位客人喊，“我看见你们两个这样亲爱地走到门口，就对我自己说啦：‘那么他们两个到底拿准了主意把事办了！’”

他们简单地说，他们并没办。

“怎么——真的吗？真没办吗？这可该死！没想到我活了这么大，会亲眼看见‘忙里结婚闲中悔’[1]这句古语叫你们两个这样糟践了。要是这阵儿的新想法都把人弄成这种样子，那我干脆回我的玛丽格伦去好啦。冲着老天爷，我就得回去！我年轻的时候，没有人会想到结婚是件叫人怕的事儿。那时候的人，除了怕炮弹、怕家里没有吃的，别的事儿他们就没有怕的。唉，我跟我那一口子结了婚以后，我们就把那件事撂到脖子后头去了，好像玩了一回‘羊拐子’一样。”

“待会儿孩子回来的时候，可别对他说，”淑沉不住气的样子低声说，“他一定要认为什么都办妥当了。顶好别叫他觉得奇怪，别叫他纳闷儿。咱们这当然只是把事儿往后推一推，好再仔细考虑考虑。如果咱们现在这样过法就快乐，那别人又何必来管咱们的闲事？”

1 英国谚语。

5

一个小说家的目的，只是要记录书中人物的心情和行动，不是要表示他自己的意见，因此他自己对于前面说过的那番关系重大的辩论怎样看法，这儿不必叙说。他只要说，这一对情人是快活的——虽然有时也愁闷，但是总的说来，是快活的——这是没有疑问的事实。裘德的孩子在他家里出现，虽然有些出人意料：但是那并不像他们原来想的那样搅得人心神不安，而反倒使他们的生活里生出了一种使人道德提高、毫不掺杂自私的亲子之爱；所以他对他们的快乐不但没有损害，反倒助它增长。

确切地说，像他们那样讨好取悦、提心吊胆的性格[1]，这孩子的到来，使他们更要想到将来；特别是在眼前看来，这孩子好像很奇怪地缺乏一般儿童在童年时期普通所有的那种前途有望的一切迹象。但是这一对情人却曾想法把过分自信的看法抛弃，至少有一个短时期曾这样做过。

在上维塞司有一个老市镇，人口有九千到一万的样子；这个市镇可以叫做是司陶童山镇[2]。这个市镇本身，连同它那个高细、丑

---

1 意译，原文出格雷的《乡村教堂坟地挽歌》第八十六行。

2 底本为倍精司投克。

恶的老教堂和有红砖房子的新郊区，占在一片没有围篱界断、含着白垩地质的麦田中间。假使我们在想象中用奥尔布里坎和温屯寨这两个市镇和那个重要的驻军地夸特肖特[1]联起来，划成一个三角形，那么司陶童山镇差不多正占在这个三角的中心点上。从伦敦往西去的大路通过这个市镇。这条路在快到这个市镇的地方，分成了两股，到了镇西大约二十英里的地方，又合成了一条。在铁路通车以前，坐兽力车旅行的人们中间不断地发生争论，不知道这两条岔路到底哪一条好。但是这个问题，现在已经和交纳市政税的自由保产人、坐兽力车的旅客以及争论不绝的邮车车夫同归于尽了。现在，司陶童山镇上的居民，知道他们镇外有这样一条分而复合的大路的，大概连一个都没有了；因为现在没有人天天在那条由伦敦西去的大路上往来了。

现在司陶童山镇上大家最熟悉的一件东西，就是它的公墓，坐落在铁路旁边一些颇有画意的中古古迹中间。那儿那些近代的圣堂、坟墓和灌木丛，在那些残砖剩石和藤薜掩覆的古老墙壁中间，总显得好像格格不入。

但是，在我们这个故事现在说到的那一年，有一天正是六月初——这个市镇，虽然仍旧没有什么引人发生兴趣的情况，而坐火车上这儿来的人却很不少；特别有些下行车，车里的客人几乎全在这儿下车。那时正是举行全维塞司农业展览会的一周。展览会的特大帐篷，在市镇郊区的空旷地方上展开，好像一支围攻市镇的军队驻扎的帐篷。一行一行的大棚、小木屋、布棚、木厅、门廊

1 底本是奥勒得肖镇，在汉普郡东北界上。

和走廊——各式各样的建筑，不过就是缺少有永久性的那一种——在青草地上占了半平方英里的面积。来看展览的人，都成群结队地穿过市镇，一直奔向展览会的会场。由市镇到会场，一路之上，两旁全是游艺摊儿、买卖摊儿和串街游巷的小贩，把通到会场的整个大路都变成了临时市场，让一些没有计算的人，在他们还没走到他们打算看的那个展览会的大门以前，就把口袋几乎掏空了。

那一天正是人多的一天，正是叫做先令日[1]的一天。在几乎前后不断的游览车之中，有两列从相反的方向驶来，差不多同时开进了两个相接的车站。其中之一，和在它前面来的那好几列一样，是从伦敦来的。另外那一列，是从奥尔布里坎的支路来的。从伦敦来的列车上走下来一对夫妇：男的是个身子有些臃肿的矮子，大肚子，小短腿，好像一个安在两根小木柱上的陀螺。跟他一块来的那个女人，身段很不寒碜，脸盘有些发红，穿着黑料子衣服，浑身上下，从帽子到裙子，都镶着珠子，把她弄得全身发亮，好像穿着锁子甲似的。

他们抬头往四外看。男的正要像别人那样，雇一辆马车，那时候，女的说："干吗这么忙，卡特莱。从这儿到展览会会场，路并不远。咱们顺着大街走着去好了。也许有什么贱家具或者旧瓷器，我可以买它一件两件的。我好多年没到这儿来了——我最后到这儿来的时候，我才十几岁哪，那阵儿我有的时候跟男朋友一块儿到这儿来玩儿。"

1　指门票只卖一先令的日子。英国习惯，开这样展览会的时候，票价按日分别高低，像有一天很贱，有一天很贵之类，以便阶级不同的人不相混杂。这是英国阶级不平等的表现之一。

“游览车不载家具。”她丈夫——兰白斯三觥店的老板说，说的声音沉闷重浊。因为那正是卡特莱夫妇，从坐落在“人口稠密、金酒畅销的上好地点”上那个酒店，来到了这儿。他们自从叫广告上这句话招引到那儿去以后，就一直地在那儿住到现在。从这个老板的形体上看，可以知道，他也跟他的主顾们一样，很受了些他所零售的那种种酒的影响。

“那也没有关系。有什么值得买的东西，我买妥了，再叫他们给我随后运去好啦。”他太太说。

他们蹓跶着往前走去，但是还没等到他们走进市镇，就看见有一对带着小孩子的青年人，引起了她的注意。那一对青年是从另一个月台上来的，从奥尔布里坎来的列车就停在那个月台旁边。他们刚好走在那一对开酒店的夫妇前面。

“哎呀呀！”艾拉白拉说。

“什么事？”卡特莱说。

“那一对儿你知道是谁？你认出那个男的是谁来没有？”

“没有。”

“我不是把他的相片给你看过吗？那你还认不出来？”

“是范立吗？”

“不错，是他——一点儿不错，正是他。”

“哦，那么，我想，他这也是跟别人一样，要上这儿来观光观光了。”卡特莱对于范立的注意，不管当初他跟艾拉白拉还在新鲜劲头上的时候那么样，反正自从她那迷人的地方和特有的劲儿、她那格外添上去的头发和故意做出来的酒窝都变得像说完了的故事[1]一样以后，他对范立的兴趣也显然减少了。

艾拉白拉带着她丈夫走去，走的快慢，恰好能使他们跟在那三个人后面。在那样川流不息的人群里，要这样做而却不引起别人的注意，本是很容易的。卡特莱跟她说话的时候，她的回答总是很简单、很含糊的：因为她对她前面那三个人所有的兴趣，比她对其余全部的光景都更强烈。

“看样子，他们两个好像非常地亲爱，对于他们的孩子也很疼爱。”那个酒店老板说。

“他们的孩子！是他们的孩子才怪哪！”艾拉白拉说，说的时候，很奇怪地突然带出一种恶狠狠的样子来，“照他们结婚的时间算，他们养不出那么大的孩子来！”

不过，虽然她那种死灰欲燃的母爱本能很强烈，能够使她对于丈夫的胡猜乱想加以澄清，但是，她又仔细想了一想，可就不愿意做超过必要的坦白了。卡特莱还满心以为，他太太和她头一个丈夫所生的孩子，正在地球上英国的对面跟着他外祖父母过活。

“我也是那么想。那个女人自己还跟个孩子差不多。”

“他们不过是情人，即便结了婚，也不会很久。那孩子一定是他们抱来的。这是一看就能看出来的。”

大家都继续往前走去。一无所知的淑和裘德——正是他们所说的那一对儿——本来早就决定，要到这个离他们住的市镇不过二十英里的展览会上，游览一整天：他们这样做，不但可以活动身

---

1 见《旧约·诗篇》第90章第9节：“我们度尽的岁月，好像说完了的故事。”“故事”或做“叹息”。总之，言人生实短，岁月转瞬成空。

体，可以悦目赏心，还可以不用花许多钱而受到教育：因为他们并不完全为自己着想，也为时光老人着想，所以把时光老人也特意带来了，还用尽一切办法，想引起他的兴趣，逗出他的笑声，叫他像别的孩子一样。虽然有他在跟前，他们在这次感到很快乐的旅程中，随便自由的谈笑，就多少有些受到了拘束；不过过了不大的时间，他们就忘了有他在旁边看着他们了。他们开始带着彼此疼怜的关切，往前走去，这种关切，即便最腼腆的人，也难以掩藏。而他们两个，以为在生人中间，没有人认识他们，所以就比在家里的时候，更随便一些，更不去掩藏。淑穿着夏天的服装，跟一只鸟儿一样的轻盈、活泼，把大拇指伸着，按在她那把白色的布阳伞伞把上，往前走的时候，都好像脚不沾地似的，都好像来一阵稍为大一点的风，就能把她从树篱上吹到那一面的地里一般。裘德穿着他那身轻便的灰色节日服装，觉得有她作伴，真正得意之极。这样得意，固然由于她的外表有引人注意的地方，但是更由于她的谈话、她的行动，都是跟他同气相应的。因为他们两个完全互相了解，所以他们只要看一眼，只要做一个动作，就能很切实地把他们的灵犀互相传递，切实得像用言语表达出来的一样。这种互相了解的情况，使他们显得好像只是一个整体的两半。

这一对情人，带着孩子，由转栅门进了会场；艾拉白拉和她丈夫就跟在他们后面不远的地方。他们到了展览会会场里面，酒店老板的太太就一眼看到，她前面那一对情人，不嫌麻烦，指出许多有意思的东西——不论是活的还是死的——给那孩子看，又讲给他听；遇到那孩子仍旧漠不关心、无法可办的时候，忧郁之色就一时在他们脸上出现。

“你瞧她摽住了他那个劲儿！”艾拉白拉说，“哦，是了——想必是他们还没结婚，要是结了婚，他们就不会彼此这样亲爱了……我想大概是没结婚！”

“但是，我可记得你说过，说她和他已经结了婚了？”

“我只听说，他打算要和她结婚——就是这样，我只听说，他把婚期往后推了一两次以后，又打算和她结婚……在他们两个看来，这个展览会上除了他们，再就没有别人了。我要是他，那我决不像他这样不顾廉耻，把自己弄得这样傻了似的。”

“我看不出来，他们的行动有什么特别的地方。要是你不告诉我，我自己还决看不出来他们两个是一对情人。”

“你这个人，不论多会儿都是个瞎眼的。”她答道。不过，卡特莱对于这一对情人或者夫妇的看法，毫无疑问也就是这一群人一般的看法。艾拉白拉那副锐利的眼光所看见的情况，他们看不见。

“他叫她迷的那个劲儿，好像她就跟天仙一样！”艾拉白拉接着说，“你瞧，他转脸看她的时候那种神气，用眼盯在她脸上的时候那种样子，我总觉得，这个女人爱裘德，不像裘德爱她那样厉害。我觉得，她这个人，心肠并不怎么特别地热，固然她也得算是爱他的了，尽她可能的程度爱他；同时，他要是想叫她的心疼一疼的话，也可以办得到——不过他这个人太简单了，不会耍那种花招儿。你看——这会儿他们往展览拉车的马那个棚里去了。咱们也上那儿去吧。”

“我不想看拉车的马。咱们干吗老跟在他们俩的屁股后头？咱们不是要来看展览会吗？那咱们就自己要怎么看就怎么看好啦。

他们不也是那样吗？”

“呃——我提议，咱们两个先分手，各人干各人的，这样过一个钟头，再在一个地方碰头——就在那面那个点心棚里碰头好啦。你说好不好？这样的话，你就可以爱看什么就看什么，我也可以爱看什么就看什么了。”

卡特莱对于这个办法，并没有什么不肯的。所以他们就分了手——他往一个正在表演大麦变麦芽[1]的棚子里走去；她呢，就朝着裘德和淑去的那一面去了。但是还没等到她追到他们身后，就有一张笑脸和她自己的脸相迎：只见站在她面前的，正是安妮，她作姑娘那时候的朋友。

安妮没想到碰见熟人，所以先呵呵大笑一阵；笑劲儿过了，才说："我还是住在那儿。我快要结婚了，不过我的未婚夫今儿没工夫，没能来。咱们的熟人坐游览车来的可多着哪，不过这阵儿，我可不知道他们都上了哪儿去了。”

“你碰见裘德和一个年轻的女人在一块儿没有，那个女人不知道是他的情人，还是他的太太，还是什么别的。我刚才看见他们了。”

“没碰见。我好些年没看见他了！”

“呃——他们就在这一块儿。你瞧——那不是他们在那匹灰马旁边吗？”

“那就是他现在的情人吗？你刚才还说那就是他的太太来着。他又结了婚了吗？”

1　把大麦浸在水里，使之出芽，是做啤酒的第一阶段。

"我不知道。"

"她倒挺好看的，是不是？"

"不错——她长得没有什么可以挑剔的——也没有什么可以疑惑的。不过，也不见得太好；那样一个又瘦又细、又不稳重的小东西！"

"他也是个挺好看的小伙子，你不该和他分开，艾拉白拉。"

"谁说该来着？"她嘟囔着说。

安妮大笑起来："你呀，艾拉白拉，就是改不了这个老脾气，老觉得丈夫是别人的好。"

"呃，我倒是想要知道知道，女人有谁不是这样的。至于跟他在一块儿的那个小东西——她是不懂得爱的——至少不懂得我所说的那个爱！我从她脸上就看出来，她不懂。"

"不过，也许她所说的那个爱，你也不懂得啊。"

"我还真不想懂！……啊——他们往艺术馆去了。我也想看看画儿。咱们一块儿去好不好？——哟，一点不错，维塞司所有的人，全都来了！你瞧，连维尔伯大夫也来了。我好些年没见他了。他还跟我当年认识他的时候一样，一点也没显老。你好哇，维尔伯大夫？我刚才正说来着，你比当年我还是个小姑娘那时候，一点儿都没显老。"

"这只是因为，我经常用我自己的药，所以才有这种效果，太太，一盒只卖两先令三便士——管保有效，有政府的印花为证。现在让我来给你建议，你买一盒，学我的榜样，免得受时光的腐蚀。只花两先令三便士。"

大夫从他背心的口袋里，掏出一盒药来，艾拉白拉不好意思不要，就买下了。

“同时，”他拿到了钱以后接着说，“恕我眼拙，你是什么太太来着？——哦，是啦——你就是范立太太，也就是邓姑娘，住在玛丽格伦附近，是不是？”

“不错。不过这会儿成了卡特莱太太了。”

“啊——那么这是老天把你们拆散了？他是个很有出息的小伙子！他还是我的学生哪。我教过他古代文字。你信不信吧，他学了不久，就差不多赶上我了。”

“我们拆散了，但是可不是老天把我们拆散了，”艾拉白拉干巴巴地说，“是法官把我们拆散了。你瞧，他就在那边！活生生的、壮实实的，跟他的爱人，正要进艺术馆。”

“啊——不错。他好像很爱那个女的。”

“他们都说，他们是表兄妹。”

“表兄妹的关系，一定给他们的恋爱开了方便之门，我想？”

“不错。她丈夫跟她离婚的时候，也一定这样想……咱们也去看看画儿，好不好？”

于是他们三个人就穿过了草地，进了艺术馆。裘德和淑，带着那个孩子，一直不知道，他们在别人眼里，引起了这样的兴趣，他们这时候，正往艺术馆的一头儿，看一件模型去了。他们在模型旁边，很注意地看了好久，才又往前走去。艾拉白拉和她的同伴，待了一会儿，也走到这个模型前面，只见模型上的标签是：“基督寺红衣主教学院模型：作者裘·范立与淑·芙·玛·布莱德赫。”

“原来他们欣赏的，是他们自己的出品啊，”艾拉白拉说，“裘德还是那个老脾气——不好好地工作，可净琢磨基督寺和学院！”

他们匆匆忙忙地看了看画儿，又往前走到音乐堂，站在那儿听军乐队演奏音乐，听了一会儿，裘德、淑和孩子，从另一面也来了。艾拉白拉并不怕他们认出来，其实他们听了军乐，全副精神都融化成了一片情绪，对于外界事物，一概不顾得理会了，所以并认不得珠幕之下的艾拉白拉。艾拉白拉顺着听众的外围，从那一对情人的身后走过；因为他们的活动，今天对她有想不到的迷人之处。她从他们身后仔细看去，只见裘德和淑一块站在那儿的时候，裘德的手到处去找淑的手：他们以为他们站得那样近，可以把他们两个这种默默无言、灵犀相通的动作掩饰。

“可怜的傻东西——成了一对小孩儿了！”艾拉白拉烦躁地对自己说，一面又和她的同伴到了一块儿。只见她对他们，保持了一种心里有事、不多说话的样子。

同时，安妮就对维尔伯逗着笑儿，说艾拉白拉怎么又在那儿对她头一个丈夫爱慕起来。

“我说，”医生把艾拉白拉拽到一边对她说，“你要不要这样东西，卡特莱太太？我并不经常炮制这种东西，不过有的时候，有人在我这儿找这种东西，所以我也预备点儿。”他掏出一个小瓶儿来，里面盛着清澈明净的液体：“这是春药，古代的人用的，效力很大。我这是研究他们的著作，才发现的，从来还没听人说过不灵。”

“那是用什么做的？”艾拉白拉带着好奇的样子问。

“呃——鸽子——也叫鹁鸽——鸽子的心脏炼成的油，是药料的一种；差不多得用一百个鸽子的心脏，才能炼出这一小瓶药来。”

“你怎么能捉到那么些鸽子？”

“我把秘密告诉你吧。鸽子都是非常爱吃盐的，所以我先弄一块石盐，把它放在鸽子房里，再把鸽子房放在房顶上。要不了几个钟头，鸽子就从四面八方——从东面，西面，南面，北面——飞来了。这样，我就可以想要多少就捉多少。你要用这种药的时候，你想法在你的对象喝的东西里，把它滴上十滴就成了。不过，你可得记住了，我所以把话都对你说了，就是因为，我从你问我的话里，知道你打算要买这种东西。你千万可别冤我！”

“好吧——我买一瓶好了，那没有什么关系——我买了，送给朋友，叫她拿她的情人试一下好了。”她拿出五个先令来（那就是卖价）把药瓶顺到她那广阔的胸前衣兜里去了。她接着就对维尔伯说，她和她丈夫约定的时间已经到了，说完了就蹓跶着往点心棚那儿去了。这时候，裘德、他的同伴和那孩子，已经往前面的园艺棚里去了，在那儿，艾拉白拉看了他们一眼，只见他们正站在一簇盛开的玫瑰花前面。

她停留了一下，老远看了他们几分钟的工夫，然后才往前去找她丈夫：那时候，她心里很不高兴。她到了点心棚，只见她丈夫正坐在酒吧旁边一个凳子上，和一个穿得花红柳绿、给他拿酒的女侍，又说又笑。

“这桩事儿，我还只当你在家里已经干够了，”艾拉白拉闷闷不乐地说，“巴巴儿地从你自己的酒吧间，跑五十英里，只为了上另一个酒吧间哪！这真是哪儿的事！来，你也学别人那样，带着我到会场里转一转好了。看你这样子，人家还只当你是个光棍儿，就你自己，没有别的人要你照顾哪！真是的！”

“咱们不是说好了，在这儿见面吗？我不在这儿等，又怎么办？”

“好啦，这会儿咱们不是又到了一块了吗？跟我来好了。”她回答说，那时候，她都能因为太阳照在她身上而跟太阳吵起来。跟着这一对夫妻——一个大腹便便的男子、一个花里胡哨的女人——就和信基督教的国家里一般的夫妻那样，你怨我恨、扭天别地地，离开了那个点心棚。

同时，那一对与众不同的情人和那孩子，仍旧在花卉展览场里流连——那个地方对于他们那种善于欣赏的人说来，就是一个富有魔力的宫殿——淑的脸平常本来是灰白的，现在却把她所注视的那些轻抹淡染的玫瑰花所有的那种粉红色，反映出来了；因为那时候，种种鲜明爽朗的光景、野外的新鲜空气、生动活泼的音乐以及和裘德一块儿出来游玩这一天的快乐，使得她血液循环的速度加快，使得她眼睛发出生动的闪烁之光。淑对于玫瑰花爱得无以复加，所以艾拉白拉当时所看见的，就是她硬把裘德拽到那儿，自己好看一看各个变种的名字，好把她的脸放到花前一英寸远的地方，去闻花的香味。

“这些可爱的花儿，我真想把鼻子贴到它们上面！”她说，“不过我想那是违反规章的吧，裘德？是不是？”

“不错，你这个小孩儿。”他说，跟着就闹着玩儿，把她轻轻一推，这样一来，她的鼻子就一下杵到花瓣儿的中间去了。

“警察一会儿就要来干涉咱们了。那我就说，那都是我丈夫干的事儿！”

跟着她抬起头来看他，同时微微笑着，这种笑，在艾拉白拉看来，含着很大的意义。

“快活吗？”他嘟囔着说。

她点了点头。

“为什么快活？因为看见了这个维塞司农业展览大会？还是因为和我一块儿来了？”

“你老提各式各样荒谬的问题，想法子叫我承认！我快活，只是因为我看到了所有这些汽犁、打麦机、切草机和牛、羊、猪，我长了见识。”

裘德对他那位老是善于闪转腾挪的同伴这样给他钉子碰，觉得很舒服。但是在他忘记了他曾提过这样的问题那时候——在他不要她答复他的问题那时候，她却又说：“我觉得咱们又回到古代希腊那种尽情享乐的生活里去了；咱们看不见疾病和忧愁了；咱们忘了古代希腊以后这二十五个世纪对于人类的教训了：像基督寺那些明智之士里面有一位曾说过的那样……但是咱们眼前可有一个阴影——只有一个。”跟着她看着那个跟老头儿一样的孩子。他们虽然把他带到各样可以使智力正常的孩子感到兴趣的东西前面，而这些东西，却没有一样能引起他的兴趣的。

这孩子明白他们说的这个话里的意思，了解他们的思想。“爸爸，妈妈，我真对不起你们，”他说，“不过请你们不要理会！——我这是没有法子，我本来可以喜欢这些花儿，但是我可总要想，它们过不了几天就都谢了！”

6

这一对情人的生活，本来没有人注意；但是自从他们想要举行婚礼而又中止了那一天起，他们的行动，却除了艾拉白拉以外，还有别的人也在那儿观察、谈论。住在泉街以及泉街附近的人们，一般地不了解淑和裘德两个人的心理、感情、地位和忧惧，而且他们大概也没法了解。他们家里突然来了一个孩子，管裘德叫爸爸，管淑叫妈；本来为安静起见想要在登记局里举行婚礼，却又临时中止了：这两件稀奇的事实，再加上法院里没人提出异议的离婚案件所引起的谣言，在普通的人心里，只能有一种解释。

小时光老人——因为虽然他们给了他正式的名字裘德，而那个对他非常适合的诨名他却摆脱不掉——晚上从学校里回来的时候，把学校里别的孩子问他的问题、说他的闲话，对他们说了一遍；这些问题和闲话，让淑和裘德听了觉得很痛苦、很忧闷。

结果是：这一对情人，在登记局结婚不成以后过了不久，一同往别的地方去待了几天——大家都认为去的地方是伦敦——去的时候，他们雇了一个人照看那孩子。他们回来了的时候，用间接的方式，带着毫不在乎、心身疲倦的神气使别人了解：他们到底按照法律手续结了婚了。本来大家都称呼淑作布莱德赫太太，现在她却公开地用范立太太的称呼[1]了。有好几天的工夫，她的态度老是沉闷、畏缩、坐立不安：这种态度好像证实了这一切事实。

但是他们去做这件事的时候，所采取的秘密办法却是一种错误（像大家公认的那样），因为这种秘密仍旧让人觉得，他们的生活非常神秘；他们本来希望，采用了这种办法，可以和街坊们更亲近一些，但是现在他们看出来，他们并没像他们想的那样得到成功。活人的秘密给人们的兴趣，并不亚于死人的丑闻。

面包房的小徒弟和杂货铺的小伙计，从前到淑家里送货的时候，都很客气地对淑脱帽致敬，现在却都不再做这种麻烦事了。住在附近那些匠人们的老婆遇到了她的时候，也都不理睬她而昂首直视走过。

固然不错，没有人来搅扰他们，但是一种使人感到压迫的气氛，却开始在他们的心灵四周围绕，特别在他们到展览会去了那一回以后，这种压迫更厉害了，好像那一次的游览，给他们招来了一股邪恶的影响，纠缠不去似的。而他们的脾气，正是一面感到这种气氛使人难受，而另一面却又不肯把事实极力公开说明，来减轻这种压迫。他们显然是想采取行动，挽救以往，但是那种行动却太晚了，不能发生什么效果。

做石碑和錾碑文的主顾减少了；两三个月以后，秋天来了的时候，裘德看出来，他又非做零活儿不可了；这种情况现在发生，更加不幸；因为他去年打官司交讼费的时候，没有办法而欠下的债，到现在还没还清。

1　西人可自表身份，在姓前自加“小姐”“太太”等称呼。

有一天晚上，他又像平常那样，跟淑和孩子一同用晚饭。“我这儿正琢磨，”他对淑说，“不要在这儿再耗下去了。固然不错，这儿的生活对咱们很合适；但是如果咱们能搬到另一个大家都不认识咱们的地方去，那咱们心里就能更轻松一些，机会也就更多一些了。所以我恐怕咱们这儿这个家住不长了，即便你觉得这很别扭，可怜的亲亲，那也没有法子。”

淑一看到自己成为使人怜悯的对象，就非常激动。所以她听了这番话，不觉流起泪来。

“呃——我这并不是难过，”她跟着说，“我只觉得，这儿这些人看我的时候那种神气，叫我不好受。你安这个家，摆这些家具，完全是为了我和这孩子！你自己并不需要这个家；这笔花费是很可以省的。不过，不管咱们怎么办，不管咱们搬到哪儿，反正你决不要把我跟这孩子拆开，裘德！我这阵儿怎么也舍不得离开他了！他那么年轻，心里却罩上了那样的一片云雾：这种情况我看着难过极了，所以我真希望，有一天，我能使他拨云雾而见青天！同时他对我又那样恋恋，你不会把我和他拆开吧？”

“当然不会，我这亲爱的孩子！咱们不管到哪儿，都可以找到方便的寓所。我大概得在各处跑——有时在这儿找到活儿，有时在那儿找到活儿。”

“我也要做点活儿，做到——做到——好吧，我现在既然没机会做在碑上描字的活儿了，我应该做点别的活儿。”

“你不要这样急于找活儿干，”他难过的样子说，“我不要你这样，我希望你不要这样，淑。照顾这孩子和你自己，就够你忙的了。”

有人敲门，裘德自己出去了。淑能听见外面谈的话：

“范立先生在家吗？……我是白尔维利建筑公司打发来的。他们在离这儿不远的一个地方，新近正整修一座小教堂，要重新描十诫的全文[1]。他们叫我来问一问，你是不是可以承揽这件活儿？”

裘德想了一想，说可以承揽。“这件活儿并不要很高的技术，”建筑公司的伙计接着说，“牧师是个老古板。他除了叫教堂整个见见新，把坏了的地方修理修理，别的活儿一概不要。”

“那可真是个好人！”淑心里说，因为她对于做得过火的整旧工程里种种可怕的情况[2]，很有反感。

“十诫全文是装在教堂的东头的，”传话的人接着说，“按照做买卖的习惯，本来应该算做废品，归承修人运走。但是因为牧师不许这样，所以那也要跟那堵墙一块儿修理一下。”

关于这件活儿的条件，一会儿就商议好了。裘德又回到屋里来了。“刚才你听见了没有？”他很高兴地说，“不管怎么样，反正又有一件活儿可做，你还可以在这里面帮一下忙——至少你可以先试试看。教堂里别的活儿都完了，所以这座教堂可以完全是咱们两个的天下。”

第二天裘德就往这个教堂那儿去了，那儿离他的家不过二英里。他到了那儿一看，只见公司的伙计说的话完全不错。那份涂着犹太法律的匾额，严肃地俯视着基督教的圣器，作成了圣坛厅

---

1 “十诫”见《旧约·出埃及记》第20章第3—17节。

2 十九世纪中叶的英国，教堂建筑复旧之风盛行，多做得过火，名为复旧，实则毁灭旧迹。哈代就不赞成这种行动，在其诗文中常加以讽刺。

那一头的主要装饰，式样是前一世纪里质朴无华的那一种。因为这些匾额的框子，原先都是用石灰做成的花纹，所以修理的时候不能取下来。有一部分因为受潮而酥了，需要另做。这一部分活儿做完，他又把全部打扫干净，然后就动手重新涂描字迹。第二天淑也来了，一则是来看一看她可以帮什么忙，二则是因为他们喜欢在一块儿。

教堂里很安静，没有别的人，这使她生出信心。裘德搭了一个不很高的架子，站在那上面不会出危险；不过她上了那个架子的时候，还是很胆怯。她现在就站在那个架子上动手描第一个匾额上面的字，裘德就动手修理第二个匾额上坏了的那一部分。她发现她做这种活儿的本领还真不错，觉得很高兴。那本是她在基督寺的圣物店里描经文的时候就学会了的。看样子好像不会有什么人来打搅他们，和鸣的鸟声和十月里树叶子的沙沙声，从窗户传进来，和他们谈话的声音混合。

但是他们却不能总这样安静、舒适，没人打搅。快到十二点半钟的时候，外面的石子路上有脚步声。老牧师和教堂管事的进来了，他们走近前来，要看一看正在进行什么工作，没想到会有一个女人在那儿帮忙。他们往前走到一个通廊的时候，教堂的门又打开了，又进来了一个人——一个小小的人，原来是小时光老人，哭着来了。原先淑曾告诉过他，说他放了学的时候，如果想找她，在什么地方可以找到。她从她站着的高架上下来，同时说："怎么啦，我的乖乖？"

"我没法待在学校里用饭，因为他们说——"他于是接着解释，说怎样有几个孩子说，他妈不是他真妈。淑听了这个话，心里很难过，就抬起头来，对裘德表示她的愤慨。孩子往教堂坟地里去了，淑又动手工作起来。同时门又打开了：一个系着白围裙的女人，带着做事井井有条的神气，进来了；她是打扫教堂的。淑认出来，这个人在泉街有朋友，她常上那儿去看她们。这个打扫教堂的女人看见了淑，把嘴一张，把手一举；她显然是认了出来裘德的伙伴是谁，也和裘德的伙伴认了出来她这个人是谁一样。跟着又进来了两个女人。她们和那个打扫教堂的说了几句话以后，也走上前来，看着淑站在高架上描字迹，同时评头品足地，一直看着她那靠着白色的墙站着的形体，都把她看得越来越沉不住气，全身发起抖来。

这两个女人又回到先前那几个人站的地方，低声谈起来。只听其中有一个说——淑听不出来是哪一个——“她是这个工人的老婆吧，我想？”

“有人说是，也有人说不是。”打扫教堂的女人回答说。

“有人说不是？那可不成！她反正得有个主儿：不是这个人的，就得是另一个人的。这是很清楚的！”

“是也罢，不是也罢，反正他们结了婚，还不到几个礼拜。”

“叫这样一对儿描十诫，真岂有此理！我真没想到，白尔维利公司会做这样的事，雇这么两个人！”

教堂管事的说，他认为白尔维利公司一定不知他们两个有问题。跟着原先跟那个老太婆说话的女人就解释了一下，说她刚才为什么说岂有此理。他们于是低声谈起话来。跟着教堂管事的说了一个故事。由这个故事里，就可以知道，他们低声所谈的是什么话。那个故事，虽然就是由当时的光景引起来的，他说的时候，却没背着裘德夫妇，他把声音放高了，使教堂里所有的人都能听见。

“我爷爷给我讲过一件顶有伤风化的奇怪故事，听起来真够稀罕。那也是描十诫的，出在那面那个该米得村[1]旁边的教堂里——要往那儿去，一气儿就可以走到。在那年头儿，十诫多半是用金字描在黑地上的，我说的那个教堂里的十诫也是那样。那个时候还是老教堂，还没修新的。他们那时的十诫，也跟咱们这儿的一样，处处要修理；这个话大约有一百年了。他们得从奥尔布里坎去找工人。他们打算在一个礼拜日，把十诫修理好了。所以礼拜六晚上很晚的时候，工人还在那儿赶活儿。他们本来不愿意这样干，因为那时候跟现在不一样，加班并不加钱。那年头儿，没有真心信教的：牧师、助理、教民统统一样。牧师为了要那些工人赶活儿，就在下午给他们大量的酒喝，天快黑了的时候，他们自己又要了好些酒，还一点儿不错是甜酒。天越来越晚了，他们就喝得越来越糊涂，到后来，他们就干脆把酒瓶酒杯放到圣餐台上，搬过两三个凳子来，围着圣餐台舒舒服服、一大杯一大杯地倒着喝。据说，他们刚把杯里的酒都喝完了，就都一个个人事不省地倒在地上了。他们也不知道这样过了多久，但是他们醒过来的时候，正下着吓人的大雷雨。他们在天昏地暗里好像看见有一个大黑人，腿很细，脚很怪[2]，站在梯子上，替他们赶活儿。天亮了以后，他们一看，只见活儿一点儿不错都做完了，但是怎么也想不起来，是不

1　底本据赫门·里说，是辛飞勒得，但据最近（1984）顿尼斯—开伊·拉宾孙《哈代的风土》说，应是色勒汉姆斯太得，在奥尔布利坎西南约一二英里。

2　西洋人普通的观念，认为魔鬼的腿像羊腿，脚是蹄形，头上有角，身后有尾巴。

是他们自己做完了的。他们都回了家，跟着就听说，那个礼拜天早晨，教堂里闹了个大笑话。原来大家都来到教堂要做礼拜的时候，只见描在墙上的十条诫文里所有的‘不’字全去掉了。体面人好久都没有再上那个教堂去做礼拜的。后来没有法子，只好请主教来，把教堂重新献敬了一番，才算完事。这就是我是个小孩子的时候，常常听说的。这个故事真不真，完全凭你们自己，但是这个故事是今天眼前这件事让我想起来的，可毫无疑问。”

那几个人又往墙上瞧了一瞧，好像要看一看是不是裘德和淑，也把“不”字去掉了。跟着他们一个跟一个全走了，最后连那个打扫教堂的老太婆也离开了。淑和裘德一直工作没停。他们把孩子打发到学校去了以后，仍旧一言没发。到后来，他仔细一看她，才看见她正在那儿不出声地哭。

“同志，快别理他们！”他说，“这有什么值得往心里去的！”

“因为一个人，要照着自己的方式生活，别人就说他坏，那太叫人难受了！就是因为一般人都这样想，所以才把好人逼得毫无办法，做了坏人！”

“永远不要灰心！那不过是一个可笑的故事就是了。”

“哦，不错。但是招人说这个故事的，可是咱们！裘德，我恐怕我到这儿来，不但没有帮你的忙，反倒给你惹下祸来了！”

把他们的地位郑重地考虑一下，就可以看出来，引人说那样故事，当然不是什么令人痛快的事。但是，过了几分钟以后，淑好像看到：他们那天早晨的情况，也有它可笑的一面，因此就擦了擦眼泪，笑起来。

“在所有的人里面，偏偏是有咱们两个那样奇怪阅历的人，在这儿做这样的活儿，说起来是有些可笑！你就是一个堕落了的人，我哪——在我这种情况之下……哦，亲爱的！”……她把手罩在眼上，不出声一阵一阵地笑起来，到后来，她笑得都没有劲儿了。

“本来应该这样才是，”裘德高兴起来说，“这会儿咱们又都什么事儿也没有了，是不是，你这个孩子？”

“哦，不过咱们的情况，仍旧很严重！”她叹了一口气，同时拿起刷子来，把身子站直了，“他们并不信咱们结过婚，你看出来了没有？他们不肯信，真怪！”

“他们信不信，我才不在乎哪，”裘德说，“我还决不再费心费力，想法叫他们信。”

他们一同坐下，吃他们带到这儿来的午点，因为这样省工夫。吃完了，刚要重新开始工作的时候，只见一个人进了教堂。裘德一看，正是包工程的维利。他老远对裘德招手，把他叫到一边，跟他说话。

“刚才有人对我提意见了，”他说，说的时候，非常为难的样子，几乎都喘不上气来了，“我不打算深究这件事——因为，我不知道究竟是怎么回事——不过，我恐怕得请你们两个住手，叫别的人来接着做下去。这是最好的办法，因为这样可以免得发生任何不愉快的事。不过我还是照样给你这一个礼拜的工资。”

裘德是一个性情刚直的人，不肯小题大作；所以那个包工程的就把工资给了他，自己走了。裘德把工具收拾到一块儿，淑也把刷子弄干净了。跟着他们两个的眼光相遇。

“咱们两个的头脑怎么会这样简单——认为咱们这样做没有关系？”她说，说的时候，声音低到她那种伤感的调子，“咱们不应该——我不应该上这儿来！”

“我压根儿就没想到，在这样一个偏僻的地方，会有人闯进来，看见咱们！”裘德回答说，“好吧，事情到了这步田地，有什么法子，亲爱的！我当然不能死乞白赖地赖在这儿，把维利的主顾给他砸了。”他们老老实实地坐下去，坐了几分钟，又站起来，出了教堂，追上了他们的孩子，含着满腹的心事，往奥尔布里坎去了。

范立对于教育事业，仍旧非常热心。他自己受过挫折，所以凡是在他那点儿能力所能达到的范围以内，他都尽量推广“机会均等”。他刚到这个市镇上来的时候，镇上恰好成立了一个工匠进修互助社。他加入了这个社。社员都是青年人，包括所有一切的教会派别：其中有国教派、会众自治派、洗礼派、一神派、积极派，还有别的派——那时候，不可知论派还几乎没有人听说过——他们想要增长知识那个共同目的，成了他们互相结合的紧密媒介。会费不多，社址舒适；裘德很积极，又有不同平常的造诣；同时，多年同恶劣的环境斗争的结果，使他直觉地知道该读什么书；读的时候，该怎么开始：由于这种情况，特别是最后一种，他便当选为委员会的委员之一。

人家不让他修理教堂以后，又过了几天，他还没找到别的工作，就在这时候，有一天晚上，前面说过的那个委员会开会，他去参加。他到会的时候已经晚了，别的委员都早到了。他进门的时候，他们带着疑惑的态度看着他，几乎没有人跟他打招呼。他一看这种情况，就知道这一定是他们刚讨论到或者提议过于他有关的问题了。他们处理了几件例行的事务以后，他们发现那一季的社员突然减少了。有一个委员——他实在是一个好心眼、很正直的人——就开始像猜谜似的猜度某些可能的原因。他说他们应该仔细研究研究他们的章程；因为，如果别人对于委员会不尊重，同时在教派不同的委员中间连共同的行动标准都没有，那他们就非把这个社弄得一败涂地不可。在裘德面前，他们没再说什么别的话，但是他明白这几句话都是什么意思；所以他就跑到一张桌子前面，在那儿写了一个字条，马上辞去了委员的职务。

这一对过于敏感的人就这样一步一步地让人逼得非离开这个地方不可。跟着铺子里也都来清账。于是下面这个问题就发生了：裘德要是非得离开这个市镇不可，而却还不知道要到哪儿去，那他对于他老姑太太那些笨重的老家具怎么办？他既然不能把它们带走，同时他又需要现款，因此他就决定采取拍卖的办法，虽然他本来非常想把那些古老尊严的东西留下。

拍卖的日子来到了；淑在裘德布置的这个小小的家里给她自己、裘德和孩子做最后一次早饭。那天碰巧下雨；淑又不舒服；同时她又不愿意把裘德一个人撂在这种阴惨的气氛里（因为他不能不在那儿待些时候）。所以她就听了拍卖行的人对她提的办法，在楼上找了一个屋子，先把里面的东西挪了出来；这样就可以自己待在里面，不让买主进去。裘德就在这个屋子里找到了她。那时屋里有那个孩子，有他们的几个箱子、几个篮子和几捆东西，还有不在拍卖之内的两把椅子和一张桌子。就在这种环境里，他们两个一同坐下，一面琢磨，一面谈话。

没铺地毯的楼梯上开始有脚步上下的声音了；来的人开始看家具了；家具之中有少数的几件非常古老稀奇，因而都出乎意料地让人当艺术品买去了。有一两次，有人推他们那个房间的门；裘德于是用一张纸条，写上“私人住室”字样，钉在门上，免得有人硬闯进去。

他们不久就听出来，那些想买家具的人所谈的不是家具，而却是他们两个私人的历史和过去的行为，都谈到叫人想不到的地方，谈到叫人没法受的程度。他们以前本来以为别人不认识他们，自己是住在安乐窝里；现在才头一次真正发现那种想法有多傻了。淑一声不响地握住了她那个同伴的手，他们两个互相对视，听那些闲话——小时光老人奇怪而神秘的身份，是他们揣测、猜度的主要对象。后来，拍卖到底在楼下的屋子里开始了，他们在楼上能听见每一件家具卖掉了的情况：他们自己心爱的东西卖得很便宜，而他们自己不理会的东西反倒出人意料，卖了高价。

“别人都不了解咱们，”他深深叹了一口气说，“我很高兴咱们采取了离开这儿的办法。”

“不过问题是，离开这儿到哪儿去！”

“应该往伦敦去，在那儿一个人可以爱怎么生活就怎么生活。”

“别，可别往伦敦去，亲爱的！伦敦我可清楚，咱们在那儿是不会快活的。”

“为什么？”

“你想一想就明白了。”

“是不是因为艾拉白拉也在那儿？”

“那是主要的原因。”

“不过在乡下，我老不放心，老害怕咱们新近遭到的情况会再发生。不说别的，为了使别人少叫咱们难过点儿，我就不肯把这孩子的历史讲明白了。我是拿定了主意的，决不提他的事儿，为的是使他的现在和过去一刀两断。再说，修理教堂的活儿我都做腻了，即便再有这种活儿可做，我也不想做了！”

“你原先应该学古典建筑。说到究竟，哥特式的建筑艺术总得说是粗野的。蒲金[1]的看法不对，还是伦恩[2]的看法对。你还记得基督寺大教堂[3]的内部吧——那个差不多是咱们两个头一次面对面认识的地方？那种建筑里那些诺曼式[4]的细碎活儿，外表上看着，倒也富有画意；其实我们从那里面能够看到，那正是粗野不文的人们所有的那种奇怪的幼稚表现。他们想要模仿的，是一去不回、只在模糊的传说中保存着的罗马形式。”

“不错，你从前已经对我说过这类话了，我早已经差不多变成了你这种看法的信徒了。不过一个人做的工作不见得都是他愿意做的，不见得都是他看重的。我要是没有哥特式教堂建筑的活儿可做，也只好做别的活儿了。”

“我真希望，咱们两个，都能做一种与个人的情况不发生关系的工作，”她说，一面有所愿望的样子微微笑着，“你没有资格做教堂的工作，也跟我没有资格做教书的工作一样。你只好修车站、

1　蒲金（1812—1852），英国建筑家，复兴哥特式建筑。

2　伦恩（1632—1723），英国建筑家，主张罗马式，认为哥特式粗野。伦敦的圣保罗大教堂就是他设计的。

3　基督寺大教堂的底本是基督寺学院的大教堂，已见前注。该教堂建筑主要为诺曼式。

4　一〇六六年后，诺曼人把欧洲大陆的罗马奈司建筑形式带到英国，是为诺曼式：墙厚，穹隆半圆，门窗顶圆，阁方。

桥梁，盖剧院、音乐堂、旅馆——做任何与个人的品行没有关系的活儿。”

“我在这些方面不在行……我应该做一个面包师。这一行是我小的时候跟着老姑太太学的，这是你知道的。不过，即便一个做面包的，要有主顾，也得合于世俗才成。”

“想要不那样，只有在市集上摆点心、姜饼摊儿才成，因为在那种地方，大家除了东西的好坏以外，对于别的情况，都很大度地满不在乎。”

他们的思路叫拍卖人的吆喝声打断：“现在你们看这一件古老的橡木椅子，英国老家具独一无二的模型，值得所有收集家具的人注意。”

“那是我曾祖父的东西，”裘德说，“我倒愿意咱们能把这件可怜的老家当留下来！”

家具一件一件地都卖出去了，下午也过去了。裘德、淑和孩子都又累又饿，但是他们听到了楼下面那番谈话以后，在买东西的人还没走完的时候，可就不好意思露面了，不过最后的几项东西也快完了，虽然外面下着雨，他们也非到外面去不可；因为要把淑的东西，先送到临时的寓所里。

“后面一项是一对鸽子，又欢势，又肥实——谁买了去，下一个礼拜天做肉饼，可就太好了。”

在这整个一下午里，他们一直非常地难过，心中忐忑不宁；现在，这一对家鸽就要拍卖了，他们的难过到了极点，心都要跳出来了。这一对鸽子，本是淑的宝贝儿，原先他们看出来，他们不能再养活这一对宝贝儿的时候，他们那种凄惨，比跟所有的家具分离了还要厉害。淑一面听着人家对她的爱物，先出微不足道的价钱，然后一步一步地慢慢添到最后卖掉的价钱：她听着的时候，一面尽力想这个、想那个，免得伤心落泪。买这两只鸽子的，是住在邻近的一个卖鸡鸭的。毫无疑问，在下一个市集以前，它们就命中注定非死不可了。

他看见她那种假装不难过而又装不来的样子，就去吻她；同时说，现在得去看看临时寓所收拾好了没有。他先跟孩子一块儿去，然后再回来领她。

现在就她一个人了。她很有耐性地等待。但是裘德却总不回来。等到后来，她索性不等了，自己去了；因为这时候已经什么人都不在跟前了。她在路上经过那个卖鸡鸭的铺子（那儿并不远），她看见她那一对鸽子正装在一个篮子里，放在门旁边。她看到这一对鸟儿，心里非常难过，又加上天色又越来越暗，因此她就不加思索，先急忙往四外看了一看，跟着把绾篮子的木栓儿拔掉了，然后往前走去。篮子盖儿由里面揭起来了，鸽子咯咯地叫着飞走了；这种叫声，把那个卖鸡鸭的惊动到门口，一看这种情况，心里一懊丧，就破口大骂起来。

淑到了临时寓所，满身发抖；只见裘德和孩子正在那儿替她做安排，要尽力使她住着舒服些。"买东西的人，是不是东西没拿走，就得先给钱哪？"她连气都喘不上来的样子问。

"我想是吧。你为什么问这个话？"

"因为，这样的话，我可就做了一件坏事了！"跟着她就很后悔难过的样子，说明了原因。

"要是那个卖鸡鸭的，不能把鸽子再捉回来，那我就把钱还他好了，”裘德说，“这用不着往心里去，用不着难过，亲爱的。”

“我真太糊涂了！哦，互相屠杀，为什么必须是自然的法令！”

“真是这样吗，妈？”那孩子急切的样子问。

“是这样！”淑激烈地说。

“呃，现在它们得逃生且逃生吧，可怜的东西，”裘德说，“一到拍卖的账目结算了，咱们欠人家的账也算清了，咱们就走了。”

“咱们往哪儿去？”时光老人很悬心的样子问。

“咱们的行程，要绝对保守秘密，免得有人跟着咱们……咱们不能往阿尔夫锐屯去，也不能往梅勒寨去，也不能往沙氏屯去，也不能往基督寺去。除了这几个地方，别的地方咱们哪儿都可以去。”

“为什么咱们不能往这几个地方去，爸爸？”

“因为有一片黑云，在咱们头上密布。固然不错，咱们并‘未曾亏负谁，未曾败坏谁，未曾占谁的便宜’[1]。但是也固然不错，咱们也许曾按照‘自己认为是的而行动’[2]过。”

1　见《哥林多后书》第7章第2节。

2　见《士师记》第17章第6节。

7

从那一个礼拜起，奥尔布里坎镇上再看不到裘德·范立和淑的踪影了。

他们上哪儿去了，没有人知道，主要是因为没有人理会。不过如果有人好奇，想知道这一对卑不足道的人往来的行踪，那他可以不必费什么事，就发现出来。原来他们靠裘德的手艺能随时应变的能力，正开始一种迁徙不定，甚至于漂泊无常的生活，这种生活，有一个时期，倒也有令人愉快的地方。

裘德只要知道有易切石活儿要做，不论哪儿他都去；不过总是更喜欢选择那种离自己和淑的旧居远的地方。他净做计件的活儿，时间长短一概不拘，做完了一件，再挪动到别的地方去。

整整两年半的时间，都是这样过的。有的时候，可以看到他錾乡间巨邸的窗户直棂，又有的时候，可以看到他安市政公所的平台石栏；有的时候可以看到，他在沙埠[1]用青石砌剧院的墙，又有的时候，可以看到他在卡斯特桥[2]修盖博物馆；有的时候，在很远的艾克森堡[3]，又有的时候在较近的司陶童山镇。近来，他在肯

1 底本为波恩末司。

2 底本为道齐司特。

3 底本为艾克司特。

尼特桥：那是一个兴隆的市镇，在玛丽格伦南面，离玛丽格伦不过十二英里。他所待的地方离他生长起来的村庄，没有比这个更近的了。原先他热烈用功上进、仓促结婚而又不久反目分离了；他就是害怕在这个时期里认识他的人，打听他的生活和境况，因为他对这种情况非常敏感。

他在这些地方上，有的待几个月，也有的待几个礼拜。他原先对于教堂活儿（不论是国教教堂的，也不论是非国教教堂的）所有的那种突如其来的奇怪反感，本来是由于别人误会他而使他感到痛苦才引起来的；现在他虽然已经冷静了，他那种反感却仍旧存在。他所以这样，与其说是因为他怕别人会再批评他，不如说是因为他过于讲良心，不肯在反对他的行为那班人手里讨生活；同时也因为他觉得他过去的教条和现在的实践前后矛盾：因为他头一次到基督寺去的时候所抱的那些信仰，现在一点一滴都不留存了。现在他在思想方面，很近于淑头一次跟他见面那时候的样子。

艾拉白拉在农业展览会上看见淑和裘德以后，大约又过了三年了：有一天正是五月里一个礼拜六的傍晚，在那个会上碰见了的人之中有几个又碰见了。

那时肯尼特桥镇正赶春季市集；这个古老的交易场所，虽然比起从前来，规模小得多，但是靠近正午的时候，在这个市镇那条直而长的大街上，却出现了一片热闹的光景。就在这个时候，有一辆轻便马车，夹在别的车辆中间，由北面的大路而来，进了市镇，在一家禁酒旅馆门前停住。从车上下来两个女人：一个是车夫，只是一个普通的乡下人；另一个是身材优美、穿着重孝的寡妇。她那身素净的服装，样式非常扎眼，在一个乡下的市集上那种鱼龙混杂、扰攘喧阗之中，使她显得多少有些格格不入。

“我先去找一找新圣堂坐落在什么地方好了，安妮。”那位寡妇对她的同伴说；那时候，店里已经有人出来连车带马一块儿接过去了。“找到了再回到这儿来，和你碰头，咱们再一块进店，叫点东西吃吃喝喝。我已经有点儿顶不住了。”

“好极了，”另外那个人说，“不过我还是觉得，在齐克司或者夹克旅馆落脚，更好一些。这种禁酒的店里，不会有什么好吃好喝的。”

“我说，你别净贪吃喝了，我的乖乖，”穿丧服的女人表示不赞成的样子说，“这儿正好。好啦，咱们半点钟以后再见；要不，你就跟我一块儿去找一找这个新圣堂的地址在哪儿，好不好？”

“我不想去。你找着了不会告诉我吗？”

她们两个于是分了手。穿丧服的那一位，带着很坚定的样子往前走去，好像对于她四围那种闹哄哄的人群，毫无关联。她打听了别人以后，来到一个四外有木板围着的工地，工地里面正在那儿把地挖下去，准备打地基；在木板外面，贴着两三张通告，说圣堂的基石，就在那天下午三点，由一位伦敦来的讲道员，亲手奠定，那位讲道员在他的会众中间很受欢迎。

那个穿着重孝的女人这样访查明白了以后，又返身走去，同时闲散地观察庙会上的活动。一会儿她的注意力就让一个小小的点心摊儿吸住了：这个点心摊儿，摆在用帆布作顶子、有三根柱子支着的大棚中间。摊子上蒙着纤尘毫无的白布；看摊子的是一个年轻的女人，显然对于这种事情还不熟练。她身旁有一个脸上像八十岁的老人那样老的男孩子帮着她。

“我的——乖乖！”那个寡妇对自己嘟囔着说，“这不是他太太淑吗？”她走到点心摊儿前面，“你好哇，范立太太？”她和蔼可亲地说。

淑脸上一白；她隔着黑面纱认出那是艾拉白拉来了。

“你好哇，卡特莱太太？”她很不得劲儿地说。跟着她看见了艾拉白拉的服装，她的声音里就不知不觉地露出同情的腔调来。“怎么了——你丈夫去——”

“去世啦。不错，六个月以前，他一下子就伸了腿了。他待我倒是不错，但是他可并没给我留下什么，就把我撂了；因为开酒店这一行，不论赚多少钱，零卖的没有份儿，都得归酿酒的……哟，你也在这儿哪；你这个小老头儿！我想你不认识我吧？”

“认识，我认识你。我原先有一阵儿还只当你就是我妈，后来才知道了敢情不是。”时光老人回答说。他现在说维塞司方言，已经说得很自然了。

“好啦，不用管是不是啦，反正我要交你这个朋友。”

“裘德，”淑突然说，“端着这一盘子点心往月台上去吧——又该是火车进站的时候了，我想。”

他走了以后，艾拉白拉接着说：“我恐怕这孩子永远也不能长得像人样儿，可怜的东西！他知道不知道我是他真妈？”

“不知道，他只觉得他的父母有些神秘就是了，没有别的。裘德打算等到他再大一些的时候，再把实在的情况告诉他。”

“不过你们怎么干了这一行了哪？这我可真没想到。”

“这只是暂时的办法——我们这阵儿不很顺利，所以想到这个办法。”

“那么你仍旧是和他在一块儿住着的了？”

“不错。”

“结了婚啦？”

“当然。”

“有孩子没有？”

“有两个。”

“我看，恐怕又有一个快要出世了。”

淑在这样直截了当、毫不假借的问讯之下，不觉畏缩起来，她那柔和的小嘴也直颤抖。

“主啊——我本来要说仁慈的主啊来着——这有什么可哭的？要是别人，还要觉得骄傲哪！”

“我这并不是像你想的那样觉得寒碜——我这是觉得，生儿养女是一种可怕的惨事——是胆大妄为：所以有的时候，我很怀疑，我是否有做这种事的权利。”

“不要这样想，得过且过好了，亲爱的……不过你还没告诉我，你们为什么干了这一行了？裘德一向心高志大——什么生意都几乎不屑于做，更不用说在市集上摆小摊儿了。”

“我丈夫也许跟从前不大一样了。至少我敢说他现在并不骄傲了！”淑的嘴唇又颤动起来了，“你不明白我为什么做这种小买卖吧？今年一开春，他在夸特肖特做音乐堂的石工活儿；因为工程得按照预定的日子做完，所以下雨的时候，他也没停工，这样一来，他可就着凉了。他这阵儿比以前好一些了，不过这一段时间可真长，真够人受的。我们幸亏有一个老朋友，一个寡妇，住在我们这儿，有她帮忙，我们才度过了这些愁苦的日子，不过她现在快要走了。”

“呃，谢谢上帝，自从我丈夫去世以后，我这个寡妇，也是规规矩矩的，心里和古井一样呀。你怎么会想起卖姜饼来了？”

“这完全是出于偶然。他本是做面包出身的，所以他就想到要在这一方面试一试看，这种活儿他可以不必出门儿就做了。我们管我们这种点心叫基督寺糕。卖得很好。”

“我从来没看见过有赶得上你们这种点心的。哟，还有窗户、高阁和尖阁哪！我打心里说，真叫好。”她已经自己动手拿了一块点心，毫不客气地吃起来了。

“不错，全是按照基督寺的学院做的。你瞧，还有雕花的窗户和围廊。连点心都要按照学院的样式做：他的脾气可算得古怪了。”

“他仍旧老忘不了基督寺——连做点心都忘不了基督寺，是不是？”艾拉白拉大笑起来，“还是他那种老脾气，只认一门儿，别的什么都顾不得。再没有像他这样古怪的了，还是老改不了！”

淑叹了一口气；她听见裘德受了批评，脸上露出难过的样子来。

“难道你能说他不古怪吗？不能。你不要装着玩儿了。你尽管很爱他，可也不能不说他古怪！”

“基督寺在他心里，当然是一种固定不变的幻想；想要叫他改了，不再信服它，我想是永远办不到的。他仍旧认为高尚和无畏的思想，都集中在那儿；其实他应该知道，完全不是那样。那地方只是庸碌平常的学校教师孵育的巢穴，这班人没有别的特点，就是会胆小如鼠、卑躬屈节地死守传统。”

艾拉白拉正仔细注意淑说话，但是注意的并不是她说的是什么，而却是她怎样说法。“一个卖点心的女人这样说话，听起来太刺耳了！”她说，“你为什么不再去当教员？”

她摇头，“他们不要我。”

“因为离婚的关系吧，我想？”

“因为离婚，也因为别的。我们并不后悔。我们一点野心都没有了，我们从来也没那样快活过，一直到他病了的时候。”

“你们在哪儿住？”

“这我不想说。”

“是在肯尼特桥这儿吗？”

由淑的态度上可以看出来，艾拉白拉随便这一猜就猜着了。

“你瞧，孩子回来了，”艾拉白拉接着说，“我和裘德的孩子！”

淑的眼里发出一股火星来，“你不必当面给我这一着！”她喊着说。

“好吧——不过话又说回来了，我倒很想把他弄回来，叫他跟着我！……不过，该死的，噢，我这是没留神，说出这样脏话来——不过我决不想把他从你手里抢走，固然我还是认为，你自己的孩子已经够你忙的了！他在你手里决没有错，这我敢保；我这个人，又决不和老天爷的安排找别扭。我这阵儿的心情，已经比以前，更能听天由命了。”

“真的吗？我倒愿意我也能那样！”

“你应该试一试。”寡妇说，说的时候，又泰然，又昂然，因为她不但意识到自己精神方面的超越，也意识到自己社会方面的优越。“我对于我自己的觉悟不必夸张，不过我可不是从前那个人了。卡特莱死了以后，有一次，我从离我们只隔一条街的圣堂前面过；碰巧下起一阵雨来，我到圣堂里面避雨。我丈夫死了，我觉得我需要一种安慰，这种安慰，从上圣堂里找比从喝金酒里找好得多了。所以我从那时候以后，就按时按节上圣堂，果然由那里得到很大的安慰。不过我这阵儿已经不在伦敦住了，我现在和我的朋友安妮，在阿尔夫锐屯住了，为的是好跟我自己小时候熟悉的家乡接近。我今天到这儿来，并不是来赶市集。今天下午，这儿有一个圣堂，要由伦敦一个很受欢迎的传道师奠立基石，所以我和安妮就坐着车来了。现在我得找她去了。”

跟着艾拉白拉就对淑说了一声再见，起身走了。

8

下午的时候，淑和其他在肯尼特桥市集上忙碌扰攘的人们，能听见唱圣诗的声音，由这条街远一点的地方上贴着广告的木板围墙里发出。从围墙的缝儿往里窥探的人们，能看见一簇穿着大呢衣服的人物，手里拿着圣诗册，站在为墙基新挖的坑四周；艾拉白拉·卡特莱穿着丧服，也杂在这簇人中间。她的嗓子，清脆、洪亮，能清清楚楚地在别人的声音里辨出来，按着乐调的抑扬而起伏；她那鼓着的胸部，也能看出来，和她的歌声一同上下起伏。

那一天又过了两个钟头了。安妮和卡特莱太太在禁酒旅馆里用完了茶点，起身上了路，要穿过横亘肯尼特桥和阿尔夫锐屯之间那片四无篱栏的高地，回到家里。艾拉白拉是满腹心事的样子，但是她所想的，却并不是那个新动工的圣堂，像安妮起初揣测的那样。

"哦，不是圣教——是别的事儿，"后来艾拉白拉到底郁闷地说，"我今天到这儿来的时候，一心不想别的人，只想可怜的卡特莱，也不想别的事儿，只想怎么借着他们今天下午开始动工的圣堂，传布福音。没想到出了一件事儿，把我的心思完全转到别的方面去了。我听见他的消息了，我还看见了她。"

"谁？"

“我听见裘德的消息了，我还看见了他太太。从那时候以后，尽管我想种种方法，尽管我拼命地唱圣诗，我却没能够把他从我心里摆脱掉。我既然是圣堂的会员，那我这样可很不应该。”

“难道说，你就不能把心思钉在伦敦的讲道师今天说的话上面，想法子把你那些胡思乱想摆脱开吗？”

“我也想过法子，但是我这个坏透了的心却老不服我管，老自己照旧地胡思乱想！”

“呃，我自己也有过胡思乱想的时候，所以我懂得你这种情况！你要是知道我夜里都做了些什么我不愿意做的梦，那你就可以了解到我都做过什么样的斗争了。”（安妮近来也变得沉静了，因为她叫她的情人甩了。）

“你说我怎么办好呢？”艾拉白拉带出心理不正常的样子来，逼问她的同伴。

“你可以用你新近死去的丈夫一绺头发，做一个纪念发鬟，一天到晚看着它。”

“他的头发我连一根都没有！——即便我有，那也没有用处……尽管说宗教可以给人这种那种安慰，我还是想把裘德再弄回来！”

“他既然是别人的人了，那你跟你这种想法，非作坚决的斗争不可。我听见人说，还有一样办法，对于难守空房的寡妇也有好处：那就是，你在黄昏的时候，跑到你丈夫的坟上，在那儿低着头待很久的时间。”

“呸！就你明白该怎么办，难道我就不明白？不过我可不要那么办！”

她们都一言不发，赶着车顺着平直的大道走去，一会儿就看见玛丽格伦了（玛丽格伦就在她们走的那条路左面不远），跟着她们到了大道和通到那个村子的支路交叉的地方，村子里教堂的高阁也可以隔着洼地看见。她们又往前走去，走到艾拉白拉和裘德一块儿度过他们婚后那几个月、并且一块儿宰猪的那所孤零零的房子。那时候，她再也忍不住了。

"他该是我的，不该是她的！"她突然说，"她对他有什么权利，我倒很想知道知道！要是我办得到，我一定要从她手里把他夺回来！"

"呸！别不要脸了，艾白！你丈夫刚死了一个月，你就这样！你要祷告上帝，别叫你这样！"

"你打死我，我也不能那么办！感情总归是感情！我决不再装做卑鄙无耻的假好人了——这就是我的主意！"

艾拉白拉匆匆地从她的口袋里掏出一捆善书来：这本是她带到市集上预备送人的；她也送了人家好几本。现在她一面说着话，一面把那一捆书里剩下的那些本，使劲扔到树篱里去了。"这是我试过的方子，不过可失败了。我生来是怎么样的一个人，我就做那样的一个人好啦！"

"别说啦！你这是兴奋起来了，亲爱的。你这阵儿先把心沉一沉，回到家里，喝上一杯茶好了；快别再提他了。咱们以后也别再往这条路上来了，因为这条路通到他住的地方，才引得你这样热火烧心。你待一会儿就好了。"

艾拉白拉果然慢慢地安静下去了；她们穿过那条"古道"了。她们开始下那个又长又直的山坡那时候，只见一个快上年纪的人，身材瘦削、态度沉静，在她们前面很吃力地往前走去。他手里提着一个篮子；他的服装多少有点脏、有些乱；同时他整个的外表上有一种难以形容的性质：这都表示出来，他这个人得自己管家务，自己买东西，只有自己可以说心腹话，只有自己可以做朋友，因为世界之上，没有任何别的人，可以给他做这些事情。她们剩下的那段路是下山坡，同时她们猜，他去的地方大概是阿尔夫锐屯，所以说要带他一程路。他接受了这种好意。

艾拉白拉看了他一会儿，又看了他一会儿，结果她开了口说："我不知道我是不是认错了人了。你是费劳孙先生吧？"

那位行路的人转过身来，也仔细把她看了一会儿。"没认错。我就是费劳孙，"他说，"不过我可不认识你，太太。"

"我记得很清楚，你就是从前在玛丽格伦教书的那位先生，因为我做过你的学生。那时候，我天天从水芹谷走着上玛丽格伦去上学，因为我们那儿，只有一个女先生，教得没有你好。不过你当然不会像我记得你这样记得我。我叫艾拉白拉·邓。"

他摇了摇头。"不记得啦，"他很客气地说，"我想不起这个名字来了。再说，你那时候一定是一个小姑娘，现在这样发福了，我更不认得了。"

"我这个人小时候就肉乎乎的。好了，不要净说这个了，我这阵儿正跟几个朋友住在这块地方上。我想，你知道我跟谁结过婚吧？"

"不知道。"

"跟裘德·范立——他也是你的学生——至少是一个上夜校的学生——只做过一阵儿，是不是？他后来的情况，你也知道吧，我想？"

"啊？啊？"费劳孙说，态度由生硬变成激动，"你是范立的太太？原来他有太太！而据我所了解的，他——”

“跟他太太离了婚了——也和你跟你太太一样——不过他那么办，也许比你理由更充足。”

“真的吗？”

“呃——他那样做，可能是很对，对于他，对于我，都很对！因为我离了婚不久就又结了婚了；直到我第二个丈夫死的时候，一切都很顺利。但是你哪——你那样做，可完全错了！”

“不会吧，”费劳孙突然烦躁起来说，“我本来是不想谈这件事的，不过说到这儿，我可不能不说一说。我深深地相信，我所做的完全正当、完全公道、完全合乎道德。我固然由于我那样做、那样想而受了大罪，但是我还是坚持我的想法和作法。即便我丢掉了她这个人，给我招来了不止一方面的损失，我也还是要坚持下去。”

“你因为她，教书的事也丢了，收入也没了，是不是？”

“我不愿意谈这件事。我新近又回到这儿来了——我这是说，又回到玛丽格伦来了。”

“你又跟从前一样，在这儿教起书来了，是不是？”

憋不住的愁闷压迫了他，使他打破了缄默，“我倒是又在这儿教起书来了，”他回答说，“不过说跟从前一样，可不对。因为我这次教书，只是人家包容我就是了。我只是因为毫无别的办法，才到这儿来的。我有了以前那样的进展，抱了以前那样的野心，这儿这点事儿，太微不足道了，太叫人觉得寒碜了。不过这儿可是我一个托身之地。我喜欢这个地方幽静；同时这儿的牧师，很早就认识我；他认识我的时候，我还没对我太太采取那番所谓的离奇办法，因而把我做教师的名誉完全毁了，所以别的学校都不要我的时候，他还肯用我。我虽然以前在别的地方一年挣过二百多镑，而在这儿只能挣五十镑，我可宁愿在这儿，而不愿意到别的地方去：因为只要我一打算到别的地方去，就免不了有人把我的家庭变故搜寻出来，作攻击我的材料。”

“你这种想法倒很对。知足常乐这句话是不错的。她哪，也不比这个更好。”

“你这是说，她的情况并不好了？”

“我今天在肯尼特桥无意中碰见了她。她的境况绝不能说顺利。她的丈夫就有病，她自己就心焦。我再对你说一遍，你对她那种办法，太糊涂了，你把事做错了。你往自己身上抹臭屎，现在受了罪了；你这是自作自受。你可别怪我这个话说得不客气。”

“我怎么把事情做错了？”

“她没犯什么错儿。”

“这可是瞎说了。打官司的时候，他们从来连异议都没提过！”

“那是因为他们不肯提。你和她脱离关系的时候，她并没犯什么能够使你和她脱离关系的过错。你们刚离婚以后，我就见她了；从我跟她谈的话里，完全证明了这一点。”

费劳孙用手抓住了带弹簧那辆马车的车沿子，好像是听了这番话以后，觉得很难过、很烦躁似的。“话虽如此，当初还是她自己要离开我。”他说。

“那是不错的，不过你可不应该答应她呀。对付这种好胡思乱想、好巴高望上的女人，不管她们清白也罢，不清白也罢，就是不能放她们走。你管她们一些时候，慢慢地她们就软化了。凡是女人都这样。习惯了就什么事都成了。闹到末了，还不是一样？不过，话又说回来了，我看她即便这阵儿，也还是很爱她那个男的——不管那个男的对于她怎么样。你当初对付她的时候，太急躁了。要是我，我决不放她走。我一定用铁链子把她锁起来——不用过很久，她那种反叛的脾气就改了，她就要服服帖帖了！要制服我们女人，没有比紧紧的拘管和心肠狠毒的监工再有效的了。再说，你在法律上又站在有理的那一面。摩西说得很清楚。你不记得，他都怎么说吗？”

“对不起，太太，我这阵儿记不得他都怎么说了。”

“你还是个教书的老师！我在教堂里，常听见他们念这句话，那时候，我就琢磨它的意思，觉得简直要骂出口来。他说，‘男人就为无罪，妇人必担当自己的罪孽’[1]。这对我们女人，未免太严厉了；不过我们还是得笑着忍受！哈哈！——好啦，她这阵儿是现世现报了。”

“不错，”费劳孙说，心里难过得像刀扎的一样，“残酷就是贯穿在整个自然界和人类社会的法律；我们就是想逃也逃不开！”

“好啦，朋友，再有一次，可别忘了用我说的办法。”

“我还是不敢保证。我对于女人，从来就没怎么了解过。”

现在他们到了一片低平地方了，那儿和阿尔夫锐屯相连。他们穿过市镇的外围，来到了一个磨坊前面。跟着费劳孙说，他要到磨坊那儿办点事。于是他们就把车停住了。费劳孙下了车，含着满腹心事的样子，对她们说了声再见。

1　见《旧约·民数记》第5章第31节。

同时，淑在肯尼特桥的市集上做的临时买卖，虽然非常成功，但是那番成功使她脸上生出来的那种把忧闷暂时压伏下去的光明，现在又消失了。她把那些基督寺点心都卖完了以后，拿起空篮子和那块她临时租来蒙那个摊子的白布，把别的零碎东西叫那孩子拿着，两个一齐离开了大街。他们顺着一条篱路往前走去，走了有半英里地，迎面来了一个老太婆，一只手抱着一个穿短衣服[1]的孩子，另一只手领着一个走路还不稳的孩子。

淑吻了那两个孩子，跟着说："他这阵儿怎么样了？"

"越发好了！"艾德林太太高兴地回答说，"等到你需要卧床休养的时候，你丈夫一定会好好的了——你决不用害怕。"

她们转身走去，走到红瓦盖的顶儿、园庭种着果树的几所村舍那里。她们没敲门，只把门闩拉开，就进了这些村舍之中的一所；一进门就是起坐间。在起坐间里，只见裘德坐在一把带扶手的椅子上。她们跟他打招呼。他的脸容，平常本来就很清瘦，现在更清瘦了，同时他的眼睛里露出一种像小孩子那样盼望的神气：这两种情况，就足以表明，他刚刚生过重病，还没完全复元。

"怎么——都卖了？"他说，说的时候，脸上露出感到兴趣的神气。

"不错。走廊、山墙、东窗[2]、还有别的，全都卖啦。"跟着她告诉他卖了多少钱，同时露出犹疑的样子来。后来，屋里就他们

1　短衣服（short clothes）和长衣服（long clothes）相对。短衣服相当于中文的襁褓，怀里抱着的婴孩所穿。长衣服则为稍大一点的小孩所穿。

2　在教堂这一类建筑中，窗户永远是装饰得很讲究的，除了窗户的样式等，窗上用彩色玻璃拼成人物故事。东向的窗户为迎日出之地，故特别讲究。

两个人了，她才对他说，她怎样没想到碰见了艾拉白拉，艾拉白拉怎么成了寡妇。

裘德心里不安起来，“怎么——她也在这儿住吗？”

“不在这儿。她在阿尔夫锐屯住。”淑说。

裘德仍旧是满脸忧郁之色。“我认为，我对你说了好，是不是？”她接着说，同时很焦虑的样子吻他。

“不错……哎呀！没想到艾拉白拉会不在伦敦的人海里，却跑到这块地方上来了。从这儿到阿尔夫锐屯，不过十二英里。她在那儿干什么？”

她把她所知道的，都对他说了。“她现在拿上圣堂当做唯一的正经事了，”她接着说，“说起话来也满嘴不离圣堂。”

“好了，”裘德说，“咱们不是决定要搬家吗？这大概得算最好的办法。我觉得今天好得多了。再过一两个礼拜，就完全好了，可以挪动了，那时候艾德林太太就可以回去了——她这个人真太好了，忠厚诚实——整个的世界上，咱们就她这一个朋友！”

“你说咱们往哪儿去好？”淑问，问的时候，语音里都含着泪。

于是裘德把他心里的话说了出来。他说他以前尽力躲着旧日熟悉的地方，已经躲了这么久了，现在却有和那个完全相反的想法，那她听了自然要觉得奇怪的了。但是新近却有一些事情，让他时常想起基督寺来；所以如果她不反对，他想到那儿去。那儿一定有人认识他们，不过那又有什么关系？他们怕有人认识，那只是他们过分敏感。如果到了那儿，他还是不能工作，那他们可以在那儿卖点心。穷并不足以使他觉得寒碜。再说，他也许不久就能和从前一样地健壮，能再干起錾石碑的活儿来。

“你怎么对基督寺会这样留恋？”她满腹心事地说，“基督寺对你可一点儿也不留恋啊，可怜的好人！”

“呃，我是对它留恋，我没有法子不对它留恋。我爱那个地方——固然不错，那地方对我这种人——对我这种所谓自学的人——极端仇恨，对我这样费力得来的学问极端看不起（其实它本该头一个对我这样得来的学问尊敬才是），对我读错了的字音和长短音[1]极端鄙夷，其实它应该说，我这可怜的朋友，我看你需要我帮助！……虽然如此，这地方对我来说，可仍旧是宇宙的中心，因为我幼年曾对它作过梦想；还没有东西能使我这种想法改变。也许这地方不久就会觉悟而慷慨起来。我祷告上帝，但愿它能这样！……我愿意回到那儿——住在那儿，也许死在那儿！再过两三个礼拜，我想我就可以回到那儿去了。那时候就要是六月了。我要在一个特别的日子到那儿去。”

他希望自己的健康能慢慢地恢复，他那样希望是很有理由的，因为不到三个礼拜，他们就来到那个旧事如梦的古城——脚下踏的，确实是那个城市的边道，身上照的，确实是那个城市越来越老的墙上反射出来的阳光。

1 特指拉丁文。拉丁文中，每一元音或音节，或属长音，或属短音，更特为诗律的基础。希腊文亦然。

第六部

重回基督寺

……于是她尽力屈辱自己的身体，把她从前行乐
的地方都用自己薅下来的头发填满。

-《艾司特》（外编）[1]-

只有我们两个——一个女人和我——于今沉沦没
落，而在这样的昏天黑地之中，以舍生求死为乐。

- 罗 · 布朗宁[2]-

1　不列入《旧约正编》（*Canon*）的圣书叫做《外编》（*Apocrypha*），写的时代较"正编"晚，一部分是历史性的，一部分是寓言性的。一共有十部分，《艾司特》是其中之一。这儿所引在那本书的第十四章第一段：王后艾司特家遭到死亡，悲痛至极，呼主哀号，脱去华服，换上丧服，洗去膏沐，用灰和粪盖在头上，尽力屈辱身体等等。薅头发是表示极大痛苦或悲哀，用它填满行乐的地方是表示忏悔。此与《旧约》里的《以斯帖记》非一书。

2　引布朗宁的诗《太晚了》第一一九至一二〇行。

1

他们到了基督寺的时候，只见车站上戴草帽的青年熙熙攘攘地在那儿迎接年轻的女孩子；这些女孩子，跟迎接她们的那些人，面貌都很相似，这说明他们是一家人；同时她们都穿戴得顶鲜亮，打扮得顶轻盈。

“这地方好像是过什么节的样子，”淑说，“哟——今天原来是纪念节[1]啊！——裘德——你这件事可真做得机密——你今天来，原来是有目的的啊！”

“不错。”裘德不动声色地说；他一方面照顾着他们那个最小的孩子，同时告诉时光老人，叫他紧跟在他们后面，淑就照顾他们那个大一些的孩子。“我本来就想过，咱们既是不管哪一天，反正都要来，那为什么不今天来？”

“不过我恐怕今天这种情况，会招得你难过起来！”她说，同时很焦虑的样子上上下下地看他。

“哦，反正不能让它妨碍了咱们的正经事；咱们在这儿安置下

1 纪念节，牛津大学每年六月学期末过纪念节，纪念大学的创办人和捐助人，作赞颂他们的拉丁文演讲，赠予名誉学位，一部分得奖的诗与论文，亦在会上宣读；地点是谢勒顿礼堂。过去在纪念周里有划船游行队，有船五十只，划过大学画舫致敬，一八九三年以后停止。游行队到谢勒顿礼堂也是仪式的一部分。

以前，还有的是事儿要办。头一件就是得找住的地方。”

他们把他们的行李和他的工具存在车站，步行着往那熟悉的街上走去；度假的人们也都往同一方向随着别人前去。他们走到了四通路，要转到可以找到寓所的那面；那时候，裘德看了看钟和匆匆忙忙的人群，跟着说：“咱们去看一看游行队好了，先不要管寓所了，好不好？看完了再找寓所也不晚。”

“我看咱们还是应该先找到一个安身的地方吧？”她问。

但是他却好像全部心思都让周年纪念吸住了，所以他们就顺着正街走去。裘德抱着他们那个最小的孩子，淑领着她那个小女孩，艾拉白拉的孩子就一言不发、满腹心事的样子，跟在他们旁边。衣履轻盈、面目娇丽的女孩子和蠢然无知、俯首帖耳的家长（他们年轻的时候都没上过大学），都一队一队地由当哥哥的和当儿子的带着，往同一方向走去。只见这班人脸上都显然表示出同样的意见来，好像是说：只有他们那个时候光临了那个地方以后，地球上才真正有人了。“那些青年，每一个人都反衬出我自己的失败来，”裘德说，“今天这儿，对我说来，就是一种妄自尊大的具体教训！——就是一个耻辱节！……如果当年不是你，我这亲爱的亲人，来把我救了，那我就一定要因为绝望而走到毁灭的道路上去！”

她从他脸上可以看出来，他现在的心情又是满怀激动、自伤自痛的那一种了。“我认为，咱们最好马上就去找住的地方，亲爱的，”她回答说，“我觉得，这种光景，一定要引起你旧日的愁恨来，那对你不会有好处！”

“呃，咱们快到游行的地方了。咱们就去看一看好了。”

他们靠左边，顺着一个有意大利式门廊的教堂[1]拐了一下（教堂那些有螺旋花纹的柱子上都有很厚的藤萝缠绕），顺着一条小巷往前走去，一直走到裘德看见了屋顶上有人所共知的亭形天窗的那个圆形礼堂[2]。那个天窗，在裘德心里，就是一种前途绝望的悲哀象征；因为就是从那个亭形天窗上，他在那个他聚精会神地思索的下午，最后眺览了这座学府之城。那番思索，最后使他深深相信，他想做大学儿女的企图是徒劳无功的。

今天，在介乎这个礼堂和离得最近的一个学院[3]之间那片空地上，站着翘首期待的人群。人群中间有两溜木栅，挡住了人群，作成了一条通路，由学院门口伸延到学院和礼堂之间另一座大楼的门口。

“就是这儿——他们就要过来了！”裘德忽然兴奋起来说。他由人群里挤到最前面，靠着木栅站定，怀里仍旧抱着顶小的孩子，淑和别的孩子就紧跟在他后面。他们身后刚挤出来的空隙，马上就有人填满。他们有的开始谈话，有的开始逗乐儿，又有的开始大笑。这时候，一辆一辆的车，都一个跟一个，在学院下手的门那儿停住，态度严肃、举动庄重的人物，都穿着血红色的长袍，开始从车上走下。这时候已经满天都阴了，一片灰暗之色，有时还能听见雷声隆隆。

时光老人打了一个寒噤。“这太像大审判的末日了！”他低

---

1 有意大利式门廊的教堂影射牛津圣马利教堂，为牛津大学师生做礼拜的教堂。亦见本书它处。

2 即谢勒顿礼堂。

3 这是哈特夫得学院。

声说。

“这都是些有学问的博士。”淑说。

他们正等着的时候，忽然老大的雨点，打到他们的脑袋和肩头上；这样一来，游行队姗姗来迟，就叫等的人更不耐了。淑又表示，说他们最好不要看了。

“这会儿快了。”裘德连头都没回，只嘴里说。

但是游行队还是没露面。当时人群里有一个人，为了消磨时光，就看了看最近那个学院的正面，嘴里说，他不明白正面当中间刻的拉丁文[1]是什么意思。裘德正离那个人不远，就给他讲了一下。他一看围着他站着的那些人都感到兴趣的样子听他讲，就接着给他们解说柱子上的雕刻（这是他多年以前就研究过的），又批评城里别的学院正面上的细碎石工活儿。

那一群闲立的人，包括站在门口那两个警察在内，都像吕高尼人看保罗[2]那样，瞪着眼睛看他，因为裘德这个人，一谈起话来，不管是什么题目，都很容易就兴奋起来；同时那一群人，好像都不明白，为什么一个生人，对于他们那个城里的建筑，却会比他们自己知道得还多。到后来，这一群人里面有一个说：“哦，我认识这个人。多年以前，他在这儿干过活儿——他叫裘德·范立——一点不错是他！咱们那时候都管他叫贫民窟里的圣人。你们忘了

---

1 这是一句拉丁题字：Ad fontes aquarum sicut cervvs anbelat，意思是“像牡鹿渴想凉爽之清溪”。

2 吕高尼人见《新约·使徒行传》第14章第6节以下，说保罗在吕高尼人中间传福音。路司得城里坐着一个两脚无力的人，生来是瘸腿。保罗见他有信心，就呼使他两脚站直，那人就跳起来而且行走。众人就用吕高尼的话大声说，有神借着人形，降临我们中间。

吗？——因为他那时候老想在贫民窟里教化人。看样子，他结了婚了；他抱的一定就是自己的孩子。太勒见了他，准能认得他，因为太勒什么人都认得。”

说话这个人是贾克 · 斯太格，从前裘德曾和他一块儿修理过学院的石工活儿。只见补锅匠太勒正站在人丛里不远的地方。他听见有人提他，就隔着木栅对裘德高声说：“朋友，您的大驾又光顾敝处啦！”

裘德点了点头。

“看样子，你离开这儿以后，好像并没有什么大发展吧？”

裘德对于这一点也表示了同意。

“只多了几张吃饭的嘴，是不是？”这句话是另一个人说的，裘德顺着声音看去，只见那个人原来是周大叔——另一个他认识的石匠。

裘德和颜悦色地说，他对于这个话，决不争辩；他们这样你一言，我一语，说来说去，可就引得那一群闲立的人，大家都谈起来了。谈的中间，补锅匠太勒就问裘德，问他的拉丁文使徒信经忘了没有，问那天晚上在酒店里人家激他背信经，他还记得不记得。

“但是你没有干那一行的命，是不是？”周大叔插嘴说，“你的本领，干那一行还办不了，是不是？”

“别再跟他们说了。”淑求告裘德说。

“我真不喜欢基督寺这个地方。”时光老人伤感地嘟囔着说，那时他正夹在人丛里，都看不出来他在哪儿了。

但是裘德一看，他自己成了大家追问、盘查、议论的中心，可就不想把他那种本来不算可耻的想法藏在心里而不当众宣布出来了。所以在很短的时间里，就听见他兴奋起来，对那一群听他的人高声说道：

“朋友们，一个青年，是应该不加辨别，不考虑自己的才能和志趣，碰到什么就做什么呢，还是应该考虑自己的才能或者原来的志趣，然后再按照这种才能和志趣改造自己的地位呢？——这是一个很难回答的问题，这是我曾经想要尽力解决的问题，也是上千上万的青年，在现在这种人人追求上进的时代里，正掂算的问题。我本是按照后面那种看法做而失败了的。但是我可不承认我失败了就证明我的看法错了；假使我成功了，我也不承认因为我成功，就证明我的看法对了；但是现在一般人可都是以成败论事，他们只看见我这种看法偶然的结果，而看不见我这种看法本质上的好坏。假设我的企图实现了，我成了咱们现在看见从车上下来的这些穿红穿青的老爷，那大家就都要说，‘你们瞧，那个青年有多明白，按照自己天生的志趣发展前途！’但是，他们看到我这样比从前毫无进展的样子，他们就都说，‘你们瞧，那个家伙多么傻，凭自己一时的古怪想法想往上爬！’

“但是，我只承认，我失败了，只是因为我穷，并不是因为我的意志不坚定。我这是把需要两辈或者三辈才能做到的事想要在一辈里做了；同时，我的冲动——我的感情——也许应该说我的嗜欲，太强烈了，一个没有优越条件的人，不能不受这类东西的阻碍；因为一个人想要闻名全国，要是他的血不像鱼一样地冷，他的心不像猪一样的贪，那就办不到。你们可以嘲笑我——我很欢迎你们嘲笑我——毫无疑问，我正是你们嘲笑的好对象。

但是我觉得，如果你们知道了我近几年以来都受了什么样的苦难，那你们可就要可怜我了。同时，如果他们那些人（他对学院那面一个一个来到的导师点了点头）知道了，他们很可能也要可怜我。”

“这个人看样子，一点不错，又有病，又憔悴。”一个女人说。

淑脸上显出更激动的样子来；但是她虽然紧站在裘德身旁，别人却看不见她。

“我死以前，也许可以做点有益的事——也许可以做一个使人警戒的好榜样，告诉他们不要做不应该做的事，这样的话，我就可以做一种有教育意义的实例。”裘德接着说。这时候，他越来越觉得一肚子的苦水全涌上来了，虽然他刚一开始的时候倒很平静。“现在，人类的心灵和社会都有一种不安定的倾向，有许多人苦恼，就是由于有这种情况，所以，说到究竟，也许我也只不过是这种精神下一个微不足道的牺牲者就是了。”

“别对他们说这种话了！”淑看到裘德这种心情，满眼含泪，低声说，“你并不是那样的人。你是很高尚地为求得知识而奋斗的。只有最卑鄙的人才会说你不好！”

裘德给怀里的孩子换了换地位，使他更舒服一些，最后说道：“我这个人固然又穷，又有病，但是这并不是我最坏的一方面。我最坏的一方面，是我在原则上还一片混乱——是我只在暗中摸索——是我在行动上只靠本能，而不学习榜样。八九年以前，我头一次到这儿来的时候，我的脑子里整齐利落地装了一些固定的见解，但是这些见解却一个一个地都离我而去了。我越往前走，就越没有把握，到现在，我觉得，我立身处世的法则，只有两点了：

一点是，随从自己的心意行动，如果有害，只害自己，于别人无关；另一点是，使我所最爱的人真正感到快乐。没有别的。诸位老先生，你们不是想要知道我一向的境况吗？我这可对你们都说了。我希望你们听了我这番话得到教育才好！我的话只能说到这里为止。我总觉得，咱们这个社会机构里不知道哪儿有毛病。至于究竟是什么毛病，只有比我见识更高的男男女女才能发现——那是说，如果有能发现那一天的话，至少是在咱们这个时代里，如果能发现的话，那只能靠他们。'因为谁知道什么于他有益呢？谁能告诉他身后的日光之下有什么事呢？'[1]"

"听啊！听啊！"群众喊。

"讲得好！"补锅匠太勒说。同时悄悄地对紧靠他站着那个人说："我说，那些像一窝蜂似的跑到咱们这儿来的野牧师，替咱们的道长们休假的时候布道的，要是讲这一大篇话，挣不到一基尼决不肯干。喂，我敢起誓，那种人，挣不到一基尼，决不肯干！就是他干了，他讲的时候，还得先写好了稿子哪。谁想得到，这个人只是一个工人哪！"

正在这时候，来了一辆马车，拉着一位落在别人后面的博士，穿着长袍，气喘吁吁。拉车的马不听使唤，没有恰恰在它应该站住的地方站住。那位博士一跳下车，就进门里去了。赶车的人，下了座位，使劲往马肚子上踢。这件事好像是现身说法，给裘德说的话作解说似的。

"我们这儿，是全世界里最讲宗教、最讲教育的城市了，然而

1 见《旧约 · 传道书》第6章第12节。

在这个城市的学院门前，却有人做这样的事，”裘德说，“所以谁能说我们到底进化到什么程度了？”

“遵守秩序！”一个警察说，他刚才正和另一个警察开学院对面的大门。

“老乡，游行队过来了的时候，不要说话。”这时候雨下得更大了，带伞的人都把伞支起来。裘德并没带雨具，淑也只带了一把小伞，并且还是晴雨两用的。那时候淑的脸都白了，不过当时裘德却并没注意到这一点。

“亲爱的，咱们往前去吧，”她低声说，同时尽力想用她那把小伞给他把雨挡住，“你别忘了，咱们还没找到住的地方哪。咱们的东西又都撂在车站上。再说，你又并没完全复元。这样在雨里又淋着，我真担心你会再淋病了！”

“游行队就来了。再稍待一会儿我就走！”他说。

只听六口大钟和鸣起来，四周的窗户里开始挤满了人。于是院长和新博士的游行队出现：他们穿着红袍和青袍的形体[1]，在裘德的视野里通过，好像高不可攀的行星在望远镜的镜头里通过一样。

他们走过的时候，有认识他们的，就把他们的名字一个一个地说了出来；他们走到伦恩盖的那座圆形老礼堂的时候，大家高声欢呼起来。

“咱们也到那边去好了！”裘德喊着说，那时虽然雨一直不停地下，他却好像并不觉得似的，只带着他们绕到礼堂那儿。礼堂

1　牛津大学的博士，在举行典礼的日子，穿猩红以及其他颜色鲜明的长袍。

前面，为了防止车轮发出不协调的声音起见，都铺着草。他们就在这种草上站住。礼堂四围墙上那些形状古怪、霜蚀冰侵的半身雕像[1]，都带着黯淡阴惨的神色，看着游行队行进，特别是看着满身淋湿、衣帽不整的裘德、淑和他们的孩子，好像觉得他们不应该到这儿来，认为他们非常可笑似的。

"我真想到里面去看看！"他对她热烈地说，"你听——我站在这儿，能听出拉丁文讲演里的几个字来；因为窗户都是开着的。"

但是，除了风琴嘹亮的声音和每一次演讲完了大家的高喊、欢呼而外，裘德站在雨地里，听不见多少拉丁文，只有时有 um 和 ibus[2] 的字，偶尔传到他的耳朵里。

"哎——我是一辈子都不用打算进那个门的了！"过了一会儿，他叹了一口气说，"好了，我这会儿可该走了！有耐心的淑，你太好了，一直站在雨地里等我——让我满足我自己荒唐的欲望！我以后永远也不把这个该死、遭瘟的地方放在心上了！我起誓决不再把它放在心上了！可是，刚才咱们站在木栅那儿的时候，你为什么那么哆嗦啊？那阵儿你的脸为什么那么白，淑？"

"我看见理查了，他就站在咱们对面的人群里面。"

"啊——是吗？"

"显而易见他也跟别人一样，到圣地看过节的光景来了。由

---

1 谢勒顿礼堂前面，有一道铁栅栏，栅栏上有二十个半身雕像。

2 拉丁文里，um 是名词第二种变化里的主格、中性、单数，拥有格的阳性和阴性的多数、第三种变化拥有格的多数以及其他格的词尾。ibus 是第三种变化第三、四格多数以及其他格的词尾。

这一点看来，他大概住得不会离这儿很远吧。他也跟你一样，老念念不忘基督寺大学，不过不像你那么强烈就是了。你对那群人说话的时候，我想他并没看见我，但是他一定听见你了，不过可好像并没理会。”

“呃——他理会又怎么样？我想，你这阵儿心里一定不会还因为他而烦恼吧，淑？”

“不错，我也这样想。不过我这个人，生来就意志不坚定。我分明知道，咱们两个的计划不会出什么问题，但是我对于他总有一种奇怪的恐惧之心，一种叫习俗震慑了或者吓倒了的心理。其实我对习俗是不信的。这种情况，有的时候像一种慢慢来到的瘫痪病一样来侵袭我，使我觉得很烦闷！”

“你这是累了，淑。哦，可爱的人儿，我刚才忘了！哦，咱们这会儿马上就走好了。”

他们跟着就动身去找寓所，找了半天，才找到一个好像合适的地方：那是在米尔都巷[1]里面——那地方，对于裘德有一种不能抵抗的吸引力——虽然对于淑，它并没有那样大的魔力——那是一条小胡同，靠着一个学院的背后，但是却跟那个学院并不通着。学院高大的楼阁，把巷里的小房都遮得阴暗惨淡；学院里的生活和小巷里的生活，真像地球相对的两面那样不同；然而学院里的人和小巷里的人，中间却又不过只是一墙之隔罢了。这个小巷里的房子之中，有两三处贴着有房出租的字条，裘德一行人就往这里面之一的门上敲，出来开门的是一个女人。

1　意思是“发霉巷”。显然是虚构的。

“啊——你听！”裘德没跟那个女人打招呼，而却突然迸出这句话来。

“听什么？”

“钟声啊——那是哪个教堂的？调子听起来很熟。”

从不很远的地方又发出一串和鸣的钟声。

“我不知道！”出租房子的人尖酸地说，“你敲门就为的是问这句话吗？”

“不是；我是要租房子的。”裘德说，这时候他才醒过来。

出租房子的人把淑仔细端详了一下，“我们没有空房了。”她说，跟着把门关上了。

裘德觉得很狼狈，他的大孩子就觉得很苦恼。“裘德，”淑说，“你先别管了。让我来好了。你不了解情况。”

他们在不远的地方上又找到了第二家，但是这一家的主人却不但端详淑，而且连裘德，连他的大孩子和小孩子，也都端详了一下，跟着挺客气地说：“对不起，我们这儿的房子不租给有孩子的房客。”说完了就把门关上了。

他们那个小一点的孩子把嘴一咧，没出声儿哭起来，好像本能地感觉到，烦恼就在眼前似的。那个大孩子就叹了一口气，“我真讨厌基督寺这个地方！”他说，“那些大楼都是监狱吗？”

“不是，是学院，”裘德说，“你将来长大了，也许会到那里面去读书的。”

“我还真不愿意那样！”那孩子回答说。

“咱们现在再试一试看好了，”淑说，“我把大衣在身上围得更紧一些好了……离开肯尼特桥来到这儿，就好像离开该亚法去见彼拉多[1]一样！……你看我这样一来，还看得出来吗，亲爱的？”

“这回没有人能看出来了。”裘德说。

还有一家出租房子的，所以他们做了第三次的试验。这一次，女房东倒比较和气；但是她却没有什么空房子，她只能给淑和孩子住的地方，裘德得另找寓所。因为他们耽搁了时间，开始找房子的时候已经太晚了，所以只好迁就一下，接受了这种条件。房东要的房租虽然按照他们的能力说来，未免高一些，他们也只好照纳。他们现在不敢挑剔，因为裘德还没有工夫去找比较永久的住所，所以淑在这家的三层楼上，占了一个背阳光的屋子，外带一个小套间，给那几个孩子住。裘德在那儿待了一下，喝了杯茶。他看见那个屋子的窗户正对着一个学院的后背，不觉很喜欢。他吻了淑和那三个孩子以后，就起身走了，要去买几件必需品，同时找自己住的地方。

裘德走了以后，女房东上楼来跟淑谈话，好了解了解她新招进来这一家人的情况。淑没有闪转腾挪的本领，所以就把她们近来的困难和游荡的生活吐露了一些，这时候，没想到女房东突然说：“你当真结过婚了吗？”淑听了吃了一惊。

淑迟疑了一下，跟着在一时冲动的影响之下，就对那个女人说，她丈夫和她自己本来都各自结了婚了，但是他们的婚姻，却都不如意。他们有了那番经验，所以就不敢再来一次关乎终身的

1 该亚法是犹太人的大祭司，祭司长们要捉住耶稣杀掉，他曾拦阻他们。见《马太福音》第26章第4、5节。同书第26章第67节说，拿耶稣的人把他带到大祭司该亚法那里去。第27章第2节，众祭司……把他捆绑解去交给巡抚彼拉多。耶稣就在彼拉多手里被判处死刑。

结合了，同时又害怕婚姻契约里的种种条件会把他们的爱消灭了，但是他们都愿意在一块儿，因此他们虽然也试过两三回，到底还是没有勇气举行第二次结婚仪式。所以，虽然照她自己的讲法，她是一个结过婚的女人，照着女房东的讲法，她却不是。

女房东听了这番话，露出进退两难的样子来，往楼下去了。淑坐在窗前，看着外面的雨出神。她的静默却一会儿就被外面的声音打破了：先是一个人进门的声音，跟着是一男一女在楼下穿堂里谈话的声音。原来女房东的丈夫回来了，她正告诉他，说他不在家的时候新来了几个房客。

只听他忽然发起怒来，高声说道："谁要这样的女人来住？看样子还恐怕不久她又要生孩子了！……再说，我不是告诉过你，说我不要有孩子的房客吗？我这个门厅和楼梯都刚刚油漆过，叫他们一踢打还得了！你应该看得出来，这一家人这种样子跑到咱们这儿来，一定不地道。我告诉你只要单身客人，你可把一大家人全都弄来了！"

女房东动了一番唇舌，但是她丈夫却好像坚持己见，毫没动摇，因为一眨眼的工夫，淑门上就有人敲了敲，跟着女房东出现了。

"太太！"她说，"闹了半天，这房子不能按星期租给你了；我跟你说这个话，实在对不起。不过我丈夫不答应；所以我只好请你搬家。你今天晚上在这儿住一夜倒不妨，因为现在天已经快黑了；不过我可希望你明天一早能搬走。"

她分明知道她有在这儿住一个礼拜的权利，但是她却不愿意叫他们夫妇之间生出麻烦，所以她就说，她愿意答应房东的要求，明天就搬走。女房东去了以后，淑又往窗户外面看去。只见雨已经不下了，她就跟那个大孩子说，等到那几个小的都睡了的时候，他们两个出去另找一个寓所，预先订下，明天搬进去；这样的话，等到明天，他们就不至于像今天这样走投无路了。

那时候，裘德已经从车站上叫人把他们的箱子运到了，但是淑并没把箱子打开，而却和那个大孩子一同去到外面那几条虽然湿淋淋，却还不阴惨惨的大街上去了。淑心里想，这时候裘德也许正因为自己找不到寓所而烦躁呢，所以最好不要把她得搬走的消息告诉他。她带着孩子，由这一条街走到另一条街，但是她虽然问了有十多家，她自己单干的成绩，比跟裘德在一块儿的时候还坏得多；她没法子叫任何人租一个房间给她明天住。每一个房东，都斜着眼看着这样一个女人和这样一个孩子，在天色昏暗中找住的地方。

“我就不应该出生来着，是不是？”那孩子带着疑惑的样子说。

到后来，淑累极了，才没有法子，仍旧回到那个不欢迎她的一家。但是她在那儿，却至少可以得到一夜的安身之地。她出去的时候，裘德来过，把他的地址给她留下了；但是因为她知道他病后的身体仍旧非常软弱，所以她守定原先打好了的主意，等到明天再对他说她自己的情况。

2

淑坐在那儿，看着屋子里没铺地毯的光地（因为这所房子，实在只是一所乡下村舍，不过坐落在城里就是了），看了一会儿，又隔着没挂窗帘子的窗户看外面的光景。只见在对面不远的地方，石棺学院外部的垣墙——静悄悄、黑乌乌的一片，连一个窗户都没有——把它四个世纪以来昏天黑地、偏激固执和腐朽衰老的气氛，都一股脑儿倾注到她待的这一个小屋子里了：它晚上把月光给这个屋子遮住，白天把阳光给它遮住。隔着这个学院再往远处看，就是朱书学院的轮廓，从朱书学院再往远处，能看见第三个学院的高阁。这时候，她就心里想，一个心地单纯的人所有的主导思想，原来会起非常奇怪的作用，不然的话，裘德为什么会把他所痛爱的她和孩子安置在这样一种阴惨暗淡的地方呢？那岂不是因为他的梦想仍旧在他的脑子里萦回不去吗？因为即便到了现在，那些学院的墙壁对于他的愿望都发出来了什么样冷酷无情的反响，他还是没能清清楚楚地听到。

另找寓所没能办到，同时这所房子里又没有裘德安身的地方：这种种情况，给了时光老人一种非常深刻的印象，因此一种深入内心而却不露外形的恐怖，好像盘踞了他的心头。只听屋里的寂静让他这句话打破了：“妈，咱们明天怎么办？”

“我也不知道！”淑灰心绝望的样子说，“我恐怕你爸爸非着急不可。”

“我真愿意爸爸的身体很壮实，这儿又有他住的地方！那样的话，就没有什么关系了！可怜的爸爸！”

“不错！”

“有没有什么我可以帮一点忙的事儿？”

“没有！只有麻烦事儿，只有受苦受罪的事儿！”

“爸爸走了，为的是我们几个孩子好有地方待，是不是？”

“有一部分是。”

“待在这个世界上不如离开这个世界好，是不是？”

“差不多可以这样说，亲爱的。”

“就是因为有我们这些孩子，你才找不到一个好地方住，是不是？”

“呃——人们有的时候讨厌孩子。”

“孩子既然这样麻烦，那人们为什么生孩子？”

“哦——因为那是自然的法律！”

“但是我们可并没要求出生！”

“一点儿不错，没有。”

“我比别人还更糟，因为你不是我的亲妈！你当初要是不情愿的话，你就可以不必管我，我压根儿就不应该上你这儿来——一点儿不错，不应该！我在澳洲，是那儿那些人的麻烦，在这儿，就又是这儿这些人的麻烦。我压根儿没出生就好了！”

“这是由不得你自己的啊，亲爱的。”

“我觉得不论什么时候，生下孩子来，要是没人要，那就要趁着他的魂儿还没长全了的时候，马上把他弄死，不要他长大了，会到处跑！”

她没回答。她只在那儿不得主意地琢磨，对于这样一个思虑过分的孩子，应该怎么办。

琢磨到后来，她认为，一个人，跟老朋友一样看到他们的困难表示同情，那对待这样的人，在情况许可之下，应该诚实、坦白。

“咱们家里又快要添一口人了。”她犹犹疑疑地说。

“真的吗？”

“一个小娃娃又快要出生了。”

“什么！”这孩子像疯子似的一下跳了起来，“天哪！妈，你这不是成心吗？你已经有了这几个孩子了，难道还不够麻烦的吗！”

“也可以说是成心的，我真对不起你。”淑嘟囔着说，同时眼里含的泪都晶莹有光。

这孩子一下呜呜地哭起来。“哦，你这是不在心！你这是不在意！”他一面哭，一面沉痛地责问她说，“妈，你怎么就能这样坏，这样残忍。你本来应该等到咱们的日子过得好一些，等到爸爸的身体没有病的时候，才能给咱们添小娃娃！——你这样一来，不是更要麻烦了吗！咱们自己没有住的地方，爸爸又叫人逼走了，咱们明儿就要叫人家赶到街上去了；你却不久就又要给咱们添一口人！……你这是成心的！不错，是成心的！是成心的！”他一面呜呜地哭，一面来回地走。

“小裘德，你一定得原谅我！”她辩解说，同时她的胸部也跟那孩子的一样，上下起伏，“我这阵儿还不能对你讲得很清楚。你再大几岁的时候，我再跟你讲好了。咱们现在遇到了这样的困难，我却又给你们添人口，看起来好像我成心似的！我这阵儿还不能清清楚楚地把话都说了，亲爱的！不过我可要说，我这绝不是成心的——我这是由不得我自己！”

“这是成心的——不能不是成心的！因为要是你不同意，任何人都不能这样来给咱们添麻烦！我永远——永远也不能原谅你！我永远也不能再相信你对我、对爸爸、对我们不论哪一个在心在意！”

他转身往隔壁的套间里去了，那几个孩子的临时床铺就铺在那个套间的地板上。她听见那孩子在那个套间里说：“要是没有我们这几个孩子，就一点麻烦都没有了！”

“可别那么想，亲爱的，”她高声说，说的口气多少有些严厉，“别胡思乱想了，睡觉吧！”

第二天早晨，六点钟刚过一点儿，她就醒了。她决定马上就起来，在吃早饭以前，趁着裘德还没出门的时候，先跑到裘德留的字条上说的那个客店，把昨天他走了以后的种种经过告诉他。她轻轻悄悄地起了床，为的是不要搅扰了孩子们，因为她知道，那几个孩子昨天跟着跑了一整天，一定疲乏不堪了。

她到了裘德住的那个客店的时候，他正在那儿吃早饭；那是一个三等小店，裘德有意选择了这样一个店，为的是好把钱省下来，付淑的房租。她对他把房东不让往下住的话说了。他就说，他为她悬了一夜的心。不过，现在是早晨，所以人家要她离开，并不像头天晚上那样叫人灰心；连她对于找不到另一个寓所的情况，都不觉得像刚一开始那样难过。裘德也同意她的看法，认为不值得死乞白赖地，非要在那儿住一礼拜不可。他认为他们应该采取马上搬走的步骤。

“你们得都上这个客店里来，先住上一两天，”他说，“这个地方当然说不上高雅，对于孩子更不可心；不过咱们先有一个安身之处，就可以从从容容地找别的寓所了。在郊区，在我从前待过的别是巴——就有的是寓所。亲爱的，你既然来了，就在这儿跟我一块儿吃早饭好了。你敢说你的身体顶得住吗？在孩子们醒以前回去给他们做早饭，工夫还很从容；说实在的，我要跟你一块儿去。”

她跟着裘德匆匆忙忙地吃完了饭，不到一刻钟的工夫，他们就一块儿起身，决定马上就从淑待的那家太体面了的寓所里搬出来。他们到了那儿，上了楼以后，只见孩子们睡觉的那个套间，仍旧静悄悄的。她用胆小的口气叫女房东把茶壶和别的早餐用具拿到楼上来。女房东敷衍了事的样子给她拿来了以后，淑就把她带来的两个鸡蛋拿出来，放在一个水正开着的壶里，叫裘德看着，她自己去叫那几个孩子。因为那时候已经快要八点半了。

裘德在水壶旁边弯着身子，拿着表，看着时刻煮鸡蛋：因为这样，他的脊背正冲着孩子们睡觉的那个套间。他听见淑突然尖声一喊，急忙转身看去的时候，只见那个屋子——或者说套间——的门正开着（她原先推门的时候，觉得门动的时候很沉重），淑就坐在门里的地上。他急忙走上前去扶她起来，同时把眼光转到地上孩子们的床铺那儿；只见那儿并没有人。他莫名其妙地往屋子四围看去，原来在门的背后有两个钩子，本是为挂衣服用的，现在在这两个钩子上，正吊着那两个年少幼童的身子，每人脖子上套着一根捆箱子用的绳子；同时，在另一个不到几码远的钉子上，在同样的情况下，吊着小裘德的身子。这个较大的孩子旁边，有一把踢翻了的椅子；他那两只定了神儿的眼睛正瞪着盯住屋子的内部；那个女孩子和那个娃娃的眼睛则是闭着的。

这个景象里那种出乎寻常、登峰造极的可怕成分，几乎使他瘫痪了；他先顾不得淑，先让她躺在那儿，急忙用小刀把绳子割断了，把三个孩子放在地上的床铺上。他在挪动孩子这一会儿的工夫里，就摸了出来，大概他们已经死了。他跟着把淑抱起来（她原来晕过去了），把她放在那个大一点的屋子里一张床上，气都喘不上来的样子，把女房东叫到楼上，然后自己跑着去请大夫。

他回来的时候，淑已经苏醒过来了。这两个毫无办法的女人，正弯着腰，拼命想把那三个孩子救过来。同时，那三个小小的尸体，就直挺着躺在那儿；这种光景让他都失去了自制力。住得最近的大夫来了，但是，正像裘德原先猜的那样，请大夫来，只是白费事。那三个孩子已经没有法子救活了，因为他们的尸体虽然还没完全僵冷，但是看样子他们却已经吊了不止一个钟头了。事情过了以后，裘德和淑对于这件事冷静下来，能够加以推理的时候，他们认为那天的事情大概是这样发生的：那个大孩子醒来的时候，往外面的屋子里瞧，看一看淑在不在；他一看淑不在，于是他那病态的心理，本来就让头一天晚上的遭遇和谈话闹得心灰意懒，现在就更加厉害，所以才出此下策。他们当时在地上找到了一个纸条，上面用铅笔写着几个字，是那孩子的笔迹。只见写的是：

因为我们孩子太多了，所以才有这一着。

淑一见这种光景，当时就支持不住了。她有一种可怕的想法，坚决认为她对那孩子说的那番话就是这场悲剧的主要原因，这种想法使她难过得全身都打起拘挛来，老没有减轻的时候。他们不管她愿意不愿意，硬把她抬到楼下一个房间里，她就躺在那儿，嘴里倒抽着气，瘦小的身躯，每抽一口气，就发一次抖，两只眼睛就一直瞅着天花板；女房东无论怎样安慰她，她都跟没听见一样。

她们在她躺的那个屋子里能听见楼上的人活动。她哀求，说要再回到楼上去。只有对她劝解，说如果那些孩子还有希望，那她在楼上，只有坏处，没有好处，说她应该注意自己的身体，免得危害另一个未来的生命——只有用这一类的话劝她，才把她劝住了。她不断地打听消息；后来，裘德到底下楼来了，对她说没有希望了。她听了，一时连话都说不出来了。待了一会儿，刚恢复了说话的能力，她就告诉裘德，说她对那个大孩子都说过什么话，她怎样是这场悲剧的祸根。

"并不是你说的那样，"裘德说，"那孩子生来的本性，就是做得出这种事来的。大夫说，这种孩子正在我们中间出现——在我们上一辈里，还找不到这种孩子。这种孩子都是新人生观的产物。他们好像还没等到长大、有了坚忍的力量、能抵抗人生里种种的可怕，而就认识到人生里种种的可怕了。他说，将来人们要有一种普遍的愿望，就是不要在世为人[1]；这件事就是这种愿望的开端。

1 叔本华认为，世界之所以存在，有一部分就是因为人类有求生的意愿，如果人类一旦放弃求生的意愿，那他们面临的，就是世界的终结。

这个大夫是一个思想先进的人，不过他可不能安慰——”

裘德为淑起见，原先曾把自己的悲痛尽力压制，但是现在他再也忍不住了。他的悲痛引起了淑的同情，使她尽力想法要安慰他，这样她就不顾得只沉痛地自怨自恨了。后来大家都离开了的时候，裘德才让淑去看那几个孩子。

他们全部的遭遇都表现在这个大孩子的脸上。裘德头一次的结合里所有的不幸和阴暗，他第二次的结合里所有的意外、错误、恐惧和过失，都集中到那个小小的形体上。他就是这一切一切的中心，这一切一切的焦点，这一切一切的单一表现。他曾为先前那一对父母的鲁莽行为呻吟过，为他们的恶劣姻缘奋斗过，现在又为眼前这一对父母的苦恼不幸送掉了性命。

全家都安静下来了，他们除了等检验官来检验尸体而外，无事可做了；那时候，一种本来洪大、充沛却由于隔着墙壁而变得沉闷、低微的声音，由房后的厚墙那面传到屋子里。

“这是什么东西？”淑问，问的时候，她那拘挛性的呼吸暂时停住了。

“学院圣堂里的风琴。我想那是风琴师在那儿练习吧。弹的是《诗篇》七十三章的调子：‘上帝实在恩待以色列那些清心的人。’”

淑又呜呜地哭起来，“哦，我的孩子！他们一点坏事也没做过！为什么他们死了，我却活着！”

又来了一阵静默——后来这种静默让外面不知道什么地方两个人谈话的声音打破了。

“他们一定是在那儿谈咱们！”淑呻吟着说，“我们成了一台戏，给世人和天使观看了！”[1]裘德听了一下。“不是——他们不是谈论咱们的。”他说，“他们是两个看法不同的牧师，正在辩论东向祈祷[2]的问题。”

后来又静默了一阵，跟着她又不能自制地悲痛起来。“我们身外有一个声音在那儿说：‘你不要怎样怎样！’头一次它说：‘你不要学习！’以后它又说：‘你不要劳动！’现在它说：‘你不要恋爱。’”

他就说“亲爱的，你太辛酸了”，来安慰她。

“不过我说的可是实在的情况！”

他们就这样等候。她又回到她自己那个屋子。小娃娃的连衣裙、鞋和短袜子，在他死的时候都放在一把椅子上：这些东西，她怎么也不许人拿开。裘德很想不要让她再看见这些东西；但是每次他一动这些东西的时候，她都哀求他，不要他动。有一次女房东要把这些东西拿开，淑竟像疯了一样，对女房东大发雷霆。

裘德对于她这种死板沉闷、无情无绪的静默，几乎比对她的拘挛还要担心。“你怎么不跟我说话，裘德？”她又静默了一阵之后，对裘德说，“你千万别离开我！你不在我跟前，我就要孤单得受不了了！”

“你瞧，亲爱的，我不是在这儿吗？”他说，同时把他的脸放

---

1 见《哥林多前书》第4章第9节。

2 基督教的习惯，祈祷时或读信经时，转向东方，因东方为日出之地，而日出则象征复活，或曰，因耶稣基督的墓在东方。这儿是说，举行领圣餐仪式时，牧师背会众东向立。对这种姿势，曾有一个时期，发生过争议。一八九〇年，大主教赍孙宣布，东向合于《公祷书》的规定。

在离她的脸顶近的地方。

“不错……哦，我的同志，咱们两个完美无间的结合——咱们两个二人一体的结合，现在染上一片血污了。”

“不是这样，只是罩上了死亡的阴影就是了——没有别的。”

“话虽如此，那可是我刺激了那孩子，叫他做出这种事来的；固然我当时并不知道我所做的会有这样的后果！我对那孩子说的那些话，只能对智力成熟了的人说。我说，全世界都是和咱们作对的；出这样的代价活着，不如死了好；他就把我这种话当真了。我还告诉过他，说我又要添一个孩子了。他一听这个话，可就觉得走投无路了。哦，你没听见他当时对我那样责问！”

“你为什么对他说这件事，淑？”

“我也说不上来我那是为什么。为的要说真话吧，因为我不忍得把人生的真相掩盖起来，叫他受到欺骗。然而我可又并没说真话，因为我当时只顾一味瞎慎重，可就把话说得太含混了。我当时应该完全和别的女人不同，不应该还有一部分跟她们相同；那才能算真明白。再不，我就应该对他净说好听的假话，不说含混不清的真相；但是我没有自制的能力，所以就真也不彻底，假也不彻底！”

“你的办法，应用到绝大多数的事件上，都可能是很对的；不过在我们这件事上，却碰巧出了漏子就是了。反正他不论早晚总会知道的。”

“我这儿还正给小娃娃做着一件新上衣；现在我永远也看不见他穿这件衣服了，也永远不能再跟他说话了！……我的眼都肿得几乎什么都看不见了；然而刚刚一年以前，我还说我是一个快活的人！咱们两个那时候你亲我爱的，太过火了——你疼我怜的，把别人完全忘了！咱们还说——你还记得吧？——咱们还说，咱们要使自己成为善于快乐的模范人物。我还说，自然的意图、自然的法律、自然所以存在的原因，就是为了要叫咱们按着她给咱们的本能去找快乐——这种本能正是文明所硬要摧残的。我说的那种话，现在看起来多可怕！现在命运因为咱们听从了自然，认为咱们把她说的话都当做了真话，太傻了，所以就在咱们背后给了咱们这一刀！”

她跟着静默地沉思了一会儿，又接着说：“也许他们死了比活着还好——不错，我看出来了，他们死了更好！趁着他们还鲜嫩的时候把他们摘了，比叫他们经过风吹霜打然后凋落了好得多！”

“不错，”裘德回答说，“有人说过，孩子在童年死了，长辈应该庆贺。”

“不过他们那只是说说，并不真懂！哎呀，我的小宝宝，我的小乖乖啊，他们还能再活吗？你可以说，大孩子是自己成心不愿意活，所以他才做了这样的事。因为他死得并没有什么奇怪；他死本是他那种无法可治的抑郁天性必有的结果，可怜的孩子！但是另外那两个——我自己的孩子，我和你的孩子，可就不是这样了！哎呀！哎呀！”

淑又看了看放在椅子上的上衣、袜子和鞋；她全身都像一根弦似的颤抖起来。“我成了一个可怜虫了，不论天堂上，也不论地狱里，都没有我容身之地了！我要疯了！可该怎么办？”她的眼一直看着裘德，她的手紧紧地握着他的手。

“什么也不能办，”他回答说，“事情注定了怎么样，就得怎么样，它的结局，也是注定了怎么样，就得怎么样。”

她停了一下，“不错，这个话是谁说的？”她呆呆地问。

“这是《阿伽门农》[1]的合唱队里的一句话。自从出了这件事以后，我心里老琢磨这句话。”

“可怜的裘德！你真是百无一成，比我还惨！因为我到底还是把你弄到手了。你自己用苦功，有了这样的学问，而却受穷、绝望，真使人不可想象！”

虽然这种谈话可以使她的愁怀暂时稍微解开，但是过了那一会儿的工夫，她的悲痛就又像浪头一般打来。

陪审员按时来了，看了看尸身；检验官也验过了尸。跟着来的是使人悲痛的殡葬。报纸上的报道，把一些好奇的闲人招到出事的地点。他们站在那儿，外表上看来，好像是在那儿数窗上有几片玻璃、墙上有多少块石头似的。这一对青年到底是怎样的关系，使他们的好奇心更加强烈。淑曾说过，她要送她那两个小孩子到坟地里去，但是到了最后的一刻，她支持不住了，只好睡下。他们就趁着这个机会，悄悄地把棺材打发出去了。裘德坐上了车；车夫赶着车走去，房东见了，大为宽慰。他现在手头上只剩了淑一个人和她的行李了；他希望那天下午能把淑也打发开。因为，他这个公寓，由于他太太一时遭瘟，招来了这样的房客，闹得一个礼拜都要臭名远扬，只有把淑也打发开，才可以平静无事。下午

1 《阿伽门农》是希腊悲剧家埃斯库罗斯的一本悲剧。在那本悲剧第六十七至六十八行合唱队曾说：“结局都得按照命运之所规定。”

的时候，他私下里和房主商议了一下，商议的结果是：如果由于这场悲剧，人家把这所房子看作凶宅，不再来租，他们就把房子的门牌号数更换一下。

裘德眼看着那两口小棺材——一口装着小裘德，另一口装着那两个小一些的孩子——埋在地里[1]以后，就急忙回到淑身边：只见她仍旧在自己屋里，他当时就没去惊动她。但是他去了以后，仍旧不放心，所以四点钟的时候，他又去到淑那儿。女房东认为淑仍旧在屋里躺着，但是她去看了一下以后，回来对裘德说，淑并没在屋里。她的夹克和帽子也不见了，她出门了。裘德急忙回到他住的那个店里，她并没上那儿去。他想了想她都可能到哪儿去，跟着他就朝着坟地走去。他进了坟地，走到孩子刚埋葬的地方。那时候，原先听说这场悲剧而跟到坟地里去的闲人都走了；只有一个人，手里拿着铁锹，正在那儿往坟里填土；但是他的胳膊却正让一个女人把住了。那个女人站在那个刚填满了一半的坑里，正是淑。她穿的还是带颜色的衣服，裘德给她预备的丧服她并没顾得换；但是她这种带颜色的衣服，看起来，比通常的丧服，更使人心酸。

"这个人要把孩子埋了，我不许他埋。我总得再看一看我的小宝宝才成！"她看见裘德的时候，像疯了似的这样喊，"我要再看一看我的小宝宝。哦，裘德——裘德——让我再看一看我的小宝宝！我刚才没想到，你会趁着我睡了的时候，叫人把他们抬走了！你原先说，棺材下钉以前，我可以再看一看他们；你说了可

1　这是圣赛坡勒克公墓，在牛津西北角市外。

又不算，又叫人悄悄地把他们抬走了！哎呀裘德呀，你原来对我也残酷啊！”

“她要我把坟再刨开，把棺材刨出来，”拿铁锹那个人说，“你看她那种样子，快把她弄回家去吧；她简直疯了，不知道自己做的是什么，可怜！太太，这阵儿不能把坟再刨开了。你跟着你丈夫一块儿回去，把事情看开点儿好了。再说，谢谢上帝，眼看就快要再添一口人来安慰你了。”

但是淑却老不断地问：“我再看一看他们成不成？只看一下成不成？只看一分钟成不成，裘德？决不看很大的工夫！只看一下我就满意了，裘德！你要是让我看一下，那我以后，无论多会儿，都永远老老实实地听你的话。我看一下，就老老实实地回去，决不再看第二眼！成不成？为什么不成？”

她就这样啰嗦不休。裘德难过得几乎也要叫那个人把坟再刨开了。不过那种办法，不但对她没有好处，反倒会对她更有坏处。同时，他也认为，看当时的情况，把她马上弄回去，是绝对必要的。因此，他就用甜言蜜语劝她，用窃窃私语温存她，用手搂着她的腰扶着她：这样闹了半天，她才无可奈何，听了他的劝说，离开了那座坟地。

他本想要雇一辆车送她回去，但是俭省既然是他们当前的急务，所以她不赞成这种办法。因此他们就慢慢地走着：裘德围着黑纱条，她就穿着她那棕色和红色的衣服。他们本来打算那天下午，搬到另一家公寓里去，但是裘德却看出来，那是不合实际的，所以，他们只得又进了那个现在使人厌恶的寓所，马上叫淑躺在床上，同时去请大夫。

裘德在楼下等了一晚上。到了很晚的时候，他才听说，淑生了一个不够月份的孩子，并且他一生下来，就跟那几个孩子一样，是个死的。

3

淑虽然曾希望自己能死了才好，但是却慢慢地好起来，同时裘德也找到了自己本行的工作。他们现在搬到另一个寓所里去了，在别是巴那一面，离讲究仪式的圣西拉教堂不远。

他们老一言不发地坐着，满怀感到，事事物物，不但毫无感情、毫无知觉，想要阻碍你、干涉你，并且还直接和你作对。当日淑的智力像星星一样地锋芒闪耀的时候，她曾有过奇怪、渺茫的想象。她曾认为，世界好像梦中作的一首诗，或者是梦中谱的一段旋律，对于半睡半醒的人，了不起地优美，对于完全觉醒的人，却荒谬绝伦。她曾认为，上帝的行动，像梦游者那样无识无知、机械刻板，不像圣人贤人那样瞻前顾后、深思远虑。她曾认为，在创造世界各种条件的时候，绝没想到，受这些条件支配的人们之中，会有一部分在情绪的感受方面，能发展到现在有教育、会思想的人所达到的程度。但是折磨苦难，却使抽象的敌对势力，变得好像有了具体的人形，所以她以前是作那样空幻的想象，现在变得感到，裘德和自己，是在这儿逃避一个具体的迫害者了。

“咱们一定得顺从降服，”她伤感地说，“宰制咱们的上帝，把天地开辟以来所有的神威天怒，都对咱们这一对上帝的可怜虫发泄出来了，咱们除了俯首听命，没有别的办法。咱们只能俯首听命。反抗上帝，没有用处！”

“咱们并不是反抗上帝，咱们只是反抗人，反抗不合情理的环境就是了。”裘德说。

“不错！”她嘟囔着说，“我刚才怎么想来着？我现在变得和野蛮人一样迷信了！……不过不管咱们的敌人是什么人，是什么东西，反正我都怕，我都服。我一点战斗力都没有了；一点敢作敢为的勇气都没有了，我打败了！打败了！……‘我们成了一台戏，给世人和天使观看了！’我现在整天净念叨这一句话。”

“我也有同样的感觉！”

“咱们怎么办？你现在固然不错，找到工作了；不过你不要忘了，那只是因为咱们的历史和关系，别人不完全知道……如果他们知道了咱们两个并没按照常礼举行结婚仪式，那他们很可能像在奥尔布里坎那样，不给你工作做。”

“我说不上来他们究竟要怎么办。也许他们不至于那样。不过，我认为咱们现在可非把咱们的结合合法化不可——只要你一能出门的时候，咱们就得去办这件事。”

“你认为咱们应该那样办吗？”

“一点不错，应该。”

跟着裘德琢磨起来，“社会上有一群坏人，一群诱奸的人，好人都躲着他们。我新近觉得，我就是他们里面的一个，就是一个诱奸的人。我认识到这一点的时候，很吃惊！我原先没意识到这一点，也没意识到，我对你有什么不对的地方。我只知道，我爱你比爱我自己还厉害。然而我可又真是那种人！我不知道，那种人里面，是否还有跟我一样瞎眼的，一样简单的？……不错，淑，我正是那种人，我把你诱奸了……你本来是一个与众不同的人——一个幽雅精致的人，老天生你的时候，本是让你不食人间烟火的。但是我死乞白赖地非拖你下水不可！”

“别说啦，别说啦，裘德！”她急忙说，“不要把你没犯的罪名，硬加到自己身上。如果要埋怨的话，那都得埋怨我。”

“你要离开费劳孙的时候，我给你打过气；如果没有我，你也许不会逼着他放你走。”

“没有你，我也一样地要逼着他，叫他允许我离开他。说到咱们两个，咱们没按法律手续进行婚事，那在咱们两个的结合里，还得算是一种差强人意的情况；因为这样的话，就好像咱们第一次婚姻里的庄严神圣，不至于受到亵渎了。”

“庄严神圣？”裘德带出惊讶的样子来看着她，同时感觉到，现在这个淑，跟他们刚认识的时候那个淑，不一样了。

“不错，”她说，说的时候，字句都有些战抖，“我曾有过非常可怕的想法，曾非常可怕地感觉到，我的行为骄横无礼。我曾觉得——我仍旧还是他的太太！”

“谁的？”

“理查的。”

“哎，最亲爱的！——这话怎么讲？”

“哦，让我解释是解释不出来的！只是有这种想法在我的脑子里出现就是了。”

“这是你意志不坚定的结果——只是你一种不健康的幻想就是了——并没有道理，也没有意义！你不要叫这种想法扰乱你。”

淑不安的样子叹了口气。

他们的生活里，也并不完全是这样令人沮丧的讨论，也有比较光明的一面，那就是他们改善了的经济状况；这种改善，如果在他们结合的初期出现，一定会使他们高兴。裘德完全没想到，差不多一到这儿，就找到了他自己本行的活儿，而夏季的天气，于他那种单弱的身体又很合适；同时他的生活，由外表上看来，简单而规律，对于他那样一个生活老惶惶不定的人，这种规律本身，就是一种安慰。人们好像忘了，他曾有过任何叫人不好对付的离奇行径了；他每天在他从前永远进不去的学院里，踏上它们的月台和墙头，在他从前永远近不得的直棂窗户前面，修理它们酥了的石工活儿；他一心一意做这类活儿，好像他从来没有过任何别的愿望似的。

但是，他却有一点跟从前不同，那就是，他现在不大上教堂去做礼拜了。使他最心烦的一件事是：那场悲剧发生了以后，淑和他在思想上背道而驰了。过去的种种遭遇，使他对于人生、法律、风俗和教理各方面，见解更开朗了；但是这些遭遇对于淑，却并没起同样的作用。当初她能独立思考的时候，她的智力像闪烁的电光一样，能对他那时尊敬而现在鄙视的习俗、礼法，加以嘲弄攻击；但是她现在却不是那样了。

有一个礼拜天晚上，他回家的时候已经有些晚了，但是她却没在家，不过一会儿就回来了。只见她不言不语，若有所思。

“你这孩子，又琢磨什么？”他好奇的样子问。

“哦，我也说不清楚！我只想到，咱们两个——你和我——在行为上，都是自私自利的，不顾前后的，甚至于是亵渎神圣的。咱们过了这几年，只想追求无聊的自我快乐。但是能自我克制，才是更高尚的道路。咱们应该制伏肉欲——应该制伏可怕的肉欲——制伏使亚当堕落的肉欲！”

“淑！”他嘟囔着说，“你中了什么东西的毒了？”

“咱们应该永远在职分的祭坛上牺牲自己！但是我过去可老只尽力做于自己合适的事。我完全应该受我挨过的鞭打！我希望有一种力量，能把我那邪恶、我那可怕的过失，我那一切罪恶的行为，都给我铲除干净了！”

“亲爱的淑——跟着我受了大罪的淑！——你并没有女人所有的邪恶。你天生的本能都是很健康的；你也许没有我所希望的那样热烈，但是你这个人，可又好、又纯洁、又招人疼。我不是常常说过吗？我所认识的女人里面，你绝对地是最空灵超脱、最没有肉欲，而同时，可又并没有失去性别，并不是没有人味儿的。但是，你现在怎么却说起这种跟以前大不相同的话来了？咱们并没自私自利；只有咱们不自私自利，别人就得不到好处的时候，才有些那样。你过去的时候总是说，人的天性是高尚的，是坚忍不拔的，并不是卑劣的、腐朽的；我后来也信了你的话，认为你说的是真理。但是现在，人在你眼里，可又好像一落千丈了！”

“我应该卑屈谦虚，应该刻苦自励；我需要那样。但是我却从来没那样！”

“你一向是大无畏的，不论在思想方面，也不论在感觉方面，都是大无畏的。我过去对你的仰慕，还是不够的。但是，我以前叫我自己那种狭隘的教条局限住了，没能看出这一点来。”

“你不要说这样的话了吧！裘德，我这阵儿恨不能把所有我说过的那些大无畏的话，那些大无畏的感觉，都从我的历史里连根拔掉。刻苦自制——这是我最需要的！我对于自己，不论克制到什么程度，都不能算过分。我恨不得用针扎我的全身，使我心里所有的坏都流出来！”

“别说了！”他说，一面把她的脸紧紧搂在自己的胸前，好像她是一个婴儿一样，“这是孩子们死了，你疼他们，才闹到这种样子！你这样的人——你这种像含羞草一样的人，不该这样悔恨。世界上真正的坏人，才该这样悔恨；但是他们那种人，可又觉得没有什么可悔恨的！”

“我不应该像现在这样留在这儿。”她伏在他的胸前好久，然后才嘟囔着说。

“为什么？”

“因为这就是姑息自己。”

“还是你那一套！不过世界之上，还有比咱们两个相亲相爱更好的事吗？”

“有。那得看是哪一种爱。你的爱——咱们的爱——是不正当的那一种。”

“我不听你这一套了，淑。好啦，你说你打算什么时候在法衣室的结婚簿子上签字？”

她停了一会儿，跟着心神不安地抬起头来一看，“永远也不。”她悄声说。

裘德没了解她这句话里的全部意义，所以就很坦然听着她表示反对，没说什么。又过了几分钟，他以为她睡着了；他低声说话，却看出来，她在所有的时间里，都完全醒着。她把身子坐直，叹了一口气。

“淑，今天晚上，你身上有一种叫人说不出来的奇怪气味或者气氛，”他说，“我这是说，你不但在精神方面是那样，在衣服方面也是那样。一种植物的香气，我仿佛知道是什么，可又说不出来。”

“那是烧的香。”

“烧的香？”

“我到圣西拉去做礼拜了。这是叫那儿烧的香熏的。”

“哦——圣西拉。”

“不错，我有的时候到那儿去。”

“真的吗？你会上那儿去！”

“你要知道，裘德，平常日子你出去工作的时候，我一个人在家里感到非常孤单，所以我就琢磨又琢磨，琢磨我——我——”她说到这儿，喉头哽咽，停了一会儿，好一些了以后，才接着说，“所以我才想到上那儿去——因为那儿很近。”

“哦，呃，这我当然不反对。不过，你这样的人干这个，可有点古怪。他们绝想不到，他们中间，出现了什么样的家伙！”[1]

“你这个话是什么意思，裘德？”

“呃，我这只是说——他们绝想不到，他们里面，出现了一个怀疑派。”

“亲爱的裘德，我这儿正烦着，你却这样使我难过，太不应该了！不过，我知道你这并不是成心的。但是，你说这样的话，可不应该。”

1　“这家伙出现在他们中间”出自彭斯的诗《格娄夫上尉苏格兰之游》第五行。

"我再不说好了。不过，我真有些吃惊！"

"呃，裘德，我还要对你说另一件事。你不会生气的，是不是？我的孩子死了以后，我对于这件事琢磨了又琢磨。我认为，我不应该再做你的太太了——或者说，再以你的太太自居了。"

"你说什么？……难道你不是我的太太吗？"

"由你那个角度来看，不错，但是——"

"咱们过去，当然不错，害怕举行仪式。许多别的人，如果处在咱们的地位，也要害怕的；因为有强有力的理由害怕。不过经验可已经证明了，咱们对于自己的判断有多么不正确，对于自己的毛病估计得有多么过分；既然这样，那么，如果你对于仪式礼节，真像表面上那样，也重视起来，那你为什么又拒绝马上就举行婚礼？除了法律，不论从哪一方面讲，你都一点不错是我的太太。淑，你刚才这番话，是什么意思啊？"

"我认为，我不是你的太太！"

"不是？那么，假设咱们举行过婚礼，你就该认为是了吧？"

"那也不是。即便那样，我也不认为我是。那样的话，我只能觉得比现在还更糟。"

"亲爱的，我不怕你怪我，我得说你这是乖张刚愎。为什么会是你说的这样？"

"因为我是理查的太太。"

"啊——你以前对我也透露过这种荒谬的想法！"

"那时候，那还只是一种印象；但是过了一些时候，我就越来越相信，我要是不属于他，也就不属于任何人了。"

"哎，我的天哪——咱们两个这是完全换了个儿了。"

“不错，也许是那样。”

又过了好几天。有一天，正是夏日的黄昏，他们两个又在楼下那个小屋子里一同坐着。忽然听见有人敲他们那个房东（一个木匠）的前门；过了一会儿，他们自己那个屋子的门上也响起来。还没等到他们去开门，敲门的人就把门打开了，跟着一个女人出现。

“范立先生在这儿住吗？”

裘德机械地答应了一声“在这儿”，同时和淑都不觉吃了一惊，因为说话的语音是艾拉白拉的。

他以客礼相待，请她进了屋里，她就在窗前的板凳上落座。她是背着阳光坐着的，所以他们能清清楚楚地看出她的形体来，但是可以使他们估计她一般状态和神情的细处，却看不见。不过他们却好像觉得，她的环境并不像卡特莱活着的时候那样舒服；她的穿戴，也不像他活着的时候那样扎眼。

他们三人本想谈一谈那场悲剧，不过谈得很不得劲儿。原来事情发生的时候，裘德认为他有责任，马上通知艾拉白拉，所以写了一封信给她，不过她却始终没回他信。

“我刚从公墓那儿来，”她说，“我向别人打听，找到了孩子的坟。他出殡的时候我没能来，不过你写信通知我，我还是照样感激你。关于这件事在报上报道的，我全看到了。我当时认为，我不必来送殡……是的——我当时不能来送殡。”艾拉白拉又重复了一遍。她当时好像想做出一副理想的凄惨样子而完全没做到，所以重复旧话，好想新词儿。“不过还好，我找到他的坟了。裘德，你是个石匠。我想你一定能给他们立一个像样的碑吧。”

“我是要给他们立碑。”裘德凄惨地说。

“那孩子是我生的，所以我当然难过。”

“我也这样想。我们这儿也都很难过。”

“对于那两个不是我养的孩子，我就差些了，这本是人之常情啊。”

“当然。”

从淑坐的犄角那儿，发出一声叹息。

“我原先常常想叫我的孩子跟着我，”卡特莱太太接着说，“那样的话，也许就不至于弄出这样的事来了！不过我当然不好意思从你太太手里，硬把他领走。”

“我并不是他太太。”从淑嘴里迸出这样一句话来。

这真突如其来，裘德一时哑口无言。

“哦，那我可真对不起，”艾拉白拉说，“我原先还只当你是他太太。”

由淑说话的口气里，裘德知道，她这句话，含有她那种超越常情的新看法，但是艾拉白拉却除了这句话表面的意义而外，不知道别的，这本是很自然的。艾拉白拉听了淑那句话，也吃了一惊，后来镇定下来，就带着不动声色的莽撞态度，继续谈“她的”孩子；这个孩子，虽然活着的时候，她毫不关心，现在她却为他做出装模作样的悲伤，好像只有这样，良心上才过得去似的。她说到过去的光景，同时有一句话，还征求淑的意见。但是淑却没回答；她原来趁着人不注意的时候已经离开了。

“她刚才说，她不是你的太太，”艾拉白拉换了另一种口气问道，“她为什么说那样的话？”

“这个你不必问。”裘德简捷地说。

“她是你的太太呀，难道不是吗？她有一次，对我说过，她是你的太太。”

“她说的话，我不想加评语。”

“啊——我明白了！好啦，我该走了。我今儿晚上在这个地方住，有了咱们那一场共同的灾难，我想我得上你这儿来一趟。我就在我以前当女侍的店里过夜，明天回阿尔夫锐屯去。我爸爸又回来啦，我现在就和他住在一块儿。”

“从澳洲回来了？”裘德似好奇又不好奇地说。

“不错，在那儿没法儿过。很受了点罪。我妈天热的时候闹病死了，得的是痢什么；所以爸爸和两个小的都回来了；刚回来不久。他在我们从前住的那个地方附近，租了一所小房儿，我现在正替他管家。”

现在虽然淑不在跟前，裘德的前妻却也照样维持了一种有教养的刻板礼貌。她把她待的时间只限于最高度的体面所允许的范围以内，那就是说，只有几分钟的工夫。她走了以后，裘德像得到解脱一样，上楼去喊淑——因为他很为她担心，不知道她怎么样了。

淑没回答。开公寓的那个木匠说，她出去了，还没回来。裘德一听这话，又糊涂，又吃惊；因为那时候，天已经黑了好久了。木匠把他太太叫来，问她知道不知道淑哪儿去了。她猜，淑也许上圣西拉教堂去了，因为她常上那儿去。

“天都这时候了，不会吧？”裘德说，“教堂关了门了。”

“拿着教堂的钥匙那个人她认识；她多会儿想进教堂，就多会儿能把教堂的门开开。”

“她这样有多久了？”

“哦，有几个礼拜了吧，我想。”

裘德恍恍惚惚地朝着教堂那儿走去。多年以前，他在郊区住的时候，曾从那儿走过；那时候，他那种青年人的思想，比现在更玄妙；但是自从他不在郊区住以后，他就一次也没到那儿去过。他现在到那儿一看，只见一个人都没有，但是教堂的门却毫无疑问，并没锁。他轻轻把门闩拉开，进了门，又轻轻把门关上，屏声敛气地站在教室里面。在一片静悄中，好像有一种非常轻微的声音，又像是喘气，又像是啜泣，从教室那一头发出。他在一片昏暗中，朝着那一头走去；地上铺着地毯，所以他走起来没有声音；同时那一片昏暗，只有外面非常微茫地透进来的星光，把它打破。

在圣坛阶的上空，高高地悬着的，能看出来，是一个庞大、坚固的拉丁式十字架——大概跟它纪念的原本同样地大。好像有看不见的铁丝，把它吊在空中；十字架上面镶着大颗的宝石；它静静地来回摆动，但是摆动得非常轻微，几乎看不出来；它一摆动，宝石就在从外面射进来的微弱亮光中微茫地闪耀。在十字架下面的地上，有一团像黑衣服似的东西，他刚才听见的那种啜泣，就是从这一堆东西上重复地发出来的。原来那就是淑的形体，她正趴在地上。

“淑！”他低声叫她。

只见一种白色的东西出现，原来是她把脸转过来了。

“你——上这儿来干吗，裘德？”她说，“你不应该上这儿来！我要一个人待着，你为什么来打扰我？”

“你怎么能问我这样的话？”他立刻带着责问的意思回答说，

因为他看到她这种态度，他那颗充满了热情的心，好像扎了一刀似的，一直扎到最深的地方。“我为什么上这儿来？要是说我没有权利上这儿来，那我请问谁有？像我这样爱你，比你爱我还厉害——厉害——哦，厉害得多，还没有权利？叫你离开我而自己跑到这儿来的，到底是什么？”

“请你不要挑剔我吧，裘德——我受不了这个！——这样的话，我跟你说过好多次了。我是怎么样的一个人，你也就得怎么样地待我。我现在成了一个可怜虫了——叫内心的矛盾弄得不能支持了。艾拉白拉来的时候，我简直受不了了——我苦恼极了。所以没法子，只好躲开了。她好像还是你的太太，理查好像还是我的丈夫！”

“不过他们两个，对于咱们，一点关系都没有了！”

“不对，亲爱的，有关系。我现在对于婚姻的看法，跟从前不一样了。老天把我的孩子弄走了，就为的是把这种情况指点给我！艾拉白拉的孩子把我的孩子害了，这就是上帝给我的惩罚——这就是对的把不对的消灭。我怎么办好？——怎么办好？我这个人太坏了，连跟普通人待在一块儿都不配！”

“这太可怕了！”裘德说，说的时候差不多都要哭的样子，“你实在并没做任何不对的事，而却这样后悔难过，太不应该了，太违反常情了！”

“啊——这是因为你不知道我有多么坏！”

他恳切地回答说：“我知道！连一丝一毫，一点一滴，全都知道！叫你堕落到现在这步田地的，如果是基督教——或者也可以叫它神秘主义，僧侣主义——反正不管叫它什么，如果是它把你闹到这步田地，那我就恨透了它了。真叫人想不到，凭你这样一个女诗人，这样一个女先知，这样一个心灵像钻石一样发闪光的女人——这样一个世界上所有的慧人智士都要以认识你为荣的女人，却会自卑自贱到这步田地。如果是神学这种东西把你毁成这样，那我很高兴，一百分地高兴，我现在跟神学早就毫无瓜葛了！”

“裘德，你这是生了气了，你这是对我无情，你这是不了解事情的真相。”

“那么你跟我一块儿回家去好了，那样的话，我也许就了解了。我这是心里太沉重了——你一时也心都乱了。”他用手搂住了她，把她拉了起来。但是她却要自己走，不要他扶。

“我并不是不爱你，裘德。”她用一种甜美、哀求的声音说，“我仍旧跟从前一样爱你！不过——我可不应该再——爱你了。我一定不要再爱你了！”

“我不承认这一点。”

“不过我可拿定了主意，认为我不是你的太太了！我是属于他的——我曾通过神圣的仪式，和他做了终身的结合。这是无论什么，都不能变更的！”

“不过，世界之上，如果有夫妻的话，那咱们就得算是夫妻吧？我这是说，咱们这种夫妻关系是‘自然’的，这是毫无疑问的！”

“但是可不是上帝的。上帝给我安排了另一番婚姻，在梅勒寨的教堂里，永世不变结合的。”

“淑，淑——这是痛苦把你弄得失去理性了。你从前曾费了好多事，才把我教化得在许多事情上跟你的看法一样，现在你自己却这样毫无道理地来了一个一百八十度的转变，完全凭一时的感情，就把以前说的话，一概推翻了，真叫人想不到！我对于教会，因为和它是老朋友了，本来还剩下一点点敬爱的意思，现在你这样一来，把我那一点点的敬爱，也都连根拔掉了。你现在对于你过去讲的那一套逻辑，完全把眼蒙起来；这我觉得很奇怪，这我不能懂。这是你个人特别的地方，还是女人都有的情况？女人到底是一个会思考的整体，还是永远不够一个整体的残肢废体？你从前把婚姻看成是一种蠢笨的契约（本来是那样），说得多坚决！把婚姻看作是一无可取的东西，是荒谬绝伦的东西，说得多清楚！如果咱们原先一块儿同居、亲爱和美的时候，二加二等于四，那么现在二加二，也还是等于四吧？我真不明白，我再说一遍，我真不明白！”

“啊，亲爱的裘德，你不明白，那是因为你现在的情况，好像是一个什么都听不见的人，正看着别人听音乐。你说：‘他们都在那儿看什么？那儿什么东西都没有。’但是实在却有。”

“你说这样的话，太冷酷了。再说，这个比喻并不恰当。你从前的时候，本是把偏见的糟粕，一概抛弃了的，并且还曾叫我也那样做；现在你却自己打自己的嘴了。我得承认，我对你所做的评价，完全成了笑柄了。”

“亲爱的朋友，我唯一的朋友，请你别对我这样心硬！我有什么法子不这样呢？我深深地相信，我现在的看法正确——深深地相信，我到底看到了光明。但是，哎，怎么能从这里面得益处才好！”

他们又往前走了几步，一直走出教堂。跟着淑去把钥匙还了人家。现在裘德来到四无遮拦的大街上了，觉得稍微轻松了一点儿，所以淑回来的时候，他说："谁想得到——谁想得到，过去那个女孩子——那个把异教的神像带到这个最讲基督教的城市里来的女孩子，那个学方德芬小姐拿脚碾神像的女孩子，那个满嘴吉本、雪莱、穆勒的女孩子，会变成这种样子！现在亲爱的阿波罗哪儿去了？亲爱的维纳斯哪儿去了？"

"哦，别——别待我这样心狠了，裘德，可怜可怜我这个受罪的人吧！"她呜呜地哭着说。"我受不了啦！我过去把事做错了——我这会儿没有心肠跟你辩论。我过去错了——把自己的狂妄，当做了得意的东西。艾拉白拉来这一趟，才使我完全醒过来。你不要嘲骂我；你这种嘲骂，对于我跟刀扎的一样！"

他在那条静悄悄的大街上，没等她来得及阻止他，就用双手搂住了她，热烈地吻起她来。他们跟着又往前走，走到一家小咖啡馆门前。"裘德，"她忍住了泪说，"你在这儿找个住的地方，可以不可以？"

"如果你非要我那样办不可——那就没有什么不可以的。不过你真非要我那样办不可吗？你先让我到咱们的门口，再看你的意思怎么样好了。"

他到了门口，把她送到里面。她说她不要吃饭，就自己暗中摸索着上了楼，划了一根火柴。她回身一看，裘德跟着她来了，现在正站在卧室门口。她走到他跟前，把自己的手放在他的手里，跟他说了一声"夜安"。

"不过，淑，咱们不是一块儿住在这儿吗？"

“你不是说过，说可以照着我的意思办吗？”

“不错。那么很好！……我刚才这样不知好歹，跟你辩论，也许不对！咱们当初既然在良心上，不能按照旧式的礼节结婚，那咱们也许应该早就分离。现在这个世界，也许还不够开明，不能接受咱们这种试验！咱们算得了什么人，却妄自尊大，以为自己能够做开路的先锋！”

“不管怎么样，你能看到这一步，我很高兴。我从前做的事，都从来没经过仔细考虑，只是由于嫉妒和激动，才不知不觉地落得一无是处。”

“不过我想这里面一定还有爱的关系吧？——你不是爱我吗？”

“不错。但是那时候我想，只到那个分寸为止，永远做单纯的情人完事，后来——”

“但是人们一坠入情网，就不能永远那样啊！”

“女人能，男人不能；因为男人不肯那样。一般的女人，在这一点上，比一般的男人高；因为女人老不发动，而只响应。咱们本来应该只求心心相印就完了，不应该别生枝节。”

“我先已经说过了，咱们不幸别生枝节，是由我而起的祸根！……好了，我现在依着你好了！……不过人是扭不过人的天性的。”

“哦，就是因为这样，所以才要学习——所以才要学习克制自己。”

“我再说一遍——如果咱们两个之中有一个该受埋怨的——那个人是我而不是你。”

“不对，不是你而是我，你那种坏，只是男人生来就有的那种要把女人据为己有的本能就是了。我那种坏，可并不是女人要把男人据为己有的那种相应的本能，而是嫉妒——是想取艾拉白拉而代之的醋劲。固然不错，我也曾认为，我应该看在仁慈的面上，让你接近我。我要是像待我那一个朋友那样待你，使你受罪，那我就得算是要不得地自私自利了，但是，如果我当时不是因为你又要回到她那儿去而害了怕，因而不能自持，那我就不会依从你的……不过这阵儿，咱们不必再提这个话了！裘德，你这阵儿离开我，让我一个人待着成不成？”

“成……不过淑——我的太太，因为你是我的太太么！”他冲口而出地说，“淑，我的太太，我从前责问你的话，说到究竟，还是不错的。你爱我，从来也没像我爱你那样——从来——从来也没有！你那颗心本来就不是很热烈的——你那颗心不会像火焰一样地烧起来！总的说来，你是冷酷无情的，只是一种没有凡心的仙女，或者游戏人间的精灵——而不是尘世凡间的女人！”

“刚一开始的时候，裘德，我并不爱你，这一点我承认。我刚一认识你的时候，我只要你爱我就完了。我那倒也并不是完全跟你瞎闹；有的女人，生来就有一种使她们堕落的欲望，一种比不能控制的热烈感情还要厉害的欲望——那就是想要诱引男人、迷惑男人的欲望，不管这种诱引、迷惑，对于男人，会有多大的害处；我当时也有这种欲望；等到我发现了你逃不出我的手心去那时候，我大吃一惊。这样一来——我也说不清楚到底是怎么回事——反正这样一来，我就不能撒开手让你溜走了——不能让你溜回艾拉白拉那儿去了——因此，裘德，我就没办法，只好爱你了。不过，你可以看出来，不管这番爱的结局怎么样，反正一开始的时候，我是自私自利的，残酷无情的，只想叫你为我心疼，而不想叫我为你心疼。”

“现在你又残酷加残酷，要采取离开我的办法了！”

“啊——不错！我这个泥坑陷得越深，我这个祸做得也越大！”

“哦，淑！”他忽然感到自己很危险，跟着说，“你可别为了要讲道德而做出不道德的事来！你曾是我立身处世的救星。请你发点慈悲，千万别离开我！你知道我这个人有多没出息。我那两个最大的敌人，你是知道的——见了女人就没了主意，见了酒就把握不住。你不要只想救你自己的灵魂，而把我送到这两个魔鬼手里！我所以能完全不沾它们，只是因为我有你做保卫我的天使！自从我跟你在一块儿，我可以受这一类东西的任何诱惑而丝毫受不到害处。难道为了救我，你就不能把你这种教条式的原则稍微牺牲一点吗？你一旦离开了我，我恐怕就要像一个猪似的刚洗干净了，就又回到烂泥里趴着去[1]了！”

淑一下哭起来，“哦，你可千万不要那样，裘德！你可千万不要那样！我白天黑夜，都替你祷告上帝，叫他不让你那样！”

“好了——别往心里去了；别难过了。”裘德慷慨大方地说，“我那时候，为你真受了一番罪，这是上天可以鉴临的。我现在又为你在这儿受罪了！不过我受的罪，也许还没有你受的厉害。闹到究竟，最吃亏的，往往还是女人！”

“不错，是这样。”

1 《新约·彼得后书》第2章第22节，猪经洗后，又回到烂泥塘里滚。

“除非那个女人毫无价值，绝对可鄙；但是现在这个女人，可无论怎么说，都绝不是那样！”

她有些激动的样子，喘了一两口气，“我恐怕——现在这个女人是那样吧！……现在，裘德——对不起——再见吧！”

“我一定不可以再待下去了吗？只待这一次也不成吗？从前既然有过那么多次——哦淑，我的太太，为什么这一次就不成？”

“别，别，别叫我太太！——裘德，我可是在你的掌握之中——现在我好容易往前走了这么远了，你千万别再诱惑我，把我拽回来！”

“好吧。你叫我怎么办，我就怎么办好了。因为头一次是我强制你，所以现在我应该忏悔。天哪，我过去太自私了！也许——也许男女之间，从未有过的那种最高尚、最纯洁的爱，都叫我糟蹋了！……那么，从现在起，让咱们这座殿的幔子，从上到下裂成两半好了[1]。”

他走到床旁，抓起床上那一对枕头之中的一个，把它扔在地上。

她看了他一眼，跟着伏在床栏杆上不出声地哭起来，“我这样做，是因为在良心上，我觉得应该这样做，并不是因为我不喜欢你，难道你还看不出来吗？”她断断续续地嘟囔着说，“我并不是不喜欢你！不过我不能再说什么了！我的心都碎了！这会把我已经开始的一切都给我毁了！裘德——再见吧！”

1 耶稣被钉在十字架上，断气的时候，忽然殿里的幔子从上到下裂为两半，地也震动，磐石也崩裂，坟墓也裂开了。见《马太福音》第28章第51节及其他各处。

“再见。”他说，同时转身要走。

“哦，不过你得吻吻我！”她突然抬起头来，说，“我受不了——”

他把她抱在怀里，在她那满是泪痕的脸上吻她，吻得比他向来任何时候都更热烈。他们谁都没说话，待了一会儿，淑才说：“再见吧，再见吧！”跟着她轻轻把他推开，离开了他的怀抱，同时尽力想要减少当时的凄惨境况，所以又跟着说：“咱们以后，仍旧照样要做亲爱的朋友，是不是，裘德？咱们要过些时候就见见面，是不是？——不错，是要见见面！咱们要把现在的一切尽力忘掉，要想法子恢复到咱们从前那种样子，是不是？”

裘德咬着牙没开口，只转身下楼去了。

4

淑在她现在这个一百八十度的转变中所认为是她的丈夫那个人，仍旧住在玛丽格伦。

在裘德的孩子遭到惨死的头一天，费劳孙曾看见淑和裘德，站在基督寺街上的雨地里，看游行队往礼堂里去。那时候跟他在一块儿的，还有吉令恩，不过他没对吉令恩说什么。吉令恩跟他是老朋友，那时候正在玛丽格伦，和他盘桓几天；到基督寺来玩这一趟，也是吉令恩提议的。

"你琢磨什么呢？"吉令恩在他们回去的路上问，"是不是琢磨你老没能弄到手的学位？"

"不是，不是，"费劳孙心躁气粗地说，"我今天看见一个人，正琢磨她。"过了一会儿，他又接着说，"我看见淑珊娜了。"

"我也看见她了。"

"你怎么没告诉我？"

"我不愿意你再理会她。不过，既是你看见她了，那你就应该对她说：'你好哇，我这旧日的爱宠？'"

"啊——呃。那倒也未尝不可以。不过，我有一种看法，不知道你觉得怎么样。我认为，我跟她打离婚官司的时候，她是清白无辜的。我这样的想法，有充分的理由。我当时把事做错了。不错，是这样！闹得很尴尬，是不是？”

“但是，她从那时候起，不管怎么说，都显然是用尽了心力使你的错儿变得不错。”

“哼，你这种嘲笑一个钱都不值。毫无疑问，我当时应该耐心等待的。”

在那一个星期的末尾，吉令恩就回到沙氏屯附近他教的那个学校里去了，那时候，费劳孙又按着他的老规矩，到阿尔夫锐屯去赶集；他走的那条漫长的山坡，他认识得比裘德早得多，不过他的历史，却不像裘德的那样，和它密切地联系在一起。他一面在那个山坡上走着，一面又琢磨起艾拉白拉报告他的消息来。他到了那个市镇以后，就按着老规矩，买了一份一星期出一次的本地报纸。他在店里坐着休息了一下，再走他回家那五英里路，那时候，他从口袋里把报纸掏出来看。他一眼看到了“石匠的孩子自杀奇闻”。

他虽然是个冷静的人，但看到这件新闻，却也觉得很难过，同时还有些不解：因为他不明白裘德的大孩子，会是报上说的那种年纪。但是，不管怎么样，报上的消息总不能完全没有根据，那是不容置疑的。

“他们的苦恼可以说到了头了！”他说，一面对于淑、对于她和他分离的结果，琢磨了又琢磨。

既然艾拉白拉在阿尔夫锐屯住家，而费劳孙又每礼拜六必定到阿尔夫锐屯的市上去买东西，那么，过了几个礼拜，他们又碰见了，本不足为奇——他们碰见，说得准确一些，正是艾拉白拉在基督寺待了几天又回来了的时候；她这次在基督寺待的时间，比她原先打算待的可长得多。她在那儿的时候，老注意裘德的情况，不过裘德却没再看见她。费劳孙这次又是在他回家的路上和她碰见的；那时候她正快走到市镇。

“你喜欢出来在这条路上走走，是不是，卡特莱太太？”他说。

“我这是刚刚开始又在这条路上走了，”她回答说，“我原先做姑娘和做太太的时候，就在这儿住；在我过去的历史里所有让我发生兴趣的事情，都跟这条路有关系。这些事情，新近我又想起来了；因为我不久以前，刚上基督寺去了一趟。不错，我看见裘德了。”

“啊！他们遭了这场惨事以后，是什么情况？”

“情况很——很古怪——很——很古怪！她不跟他在一块儿过了。我这是要离开那儿的时候，才知道这个消息确实不假；不过我去看他们那一次，我就从他们的态度里看到他们要走这一步了。”

“她不跟她丈夫在一块儿过了？哦，我本来还以为，这件事会使他们的结合更坚固。”

“闹到究竟，他并不是她的丈夫。他们虽然这些年总对别人说，他们是夫妻，其实她可从来没真正嫁过他。现在，遭了这件惨事，他们不但不想快快按照法律把事办了，她反倒很古怪地信起宗教来，正跟我丈夫卡特莱死了以后我自己难过的时候一样；不过她比我更激烈。我听人家说，她认为，在上帝和教会的眼里，她是你的太太——只能是你的太太，任何凡人的行动，都不能变更她这种地位。”

“啊——真的吗？……他们两个不在一块儿了？”

“你不知道，那个大孩子本是我生的——”

“哦——是你生的？”

“不错，可怜的孩子——但是谢谢上帝，他可是我正式结婚生的。她也许觉得，她那个地位，应该是我的。我不敢说一定。不过我哪——反正不久就要离开这儿了。我这阵儿还得照顾我爸爸！我们在这样一个死气沉沉的地方上没法子过。我希望不久就能在基督寺或者其他大城市的酒吧间里找到工作。”

于是他们分了手。但是费劳孙往山坡上走了没有几步，却站住了，急忙走回来，喊艾拉白拉。

“你知道他们现在的住址吗？从前的也行。”

艾拉白拉把他们的住址说了。

“谢谢你，再见吧。”

艾拉白拉脸上含着阴沉的微笑又往前走去，一路之上，老练习她那咋酒窝儿的技术。在那条路上，由她走的那地方起，一直到市镇头一条街的布施庵堂那儿，两旁都栽着削去了树顶的柳树。

同时，费劳孙上了山坡，往玛丽格伦走去；在他过去那一段漫长的岁月里，从来没有过往前看的生活，过这种生活今天是头一次。他从村庄绿草地上大树下面往他现在教的那个小小的小学走去的时候，他站住了一会儿，想象淑从门里走出来迎接他的光景。所有的人里面，不论是异教徒也不论是基督徒，都没有由于自己的好心肠而受到像费劳孙允许淑离开他那种麻烦。他在那班讲仁义道德的人手里，曾经受过几乎无法忍受的打击和颠沛；他弄得差一点儿没饿死，现在只能完全靠这个村庄的小学那一丁点工资维持生活（在这个村庄里，牧师因为跟他好，还受到大家许多指摘)。他曾时常想到艾拉白拉那句话,说他原先对淑应该更严厉一些,说她的性子虽然倔强不羁,但是过了相当的时候,也可以使她就范。然而他这个人,却又戆直、又自相矛盾,对于别人的意见和自己的教育中所学到的原则,一概置之不理,所以他深信他对他太太所采取的办法是正当的;这种想法就一直没有什么改变。

一个人,如果可以因为受了某种感情的影响而把原则放弃,那他也可以因为受了另一种感情的影响而同样把它放弃。他原先听从本能,给了淑自由,现在他又听从本能,认为淑虽然和裘德同居了这几年,她这个人却并没有因此而就变坏了。他现在如果不能说仍旧还爱淑,他却很想要她回来,用他想的那种稀奇方式要她回来;并且,不管在对人对事方面应该怎样,反正他不久就感觉到,他要是能把她再弄回来(当然得在她自己愿意的条件下),那他就要觉得心满意足。

他看出来,想要把人们鄙视他那种冷酷无情、毫不仁慈的邪气压下去,就非得用花招不可;而现在正有现成的材料。先把淑弄回来,对别人说一套体面话,说他原先错怪了她,离婚的案子也判错了,然后再跟她结一次婚,这样,他就可以得到些安慰,恢复旧日的工作,也许还能再回到沙氏屯的小学去,甚至于还可以采用许可证的办法,打进教会的大门。

他想,他得写封信给吉令恩,问他有什么意见,对自己写信给淑认为怎么样。他把信写了。吉令恩的回信里说,现在她这个人既然走了,那就顶好随她去,不要再理她;他认为,如果她是个太太,那就得说她是和他生过三个孩子、给她招来那场惨剧那个人的太太(他这种看法本是很自然的)。既然那个人对她的爱,好像非常地强烈，那么，这一对古怪人，在相当的期间以内，很可能会按照法律举行婚礼，这样一来，就一切都妥善，一切都体面，一切都平安无事了。

“但是他们并不想那样办——淑并不想那样办啊！”费劳孙自己对自己大声说。“吉令恩太古板了。基督寺的感情和教训，对她发生影响了。她认为婚姻是不能解除的；她这种看法，我非常了解，她这种看法的来源，我也很清楚，这种看法，当然和我的看法不一样，但是我要利用这种看法，来推进我的看法。”

他给吉令恩写了一封简短的回信：“我也知道我完全错了，但是我可不能同意你的看法。至于说到她跟那个人一块儿过，给他生了三个孩子的话，我觉得，那没有别的，那只是给她更多的磨练，完成她的教育就是了。这只是我觉得这样，我不能按照旧道理给她作逻辑上和伦理上的辩护。我要写一封信给她，探询探询那一个女人说的话是否属实。”

他还没写这封信的时候，就早把主意拿定了，所以这封回信写与不写，根本没有关系。但费劳孙做事，就永远是这种样子。

于是他写了一封经过仔细考虑的信，寄给了淑。他知道她的脾气是很容易激动的，所以在信里仍然说几句铁面无私[1]的官话，把他自己那种背经叛教的感情完全掩盖起来，免得她看了害怕。他在信里说，他听见人家传言，说她的见解大大地改变了；他认为他应该告诉她，说他的见解，受了他们分离了以后种种事情的

---

1 意译。原文 Rhadaman thine，为 Rhadamanthus 之意。Rhadamanthus 为希腊神话中冥国里三个判官之一。

影响，也大大地改变了。他写这封信，并不是由于热烈的爱，这是他不必对她掩饰的。他写这封信，只是由于他想要改善他们的生活，使他们的生活，即便做不到顺利成功的地步，至少也不要因为他过去按照他认为公正、仁慈、合理的原则而行动的缘故，使它变成眼看就要来到的那种惨局。

他已经认识到，在我们这样一个文明古国里，对于自己天生的正义感和公平信念，完全听从，不加控制，是不能许可的，是不能无罪的。如果你想和别人一样，在物质和精神各方面也得到一份享受，那你就得按照矫揉造作、学而后知的正义感和公平信念行动才成。仁慈不仁慈，你不必管。

他对她提议，叫她到玛丽格伦来找他。

他又想了一下，就把那封信倒数第二段的词句删掉了；另抄了一遍，马上寄走了，跟着在兴奋的心情下等候下文。

过了几天以后，在笼罩着基督寺别是巴郊区的一片灰雾里，出现了一个人形，朝着裘德·范立跟淑分离了以后寄寓的那块地方走动。跟着在他的门上，听见有人怯生生地敲了几下。

那时是晚上——所以他正在家；他当时好像预先料到敲门的人是谁似的，一下跳了起来，自己跑到门口。

"你跟我出来一趟成不成？我不想进去。我想跟——跟你谈谈——同时跟你往公墓去一趟。"

这几句话是由淑嘴里声音颤抖着说出来的。裘德把帽子戴在头上。"这样的天气，外面太凄凉了，"他说，"不过你要是不愿意进来，那我就陪着你到外面去好了。"

"我不愿意进去，不过我不须费你很长的时间。"

一起始的时候，裘德太兴奋了，所以没能把话接着说下去；她呢，现在也完全变成了一团的神经质，任何先发的勇气都没有了；因此他们两个，就像冥国[1]里的鬼魂一样，在浓雾里往前走了好久，口也不开，手也不动。

“我要亲口告诉你一件事，”后来还是她开了口说，说的时候，时快时慢，“免得你听别人随便一说。我要回到理查那儿去了。他已经宽宏大量答应了我，对于过去，完全不咎。”

“回到他那儿？你怎么能回——”

“他要再跟我结一次婚。不过那只是为形式起见，同时对付一下社会上的人，因为他们只看表面，不管事情的实质。不过结婚也罢，不结婚也罢，反正我早已经是他的太太了。没有任何情况，能把这一点变更。”

他转身对她，露出极难过的样子，难过得几乎是痛不可忍的样子。

“但是你可实在是我的太太啊！一点不错，是我的太太。这你也并不是不知道啊。我一直后悔，咱们那一次不应该为顾面子弄玄虚，假装到别的地方去按照法律结了婚，又回来了。那时候咱们两个，我爱你，你爱我，所以咱们才结合到一起；那才是真正的婚姻。咱们现在仍旧相爱——我仍旧爱你，你也仍旧爱我——这瞒不了我的，淑！所以咱们的婚姻仍旧存在。”

“不错，你的看法我很了解，”她带着毫无希望、唯有克制自

1 意译。原文 Acherontic，属于冥土或冥土之阿克朗河之意。希腊神话，冥土昏暗无光，其中鬼魂仅具形影，而无实体。

己的样子说，“不过我还是要和他再结一次婚；我这是照着你的说法说。严格地说，你，裘德——你可别怪我说这样的话——你应该把艾拉白拉再弄回来。”

“我把她再弄回来！天哪，你还要我干什么！不过咱们当时不是差一点儿就按照法律举行了婚礼了吗？咱们当时要是真那样办了，那该怎么样？”

“那我仍旧还是要像现在这样——认为咱们两个那不能算婚姻。那我还是要回到理查那儿去，也不必再行婚礼；他即便要求我，也不必。不过我想：‘世人的礼仪习俗，也有它可取之处。’[1]因此我也承认了再行一次婚礼……我哀求你，千万别用讥讽和辩论，把我这一丁点生气完全窒息了。我知道，我过去曾有过一个时期很坚强，我那时候待你也许太残酷了。不过，裘德，我求你对我以德报怨！我现在是一个弱者了。你不要对我报复。你得顾恤我，哦，你得顾恤我——顾恤我这样一个可怜的坏女人，一个正要改过自新的女人！”

他带着毫无希望的样子摇头，他的眼圈都湿了。孩子惨死这种打击，好像把她的推理机能完全摧毁了。她从前有过的那种敏锐的眼光，现在变得模糊不清了。“大错而特错，大错而特错，”他说，说的时候，他的嗓子都哑了，“这是一错到底——这是执迷不悟！这简直是叫人发疯。我问你，你是不是喜欢他？你是不是爱他？你分明知道你绝不喜欢他，你绝不爱他。你这是疯狂固执地出卖肉体——上帝可别怪我用这种字眼——但是那可一点不错是出

1　引布朗宁的诗《全身雕像与半身雕像》第四十六段第三行。

卖肉体！”

“我不爱他——那是我得——一定得承认的，一定得深自痛悔地承认的！不过我要先服从他，由服从他里面尽力地学着爱他。”

裘德跟她辩论，对她劝告，对她哀求；但是她却守定了自己所深信的看法，对于一切别的充耳不闻。那就好像，天地之间唯一她坚守不移的只有她这种深信，而这种坚守不移，由于太使她偏于一方面了，所以她对于一切别的冲动和愿望，都不能坚守。

“我把实情全都对你说了，并且还是亲口对你说的，免得你由别人嘴里听到，因而认为我看不起你。这在我总算对你很周到的了，”她用被冒犯了的口气说，“我连我不爱他这种话都承认了。我真没想到，你会因为我要这么办而对我这样粗暴！我本来还正要求你……”

“当主婚人？”

“不是。求你把我的箱子——替我寄了去，我这是说，如果你肯帮我这个忙的话。不过我恐怕你不肯吧？”

“哟，这有什么不肯的。怎么——他不来接你吗？——不在这儿跟你结婚吗？他不肯自贬身价这样办，是不是？”

“不是他不肯，是我不要。我要完全出于自愿，到他那儿去，就跟我原先离开他的时候那样。我们要在玛丽格伦的小教堂里结婚。”

裘德叫淑这种行动是倔强戆直，她在这种倔强戆直里甜美得到了令人凄惨的地步，所以裘德因为怜悯她，忍不住掉了好几回眼泪。“淑，我从来没见过有像你这样全凭冲动而忏悔罪过的女人！人家刚要认为你要一直往前（因为那是唯一合理的步骤）的时候，你可在犄角那儿拐了弯儿了！”

“啊，好吧！不要再提这些话了！……裘德，我得跟你告别了！不过我要你跟我一块儿往公墓去一趟——往那以一死来使我认识自己错误看法的孩子坟前去一趟。咱们就在那儿告别好了。”

于是他们转身朝着那个公墓走去。他们到了那儿，说明了来意，看坟的就把坟地的门给他们开开了。淑过去的时候，常上那儿去，所以在暗中她也知道往坟前去的路。他们到了坟前，一动不动地站住。

“我就愿意——咱们在这儿分手。”她说。

“好吧！”

“你不要因为我按着我深深相信的道理而行动就说我心狠。裘德，你对我这样慷慨大量、赤胆忠心，是找不出第二份来的。你在世路上的失败（假使那算是失败的话）应该受到尊敬，而不应该受到责骂。你不要忘了，人类中最优秀、最伟大的，是那班在世路上并没飞黄腾达的；而在世路上飞黄腾达的，可都或多或少地有些自私自利，忠心虔诚的总是要失败的……‘爱不求自己的益处’[1]。”

“咱们两个对于那一章书，完全同意，你这个永远是我所爱的亲人，咱们就照着那一章书里说的那样，好离好散。在所有一切你叫做宗教的事事物物完全都消灭了的时候，那一章书仍旧要屹立不动。”

1　见《新约·哥林多前书》第13章第5节。这一章都是说爱；说爱是无可比的。

“好吧——不必往细处讲了。再见吧，裘德——你这个跟我共同犯了罪恶的人——你这个对我最好的朋友！”

“再见吧！我这糊涂油蒙了心的太太，再见！”

5

第二天下午的时候，基督寺人人熟悉的浓雾仍旧笼罩在一切的东西上。淑细瘦的形体刚刚能在雾中分辨出来，她正往车站上去。

那一天裘德一丁点做活儿的心思都没有了，但是要往她大概要经过的那一方面的地方上去，也做不到。他往相反的一面走去，走到了一个光景凄凉、气象特殊、地势平衍的地方；在那儿，水珠从树上往下直滴，在那儿，咳嗽和肺痨永远想乘机传播，在那儿，以前还从来没见过他的踪迹。

"淑离我而去了——离我而去了！"他苦恼地嘟囔着说。

同时，她已经坐着火车，离开了这个地方，到达了通到阿尔夫锐屯的大路，在那儿换了有轨汽车，[1]叫汽车载到阿尔夫锐屯镇。她原先要求过费劳孙，叫他不要去接她。她愿意像她说的那样，完全出于自愿到他那儿——一直到他的家里，一直到他的炉前。

那时是礼拜五晚上。他们选了那个时候，因为费劳孙从礼拜五下午四点钟起，到礼拜一早晨，都没有课。她在黑熊店[2]雇了一辆车，坐着往玛丽格伦进发，走到篱路的尽头，离村子还有半英里

1 十九世纪八十年代初期，英国曾有过好几条这样的路，后为铁路所代。

2 王塔直（即阿尔夫锐屯的底本）曾有过一个叫这个名字的客店。

的地方，她叫车站住了，自己下了车，然后打发车把她带来的那一部分行李送到学校。车回来的时候，她正跟它走了个对面；她问车夫，小学教师家里有人等着没有。车夫说有，并且说她的行李，还是教师自己搬进去的。

她现在可以不必惊动什么人，就进玛丽格伦了。她走过井旁，走过树下，来到草地那一面的新校舍，没敲门，就拉开门栓进去了。费劳孙正站在屋子中间等她。这正是她原先要求的。

“我又回来了，理查。”她说；只见她脸上灰白，身上哆嗦，往一把椅子上一下坐了下去。“我真想不到——你会这样对你的——太太一概不咎！”

“什么都不咎——亲爱的淑珊娜。”费劳孙说。

她听到这个亲昵的称呼，吓了一跳，虽然那几个字眼说得很有分寸，并不热烈。跟着她把牙一咬。

“我的孩子——都死了——他们死了好！我不难过——可以说不难过。因为他们都是罪恶生活的结果。他们牺牲了性命，为的是好教训我，该怎么过正当的生活！他们的死就是我清洗罪恶的第一步。就是因为这样，所以他们才得说没白死！……你肯收留我吗？”

他听了她这种可怜的话、可怜的口气，非常地激动，所以他的行动可就远远违背了他的心意；他伏下身子，在她脸上吻了一下。

淑往后一退缩，虽然这个退缩极轻微，别人看不大出来。他的嘴唇一接触到她，她身上的肉都哆嗦起来。

费劳孙心里不禁嗒然若丧，因为情欲之感，在他心里，正油然而生。“你仍旧厌恶我啊！”

“哦，没有，亲爱的——天气又阴又潮，我坐了半天车，身上发起冷来！”她说，说的时候，又恐怕露出马脚来，所以急忙笑了一笑。“咱们什么时候举行婚礼？快吧？”

“我想明天早晨一早儿就举行——不过可得你当真愿意才成。我打发人告诉教区长，说你来了。我先就已经把所有的经过，全都对他说了。他非常赞成咱们的办法。他说，这样一来，咱们的前途就要光明灿烂，一切顺利了。不过——你可得自己拿得稳才成！即便这阵儿，如果你觉得你还是做不到——你想反悔，都不算晚。你明白吧？”

“做得到，做得到。我愿意把事快快办了。通知牧师好了，马上就通知他好了！我采取这番行动，就表示我经得起考验——我这儿急不能待了！”

“那么先弄点什么吃，弄点什么喝，然后再到艾德林太太家里给你预备的屋子那儿休息休息好了。我通知牧师，叫他明天八点半，趁着人们还没出门的时候，给咱们行礼。你说这样对于你是不是太急促了？我的朋友吉令恩要来参加咱们的婚礼。他太好了，不管自己方便不方便，从沙氏屯老远地跑到这儿来。”

一个正常的女人，对于具体的东西，眼光是很敏锐的，但是现在淑却和正常的女人不同。她在他们待的那个屋子里，好像什么都看不见，对于她四周的一切任何细处好像都辨不清。但是在她穿过屋子，要去放手笼的时候，她却轻轻地喊了一声“哦”！同时脸上变得比以先更灰白，她的神情，跟一个判处死刑的罪人看见了自己的棺材，并没有什么两样。

“怎么了？”费劳孙说。

原来写字台的盖儿碰巧没关，她往那上面放手笼的时候，她的眼光落到一件放在那儿的文件上面。“哦——没有什么——只是很好玩儿地吓了一跳！”她说，一面走回饭桌前面，一面想用笑声，掩饰她刚才的喊叫。

“啊，是，”费劳孙说，“你那是看见许可证了……是不是？刚刚送到。”

现在吉令恩从楼上他住的那个屋子里下来了，和他们到了一起；淑沉不住气的样子尽力敷衍他，净找她觉得可以使他感到兴趣的话谈，可就是不谈她自己；其实她自己才正是他最感兴趣的话题。她很听话的样子吃了点饭，跟着准备往邻居家她暂住的地方去。费劳孙陪着她走过草地，在艾德林太太门前同她告了别。

那个老太婆把淑送到她临时住的屋子里，帮着她解行李捆儿。在行李捆儿里，她翻出一件睡衣来，绣得很雅致。

“哦——怎么把这件东西也打在行李捆儿里了！”淑急忙说，“我并没打算把这件东西也捆在里面。我要的是另一件。”她掏出一件新睡衣来，完全素的，是没漂过的粗纱布做的。

“不过这一件可漂亮极了，”艾德林太太说，“那一件和圣经上说的麻布差不多。”

“我就是要穿那样的。你把那一件给我好了。”

她把那一件拿在手里，用尽全力去撕它，撕得满屋子吱溜吱溜地响，像一个尖唳枭[1]在那儿叫似的。

1　尖唳枭，枭之一种，鸣声尖而戾，迷信者闻之，以为主有凶事或死亡。

“哎呀，哎呀！——怎么……”

“这是一件穿了通奸的东西！它正代表我愿意忘掉了的事情——我这是好久以前买的——买来穿给裘德看的。非把它毁了不可！”

艾德林太太把双手举起，淑就兴奋地继续把睡衣撕得一条一条的，把它扔在火里。

“你给我多好哇！”那个寡妇说，“眼睁睁地看着这样一件带透珑花儿的漂亮衣服，扔在火里烧了，真叫人心疼——我倒不是说，那样一件花衣服，对于我这样一个老婆子，有什么用处。我穿那种衣服的日子，早已经过去了，早已经玩儿完了！”

“这是一件该遭雷轰的衣服——我看见它，就把我愿意忘了的事又想起来了！”淑重复说，“只有把它扔在火里烧了才好。”

“哎呀，你太严厉了！你说这种话，叫你那清白无辜的孩子也跟着下地狱[1]，有什么好处？不管你怎么说，反正我可不能说那是宗教！”

淑趴在床上，呜呜地哭起来，“哦，别说了，别说了！你这是要我的命啊！”她仍旧哭得一抖一抖的，跟着顺着床溜到地上，在那儿跪下。

“我跟你说实话好了——你决不该跟这个人再结婚！”艾德林太太愤怒地说，“你仍旧还是爱那一个！”

“不对，我一定得跟这一个结婚——我早就是他的人了！”

---

1 指前面淑说的“通奸”“雷轰”等语。通奸生的小孩要下地狱，所以说“让孩子也跟着下地狱”。

“得了吧！你其实还是那一个的。你们刚一开头的时候，不愿意第二回再歪在烂泥里，去受结婚誓言的拘束，那正是你们叫人佩服的地方，因为你们有你们的原因；你们本来很可以就那样一直过下去，以后有了机会，再该怎么样就怎么样，也不算晚。因为，说到究竟，那只是你们两个人的事，碍不着别的人。”

“理查说他要我回来；我按道理讲，不能不回来！如果他不要我回来，我就不必非放弃裘德不可了。不过——”她仍旧把脸趴在床上，这时候，艾德林太太已经离开屋子了。

同时，在这个时间里，费劳孙已经回到自己家里，和他的朋友吉令恩在一块儿了，只见吉令恩仍旧坐在饭桌旁边。他们待了一会儿，一齐起身，往外面的草地上去吸一会儿烟。他们看见淑的屋子里射出亮光，窗帘子上有一个人影儿往来移动。

显而易见，淑那种无法形容的迷人之处，给了吉令恩很深刻的印象，所以他们静默了一会儿之后，他开口说：“呃，你这回可到底又差不多把她弄回来了，她决不好意思再来一个逃之夭夭了吧。这个梨已经到了你的嘴边上了。”

“不错！……她怎么说，我就怎么信，我这种办法，我想还是不错。我也承认，这里面也多少有些自私自利的成分。我要把她弄回来，固然因为她这个人对于我这样一个老古板，是瓶花，是盆兰，但是同时也因为这样一来，教会里的牧师和教会外面循规蹈矩的俗人，就都要认为我改邪归正了（因为他们老一直地怪我不该放她走），我就可以旧弦更张了。”

“好——如果你现在认为你应该再和她结一次婚，那你千万可别耽搁，快快办好了！我原先一直就反对你那种开笼放鸟的办法，那简直是自杀。你当初要是对她不那样宽容，那你现在也许做了督学，做了牧师了哪。”

“我也明白，我那是给我自己造成了不可弥补的损失。”

“你这回一旦把她又弄回来了，那你可要跟她鳔住了。”

费劳孙那天晚上，态度模棱，言词闪烁，过于往常。他这回把淑又弄回来，根本不是因为他后悔当初不该把她放走，而基本上只是人类的本能对于世人的习行习言公开反抗的表现；但是这一点，他却不愿意明明白白地说出来。他说：“不错——我一定那么办。我现在对于女人比以前了解了。我原先把她放走了，不管多么公正，但是对于像我这样一个对于别的事物有我那种见解的人，可不合逻辑。”

吉令恩眼睛看着他，心里纳闷儿，不知道他这种由于人家的嗤笑和自己的肉欲而引起的反击精神，会不会使他把他从前由于不拘礼法、离经叛教而对淑宽容温存的态度，完全反过来，借口守经卫道，对于淑残酷起来。

“我现在看出来了，只凭冲动是不成的。”费劳孙接着说，他一分钟一分钟地越来越觉得他必须使他的行动合于他的地位。“我当时对于教会的教训，完全采取反抗的态度，不过我那样做，可并没存什么害人的心。妇女对于你可以发生很奇怪的影响，她们能够引诱你，叫你把仁爱用到不应该用的地方。不过我现在可比以前对于自己更了解了。适当地更严厉一些，也许……”

“不错；只是你要把缰绳勒紧了的时候，得一步一步、慢慢地来就是了。一开始不要劲头太猛了。过了相当的时候，她就对于任何条件，都可以服从了。”

这种小心是不必要的，不过费劳孙并没那样说，“当初沙氏屯的人们，曾因为我允许她和情人同逃，争吵起来，我惹了那场乱子以后要离开那儿的时候，那儿的教区长对我说的话我还记得。他说：‘你想要恢复你和她的地位，只有一种办法；那就是，你先得承认，你对她没用明智的严厉手段，是你把事做错了，然后把她弄回来（如果她愿意回来的话），以后对她严厉到底。’但是我那时候非常地倔强，我对他的话一点也没理会。离了婚以后，她可会想要这样做，我做梦也没想到。”

艾德林太太那所小房儿前的栅栏门嘎嗒一响，跟着有一个人朝着小学这面走过来。费劳孙说了一声“夜安”。

“哟，原来是你呀，费劳孙先生，”艾德林太太说，“我这儿正要找你哪。我刚才在楼上帮着淑解行李。我跟你说心里的话，先生，我认为这件事办不得！”

“什么事——结婚这件事？”

“不错。那个可怜的小东西，她那是硬自己逼自己！你一点也想不到，她都受的什么罪。我对于宗教从来也不怎么热心，可是我也不反对；但是我可认为，叫她做这样的事，可决不合宗教，你应该劝她，叫她打退堂鼓才好。别的人，自然都要说，你让她回来，是你心好，度量大。但是我哪——可不那样说。”

“这是她的愿望，同时我也愿意，”费劳孙沉静严肃地说，现在他听到有人反对他，他就不合逻辑地越发固执起来，“这样一来，已往的大错就得到纠正了。”

“我才不信那一套哪。她一定得说是那个人的，她跟他都生了三个孩子了，他又非常地爱她；你现在蛊惑她，这个可怜沉不住气的小东西，太坏了，太没有羞了！没有一个人帮她。只有那个人可以做她的朋友，她这个顽固的小东西可又不让他靠近她。我真纳闷儿，不知道什么东西，神催鬼使，叫她起这样的念头！”

“我也说不上来。反正我敢说绝不是我。她那一方面，什么都是出自情愿。我这阵儿就只能把话说到这儿，”费劳孙说，说的时候，身上很不得劲的样子，“你这是跟我反对了，艾德林太太，这可不是你这样的好街坊应该做的事！”

“呃，我早就知道，我这些话一定要把你得罪了，不过得罪不得罪我不在乎；我还是非说不可。真的假不得。”

“你并没得罪我，艾德林太太。像你这样一个好街坊，待我这样好，还会得罪我？不过对于我自己和淑怎么就最好，我可得明白明白。这样一来，我想，你不肯跟我们一块到教堂去了？”

“不错。打死我，我也不能去……这个年头，真越来越叫人不好办了！这会儿，结婚这件事，变得比什么都正经，叫人都不敢结婚了。我年轻那时候，大家都把这件事看得很随便，可是我们也并不见得因为这样就比你们坏多少。我跟我那一口子结婚的时候，我们大吃大喝，整整闹了一个礼拜，把区上的酒都喝光了。我们跟人家借了半克朗钱，才过起日子来。”

艾德林太太回到她自己那所小房儿以后，费劳孙闷闷地说：“我真不知道我究竟该不该做这件事——至少我不知道，该不该做得这样仓促。”

“为什么？”

“如果她只是因为她对于职分或者宗教有了新的看法，才死乞白赖地扭着自己的本心，咬着牙做这件事，我也许应该叫她稍微等一等才对。”

“现在你已经走到这一步了，那你不应该打退堂鼓。我就是这样的看法。”

“事到如今，不能再迟延了，这是不错的。但是我听了她看见许可证的时候轻轻地喊那一声，我可觉得未免于心有愧。”

“我说，老伙计，别闹那一套了。我打算明天早晨给她主婚，你就打算跟她结婚，还有别的说的吗？我从前对你放她走，反对的不够厉害，老觉得良心上不安，现在咱们既然走到这一步了，那我不帮着你把错误纠正过来，就不能满足。”

费劳孙点了点头。他看到他的朋友这样坚决、大胆，他自己也就更坦白一些了。“我这件事一传出去，当然有许多人要认为，我是一个耳软心活的傻子。但是对于淑，他们不像我那样了解。她这个人天生地直爽、坦白，所以我认为，她所做的事，没有一样是她觉得违背良心的。她跟范立同居过一个时期，那并算不了什么。她离开我往他那儿去的时候，她认为她的行动并没超过她应有的那种权利的范围。现在她的看法又反过来了。”

第二天早晨来到，那两个朋友，由各自的观点上，一致地默默承认，那个女人，应该在她自以为是那个原则的祭坛上，牺牲自己。八点钟刚过几分，费劳孙就走到寡妇艾德林家，带淑到教堂去。头一两天里笼罩在低平地方上的浓雾，现在弥漫到这儿来了，草地上的树木都把它一抱一抱地拢在怀里，把它变成大颗的露珠，使它像阵雨似的往下滴。新娘子已经打扮好了，连帽子都戴得整整齐齐的，在那儿等着了。她从来没像在那个灰色的晨光中那样，更像她的名字所表示的那种花——百合[1]。她遭过苦难，厌倦人生，满腹悔恨；这种种神经方面紧张的情况，使她的身体受到侵蚀，所以她显得好像比以前更细瘦了，虽然连在她最健康的时候，她也没像身躯壮大的女人那样。

“好快。”那位小学教师说，同时豁达大度的样子，跟她握了握手。但是他却把他想吻她的冲动压下去了，因为昨天她那一哆嗦的样子，仍旧留在他的脑子里，使他感到不快。

吉令恩也来了；他们一齐离开了那所小房儿。寡妇艾德林仍旧坚决拒绝参加婚礼。

“教堂在哪儿？”淑说。因为旧教堂拆了以后，淑就一直没在这儿久住过，而她现在又满怀心事，就把新教堂的地点忘了。

“就在前面。”费劳孙说，跟着教堂的高阁，高大庄严地在雾里出现。教区长早已经从他的公馆来到教堂了，他们进去的时候，他逗着笑儿说：“看样子点起蜡来才好。”

“你真想要我做你的人吗，理查？”淑倒抽着气儿低声说出这几个字来。

“怎么不真，亲爱的？世界之上，任何别的，我都可以不要，就是要你！”

淑没再说什么；他哪，就心里想，他这样做，并不合于他放她走的时候那种仁爱的办法。他这样想，已经是第二次或者第三次了。

他们就站在那儿——一共五个人：牧师，助理，一对新人和吉

1 “淑珊娜”一名，原出希伯来文，意为百合花。

令恩。跟着神圣的仪式就又举行了一次，在教堂的本部有两三个村里的人，牧师念到“天主所配合的”[1]这句话的时候，只听见这几个人里面有一个女人说：

“是天主配合的才怪哪！”

那时候，就好像是他们的前身，把多年以前的梅勒寨出现的光景，又重演了一番。他们在结婚簿子上签了名以后，牧师就向这一对夫妻道喜，说他们这是做了一件又高尚、又正直、又忠恕的事情。“结局好，就无一不好，”[2]他微微笑着说，“我祝你们，这样‘从火里经过而得救’[3]以后，白头偕老，永远快活。”

他们离开了那个几乎没有什么人的教堂，回到了学校。吉令恩打算那天晚上就回到家里，所以很早就走了。他对那一对夫妻也道过喜。他走的时候，费劳孙送了他一段路。他跟费劳孙分手的时候对他说：“这一次我可能把真情实景对你家乡的人说了；我敢说，他们听了，一定要叫好！”

那位小学教师回来的时候，淑正在那儿装模作样地做家务事，好像她原先就住在那儿似的。但是她看见他走到她跟前的时候，却不免有些害怕。

“我的亲爱的，咱们当然要跟从前一样，各人过各人的。我决不打扰你，”他绷着脸说，“咱们办这件事，只是因为，这样可以改

---

1 英国人在教堂举行婚礼的，新郎新妇各个宣誓，愿为夫妇。新郎给新妇戴上戒指；跟着念祈祷词一段，然后使二人右手相接，牧师执他二人的手说：“天主所配合的，人不可拆开。”

2 英国谚语，始见于十四世纪初。

3 见《新约·哥林多前书》第3章第15节。

进咱们的社会地位。这就是这件事所以应该做的道理，也是我主张这样做的根据。”

她脸上微微露出一线光明来。

6

地点是基督寺的边界上裘德寄寓那所房子的门前，和他从前住的地方——圣西拉教堂一带——离得很远，因为从前那个地方，凄凉得使他难过，所以他远远地躲着它。那时候正下着雨。一个女人，穿着破旧的青衣服，正站在台阶上和裘德说话，裘德的一只手还把着门扭。

"我就一个人，又一个钱都没有，也没有住的地方——我这阵儿就是这种样子！我爸爸把我所有的钱都弄了去了，当本钱做买卖，等到我一个钱都没了的时候，可又骂我懒，其实我只是在那儿等事情，还把我赶出大门来。我这阵儿只有靠大家吃饭了！你要是不顾我，不帮我点忙，那我只好上贫民院了，再不就得上更坏的地方去了。就是这会儿，刚才我上你这儿来的时候，就有两个大学的学生，冲着我挤眼儿。在有这么多青年人的地方上，一个女人很难保得住不失节操！"在雨地里说这番话的女人是艾拉白拉，那时候正是淑和费劳孙重新结了婚的第二天晚上。

"我很替你难过，不过我住的只是临时性的公寓。"裘德冷淡地说。

"那么你这是撵我走了？"

"我给你几个钱，够你几天吃饭、住房的好了。"

“哦，不过，难道你就不能多慈悲慈悲，放我进去吗？叫我上酒店去住，我是受不了的。我又这样孤单。请你看着当年千日不好一日好帮帮忙吧，裘德！”

“别说这个了，别说这个了，”裘德急忙说，“我不要你再提起什么当年不当年；你要是再提，可别怪我无情无义。”

“那么我非走不可了！”艾拉白拉说。她把头靠在门框上，呜呜地哭起来。

“这个公寓都住满了，”裘德说，“我除了住的屋子，另外只有一个小小的房间，比一个柜子大不了多少——还叫我的工具、样板和剩下的几本书占着。”

“那对于我可就是皇宫一样了！”

“那儿没有床。”

“可以在地上铺一个床啊，那对于我也就很好了。”

裘德不忍对她狠心到底，但是也不知道怎么办好，所以他就把公寓的老板叫来，对他说，这是他的一个老朋友，因为一时找不到住的地方，正在这儿为难。

“你也许记得，我从前在羔旗店里当过女侍，”艾拉白拉说，“我爸爸今儿下午骂了我一顿，我一赌气就跑出来了，身上一个钱都没带。”

公寓的老板说，他想不起她从前在哪儿待过。“不过，你既然是范立先生的朋友，那我们就尽力给你想想办法，叫你在这儿先凑合一两天。不过可得范立先生负完全责任，可以吗？”

“可以，可以，”裘德说，“我真没想到，她会跑到这儿来；不过我还是想帮帮忙，叫她渡过这个难关。”于是最后他们商量好，就在裘德放东西那个小房间里，临时搭了一个床铺，叫艾拉白拉住着，住到她能渡过她现在的难关——像她说的那样，并非由于她的过失而有的难关——再回到她父亲那儿。

他们等候收拾屋子的时候，艾拉白拉说："你听见什么新闻了吧，我想？"

"我可以猜得出来，你这是指什么；不过我没听见什么新闻。"

"我今天接到安妮从阿尔夫锐屯寄来的一封信。她倒听人说，他们订好了要在昨天举行婚礼，不过她不知道他们是不是真那么办了。"

"我不要听这个话。"

"倒也是。你不要听这个，本是当然的。不过我可以证明，她这个人是怎样地——"

"不要提她，听见了没有？她是个傻子！——但是同时她又是个安琪儿，是个又可怜又可爱的人！"

"安妮说，如果他们真把事办了，他就可以有机会恢复他从前的社会地位了。大家都异口同声地这样说。那时候，凡是关心他的人，包括主教在内，都要高兴。"

"艾拉白拉，你饶了我成不成？"

艾拉白拉于是就在那个小阁楼里安置下了。一开始的时候，一点也不去招惹裘德。她只来来去去，做些自己的事，偶尔在楼梯上或者过道里碰见裘德的时候，她就对他说，她办的事，也并不是别的，只是要在她最熟悉的那个行业里，找一个位置。如果裘德对她说，伦敦是卖酒这一行里最有出路的地方，她就摇头，"伦敦不好——那儿的诱惑太多了，"她说，"我得在乡下的小酒店里先找找看，实在不成，再到伦敦去也不晚。”

在跟着来的那个礼拜天的早晨，裘德比平常日子吃早饭吃得晚一些，只见艾拉白拉走来，怯生生地问裘德，可不可以让她进来跟着他吃一顿早饭，因为她自己的茶壶打破了，马上又没有地方买去，铺子都没开门。

“可以，你要来就来吧。”他不在意地说。

他们默默地坐在那儿的时候，她突然说：“你好像老在那儿想心事似的，老伙计，我真替你难过。”

“我是在这儿想心事。”

“我知道，你是在那儿想她。这本来不关我的事，不过他们要是果真举行了婚礼，那我可以想法子把关于婚礼的一切情况，打听出来，但不知你是不是想要知道就是了？”

“你有什么法子能打听出来？”

“我想到阿尔夫锐屯去一趟，去把我撂在那儿的几件东西取来。我在那儿，可以见到安妮；她一定知道一切的情况，因为她在玛丽格伦有熟人。”

这种办法本来不是裘德受得了的，本来不是他能同意的；但是他心中的忐忑不宁，却和他企图的谨慎持重，作起斗争来，结果是前者胜利。“你要是高兴的话，就打听一下好了，”他说，“我从那方面什么都没听见。他们要是结了婚的话，那一定把事办得非常地严密。”

“我恐怕我的钱不够我去这一趟来回的路费，要不是这样，我早就去了。我得先等一等，等到我能挣几个钱的时候。”

“哦——我给你路费好了。”他急不能待的样子说。因此，我们看到，淑的前途和婚姻，在他心中所引起的忐忑不宁，就这样使他选了一个在他深思熟虑的时候绝不会选的人，当做给他探听消息的使者。

艾拉白拉去了，去的时候裘德还告诉她，叫她最晚也要坐七点钟的火车回来；她走了以后，他才说："我为什么嘱咐她，叫她坐几点钟的车回来？她跟我有什么关系！——就是那一位，跟我又有什么关系！"

但是他那天完了工，却又忍不住不上车站去接艾拉白拉，因为他急不能待，想要听一听艾拉白拉可能带回来的消息，想要知道知道，究竟情况坏到哪步田地，所以他的脚可就不知不觉地把他拖到车站上去了。艾拉白拉回来的时候，一路上练习咋酒窝儿的技巧，练得极端成功。她是脸上带着微笑，从车厢里下来的。他呢，就哭丧着脸，只"唉？"了一声。

"他们结了婚了。"

"当然——他们当然结了婚了！"他回答说。但她却看到，他说这话的时候，他的嘴唇紧张而生硬。

"安妮告诉我，说她在玛丽格伦的亲戚白林达对她说，那场婚礼又凄惨、又稀罕！"

"你说的这个凄惨，是怎么回事？她想再嫁他，他也想再娶她，不是吗？两厢情愿，有什么凄惨？"

"不错，你说的不错。不过她可只是在某一种意义上想嫁他，而在另一种意义上又不想嫁他。艾德林太太让他们这件事闹得心都乱了，她把她对费劳孙的意见对淑说了。但是淑可叫这件事闹得非常兴奋，她把她那件顶好看的绣花睡衣——她穿给你看的睡衣——都扔到火里烧了，为的是好把你从她的脑子里，一古脑儿勾销了。呃，一个女人应该怎么感觉就怎么做。不管别人怎么说，反正我很赞成她那种做法，”艾拉白拉叹了一口气，“她认为只有他才是她的丈夫；只要他活着，那在万能的上帝眼里，她就不能属于任何别的人。也许还有一个女人，也正是这样的看法哪。”艾拉白拉又叹了一口气。

“这一套假情假意别在我跟前使！”裘德大声说。

“这不是假情假意，”艾拉白拉说，“我的想法，完完全全地跟她的一样！”

他把这番争辩，用下面这几句突然说出来的话打断了：“好了——现在我想要知道的我全知道了。你报告了我这个消息，多谢多谢。我这会儿还不想回公寓去。”说完了，就干脆撇下艾拉白拉，自己走开了。

裘德苦恼颓丧之下，几乎走遍了全城里他从前跟淑一块儿到过的地方，走完了，想不起来有什么别的地方可以去，就想回公寓吃他天天那时候吃的晚饭。但是因为他这个人有好处，也有坏处，而且坏处比好处还多，所以他当时就跑到一家酒店里去了；他干这种事，好几个月以来，这还是头一次。在淑重行结婚可能发生的后果之中，唯有这一桩她没深切地注意过。同时，艾拉白拉已经回了公寓。快到睡觉的时候，裘德还没回来。到了九点半钟，艾拉白拉也离开那一家，她先往傍着河边一个偏僻的地方去了一下。她父亲就在那儿住，新近还在那儿开了一个小小的猪肉铺，买卖做得还没有把握。

“呃，”她对他说，“尽管你那天晚上把我那样臭骂了一顿，我还是照旧回来了，为的是有一件事得告诉你。我认为我又快要找到丈夫了，能自己安家了。不过你得帮我一点忙才成。我帮了你那么些忙了，你帮我点忙，还不是应该的？”

“只要我能把你打发出去，要我干什么都成！”

“好吧。我这阵儿要找我的情人去了。我恐怕他指不定上哪儿胡搞去了，我得把他找回来。我不要你帮别的忙，我只要你今儿晚上别闩门，因为我说不定要上这儿来睡觉，同时又恐怕要弄得很晚。”

“我早就料到了，你装模作样地赌气离开这儿，总有个装腻了的时候。”

“好吧——别闩门。我就是这句话。”

跟着她又由家里出来，先回到裘德的公寓，弄准了他确实还没回去，然后开始去找他。她很机伶地猜到他可能上了哪儿，所以就一直地朝着一座酒店走去：那儿裘德从前是常主顾，那儿她也曾做过一个短时期的女侍。她进了那个酒店，刚把雅座的门开开，就一眼看见裘德——只见他正坐在屋子后部没有亮光的地方，两眼愣愣地一直瞅着地上。那时候，他喝的还只是啤酒，没喝比啤酒厉害的东西。他没看见她；她走上前去，在他身旁坐下。

裘德仰起头来一看，毫不吃惊地说：“你也上这儿喝酒来了，艾拉白拉？……我只是在这儿想要把她忘掉，没有别的！不过我可怎么也忘不掉。这会儿我要回去了。”她看出来，他已经多少有一点儿酒意了，不过却只多少有一点儿，并不厉害。

“我完全是为找你，才上这儿来的，亲爱的孩子。你的身体不大好。你得喝点比这个好的东西才成，”艾拉白拉朝着女侍一擦手，“你得喝杯利口酒——那对于一个念书的人，比啤酒更合适。你应该喝黑樱桃酒，或者柑桂酒，本色的或者加糖的都成，再不就喝点樱桃白兰地吧。我请你好了，可怜的家伙。”

“我不管什么都成。就是樱桃白兰地好了。淑对我太坏了——坏极了。我真没想得到，她会这样对待我！我对她忠心到底，她应该对我也忠心到底才对啊！我为她，都能把灵魂出卖了，但是她为我，可绝不肯那样做。她为救她自己的灵魂，可把我的灵魂下到十八层地狱里去了……不过这可并不是她的过错，可怜的孩子——我确实知道，这并不是她的过错！”

艾拉白拉的钱是哪儿来的，没人知道，不过她当时却叫了两杯利口酒，把钱付了。他们把这两杯酒喝了以后，艾拉白拉又提议再来两杯，于是裘德就像一个游览家一样，很荣幸地由一个熟悉地理的向导，亲身把他领到了醉乡里，让他享受各式各样的烈酒所给的陶然之乐。艾拉白拉跟在裘德后面，老远地追随他。不过虽然他大口喝，而她只小口喝，她喝得却也相当地凶，只是不到喝糊涂了的程度就是了，所以她喝的也不少，这是由她那张红脸上可以看出来的。

她那天晚上对他，一直地是甜言蜜语，花言巧语。他老不断地说：“不管我落到哪步田地，我都不在乎。”而每次他说这句话的时候，她都要说：“但是我可非常地在乎啊！”酒店关门的时候到了，他们不得不离开那儿了。他们由店里出来的时候，艾拉白拉就用她的胳膊搂住裘德的腰，扶着他踉踉跄跄地走去。

他们到了街上的时候，她说：“我把你这样扶回公寓，我不知道公寓的老板都要说什么。天都这会儿了，我想公寓一定上了门了，老板一定得自己下楼给咱们开门，所以他非看见咱们这种狼狈样子不可。”

“我也不知道——我也不知道。”

“这就是自己没有家的坏处。裘德，我这儿有个好主意。咱们上我爸爸家里去好了——我今儿跟他又和好了。我有法子叫你进去，还不叫别人看见，到了明儿早晨，你就一点事儿没有了。”

“怎么办都成——哪儿都成，”裘德回答说，“这于我有他妈的什么关系？”

他们一块儿往前走去，跟任何喝醉了的夫妇一样，她的胳膊仍旧搂着他的腰，他的呢，后来也搂着她的了。不过他这个搂，可并没有爱的意图在里面，而只是因为他身子疲倦，脚步不稳，要人搀扶就是了。

“这就是殉教的烈士——烧死的地方，”他们一步一步走过一条宽阔的大街那时候，他结结巴巴地说，“我记得——老傅勒尔在他的《圣道》[1]里说——这是因为咱们打这儿过——我才想起这件事来的——老傅勒尔在他的《圣道》里说，烧立德雷[2]的时候，是斯密士博士讲的道，他选的题目是：‘我要是只把自己的身体舍给人叫人焚烧，而却没有爱，那仍与我无益。’[3]我从这儿过，常常想起这个故事来。立德雷是一个——”

---

1 傅勒尔（1608—1661），英国牧师兼作家。著有《英国闻人志》。《圣道》，指他的另一本书《圣道与俗道》而言，该书为论文集，言人之善恶，像《真君子》《说谎者》等，也有论杂事的文章。此处所引，出于《圣道》。

2 立德雷（1500？—1555），英国主教，在爱德华第六时，渐放弃天主教说法，皈依新教。爱德华死后，被信天主教的女王玛丽处以大逆罪，在牛津焚死。

3 见《新约 · 哥林多前书》第13章第3节。

“不错，一点不错，亲爱的。听了你这番话，固然不能不说你这个人没有思想，但是它跟咱们眼前的问题，可并没有什么关系。”

“什么？没有关系？我偏说有关系！我这儿正把自己的身体舍给人，叫人焚烧！不过，啊——你不懂得这个！——这类东西只有淑才懂得！而我可成了她的诱奸者了——可怜的孩子！而她现在可又走了——而我可又对于自己毫不在乎了！毫不在乎了！你要把我怎么样就怎么样好了！……然而她这样办，可又是为了良心，可怜的小淑！”

“随她去吧！我这是说，我认为她做的并不错，”艾拉白拉一面打嗝一面说，“我跟她一样，也有我的感觉；我觉得在上帝眼里，我只是你的人，不是任何别人的人，一直到死把咱们分开的时候，都是你的人！要纠正错误——呃——多会儿——呃——都不晚[1]！”

他们到了她父亲住的地方，她轻轻地把门开开，在屋里摸索着找火柴。

当时的情况，跟他们在水芹谷暗中摸索着进了艾拉白拉的家那一次——那是多年以前了——并没有什么两样。并且也许艾拉白拉这一次的动机，跟那一次的，也没有什么两样。但是裘德却没想到这一点，虽然她想到了。

“亲爱的，我找不着火柴，”她把门闩好了说，“不过没有关系，你跟着我走好了。越轻越好，我的乖乖。”

“怎么这么黑！”裘德说。

1　英国谚语。比较本书第64页注。

“你把手给我，我领着你好了，这样成啦。你先在这儿坐一下，等我把你的靴子脱下来。我希望咱们别把他聒醒了才好。”

“把谁聒醒了？”

“爸爸呀。把他弄醒了，说不定他要闹起来。”

她把他的靴子给他脱了下来，“现在，”她低声说，“你靠着我——不要害怕压了我。现在——头一磴楼梯——第二磴——”

“不过，咱们这是不是又到了咱们的玛丽格伦外面那个老房子里了？”头脑昏昏的裘德问，“我这些年，一直到现在，从来没到那里面去过！喂，我的书都放在哪儿？我就是要知道知道这个。”

“你这是在我家里，亲爱的，这儿没有人能看见你的醉样子。现在第三磴，第四磴——对啦，咱们再往上走好了。”

7

艾拉白拉正在她父亲新近租来的这所小房儿的楼下做早饭，她把头伸到前面那个小小的猪肉铺里，对邓先生说，饭做好了。邓先生身上穿着一件油光光的蓝布衫，腰里束着一根皮带，皮带上挂着一根磨刀用的钢棍儿，尽力摆出一副肉铺老板的架子来；他现在听说饭做好了，马上就进了厨房。

“今儿早晨你得给我看着这个铺子，”他随随便便地说，“我得上伦姆顿去买一副下水和半拉猪，还得上别的地方去办点事儿。你既然在这儿住，就得帮着我，至少要帮到我这个买卖真做起来了的时候！”

“呃，今儿可不成，”她往他脸上恳切地看着，“我楼上弄了个宝贝。”

“哦？——什么宝贝？”

“宝贝丈夫——差不多到手了。”

“真的吗？”

“真的。不是别人，就是裘德，他又跟着我来了。”

“还是你原先那个旧人儿哪？——真他妈的！”

“呃，我一向就没有不喜欢他的时候，那是一点不错的。”

“不过他怎么跑到楼上去了？”邓说，一面觉得很好玩儿，一面朝着天花板直点头。

“爸爸，别问这种讨人嫌的话了。现在要紧的，就是别让他跑了，咱们得把他留下，留到我们两个——又跟从前一样的时候。”

“怎么个一样法儿？”

“成为夫妻呀。”

“啊……呃，这可真是闻所未闻的奇闻了——跟离了婚的旧丈夫再结婚；难道说世界上的小伙子都死绝了吗？我觉得把他弄回来并不值得，我要是干这种事，那我就非弄一个新的不可。”

“一个女人，为了体面，把她的旧丈夫再弄回来，并不是什么奇闻，不过一个男人把他以前的太太再弄回来，可就不一样了——不过，那也许很好玩儿！”艾拉白拉说到这儿，突然忍不住大笑起来，她父亲见了她这样，也随着她笑了一阵，不过不像她笑得那样厉害。

“你只要跟他客气一下就成了，别的事都有我自己，”她笑够了以后说，“他早起对我说，他的脑袋痛得要裂，他好像连在什么地方都不知道。这本来也不足为怪，因为他昨天晚上喝的酒太杂了。咱们得把他留下，留一两天，哄着他，叫他高兴，别让他回公寓。要是得先花几个钱，那不要紧，我以后照数还你好了，我得上楼去看看他这阵儿怎么样了，可怜的小东西儿！”

艾拉白拉上了楼，轻轻地把头一个卧室的门开开，往屋里探头看。她看见她那个剃去了头发的参孙[1]，还正在那儿睡，就进了

1　参孙是以色列人的力士，屡次打败非利士人，非利士人想擒他而没有办法。参孙喜爱一个妇人大利拉。非利士人便贿赂她，叫她探问参孙力大的原因。参孙告诉

屋里，走到床旁边，站在那儿端量他。他脸上由于昨天晚上的放浪而发热，又由于发热而发红，使他显得不像平素那样文弱；他那长眼睫、黑眉毛、黑鬈发和黑胡子，让白色的枕头一衬托，使他那副面孔，让艾拉白拉那样一个专爱吃腥肥的女人看来，认为很值得再弄到手，让她那样一个经济和名誉都受到窘迫的女人看来，认为非常值得再弄到手。她对他那样热烈的注视，好像使他有所感觉；他原先急促的呼吸暂时停止了，他的眼睛睁开了。

"你这阵儿觉得怎么样了，亲爱的？"她说，"是我呀——是艾拉白拉。"

"啊！我这是在哪儿？——哦，是了，我想起来了，你把我弄到你家里来了——我叫人关在门外了——我病倒了——我走到下流里去了——我坏得都要不得了，是不是？不错，我正是这样！"

"那么你就在那儿躺着别动好了。这一家里没有别人，就我和爸爸。你在这儿好好地休养休养，休养到完全好了的时候再说。我上石厂去给你告病假好了。"

"我真不知道他们公寓里的人都作何感想！"

"我上那儿去一趟，对他们说一声儿好了。顶好你把欠的房租交给我，我去付清了，不然的话，他们也许要认为咱们是私自潜逃了。"

"不错。我的口袋里有钱，够付房租的，你拿吧。"

（接上页注）她，说如果剃了他的头发，他的力气就会离开他，像别人一样软弱，于是大利拉乘参孙睡熟的时候，叫人来剃除他头上的七条发绺，参孙遂被非利士人所擒。见《旧约 · 士师记》第16章。

一来因为裘德什么都完全不在意，二来因为阳光射到他那跳动的眼球上，他受不了，就把眼睛又闭上，迷里迷腾地又睡着了。艾拉白拉拿起他的钱袋来，轻轻地离开了那个屋子，穿上了出门的衣服，往她和裘德昨天晚上离开了的那个公寓走去。

还不到半个钟头，她就从一个拐角的地方那儿出现，一个小伙子跟在她身旁，推着一辆手车，车上放着裘德所有的家具和行李，里面还掺和着艾拉白拉在公寓住那几天所带去的几件东西。裘德昨天晚上不幸堕落，闹得身上非常难受，同时淑一去不回，自己又在半睡半醒中受了艾拉白拉的愚弄，弄得心里非常难受，因此他虽然看见了他那几件东西，夹杂着女人的衣服，在那间陌生的卧室里打开，放在他面前，但是究竟那些东西怎么会来到这儿，它们来到这儿有什么意义，他却几乎连想都没想。

"现在，"艾拉白拉在楼下对她父亲说，"这几天，咱们家里可得老不断有好酒。我知道他的脾气，他要是一下子令人可怕的颓唐起来，像他有的时候那样，那他这一辈子就都不用打算再跟我办喜事了，我就要闹一个上下够不着了。咱们非想法子叫他高兴不可。他在储蓄银行里有点存款，他又把他的现钱都交给我了，叫我买需要的东西。说到这个，最需要的就是结婚许可证；我得把那件东西弄好了，放在手底下，他多会儿一高兴，就马上抓住了他，酒可得你花钱。要是办得到的话，再请几个朋友来，可别大嚷大叫的，只老老实实地喝一顿，取个热闹意思就是了。那样的话，一来可以给你这个铺子做做广告，二来于我也有好处。"

"只要有人肯花钱买吃的，买喝的，那还不容易办？……呃，不错，那是可以给我这个铺子做做广告，那一点儿不错。"

三天过去了，裘德的眼珠子和脑袋，虽然不像原先那样疼得可怕了，但是在这三天里面，艾拉白拉却仍旧给他酒喝——为的是好叫他高兴，像她说的那样——所以他心里仍旧相当地迷糊。就在这时候，艾拉白拉提议的那个小小的狂欢会举行了，为的是好给裘德上足了劲儿，好叫他一触即发。

邓刚刚开了这个可怜的小铺子，卖猪肉兼卖腊肠，本来还没有什么主顾，但是那个狂欢会，却真替它做了一回很好的广告。从那时以后，邓家铺子在基督寺的某一个不知道学院、学院工作、学院生活为何物的阶层里，很得到一个真正的臭名儿。艾拉白拉父女自己请了一些客人之外，他们又问裘德有没有什么人可请。裘德在郁闷颓唐的心情下，不顾一切，可就把周大叔、斯太格、那个老朽的拍卖商人，以及几个他记得他当年酗酒的时候酒店的常主顾，都说了出来。他同时还提到“雀儿斑”和“快活亭”。艾拉白拉只把他提出来的男客请了，但是却把女客划在被请的范围以外。

另外一个他们认识的人，补锅匠太勒，虽然就住在一条街上，他们却没请。但是在举行狂欢会那天晚上，他碰巧做了点晚活儿。他回家的时候，想在这个猪肉铺里买几个猪蹄子。

铺子里当时没有货，不过告诉他说，第二天早晨可以有。他一面谈着猪蹄子，一面往后屋瞅了一眼，看见了客人坐在那儿，有的打牌，有的喝酒，有的干别的，都在那儿做老邓的座上客。他当时回家睡了，第二天早晨出来的时候，心里还琢磨，不知道那一班人后来怎么样了。他本来想，那时候到那个肉铺里去要他昨天订的蹄子，恐怕是白费事，因为，如果他们头天夜里的狂欢会散得很晚，那邓和他女儿那时候大概不会起来。但是，他从铺子前面过的时候，却看见铺子的门开着，还听见铺子里面有人说话儿，虽然摆肉案子那个屋子还没下窗板。他走到作住家用的那个屋子门前，敲了敲门，把门开开。

“哎呀——真有你们的！”他吃了一惊说。

主人和客人，都坐在那儿，打牌，抽烟，谈天儿，跟十一个钟头以前他离开他们那时候完全一样，汽灯还亮着，窗帘子还没拉开，虽然外面天已经亮了两个钟头了。

“不错！”艾拉白拉喊着说，“我们都在这儿哪，跟原先完全一样。我们这是太不知道害羞了，是不是？不过你要知道，我们这是温居，我们的朋友都很从容，不着急。你也进来坐会儿吧，太勒先生。”

这个补锅匠，或者毋宁说这个日子过穷了的五金商，当然很愿意，所以他就进了屋里，找了一个座位坐下。“我恐怕要耽误一刻钟的工夫了，不过那没有关系，”他说，“呃，一点不错，我刚才往里看的时候，还只当是我的眼花了！那就好像突然一下子我又回到昨儿晚上去了似的。”

“本来也是这样。给太勒先生倒酒。”

他现在看出来，她正坐在裘德旁边，她的胳膊还搂着他的腰。裘德也跟别的人一样，脸上挂出幌子来，表示他都放纵到什么程度。

“呃，告诉你实话吧，我们正在这儿等法定的时间哪。”她接着说，说的时候，露出害羞的样子来。同时尽力使她的醉颜显得好像是处女的红晕。“裘德和我已经商议好了，要来一个破镜重圆，再做一次结合。因为我们觉得，闹了半天，我们谁也离不开谁。所以，我们就想了一个妙法儿，大家熬一宿，等到时刻一到，就马上去把事儿办了完事。”

裘德对于她所宣布的这一番话，好像不大理会，其实他对于任何事情，都不理会。太勒这一参加，给这一班人又鼓起新的兴致来，他们继续坐下去；到后来，艾拉白拉对她父亲悄声说："咱们这会儿去好了。”

“牧师恐怕不知道吧？”

“知道。我昨天晚上通知他了，说咱们也许在八九点钟的时候去，因为这是我们俩第二次结婚，别人要是知道了，也许因为是件稀罕事儿，都来看。我们为体面起见，得越早越好，越安静越好，他非常赞成我这样说法。”

“那样的话，咱们去好了。我说走就走。”她父亲说，同时站起身来，伸腰舒腿。

“现在，我的老爱人，”她对裘德说，“照着你答应我的那样，跟着我来呀！”

“我答应你什么了？什么时候答应的？”他问，那时候她已经利用了她对于她那个行业的特殊知识，把他灌得醉而复醒了——或者说，在那班不了解他的人看来，醉而复醒了。

“怎么！”艾拉白拉装做非常惊讶的样子说，“今天晚上咱们坐在这儿的时候，你不是答应过我好几次，说要跟我结婚吗？这儿这几位先生都听见了。”

“那我可不记得了，”裘德倔强地说，“只有一个女人——不过在这个迦百农[1]，我不愿意提她。”

艾拉白拉往她父亲那儿看，“我说，范立先生，你难道不讲名誉！”邓说，“你跟我女儿在这儿一块住了三四天了，这是因为我们中间有一种谅解，说你要跟她结婚，所以才这样。要是没有这种谅解，那你想我能让你在我家里做这种事吗？这是于名誉有关的，你现在决不能打退堂鼓。”

“你不要说任何于我的名誉有损的话，”裘德激烈地说，同时站起身来，“我豁出去跟巴比伦的淫妇[2]结婚，也不肯做有损名誉的事。我这个话可并不是说的你，亲爱的。这只是一种比方的说法——在书上这叫做夸张法。”

“你把你的比方自己留着，把你的好心拿出来，报答报答收容你的朋友好了。”邓说。

“我怎么会在这儿跟她搞在一块儿，我虽然完全不明白，但是如果说，为保全名誉，我就非跟她结婚不可——我看我也的确非跟她结婚不可——那我就跟她结婚好了，这有什么值得争吵的。我对于女人，对于任何人，都从来没做过不名誉的事，固然有的人，专想为了自己的好处，牺牲弱小的人，但是我可绝不是那样的人！”

“得了吧，亲爱的，你还跟爸爸计较什么？”她说，一面把她的脸贴到裘德脸上，“你上楼去洗洗脸，收拾收拾吧，咱们就走。跟爸爸和好好了。”

---

1 迦百农，《圣经》地名。《马太福音》第11章第20节以下说，耶稣在诸城中行了许多异能，那些城的人终不改悔，就在那时候责备他们说……迦百农啊，你已经升到天上，将来要坠落人间。

2 《新约·启示录》第27章第5节，把巴比伦比做世上的淫妇和一切可憎之物之母。

他们握了握手，跟着裘德同她上了楼，过了不大的一会儿，就又下来了，衣帽很整齐，态度很安静。艾拉白拉也匆匆地收拾了一下，跟着就由邓陪着，三个人一同出去了。

“你们都别走，”她去的时候对客人说，“我已经告诉了小女仆，叫她在我们走了的时候预备早饭；等我们回来，大家一块儿吃。你们要回家的时候，不要紧，每人酽酽地来上一杯茶，就什么问题都没有了。”

艾拉白拉、裘德和邓一块去行婚礼的时候，客人们都大打哈欠，好把困劲打过去，同时很感兴趣地谈起当时的情况来。补锅匠太勒，因为是他们里面最清醒的，所以讲的道理也最明白。

“我当然不好说朋友的坏话，”他说，“不过一对旧夫旧妻重新结起婚来，可真得算是一桩稀奇古怪的事。他们头一次结婚的时候，还都你年轻我年少，那时候都过不好，那他们第二次更过不好了。这就是我的看法。”

“你看他是不是真肯办这件事？”

“既然那个女人硬拿名誉来钉他，那他大概要办。”

“他要这样马上就办，恐怕不见得办得成。他还没有许可证，他还什么都没有。”

“别那么傻了，她可有哇。你没听见她都跟她爸爸说什么来着吗？”

“好啦，”补锅匠太勒说，一面从汽灯的火焰上又抽了一袋烟，“她这个人，连腿带胳膊，统统看起来，并不算难看——特别是在灯光底下。固然不错，在市上流通了好久的钱，绝不能像从造币厂刚出来的那样亮。不过像她那样一个天南地北闯过江湖的女人，总得算是看得过去。也许腰多少粗了些，不过我还是不喜欢那种一口气儿都能吹倒了的女人。”

小女仆在他们宴会的桌子上连洒的酒都没擦，就铺桌布；她铺着，他们就拿眼盯着她的动作。窗帘子拉开了，屋子里的样子看着也像是早晨了，但是客人之中却有几个在椅子上睡着了。其中有一两个，曾有好几次，到门外往街上看，这里面主要的是太勒。他看了最后一次的时候，把嘴咧着从外面回来了。

“哎呀，他们回来啦！我想他们一定把事办了！”

“不会，”周大叔说，他跟在太勒后面，“你信我的话好啦，他一定是在最后一分钟的时候，闹起脾气来，又不干了。你没看见吗？他们走路的样子太特别了；那就说明，事儿有些不对头。”

他们静静地等候，稍待了一会儿，才听见举行婚礼的人到了家。头一个进他们那个屋子的是艾拉白拉，高高兴兴、闹闹嚷嚷的，看她的脸，就知道她的计谋已经成功了。

“我得叫你范立太太了吧？”补锅匠太勒装作彬彬有礼的样子说。

“当然喽。又做了范立太太了，”艾拉白拉和蔼可亲地说，一面把手套脱下，把左手举起，“你们瞧，这就是把我们两个锁到一块儿的东西[1]……呃，他真是个头等的大好人，我这是说牧师真是个大好人。事儿都办完了的时候，他像一个小婴孩那样温和地对我说：‘范立太太，我衷心祝贺你，你的过去我已经听说过了，你丈夫的我也听说过了。所以我认为，你们两个现在这样做，对极

1　指结婚戒指。

了，好极了。至于你做太太的时候犯的过失，和他做丈夫的时候犯的过失，别的人应该一概不再计较，就像他们两个互相都不计较一样。’这是他说的，一点不错，他是个头等的大好人。他又说：‘按照教会的教义讲，是没有离婚这一说的。所以你一出一进，一举一动，都应该永远牢牢记住了婚礼文里这句话：‘天主所配合的，人不可分开。’不错，他真是个头等的大好人……不过裘德，亲爱的，你当时简直都能把猫逗乐！你走路那样直，身子那样硬，别人还只当你在那儿学着当法官哪；其实我可知道，你那时候，就没有一时一刻不觉得天旋地转的，这一看你瞎摸索着抓我的手那种样子，就看出来了。”

“我本来说过，为保全一个女人的名誉，叫我做什么都成，”裘德说，“我这不是说到哪儿就做到哪儿了吗？”

“好啦，老亲亲，跟我来吃饭好啦。”

“我要——我还要——喝威士忌。”裘德漠然蠢然的样子说。

“别瞎闹啦，亲爱的。这阵儿别喝啦！一点也没有啦。喝点茶吧，喝了茶，咱们的脑子就不糊涂了，就跟百灵鸟一样地爽利了。”

“好吧。我已经跟你——结了婚了。他说我应该跟你结婚，我也就照直地那么办了。这就是真正的宗教。哈——哈——哈！”

8

米克尔节[1]来而复去了。裘德和他太太结婚以后，在她父亲家里只住了一个很短的时期，现在已经搬到靠近市区中心一家公寓的顶层楼上了。

他在结了婚以后那两三个月里，也做了几天活儿，但是，他的身体却本来就不大好，现在更危机四伏了。那时他正坐在壁炉前面一把带扶手的椅子上，咳嗽得很厉害。

“我不嫌麻烦，跟你二番结婚，可真得算捡了便宜啦，”艾拉白拉正对他说，“你完全得靠我养活啦——看样子非完全靠我养活不可！我得做血肠和腊肠，上大街上去吆喝着卖，好养活一个害病的丈夫，好养活一个本来我很不必跟他拴在一块儿的丈夫！你怎么不好好保养身体，却这样坑害人哪？我刚跟你结婚的时候，你的身体还很不错呀！”

“啊，不错！”他说，一面满腹酸辛地大笑起来，“咱们头一次结婚的期间宰的那口猪，你还记得吧！我这儿正琢磨我当时对于那口猪心里所有的糊涂想法。我现在觉得，把对付那口猪的办法拿来照样对付我，就是对我这种人最大的仁慈。”

1　米克尔节是九月二十九日。

现在这一类的谈话，成了他们两个之间每天的家常便饭了。公寓的老板是听人说过他们这一对儿的古怪情况的，所以生过疑心，不知道他们是否真结过婚；特别是有一天晚上，艾拉白拉喝了酒以后吻裘德，叫他碰见了。他本来要通知他们，叫他们搬家。但是有一天夜里，他无意中听见艾拉白拉嘴里，像放连珠炮似的，直骂裘德，骂到后来，还用鞋砍他的脑袋，他才看出来，他们过的，原来是正常的夫妻生活；因此他认为，他们一定是体面人，所以就没再说什么。

裘德的身体仍旧一直没见好；有一天，他带着极犹疑的样子，求艾拉白拉替他做一件事。她满不在乎地问他什么事。

“写一封信给淑。”

“你这个该——你叫我写信给她，有什么话可说？”

“写信问问她现在怎么样了，同时问问，她是不是肯来看看我，因为我病了，想跟她——再见一次面。”

“你这个脾气老改不了；你叫我做这样的事，就是侮辱你的正式太太，难道你不明白吗？”

“我叫你写，就为的是不侮辱你。我爱淑你是知道的。我不想粉饰。事情摆在这儿——我爱淑。我本来有许多办法，可以不让你知道，就写信给她。但是我可要对你、要对她丈夫，都光明磊落。要通过你，才给她信，要她来一趟；这种办法，至少不是鬼鬼祟祟的勾当。只要她当年的性格还留下一丁点儿，那她就会来的。”

“你对于婚姻本身，对于婚姻的权利义务，一点儿都不尊重！”

“像我这样一个可怜虫，我的意见有什么关系！像我这样一个土都埋到半截的人，有人来看我半个钟头，对于任何人会有什么关系！做点儿好事吧，替我写一封信吧，艾拉白拉！”他哀求她说，“看着我对你这样坦白的份儿上，对我多少慷慨一点儿吧！”

“我可觉得不成！”

“就一回也不成吗？——哦，做点儿好事吧！”他只觉得，他这个人，因为身体软弱，弄得志气也一点儿都没有了。

“你要她知道你的状况，为的是什么？她决不愿意见你。她就是那个树倒猢狲散的猢狲！”

“别说这样的话，别说这样的话！”

“我可还忠心赤胆地为你哪！真成了傻老婆了！我让那个小娼妇上咱们家来才怪！”

她这个话几乎还没说完，裘德就从椅子上一下跳起来，没等到艾拉白拉明白是怎么回事，就把她仰面朝天按在跟前的一张小床上，同时用膝盖顶住了她。

“你敢再说这样的话！你要是敢再说这样的话，我就要了你的命——马上就要了你的命！我要了你的命，于我好处可就多了——我就什么好处都有了，我自己的命也要送在这里头，那还得算是最大的好处。所以你顶好不要把我的话当做耳旁风！”

“你要叫我干什么？”艾拉白拉喘不上气来的样子说。

“我要你答应我，永远不再提起她来。”

“好，我答应。”

“我可把你的话信以为实了，”他鄙夷的样子说，同时放开了手，“不过你的话说了算不算，我可不敢保。”

“你连猪都舍不得宰，还敢要我的命！”

“啊——你这个话真抓着了我的痛处！不错，我不敢要你的命——连发脾气的时候都不敢。你使劲骂吧！”

跟着他很厉害地咳嗽起来，他脸色惨白地躺到椅子上的时候，她就以一个评价者的眼光，估计他的寿命。“你要是答应我，她来的时候，让我也在跟前，那我就写信给她。”艾拉白拉嘟囔着说。

他天生心肠软，又加上他很想见淑一面，所以虽然刚才受了那样的气，现在却也不能拒绝她这种要求。他当时气都喘不上来的样子说：“好，我答应你。你只要叫她来，要我做什么都成！”

到了晚上，他问艾拉白拉，信写了没有。

“写了，”她说，“我写了一个字条儿，告诉她说你病了，要她明后天上这儿来一趟。我还没把信寄走。”

第二天，裘德心里纳闷儿，不知道她已经把信寄走了没有，不过他却没问她。只有愚蠢的“希望”，靠一滴水、一块面包渣就能活的“希望”，使他心神不宁地盼。他知道可能有几趟车，都是什么时候到，所以每次车该到的时候，他都静静地听，听她是否也到了。

她并没到；但是裘德却不肯对艾拉白拉再提这件事。第二天他又等了一天，盼了一天；但是淑还是没出现；连几个字的回信都没有。于是裘德就自己在心里想，一定是艾拉白拉把信写了，却没寄走；从她的态度上就可以看出来，是这种情况。他的身体虚弱得很厉害，她不在跟前的时候，他时常为这个而伤心流泪。事实上，他的猜测一点不错。艾拉白拉，也跟别的护士一样，认为对于病人，可以用一切办法使他安静，可就是不能使病人胡思乱想的愿望真正实现。

关于他的愿望、他的揣测，他都没再跟她提过一个字。他只不动声色、不露形迹，自己在心里拿定了一个主意；他拿定了这个主意以后，固然在身体方面不能增加什么力气，但是精神方面却安静、稳定了。有一天，她不在屋里有两个钟头的工夫，中午回来的时候，只见他原先坐的那把椅子空了。

她一屁股在床上坐下，琢磨起来，"这个家伙他妈的跑到哪儿去了！"她说。

一上午的工夫，由东北来的雨，就一直断断续续地没停。她隔着窗户，看见外面的水隔离里不断地滴答水，她就觉得，好像一个病人，不会在这样的天气里冒险跑出去找死。但是她却又深信不疑，认为他一定是出去了。她在这所房子里搜索了一遍之后，她这种看法更变成了确实不移的事实。"他自己要糊涂，那只好由他了！"她说，"我有什么办法！"

裘德那时候，正坐在一列火车的车厢里，快要来到阿尔夫锐屯了，他身上用毯子围着，显得怪模怪样的，他脸上白得跟石膏像一样，所以别的客人都直看他。过了一个钟头以后，可以看到他那瘦削的身材，穿着大衣，围着毯子（但是却没打伞），顺着那五英里长的大路，往玛丽格伦走去。一种坚决的目的，在他脸上表示出来；他所以能够挺身前进，就是由于这种目的；但是他那虚弱的身体，却令人惨然觉得，不足以给他这种目的做后盾。他上山坡的时候，身上叫风完全吹透了，但是他仍旧硬往前捱去；到了三点半钟的时候，他就站在玛丽格伦他很熟悉的那眼井的旁边了。因为下雨，所以外面连一个人都没有；裘德穿过草地，没让任何人看见，走到了教堂前面，只见教堂的门并没锁。他就站在那儿，往前看着那个小学校，同时能听见小学生平常念书的声音，由那儿发出，这些小学生还没尝到人生的苦辣酸甜呢。

他等了一会儿，等到后来，只见一个小男孩，从学校里出来了——显而易见他是得到允许，先离开学校的，至于因为什么，当然不知道。裘德把手一扬，那孩子就过来了。

“请你到教师住宅，告诉费劳孙太太一声，说有人请她到教堂里去几分钟。”

那孩子去了，裘德能听见他敲教师住宅的门。他自己又往教堂里面走了一走。只见教堂里一切都是新的，只有几件雕刻，是由旧教堂的一堆瓦砾中保存下来的，现在安在新砌的墙上。他在这些东西旁边站住，它们好像跟他和淑那些过去住在那儿而早已死去的祖先，有血缘的关系。

一阵轻细的脚步声，简直和雨点滴答的声音分不出来，来到门廊下面，他回头看去。

“哦——没想到会是你！一点也没想到——哦裘德！”她歇斯底里地喉头咽住了之后，跟着连续不断、歇斯底里地喉头哽咽。他朝着她那儿走去，但是她却很快地恢复了镇静，转身要走。

“你别走——你别走！”他哀求她说，“我这是最后一次！我本来想，在这儿见你，不像到你家里去那样冒昧，我决不来第二次，所以你千万要慈悲一点。淑，淑！咱们这是死抠字句，而‘字句叫人死’[1]。”

1　引自《新约·哥林多后书》第3章第6节。已见本书题词页注。

“我不走好了——我不要做狠心的人！”她说，一面让他走近她身边，只见那时候，她两唇颤抖，眼泪直流。“不过你既然已经做了那件正当的事了，为什么又跑到这儿来，又做这样不正当的事？”

“什么正当的事？”

“跟艾拉白拉第二次结婚哪。阿尔夫锐屯的报纸都登出来了。严格地说，她一直地就是你的人，裘德。你认识了这一点，把她又娶回去了，这是你太好了——哦，太好了！”

“我的天啊——我老远跑到这儿来，难道就是为听这种话的吗？如果说，我这一生里，做过一件最卑鄙、最不道德、最违反自然的事，那就是你说的这件正当的事了，那就是我跟艾拉白拉重新订的这种娼妓式的契约了。你哪，还管自己叫费劳孙的太太！费劳孙的太太！你是我的太太。”

“你可别把我吓跑了，我的忍受也有个限度！不过关于这一点，我可是拿定了主意的。”

“我真不能明白，你怎么能做得出来——你都怎么个想法——我真不明白！”

“这你就不要管了。他是一个好丈夫，待我很好——我哪——我哪，就又挣扎过，又斗争过，又斋戒过，又祈祷过。我现在已经把我的肉身差不多完全制伏住了。你可别——你也不肯——唤醒我的——”

“哎呀，你这个又可疼又可气的小傻子；你的理性哪儿去了？你这好像是失去了推理思索的机能了！我本来要跟你辩论来着，不过我知道，一个女人，有你这样的感情，是不能接受任何理智的剖析的。不然的话，那就是你自己骗自己，像许多女人遇到这种事的时候那样；你自命怎样怎样，其实你并不相信真是那样。你只是掩耳盗铃，而可信以为真，再由信以为真而引以为豪，由引以为豪而聊以自慰，是不是吧？”

“自豪？你怎么就能这样刻薄！”

“你这个人，本来是最有前途、最有聪明才智的，谁知道现在我却不幸，看到你的聪明才智，完全没有了，而只剩下了一副又可疼、又可惨、又柔弱、又悲伤的残破躯干？你原先鄙视世俗的骨气，哪儿去了？要是我，至少要至死不屈，坚持到底。”

“你这是要我死，你这简直地是侮辱我了，裘德！你离开我好了！”她急忙转身走去。

“你要我走我就走好了。我再也不来看你了，即便我以后有上这儿来的力气，也不再来了，其实那样的力气，我以后是不会再有的。淑哇，淑哇，你不配一个男人的爱！”

她的胸部开始上下起伏，“你不要说这样的话了，我听了难受极了！”她大声说，同时她把眼光在他身上盯了一刹那的工夫，听从一时的冲动，又转身回来了，“你不要——不要看不起我！你吻我好了，你爱吻我多少次就吻多少次好了，你一面吻我一面得说，我并不是一个没有胆量的懦弱人，并不是一个叫人看不起的骗子——你那样说我受不了！”她冲到他前面，把她的嘴放到他的嘴上，接着说，“我得跟你说——哦，我一定得跟你说——我这亲爱的情人！那不过是——一种教堂的婚礼——我这是说，那不过是一种形式上的婚礼就是了！那是刚一开始的时候他提议的！”

“这话怎么讲？”

“我的意思是说，那不过是一种名义上的婚姻就是了。自从我回到他这儿来以后，我跟他没有别的，只是挂名的夫妻就是了！”

“淑！”他说。他把她使劲紧紧抱在怀里，把她的嘴唇几乎都吻破了，“如果苦恼中还会有快乐，那我现在这一会儿快乐极了！现在，你看着一切你认为神圣的事物，得跟我说真话，不要扯谎。你是不是仍旧还爱我？”

“是！这你知道得很清楚！……不过我做现在这样的事，可绝不应该！像我心里想的那样回你的吻，可绝不可以！”

“不用管该不该，回我好了！”

“但是你可又这样招人疼！——你又病得这样——”

“你也是一样啊！我这儿又吻了你一下，为的纪念咱们死去的孩子——你和我，咱们两个人的孩子！”

这句话好像一棍打到她身上似的；她把头低下去了。“我绝不应该——我不能再做这样的事了！”她马上呼吸急促地说，“不过一下，一下，亲爱的；我回你的吻啦；我回啦，回啦！……我犯了这种罪过只好恨自己一辈子了！”

“用不着那样——我现在把我最后的恳求说出来好了。你听着！咱们两个二次结婚，都是出于神志昏迷。我是醉了的时候办的事。你也和我一样。我是叫酒灌醉了，你就是叫宗教迷醉了。这两种醉法，都让人失去了高尚的目标……所以现在咱们两个把这种错误一概抛开，一块儿逃走好了！”

“那可不成！我再说一次，那可不成！……裘德，你怎么会这样引诱我，叫我做这样的事！这太残酷苛毒了！……不过我现在已经能够自制了。你不要跟着我——你不要看着我。你可怜可怜我，离开我好了！”

她往前跑到教堂的东头那儿了；裘德听了她的话，并没跟着她。他连头都没回，只拿起毯子来（淑没看见他带着毯子），一直走了出去。他走过教堂那一头的时候，她听见雨点打到窗上的声音里，混合着他咳嗽的声音；人类之爱的本能，即便在淑现在这样强加克制的情况下，都没能完全压伏下去，所以她听见他咳嗽，最后一点的爱不觉发生，当时一下跳了起来，要跑过去保护他。但是她却又跪下了，用手把两个耳朵捂住，一直捂到一切由他那儿可能听到的声音完全消失了的时候。

他这时候走到草地的边上了，从那儿，有小路往前穿过他小时候赶老鸹的田地。他回过头去，往淑待着的那所大房子看了一眼，只看了一眼，跟着就往前走去，心里知道，他的眼睛永远也不会再看到那番光景。

在维塞司郡里，秋天和冬天，有好些很冷的地方；但是北风或者东风一刮起来的时候，在所有的冷地方之中，最冷的莫过于棕房子旁边阿尔夫锐屯大路和古道相交叉的那个山顶。在那儿，冬天头几场的霰和雪，只要落下来，就一冬不化；在那儿，春季的霜冻到了最晚的时候才融解。现在就在那儿，裘德正顶着从东北来的风和雨往前走去，他身上全湿透了，他不像从前那样强壮了，只能慢慢地走，这样一来，他可就不能维持身上的热度了。他走到里程碑那儿了，那时虽然正下着雨，他还是把毯子铺在地上，在那上面躺下休息。他要再往前走的时候，他先去到碑后面，用手摸碑上他凿的字。字仍旧还在那儿；不过苔藓斑驳，几乎把字迹都湮没了。他从他和淑的祖先让人绞死的地方旁边走过，下山去了。

他到了阿尔夫锐屯的时候，天已经黑了，他在那儿买了一杯茶喝了，因为那种要人命的寒气，开始往他的骨头里钻，让他不能再忍饥受渴。他要回家，得先坐一段有轨汽车，然后再坐两段支线火车，在岔车的地方还得等好久。所以打过了十点钟，他才到了基督寺。

9

艾拉白拉站在月台上，上上下下地端量他。

“你去看她了，是不是？”她问。

“不错。”裘德说，同时，又冻又累，脚步都不稳了。

“好吧，你这会儿最好回家去吧。”

他走着的时候，身上直流水，他咳嗽的时候，还不得不靠着墙。

“你这一下子可把自己交代了，小伙子，”她说，“我真不知道你自己明白不明白。”

“当然明白。我本来就打算把自己交代了完事。”

“什么——要自杀？”

“不错。”

“天啊！为一个女人自杀！”

“艾拉白拉，你听着。你以为你比我壮，是不是？不错，在体力方面，你这阵儿是比我壮，你能一下就把我打趴下。所以前几天我明知道你并没寄信，我可也没法子跟你怄气。但是在别的方面，我可不像你想的那样软弱。我认定了，一个由于闹肺病而只应该在屋里待着的人，一个在世界上只剩了两种愿望的家伙，一样是去看一个女人，另一样是看完了然后死去——这样的人，在雨地里旅行一趟，就能把这两种愿望一下都完成，我就是这样做了的。我最后一次看到她了，我也把自己交代了——把一个从来就不应该开始而激动亢昂的生命，一下结束了！”

“哎哟天哪，你都这样了，还说这种浮夸的话！我看你弄点热东西喝喝，才是正经。”

“用不着，谢谢你啦。咱们回家好了。”

他们顺着静悄悄的学院走去，裘德老是走一走就停一停。

“你瞅什么？”

“瞅我自己愚蠢地想象的光景。我现在最后一次在街[1]上走着，好像又看到我头一次上这儿来时看到的那些鬼魂了。”

“你这个家伙真的古怪！”

“我好像又看见了他们，好像都听见他们的衣服发出沙沙的声音。不过我却不像从前那样，对他们一律尊敬了。他们里面，至少有一半，我不信服了。那些神学家、宗教辩护家，和跟他们有血缘关系的玄学家，那些用高压手段的政治家，还有一些别的人，都不再使我感到兴趣了。铁面无私的现实所给我的折磨，已经把我对这些人的兴趣一扫而光了！”

裘德那副死人一般的脸，在雨水淋漓的灯光下，露出一种表情来，叫人看着，好像是他真在没有人的地方看见有人一样。有的时候，他会在拱洞门道下面站住，好像看见有人从他前面走过去；又有的时候，他就往窗户上看，好像看见窗户里有熟人站在

1　这条街影射的是圣奥勒兑特街，从四通路口往南即是。后面所举之人的母校，多在这条街的两旁及附近。

那儿，好像听见他们说话，还把他们的话重复念叨，来琢磨话里的意义。

“他们好像都在那儿笑我！”

“谁在那儿笑你？”

“哦——我刚才自己对自己说话了，是不是？所有这儿的鬼魂，有的在拱洞门道下面，有的在窗户里面，都正笑我。从前的时候，他们可老用友好的眼光看我，特别是艾狄生、吉本、约翰生[1]、布朗博士[2]和肯恩主教——”

“快走吧！又活见鬼了！这儿除了一个倒霉的巡警，不要说死人，连活人都看不见！我从来没看见过街上有比这阵儿还冷清的！”

“你想想看！歌咏自由的那位诗人[3]过去总在这儿散步，那位解剖忧郁病的学者[4]就常在那儿！”

“我不要听你讲这些话，讨厌死了！”

“洼勒特·拉雷[5]正在那边那个胡同里跟我招手哪——维克利

---

1 约翰生（1709—1784），英国作家，出身于牛津大学喷布卢克学院。

2 布朗（1605—1682），英国作家，出身于牛津大学布老该茨学院。

3 歌咏自由的诗人，指雪莱；他曾在牛津大学院上过学。他有一首诗歌咏自由，叫做《自由咏》，作于一八二〇年。英国十八世纪诗人托姆孙也有长诗叫做《自由》，但他并非牛津出身。

4 解剖忧郁病的学者，指波屯（1577—1640）；他是英国作家，出身牛津基督堂学院，著有《忧郁病的解剖》。

5 洼勒特·拉雷（1552？—1618），英国殖民地开拓者兼作家，出身牛津奥锐厄勒学院，著有《世界史》。

夫[1]——哈维[2]——胡克[3]——安诺德——还有那一伙‘文集派’的鬼魂——”

“我不要听你给我背这些名字，听见了没有！一些死了、烂了的人，谁还去理他们？我说句实话吧，你喝醉了的时候，倒比你清醒的时候还明白！”

“我得歇一下，”他说，跟着他站住了，一面用手把着栏杆，一面用眼睛端量一个学院前脸的高下，“这是古老的朱字学院，那是石棺学院；在胡同那面的是锡杖学院和督德学院，那面一直过去，都是红衣主教学院[4]，它的前脸很宽阔；它的窗户都好像是眼睛，把眉毛往上扬着，那是表示，大学看见我这样人会这样努力，微微露出惊讶。”

“快走吧；你快走，我就请你喝点儿！”

“很好。我是得喝点什么，才能有力气走回家去，因为我觉得红衣主教学院的草场上吹过来的凄雾，像死神的爪子似的抓住了我，往我肉里直扎。我正像安提戈尼[5]说的那样，不在人中间，也

1 维克利夫（1320？—1384），英国宗教改革家兼《圣经》翻译者；他出身于倍利奥勒学院。

2 威廉·哈维（1578—1657），英国科学家，发现血液循环。虽剑桥出身，而做过牛津大学墨厄屯学院院长。

3 胡克（1554？—1600），英国神学家，牛津大学基督体学院出身，著有《治教法律》。

4 朱字学院的底本是布锐兹耨兹学院，石棺学院是基督体学院，锡杖学院是奥锐厄勒学院，红衣主教学院是基督堂学院，督德学院应为大学学院。这些学院以前多曾出现过。

5 安提戈尼，苔布司国王伊底帕司的女儿，因违反苔布司国王克瑞翁的命令，把她哥哥安葬，国王命人把她关在地下洞内，所以她说这样一句话。见希腊悲剧家索福克勒斯的《安提戈尼》第八五一行。

不在鬼中间。不过，艾拉白拉，我死了以后，你会看见我的鬼魂在这些鬼魂中间往来！”

“瞎说什么！你哪能就死了？你还且能熬一气哪，老小子。”

那时候，玛丽格伦那儿也正是夜里；从下午下到现在的雨，一点小下来的意思都没有。差不多跟裘德和艾拉白拉在基督寺街上往家里走的同一时候，寡妇艾德林穿过草地，把教师住宅的后门开开。她现在睡觉以前往往这样，为的是帮着淑收拾屋子。

淑正在厨房里，毫无办法的样子，忙乱成一团，因为她本来就不善于干家务活儿，现在更对于家庭繁琐，觉得不耐烦起来。

“哎呀，你这是怎么了，自己动起手来了。我这不是为这些活儿，特地来了吗？你不是知道，我一定会来吗？”

“哦——我不知道——我忘了！不是忘啦，没忘。我干这些活儿，为的是训练训练自己。我从八点钟起，就擦着楼梯了。我得对于家务事好好地熟练熟练。我过去太不对了，我忽略了我应尽的职分了！”

“你为什么必得这样？他就要教更阔的学校了，也许到了时候还要当牧师，那时候，你可以用两个用人，你把你那好看的小手弄糙了，太可惜了。”

“快别提什么好看不好看的话了，艾德林太太。我要不是因为有这个好看的肉体，还不至于毁到这步田地！”

“哎呀——你哪儿还有什么肉体！我老觉得你只是一个精灵，不过今儿晚上可好像有什么不对劲儿的地方。是不是先生又闹脾气了？”

“不是，他从来不闹脾气，他早就上床睡了。”

“那么是因为什么？”

“这我不好对你说。我今儿做了错事了。我想要把我做的错事铲掉了才好……好了，我跟你这样说吧——下午裘德上这儿来了，没想到原来我仍旧还是爱他——哦，好不龌龊啊！我只能把话说到这儿。”

“啊！”那个寡妇说，“我不是早就跟你说过，事情会闹到哪一步吗！”

“不过我可不要事情闹到这一步！裘德来这一趟，我还没对我丈夫说；不过既然我永远也不打算再跟裘德见面了，那我就不必对理查说，免得惹无谓的麻烦。但是我可得舍得赎罪，对理查问心无愧才成——我得——我只有这个办法。我一定得舍身赎罪！”

“他不是答应了你不来招惹你吗？你们过了这三个月，不是也挺好的吗？那你又何必舍身？我要是你，我决不那么办。”

“不错——他答应了我，说我愿意怎么过就怎么过；不过我可觉得，这是我姑息自己。我根本就不应该逼他答应我。他固然答应了，但是我可不应该一直地就受了。把那种办法反过来，当然是可怕的——不过我可应该对他更公道一些。哎呀，我怎么就那么没有勇气！”

“你到底是不喜欢他哪一样？”艾德林太太好奇的样子问。

“我不能对你说。那是一种情况——我不好说的。叫人难过的是：没有人会承认，我对于那种情况的感觉有理由；所以我没有辩护的话可说。”

“那是怎么回事，你对裘德说过吗？”

“从来没有。”

“我当年的时候，曾听说过好些关于丈夫的奇怪事儿，”那个寡妇把声音放低了说，“他们说，世界上有圣人的时候，魔鬼晚上都变做丈夫的模样，给可怜的女人捅各式各样的漏子。我可不明白我怎么这会儿会想起这个话来，因为这不过只是故事罢了……今儿晚上这样连风带雨，真够瞧的！好吧——亲爱的，就是要改办法，也不要太性急了，先好好地想一想好了。”

“那样不成，那样不成！我这个没有主意的人，好容易才给自己打了气，把主意拿定了，要待他更客气一些；所以要办就得现在办——就得马上办——过一会儿，我就又泄气了。”

“我觉得，死乞白赖地捏着鼻子硬来，也不对。绝不应该说，女人必得那样。”

“不过这是我的职分啊。我要把我这杯酒，喝得一滴也不剩！”[1]

过了半个钟头以后，艾德林太太戴上帽子，披上披肩，要起身回去了，那时候，淑好像害起怕来，至于究竟怕什么，却说不清楚。

“别，别——你别走，艾德林太太。”她求告说，只见她的眼睛睁大了，沉不住气的样子急忙回头一看。

“该睡觉了，孩子。”

---

1 《旧约 · 以赛亚书》第51章第17节：你……喝了他愤怒之杯，喝了那使人东倒西歪的爵，以致喝尽。又见同书同章第22节。

“不错，不过——这儿有一个小小的空屋子——那就是我那个屋子，马上就住得。请你住下好了，艾德林太太！——我明儿早晨就要你帮忙。”

“那么好吧，你愿意我住下，我没有意见。我那个破家，不管我在那儿还是不在那儿，还不是一样？绝不会出什么事儿。”

她跟着把门都闩好，和淑一块儿上了楼。

“你在这儿等一等，艾德林太太，”淑说，“我要一个人先到我那个老屋子里去一下。”

她把那个寡妇撂在楼梯口那儿，回身进了那个她到玛丽格伦以后一直是个人独用的寝室，把门又关上了，然后在床前面跪下，跪了有一两分钟的工夫。跟着她站起来，从枕头上把睡衣拿过来，换好了，又走到外面艾德林太太那儿。在对过的屋子里，能听见有一个男人打鼾。她对艾德林太太说了一声夜安，那个寡妇就进了淑刚刚离开的那个屋子。

淑把对过那个屋子的门扭开，跟着好像晕了似的，坐在门外的地上。她站起身来，把门开了一半，叫了一声“理查”。她叫这个名字的时候，身上显而易见，打了一个寒噤。

打鼾的声音有一会儿的工夫完全停止，但是他却没答言。她好像得到解脱的样子，急忙又回到了艾德林太太的屋子。“你睡了吗，艾德林太太？”她问。

“没有哪，亲爱的，”寡妇说，一面把门开开，“我上了年纪了，手脚慢，脱衣服就得费很大的工夫。我还没把紧身解开哪。”

“他怎么不吱声啊？也许——也许——”

“也许什么，孩子？”

“也许他死了吧！”她呼吸急促地说，“那样的话——我就自由了，就可以再找裘德去了！……啊——不成——我忘了，还有她哪——还有上帝哪！”

“咱们去听一听好啦。没那么回事——他这不是又打起呼来了吗？不过又是风又是雨的，别的声音就一会儿听见，一会儿又听不见了。”

她又一步一步地挨回去。“艾德林太太，我再跟你说一声夜安吧！对不起，把你惊动起来。”那个寡妇第二次回到屋里。

只剩了她一个人的时候，她脸上又紧张起来，又出现了听天由命的样子来。“我非这样办不可——非这样不可！我非把这杯酒喝得一滴不剩不可！”她低声说，“理查！”她又叫了一声。

“喂——什么？是你吗，淑珊娜？”

“是。”

“你要做什么？有什么事吗？你等一会儿，”他随便披了一件衣服，走到门口说，“怎么啦？”

“咱们在沙氏屯的时候，我曾豁出去跳楼，也不肯让你接近我。从那时候起一直到现在，我永远没把那种态度扭转过来。现在不然了，现在我这是来求你饶恕我，来请你允许我进来。”

“这也许只是你认为应该这样吧？我还是以前对你说的那样，不愿意你硬拗着自己的心意来就我。”

“我这只是在这儿请你允许我进来，”她待了一会儿又说，“我只在这儿请你允许我进来！我一向都错了——连今天，还免不了犯错。我做了越过权利的事了。我本来不想对你说，但是我也许还是应该对你说。我今天下午做了对不起你的事了。”

“做了什么对不起我的事？”

“我见裘德了！我本来不知道是他来了。我——”

“呃，怎么啦？”

“我还吻他了，又让他吻我了。”

“哦——这还不是老话？”

“理查，我们吻的时候，事先一点也没想到就吻起来了！”

“吻了多少下？”

“好多好多下。我也说不上来。我现在回想起来，觉得可怕死了，我既然做了那样事，那我觉得，最低的限度，我应该像现在这样，到你这儿来才对。”

“你想一想我都怎么待你的，你却做那样的事，那当然不对！——还有别的可以坦白的没有？”

“没有了。”她本来想要说“我还叫他我这亲爱的情人”，但是，既然女人痛悔前非的时候，总是不肯把她所做的事和盘托出，所以在淑和裘德会见那一幕里，这一部分可就没露。她只接着说：“我再也不见他了。他谈到过去的事，我听了就受不住了。他谈到——孩子——不过，理查，像我跟你说的那样，他们死了，我不难过——我的意思是说，我差不多可以说不难过。他们一死，我那一段生命就可以一笔抹杀！”

“呃——你这是说你不再见他了。不过——你现在这种行动可是出于真心？”费劳孙的口气里含有一种意味，好像是说，他那样宽宏大量，那样体贴忍耐，本来应该使他第二次的结婚生活有比较满意的结果，但是他这三个月的生活，可离满意太远了。

“是出于真心，是出于真心！”

“叫你手按《新约》宣誓证明，你肯吧？”

“肯。”

他回到屋里，拿出一本棕色皮儿的小本《圣经》来。“那么你宣誓吧；但愿上帝帮助你！”

她宣了誓。

“很好！”

“现在，理查，既然我是属于你的，并且愿意尊重你，顺从你，像我在结婚誓言里说的那样，那我现在恳求你允许我进来。”

“你要好好地想一想。你要明白，你这一进来，都有什么意义。我原先把你弄回来是一回事——现在叫你进这个屋子又另是一回事。所以你要再思再想。”

“我已经想过了——我这是出于自愿！”

“你这种精神当然令人可喜——同时你这种做法也许很对。本来么，一个有夫之妇，老有个情人窥视着，自己可又不夫唱妇随，那怎么行？在这种情况之下，非夫唱妇又随不可。不过我还是要把我提醒你的话，第三次，也就是最后一次，再提醒你一遍。”

“我这是出于自愿！……哦，天哪！”

“你怎么叫起‘天哪’来了？”

“我也不知道为什么！”

“你分明知道！不过……”他抑郁地看了一会儿她那细小柔弱的身躯，穿着睡衣，蜷伏在他面前，“好啦，我本来也想到会有这样的结局，”他跟着说，“有了这些表现以后，我对你没有义务可言。不过我还是要信你的话，叫你进来，同时恕你一切。”

他用胳膊搂住了她，抱她起来。她往后一缩。

“怎么回事？”他问，问的口气里，头一次带出严厉的意味来，“你一碰我就退缩起来，跟从前一样。”

“不是，理查——我——我刚才没想——”

“你要进来，是真出于情愿？”

“是。”

“你仍旧记在心里，你这一进来都有什么意义吧？”

“不错，我认为这是我的职分！”

他把蜡台放在抽屉柜上，把她带到门里，用手把她整个举了起来，吻她，她脸上出现了一阵极端厌恶的表情，但是她却把牙一咬，不出声儿。

艾德林太太这时候已经把衣服换好了，要上床睡去了，那时候她自言自语地说：“啊——顶好我去看一看这孩子有没有什么事儿。雨这样下，风这样刮！”

那个寡妇来到楼梯口，只见淑已经不见了。“啊——可怜的东西！我看，这个年头儿，结婚简直和殡葬一样。到今年秋天，我跟我那一口子结婚五十五年了！从那个时候以后，年头儿可就越来越糟了！”

10

尽管裘德成心作践自己的身体，但是他的健康却多少恢复了一点，又做了好几个礼拜的石匠活儿。不过，过了圣诞节以后，他又病倒了。

他用他挣的那点钱，搬到一个更靠近市区中心的寓所。但是艾拉白拉却心里明白，不经过一个很长的时期，他是干不了什么活儿的；同时她对于她跟他再次结婚以后事态的发展，十分气恼。“你最后使的这一招，要是还不算机伶，那你就把我打死！”她老这样说，“跟我一结婚，不用花钱就有了护士了，是不是！”

裘德对于她说的话，完全不理会，不但不理会，他还往往用幽默的眼光看待她对他的凌辱。有的时候，他的态度就更严肃一些；他躺在床上的时候，往往语无伦次地谈他幼年失败的经验。

“每一个人，都在某一方面有他一点小小的特长，”他总是说，“做石匠这一行，我的身体总是不够健壮的，特别是在石块对榫这一方面我更不行。搬运石方的时候，老把我累得筋疲力尽，而在房子还没安窗户的时候，站在风地里干活儿，总叫我着凉。我认为，我就是这样落下的病根。但是我可觉得，有一样事，如果给我机会的话，我可能做得好。我善于积累观念，再传给别人。我不知道，当初这些学院的创办人，心里想到像我这样的人没有，想

到我这样一个什么别的都不会，而只在这一方面有特长的家伙没有……我听说，将来不久，像我这样穷得没办法的学生，可以有更好的机会。他们已经作了一些计划，想要叫大学的门不要关得那么严了，想要把它的影响扩展到更大的范围了。这种计划到底怎么样，我并不知道多少，而且对于我来说，这种计划也来得太晚了——太晚了！啊，至于对于在我以前那些比我更有出息的人，那就更晚了，更晚了！”

“你净嚼什么蛆！”艾拉白拉说，“我本来认为，你弄到这步田地，该把念书的痴心妄想早忘得干干净净了。其实你这个人，要是一起头就是个懂得道理的，那早就该悔悟过来了。你这会儿的傻劲儿，和我头一次跟我结婚的时候，完全一样。”

有一次他又这样自言自语的时候，他不知不觉地叫了她一声“淑”。

“你顶好留一下神，记住了你这是跟谁说话！”艾拉白拉愤怒地说，“管一个结了婚的体面太太叫那个——”她说到这儿，猛然醒过来，就把话咽住了，所以他没听见她要说什么。

但是过了一些时候，她就看出来事态发展的趋势了，也明白了淑这个情敌并不足畏了，那时候她也有时来一阵慷慨大方的态度，那时候她就说：“我想你很想见见你那个——淑吧，是不是？好啦，她来，我不反对。你要她来，就叫她来好了。”

“我不想再见她了。”

“真的吗？——这可比以前改了样儿了！”

“你不要对她说任何关于我的事情——不要告诉她我病了，也不要说别的。她已经选定了自己的道路了。让她在那条道路上往前走好了。”

有一天却出了一件他没料到的事。艾德林太太来看他，完全出于自动，到这儿来看他。这时候，裘德的太太对于裘德把他的感情集中到谁身上这件事，已经完全不在乎了，所以她躲开了，叫那个老太太一个人跟裘德说说话。他冲动地打听淑现在的情况，跟着突兀地问道（因为他还只记得淑对他说的话）：“他们两个，仍旧还只是名义上的夫妻吧，我想？”

艾德林太太犹疑了一下。“呃——不——这阵儿跟先前不一样了。她是新近不久才改了样儿的——还完全是出于自愿。”

“什么时候开始的？”他急忙问。

“就是你去看她那一天的晚上。不过那只是要惩治她自己，可怜的东西，她才那样。他本来不愿意她那样，不过她可非要那样不可。”

“淑——我的淑——你这个又可痛又可气的傻孩子——这怎么叫人受！……艾德林太太——我这样胡说乱道，你可别害怕。我老一个人躺在这儿，只好自己对自己说说话儿——她本是一个有聪明才力的女人，她从前的聪明才力，跟我的一比，就好比星星和电石灯一样。那时候，她把我所有的迷信想法，看得好像蜘蛛网一样，只用一句话就把它一扫而光了。后来我们遭到了一场最令人痛心的灾难，她的智力可就迟钝了，她转了一百八十度的弯儿，糊涂起来了。男女的不同真有奇怪的地方。时光和环境，使大多数的男子眼光扩大，可几乎永远使女人的眼光狭小。现在最可怕的情况来到了——她受了形式的奴役，竟这样把自己献给自己厌恶的人了！凭她那样敏感，那样腼腆，连风吹到她身上的时候，都好像带有敬意……我跟淑两个人本来过得非常美满，头脑非常清楚，追求真理的时候非常大胆；但是我们这种情况，可完全走在时代的前头！时代还没成熟到我们这种程度！我们的看法，早了五十年，所以这对于我们，只有坏处，没有好处。这种种看法遇到阻碍了，于是结果她变得倒退起来，我哪，就拼却一切，最后毁灭完事！……你听吧——艾德林太太，我躺在这儿，就老不断地这样自言自语。我一定絮聒得你非常地烦了。”

“我一点也不烦，我亲爱的孩子，我整天听你这样说都成。”

裘德把她传来的消息越琢磨，心里就越激动，所以他在内心极端痛苦之下，就开始用最脏的话骂起社会的习俗来，同时还引起一阵咳嗽。稍待了一会儿，楼下有人敲门。因为没有人应门，艾德林太太自己下楼去了。

来的人很和气地说：“我是大夫。”原来这个又高又瘦的人正是维尔伯大夫，他是艾拉白拉请了来的。

“病人这会儿怎么样？”大夫问。

“哦——不好呢——很不好！我无心对他说了几句话，他听了，可就兴奋起来了，一个劲儿地骂。这都得怨我。不过，你要知道，一个受罪的人说的话应该原谅，我希望上帝会宽恕他。”

“啊。我上楼去看看他好了。范立太太在家吗？”

“她这会儿不在家，不过一会儿就回来了。”

维尔伯上楼来了，从前本来是艾拉白拉只要把那个医术高明的大夫给的药往裘德嘴里灌，裘德就毫不在乎地往肚子里咽，但是现在既然种种情况已经把他逼到走投无路的地步了，他就把自己对维尔伯的意见当着他的面说了出来，说得非常刻薄，用的字眼让人非常惊心，因此维尔伯又急急忙忙地跑下楼去了。他到了门口的时候，正碰上艾拉白拉回来了，那时候艾德林太太已经不在楼下了。艾拉白拉跟大夫打听她丈夫那会儿的病况：她看出来大夫有些心烦意乱的样子，就说要请他喝一杯。大夫说要叨扰。

“我把喝的东西拿到过道这儿来好啦，”她说，“今天家里，除了我没有别人。”

她给他拿来了一个瓶子和一个杯子。他就喝起来。她见了要笑不好笑出来，全身都颤动起来。“亲爱的，你这是什么东西？”他一面舔唇咂舌，一面问。

“哦——这是酒——里头还有点别的东西！”她又笑起来，“我把你的春药和在里头啦，你在农业展览会上卖给我的，你还记得吧？”

“记得，记得！你真叫机伶！不过你可得提防它的后果。”他跟着用胳膊搂住了她的膀子，就在那地方，就在那时候，吻了她一下。

“别胡来，别胡来。”她悄声说，同时很痛快的样子笑起来，“别叫我那一口子听见了。”

她把他送出门去，回来的时候，自言自语地说：“唉！可怜的女人，总得事先就提防一下。我楼上那个可怜的家伙要是不中用了——我想他顶多也不过只能捱过几天了——他要是不中用了，我得给自己留点机会。我这会儿不能像我年轻的时候那样，挑挑拣拣的了。找不到年轻的，只好弄个老的了。”

11

现在，这本书要请读者看下去的只剩了几页了，这几页里所描写的，都是绿树成荫的夏季又来到了的时候，裘德的卧室里面和卧室外面出现的光景。

裘德的脸现在瘦得连他的老朋友都几乎认不得他了。那时候是下午，艾拉白拉站在镜子前面烫头发，她的办法是把伞上的铁条儿，先在蜡烛的火焰上烧热了，然后再用它把一绺一绺披散着的头发烫弯。她烫好了头发，练了一下咋酒窝的技巧，然后动手穿戴；穿戴好了，她回头看了裘德一眼：他好像正睡着了的样子，不过他的身子却是高高地坐着的，因为他那种病，躺着不舒服。

艾拉白拉头上戴着帽子，手上戴着手套，一切都停停当当的了，就坐下等候，好像要等人来替她做护士似的。

听外面传来的某种声音，就可以知道，这个城市正在那儿过节，但是不管过的是什么节，欢乐的光景在这儿却看不见。只听见钟开始响起来，铿锵地由开着的窗户传到屋里，在裘德的耳旁嗡嗡地回旋。她听到这种声音，可就坐不住了，后来自言自语地说："爸爸怎么还不来！"

她又看了看裘德，一面估计他这个奄奄待毙的生命，这是她最近这几个月时常做的。她往他的表上看了一下（表就当做挂钟挂在墙上），跟着急不可耐的样子站起身来。他仍旧睡着，她把主意一拿定了，就从屋里溜了出来，把门轻轻地带上，下楼去了。那时候，那一家里一个人都没有了。现在把艾拉白拉吸引到外面去的事物，显然很早就把这一家里别的人也都吸引出去了。

那一天，天气温暖、晴朗，引人入胜。她把前门关好，拐弯抹角来到大街；她走近礼堂的时候，能听见风琴的声音，因为就要开始的音乐会，正在那儿演习。她从古栅学院[1]的拱形门道下面进了里面，只见人们正围着方庭四面支罩棚，预备晚上在大厅里开跳舞会。从乡下来过节的人，都在草地上举行野餐，艾拉白拉先顺着石子路，然后又顺着古老的槐树下面，往前走了一会儿。不过她觉得那儿没有什么意思，所以又回到街上去了，在那儿看赴音乐会的马车，同时无数的大学学长和他们的太太，大学学生和他们打扮得花枝招展的女朋友，也都挤挤抢抢，拥上前来。门关上了，音乐会开始了，她往前走去。

音乐会上洪亮的乐音，由开着的窗户，穿过摆动的黄色窗帘子，在房顶上回旋，和街巷里的沉静空气混合：这种声音远远地传到裘德躺着的那个屋子里。正在这时候，他又咳嗽起来，把他从睡梦中惊醒。

他刚一能说话的时候，就仍旧闭着眼睛，嘟囔着说："劳驾，给我点儿水。"

除了空无一人的屋子而外，没有任何人或物听见他的哀求。他又咳嗽了一阵，咳嗽得一息奄奄，同时比以前更微弱地说：

1　这影射的是新学院。

“水——一点水——淑——艾拉白拉！”

屋里仍旧和以前一样地寂静。他跟着又上气不接下气地说：“嗓子——水——淑——亲爱的——一点水——劳驾——哦劳驾！”

没有人给他水，只有风琴的声音，像蜂子嗡嗡似的，跟以前一样，传到屋子里。

他仍这样靠在那儿，脸上的颜色都变了，这时候，只听高喊欢呼的声音，从河那面传来。

“啊——是啊！原来是纪念日赛船会！”他嘟囔着说，“而我却躺在这儿。淑呢，就陷在污泥之中！”

欢呼的声音又响起来了，把微弱的风琴声都压下去了。裘德的面容变得更惨白了。他，嘴唇几乎都看不出活动的样子，慢慢地、慢慢地低声说：

“愿我生的那日和说怀了男胎的那夜都灭没。”

（嗯啦！）

“愿那日变为黑暗，愿上帝不从上面寻找它，愿亮光不照于其上。愿那夜被幽暗夺取，不在年中的日子同乐。”

（嗯啦！）

“我为何不出母胎而死，为何不出母腹就绝气……不然我早已安静躺卧。我早已安睡，早已安息！”

（嗯啦！）

“那儿被囚的人同得安逸，不听见督工的声音……大小都在那里，奴仆脱离主人的辖制。受患难的人，为何有光赐给他呢？心中愁苦的人，为何有生命赐给他呢？”[1]

同时，艾拉白拉在往前去看有什么节目正在进行的时候，就采取近路，走过一条狭窄的街道，穿过一个偏僻的角落，来到了红衣主教学院的方庭。只见那儿也是忙忙乱乱的，有许多花儿和别的漂亮东西在日光下辉煌，因为那儿也正准备要开跳舞会。木匠跟她点了点头，那个木匠原先曾和裘德一块儿做活儿。那时人们正在那儿由门道通到大厅的楼梯竖起一个走廊来，用鲜明的红色的和淡黄色的万国国旗装饰。盛开的鲜花，满满载在一车一车上，正由车上往下卸，往各处摆。大厅的大楼梯上都铺着红呢。她跟那些匠人点头招呼，就借着跟他们认识的关系，进了大厅，只见大厅里工人们正在那儿安新地板，装饰屋子，准备舞会。离得最近的那个大教堂里的钟响起来了，告诉大家做五时礼拜的时间已经到了。

“有人跟我在那儿跳跳舞，我并不反对，”她对一个工人说，“不过，哎呀，我得回家去一趟，家里的事儿多着哪。跳舞没有我的份儿！”

她到了家的时候，在门口碰见斯太格和一两个裘德同行的石匠对面走来，“我们正要到河边上去看赛船的，”斯太格说，“不过顺路到这儿来打听打听你丈夫怎么样。”

“谢谢你们，他正好好儿地睡着。”艾拉白拉说。

“那很好，呃，我说，范立太太，你放你自个儿半个钟头的

1　引自《旧约 · 约伯记》第3章第3、7、11、13、18、19、20节。

假，跟我们一块儿去看看，好不好？你也好散散心。”

“我本来也想去，”她说，“我从来没见过赛船。我听说很好玩儿。”

“那么跟我们一块儿来吧！”

“我但愿我去得了！”她恋恋不舍的样子往街上看去，“那么，你们等一会儿好了。我先上楼去看一看他这阵儿怎么样了。我想，我爸爸看着他哪；所以我多半能跟你们一块儿去。”

他们停下等待，她进了家。只见楼下仍旧跟先前一样，一个人都没有，说实在的，他们全都往河边上船队经过的地方去了。她进了卧室的时候，只见她父亲即便那时候也并没来。

“我看，他是来不了的了！”她不耐烦地说，“他自己也要去看赛船的——就是这么回事！”

但是，她往床上看去的时候，不觉喜笑颜开，因为她看见裘德显然是睡着了的样子，不过不是平常那种由于咳嗽而半攲半卧。他的身子溜了下去，平躺在床上。但是她再一看，却吓了一跳。她走到床前仔细看去，只见他的脸苍白极了，同时慢慢地变得僵硬了。她摸了摸他的手，只觉他的手冰冷，虽然他身上还有一丁点热气。她伏在他的胸上细细听了一下。一点声息都没有。几乎有三十年之久的跳动现在停止了。

她虽然刚一看到这种情况的时候吃了一惊，但是跟着却就听见军乐和别的铜乐发出的声音，由河边上渺茫地传到她的耳朵里。她烦躁地喊着说：“真巧啦，早不死，晚不死，偏偏这个时候死！”她琢磨了一两分钟之后，跟着走到门口，把门又轻轻地像以前那样关上，再次下了楼。

"她回来了！"工人之中有一个说。"我们正在这儿纳闷儿，不知道你到底去不去。快走吧，要占个好地方，非快走不可……呃，他怎么样了？还是好好地睡着的吗？我们当然不能硬拽你去，要是他……"

"哦，不错，还好好儿地睡着哪——睡得很沉，他不会醒的。"她急忙说。

他们在人群中，顺着红衣主教大街[1]走，一会儿就走到了大桥[2]，跟着河里面五光十色的船，完全在他们面前出现。他们由桥上，穿过一小窄溜空隙，转到河边路[3]——只见现在路上尘土飞扬，热气蒸腾，万头攒动。他们刚一到那儿，大船的游行队就差不多开始，桨打到水面，啪啪地响，声音很大，因为桨是先举直了，然后才落下来的。

"哦——真好看！这真不辜负我来这一趟，"艾拉白拉说，"我上这儿来，对我丈夫，并不会有什么害处。"

对面河里的画船上，都挤满了人，人群中间是打扮得花枝招展的女性，都很时髦地穿着绿色、粉色、蓝色和白色的衣服。赛船俱乐部的蓝旗，是大家的兴趣集中的地方，在旗子下面，一队穿着红制服的音乐师，正在那儿奏乐，艾拉白拉刚才在死人的屋子里所听到的音乐声，就是他们奏的。各式各样的大学生，陪着女伴，坐在小划船上，目不转睛地盯着"我们的"船，在河里像穿梭一般地往来。艾拉白拉正注视着这副热闹光景的时候，忽然觉得有人

1　圣奥勒兑特街的假名。

2　即法制桥或愚桥，跨艾绥斯河上，在牛津南面边界处。

3　实即纤道。

在她的腰上一碰。她回头看去，只见原来是维尔伯。

“你要知道，那个药的劲头儿现在正在这儿发作！”他满脸色欲之气斜着眼说，“你太坏了，把个好人弄得丢魂失魄的。”

“我不要你今天跟我谈情说爱。”

“为什么？今天本是大家欢乐的日子啊。”

她没回答。维尔伯用他的胳膊偷偷地搂在她的腰上，在人丛里，做这种举动没人看见。艾拉白拉觉出他的胳膊来那时候，满脸都是乖觉，不过她却老把眼睛盯在河里，好像不知道有这回事似的。

那群人挤过来，挤过去，有的时候，几乎把艾拉白拉和她的朋友都挤到河里去了。挤过了一阵，跟着有人开一阵粗鄙的玩笑；如果她刚才看见的那副灰白、僵硬、冰冷的面目，没在她心里留下印象，使她稍微冷静一点，那她就要哈哈大笑起来。

水上的竞赛到了使人最兴奋的时候了；有的船翻到水里[1]，有的人大声呼喊，竞赛的胜负见了分晓了，穿红、粉、蓝、黄衣服的女人由画舫上走开，看赛船的人也都开始活动起来。

“啊——太好玩儿了，”艾拉白拉喊着说，“不过我觉得，我这阵儿，非回去看一看我那口子不可了。我知道我爸爸在那儿看着他，不过我自己也回去才好。”

“你忙什么？”

“呃——我非回去不可……唉，唉，真别扭！”

人们从河边路往大桥上去的时候，要走一段狭窄的桥板，只

1　赛船所用之船，极狭，故易翻。

见那儿那群人，简直挤成了一团热肉——艾拉白拉和维尔伯也在其中；她们挤在那儿，一动也不动，艾拉白拉越来越不耐烦地喊："唉呀，唉呀！"因为那时她刚好想起来，如果有人发现裘德自己一个人死在床上，法院大概非检验尸体不可。

"你怎么这样不安静，我亲爱的人。"大夫说，那时候，他不用自己费力气，就可以叫人挤得和艾拉白拉贴到一块儿了。"耐着点儿性子好啦！反正怎么也动不了！"

差不多待了十分钟的工夫，挤住了的人才有些活动，那时候他们才能由人丛中挤出去。她刚到了大街，就不许大夫再跟着她，只自己急忙走去。她并没直接回自己的家，却先到一个给贫苦人办身后一些必需事项的老太婆门前，敲她的门。

"我丈夫刚刚过去了，你能不能去把他装裹起来？"

艾拉白拉等了几分钟，跟着她们两个一块儿走去，一路上从红衣主教学院的草场[1]上来的时髦人物好像淌水似的，她们从这些人中间挤着走出来，还差一点儿没叫车撞倒。

"我还得去找教堂的执事，跟他接洽撞钟的事，"艾拉白拉说，"他就住在那边，是不是？你在我家门口等我一下。"

那天晚上十点钟的时候，裘德盖着床单子，像箭一样地直，躺在他那寓所里的床上。从一部分开着的窗户那儿，人们欢乐地跳圆舞的声音，由红衣主教学院的跳舞厅，传到这个屋子里。

两天以后，天气同样地清朗，空气同样地恬静，那时候，裘德的卧室里有两个人，站在他那口还没盖上盖的棺材旁边，一边

1 即基督堂学院草场，在牛津南端，愚桥东北。

是艾拉白拉，另一边是艾德林太太；她们两个都正看着裘德的脸，艾德林太太那一双昏花的老眼还发红。

“他多漂亮！”她说。

“不错，他连死了还那么秀气。”艾拉白拉说。

窗户仍旧开着，为的是使屋里的空气流通。那时快到中午了，所以外面清朗的天气里，一点风丝儿都没有，非常地恬静，嘈杂的声音从远处传来，其中显然杂着脚在地上跺的声音。

“这是干什么的？”那个老太婆问。

“哦，这是博士们在礼堂里举行典礼，赠给汉姗屯郡公爵和一些别的名人名誉学位。你不知道，现在是纪念周。欢呼的声音是那儿的青年喊的。”

“唉！他们真是年纪又轻，肺量又好，跟咱们这儿这个可怜的青年，可完全不一样。”

偶尔有的字句，好像由演说的人嘴里发出，从礼堂开着的窗户，传到这个安静的角落里。每次遇到有这种情况，裘德那个大理石一般的脸上就仿佛显出了笑容；但是他身旁架子上那几本过了时的道勒芬版旧维尔吉尔和荷马、那本书角都卷了的希腊文《新约》，还有那几本他没舍得卖而让石头的粉末磨坏了的另一类书（因为他做着活儿的时候，有时忙中偷闲，看几分钟的书）——听到了这种声音，却好像显出惨淡之色，好像显出病容。钟声快乐地响起来，它的回声传进了这个寝室。

艾拉白拉把眼光从裘德脸上转到艾德林太太身上。“你想她会来吗？”她问。

“我说不上来。她起过誓，说永远也不再见他的面。”

"她这阵儿什么样儿？"

"她累得不得了，苦得不得了，可怜的东西。比你上一次见她的时候，老了好些好些年。她这阵儿一点儿活泼意思都没有了，憔悴得不堪了。这都是叫那个男的闹的——她受不了他那股子劲头儿，即便现在，也还是受不了。"

"裘德要是还活着的话，也不见得喜欢她了。"

"这个可没有人能说……自从他那一回在那样奇怪的情况里跑去看了她以后，他一直没再要你叫她来吗？"

"没有。不但没有，而且正相反。我本来要替他叫的，他却说，他病到这个样子，千万可别叫她知道。"

"他饶恕了她没有？"

"据我所知道的没有。"

"呃——可怜的小东西，我们得相信，她从别的方面可得到饶恕了！她说，她心里平静了。"

"她尽管可以指着她项圈上的神圣十字架起誓，说她心里平静了，把嗓子说哑了都可以，但是我却不信那是一句真话，"艾拉白拉说，"自从她离开他的怀抱以后，她一直就没能平静，她不到死，不到他现在这样，也永远不能平静！"

图书在版编目(CIP)数据

无名的裘德 / (英) 托马斯·哈代著；张谷若译.
— 桂林：广西师范大学出版社，2021.3

ISBN 978-7-5598-3200-9

Ⅰ. ①无… Ⅱ. ①托… ②张… Ⅲ. ①长篇小说－英国－近代 Ⅳ. ①I561.44

中国版本图书馆CIP数据核字(2020)第170690号

广西师范大学出版社出版发行

广西桂林市五里店路 9 号　邮政编码：541004

网址：www.bbtpress.com

出 版 人：黄轩庄

责任编辑：雷　韵

装帧设计：任　潇

内文制作：李丹华

全国新华书店经销

发行热线：010-64284815

山东韵杰文化科技有限公司印刷

开本：787mm × 1092mm　1/32

印张：20　字数：448千字

2021年3月第1版　2021年3月第1次印刷

定价：94.00元